식민지/제국 체제의 삶, 문학, 정치

비상시의 문/법

비상시의 문/법 — 식민지/제국 체제의 삶, 문학, 정치

초판 1쇄 발행 _ 2016년 9월 1일

지은이 차승기
펴낸곳 (주)그린비출판사 | **주소** 서울시 은평구 증산로1길 6, 2층
전화 02-702-2717 | **이메일** editor@greenbee.co.kr | **신고번호** 제25100-2015-000097호

ISBN 978-89-7682-436-3   93800
이 도서의 국립중앙도서관 출판시도서목록(CIP)은 서지정보유통지원시스템 홈페이지(http://seoji.nl.go.kr)와
국가자료공동목록시스템(http://www.nl.go.kr/kolisnet)에서 이용하실 수 있습니다(CIP제어번호: CIP2016019871).

나를 바꾸는 책, 세상을 바꾸는 책 www.greenbee.co.kr

식민지/제국 체제의 삶, 문학, 정치

비상시의 문/법

차승기

ㅇB
그린비

"미라를 찾으러 간 자가 미라가 된다"(ミイラ取りがミイラになる)는 일본 속담이 있다. 대체로 사람을 찾으러 갔다 돌아오지 않거나 누군가를 설득하려 했다 오히려 설득당하는 경우에 사용된다. 그러나 이 속담을 축자(逐字)적으로 받아들인다면, 미라를 찾으러 사막 한가운데를 헤매고 다니다 길을 잃거나 지쳐 쓰러져 마침내 숨지고 그 자신이 미라가 되어 버린 어떤 탐험가를 누구나 상상할 수 있을 것이다. 이 축자적 독해의 상상에 기초한다면, 속담이 제시하고 있는 상황의 핵심은 주체와 대상의 전도(顚倒)에 있다고 할 수 있지 않을까. 말 그대로 미라를 잡으려 했던 자 자신이 미라가 된다. 주체가 대상을 장악하기는커녕 대상이 주체를 잠식한다. 아니, 정확히 말해 주체가 대상이 된다.

　대상을 소유하려 했던 자가 오히려 대상에 의해 '소유되는' 듯한 이 전도는, 속담이 일상적으로 소통되는 문맥보다 더 의미심장한 사태를 지시한다. 일단 주체와 대상의 전도의 측면을 주목한다면, 주체가 대상으로서의 타자(또는 '적'으로서의 타자)가 되는 다양한 역설적 상황이 떠오른다. 실정화된 권력을 이용하려 했던 자가 그 권력의 화신이 되는 역설, 적대적 타자에 대한 분노와 증오가 그 강렬한 정념의 주체를 자신의 '적'

과 동일한 존재로 전화시켜 버리는 복수의 역설 등을 떠올릴 수 있다. 대상에 대한 집착이 강할수록 —부정적 정서와 결합될 때는 더욱더 —주체는 대상의 주도권에 종속되곤 하기 때문이다.

하지만 흥미를 끄는 속담의 동어반복적인 수사 효과에 주목하며 '미라를 찾으러 간 자가 미라가 되는' 사태를 유심히 다시 들여다보면, 앞의 미라와 뒤의 미라가 존재론적으로 상이한 위상에 자리 잡고 있다는 사실을 발견할 수 있다. 엄밀히 말해 앞의 미라는 그것을 찾고자 하는 '나'의 의식에 표상된 대상, 다시 말해 '이미지-대상'으로서의 미라인 반면, 뒤의 미라는 '생성된 존재'로서의 미라이며 '나'의 신체에 발생한 사건과 관련된다. 속담의 동어반복적 수사는 이 존재론적 차이를 은폐하는 방식으로 간직하고 있다. 이미지-대상으로서의 미라와 생성된 존재로서의 미라, 다시 말해 '나'의 의식 내부의 사태와 '나'의 신체성의 전환이라는 사태는 서로 비교 불가능한 차원에서 전개된다.

이렇게 본다면 주체와 대상의 단순한 전도라고 생각했던 상황은 다른 차원으로 이동한다. 동질적인 평면에 있는 주어(주체) A와 목적어 (대상) B 사이의 자리바꿈 또는 전이의 문제가 아니라 절대적으로 비대칭적인 관계가 문제로 떠오른다. 그러나 '이미지-대상'이 '존재'로 치환될 수 없음에도 불구하고 '이미지-대상'은 '존재'의 차원과 이어져 있다는 점을 놓쳐서는 안 된다. 물론 언어 및 이미지 **내부**의 사태와 그 **외부**는 절대적으로 비대칭적인 관계에 놓여 있고, 따라서 르네 마그리트(René Magritte)가 파이프의 이미지 아래 써 놓았듯이 "이것은 파이프가 아니다(Ceci n'est pas une pipe)". 그러므로 '나'가 그것으로 되어 버린 미라는 '나'가 찾고자 했던 미라가 아니다. '나'는 이미지-대상으로서의 미라를 소유하려다 오히려 미라에 의해 '소유된' 것처럼 보이지만, 엄밀히 말해서 '나-미라'는 '나'와 이미지-대상으로서의 미라 사이의 (소유/피소유) 관계 바깥으로 튕겨 나왔다. 그러나 '나'를 '나'와 '이미지-대상' 사이의 순환 관계에서 튕겨 나오게 만든 것은 틀림없이 '이미지-대상'이다. '이미지-대상'은 '존재' 차원의 변화를 이끌어 내기도 하는 것이다. 언어적 상황으로 바꿔 말해, 진술적(constative) 언어가 동시에 수행적(performative) 언어가 되듯이.

이로써 "미라를 찾으러 간 자가 미라가 된다"는 속담은 동어반복의 수사적 효과에 기대어 주체-대상 관계의 전도를 지시하는 동시에, 주체의 좌절이라는 사태 속에 언어-이미지와 그 외부의 비대칭적 관계를 은폐된 방식으로 간직한 것으로 읽힌다. '나'는 언어-이미지의 세계 내부에서 통용되는 도구를 통해 '찾고자 하는 것'—다른 식으로 말하자면 실재적인 것(the real)—에 접근하고자 하지만, 결국 접근에는 실패하고 만다. 그러나 이 실패는 단순히 찾지 못하는 것으로 끝난 실패가 아니라 '나'와 '찾는 것' 사이의 관계 자체가 붕괴되는 실패다. 이리하여 속담은 두 가지 형태의 실패를 경고한다. 첫째, 주객전도의 형태, 즉 대상에 의해 압도됨으로써 대상과의 거리를 상실해 버리는 실패다. 이때의 대상은 언어-이미지 내부의 존재라는 점에서 결국 '나'는 '나'가 만든 표상에 사로잡혀 그것을 실재적인 것으로 오인한다. 둘째는 언어-이미지의 세계 바깥으로 튕겨 나가는 실패, 즉 언어-이미지의 세계에서 출발했으나 표상 불가능한 상태에 빠지게 되는 경우에 해당된다. 이때의 '나'는 대상과 의미 있는 관계를 맺는 것 자체가 불가능하며, 결국 언어의 죽음이라는 사태에 봉착한다.

속담을 둘러싸고 뜻하지 않게 생각이 산만하게 늘어졌지만, '찾는 자'가 처한 위태로움이 내가 이 책에 모아 놓은 글들을 쓰면서 내내 붙들려 있었던 난제를 어느 정도는 설명할 수 있지 않을까. 식민지 시기의 삶과 문학과 문화에 대한 연구—사실 모든 과거에 대한 연구가 마찬가지일 수도 있지만—는 위의 두 가지 형태의 실패에 빠지고자 하는 충동을 불러일으키는 듯하기 때문이다.

　식민지의 공기를 숨 쉴 수 없는[1] 연구자가 식민지의 삶과 문화를 이해하기 위해서는 문서고에 들어가지 않을 수 없다. 문서고에는 식민지/제국의 언어-법-미디어가 산출한 결과물들이 가득 차 있지만, 당연하게도 그것들은 통치의 언어 또는 언어적 통치의 산물이다. 통치의 언어가 식민지의 정당화·합리화를 향해 조직되어 있다면, 언어적 통치는 다양한 탈식민의 지향까지 포함하는 모든 활동과 실천을 언어의 문법 아래 고정시킨다. 나쓰메 소세키의 『그 후』에서 주인공 다이스케가 생각했던 것처럼, 우리는 아는 사람의 사진을 보면 그 사람임을 확인할 수 있지만, 사진으로 처음 본 사람을 직접 알아보기란 쉽지 않다. 산 것에서 죽은 것을 유추해 낼 수는 있지만 죽은 것에서 산 것을 도출할 수는 없기 때문이다.[2] 그럼에도 불구하고 식민지의 삶과 문화를 이해하고자 한다면, 더욱이 현재에도 결코 자유롭지 못한 식민주의의 문제를 성찰하기 위해 식민지/제국의 작동 방식과 통치성을 이해하고자 한다면, 죽어 있는 문서고 속에서, 그리고 고정된 언어와 언어 사이에서 삶을 찾아내지 않으면 안 된다. 그러나 이 '실재적인 것'을 찾고자 하는 열망이 역설적으로 실패에 빠지게 하는 충동을 불러일으키곤 한다.

---

1) 여기서 '공기'는 물론 '경험'과 관련된 것이지만 결코 경험 자체로 환원될 수는 없는 삶의 '관계'에 대한 감각을 뜻한다. 언제나 그렇듯이 경험은 관계에 대한 입체적 이해에 접근하기 위한 의심스러운 출발점에 지나지 않는다.
2) 나쓰메 소세키, 『그 후』, 윤상인 옮김, 민음사, 2003, 215쪽 참조.

단순하게 말해 연구자는 식민지가 남겨 놓은 언어-이미지의 세계를 과대평가하거나 과소평가하려는 충동에 휩싸이기 쉽다. 문서고를 헤집어 찾아낸 언어-이미지의 파편들을 재구성해 과거의 삶을 실증주의적으로 확정하고자 하거나, '텍스트 바깥은 없다'는 명제를 실정적인(positive) 방식으로 실천하면서 언어-이미지 바깥을 말할 수 없는 것으로 차단하는 문헌학적 탐구를 행할 때 연구자는 문서고의 세계만을 유일한 현실로 확정해 버리고 만다. 이 세계 안에서 지배적 인식소(episteme)를 발견한다 할지라도 그것은 삶의 다른 잠재성들에 눈감을 때만 성립할 수 있을 것이다. 반면 문서고의 언어-이미지들은 언제나-이미 정치적·이데올로기적으로 오염되어 있는 '허상'에 불과하며 그 배후에 은폐되어 있는 비밀스러운 '실상'을 밝히는 것이 과제라고 생각할 때 연구자는 언어-이미지의 장막을 헤치고 '실재적인 것'에 접근할 수 있기라도 한 듯이 믿기 쉽다. 혹은 저 '허상'의 범위를 식민지/제국 일본의 경계와 일치시키며, 그 경계 바깥에서 생산된 언어-이미지들로부터 식민지의 '진실'을 찾으려 하기 쉽다. 하지만 '배후'가 됐든 '바깥'이 됐든, '진정한 비밀'이 간직되어 있는 특권적인 장소란 없다. '실재적인 것'을 언어로 지시하는 순간 그것은 다시 '허상'—이번에는 민족주의, 국민국가, 주권, 자본주의 등등에 의해 오염된—속으로 들어가고 '비밀'은 다시 수수께끼가 될 것이다. 또한 식민지/제국의 경계 '바깥'이 결코 그 경계 '내부'로부터 자유롭지 못하다는 것이 사실임에도 불구하고, '내부'에서 이루어지는 갈등과 규율화의 변증법을 이해할 수 있는 술어를 '바깥'에서 찾을 수는 없다. 그리하여 허위의 베일을 벗기고 수수께끼의 '해답'을 찾으려는 행위가 다시금 허위와 수수께끼를 배가시키는 역설을 초래하곤 한다.[3]

과거를 다루는 연구자는 언제나—이중적인 의미에서—"미라를 찾으러 간 자가 미라가 되는" 난국에 빠질 수 있다. 그렇다면, 미라의 이미지-대상에 압도당하지도 않고 스스로 미라가 되지도 않으면서 미라를 찾으려면 어떻게 해야 할까. 결국 우리는 '말할 수 있는 것'에서 시작할 수밖에 없지 않을까. 그러나 우리가 말할 수 있는 것의 한계 속에 있다는 사실을 확인하는 것보다 중요한 것은 말할 수 있는 것을 통해서 말할 수 없는 것을 어떻게 말할 수 있는가에 있다. 말할 수 없는 것 또는 '실재적인 것'은 결코 언어의 세계 바깥 어딘가에 있지 않다. 언어 바깥에서 '실재적인 것'을 찾으려 할 경우, 우리는 언제나 언어의 세계를 부정적으로 총체화하면서 자기기만적인 초월성에 스스로를 내주고 말 것이다. '실재적인 것' 또는 말할 수 없는 것은 언어 즉 말할 수 있는 것 내부에 기입되어 있다. 예의 속담이 그렇듯이, 언어는 은폐된 방식으로 '실재적인 것'을 간직하고 있다. 다시 말해 미라의 반복이 상이한 차원의 간극을 보유하고 있듯이, 언어의 비밀 즉 말할 수 있는 것의 비밀은 두 미라 사이의 간극에 있을 것이다.

이 책에 실려 있는 대부분의 글들은 이러한 고민에서 식민지 시기의 삶과 문화를 탐구하고자 한 시도의 산물이다. 명시적인 연구의 대상은 식민지/제국 체제[4]의 '구조'라고 할 만한 것, 정확히 말하자면 식민

---

3) 만일 이러한 역설을 거부하기 위해 '실재적인 것'과의 결합 가능성을 확신하는 쪽을 택한다면, 종국에 "완전한 소멸 내지는 (자기)파괴적인 광분"(슬라보예 지젝, 『그들은 자기가 하는 일을 알지 못하나이다』, 박정수 옮김, 인간사랑, 2004, 96쪽)으로 귀결되는 종교적 근본주의처럼 언어가 무력해지는 사태에 봉착할 것이다. 언어-이미지의 세계의 부정성을 총체화하는 상상력은 우리를 궁극적으로 말이 통하지 않는 영역으로 인도한다.
4) '식민지/제국 체제' 개념에 대한 보다 상세한 서술은 이 책의 7장 「문학이라는 장치」, 특히 260쪽 이후를 참조.

지/제국 체제의 '지속성의 구조'를 향해 있다. 식민주의의 작동 방식을 역사적으로 성찰하기 위해서는 우선적으로 식민지/제국 체제를 지속하게 했던 조건들을 이해해야 한다고 생각했기 때문이다. 여기에는 적어도 세 가지 정도의 문제의식이 함께 작용하고 있었다.

첫째, 식민지/제국을 하나의 '체제'로서 다뤄야 한다는 것.

나는 이 책에서 일부러 식민지/제국 체제라는 개념을 사용하고 있다. 체제(regime)란 정치적·사회적 제도가 가지고 있는 구조성뿐만 아니라 사회적 존재들의 가치와 행위 형성에 작용하는 습속의 차원까지 포괄하는 개념이다. 따라서 체제는 정치경제적 권력의 억압적 비대칭성과 그 재생산 구조를 지시할 뿐만 아니라 역사-지정학적으로 공유되고 있는 문화적·상징적 기호들의 체계를 포착하게 해준다. 그러나 식민지 조선과 식민 본국 일본을 식민지/제국 체제라는 관점에서 초경계적으로 대상화한다는 것은 결코 식민지가 제국주의에 의해 완전히 포섭되었다는 것을 전제하는 것도 아니고, 조선과 일본이 동질적인 지평에서 문화적·상징적 자본을 공유하고 있었다고 보는 것도 아니다. 그와는 달리 오히려 제2차 세계대전 종전 이후 동아시아에 형성된 한국(조선)과 일본이라는 국민국가 '체제'의 언어로는 이해할 수 없는 식민지/제국의 갈등과 규율화의 변증법을 포착하기 위해 식민지/제국 체제라는 개념을 사용한다. 국민국가 체제의 언어는 '일본에 의한 조선 침략과 점령'이라는 사태를 부각시키면서 식민지와 식민 본국이 외재적으로 대칭되는 듯한 가상을 만들어 내곤 한다. 그러나 여전히 사라지지 않은 식민주의의 논리를 역사적으로 성찰하고자 한다면, 식민지와 식민 본국이 함께 연루된 식민지/제국 체제의 시야를 통해 민족, 계급, 젠더, 지역 등의 차원에서 작동하는 권력관계와 갈등적 분할선들을 포착할 필요가 있다.

둘째, 식민지/제국 체제를 지속시키는 힘의 한가운데에서 그 체제의 궁지를 발견해야 한다는 것.

제국주의 일본은 19세기 말부터 홋카이도와 오키나와를 복속하고 타이완과 조선을 식민지화하고 만주국을 건설하는 등 동아시아에 빠른 속도로 제국을 건설·확장해 가다가 제2차 세계대전에서 연합국에 패배함으로써 몰락했다. 이로써 일본의 '제국의 꿈'은 수포로 돌아갔지만, 문제는 식민지/제국 체제가 다름 아니라 '패전'에 의해 해체되었다는 데 있다. 식민지/제국 체제는 내적으로 붕괴되었다기보다 외부로부터의 충격에 의해 해체된 것이다. 물론 전쟁도 식민지/제국 체제를 지속시키는 동력 중의 하나임에는 틀림없지만, '패전'이라는 사건이 그 직전까지 유지되어 왔던 체제의 종말이라는 가상을 만들어냄으로써 '전후'에 계속되는 식민주의를 은폐하는 기능을 수행했다는 점도 사실이다.[5] 우리는 일본이 '패전'한 이후의 역사를 살고 있지만, 일본의 식민주의가 붕괴한 역사는 알지 못한다. 이것이 이른바 '계속되는 식민주의'[6]의 문제를 파생시킨다. 더욱이 이렇듯 계속되는 식민주의가 비단 식민 본국이었던 일본에만 국한되는 문제가 아니라는 점에서 식민지/제국 체제를 지속시켜 왔던 구조에 대한 고찰이 필요하다.

셋째, 말할 수 있는 것에서부터 말해야 한다는 것.

사실 식민지/제국 체제의 지속성의 구조를 탐구한다는 것, 그 체제

---

5) 따라서 일본의 '전후' 사회가 근본적으로 식민지/제국 체제의 통치 방식을 이어받고 있는 측면을 보지 못하게 하기도 한다. 비록 식민지/제국 체제 전체를 시야에 두고 있지는 못하지만, 전시 총동원 체제가 '전후' 일본의 시스템 사회와 연속되는 측면에 대한 연구가 일찍이 이루어지기도 했다. 山之内靖 外, 『総力戦と現代化』, 柏書房, 1995 참조.
6) 岩崎稔 外, 『継続する植民地主義』, 青弓社, 2005 참조.

가 어떤 권력 메커니즘에 의해 작동되며 그 속에서 어떤 내면화와 갈등이 진행되는가를 내부로부터 탐구한다는 것은 연구자의 상상력을 그 구조의 틀에 가둘 수 있다. 앞서 속담을 실마리로 생각해 봤던 것처럼, 식민지/제국 체제의 지속성의 비밀을 풀고자 하는 시도가 오히려 그 체제와 구조의 견고함과 빈틈없음을 입증하는 결과를 초래할 수 있는 것이다. 그럼에도 불구하고 이러한 입장에서 연구를 계속했던 것은, '다른 이야기'나 '다른 주체'를 '다르게' 말하기 위해서라도 식민지/제국 체제의 언어-법-미디어의 문법을 이해해야 했기 때문이다. 문서고에 들어오지 못한 자들, 말이 되지 못한 목소리들, 언어와 결합될 수 없었던 신체들을 찾아내고 말하게 하는 것은 식민지/제국 체제와 식민주의에 의해 좌절되었으나 결코 사라질 수 없는 잠재성들을 발견하는 일과 관련되어 있다. 여기서 무엇보다 중요한 것은 이 잠재성들이 다시금 지배적인 언술의 질서 속으로 휩쓸려 들어가지 않게 하면서 언어화하는 것이다. 말할 수 없는 것을 말한다는 것이 말이 되지 못했던 것들을 말로 식민화하는 것이 되어서는 안 된다. 식민지/제국 체제의 언어-법-미디어 위로 떠오르지 못한 것들을 언표화할 때엔 그것들이 무차별적인 언어의 세계 속에서 중화(neutralization)될 가능성을 잊지 말아야 한다. 계급, 민족, 젠더 등의 맥락에서 표상의 대상이 되었던 존재들을 주어의 자리에 가져다 놓는다고 해서 문제가 해결되지는 않는다. 프롤레타리아가 발화했다는 사실, 피지배 민족이 주권적 태도를 취했다는 사실, 소수자가 대표 없이 자기를 제시하려 했다는 사실 등이 식민주의를 넘어선 세계로의 출구를 자동적으로 열어 주지는 않는다. 오히려 정반대로 그 사실들은 지배적인 언술의 질서를 확장하고 완성하는 역할을 수행할 수도 있다. 그러므로 저 잠재성들의 발견은 다른 문법의 발견과 병행되어야 한다. 식민지/

제국 체제의 언어-법-미디어의 문법에 대한 탐구는 그 문법이 차단하거나 포획하면서 분할해 놓은 세계를 해체하고 새로운 잠재성들을 해방시킬 수 있는 다른 문법을 모색하는 방향에서 이루어져야 한다. 말할 수 있는 것에서 시작해 말할 수 없는 것으로 나아가야 한다는 것은 이러한 의미에서이다.

이렇듯 식민지/제국을 하나의 체제로 인식하는 동시에 그 체제의 언어-법-미디어의 문법 내부로부터 '말할 수 없는' 것으로 개방되어 갈 잠재성들을 모색한다는 뜻에서, 이 책의 제목에는 빗금을 넣은 '문/법'이라는 표기를 사용했다. 이 표기는 우선 식민지/제국 체제의 언어-법-미디어가 결코 전부를 표상할 수 없고 따라서 결코 유일무이한 현실을 구성할 수 없다는 것을 지시한다. 식민지/제국은 그 땅의 삶 전체를 법 아닌 법의 폭력 아래로 총체적으로 쓸어 담으려 했고 이렇게 총체적으로 포섭된 삶 이외의 현실은 모조리 삭제해 버리게 만드는 문법을 강요했지만, 바로 그 삭제되어야 하는 '바깥'을 전제하고 있다는 점에서 이 문법은 근본적으로 결여된 것이다. 또한 '문/법'이라는 표기는 '문(학)'의 언어와 '법'의 언어의 불일치, 또는 '법'의 언어를 초과해 증식하는 언어의 존재를 지시하기도 한다. 근본적으로 시니피앙의 과잉을 초래하는 문학은 언제든 문법을 해체할 수 있는 잠재력을 보유하고 있다. 하지만 '법'의 언어조차, 즉 근본적으로 금지의 명령인 동시에 특정한 삶의 형식들을 생산하는 법의 언어조차 통치성의 범위 내로 그 언어를 모조리 회수할 수는 없다. 금지=생산의 언어 주변에 예측 불가능한 욕망들이 들러붙어 뒤틀린 논쟁의 장을 만들어 내기도 하기 때문이다. 이렇게 이 책은 식민지/제국 체제의 언어-법-미디어의 문법을 탐구함으로써 동시에 '문/법'의 결여를 확인하고 그 절개된 곳에서 시대의 문법으로 환원되지 않는 내재적 초월의 구멍들을 탐색하고자 한다.

　이 책에 실린 모든 글들은 많은 스승, 선배, 동학들과 생각을 나눠온 시간, 그리고 내가 거처하고 있던(있는) 장소들의 산물이다. 결과물은 비록 부끄러운 모습을 하고 있을지라도, 저 시간과 장소들이 준 '은혜'는 말로 옮길 수 없이 큰 것이었다. 그때 그곳을 함께 했던 분들의 목소리는 이 책 이곳저곳에서 울리고 있다. 이 작은 책으로 감사의 인사를 대신한다. 늘 글의 아이디어 단계에서부터 의견을 나눠 줄 뿐만 아니라, 공부하고 글 쓰는 일의 근본 동력이 되어 주는 이화진에게 특별한 감사의 말을 남긴다.

　마지막으로, 그린비의 김효진 씨를 비롯한 편집부 여러분께 죄송스런 마음과 감사의 말씀을 함께 전한다.

2016년 7월
무등산 아래에서

차례

1부

식민지/제국의

말과

사물

1장 _ 추상과 과잉

중일전쟁기 식민지/제국의 사상 연쇄와 언설정치학

1. 머리말

1937년 7월 중일전쟁의 발발은 제국주의 일본과 식민지 조선 각각의 내부에도 식민지/제국 관계에도 큰 변화를 초래했다. 일본 국내의 경우, 개전 직후인 8월에 '국민정신총동원 실시요강'이 결정되고 이듬해인 1938년 4월에 '국가총동원법'이 공포되면서 본격적인 전시 총동원 체제에 돌입했다. 식민지 조선에서도 1938년 6월에 총독부에 의해 '국민정신총동원 조선연맹'이 결성되어 전시 총동원 체제 확립에 박차를 가하는 한편, 이미 같은 해 3월에 제3차 조선교육령을 반포하여 식민지 민중들의 황국 신민화를 강화하기 시작했고 1939년 11월 조선민사령을 개정하여 창씨개명을 강요하는 등 식민지를 제국 내부로 실질적으로 포섭하기 위한 제도적 틀을 마련해 갔다. 이 과정에서 총독부 주도로 '내선일체'의 철저화가 외쳐졌음은 주지의 사실이다.[1] 근대적인 총력전으로서의 중일전쟁

---

1) 내선일체의 슬로건은 조선 민중을 황국 신민으로 만들기 위한 동화 정책의 주요 골자로서

은 일본 국내의 동원은 물론 식민지(특히 조선)의 정신적·물질적 동원을 필수적으로 요구하면서, 국내 질서 및 식민지/제국 관계의 재편을 수반하게 되었다.

중일전쟁은 1929년 세계대공황 이후 국내외의 갈등과 모순을 타파하고 중국을 둘러싼 서구 열강과의 경쟁에서 유리한 위치를 차지하기 위한 일본 제국주의의 이해관계로부터 촉발된 것이었지만, 거대한 대륙에서 다수의 중국 민중들과 충돌하는 일은 제국 일본에게 커다란 모험이기도 했다. 특히 중일전쟁 초기 승승장구하며 점령지를 넓혀 가던 1938년 5월의 쉬저우(徐州), 10월의 우한(武漢) 점령을 분기점으로 전쟁이 교착 상태에 접어들고 장기 지구전으로 이어지자, 장기간의 전쟁을 수행해야 할 일본은 국내 및 식민지에서의 동원을 보다 강화하는 한편 중국에게 회유의 메시지를 보내면서 '파괴로부터 건설로'라는 슬로건 아래 중일 간의 화평을 꾀하는 포즈를 취하게 되었다.

전쟁의 장기 지구전화는 중국의 저항이 그만큼 완강했음을 반증해 주는데, 일본은 중국의 저항을 무마하여 인적·물적 손실을 최소화하고 가능한 최대의 이익을 확보하기 위해서도 중국에 타협의 손을 내밀지 않을 수 없었다. 이러한 맥락에서 1938년 11월 3일 고노에 내각은 '동아 신질서 건설'을 골자로 하는 이른바 제2차 고노에 성명을 발표하고, 이어 12월 22일에는 중일 국교 조정의 근본 방침으로서 '선린우호, 공동방공, 경제제휴'라는 '고노에 3원칙'을 분명히 한 제3차 고노에 성명을 발표했

미나미 지로(南次郎) 총독 부임 이래 일본 패전에 이르기까지 줄곧 제창되었으나 특히 중일 전쟁기 전시 총력전 체제하에서 더욱 강화되어 갔다. 내선일체의 이데올로기적 성격에 대해서는 많은 연구가 이루어졌으나, 특히 조선인의 '일본 국민화' 과정과 관련하여 그 효과를 다룬 논의로는 장용경, 「'조선인'과 '국민'의 간극」, 『역사문제연구』 15호, 2005. 12 참조.

다. 이는 일본이 승승장구하던 1938년 1월 "이후 국민정부를 상대하지 않는다"는 제1차 고노에 성명에서 일정 정도 후퇴한 것임은 말할 것도 없다. 이렇듯 제국의 지배 의지가 좌절하는 지점에서 중일전쟁기 일본의 모든 사상적 모험이 행해졌다.[2]

전쟁은, 때로는 타자의 절멸을 목표로 하면서까지 전개되는, 타자와의 적대적이고 폭력적인 집단적 충돌이다. 따라서 전선은 타자를 부정하는 힘을 극대화시키면서 자기 확장이 이루어지는 지배의 공간이지만, 역으로 자신을 부정하는 타자와 대면하면서 자기 붕괴가 발생하는 위기의 공간이기도 하다. 중일전쟁은, 청일전쟁 이후 지배 영역을 줄곧 넓혀 가면서 자기 확장의 길을 걸어온 일본이 결정적으로 아시아 전체에 군림할 수 있는 전기였던 동시에, 그 자기 확장의 일방통행이 막다른 골목에 부딪치게 되는 계기이기도 했다. 이런 의미에서 중일전쟁 시기는 일본의 지배와 위기가 교차하는 전환기적 성격을 가지고 있다. 바로 이 전환기적 특성에 주목한 일본의 일부 지식인들은 중일전쟁이 세계사의 새로운 단계를 개시할 중대한 계기가 되리라는 전망하에 탈근대적·탈내셔널리즘적 공동체의 미래를 기획했다. '세계성'의 이념을 바탕으로 '동아협동체' 건설을 제기함으로써 일본주의적 팽창을 저지하고 아시아 연대를 일본 국내 질서 재편의 계기로 삼고자 한 '쇼와연구회'(昭和研究会)[3]

---

2) 중일전쟁기 이른바 '전시 변혁' 사상의 흐름과 쟁점들에 대해 상세히 고찰한 것으로는 米谷匡史,「戰時期日本の社会思想」,『思想』, 1997. 12 참조.
3) 국책 연구 단체로서의 '쇼와연구회'는 수상인 고노에 후미마로(近衛文麿)의 브레인 집단이자 정책 조사 집단으로 활동했는데, 이들에 의해 '동아 신질서' 구상의 구체적인 실현 방안으로서 '동아협동체'라는 모델이 제시되었다. '쇼와연구회'에는 미키 기요시(三木清), 오자키 호쓰미(尾崎秀実), 로야마 마사미치(蠟山正道), 가다 데쓰지(加田哲二), 류 신타로(笠信太郎) 등이 속해 있었다. '쇼와연구회'에 대해서는 酒井三郎,『昭和研究会 : ある知識人集団の軌跡』, ティビーエス·ブリタニカ, 1979; 함동주,「미키 기요시의 동아협동체론과 민족 문

중심의 사상가들이 그들이다.

　　한편 국민개병제를 통해 이루어지는 국가 총력전에서 전선과 총후는 하나로 묶이면서도 서로 다른 질서로 구성된다. 유동하는 전선에서는 제국 일본의 국경이 불안하게 흔들리는 것처럼 보일 수도 있고 타자(외재성)로부터 촉발될 가능성조차 있지만, 총후에서는 적대적 타자와 폭력적으로 만나는 전선 경험이 전몰자에 대한 국가적 추모 공간에서의 의례 경험으로 전환되고, 검열된 유통 경로로 전해 오는 전장의 풍문과 과장된 적대적 타자의 이미지가 떠돌며 극도로 효율화된 공포의 경제에 의해 물적·정신적 동원 및 단속이 체계화됨으로써 외재성이 추방당하고 지배와 규율은 보다 실질적으로 심화된다.[4] 그러나 같은 총후일지라도, 식민지 조선의 경우는 제국의 지정학적 배치에 의해 '병참 기지'로 재설정됨으로써 총후로서 희생되고 동원될 의무 외에는 어떤 것도 갖지 못했다. 다시 말하자면 태평양전쟁 발발 후 1942년 5월 각의의 결정을 거쳐 1944년 징병제가 전면적으로 적용될 때까지 조선은 철저하게 총후의 위치로만 고정되어 있었다.[5] 전선에서 분리된 총후, 전쟁 경험에서 분리

제」, 『인문과학』 30호, 성균관대학교 인문과학연구소, 2000 참조.

4) 국가 총력전에서 전선과 총후는 끊임없이 수렴되어야 하지만 결코 동화될 수는 없는 관계를 형성하고 있으며, 따라서 전선에서 싸우는 병사는 '국민'의 대표로서 표상되는 한편, 총후의 '민간인'들의 행동거지에 대한 단속과 규제를 가늠하는 척도가 되기도 한다. 그러므로 병사는 "국민의 '내재하는 타자'라고도 말할 수 있다"(河田明久, 「戦う兵士/護る兵士 : 銃後の自意識の図像学」, テッサ·モーリス-スズキ 他, 『岩波講座 アジア·太平洋戦争3 動員·抵抗·翼賛』, 岩波書店, 2006, 31쪽). 따라서 총력전은 전선과 총후의 거리 조절을 통해 '국민적 전쟁'으로서의 효과를 발휘한다고 할 수 있을 것이다. 한편, 식민지 조선에서의 총후 언설이 내포하고 있던 젠더 정치에 대해서는 권명아, 「총후 부인, 신여성, 그리고 스파이」, 『역사적 파시즘』, 책세상, 2005 참조.

5) 물론 1938년 2월 육군특별지원병령 공포를 통해 같은 해 4월부터 이미 조선에서 지원병 제도가 실시되었고 전선에 파견된 병사가 존재했었다는 사실을 무시할 수는 없다. 이 시기의 지원병 제도 역시 징병제로 나아가기 위한 전제의 성격을 가진 것으로서 순수한 '자원'(自

된 전시 체제, 그곳에 조선이 놓여 있었다. 일본과 중국 사이에서 전쟁의 추이를 살피며 탈식민지의 가능성을 탐색하고 있던 지식인들은 바로 이러한 위치에서 일본의 전시 변혁 사상 및 식민지 지배 이데올로기에 대응하고 있었다.

이 글은 이렇듯 제국과 식민지가 동시대성을 공유하면서도 상이한 경험 공간에 놓여 있었음에 주목하면서, 중일전쟁기 중국이라는 타자의 저항으로부터 촉발되어 제국주의 비판 및 일본 국내 변혁을 꾀하고자 했던 일본 지식인들의 논의와 그 논의에 탈식민지적 욕망을 투사했던 식민지 조선 지식인들의 대응을 통해 식민지/제국의 사상 연쇄와 그 정치학의 성격을 해명하고자 한다.

지금까지 중일전쟁기의 전시 변혁 사상 및 동아신질서론(동아연맹론 및 동아협동체론)을 사상사적으로 다룬 연구는 많이 있어 왔지만, 특히 일본의 경우 1990년대 중반 이후 지구화 문제에 착목하면서 1930년대 사상사의 쟁점들이 새롭게 조명되기 시작한 것으로 보인다. 또한 전전과 전후의 연속성에 주목하는 연구가 붐을 이루고 아시아에 대한 역사-지정학적 연구가 비판적으로 행해지면서 새로운 관점에서 중일전쟁기 사상사가 탐구되었다.[6] 이 흐름의 연장선상에서, 동시대 식민지 조선

顧)과는 다른 차원에서 평가되어야 할 문제지만, 지원병과 징병은 전쟁 경험의 '국민적 전면성'의 측면에서 구별하여 다루어야 할 것이다. 징병제 실시를 지원병제 실시와 구별하여 식민지 지배 정책의 새로운 단계로 설정하고 있는 연구로는 최유리, 「일제 말기(1938~45년) '내선일체'론과 전시 동원 체제」, 이화여대 박사 논문, 1995 참조.

6) 浅田彰·柄谷行人·久野收, 「特別インタヴュー 京都学派と三〇年代の思想」, 『批評空間』 II-4, 1995; 岩崎稔, 「三木清における「技術」「動員」「空間」」, 『批評空間』 II-5, 1995; 米谷匡史, 「「世界史の哲学」の帰結」, 『現代思想』, 1995. 1; 米谷匡史, 「戦時期日本の社会思想」, 『思想』, 1997. 12; 米谷匡史, 「三木清の「世界史の哲学」」, 『批評空間』 II-19, 1998; 요네타니 마사후미, 『아시아/일본』, 조은미 옮김, 그린비, 2010 등.

의 전향자들이 이러한 사상적 모험에 어떻게 대응했는가를 다룬 연구가 이루어져 왔다.[7]

　　이 글은 기존의 연구 성과에 기대면서도, 조선의 전향자들의 사상적 모험의 양상을 개별적으로 기술하기보다는 그들의 모험을 추동하고 성격 지은 제국과 식민지의 역사-지정학적 위상 차이에 주목하면서 중일전쟁기의 사상사적 쟁점을 실마리로 하여 식민지/제국에 형성되었던 언설 장의 불균등성과 균열 지점을 찾고자 한다. 특히 사상사의 자율적 영역을 재구성하기보다는 사상사적 문제를 '내지'와 '식민지'에서의 전시 총동원 체제의 경험에 조회함으로써 재심(再審)하고자 한다. 이러한 작업이 식민지/제국 체제의 본질에 접근하는 한 통로가 될 수 있으리라 기대한다.

2. 참여를 통한 반역 : 중일전쟁기에 열린 어떤 언설 공간

지금까지 한국의 역사 기술에서 1930년대 후반 이후의 시기는 일본 제국주의의 민족 말살 정책이 극에 달한 시기로서 평가되어 왔다. 만주 사

---

7) 崔真碩, 「朴致祐における暴力の予感」, 『現代思想』, 2003. 3; 趙寬子, 「植民地帝国日本と「東亜協同体」」, 『朝鮮史研究会論文集』 41호, 2003; 차승기, 「'근대의 위기'와 시간-공간 정치학」, 『한국근대문학연구』 8호, 2003; 趙寬子, 「徐寅植の歴史哲学」, 『思想』 957호, 2004. 1; 洪宗郁, 「一九三〇年代における植民地朝鮮人の思想的模索」, 『朝鮮史研究會論文集』 42호, 2004; 戸邉秀明, 「資料解題 日中戦争期·朝鮮知識人の東亜協同体論」, *Quadrante*, 6호, 2004; 米谷匡史, 「植民地/帝国の「世界史の哲学」」, 『日本思想史學』 37호, ぺリカン社, 2005 등.
이 글이 논문으로 발표된 이후, 일본의 전시 변혁 사상과 식민지 조선의 전향자들의 사상적 모험에 대한 기존 연구들을 총괄하고 반성하는 작업이 이루어지기도 했다. 洪宗郁, 『戦時期朝鮮の転向者たち』, 有志舍, 2011; 이석원, 「식민지-제국 사상사 다시 쓰기의 새로움과 한계」, 『역사비평』 2011년 겨울호 등.

변과 중일전쟁으로 이어지는 일본의 제국주의적 팽창에 따라 식민지는 제국 내의 '병참 기지'로서 위치 지어지고 내선일체 이데올로기 및 창씨개명으로 대표되는 황민화 정책에 따라 조선의 민족적 독자성이 뿌리로부터 제거될 위기에 처해졌다는 것이 일반적인 역사적 평가다. 사실 타민족의 독자성을 부정하는 이 같은 동일화 정책은 1930년대 조선에서만이 아니라 일본이 제국주의적으로 팽창하며 이민족을 점령하기 시작할 때부터 지속되어 온 민족 지배 정책의 기조였다고 할 수 있을 것이다.[8] 그러나 식민지 조선의 경우만이 아니라 전쟁을 수행하는 일본과 침략당하면서 저항하는 중국의 입장을 고려하여 동아시아 전체를 본다면, 이 시기 일본의 민족 정책이 하나로 일관되었다고 보기는 어렵다.

기본적으로, 전쟁을 수행하는 식민모국이 식민지에 대해 취한 정책은 동일화 전략에 바탕을 두고 있었다. 중국이라는 대국과의 전쟁을 수행하기 위해 식민지의 인적·물적 자원이 이전보다 더욱 절실히 요구되었고, 따라서 이 시기 강화된 동일화 전략은 전쟁을 승리로 이끌기 위한 가장 효율적이고 목적 합리적인 체제로의 개편과 연동하는 것이었다. 일본 국내에서의 '국가총동원법' 공포와 식민지 조선에서의 '국민정신총동원 조선연맹'의 결성은 그러한 전쟁 합리성의 귀결이었다.

일본 국내에서는 '국가총동원법'에 입각하여 '거국일치, 진충보국, 견인지구'라는 슬로건하에 1938년 9월부터 본격적인 국민정신총동원

---

8) 그렇지만 이 동일화 정책이 강력한 차이화 정치를 연료로 하여 작동되고 있었음을 간과해서는 안 될 것이다. 정책으로서의 동일화는 무엇보다도 폭력성에 기반한 것이기 때문이다. 이와 관련하여 조선 지배 초기 일본이 조선인의 일본인식 개명을 금지시켰다는 사실을 통해 일본의 식민지 지배에 있어서의 동일화와 차이화의 양면성을 보여 준 미즈노 나오키, 「조선 식민지 지배와 이름의 차이화」, 『사회와 역사』 59호, 2001 참조.

운동이 전개되었다. 신사·황릉 참배, 칙어봉독식, 전몰자 위령제, 군인유 가족 위문, 출정 병사·영령·상이군인의 송영, 근로 봉사, 국방 헌금 모집 등 국민 교화 운동을 펼치면서 국민들에게 전쟁의 필요성과 정당성을 납득시키고, 정신적·물질적 노력 동원을 전쟁 승리라는 목적에 종속시 키고자 했다.[9] 그리고 이러한 동원을 식민지 조선에서도 실현시키기 위 해 '국민정신총동원 조선연맹'을 통해 '황국 정신' 및 '내선일체' 이데올 로기의 내면화와 '생업보국'의 일상화를 규율하는 '국민 총훈련'을 전개 하면서 전시 동원 체제를 강화해 갔다.[10]

그러나 중일전쟁이 장기 지구전으로 전환되면서 일본의 민족 정책 은 분화되는 양상을 보인다. 물론 식민지 조선에서는 동원 체제를 강화 하며 내선일체의 동일화 이데올로기를 지속시켜갔다. 전쟁이 장기화됨 에 따라, 단기간의 전쟁 수행을 위한 잠정적이고 일시적인 전술적 방침 이 아닌 장기적으로 지속되어야 할 구조로서 '총동원 체제'의 성격을 보 다 분명히 하면서 식민지를 포함한 제국 전체를 획일적인 전체주의 체 제로 이끌어 갔다. 그러나 새로운 지배 대상 중국에서 성장해 가는 강력 한 항일 내셔널리즘이 제국의 구상을 심각하게 위협하자 일본은 최소한 이나마 중국의 민족적 독자성을 인정하지 않을 수 없는 상황에 처하게 되었다.[11]

이 과정에서 제기된 것이 고노에 내각의 이른바 '동아 신질서' 구상 이다. 이는 일본 제국주의가 중국의 항일 내셔널리즘이라는 벽에 부딪치

9) 하종문, 「군국주의 일본의 전시동원」, 『역사비평』 62호, 2003, 147~148쪽 참조.
10) 김영희, 「국민정신총동원 운동의 전개 형태와 그 침투」, 『한국근현대사연구』 22호, 2002 참조.
11) 함동주, 「미키 키요시의 동아협동체론과 민족 문제」, 339~340쪽 참조.

게 된 중일전쟁의 특정한 국면에서 비롯된 산물로서, 일본의 제국주의적 팽창과 지배 정책을 재고하게 하는 계기가 되었다. 중국 내셔널리즘의 강력한 저항에 부딪침으로써 일본은 중일전쟁 초기의 '폭지응징'(暴支膺懲)이라는 태도에서 일변하여, '파괴에서 건설로', '전쟁에서 정치로'라는 슬로건을 내세우며 중국을 '동아 신질서'의 주체로 인정하지 않을 수 없게 된 것이다. 말하자면 중국이라는 타자의 타자성(또는 지배 불가능성)과 조우함으로써 기존의 지배 전략에 수정을 가하지 않을 수 없게 된 것이다.

바로 이 지점에서 '동아 신질서' 구상의 입안에 적극 개입하며 중일전쟁을 비적대적이고 비자본주의적인 동아시아 공동체 구성의 계기로 전환시키고 그로부터 일본 국내 질서의 변혁을 이끌어 내고자 하는 사상적 모험이 적극적으로 전개된다. '쇼와연구회' 중심의 혁신 좌파 지식인들은 중국의 항일 내셔널리즘의 존재를 중요하게 의식하면서, 제국주의 침략 전쟁을 동아시아 통일과 변혁의 운동으로 변화시키고자 했다.[12] 동아협동체론이 구체적으로 제기되기 전에 이미 미키 기요시는 중일전쟁을 세계사적 견지에서 바라볼 필요성을 역설하고 있었는데, 그것은 중국 민족의 독자적 존재에 대한 인정에서 촉발된 것이었다.

지나 사변은 사상적으로 볼 때 적어도 우선 한 가지 점을 명료하게 가르쳐 주고 있다. 즉 일본의 특수성만을 역설하는 데 힘써 온 종래의 일본정신론은 여기에서 중대한 한계에 봉착하지 않으면 안 되게 된 것이

---

12) 중일전쟁이 지니고 있는 이러한 특수성에 주목하면서 당시의 사상적 모험의 역사적 의의를 재평가한 것으로는 米谷匡史, 「戰時期日本の社會思想」, 85~90쪽 참조.

다. 그러한 사상은 일지(日支) 친선, 일지 제휴의 기초가 될 수 있는 것이 아니기 때문이다. 일본에는 일본 정신이 있는 것처럼, 지나에는 지나 정신이 있다. 양자를 결합시키는 것은 양자를 넘어선 것이 아니면 안 된다.[13]

이곳에서 이른바 '일본정신론'을 분명하게 비판하고 있듯이, 그의 입장에서 볼 때 중국은 일본과 대등한 독자성을 가진 존재이다. 아니, 오히려 제국 일본이 중국과 마찬가지로 하나의 '특수한' 존재에 불과하다는 것이 인정되고 있다. 이러한 인정을 통해 개개의 특수한 것을 연결할 수 있는 상위의 일반자에 대한 요구가 발생한다.[14] 이러한 요구는 우선 '동양'이라는 개념으로 귀결하지만, 일단 '동양'으로 확대된 세계관은 다시 필연적으로 '세계사적 입장'을 요구하게 된다.

미키는, 그가 '쇼와연구회'에서 주도적인 역할을 수행하는 계기가 된 '7일회' 담화 「지나 사변의 세계사적 의의」(1938년 7월 7일)에서 중일전쟁의 세계사적 의의를 두 가지로 명료하게 요약하고 있는데, 그중 하나가 '동양의 통일'이다. 중국이라는, 일본과 대등한 존재를 인식하는 것이 어떻게 세계사적 관점과 연결되는지가 이곳에서 분명해진다.

---

13) 三木清, 「日本の現実」(『中央公論』, 1937. 11), 『三木清全集 13』, 442쪽. 미키 기요시의 전집은 이와나미서점(岩波書店)에서 간행된 것(전19권, 1967~1968)을 이용했다.

14) 이렇듯 민족적 특수성 또는 내셔널리즘을 초극하지 않으면 안 된다는, 중일전쟁으로부터 촉발된 요구는 미키 기요시에게 줄곧 일관되게 나타나는 것인데, 이는 이후의 모든 동아협동체론자들에게 있어서도 일종의 '최대공약수적 요소'로서 반복적으로 나타나는 지향성이기도 하다. 酒井哲哉, 「「東亜協同体論」から「近代化論」へ」, 日本政治学会 編, 『日本外交におけるアジア主義』, 岩波書店, 1998, 120쪽. 마찬가지로 교토 학파의 경우 역시 그 좌우파를 막론하고 '세계사적 입장'이 전제되어 있었다. 米谷匡史, 「植民地/帝国の「世界史の哲学」」, 13쪽 참조.

동양이라는 것을 생각하지 않은 채 일본과 지나가 진정으로 결합되는 일은 있을 수 없다. 때문에 일지 제휴 또는 일만지 일체란, 지금까지 세계사적 의미에 있어서는 전혀 실현되지 않았던 동양의 통일이라는 것을, 지나 사변을 통해 실현해 가는 것이 아니면 안 된다. 그와 동시에 이 경우 동양의 통일이라는 것은, 이미 서양과 무관하다고는 생각되지 않는다. 동양이 형성되는 날은 동시에 진정한 의미에서 세계가 형성되는 날이 아니면 안 된다. (……) 사변이 여기까지 온 이상, 지나를 해결하지 않으면 일본은 해결되지 않으며 일본을 해결하지 않으면 지나는 해결되지 않는다. 다시 말해서, **지나 건설의 원리는 동시에 국내 개혁의 원리이지 않으면 안 되며, 국내 개혁의 원리는 동시에 세계 형성의 원리이지 않으면 안 된다.** 그리고 이 세계 형성의 원리를 발견하고 이 대사업을 달성하는 데 이후 사변의 세계사적 의의가 있으며, 일본의 세계사적 사명이 있는 것이다.[15]

근대적 원리로서의 자유주의가 막다른 골목에 부딪쳤다는 미키 기요시의 판단[16]은 단지 유럽주의의 몰락을 의미할 뿐만 아니라 메이지 이후 일본이 걸어온 탈아론적 근대화의 길이 한계에 봉착했음을 비판하는 진술이기도 하다. 이러한 관점에서 미키는 일본을 '동양'의 분리 불가능한 일부분으로 위치 짓고 있다. 일본의 근대화는 동아시아의 타자를 억압·수탈하는 한편 그 억압·수탈의 기억을 망각하면서 진행되어 왔으나,

---

15) 三木清,「支那事変の世界史的意義」,『批評空間』II-19, 1998, 35~36쪽. 강조는 인용자.
16) 같은 글, 34쪽. 또한 三木清,「二十世紀の思想」(『日本評論』, 1938. 7),『三木清全集 14』, 153~154쪽 참조.

중일전쟁은 그 타자의 존재를 다시 상기해 낼 계기를 제공했다. 그러나 타자가 존재한다는 사실보다 더욱 중요한 것은 그 타자가 단지 외부가 아닌 제국주의 일본의 내부와 근저로부터 연결되어 있음을 깨닫는 것이다. 하나의 세계 체제 속에 동아시아의 타자가 함께 연루되어 있음을 깨달음으로써만 '동양'이 성립될 수 있기 때문이다. 따라서 중국을 서구 제국주의 열강의 지배로부터 분리시키고 그곳에 새로운 질서를 수립하는 과제가 일본 국내의 변혁이라는 과제와 동시에 수행된다. 미키는 이렇듯, 일본이 '탈아'로부터 복귀하여 동아시아의 타자와 근본적으로 연루되어 있음을 자각함으로써 '동양'이라는 새로운 현실을 수립할 수 있다면, 그리하여 지금까지 보편성을 참칭해 온 근대=서양의 원리를 상대화할 수 있다면 그때 비로소 진정한 의미의 '세계'가 개시되리라고 내다보았다.[17] 이 '세계'란, 일본에는 중국이, 서양에는 동양이 구조적으로 상호 연관된 체제를 형성하고 있음을 자각할 때 개시되고, 이전까지 군림해 온 근대적인 질서를 지양한 보다 상위의 원리가 발견될 때 실질적으로 형성될 수 있는 것이다. '동양의 통일'이 바로 이렇듯 상호 연관된 체제를 현실적으로 드러냄으로써 '세계'를 공간적으로 재인식하게 하는 계기가 된다면, '세계'를 시간적으로 개진하는 계기는 자본주의 문제의 해결에서 찾아진다. 이 '자본주의 문제의 해결'이 '동양의 통일'과 함께 중

---

17) 미키는 이미 중일전쟁이 발발하기 직전부터 근대=서양을 넘어설 새로운 세계관으로서 '세계사'의 철학을 제시하고 있었다. 지금까지의 세계는 단적으로 서양적 세계였고, 따라서 동양에 대한 지배, 억압, 착취가 필연적으로 뒷받침되어 온 세계였다. 그러나 그것은 엄밀한 의미에서 '세계'가 아니었다. '세계'는 어떤 특정한 인륜적 질서 이전에, 그 인륜적 질서가 발생할 수 있는 가능성의 조건으로서 놓여 있는 존재의 가장 근원적인 일차원적 근거를 지칭하는 것이기 때문이다. 三木清, 「世界史の公道」(『新潮』, 1937. 7), 『三木清全集 13』 참조.

일전쟁의 또 다른 세계사적 의의를 이룬다.

동양의 통일은 일본 민족에게 주어진 세계사적 과제이다. 그리고 그것
은 오늘날 극히 중요한 과제, 즉 자본주의 문제의 해결이라는 커다란
근본적인 문제를 포함하고 있다. 오늘날의 단계에서 세계사 최대의 과
제는 실로 이 문제의 해결인 것이다. 자본주의 사회의 다양한 모순을
어떻게 해결할 것인가, 이 해결에 대한 구상 없이는 동양의 통일이라는
것도 진정으로 세계사적인 의미를 실현할 수는 없다.[18]

비록 '동양의 통일'이 근대=서양을 상대화함으로써 기존의 서양중
심주의적 세계(사)가 진정한 의미의 '세계(사)'가 아니었음을 (부정적으
로) 일깨운다 하더라도, 동양과 서양을 모두 포괄하는 새로운 질서를 (긍
정적으로) 제시하지 못한다면, '동양의 통일'이라는 것도 단순히 근대=서
양적인 자본주의의 원리를 반복하는 데 그칠 뿐이다. 곧 근대=서양 이후
의 새로운 질서를 제시하지 못하는 한, '동양의 통일'이란 서양중심주의
적 세계(사)가 지니고 있던 폭력성을 동양에서 되풀이함으로써 한낱 제
국주의적 침략을 정당화하는 논리로 귀결되고 말 것이다. 미키에 의하면
바로 이곳에 중일전쟁의 세계사적 의의가 있다. 동양의 대두가 근대=서
양의 세계(사)를 뒤흔드는 데서 멈추지 않고 "자본주의 사회의 다양한 모
순"을 해결할 수 있을 때 비로소 세계사적 의미를 실현할 수 있는 것이다.
그렇다면 '동양의 통일'과 '자본주의 문제의 해결'이라는, 중일전쟁
이 던져 준 세계사적 과제는 어떻게 실현될 수 있을 것인가. 이 질문에

---

18) 三木清, 「支那事変の世界史的意義」, 36쪽.

대한 대답으로 제시된 것이 이른바 '동아협동체'론이다.

'동아협동체'론은 고노에 내각의 동아 신질서 구상의 근간을 이루는 동아시아 공동체의 미래 기획으로 제시되고 논의되었다. 이 미래 기획은 '쇼와연구회'에 소속되어 있던 혁신 좌파 지식인들 개개인에 따라 조금씩 다르게 구상되었지만, 기본적으로 동아시아 내에 탈내셔널리즘적 지역 공동체를 구성하여 일본 국내외의 모순과 갈등을 해결하고자한 데에서는 뜻을 같이 했다. 특히 중일전쟁이 세계 전쟁으로 발전하고, 나아가 세계 혁명으로 진전되리라 예상하고 그곳에서 중일전쟁의 세계사적 의의를 발견한[19] 중국 전문가이자 저널리스트 오자키 호쓰미는, 어느 누구보다도 중국의 민족 문제를 예민하게 주시하면서 그로부터 '동아협동체'론을 둘러싼 논의에 비판적으로 개입했다. 그는 "현하의 정세하에서 '신질서'의 실현 수단으로서 나타난 '동아협동체'는, 다름 아닌일지사변의 진행 과정이 낳은 역사적 산물"[20]임을 분명히 하고 있는데, 이는 '동아협동체'를 둘러싼 논의가 동아시아에서의 일본의 제국주의적팽창을 저지할 때에만 현실적으로 성립될 수 있음을 뜻한다.

> 동아협동체론 성립의 기초의 하나가 (……) 일본의 일방적 방식에 의해 동아 제국(諸國)을 경제적으로 조직화하는 것이 곤란하다는 사실이 명확하게 된 결과에 있었음은 사실이다. 이러한 의미에서 말한다면, '동아협동체'론의 발생을 가장 깊게 원인 짓고 있는 것은, 지나에 있어

---

19) 山本鎭雄,「尾崎秀実の東亜協同体論と「国民再組織」論」,『日本女子大學紀要』13호, 2003, 4쪽 참조; 또한 米谷匡史編,『尾崎秀実時評集』, 平凡社, 2004의 편자 해설 참조.
20) 尾崎秀実,「「東亜協同体」の理念とその成立の客観的基礎」(『中央公論』, 1939. 1), 米谷匡史編,『尾崎秀実時評集』, 187쪽.

서 민족의 문제를 재인식한 점에 있다고 생각되는 것이다.[21]

미키 기요시 역시 중국의 독자성을 의식함으로써 일본 내셔널리즘을 초월한 '동양'과 '세계'의 역사적 현실성을 인식하고 나아가 '동양의 통일'과 '자본주의 문제의 해결'을 세계사적 과제로서 제시했지만, 오자키의 경우엔 중국이라는 타자의 항일 내셔널리즘을 더욱 적극적으로 평가하여, '동아협동체'를 동아시아에서의 사회주의적 변혁의 계기로 삼고자 했다. 더욱이 이러한 세계사적 의의를 지니는 동아시아 변혁을 수행하기 위해 일본 국내의 비자본주의적 재편성을 기획('국민재조직'론[22])했다는 점에서, 오자키 호쓰미는 중일전쟁이 초래한 위기를 보다 구체적으로 일본 변혁의 계기로 삼고자 했음을 알 수 있다.

미키와 오자키 등의 기획은 말 그대로 '전시 변혁'이라는 이름에 값하는 것이었다. 이들은 제국주의 전쟁에 대한 적극적인 반대와 내전을 통해 혁명 운동을 촉발시킨 러시아 혁명가들과는 반대로, 전쟁에 적극 가담함으로써 일본 제국주의의 전복과 세계 혁명이 동시에 가능해질 수 있는 계기를 발견하고자 했다. 따라서 이들에게 중일전쟁은 단순히 '이미 눈앞에 벌어진 사건' 또는 '회피해야 할 사태'가 아니라 오히려 '참여를 통한 반역'이라는 역설을 실천해야 할 공간이었다. 그러나 이 같은 '반역'의 기획이 더욱 진전되기 위해서도 '참여'가 심화되어야 했음은 물론이다.

---

21) 같은 글, 190쪽.

3. '세계화'와 '세계성'의 간극

'동아 신질서' 구상 및 그를 둘러싼 논의는 일본의 전쟁 상대자였던 중국을 향해 제기되고 발화된 것이었지만, 식민지 조선에서도 이에 적극적으로 반응하면서 식민지/제국 관계의 변화를 지향하는 언설 실천이 이루어지게 된다. 주로 사회주의로부터 전향한 지식인들을 중심으로 이루어진 이 언설 실천은 제국주의 일본이 어떻게 국수주의 또는 내셔널리즘(일본주의, 황도주의)을 넘어서 아시아의 타자와 만날 수 있는가, 이 같은 타자와의 만남이 과연 일본 내부의 변화를 초래하게 될 것인가, 그리고 제국적 질서의 변화는 식민지/제국 관계를 어떻게 재배치하게 될 것인가를 주요 쟁점으로 하여 전개되었다.[23]

조선의 전향 지식인들이 '동아협동체'론 등 일본의 '동아 신질서' 구상에 대해 적극적으로 반응하면서 논의를 전개하는 언설 공간이 발생할 수 있었던 데에는 몇 가지 조건이 작용했던 것으로 보인다. 물론 기본적으로 중일전쟁 발발을 전후하여 식민지에 대한 정치·사상적 억압이 강화됨으로써 조선의 독립과 사회주의적 변혁을 위한 직접적인 시도가 현실적으로 불가능한 상황에서, 고노에 내각이 '동아 신질서' 구상을 발표한 이후 일련의 논의와 행보가 "대중국 정책의 변화와 혁신 정책의 표

---

22) 尾崎秀実, 「国民再組織問題の現実性」(『帝国大学新聞』, 1940. 6. 10), 『尾崎秀実著作集 5』, 勁草書房, 1979 참조.
23) 그러나 이러한 언설 실천이 가능할 수 있었던 공간은 일본에서 혁신과 주도의 신체제 운동이 패퇴하고 익찬(翼贊) 체제가 등장하는 1940년 후반, 그리고 결정적으로 1941년 12월 태평양전쟁 발발과 함께 닫혀져 버리게 되고, 그 후로 일본에서는 일본 중심의 대동아 공영권을 긍정하는 언설과 자기만족적인 근대 초극 언설이, 조선에서는 제국 '국민'의 영역이 확장되기를 기대하는 내선일체 방법론을 둘러싼 논의가 지배하게 된다.

방"[24]의 방향으로 나아가고 있음에 모종의 기대를 가지고 일본의 국책을 전향적으로 받아들이고 있었다는 것은 사실일 것이다. 그럼에도 불구하고 식민지 문제가 전혀 고려되고 있지 않았던 '동아 신질서' 및 '전시 변혁' 구상을 식민지 지식인이 적극적으로 수용하고 그곳에서 나름의 언설 실천을 행하게 된 데에는, 그러한 언설 실천이 전개될 수 있는 공간 자체를 생성해 낸 보다 포괄적이고 근본적인 조건의 작용이 있었다고 생각된다. 일본에서 '전시 변혁'의 언설 공간이 중국 내셔널리즘에 부딪침으로써 생성될 수 있었다면, 같은 시기 조선에서의 언설 공간은 일본의 '전시 변혁' 논의로부터 촉발되면서도 식민지/제국의 역사-지정학적 위상 차이에 의해 규제되는 상이한 조건 위에서 개시된 것으로 보인다.

그 가장 근본적인 조건은 일본이 중국과 조선 각각에 대해 취한 이율배반적 태도로부터 규정된다. 앞 절에서도 확인할 수 있었듯이, '동아 신질서' 구상은 중국의 항일 내셔널리즘의 강력한 저항에 직면한 일본이 민족 문제를 진지하게 고려하지 않을 수 없게 된 상황에서 제기된 것이었다. 즉 다른 민족의 독자성을 부정하고 동화시키고자 하는 일본의 대민족 정책이 일정 정도 수정되지 않을 수 없게 된 상황에서 동아시아 신질서의 구상이 제기되었던 것이다. 그러나 식민지에 대해서는 변함없이, 아니 오히려 더욱 강력하게 동일화 정책을 펼치면서 동원을 강요하고 있었다. 따라서 식민지 조선에 대한 '동일화=독자성 부정'과 중국에 대한 '독자성 인정'이라는 일본의 이율배반적 태도가 현저하게 부각되지 않을 수 없었다. '동아 신질서' 구상을 둘러싸고 식민지/제국 관계의

---

24) 홍종욱, 「중일전쟁기(1937~1941) 조선사회주의자들의 전향과 그 논리」, 『한국사론』 44호, 2000, 189쪽.

변화와 식민지 사회 내의 개혁을 지향하는 언설 공간이 생성된 것은 바로 이 같은 이율배반의 간극 사이에서다. 일본이 동아시아의 타자를 향해 내놓은 두 가지의 서로 다른 카드는 그 두 카드 사이의 거리를 묻는 새로운 언설 공간이 생성되도록 만들었다.[25] 특히 전향은 했으나 사회주의적 변혁의 전망을 완전히 폐기했다고 보기는 어려운 전향 지식인들에게, 동아시아 전체의 질서를 새롭게 재편하고자 하는 일본의 기획이 일본 국내의 비자본주의적 개혁과 연동되어 있다는 사실은 단순히 식민지/제국 관계의 변화뿐만 아니라 동아시아의 사회주의적 변혁까지 기대할 수 있게 했다.

이러한 조건 위에서 개시된 중일전쟁기 조선의 언설 공간은 식민지/제국의 역사-지정학적 위상 차이로부터 비롯되는 또 다른 규정 요소들에 의해 그 언설 실천의 방향과 성격이 특징지어지게 되는데, 그것은 우선 전쟁에 대한 조선과 일본의 경험 차이와 관련되어 있다. 이 글의 도입부에서도 잠깐 언급했듯이, 동일한 총후이면서도 식민지 조선은 전쟁으로부터 분리되어 있었다. 전선에서 분리된 총후, 전쟁 경험에서 분리된 전시 체제가 식민지 조선이었다. 병참 기지로서 전쟁을 위한 동원은 강화되어 갔지만, 엄밀히 말해서 중일전쟁에 조선인들이 '참여'하고 있다고 말할 수는 없는 상황이었다. 국민정신총동원 운동을 통해 전쟁의 정당성과 희생의 불가피성을 납득시키는 공작이 적극적으로 전개되

---

25) 필자가 불명확한(편집자인 최재서가 작성했을 가능성이 높지만) 『인문평론』, 1940. 2의 한 컬럼은 오자키 호쓰미와 미키 기요시의 '동아협동체'론을 소개한 이갑섭의 「동아협동체이론」(『조선일보』, 1940. 1. 1~6)에 대해 "이 협동체 안에서 조선 문화가 가질 위치와 의의는 어떠한가? 필자여 분발하라!"며 비판적인 논평을 붙이고 있는데, 간접적이나마 이 논평을 통해 '동아협동체'론이 조선과 '동아협동체' 사이의 관계 문제를 묻도록 촉발시키고 있었음을 읽을 수 있다. 「求理知喝」, 『인문평론』, 1940. 2, 45쪽.

었지만, 과감하게 말해서, 여전히 조선인들에게 중일전쟁은 '남의 전쟁'이었다.[26] '동아 신질서' 구상 및 '동아협동체'론을 둘러싼 논의를 비롯해 중일전쟁기 형성된 언설 공간에 참여한 조선의 지식인들은 전쟁 그 자체의 문제보다는 중국과 일본 사이의 전쟁의 귀추가 조선에 미칠 영향에 관심을 집중하고 있었다. 일본 측 논의가 저항하는 중국에 대한 의식에서 촉발된 데 반해, 조선에서의 논의는 침략당하는 중국에 대한 의식보다는 중국과 일본 사이에서 정황을 엿보는 방식으로 이루어졌던 것이다.

또한 조선과 일본의 전쟁 '참여' 감각의 차이는 권리에서 분리된 채 의무만이 강요되는 식민지의 위치와도 밀접히 결부되어 있다. 이는 제국이 식민지를 자신의 주권 영역 속에는 포섭하고 있으면서도, 이질적인 '법역'(法域)으로 분단하는 외지/내지의 차별 구조 자체와 관련된 문제다.[27] 중일전쟁을 전후하여 식민지-식민 본국 관계가 한편으로는 더욱 밀착되면서도 다른 한편으로는 일방적으로 폭력적인 동원이 더욱 강요되고 있었고, 따라서 전쟁 '참여' 감각의 차이가 더욱 현실화되면서 이

---

26) 예컨대 재조 일본인들을 중심으로 조직된 황도주의 사상 단체 녹기연맹의 총주사(總主事) 야마자토 히데오(山里秀雄)는 국민정신총동원 운동이 효과적으로 진행되지 못하는 현실을 다음과 같이 지적하고 있다. "대체로 세간 일반의 사람들은, 정동 운동은 정부의 일이나 또는 당사자의 일이라고 생각하고 있으며, 자기 자신의 문제이자 내일의 일본의 건설을 위해 불가피한 문제로서 절실하게 느끼고 있는 사람이 적은 듯하다"(山里秀雄, 「精動運動への希望」, 『總動員』, 1940. 5, 43쪽).

27) 이른바 내지와 외지는 법영역 내부에 입법기관을 가지고 있는가 그렇지 않은가에 따라 나뉜다. 즉 헌법적 입법기관인 제국의회를 가지고 있는 영역이 '내지', 행정기관인 총독부의 명령에 헌법상의 법률사항이 위임되는 영역이 '외지'이다. 일본의 제국법제는, 내지에서는 서양의 치외법권을 배제하며 속지주의적 원리를 확립하고 외지에서는 속인주의적 원리를 적용함으로써 이질적인 법적 공간을 구성하고 내지/외지의 차별을 구조화했다(浅野豊美, 「國際秩序と帝国秩序をめぐる日本帝国再編の構造」, 浅野豊美·松田利彦, 『植民地帝國日本の法的展開』, 信山社, 2004, 66~69쪽 참조).

시기 생성된 언설 공간에 특정한 색채를 부여하게 되었다. 즉 희생과 동원의 의무가 강화되는 만큼 그에 상응하는 권리에 대한 요구도 표면화되었고, 이는 더 나아가 '참여'에의 요구로 나아가기도 했다.[28]

중일전쟁기라는 특정한 역사적 국면에 일본과 조선에서 동시대적으로 언설 공간이 생성되었지만, 식민지/제국의 역사-지정학적 위상 차이는 그 구체적인 언설 실천의 지향과 성격을 구별되게 만들었다. 이하에서는 이러한 특성에 주목하면서 차이화의 양상을 살펴보도록 하겠다.

앞 절에서 검토한 바와 같이 미키 기요시, 오자키 호쓰미 등의 '세계사'의 이념과 '동아협동체'론은 중일전쟁을 통해 마주치게 된 항일 내셔널리즘의 문제를 해결하기 위해 일본 스스로 탈내셔널리즘적·탈근대적 미래 기획을 제시하는 과정에서 비롯된 산물이었다. 더욱이 그것은 내셔널리즘을 초월한 새로운 다민족 공동체의 결합 원리를 찾아야 했기 때문에 황국의 우월성을 강요하는 일본주의도 비판해야 했고, 세계사적 보편성을 갖는 새로운 삶의 질서를 제시해야 했기 때문에 근대적 자본주의도 제국주의도 극복해야만 했다. 이렇듯 일본의 자기비판을 내포한 미래 기획이기 때문에 그것은 도덕적으로도 우월성을 가지고 있는 것으로 주장되었다.

'동아협동체'론의 발생이 같은 계열의 다른 이론과 다른 점은, 이것이 지나 사변의 구체적 진행에 따라 지나에 있어서의 민족 문제의 의의를

---

28) 식민지/제국의 주권 영역과 법 영역 사이의 불일치가 발생시킨 욕망의 정치학은 '내선일체'론을 둘러싼 논의에서 가장 잘 드러나는데, 그 가장 극단적인 예로는 현영섭으로 대표되는 철저일체론자들을 들 수 있다.

깨닫고, 거꾸로 자국의 재조직에까지 생각이 미친 진지함에 있는 것이다. 이 점은 동아 제패의 웅도를 기초로 하여 그려진 다른 제 동아 민족의 대동단결 계획안과는 다른 겸허함을 가지고 있는 것이리라.[29]

일본은 동아의 신질서 건설에 있어 지도적 지위에 서지 않으면 안 된다. 이 점은 일본이 동아의 제 민족을 정복한다는 것을 의미하지 않는 것임은 물론이다. 오히려 일본이 동아 제 민족 융합의 쐐기가 되는 것이다. 동아협동체가 일본의 지도하에 형성되는 것은, 일본의 민족적 에고이즘에 의한 것이 아니라 오히려 이후의 사변에 대한 일본의 도의적 사명에 기초한 것이며, 이러한 도의적 사명의 자각이 중요하다.[30]

물론 '겸허함'이나 '도의적 사명'은 중국을 향한 설득으로서뿐만 아니라 확전을 주장하는 일본 군부에 대한 견제로서의 의미도 가지고 있으나, 도의적 정당성을 일본이 전유하게 됨으로써 정작 중국 측에서는 '동아 신질서' 구상 및 '동아협동체'론이 중국 합병론에 다름 아닌 것으로 받아들여지곤 했다. 장제스도 '동아 신질서' 건설을 "중국 병탄의 다른 이름"[31]이라고 비판했고, 왕징웨이(汪精衛) 역시 "침략주의와 공산주의 국가와 결합하여 일본에 대항할지언정 일본과는 결합하지 않겠다"[32]는 것이 중국 인민들의 입장이라는 점을 분명히 하면서 일본의 '동아협

29) 尾崎秀実, 「「東亜協同体」の理念とその成立の客観的基礎」, 205쪽.
30) 三木清, 「新日本の思想原理」(『昭和研究会パンフレット』, 1939. 1), 『三木清全集 17』, 532~533쪽.
31) 山本鎭雄, 「尾崎秀実の東亜協同体論と「国民再組織」論」, 6쪽 재인용.
32) 왕징웨이, 「중일전쟁과 아시아주의」(「中國與東亞」, 『中華日報』, 1939. 7. 10), 최원식·백영서 엮음, 『동아시아인의 '동양'인식 : 19~20세기』, 문학과지성사, 1997, 180쪽.

동체'론자들에게 중국의 자주·독립 보장을 요구하고 있었다.

일본의 혁신 좌파들은 일본을 자기비판하면서 저항하는 중국을 납득시킬 수 있는 '세계성의 세계'를 동아시아에서 실현하고자 했지만, 그것은 내셔널리즘 및 현실적인 정치적 갈등을 초월한 높은 지점까지 스스로를 고양시킴으로써 오히려 새로운 식민주의를 낳을 가능성을 함축하고 있었다.[33] 특히 미키 기요시의 경우 '동아협동체'의 정당성을 확신하는 데서 더 나아가, 중국이 자국의 독립과 자유를 요구하는 것에 급급해 '동아협동체'의 대의를 저버리고 있다고 비판하기까지 했는데,[34] 이렇게 중국의 내셔널리즘을 비판할 수 있는 입장은 그 자신이 상정하고 있던 '세계성의 세계'를 현실에서 실현할 수 있다고 확신할 때에만 나타날 수 있는 것이다. 미키 기요시는 '동아협동체'의 정당성을 확신하고 그 실현에 있어 일본의 지도적 위치를 전제함으로써 '세계성'을 '세계화'로 역전시키고 스스로 근대적 주체로 되돌아가는 길을 밟아 갔던 것으로 보인다. 이러한 역전에 대해서는 근대 초기 서양에서 중세적인 '완전성'

---

33) 특히 교토 학파의 '세계사의 철학'의 '무적 보편'이라는 개념을 이러한 입장에서 비판한 것으로는 米谷匡史, 「植民地/帝国の『世界史の哲学』」, 13~14쪽 참조. 또한 미키가 내셔널한 주체를 부정하면서도 메타 주체를 설정하는 과정에서 다시 일본 민족으로 회귀하는 논리에 대해 비판한 것으로는 岩崎稔, 「ポイエーシス的メタ主体の欲望」, 山之内靖 他編, 『総力戦と現代化』 참조.
다만 오자키 호쓰미는 일관되게 "결코 '초민족적'인 것이 아니라 단지 일본 민족 이외에 지나도 또 하나의 민족이라는 점을 구체적으로 인식해야 할 것을 주장"하면서 다른 '동아협동체'론에 대해 비판적인 입장을 견지하고 있었다는 점에서 구별되어 다뤄져야 할 것이다. 尾崎秀実, 「東亜政局に於ける一時的停滞と新なる発展の予想」(『改造』, 1939. 3), 米谷匡史 編, 『尾崎秀実時評集』, 220쪽. 더욱이 오자키는 이미 1939년 봄 고노에 내각이 사퇴하고 히라누마(平沼) 내각이 들어선 이후 "'동아신질서론'='동아협동체론'"이 그 "정치적 지위, 정책적 지지를 급속하게 잃고" 말았음을 인식하고 논의에 보다 비판적으로 개입하게 된다. 같은 글, 249쪽 참조.
34) 三木清, 「汪兆銘氏に寄す」(『中央公論』, 1939. 12), 『三木清全集 15』, 389~397쪽 참조.

개념이 '완전화'로 전화되면서 부르주아적인 보편적 주체를 합리화하는 논리로 전유되었던 과정이 참고가 될 것이다.

독일의 역사학자 라인하르트 코젤렉에 따르면, 근대 초기에 라이프니츠 이전에는 내세에서만 도달 가능한 것이었던 '완전성'이라는 목적 규정을 시간화하여 최초로 세속의 사건들에 편입시켰고, 이로부터 '완전화'라는 개념이 등장하기 시작했다.[35] 곧 '완전화'란 '완전성'이라는 외재적인 것을 시간 내재적인 것으로 전환시킴으로써 진보적 시간을 정당화하는 개념이었다고 할 수 있다. 이 진보의 시간 속에서 중심/주변, 선진/후진, 주체/객체, 서양/동양 등의 억압적 위계 구조가 성립했음은 물론이다. 비록 미키는 '세계성'이라는 개념을 현실에 존재하는 개별적인 세계들의 근저에 놓인 보편적이고 일원적인 존재의 차원을 지칭하기 위해 사용했지만, 그 '세계성의 세계'가 '동아협동체'를 통해 실현되어야 한다는 미래 기획을 입안함으로써 '세계성'이라는 외재적인 것을 시간 내재적인 것으로 전환시켰다.

> 새로운 게마인샤프트는 이러한 세계성을 지님으로써 비로소 현실의 역사적인 세계 질서의 혁신적 재건의 힘이 될 수 있는 것이다. 동아협동체라고 말해지는 새로운 체제는 근대적인 추상적 세계주의를 극복하는 한편, 나아가서 새로운 세계주의에의 길을 여는 것이 아니면 안 된다.[36]

---

35) Reinhart Koselleck, *Futures Past : On the Semantics of Historical Time*, trans. Keith Tribe, Cambridge, Mass. : MIT Press, 1985, p. 278 참조.
36) 三木清,「知性の改造」(『日本評論』, 1938. 12),『三木清全集 14』, 216쪽.

'세계성'의 이념을 "현실의 역사적인 세계 질서"에로 세속화시킴
으로써 미키는 '세계화', 다시 말해서 현실적으로 세계를 구성해 가는 과
정—전쟁이라는 폭력적인 자기 확장과 겹치는 과정—에 참여하게 된
다. 이로써 미키는 지배 가능한 세계 속에서 보편성을 참칭하는 근대적
주체의 보편주의에로 귀환하고 만다.

　또한 놓치지 말아야 할 것은 미키 기요시의 '세계성의 세계' 및 '동
아협동체'에 식민지 조선이 완전히 결여되어 있다는 사실이다. 이는 미
키 개인의 문제라기보다는 일본이 패권을 장악하고 있는 동아시아 내의
불균등한 권력 구조로부터 비롯되는 문제라고 보아야 할 것이다. 중국을
상대하기 위해서는 식민지 조선이 보이지 않아야 하는 특정한 구조가
존재하는 것이다.[37] '동아협동체'론은 '일만지'(日滿支)의 새로운 공동
체 건설을 외치면서도 식민지 조선의 문제에 대해서는 침묵하고 있었는
데, 이는 동아시아 내에 하나의 불균등한 권력관계가 흔들릴 때 일본, 조
선, 중국 중 어느 한쪽을 망각하거나 희생함으로써만 그 불균등성을 다
시—또는 새로운 불균등성으로—회복할 수 있는 구조가 존재하기 때
문이라고 할 수 있다. 그러므로 일본이 중국의 독자성을 인정하는 태도
와 조선을 일본 내부로 완전히 포섭하는 전략은 동시에 공존할 수 있었
다. 미키는 중국을 향해 '동아협동체'론의 정당성을 주장하던 시기에 조
선을 향해서는 내선일체의 강화를 당연한 것으로 전제하고 있었다.

---

37) 조선이 일본을 상대로 할 때에도 그 발화는 동일한 구조 속에서 이루어진다. 일본의 '전시
　변혁' 언설이 침략하는 일본과 저항하는 중국 사이에 생성된 언설 공간 위에서 전개되고
　있었음에도 불구하고, 그 언설에 대응하면서 이루어진 조선에서의 언설 실천에는 침략당
　하면서 저항하는 중국에 대한 의식이 희박하다. 이에 대해서는 4절에서 좀더 상세히 다루
　어진다.

지나 사변 이후 동아의 일체성이 점차 강조되게 되었다. 물론 일만지 일체라는 것과 내선일체라는 것은 그 일체성의 의미에 있어 같은 것이 아니다. 하지만 일만지 일체라든지 동아협동체에 대해 말하더라도, 내선일체의 실현이 선결의 전제라는 점은 분명하다. 모든 것은 가까운 곳에서부터 시작하지 않으면 안 된다.[38]

비록 같은 글에서 '내선일체'의 기초는 조선인의 지위 향상에 있다고 말하고 있지만, 그것은 "제국 신민으로서의 반도인의 자각을 강화"[39]하기 위한 것이다. 서로 다른 민족의 독자성과 자율성을 전제로 하는 '동아협동체'가 조선인의 제국 신민에로의 완전한 포섭을 전제로 한다는 명백한 이율배반이 전혀 자각되지 않을 수 있는 것은—이념으로서의 세계'성'이 아닌—세계'화'가 지배 가능성을 온존시키고 있기 때문이며, 식민지/제국의 내적 차이에 맹목적임으로써만 중국과 일본의 외적 갈등에서 통찰을 얻는 구조가 존재하기 때문이다.

이렇듯 세계를 구성해 가는 과정에 참여하고 있다는 입장에서 '세계성'의 이념을 현실화하게 되는 미키 기요시에 반해, 조선의 전향 지식인 서인식은 오히려 '세계성'의 이념이 가지고 있는 이념성을 일관되게

---

38) 三木清, 「内鮮一体の強化」(『読売新聞』, 1938. 11. 8), 『三木清全集 16』, 356쪽. 아울러 문화를 논하는 또 다른 글에서 미키는 일본이 중국의 문화를 받아들여 풍부하게 자신의 문화로 동화해 온 데 반해 "조선에 있어서는 고유의 가치가 있는 문화가 만들어지지 않았다"고 확신하고 있다. 三木清, 「文化の力」(『改造』, 1940. 1), 『三木清全集 14』, 324~325쪽. 이곳에서도 역시 중국의 문화와 일본의 문화를 대비시키기 위해서는 조선의 문화가 보이지 않아야 하는 구조가 있다.

39) 三木清, 「内鮮一体の強化」, 355쪽.

밀고 나가면서 '동아협동체'의 실현 가능성에 대해 회의적인 시선을 보낸다.

> 우리는 오늘날의 사변을 세계사적 의의를 가진 것이라 말할 때에 그 말을 단순한 정치적 '레토릭'으로 사용한다면 몰라도 그렇지 않는 한 그 의미를 적당히 한정하여 오늘날 세계사적 현재가 당면하고 있는 보편적, 절대적 과제에 연결하여 해석하지 않을 수 없다. 그렇지 않는 한 그것이 설사 금후의 동아 제 민족의 흥망에 지대한 결과를 재래한다 하더라도 그러한 민족 흥망사적 사실은 한 나라에 있어서의 왕조 변천사적 사실과 같이 역사에 있어서의 단순한 '포텐스'의 기복은 표현할망정 결코 그것의 '에폭'을 결정하는 것은 아니다.[40]

일본의 혁신 좌파들의 입을 통해 중일전쟁의 세계사적 의의가 말해지고 있지만, 중일전쟁이 진정으로 세계사적 의의를 가지려면 그 전쟁을 통해 해결되는 문제도 '세계사적' 차원의 것이어야 함을 강조하고 있다. 이곳에서 서인식이 말하는 "보편적, 절대적 과제"란 다름 아닌 자본주의의 극복이다. '동아협동체'론도 자본주의의 극복, 즉 시간적 문제를 해결하지 않는 한 한낱 신화가 되고 말 것임을 강조하고 있다. 나아가서 '동아협동체'가 새로운 '에폭'을 결정할 수 있으려면 민족과 민족, 동양과 서양의 상극을 해소할 수 있는 "보다 높은 차원의 종합적 원리"[41]를 창

---

40) 서인식, 「현대의 과제(2)」(「현대의 세계사적 의의」, 『조선일보』, 1939. 4. 6), 『서인식 전집 1』, 역락, 2006, 149쪽.
41) 같은 글, 153쪽.

안해 내야만 한다고 주장한다. 그가 생각하는 보다 높은 차원의 종합적 원리는 기본적으로 역사의 변증법적 발전을 전제로 하여 전망되고 있는 것으로서, 직접적 전체 노동에서 계층 노동으로 분화되었던 과정이 고도의 생산력 발전에 기초하여 "매개적인 전체 노동"[42]으로 귀환하는 데서 형성되는, "개인이 곧 전체이며 전체가 곧 개인이 될 수 있는 참다운 의미의 보편 인간의 세계"[43]의 원리이며, "직접적 전체성의 원리와 직접적 개성의 원리를 부정적으로 종합한 제3의 매개적 전체성의 원리"[44]이다. 그에게 보다 높은 차원의 종합적 원리란 과거 세계사의 합리적 핵심을 지양한 변증법적 총체성의 표상으로 나타난다. 그는 이러한 고도의 종합을 이룰 때에만 '세계사의 철학'도 '동아협동체'도 보편타당한 설득력을 가질 수 있다고 말하고 있다.

그리하여 서인식은 당대의 일본과 일본의 '전시 변혁' 담당층들이 이러한 변증법적 총체성을 구현한 '세계성의 세계'를 형성할 능력이 있는지를 반복적으로 묻는다.

> 우리는 현실과 희망을 혼동하여서는 안 될 것이다. 문제는 오늘날 동아의 정치적 추력(推力)이 사실에 있어서 세계사의 현대적 과제를 해결할 용의가 있는가 하는 데 있다. 다시 말하면 현대 일본이 세계사의 현대적 과제를 해결할 주체가 될 수 있는가 하는 것이 문제이다.

---

42) 서인식, 「문화의 유형과 단계」(『조선일보』, 1939. 6), 『서인식 전집 1』, 219쪽.
43) 같은 글, 220쪽.
44) 서인식, 「문화에 있어서의 전체와 개인」(『인문평론』, 1939. 10), 『서인식 전집 2』, 99쪽.

현대 일본이 과연 세계사의 주체가 될 용의를 가졌는가? 만일 세계사의 기본적 방향계수와 현대 일본의 정치적 동향과의 간(間)이 막대한 편차가 생긴다면 모든 것이 공론이다.[45]

당연하게도 이 질문들에는 당대의 일본과 일본의 지배 계층이 근대 자본주의를 비롯해 근대 이전부터 전체 인류가 시달려 왔던 모순과 갈등을 해결하고 변증법적 총체성의 원리가 관철되는 '세계성의 세계'를 형성할 능력을 가지고 있지 못하다는 의심이 깔려 있다. 그러나 단지 질문의 이면만이 아니라 이러한 언설 실천이 진행되는 보다 넓은 문맥을 고려할 때, 서인식이 전망하는 '세계성의 세계'는 구체적인 실현 가능성 여부를 묻는 것과는 일정한 거리를 두고 있는 것으로 보인다. 즉 서인식에게 변증법적 총체성의 원리가 관철되는 '세계성의 세계'란 지향성으로서는 존재하지만 결코 경험적 차원에서 긍정적으로(positively) 실현될 것을 전제로 한 것은 아니다. 이는 그의 발화 위치로부터 규정되는 특성인데, 식민지의 전향 지식인으로서 그는 중일전쟁이 개시한 새로운 언설 공간에서 조선어 독자들을 대상으로[46] 일본의 '전시 변혁' 논의의 성격과 한계를 심문하는 언설 실천을 하고 있는 것이지, 중국의 저항을 의식하면서 구체적으로 '협동체'를 구성하는 기획에 참여하고 있는 것이

---

45) 서인식, 「현대의 과제(2)」(「현대의 세계사적 의의」, 『조선일보』, 1939. 4. 9, 11), 『서인식 전집 1』, 154, 155쪽. 신문 연재본에는 "만일 세계사의 ~ 모든 것이 공론이다"는 빠져 있다. 자신의 평론집 『역사와 문화』(학예사, 1939)에 재수록하면서 추가된 내용이다. 또한 이 글 이외에도 「문화의 유형과 단계」, 「문화에 있어서의 전체와 개인」 등에서도 동일한 질문이 반복해서 등장한다.

46) 서인식과 박치우가 조선어로만 글을 발표한 데 반해 인정식, 김명식 등이 일본어로도 글쓰기를 하고 있었다는 것은 발화 전략과 관련해 간과할 수 없는 차이를 보인다.

아니다. 따라서 그에게 '세계성의 세계' 및 변증법적 총체성의 원리는 일본에서 발화되는 '전시 변혁' 언설을 비판적으로 번역하기 위해 부정적으로(negatively) 설정된 범주라고 할 수 있다.[47]

서인식이 이렇듯 '세계성의 세계' 및 총체성의 원리를 견지하면서 일본의 '동아 신질서' 구상에 대해 비판할 수 있었던 것은, 일본의 구상이 명백한 제한을 가지고 있음이 식민지에서는 은폐될 수 없었기 때문이다. '동아협동체'론은 일본을 포함한 동아시아의 서로 다른 민족들이 비억압적 공동체를 건설할 것을 제안하고 있지만, 식민지인 조선은 거기서 제외되어 있다. 그 자체만으로도 일본의 '전시 변혁'이 개시하고자 하는 새로운 '세계'는 '세계성의 세계'를 스스로 배반하는 것이 되고 만다. 따라서 서인식은 다음과 같이 주장할 수 있었다.

---

47) 이 점에서 서인식에게 '세계성' 또는 '총체성(전체성)' 범주는 독일 비판이론가들의 그것과 기능적으로 맞닿아 있는 것으로 보인다. "변증법적 사유는 외양의 모순을 비판하는 것이며, 궁극적으로 인간의 실제 삶의 모순을 비판하는 것이다. 총체성은 긍정적 명제가 아니라 비판적 범주이다"(Theodor W. Adorno et. al., *The Positivist Dispute in German Sociology*, London : Heinemann, 1976, pp. 11~12).
서인식의 '세계성' 및 '총체성'은 '보편성' 범주와도 연동하는 것이다. 나는 박사학위 논문에서 서인식의 '보편성' 범주가 초월론적 비판의 가능성의 조건이 되는 칸트적 의미의 '규제적 이념'(regulative idea)처럼 기능한다고 분석한 바 있는데(「1930년대 후반 전통론 연구」, 연세대학교 박사논문, 2003), 이에 대해 조관자는 버틀러의 입장에 기대어 "보편은 개별을 초월하는 규정적[규제적] 이념이나 유토피아적인 공준으로서 발견되는 것이 아니라, 언제나 '정치적으로 분절화되는 차이의 관계'가 되는 것"이라고 말하고 있다. 따라서 보편은 "개별적인 것의 연쇄 속에서만 발견되는" 것임을 분명히 하고 있다(趙寬子, 「徐寅植の歷史哲学」, 54쪽의 주 70 참조). 칸트의 규제적 이념에 대한 버틀러의 비판은 물론 타당하지만, 내가 칸트의 '규제적 이념'을 빌려 옴으로써 드러내고자 한 것은 서인식에게 있어 '보편성' 개념이—'세계성' 및 '총체성'도 마찬가지지만—거짓 보편들을 비판하는 부정적 기능을 위해 상정된 것이었다는 사실이다. 따라서 조관자가 나의 해석을 비판하면서 기술한 것 같은 "보편/전체/사회가 개별/개인을 초월하고, 나아가 개별/개인을 회수한다"고 하는 추상적 보편과 서인식의 '보편성'이 아무런 관계도 없음은 물론이다.

대등한 것이라야 대등한 것을 낳는다는 것은 만고를 두고 썩지 않는 진리이다. 하다면 문제의 동아협동체의 이념은 그 적용 범위의 차이는 있을망정 나아가서는 세계 신질서의 이념도 되는 동시에 들어와서는 국내 신질서의 이념도 되어야 할 것이다. 국내에 있어서 폐쇄적인 민족은 다른 민족에 대하여 개방적이 될 수 없다. 그러하면 문제의 국내 신질서도 끝까지 국민의 자주와 창의를 기초로 한 일종의 민족 협동체가 되지 않을 수 없으리라.[48]

이와 같은 맥락에서 박치우는 '내선일체'가 강요되고 있는 식민지 조선의 상황과 민족적 독자성을 전제로 하여 논의되는 일만지 중심의 '동아협동체'론 사이의 이율배반을 문제 삼으면서 다음과 같이 비판한 바 있다.

민족이라는 것은 피에 의해서 얽매여진 단일자이기는 하나 한편 또 그러니만치 피를 달리하는 타민족에 대해서는 원주를 달리하는 타자이다. 따라서 피의 동일성만을 존중하는 혈통지상주의에 있어서는 민족의 봉쇄성과 배타성은 피할 수 없는 결론이 되는 것이다. 하다면 이 같은 태도가 과연 일만지 삼국의 협동을 의미하는 신동아협동체의 근본 사상과 완전히 어울릴 수가 있을까.[49]

---

48) 서인식, 「문화에 있어서의 전체와 개인」, 『서인식 전집 2』, 89쪽
49) 박치우, 「동아협동체론의 일성찰」, 『인문평론』, 1940. 7, 18쪽. '내선일체'와 '동아협동체'론 사이의 이율배반을 문제 삼으면서 박치우의 동아협동체론 비판 논리를 다룬 것으로는 崔眞碩, 「朴致祐における暴力の予感」 참조.

박치우는 비록 당대 서구에서 대두하고 있던 비합리주의 및 파시즘 사상을 비판하면서 논의를 전개하고 있지만, '혈통주의'를 비판하고 있는 이 부분에서는 조선에 대해 '내선일체', 즉 피의 결합을 강요하고 있던 일본의 동일화 정책을 비판하면서 일본의 대식민지 정책과 '동아협동체'론 사이의 이율배반을 폭로하고 있다.

서인식과 박치우가 행하고 있는 언설 실천은 중일전쟁기 조선에서 생성된 새로운 언설 공간의 조건에 의해 규정되고 있다. 그중에서도 특히 서인식과 박치우는, 전쟁에 참여하고 있다기보다는 동원되고 있는 식민지에서 일본의 중국과 조선에 대한 대민족 정책의 이율배반 자체를 심문하면서, 일본의 헤게모니 언설을 그 외부에서 비판하는 태도를 취하고 있다. 서인식은 일본의 '전시 변혁' 언설 및 '동아협동체'론에서 강조되고 있는 '세계성의 세계' 및 '총체성'의 원리를 비판적 범주로 사용함으로써 일본의 대중국 공작의 불완전성을 드러내고, 박치우는 일본의 대식민지 정책과 대중국 정책의 이율배반을 충돌시킴으로써 일본의 대민족 정책과 이데올로기의 허위성을 드러내고 있다. 이들은 일본이 중국을 향해 발화하고 있는 언설 바깥에서 그 언설의 한계와 모순을 비판하는 언설 실천을 행하고 있다. 이들의 이러한 대응에 이름을 붙인다면 **추상화**(abstraction) 전략이라고 할 수 있을 것이다. 추상화란 '분리한다'는 것을 뜻한다. 즉 '추상화' 전략은 전쟁 참여로부터 분리되어 있고, 권리로부터 분리되어 있고, '동아협동체'의 교섭 대상에서 분리되어 있는 식민지의 역사-지정학적 조건을 이론적 태도 속에 각인시킴으로써, 일본에서 발화되는 언설에 거리를 둔 비판을 가능하게 했다. 이러한 '추상화' 전략이 이 시기 언설 장의 한 측면이라면 또 다른 측면은 일본의 헤게모니 언설 안에서 식민지의 위상 변화를 꾀하는 언설 실천에서 나타난다.

4. 정치적 현실주의와 오독의 정치학

중일전쟁기 일본은 중국의 항일 내셔널리즘에 부딪쳐 탈근대적·탈내셔
널리즘적 지역 공동체를 제안하면서 중국의 자발적 참여를 이끌어 내기
위한 헤게모니 언설 실천을 행하고 있었지만, 식민지 조선은 그 언설의
수신자가 아니었다. 조선인에게는 '제국의 신민'으로서의 지위를 자각
하고 전시 동원에 자발적으로 나설 것을 요구하는 동일화 언설이 준비
되어 있었기 때문이다. 중국과 조선에 대한 일본의 이율배반적인 태도로
부터 새로운 언설 공간이 생성했고, 그 언설 공간에서 식민지의 역사-지
정학적 조건에 의해 규정된 언설 실천이 이루어졌는 바, 그중 한 측면이
앞 절에서 살펴본 '추상화' 전략이었다고 하겠다. 그러나 동일한 식민지
의 역사-지정학적 조건에 의해 규정되면서도 '추상화' 전략과는 구별되
는 또 다른 언설 실천이 전개되는데, 이 절에서는 그 부분에 대해 살펴보
도록 하겠다.

중일전쟁 발발 후 조선은 일본의 대륙 정책과 관련된 지정학적 배
치에 의해 '병참 기지'로서 성격 지어졌고, 전시 동원 체제가 강화되어
갔다는 것은 이미 말한 바와 같다. 이러한 식민지/제국 관계의 변화와 식
민지 내부에서의 변화는 중일전쟁기에 생성된 새로운 언설 공간에 참여
하고 있던 전향 지식인들에게 또 다른 전망을 품게 했다. 그 전망은, 중일
전쟁이 초래한 동아시아 질서의 변동을 조선의 탈식민지화를 위한 계기
로 삼고자 한 언설정치학에 있어서는 '현실성'을 갖는 것이었다.

이들은 중일전쟁 이후의 전시 총동원 체제, 그리고 '동아신질서'론
제안 이후의 일본 혁신 세력들의 동아시아 미래 기획과 국내 개혁 구상

등이 조선의 운명을 좌우할 중요한 전기가 되리라는 확신을 가지고,[50] 일본의 대조선 정책과 '동아 신질서' 이데올로기 '내부'에서 조선 탈식민지화의 계기를 찾고자 했다는 점에서 '정치적 현실주의'의 입장을 취했다고 할 수 있다. 이러한 입장은 전향 지식인들로 구성된 어느 시국 관련 회의에서 발언한 인정식의 입장으로 대표된다고 하겠다.

> 나는 모든 문제에 있어서와 마찬가지로 이 문제[내선일체—인용자]의 고찰에 있어서도 **조선인의 행복과 번영을 위한다는 것을 중심적인 입각점**으로 삼지 않으면 안 된다고 생각합니다. 또 둘째로는 정치 문제의 고찰이란 것은 매양 객관적 현실에 의해서 제약된다는 것, 따라서 **현실을 냉정히 파악하고 또 긍정하고 이 현실 밑에서 가능한 최대의 행복을 구하려는 것**이 정치적 사상인의 각개의 계단에 있어서 취하지 않으면 안 되는 태도라고 믿습니다.[51]

인정식 등은 '동아 신질서' 구상 그 자체의 원칙적 문제를 심문하거나 그 실현 가능성 여부를 비판적으로 묻는 서인식, 박치우 등과는 달리 '일단 긍정된 현실' 속에서 가능한 최대한의 정치적 공간을 확대해 가는 명백한 정치적 현실주의의 태도를 취하고 있다. 따라서 그들은 전쟁

---

50) 인정식은 "아세아의 모든 민족과 같이 우리 조선의 민중도 이처럼 새로히 결성될 동아의 신질서 다시 말하면 동아협동체의 완성을 전제로 하고서만 금후의 민족적 운명을 논하지 않으면 안 되게 되었다"라고 말하며 '동아협동체'의 완성 여부와 조선의 운명을 동일시하고 있다. 인정식, 「동아의 재편성과 조선인」, 『삼천리』, 1939. 1, 56쪽.
51) 「시국유지 원탁회의」, 『삼천리』, 1939. 1, 38쪽. 강조는 인용자.

과 동원과 동일화 등 현실적으로 만연된 폭력성을 그 자체로 문제 삼기보다는——아마도 그들에게는 현실 자체가 이미 폭력적으로 구성된 것으로 보였을지도 모르겠지만——현재하는 폭력성 내에서 그 폭력의 대가를 획득하고자 하는 전술을 채택하고 있다. 인정식, 김명식 등의 전향 지식인들은 일본 혁신 세력의 '동아 신질서' 구상과 국내 변혁 기획을 적극적으로 긍정하고, 그 구상과 기획 속에 조선을 편입시킴으로써 조선의 발전과 탈식민지화를 획득하고자 한 것이다.

앞서 인용된 동일한 시국 회의에서 인정식은 일본 내에서의 '전시 변혁'의 이상에 대해 다음과 같이 인식하고 있다.

아시는 바와 같이 혁신주의의 특징은 반공산임과 동시에 반자본적입니다. 그의 궁극적인 이상은 오직 천황만을 추대하고 천황과의 사이에서만 차별과 불평등을 긍정하자는 것입니다. 자본가적 착취와 자본가적 식민지 관념을 근절하고 공존공영을 기조로 하는 사회를 황실 중심으로 재건하자는 것이 일본주의의 근본 이상입니다.[52]

분명히 당시 일본 내 거국일치 체제를 주도하고 있던 혁신파들의 개혁 정책은 반공산·반자본의 성격을 갖고 있었다.[53] 그러나 인정식은 더 나아가 일종의 '일군만민'적인 이상으로 그것을 해석하면서 내지/외지, 식민지/제국의 차별과 불평등을 해소하는 것이 전시 변혁의 근본 이

---

52) 같은 글, 40쪽.
53) 중일전쟁기 일본 국내 혁신의 탈자본주의화 성격에 대해서는 米谷匡史, 「戰時期日本の社會思想」 참조.

상과 관련되어 있다고 해석한다. 그에게 있어 '동아 신질서' 구상과 '동아협동체'론이 동아시아에 만들어 내고자 하는 다민족 공동체의 성격 그 자체는 그리 중요하지 않았다. 오히려 '동아협동체'론은 전적으로 조선의 발전과 조선인의 지위 향상이라는 현실적인 전략적 목표를 위해 전술적으로 이용할 알리바이에 지나지 않았다. 아니, 그보다 오히려 '정치적 현실주의자'로서 인정식은 일본의 '동아 신질서' 구상이 조선을 그 수신자로 하고 있지 않다는 것을 분명히 인식하고 있었다.

> 동아협동체의 이상은 일본 제국의 신민으로서의 충실한 임무를 다할 때에만 조선 민중에게 생존과 번영과 행복을 약속하려 한다. 여기에 조선인의 운명에 관한 문제에 있어서의 넘을 수 없는 한계가 있는 것이다.
> 이 한계는 명백히 시인되지 않으면 않된다.
> (……)
> 나는 감히 단언할 수가 있다. 금일의 조선인 문제는 곧 내선일체 문제 이외에 아무것도 아니라는 것을, 웨 그러냐 하면 내선일체 이외의 일체의 노선이 한것 미망에 불과하다는 것이 명백히 제시되어 있으며 따라서 이 노선 이외에 아무 길도 남겨진 길이 없기 때문이다.[54]

인정식이 볼 때 '동아협동체' 내에 조선이 독립된 단위로 참여할 수 있는 공간이 부재한다는 것은 명백했고, 남은 것은 일본의 일부로서 일본이 건설하는 '동아 신질서'에서 최대한의 이익과 자유를 획득해 오는

---

54) 인정식, 「동아의 재편성과 조선인」, 56쪽.

길뿐이었다. 따라서 그에게 조선의 생존과 번영과 행복의 노선은 '내선일체' 이외에는 있을 수 없었다. 그는 식민지가 고려의 대상이 되고 있지 않은 '동아 신질서' 구상에 헛된 기대를 갖는 것보다, 일본의 지정학적 배치에 의해 성격 지어진 조선의 위치와 역할을 충실히 지키고 수행하면서 그 안에서 가능한 권리를 찾는 것이 현실적이라고 생각하고 있었다. 그는 조선이 병참 기지로서 설정된 이후 정책적으로 이루어지는 공업화가 이미 조선 사회 발전과 문화 향상의 길로 나아가고 있다고 판단하고 있었다. 즉 군수 산업 편중으로 진행되는 금속·화학 공업의 발전에서 그는 농촌 과잉 인구 및 도시 실업 인구 문제의 해결, 미곡에 편중된 뿌리 깊은 조선 농업 문제의 해소, 조선 내부의 중소 공업 발전의 촉진, 교육된 노동력 생산을 위한 의무 교육 실시 등의 미래를 기대하고 있었다.[55] 그는 이러한 전망하에서 '내선일체'의 필연성을 강조하며 더 많은 권리를 요구하기 위해 더 많은 의무에 충실할 것을 주장하게 된다.

> 지원병 제도의 실시만으로서 우리는 물론 만족할 수 없다. 지원병 제도는 다시 의무병 제도에까지 확대 강화되지 않으면 안 될 것이다. 우리들의 국민적 성의가 천(天)에 달하여 지원병 제도의 칙령이 나렸다. 다시 의무병 제도의 실시를 획득키 위해서 우리들의 100퍼-센트의 국민적 정열을 시표(示表)하지 않으면 안 된다.[56]

전쟁에의 무력 동원을 위해 일본은 1938년 2월부터 식민지 조선에

---

55) 「시국유지 원탁회의」, 40쪽.
56) 인정식, 「동아의 재편성과 조선인」, 63쪽.

서 육군특별지원병령을 공포하고 4월부터 제도를 실시했으나, 지원병의 존재만으로는 아직 식민지는 '국민적 의무'의 영역에 완전히 진입할 수 없으며, 따라서 아직 '차별'을 재생산하는 식민지/제국의 정치적 간극을 좁힐 수 없었다. 지원병으로서 실제로 입소한 조선인의 수가 적기도 했지만,[57] 양의 문제보다도 의무병 제도(징병 제도)는 일본이 조선인에게 법적으로 일본인과 동등한 지위를 부여하지 않을 수 없는 상징적인 조건이 되는 것이었기 때문에 인정식은 조선인들에게 "국민적 정열"을 보여 줄 것을 호소했다. 인정식은 "진실한 의미의 내지연장주의"가 실현될 수 있기를 기대했는데, 그 구체적인 내용은 "내지의 모든 정치 제도—보통선거제, 부현제(府県制), 의무 교육제 등"이 조선에까지 적용되는 것이었다. 이 "국민적 권리"를 획득하기 위한 전제조건으로서 그는 "국민적 의무"를 요구한 것이다.[58] 내지연장주의란 "내지 민족과 동등한 정치적 자격"을 얻을 때 비로소 실현되는 것인데, 전쟁에 국민적으로 참여함으로써만 얻을 수 있는 평등이란 결국 죽음의 평등주의에 다름 아닐 것이다.

---

57) 지원병에의 지원자 및 입소자 통계는 다음과 같다.

구분\n연도	지원자 수	입소자 수
1938	2,946(100)	406(100)
1939	12,348(419)	613(150)
1940	84,443(2,866)	3,060(753)
1941	144,743(4,913)	3,208(790)
1942	254,273(8,631)	4,077(1,004)
1943	303,294(10,295)	6,300(1,551)

近藤金刀一 編, 『太平洋戰下の朝鮮及び台湾』, 1961, 33쪽. 김영희, 「국민정신총동원 운동의 전개 형태와 그 침투」, 240쪽에서 재인용. 엄격하고 까다로운 심사 과정을 거쳐야 했기 때문에 지원병에 지원한 자에 비해 실제로 입소한 자는 소수에 불과했다.

58) 인정식, 「동아의 재편성과 조선인」, 63~64쪽 참조.

한편 김명식 역시 '동아 신질서' 구상에 조선이 적극적으로 참여하고 '신동아' 건설에 공헌함으로써 새로운 운명을 개척해야 할 것이라고 주장했다. 그가 볼 때, 조선인이 '신동아' 건설에 기여할 수 있는 방법은 "일지 양 민족 간에서 조화역"을 수행하는 것이다. 그러나 구체적으로 어떠한 조화의 역할을 수행할 수 있을지에 대해서는 언급하고 있지 않다. 다만 기존의 "편복(蝙蝠) 생활"을 청산하지 않으면 '신동아' 건설에 기여하지 못할 것이고 "다음 신동아 연방 문제가 생긴다 하야도 우리의 처지는 얼마나 호전되지 아니할 것이다"라고 말하고 있는 것을 볼 때, 일본 주도의 '신질서' 건설에 대한 적극적 협조를 전제하고 있음은 틀림없을 것이다.[59] 그리하여 그도 인정식과 마찬가지로 '내선일체'론 속에서 기존 식민지/제국 관계의 변화와 조선인의 지위 향상을 꾀하게 된다.

> 십 년 이전은 어찌하였든지 그 후에 있어서도 조선인에게 일즉 의무 교육을 시여하고 그와 동시에 의무 병역을 과하였으면 금번 지나 사변에 있어서 조선인의 공헌이 얼마나 크었을는지 몰은다.[60]

김명식은 일찍부터 내선일체가 내실 있게 진행되어 조선인이 교육과 병역의 의무를 다했다면 중일전쟁 이후 '신동아' 건설에 조선인이 큰 공헌을 했으리라 말하면서, 조선인이 정치적 훈련, 군사적 조직, 충분한 교육의 경험을 가질 수 없게 해온 일본의 정책을 오히려 비판한다. 일본이 조선의 중요성을 실질적으로 인식하고 그에 합당한 의무와 권리

---

59) 김명식, 「건설 의식과 대륙 진출」, 『삼천리』, 1939. 1, 49~50쪽 참조.
60) 김명식, 「대륙 진출과 조선인」, 『조광』, 1939. 4, 47쪽.

를 부여해야 한다고 주장하고 있는 것이다. 물론 여기서 그가 염두에 두고 있는 것은 조선의 경제적 발전과 조선인의 법적·정치적 지위 향상인데, 그는 중일전쟁 후 일본의 대륙 정책이 본격화되고 일본의 관심이 중국의 통합과 개발에로 집중되자, 제국 내에서 중국이 차지하는 비중이 확대되고 조선의 지위가 중국보다 낮은 곳으로 떨어질까봐 우려하는 모습까지 보인다. 즉 일본의 대륙 진출 계획이 갑작스럽게 입안된 것이 아니고 오래 전부터 준비되고 있었던 만큼 일본은 조선에서 그를 위한 준비를 보다 철저히 다방면적으로 했어야 했는데 지금까지 그렇지 못했기 때문에 조선인은 문화적으로도 물질적으로도 "만주인이나 지나인보다" 낮은 지위에 놓여 "신동아 건설에서 낙오자"가 되고 말 것이라 우려하고 있다.[61] 그리하여 적어도 "의무 교육, 의무 병역, 산업조합령의 전면적 실시, 헌법 정치의 준비 시설"[62]이 갖추어져야 한다고 요구한다. 그는 조선을 신동아 건설에 적극 참여하게 함으로써 전체 일본 제국 내에서 지위 상승을 꾀하는 한편, 조선에 자치를 실행하여 제국과의 관계를 변형시키고자 한 것이다.[63] 그는 이러한 전망하에서 '내선일체'론을 '동아협동체'론의 연장선 위로 옮겨 놓고자 했다.

역사적 전통을 포기하고 지리적 조건을 말소하는 것은 개적(個的)으로는 말할 것도 없고 전적(全的)으로도 이(利)가 되지 아니할 것이니 팔굉일우의 관념을 공존공영하여 협화만방으로써 실천함을 꾀하지 않으

---

61) 같은 글, 48쪽.
62) 같은 글, 49쪽.
63) 김명식 태도의 자치론적 성격에 대해서는 洪宗郁, 「一九三○年代における植民地朝鮮人の思想的模索」, 174쪽 참조.

면 아니된다. 그리하여 어느 시대의 속학적 언론을 재생산치 말고 '개' (個)와 '전'(全)과의 유기적 관련에서 내선일체의 의식을 정당히 인식하여 '개'는 '전'을 위하여 '전'은 '개'를 위하는 협화 관념을 파악치 않으면 아니된다.[64]

김명식은 '내선일체'의 정당한 인식을 '협화 관념'으로 연결시킴으로써, 식민지/제국 내에도 '동아협동체'의 구성 원리가 적용되어 마땅하다는 듯이 서술하고 있다. 이러한 서술 전략은 식민지/제국의 차별 해소가 일본의 '전시 변혁'의 궁극적 이상이라고 해석한 인정식에게서도 이미 찾아볼 수 있었다. 그러나 김명식의 이 글이 쓰여지기 전인 1939년 5월 30일 미나미 총독은 국민정신총동원 역원회의 석상의 총독 인사에서 "내선일체는 상호 간에 손을 잡는다든가 형(形)이 융합한다든가 하는 미지근한 것이 아니라 (……) 형(形)도 심(心)도 혈(血)도 육(肉)도 모두 일체가 되어야"[65] 하는 것이라고 분명히 한정한 바 있다. 그럼에도 불구하고 김명식은 '내선일체'론을 의도적으로 '오독'함으로써 조선과 조선인의 지위 향상 및 식민지/제국 관계의 변화를 요구하는 근거로 삼고 있다. 즉 그는 '제국의 신민'으로서 당연한 권리 주장을 하는 방식으로 언설 실천을 행하고 있었다. 사실 전시 총동원 체제하에서 이러한 요구가 가능했던 것은 애당초 식민지의 전쟁 동원을 위해 '내지' 측으로부터 '내선일체'라는 헤게모니 언설이 요청되었기 때문이다. 기존의 식민지/제국 간

---

64) 김명식, 「'씨제도' 창설과 선만일여」, 『삼천리』, 1940. 3, 43쪽. 강조는 인용자.
65) 南次郎, 「聯盟本來の使命 議論より實行へ: 窮極の目標は內鮮一體 總和親·總努力にあり」, 『總動員』, 1939. 7.

의 간극을 억압적으로 좁히고자 하는 '내선일체'론 자체가 '오독'을 불러 일으킬 가능성을 지니고 있었고, 김명식 등은 그 가능성의 범위 안에서 언설 실천을 행했던 것이다. 이 시기 '내선일체'론은 강력한 헤게모니 언 설인 동시에 논쟁의 공간이기도 했다.

반도인 일부 중에는 내선일체의 자구에 사로잡혀서, 심지어는 구미식 의 권리 의무의 사상에 입각해서, 내선일체는 반도인이 크게 환영할 점 이 있으므로 이 주의를 제창한다면 모든 제도에 있어서도 대우에 있어 서도 즉시 종래의 차이가 있던 점들을 철폐하고, 어쨌든 적어도 형태상 에서 무차별이 되지 않는다면 하등 이로울 점이 없다고 하는 의견을 내 놓는 자도 있는 모양이라고 들었습니다. 이는 바꿔 말하면 우선 권리의 주장에 급급하여 내선일체의 본질에 등을 돌리는 사고방식이라고 생 각합니다.[66]

'내선일체'론은 전시 동원을 위해 식민지를 실질적으로 포섭하고자 하는 제국의 욕망과 차별로부터 벗어나고자 하는 조선인의 욕망[67]이 충 돌하는 지점이었다. 그리고 김명식과 인정식 등은 그 지점에서 식민지의 지위 변화를 노리는 언설 실천을 수행하고 있었다. 이 언설 실천은 일본 의 헤게모니 언설을 의도에 거슬러 '오독'함으로써 정치적인 공간을 개 시하고자 하는 전략에 의해 수행되었다.[68] 이러한 오독의 방식을 일종의

66) 近藤儀一, 「內鮮一體」, 『總動員』, 1939. 12, 10쪽.
67) '내선일체'론에서 차별로부터 탈출하고자 하는 식민지인의 욕망을 읽어 낸 선구적 연구로 는 宮田節子, 『朝鮮民衆と「皇民化」政策』, 未來社, 1982 참조.
68) 홍종욱은 "총력전에의 동원을 둘러싼 홍정"이라는 형태로 정치적 영역이 형성된 이 중일전

'과도한 읽기'라고 한다면, 일본의 헤게모니 언설을 과도할 정도로 진지하게 받아들임으로써 그 언설이 내포하고 있던 오독의 가능성을 현실화시키는 전략이라고 말할 수 있을 것이다.

앞서, 중국을 향해 발화되고 있던 일본의 언설 외부에서 그 언설의 한계와 모순을 비판한 서인식과 박치우의 언설 전략을 '추상화' 전략이라고 명명했는데, 그에 반해 인정식과 김명식처럼 식민지 조선을 향해 발화된 일본의 언설 내부에서 그 언설을 과도하게 받아들임으로써 오독하고, 정치적 현실주의의 입장으로 제국 내에서 식민지의 위상을 변화시키고자 한 언설 전략을 과잉(excess) 전략이라고 칭할 수 있을 것이다. 과잉은 '초과한다'는 것을 뜻한다. 즉 '내선일체'론이 요구하는 '황국 신민의 의무'를 과도하게 받아들여 '제국 국민의 권리'까지 나아가고, '동아 신질서' 건설에의 '동원'을 과도하게 받아들여 '참여'까지 나아감으로써, 궁극적으로 식민지를 초과하여 식민지/제국의 차별 구조를 변형시키고자 하는 전략이다. 이 '과잉' 전략 역시 '추상화' 전략과 마찬가지로 중일전쟁기 전쟁 참여로부터도, 권리로부터도, '동아협동체'의 교섭 대상으로부터도 분리되어 있는 식민지 조선의 역사-지정학적 조건을 이론적 태도 속에 각인하고 있는 언설을 낳았다. 그러나 일본의 헤게모니 언설 내에서 이루어지는 실천은 그 언설 바깥을 의식하기 어렵다. 즉 근본적으로 동아시아에서 일본이 수행하는 개발과 침략과 동원에 (과잉) 편승함으로써만 제국 내에서 조선의 위상을 변화시킬 수 있기 때문이다. 바꿔 말하면, 더 많은 권리를 위해 더 많은 의무를 받아들여야 하기 때문

쟁기의 상황을 "전향의 정치"라고 이름 짓고 있다. 洪宗郁, 「一九三〇年代における植民地朝鮮人の思想的模索」, 174쪽.

이다. 더 많은 의무를 통해 더 많은 권리를 획득한다는 것은 단순히 중국을 침략하고 있는 일본을 긍정하는 데서 그치는 것이 아니라, 조선이 이익과 권리를 획득하기 위해 중국이 침략당할 필요가 있음을 긍정한다는 것을 뜻한다. 예컨대 인정식은 중일전쟁이 "농업의 상업적 경영, 농업 경영의 기업화, 농산물의 가공화, 농업 기술의 개량, 농산물 가격의 증진, 농민 생활의 부유화 등 일련의 과정을 촉진하야 조선 농민 생활의 공전의 번영"을 가져왔고, "인구 문제의 방면에서도 각자의 지위가 대륙 정책의 진행에 따라 일반적으로 안정되고 향상"되고 있으며, 상공업, 광업 등에서도 번영의 경향이 주목된다고 진술하면서, 중일전쟁의 추이와 조선 민중의 이해관계를 직접적으로 연결시키고 있는 것이다.[69]

5. 맺음말 : '역사의 주변'[70]으로부터의 목소리

중일전쟁기는 일본이 중국의 강력한 항일민족주의의 벽에 부딪침으로써 동아시아에서 다민족 공동체를 구성하기 위한 탈민족주의적·탈근대적 비전을 제시하는 한편, 식민지를 병참 기지로 배치하면서 식민지/제국 내의 간극을 억압적으로 재조정해 가는 시기였다. 일본, 중국, 조선의 상호 관계 속에서 이루어진 폭력과 동원과 변혁의 이질적 힘들의 충돌 및 간극은 중일전쟁기 특유의 언설 공간을 생성하게 되었다. 특히 조선

---

69) 인정식,「동아의 재편성과 조선인」, 61쪽. 도베 히데아키 역시 이러한 "자립·발전의 모색 그 자체가 지니는 폭력성"에 주목하고 있다. 戶邉秀明,「資料解題 日中戰爭期·朝鮮知識人の東亞協同體論」, 346쪽.
70) 서인식,「역사에 있어서의 행동과 관상」,『서인식 전집 1』, 178쪽.

의 경우 일본의 식민지로서 중국과 일본의 충돌을 경험하고 있었기 때문에 한편으로는 전쟁의 추이와 결과를 예측하고 다른 한편으로는 강화되어 가는 식민지/제국 관계의 효과를 예상하는, 상대적으로 비결정적인 언설 공간이 생성되고 있었다. 현실적으로는 명백한 권력 작용이 이루어지고 있으면서도 상대적으로 비결정성의 영역이 개시되고 있었던 이 언설 공간의 특성은 그 공간에 참여하고 있던 전향 지식인들의 언설을 특정하게 구조화했다. 저항하는 중국의 내셔널리즘을 의식하면서 제기된 '동아 신질서' 구상 및 '동아협동체'론에는 식민지가 결여되어 있었기 때문에 조선에서는 그 미래 기획 언설의 현실성으로부터 거리를 두지 않을 수 없었고, 그 거리가 언설 실천에서 '추상화' 전략의 형태로 나타나게 되었다. 또한 일본이 전쟁을 수행하기 위해 식민지 동원을 강화해 감으로써 식민지/제국 관계가 보다 억압적으로 밀착되었는데, 이 밀착이 오히려 식민지를 식민지로서 위치 지었던 조건의 변화를 초래하게 되었다. 이러한 변화가 식민지 차별의 극복이라는 욕망을 촉발했고 그 욕망은 일본에서 발화된 헤게모니 언설을 넘겨짚어 오독하는 '과잉' 전략의 형태로 나타나게 되었다.

'추상화' 전략과 '과잉' 전략은 각각 식민지/제국 관계의 불균등성과 차별성, 그리고 식민지의 역사-지정학적 위상을 발화의 입장에 각인한 채, 중일전쟁기에 개시된 언설 공간에서 식민지/제국의 관계를 변화시키고자 수행된 언설의 실천 전략으로 특징지을 수 있을 것이다. 이러한 실천을 통해 '추상화' 전략은 일본의 '동아 신질서' 구상의 근본적 한계를 비판하는 데까지 나아갈 수 있었고, '과잉' 전략은 일본의 헤게모니 언설을 내부로부터 거슬러 읽음으로써 그 기만성과 허위성을 드러낼 수 있었다.

그러나 중일전쟁이 일시적으로 개시했던 상대적으로 유동적인 가능성의 공간은 '대동아 공영권'이라는 보다 분명한 제국주의적 비전이 제시되면서 '황국 신민화'의 길 단 하나만을 남겨 놓은 채 닫히게 된다. 그리하여 중일전쟁기의 언설 공간에 참여했던 지식인들은 언설 장에서 퇴장하거나 '황국 신민화'의 길 안에서 '국민화'를 통한 조선인의 지위 상승을 모색하는 두 가지 입장 이외에 다른 길을 선택할 수 없게 되었다. 대체로 '추상화' 전략을 채택했던 이들은 일본의 '동아 신질서' 구상 및 '동아협동체'론이 현실성을 상실함에 따라 언설 장에서 완전히 물러나게 된다. 반면 '과잉' 전략을 채택했던 이들은 조선인의 권리와 이익을 획득하기 위해 '내선일체'론 내부로 점점 더 깊이 들어가게 된다.

'내선일체'론자로 전향한 문학자 백철은 「전망」이라는 소설에서 과거 사회주의 운동에 투신했다가 1930년대 후반에 이르러 '운동의 현실'을 상실한 후 자살하게 되는 김형오라는 인물을 중심으로 중일전쟁기 조선 사회의 한 단면을 보여 준 바 있다. 그 소설에는 어느 지원병의 출정식이 벌어지는 마을 역의 장면이 그려져 있는데, 그 장면을 바라보면서 김형오는 "이 시대와는 벗걸려 버린" 자신의 인생을 한탄한다. 억울함과 원망을 품은 채 출정식의 장소에서 물러난 김형오는 돌아오는 길에 자신에게 "절대의 미요 순수의 미"로서까지 느껴지는 한 "이국의 여자!"를 마주치게 된다. 그녀는 출정식 장면을 불행한 표정으로 바라보고 있는 젊은 중국 여인이었다. 그녀를 보자마자 김형오는 자신과 그녀가 "같은 사정을 경험하고 같은 것을 느끼는 두 혼"임을 직감하고 함께 슬픔을 공유한다.[71] 일본의 사상 탄압과 전시 동원 체제 형성에 의해 사회

---

71) 백철, 「전망」, 『인문평론』, 1940. 1, 223~227쪽 참조.

주의 운동에서 좌절한 조선의 지식인과 일본에게 조국을 침략당하고 있는 젊은 중국 여인은 서로 동일한 운명을 감지하게 된다. 그러나 이 소설의 서술자——그리고 김형오의 시선에 내포되어 있는 서술자——는 이 두 인물로 대표되는 세력이 패배하고 사라지는 것을 필연으로 그리고 있다.[72] 더욱이 슬퍼하는 중국 여인을 보면서 "불행할사록 그 아름다움은 더 한층 고결해지고 순수해진다"[73]고 느끼는 미의식에는 식민주의의 의식이 겹쳐져 있다. 사실 일본에서 익찬 체제가 성립된 후 '대동아 공영권'이 외쳐지고 태평양전쟁으로 나아가게 되는 과정은 이러한 '불행한 존재'에 대한 의식을 완전히 지워 가는 과정이었다고 할 수 있을 것이다.

태평양전쟁이 발발하고 '동아협동체'와 '동아 신질서' 구상을 둘러싼 논의가 완전히 패퇴한 이후, '내선일체'를 통해 조선의 경제적 발전과 근대적 변화를 요구하는 언설 실천, 또는 '내선일체'론에 '동아 신질서'의 원리를 끌어들여 식민지를 자치 공간으로 분리시키고자 하는 언설 실천에는, 일본의 '국민'이 되어 그 안에서 '황국 신민'으로서의 권리를 누리는 것을 목표로 하는 하나의 목소리만이 남게 된다. 중일전쟁기 생성되었던 언설 장의 결정적 폐쇄를 상징하는 것이 바로 조선에서의 징병제 실시가 결정(1942년 5월)된 사건이다. 최재서는 조선에서의 징병제 실시가 결정됨으로써 "안개처럼 모호하던 것이 맑게 개이고, 상쾌한 기분"[74]을 가지게 되었다는 감회를 인용하고는, 징병제 실시의 "결정이 종

---

72) 서술자는 형오의 죽음을 "시대 하나를 전송하는" 의식으로 의미 부여하고 있으며(같은 글, 195쪽), 중국의 낡은 성들이 무너져 가는 신문의 보도를 소개하면서는 "낡은 것이 지나가고 새로운 건설이 오는 그 광경을 어데 감격이 없이 바라볼 수가 있느냐!"며 중일전쟁의 '역사적 의의'를 찬양하고, "역사가 비약하는 데는 언제나 커다란 희생이 따른다"며 전쟁의 폭력성을 합리화하고 있다(같은 글, 213~214쪽).
73) 같은 글, 225쪽.

래의 이러저러한 비관론을 일소한 것은 숨길 것도 없는 사실"[75]이라고
평가한다. 그렇다면 징병제 실시를 통해 일소된 비관론이란 무엇인가.

> 반도인은 어떻게 하면 대동아 공영권의 건설에 직접 참여할 수 있을 것
> 인가? 생산 확충도 있고, 노무 제공도 있고, 헌금도 있고, 저축도 있다.
> 물론 그것들 하나하나가 충분히 의의를 지닌 봉공임에는 틀림이 없다.
> 그러나 그것만으로 과연 대동아권의 건설이라고 말할 수 있을까? 이러
> 한 염려는 마음이 있는 반도인의 머리를 스치는 그림자였던 것이다. 따
> 라서 또한 어떻게 하면 반도인은 진정으로 황국 신민이 될 수 있을까
> 하는 의문도 생겨났던 것이다.
> 이 갖가지 불안이나 염려에 대해 단적이고 명쾌한 해답을 준 것은 이번
> 의 징병제 발표이다.[76]

중일전쟁 발발 후 지원병제가 실시되었지만, 대체로 식민지에서의
전시 동원이란 생산 확충, 노무 제공, 헌금, 저축 등에 제한되어 있었다.
이것이 앞서도 말한 바와 같이 전선으로부터 분리된 총후가 경험한 전
시 체제이다. 전선으로부터 분리된 총후, 또는 권리로부터 분리된 의무
는 제국 내에서의 식민지의 위상을 일깨워 주는 현실인 동시에 제국에
참여하고자 하는 욕망을 촉발하는 구조이기도 하다. 중일전쟁기 '내선일
체'론은 이 간극 사이에서 작동하고 있었고, 전향 지식인들 역시 이 간극

---

74) 崔載瑞,「徵兵制實施と知識階級」,『朝鮮』, 1942. 7, 49쪽.
75) 崔載瑞,「徵兵制實施の文化的意義」,『國民文學』, 1942년 5·6월 합병호, 5쪽.
76) 같은 글, 8쪽.

사이에서 언설 실천을 행하고 있었다. 최재서에 의해 '비관론'이라고 표현된 부분은 사실 '내선일체'론의 오독 가능성 및 논쟁 가능성과 관련된 것이었다. 그러나 징병제 실시는 이 오독 가능성 및 논쟁 가능성을 완전히 닫아 버리는 결과를 낳았다. 1944년 본격적인 징병제 실시에 의해 식민지의 젊은이들은 대규모로 중국과 남방의 전선으로 투입되었고, 따라서 식민지 조선에게 태평양전쟁은 이제 단순히 '남의 전쟁'일 수 없게 되었다.

태평양전쟁에 의해 닫혀진 중일전쟁기의 언설 공간과 그곳에서 전개되었던 다양한 언설 실천은 해방 후 국민국가 건설의 기획 속에서, 그리고 이후의 일국적 역사 속에서 망각되고 억압되어 왔다. 그러나 제국주의의 식민지 수탈과 해방운동 탄압, 그리고 전시 동원과 민족 말살이라는 식민지/제국의 '강한 현실' 못지않게 ─아니 어쩌면 그보다 더─식민지/제국 내의 관계와 거리가 변동될 때 그 틈으로 비집고 나온 욕망들의 '약한 현실'이 식민지/제국 구조의 본질과 동역학을 말해 주지 않을까. 제국주의 국가가 전쟁을 일으키고 그 전쟁에 '세계사적 의의'를 부여하면서 인류 역사의 새로운 단계를 개시할 것처럼 영웅적으로 외칠 때, 그 외침에 겁먹거나 귀멀거나 유혹당하는 방식으로 '역사의 주변'의 위치를 각인하고 있는 목소리가 식민지/제국 체제 내에 형성되었던 폭력의 구조와 그 구조의 재생산 가능성을 오늘날의 우리에게 더 잘 가르쳐 주지 않을까. 그러나 그 목소리는 제국주의 시대에도 그랬듯이 국민국가의 시대에도 여전히 '역사의 주변'에서 맴돌고 있는 듯하다.

2장 _ 불확실성 시대의 윤리

'사실의 세기'와 협력의 윤리적 공간

> 바보들이나 비평의 쇠퇴를 애석해한다. 비평의 명맥이 끊어진 지 이미 오래인데
> 도 말이다. 비평이란 정확하게 거리를 두는 문제이다. 비평이 본래 있어야 할 곳
> 은 원근법적 조망과 전체적 조망이 중요한 세계, 특정한 관점을 취하는 것이 아
> 직도 가능한 세계이다. 그런데 지금 온갖 사물들이 너무 긴박하게 인간 사회를
> 짓누르며 다가오고 있다.
>
> — 발터 벤야민[1]

1. 비상사태(예외 상태) : 비결정성의 세계

1937년 발발된 중일전쟁은 식민지/제국 체제 전체에 급격한 변화를 가
져오는 결정적 계기가 되었다. 전쟁이라는 비상사태에 즈음하여 일본은
1938년 4월 1일 '국가총동원법'을 공포했고, 5월부터는 이를 식민지에
서도 시행했다. 이미 식민지 조선에서는 같은 해 3월 '제3차 조선교육령'
이 공포되어 '국체명징·내선일체·인고단련'을 주요 골자로 하는 황민화
교육이 강화되고 있었고, 총독부에 의해 6월부터 준비 작업에 들어간 '국
민정신총동원 조선연맹'은 중일전쟁 1주년을 기념하여 7월 7일 발대식
을 가지고 내선일체 선전과 전쟁을 위한 동원·통제 활동을 전개했다.

　식민지/제국의 관계가 한층 억압적으로 긴밀해지고 동원과 통제가
강화되어 가는 이 시기 변화의 조종 중심이 전쟁 효율성에 있었음은 두

---

1) 발터 벤야민, 『일방통행로』, 조형준 옮김, 새물결, 2007, 135쪽.

말할 필요도 없을 것이다.[2] '전시'라는 비상사태(예외 상태)에서 무엇보다 전면에 드러나는 것은 법질서의 내부와 외부에 동시에 존재하는 주권 권력의 정체이다.[3] '국가총동원법'이라는 비상 법령이 실시됨으로써, 제국주의 주권 권력이 법 내부에서 권력 집행의 정당성을 보장받는 동시에 바로 그 법의 효력을 정지시킬 수 있는 초법적 존재라는 사실이 보다 분명히 드러나게 된 것이다. '전시'에 처한 제국주의 주권 권력은 평상시의 법과 관행을 정지시키고,[4] '국방'이라는 최고의 유일한 목적을 위해 '내지' 및 식민지 인민들의 생명과 정신의 가장 깊은 영역까지 통제와 동원의 공간으로 끌어냈다. 실로 이 시기 식민지/제국의 정치적 공간의 본질은, '국가총동원상 필요할 경우'라는 조건만 충족시킨다면[5] 모든 것이 가능하고 모든 것이 금지된다는 데에 있었다.

이렇듯 중일전쟁 이후 총동원 체제가 강화되는 과정 속에서 문학인들은 심각한 혼란을 경험하고 있었다. 특히 인식을 통한 표현과 표현을 통한 인식의 변증법적 관계를 헤아리며 현실과 문학의 역사성을 반성하

---

2) '국가총동원법' 제1조에서 규정하는 '국가총동원'이라는 개념 — "전시(전쟁에 준하는 사변의 경우를 포함. 이하 이와 동일)에 처하여, 국방 목적 달성을 위해 나라의 전력을 가장 유효하게 발휘할 수 있도록 인적 및 물적 자원을 통제 운용함" — 을 통해서도, 이 시기 식민지/제국 시스템 변화의 주조가 '전쟁 효율성'에 맞추어져 있었음을 알 수 있다. '국가총동원법'의 전문은「国家総動員法」, 中野文庫(http://www.geocities.jp/nakanolib/hou/hs13-55.htm).
참고로 '국가총동원법'이 규정하는 '인적 및 물적 자원'이란 "정신력, 노력 그 외 무형적인 힘과 자원, 설비 등의 유형적인 힘 양방을 포함한 전 국력 구성의 원천이 되는 것 모두"를 뜻한다. 佐藤達夫,「國家總動員法」, 佐藤達夫·峯村光郎,『國家總動員法·經濟統制法』, 三笠書房, 1938. 28쪽.
3) 조르조 아감벤,『호모 사케르』, 박진우 옮김, 새물결, 2008, 55~60쪽 참조.
4) 하지만 병역법만은 총동원법에 앞선다. "제4조 정부는 전시에 즈음하여 국가총동원상 필요할 경우에는 칙령이 정하는 바에 따라 제국 신민을 징용하여 총동원 업무에 종사시킬 수 있다. 단 병역법의 적용에 지장을 주지 않는다"(「國家總動員法」).
5) 실제로 '국가총동원법'의 거의 모든 조항은 "정부는 전시에 즈음하여 국가총동원상 필요할 경우에는~"이라는 조건절로 시작되고 있다.

고자 했던 작가 및 비평가들에게 총동원의 현실은 그 반성적 거리를 소멸하게 만드는 위협으로 느껴졌다. 더욱이 1935년 '카프'(KAPF)의 해산과 더불어 진보적 운동으로서의 문학의 조직적 기반이 와해되고 이데올로기적 근거도 취약해져 버린 후, '주체' 붕괴의 위기를 겪고 있던 문학인들[6]에게 중일전쟁 이후의 사태는 혼란 그 이상의 것이었으리라 짐작할 수 있을 것이다.

임화는 이 같은 혼란을 '말하려는 것'과 '그리려는 것'의 분열로 설명한 바 있다. 즉 그의 말을 빌리면, 이 시기 문학인들은 "작가가 주장하려는 바를 표현하려면 묘사되는 세계가 그것과 부합되지 않고, 묘사되는 세계를 충실하게 살리려면, 작가의 생각이 그것과 일치할 수 없는 상태", 또는 "이상과 현실이 너무나 큰 거리로 떨어져 있는"[7] 상태에 처해 있었다고 하겠다. 요컨대 이를 세계와의 화해 불가능성의 경험이라고 바꿔 말할 수도 있을 텐데, 임화의 진술은 단순히 방법적인 과오를 문제 삼거나, 주체와 세계 사이의 시적 조화가 붕괴된 근대적 산문성의 일반적 조건을 반복해서 확인하는 것으로 모조리 환원될 수는 없다. 이 사태는 무엇보다도 주체의 "무력(無力)"[8]으로 경험되고 있었기 때문이다. 흔히 규범적 의미에서의 근대적 시민 계급이 부재하다는 데에서 이 무력의 기원이 찾아지기도 했지만, 유독 이 시기에 와서 세계와의 화해 불가능성

---

6) 임화는 이와 관련하여, "적극성과 희망 대신 퇴영과 소극성과 절망의 의식이 탄생"한, "내슈내리즘'도 '쏘시알리즘'도 업서"진 상황에서 "작가가 홀몸으로 현실 아페 서게 된 것"으로 표현한 바 있다. 임화, 「최근 조선소설계 전망(본격소설론)」, 『조선일보』, 1938. 5. 27.
7) 임화, 「세태소설론」, 『동아일보』, 1938. 4. 2.
8) 같은 글. 물론 임화 자신은, 세태 소설과 내성 소설이라는 양식적 편향을 낳은 이 주체의 무력을 극복해야 한다고 주장하면서 본격 소설이라는 고전적 소설 양식의 완성을 과제로서 제시한 바 있지만, 당연하게도 본격 소설이 주체의 무력 및 세계와의 화해 불가능성이라는 사태를 해결할 수 있는 것은 아니었다.

이 문제로 대두되고 있었다면, 이 무력이란 주체를 압도하는 현실의 위력이라는 대립항에 의해 규정된 것으로 보아야 할 것이다.

여기서 주체를 압도하는 위력적인 현실이란, 통상적인 의미에서의 사회 현실, 또는 인식론적 의미에서의 대상적 세계, 나아가서는 혁명론적 의미에서의 모순과 투쟁의 장과도 구별되는 존재라고 할 수 있다. 그것은 기존의 질서를 유지할 수도 폐지할 수도 있는 초법적 주권 권력의 폭력성이 드러난 현실, 비상사태(예외 상태)를 조만간 종결시킬 것인지 끝없이 지속시킬 것인지를 결정할 권리가 전적으로 주권 권력에게 주어진 현실, 통제와 동원이 구체적으로 어느 선까지 이루어질 것인지에 대한 결정이 주권 권력에게 절대적으로 내맡겨진 현실, 주체의 자율성이 어느 정도의 범위 안에서 작동될 수 있는지를 결코 자율적으로 결정할 수 없는 현실이다.[9] 따라서 주체의 무력이라는 것도 어떤 고정된 실체가 외적인 압력에 의해 밀려난 상태로서 표상될 수 없는, 주체가 그 자체의 경계선이 모호하게 유동하고 있는 상태를 경험할 때 느끼는 불안의 감정에 가깝다고 하겠다. 과감하게 말해서, 중일전쟁 발발과 '국가총동원법' 공포 이후 주체와 세계의 위상은 이전과는 질적으로 전혀 다른 불확실성과 비결정성의 성격을 갖게 됐다고 할 수 있을 것이다.[10]

바로 이 시점에서 발레리가 말했다는 '사실의 세기'라는 표현이 감각적 설득력을 얻으며 문학인들 사이에서 유포되고 해석되고 전유되었

---

9) 이렇게 볼 때, '현실'이란 단지 객관적인 것이 아니라 주체와 세계의 비대칭적 상호 작용의 지평 위에 성립되는 관계적 개념으로 이해되어야 할 것이다.
10) 이러한 불확실성과 비결정성은 일제 말기 식민지/제국 관계의 정치적 전환을 광범하게 특징 짓는 것으로서, 조선인의 경계가 모호해지는 내선일체의 생명정치적 공간, 조선 문학(문화)의 정체성이 재설정되는 국민 문학(문화)의 표상정치적 공간에서 그 예를 찾을 수도 있을 것이다.

다. 당대 유럽 최고의 지성인이라 평가받던 발레리가 우울한 어조로 20세기에 '사실의 세기'라는 이름을 붙였다는 풍문이 식민지 조선에까지 흘러들어 온 이후, "바레리-의 말과 가티 금일은 사실의 세기"[11]였던 것이다. '사실'이란 무엇을 지시했는가. '사실의 세기'라는 단순한 규정은 어떤 속성들을 함축하고 있었는가. '사실의 세기'라는 표제 아래에서 무엇이 이야기되었는가. 이 질문들은 전시라는 비상사태(예외 상태)를 살아간 문학인들이 주체/세계의 불확실성 및 비결정성을 어떻게 경험했고, 그 속에서 다시금 어떻게 확실성의 근거들을 찾아갔는가를 검토하는 데 결정적인 실마리 역할을 하게 될 것이다. 아울러 이 질문들은 식민지 조선에서 이른바 '친일' 또는 '대일협력'이라는 정치적 지향 및 행위가 애당초 가능할 수 있었던 특정한 윤리적 공간을 열어 보이는 열쇠 역할을 하게 될 것이다.[12]

---

11) 백철, 「지식계급론」, 『조선일보』, 1938. 6. 3.

12) '사실의 세기'를 둘러싼 논의는 김윤식의 『한국 근대 문예비평사 연구』(1973) 이래 기존의 한국 근대 문학 비평사의 맥락에서 여러 번 다루어진 바 있으나, 대부분의 경우 '사실수리론'으로 요약되는 백철, 유진오 등의 전향합리화론 이상으로는 의미가 부여되지 않았다. 그러던 것이 최근 친일 문학에 대한 새로운 접근 및 일본 사상계와 식민지 조선의 지식인 사이에 형성되었던 동시대성에 주목하는 연구가 이루어지면서, '사실의 세기'를 둘러싼 논의를 역사철학적 전환의 의식, 나아가 '근대초극론'의 맥락에까지 연결시키고자 하는 시도들이 이루어지게 됐다(예컨대 류보선, 『한국 근대문학의 정치적 (무)의식』, 소명출판, 2005; 이현식, 『일제 파시즘 체제하의 한국 근대 문학비평』, 소명출판, 2006). 하지만 '사실의 세기'라는 기표가 식민지 총동원의 현실 위에 떠돌게 된 '번역' 과정의 해명을 비롯해 '사실' 논의가 지닌 정치적·윤리적 의의에 대해서는 여전히 본격적인 연구가 이루어지지 못하고 있다. '사실'을 둘러싼 논의 자체를 본격적으로 분석하고자 한 시도의 드문 예로는 하정일의 『분단 자본주의 시대의 민족문학사론』(소명출판, 2002)을 들 수 있다. 그는 중일전쟁 이후 대두된 '사실'이라는 기표가 '지성의 반대말', '파시즘의 상징', '문학적 제재' 등의 서로 다른 의미와 연결되고 있음에 주의하면서 '사실'에 대한 태도를 ①사실수리론(백철), ②사실회피론(김환태), ③사실길항론(임화)으로 구분하고 있다. 그러나 '사실'의 다양한 의미를 세심하게 구별해야 한다는 경고는 이 세 가지의 유형을 나누는 과정에서 잊혀지고, ─당연하게도─'사실길항론'이 윤리적인 탁월성을 인정받는 예정된 결론에 귀착하고 있다. 하지

2. 사실/허구의 전도와 정신의 위기

정신의 위기, 지성의 위기, 문화의 위기에 대한 암울한 진단은 발레리에게서 온다. 발레리는 제1차 세계대전이 끝난 1919년 「정신의 위기」라는 글을 통해 유럽 정신이 붕괴의 위험에 처해 있음을 경고한 바 있다.[13] 문명에 의한 문명의 파괴로서의 전쟁이 위기 진단의 직접적인 계기가 되었을 법하지만, 실은 보다 근본적으로 인간과 정신의 자유를 추구해 온 근대 세계가 해결할 수 없는 자기 붕괴의 궁지에 처해 있다는 판단이 밑바닥에 깔려 있다. 양차 대전 사이에 발레리는 정신의 위기를 무엇보다도 "유럽 문화의 동일성의 위기"[14]로 정의하고 있었는데, 이 유럽 문화의 동일성이란 유럽 자체가 아니라 "유럽이 책임지고 있는 **정신**의 보편성, 유럽을 자신의 저장고·자본, 혹은 수도로 갖게 하는 그 보편성"[15]에 다름 아닌 것이다. 그런데 이러한 판단은 역설적이다. 유럽이라는 '특수'한 장소가 정신의 '보편성'의 저장고가 되어 왔다는 모순된 판단[16] 속에 이미 동일성의 균열이 함축되어 있기 때문이다. 이렇게 볼 때 발레리는 마치

만 문제는, '사실' 논의를 촉발시킨 중일전쟁 시기의 불확실성·비결정성은 사실에 맞서야 한다는 당위적인 진술에 의해 해결되지 않는다는 데 있다. 오히려 이 불확실성과 비결정성의 조건 위에서 주체/세계의 경계를 어떻게 설정할 것인가를 두고 사유된 과정들을 분석할 때, 정치적이고 윤리적인 의의를 갖는 서로 다른 '세계'들이 보다 분명히 보이기 시작할 것이다. 이렇게 볼 때, '사실'은 받아들이거나 피하거나 싸울 수 있는 실체가 아니라 총동원 체제의 생명정치의 임계를 나타내는 표지가 될 것이다.

13) 폴 발레리, 『발레리 산문선』, 박은수 옮김, 인폴리오, 1997 참조.
14) 자크 데리다, 『다른 곶』, 김다은·이혜지 옮김, 동문선, 1997, 32쪽.
15) 같은 글, 58쪽. 강조는 원문.
16) "유럽은 **실제로 지금 그대로의 것이**, 즉 아시아 대륙의 한 작은 곳이 될 것인가? 아니면 유럽은 **지금 그렇게 보이는 것으로**, 즉 지상 세계의 값진 부분으로, 지구의 진주로, 엄청난 한 몸뚱이의 두뇌로, 남아 있게 될 것인가?"(발레리, 『발레리 산문선』, 239쪽. 강조는 원문).

정신의 보편성의 '극한' 지점인 유럽에서야말로 정신의 위기가 발생하지 않을 수 없다고 진술하고 있는 듯하다. 그것은 어떤 운명처럼 보인다. 이런 운명적 성격을 띤 정신이란 무엇인가.

발레리는 20세기를 '사실의 세기'라고 명명했다고 하는데, 그것은 이전까지의 시대를 지칭하는 '질서의 세기'와 극명하게 대립되는 이름이다.[17] '사실의 세기'가 정신의 위기가 발생하는 시대를 뜻하는 것이라면, 정신이란 틀림없이 '질서'와 깊이 관련된 어떤 것이리라. 과연 발레리에게 있어 '사실'과 '질서'는 어떤 의미를 생산하는 대립항인가.

> 하나의 사회는 동물성에서 질서로까지 향상한다. 야만기란 **사실**의 시대이므로 질서의 시대란 따라서 **허구**의 제패기임에 틀림없다──다시 말해 육체에 의한 육체의 속박만으로 질서를 세울 수 있는 권력은 전혀 없기 때문이다. 거기에는 허구의 힘이 필요하다.
>
> (……)
>
> 따라서 질서는 **부재하는 사물들이 실재로서 움직일 것**을 강요하며, 또한 그것은 이상이 본능을 균형 잡은 결과이다.[18]

발레리에게 사실의 시대란 단적으로 야만의 시대, 즉 인간적 역사·문화 이전에 놓인 시대이다. 그러나 여기서 '이전'이란 단지 연대기적 과

---

17) "바레리-는 이십세기를 사실의 세기라고 말하얏다. 사실의 세기란 질서의 세기에 대하는 말이다"(최재서, 「사실의 세기와 지식인」, 『조선일보』, 1937.7.2).

18) ポール·ヴァレリー, 「『ペルシャ人の手紙』序」("Préface aux Lettres Persanes", *Commerce*, Ⅷ, été, 1926), 新村猛 訳, 『ヴァレリー全集』 第8卷, 筑摩書房, 1967, 174쪽. 강조는 원문. 이하 이 글에서 인용할 때는 PLP라는 약자를 사용하여 본문에 직접 표기.

거만을 뜻하는 것은 아니며 역사·문화의 '바깥'이라는 의미까지 함축하고 있다. 인간의 이성·이상에 의해 포획되지 않은 본능의 세계까지 포함하고 있기 때문이다. 이에 반해 질서의 시대란 '허구'의 시대이다. 야만/질서 또는 사실/허구의 뚜렷한 대립을 전제로 한 설명 틀이다. 그런데 여기서 발레리의 논점은 사실의 시대가 야만의 시대임을 재확인하는 데 있기보다는, 질서가 가진 근본적인 허구성을 상기시키는 데 있는 것으로 보인다. 그에 따르면, "신성한 것, 정당한 것, 적법한 것, 예의에 맞는 것, 찬미할 만한 것, 그리고 그 반대물들이 서서히 사람들의 뇌리에 그려지고 결정(結晶)"됨으로써 틀 지어지고, "글쓰기, 복종되는 제언, 이행되는 약속, 유효한 비유, 존수되는 습관과 협정 ──즉 순수한 허구"에 의존하게 되는 "상징과 기호의 왕국", 즉 질서의 세계는 "실로 주박(呪縛)으로 이루어진 건조물"(PLP, 175쪽)인 것이다. 정신의 자유라는 것도 일종의 마법으로 지켜지고 있을 뿐인 이 질서의 세계가 정착한 이후에야 비로소 가능해진다.

그런데 사실과 본능이 지배하는 욕구의 세계에서 질서와 규칙의 세계가 분리되어 나옴으로써 인간은 사물 또는 자연에 긴박되어 있던 상태를 점차 잊게 되고 관습의 세계를 유일한 본질적 세계로 간주하게 된다.

사람들은 사실이 지배하고 있던 시대로부터 모르는 사이에 멀어져 간다. **예견**과 **전통**의 이름하에 가공의 원경(遠景)인 미래와 과거가 현재를 지배하고 구속한다.
그렇게 되면, 마법으로 지켜지고 있는 데 지나지 않는 사회 상태, 그것이 우리에게는 자연과 같은 것처럼 자연스럽게 보이게 된다. (……) 관계들로 이루어진 이 세계는, 습관으로 인해, 형이하의 세계와 같은 정도로 안정되고, 그와 같은 정도로 천연 자생의 것으로 우리에게 보이기 시작한다. (PLP, 175쪽. 강조는 원문)

질서의 세계가 제2의 자연이 됨으로써 허구는 사물적 견고함을 획득하게 된다. 계몽이 다시 신화로 복귀하듯이,[19] 자연 지배의 완수와 함께 허구가 사실로 이행하는 전도가 발생하는 것이다. 이 전도 위에서 정신은 서서히 대담해진다. "확립된 안전 보장 조치에 편승하고, 또한 눈앞에서 이루어지는 것들의 이유가 소멸한 덕택에 머리를 쳐들고 거친 콧김을 내뿜는"(PLP, 176쪽) 정신은, 자신의 자유의 전제이자 조건이었던 '사실과의 투쟁'을 망각한 채 구성된 관계의 세계 안에서 모든 것이 가능하다고 믿어 버리게 된다. 이 같은 질서의 세계를 극한까지 몰고 가는 대표자는 부르주아이다. 그는 "존재하는 것을 망각할 때에만 비로소 존재하게 되는 것 때문에 조금도 고통스러워하지 않는 인간",[20] 즉 인간화된 세계 바깥이 존재한다는 것으로 인해 불안해하지 않는 인간이다.[21]

그러나 질서와 규칙의 세계 안에서 모든 것이 가능하다고 믿는 바로 이 정신의 자유의 "운동의 와중에 무질서와 **사실 상태**가 재현되고 재생"(PLP, 177쪽. 강조는 원문)된다. 자연 지배의 완수가 오히려 자연 상태

---

19) 테오도르 아도르노, 막스 호르크하이머, 『계몽의 변증법』, 김유동 옮김, 문학과지성사, 2001, 21~79쪽 참조.

20) ポール·ヴァレリー, 「詩の必要」("Nécessité de la Poésie", 1937년 11월 19일 유니베르시테 데 아나르에서 행한 강연), 佐藤正彰 訳, 『ヴァレリー全集』第6巻, 筑摩書房, 1967, 122쪽.

21) 사실/질서의 대립과 이행을 연대기적이거나 일회적인 것으로 간주하지 않는다면, 발레리의 역사철학적 입장은 주체와 세계 사이의 투쟁으로서의 역사가 종말을 고한 후 나타나는 새로운 인간 유형을 '동물'과 '스노브'로 양분하여 제시하고 있는 코제브의 그것과 만나는 것으로 보인다. Alexandre Kojève, *Introduction to the Reading of Hegel*, Ithaca, N. Y. : Cornell University Press, 1980, pp. 159~162, 2판의 주석 참조.

를 초래하는 역설이 발생한다.[22] 다시 말해, "인간은 스스로의 가장 강력한 사상의 의외의 귀결에 의해 새로운 종류의 야만인으로 되돌아갈 수 있다"(PLP, 177쪽). 질서와 규칙의 준수에 의해 유지되는 관습의 세계에서 과감해진 정신은 이번에는 사물화된 허구로부터 다시 자유로워지려 할 수 있기 때문이다. 발레리가 예시를 통해 말하고 있듯이, "질서에 있어 필수적인 것은, 어떤 인간이 즉시 교수형에 처해지게 됐을 때 이미 그 인간이 당장이라도 목이 졸리는 것 같다고 느끼는 것"(PLP, 175쪽)이다. 이 심상의 작용은 질서를 유지하는 허구의 힘과 그 작동 방식을 단적으로 보여 준다고 할 수 있는데, "이 심상에 큰 신뢰가 따라오지 않는다면 머지않아 모든 것은 붕괴한다."(PLP, 175쪽)

발레리에게 '사실의 세기'란 자유의 가능성의 조건을 망각한 정신이 초래하는 역설적이지만 필연적인 귀결이다. 이것이 유럽 정신의 위기에 운명적 성격을 부여한다. 그것은 넓은 의미에서 휴머니즘의 세계가 봉착할 수밖에 없었던 막다른 골목이었다고 할 수 있다. 따라서 '사실의 세기'란 유럽이 중심이 되어 만들어 온 근대 세계가 외부의 야만에 의해 침해당하는 것을 두려워하는 방어적·배타적 위기 언설보다 훨씬 근원적인 근대 비판 또는 유럽의 자기비판과 관련되어 있다.

3. '사실' 또는 새로운 직접성

그렇다면 유럽 정신의 위기에 대한 발레리의 반성적 진단은 어떻게 총

---

22) 발레리가 새로운 사실의 시대를 초래하는 중요한 요인 중 하나로——전쟁보다——"실증과 학에 의한 사물의 정복"(PLP, 178쪽)을 들고 있는 것은 이러한 맥락에서이다.

동원 시대의 조선에서 전유될 수 있었을까. 이 전유 과정에는 근대적 지식의 번역자·매개자로서의 일본의 존재가 필연적으로 전제되어야 했다. 발레리, 지드 등의 글을 동시대의 문맥에 번역 소개하면서 평론 활동을 전개하고 있던 『문학계』 동인 가와카미 데쓰타로는 「사실의 세기」(1938년 3월)라는 글에서 발레리의 위기 언설을 일본의 상황에 접속시키고 있다.

> 지금이야말로 사상의 혼란이라는 것을 그 가장 솔직한 의미에서 입에 담아도 되는 때가 온 것 같다. 물론 혼란 따위의 어구는 현재는 수많은 터부 중의 하나이다. 이 말은 지금은 일반에게서 그 페시미즘 때문에 기피되고 있으며, 혼란을 반성하기보다 새로운 건설적인 희망이나 신념에로 향할 것이 추천되고 있다. 그러나 미리 말할 것도 없이, 나 역시 지금 새로운 건설에 대해 말하고자 하고 있는 것이다.[23]

가와카미가 사상의 혼란을 문제 삼을 수 있는 것은 '건설'이 전제되어 있기 때문이다. 건설을 전제할 때 비로소 '혼란'을 말할 수 있다는 논리가 '혼란'의 청산을 목표로 하고 있음은 물론이다. 가와카미는 중일전쟁 발발을 계기로 거대한 사회적 변동이 일어나면서 지금까지와는 다른 새로운 질서가 모색되고 있다고 판단하고, 일본 지식계에 존재해 온 '사상 혼란'의 문제를 해결하기 위해 발레리의 '사실의 세기'를 전유해 오는 것이다.

---

23) 河上徹太郎, 「事実の世紀」, 『事実の世紀』, 創元社, 1939, 64쪽. 이하 이 글에서 인용할 때는 ZS라는 약자를 사용하여 본문에 직접 표기.

그는 서구에서 사상의 혼란이란, "문예부흥기에 시작되어 19세기 실증주의적 시대와 함께 완성된 하나의 중심 사상, 굳이 이름 붙이자면 인간중심적 비평주의라고 할 만한 강력한 지성이 이제 바야흐로 몰락"(ZS, 65쪽)한 데서 온 결과라고 본다. 즉 서구 지성의 몰락은 단적으로 휴머니즘의 몰락이다. "합리주의의 가장 견실한 결론으로부터"(ZS, 66쪽), "휴머니즘의 세기가 끝난 곳에서"(ZS, 68쪽) '사실의 세기'가 도래했음을 반복적으로 확인하는 것을 볼 때, 그는 발레리의 위기 언설이 발화되고 있던 맥락을 정확히 이해하고 있었던 것 같다.

그러나 그것은 '유럽'의 사정이다. 가와카미는 근대 세계에 늦게 참여한 일본은 서구 300년의 역사를 겨우 70년에 수료했기 때문에 "휴머니즘의 녹슨 독을 그 정도로 받아들이지 않았다"(ZS, 69쪽)고 본다. 더욱이 어떤 사상이 한 사람의 전 존재를 지배할 수 있었던 서구와는 달리 일본의 경우엔 사람이 먼저 있고 나중에 사상이 흘러들어 왔다 나가는 형태였기 때문에, 비록 위대한 사상 체계를 만들 수는 없었을지라도 그 대신에 사상의 병폐에 감염되기는 어려웠다고 본다. 다시 말해 일본은 세기말 이후의 서구에서 나타난 것과 같은 "존재가 비평을 낳는 것이 정상적인 상태임에도 비평이 존재를 규정하는 시대"(ZS, 70쪽)를 피해갈 수 있었다는 것이다.

근대 문화의 세례를 받은 우리 나라에서도 당연히 이 비평을 위한 비평의 정신이 수입되었다. 그러나 그것은 다른 유형의 문명들과 나란히 하나의 문화 항목으로서 수입된 것이며, 근대 문명에 필연적으로 수반하는 병폐로서 빚어진 것은 아니었다. 현대에 있어 마찬가지로 사상의 혼란이라고 불러도, 서구와 우리 나라에서는 이 정도의 차이가 있다. 우리 나라에서의 사상의 혼란은 사상의 앞질러 감에서 생겨났고, 서구의 그것은 사상의 원숙에 있었던 것이다. (ZS, 70~71쪽)

이러한 특수성의 강조를 통해 그는 근대 세계가 봉착한 정신의 위기를 유럽이라는 '한 지역의 위기', '한 지역의 운명'으로 상대화한다. 이미 발레리에게서 볼 수 있었던 것처럼 유럽의 자기 동일성 자체에 보편성과 특수성 사이의 모순이 존재하고 있었지만, 가와카미는 보편적으로 관련되어 있는 문제를 유럽적 특수성에 회수시키는 방식으로 일본의 문제 상황을 분리시키고 있다. 그럼으로써 발레리의 '사실의 세기'에 드리워져 있던 운명적 베일을 걷어 버리고, 위기 '극복'의 가능성을 말할 수 있는 언설 공간을 개시하게 된다.

그 위기 극복의 방향은 공허한 휴머니즘의 허구로부터 ─서구와 구별되는 일본의─ '현실'로 복귀하는 데에서 찾아진다. 말하자면, 서구의 경우 휴머니즘이라는 허구가 인간의 전 존재를 지배해 왔기 때문에─즉 자연화되어 왔기 때문에─그 허구가 붕괴될 경우 돌아갈 곳이 없다는 근원적인 위기와 공포를 피할 수 없지만, 일본은 허구가 무너진 후 '일본적 현실'로 복귀함으로써 오히려 진정한 사상의 모럴이 생겨날 수 있다는 것이다.[24] 따라서 가와카미에게 '사실의 세기'란 비로소 '일본적 현실'에 기초한 새롭고도 진정한 사상이 시작될 수 있는 기회이기도 하다.[25] 앞질러 가던 공허한 사상의 추상주의와 사대주의로부터 돌아와

---

24) 이 맥락에서 1930년대 중반부터 '일본낭만파' 등 전통주의자, 국수주의자를 중심으로 나타났던 "일본적인 것의 외침은 이러한 추상성을 버리고 현실에 착목하라는 경고로서 더욱 의미가 있는 것"(ZS, 72쪽)이 된다.
25) "진정한 문학이 생겨나고, 진정한 사상이 생겨나는 것은 이제부터라고 나는 솔직히 생각한

구체적인 '일본적 현실'에서 새로운 문학과 사상을 길어 낼 수 있는 기회 앞에는 "일본주의도 구좌익도 없다"(ZS, 75쪽).

'사실의 세기'를 둘러싸고 추상/구체, 서구/일본——나아가서 근대/탈근대('근대의 초극')——등 인식론적·가치론적 계열체들을 재배치하는 논리적 틀은 가와카미에게서만 나타나는 것이 아니었다. 20세기='사실의 세기'가 던져 주는 사상적·문화적 과제를 둘러싸고 열린 『문학계』의 한 좌담회에서 미키 기요시는 이렇게 말한다.

> 근대 문화가 발전한 결과, 모든 것이 압스트락트해졌습니다. 과학이 그러한 압스트락트한 사고를 조장했다고도 말할 수 있고, 거기에 시대의 진보도 있었던 것입니다만, 어쨌든 압스트락트해진 것이 어떻게 이번에는 콘크리트해질 것인가 하는, 그 방도를 찾고 있는 것은 아닐까 하고 생각합니다. 과학의 시대를 사실의 시대라고 부르는 데에도 역시 그러한 느낌이 있는 것은 아닐까 하고 생각하는 겁니다.
>
> (……)
>
> 동양인에게는 아직 그만큼 깊은 페시미즘이 없고, 오히려 페시미즘에 **빠져 있는 서양 문화에 대해 동양으로부터 새로운 빛을 부여할 수 있다는 희망을** 가질 수 있는 점이 있습니다. 거기에서 동양적 지성이라는 것이 문제가 됩니다. 오늘날 서양에는 일반적으로 깊은 페시미즘이 있습니

다. '사실의 세기'는 시작된 것이다"(ZS, 74쪽).
한편, 가와카미의 책에 대한 서평에서 요코미쓰 리이치 역시 "동시대에 각각 세계를 달리하고 있다고 하는 동서(東西)의 사실, 이것을 '사실의 세기'라고 하는 것이 아니라, 이러한 세기에 하나는 가능성이 없어진 데 반해 하나는 가능성을 발견한 사태의 전개 속도를 가지는 의미"에 주목해야 한다고 쓰고 있다. 橫光利一, 「覺書: 「事實の世紀」について」, 『文學界』, 1939. 9. 인용은 『定本 橫光利一全集』, 第十三卷, 河出書房新社, 1982, 525쪽.

다. 그것을 구원한 것은 고대 사회가 끝날 무렵에는 기독교였는데 이번엔 어떠한 것일지 모르겠지만, 뭔가 그러한 것이 나오지 않으면 안 됩니다. 서양인의 동양에 대한 관심이란 그런 점에 있는 것이 아닐까 생각합니다.[26]

미키의 경우에는 추상과 구체 또는 일반적인 것과 경험적인 것을 일종의 중간 형태[形]로서 새롭게 통일할 필요성을 역설하는 맥락에서 말하고 있지만,[27] 그 새로운 통일과 종합의 방향은 추상이 구체화되고 서양이 동양화되는 쪽으로 분명하게 설정되어 있다. 가와카미나 미키가 비록 '사실의 세기'를 환대하고 있는 것은 아니지만, 발레리에게 '사실의 세기'가 정신의 위기의 필연적 귀결인데 반해, 그들에게는 새로운 형태로 관계와 질서를 구축해 갈 수 있는 조건이자 기회로 여겨지고 있었던 것이다. 따라서 "동양적 지성"은 결코 위기에 처해지지 않는다. 가와카미가 "혼란은 우리 안에 있지 사상에는 없다"(ZS, 75쪽)고 말한 것도 이와 같은 맥락에서이며, 같은 이유에서 '혼란'에 앞서 '건설'이 말해질 수 있었던 것이다. 어쩌면 이곳에 '사실의 세기' 또는 전시기(戰時期)의 '명랑성'의 비밀이 있을 것이다.

흥미로운 것은 이 기회를 마련해 준 것이 다름 아닌 '정치'라는 데 있다. 지금까지 한편으로 사상은 휴머니즘을 추상적으로 추수해 왔을 뿐이고, 다른 한편으로 정치나 국책은 사상의 빈곤 속에서 단순한 방편이

---

26) 「廿世紀とは如何なる時代か」, 『文學界』, 1939. 1, 203, 205쪽. 강조는 인용자. 이 좌담회에는 미키 기요시 이외에 가와카미 데쓰타로, 곤 히데미(今日出海)가 참석했다.

27) 그가 '形'이라고 말하는 이 변증법적 종합의 이상은, 그의 철학 체계에서는 '구상력'으로, 정치학에서는 '신화'로, 사회공학에서는 '동아협동체'라는 지역 공동체 구상으로 나타난다.

나 도구로만 여겨져 왔다. 그러나 "바야흐로 정치가 그 복수를 할 때가 왔다"(ZS, 72쪽). 가와카미가 말하는 최근 정세의 변화가 중일전쟁 이후 총동원 체제를 향해 나아가는 과정을 지시하고 있음은 물론이다. 휴머니즘적인 사상의 지향성[28]이 차단당하게 된 것은 비록 정치적·국책적 방편에 의한 것이었지만, 이미 휴머니즘으로 구제할 수 없는 시대라는 점에서 "이 경향이 반드시 인위적인 금압이 아니라 사상 자체가 스스로 살아가기 위해 부여한 모럴이기도 한 것"(ZS, 71쪽)을 인정해야 한다는 것이다. 이곳에서 사상 내적인 요구와 국책적인 요구가 일치된다. 아니, 오히려 사상에 대한 '금압'이라는 정치의 부정적 실천을, "사상의 건강"(ZS, 74쪽)을 시험할 긍정적 조건으로 받아들임으로써 사상의 위기 자체를 봉합하고 있다고 봐야 할 것이다. 정치가 사상에게 '현실성'을 폭력적으로 상기시키자 사상은 그것을 자신이 안거(安居)할 집으로 받아들였다. 그러나 그 집에 들어갈 것인지 아니면 그것을 파괴할 것인지를 결정할 권리는 사상에게 없었다.

4. 우연성과 아이러니, 또는 '사실'을 대하는 잠정적 도덕 격률

두번째 격률은, 행동에 있어서 가능한 한 확고하고 결연한 태도를 취하고, 아무리 의심스런 의견이라도 일단 그것을 취하기로 결정했다면 아주 확실한 것인 양 따라야 한다는 것이었다. 이 점에 있어 나는 숲에서 길을 잃은 나그네가 우왕좌왕하면서 이 방향 저 방향으로 왔다 갔다 하

---

28) 여기에는 개인주의, 자유주의는 물론 "휴머니즘 인생 비평의 총결산"으로서의 "좌익적 세계관"(ZS, 73~74쪽)까지 포함된다.

거나 혹은 한 자리에 그냥 머물러 있는 것이 아니라, 처음에는 비록 그저 우연하게 한 방향을 선택했을지라도 특별한 이유가 없으면 그 방향으로 계속 걸어가는 태도를 본받으려고 했다. 이렇게 하면 나그네는 자신이 원했던 장소로 곧장 가지는 못할지라도 적어도 숲 한가운데 있는 것보다는 확실히 나은 어떤 장소에 결국 도착할 것이기 때문이다. 이와 마찬가지로 삶에 있어 우리 행동은 어떠한 지체도 용납하지 않는 경우가 종종 있으므로, 아주 참된 의견을 식별할 수 없을 경우에는 가장 개연적인 의견을 따라야 한다는 것은 지극히 분명한 사실이다. 또 어떤 의견이 더 개연적인 것인지 전혀 알 수 없을 경우에도 우리는 그 가운데 하나를 결정해야 하며, 나아가 그것이 실생활과 연관되어 있는 한 우리는 이후에도 그것을 의심스러운 것이 아닌 아주 참되고 확실한 것으로 간주해야 하는데, 이는 우리로 하여금 이렇게 결정하도록 한 근거가 아주 참되고 확실한 것이기 때문이다. 이렇게 함으로써 나는 이때 이후로 약하고 흔들리기 쉬운 정신을 가진 사람들, 즉 어떤 것을 좋다고 행하다가 나중에 다시 나쁘다고 생각하는 변덕스러운 사람들의 양심을 괴롭히는 모든 후회와 자책에서 벗어날 수 있었다.[29]

백철이 「시대적 우연의 수리」[30]에서 인용하고 있는 대목이기도 하지만, 데카르트가 『방법서설』에서 서술한 이 잠정적 도덕 격률은, 중일전쟁기 총동원 시대를 '홀몸으로' 살고 있던 지식인들의 윤리적 선택과 관련하

29) 르네 데카르트, 『방법서설, 정신지도를 위한 규칙들』, 이현복 옮김, 문예출판사, 1997, 175~176쪽.
30) 백철, 「시대적 우연의 수리: 사실에 대한 정신의 태도」, 『조선일보』, 1938. 12. 2~7(이하 이 글에서 인용할 때는 AEA라는 약자로 본문에 직접 표기).

여 의미심장한 암시를 준다.[31] 기본적으로 데카르트의 이 격률은—『방법서설』자체가 그렇듯이—'의심과 회의로부터의 해방'을 지향하고 있다. 어떻게 '의심과 회의'로부터 벗어날 수 있을까. 데카르트는 "우연하게 한 방향을 선택했을지라도 특별한 이유가 없으면 그 방향으로 계속 걸어가는 태도"를 취하고자 했다. 그리고 그 방향이 옳은지 그른지는 알 수 없지만 그것을 "참되고 확실한 것으로" 간주하고자 했다. 혼란스러운 시대에 처해 있으므로 옳고 그름을 판단해 줄 객관적인 근거는 어디에도 없다. 그럼에도 불구하고 자신이 선택하기로 한 것을 참되고 확실한 것으로 "간주해야" 한다. 이렇게 간주할 수 있는 이유는 "우리로 하여금 이렇게 결정하도록 한 근거"가 참되고 확실한 것이라는 데 있다. 그리고 그 '근거'란 '의심과 회의로부터 해방'되고자 하는 의지의 타당성에 다름 아니다. 쉽게 말해서, 길 잃은 숲에서 벗어나고자 하는 의지가 있기 때문에, 어떤 하나의 방향으로 계속 걸어가는 태도가—적어도 잠정적으로—'참되고 확실한 것'으로 간주될 수 있는 것이다.

이 같은 데카르트의 격률에는 크게 두 가지의 암묵적인 전제가 뒷받침되어 있는 것으로 보인다. 하나가 인간이 지닌 양식(bon sens)에 대한 근본적인 신뢰라면, 다른 하나는 미래 세계에 대한 근본적인 낙관이다. 즉 숲을 벗어날 수 있는—주관적인—능력에 대한 신뢰가 한편에 있다면,—객관적으로—숲 바같의 세계가 "확실히 나은 어떤 장소"일 것이라는 믿음이 다른 한편에 있다. '시대적 우연의 수리'라는 상당히 패

---

31) 신남철 역시 당대를 근대 초기의 전환기에 비유하면서 새로운 『노붐 오르가눔』(1620년에 발간된 프랜시스 베이컨의 저작이고 『신기관』으로 번역되어 있다)과 『방법서설』의 등장을 요청하고 있다. 신남철, 「知者를 부르는 喇叭」, 『조선일보』, 1938. 7. 7 참조.

배적인 뉘앙스를 풍기는 글 제목과는 반대로, 백철은 기본적으로 데카르트의 이러한 전제를 공유하고 있다.[32]

　　백철이 처음으로 '사실의 세기'를 거론한 것은 식민지 조선에 총동원법이 적용되기 시작한 직후의 시점이다. 「비애의 성사」[33]를 발표하고 이른바 '과학적 비평 태도'와 결별한[34] 이후 줄곧 개성론·휴머니즘론·지성론 등에 개입해 오던 백철은, '지식 계급'이라면 부정적인 현실 속에서도 긍정적인 것을 찾아야 한다고 역설하면서 '사실의 세기'를 끌어들여 온다.

> 바레리-의 말과 가티 금일은 사실의 세기다. 그것도 너무 편벽된 사실과 행위가 과람(過濫)한 세기다. 이 사실의 세기 그것만을 아무리 파라프레-즈해 봐도 거기서 곳 적극적인 가치를 발견할 수 업기 때문이다. 그러나 우리들은 현실을 이해하는 데 잇서 그것만을 그대로 파라프레-즈하는 대신에 그것과 다른 가치를 봐꿔놋는 법을 알고 잇다. (……) 여기서 사실의 세기를 가치의 세기로 바뀔어서 보는 것이 그것이다. 이 현세에 대하야 가치의 세기를 딴 면에 설정하는 데서 금일에 대하야 적극적인 의미를 찻자는 것이다.[35]

---

32) 물론 데카르트와 백철이 직접 대응될 수는 없다. 무엇보다도 데카르트적 회의는 근대 전환기의 이른바 '확실성 상실' 이후 "진리로부터 진실성으로, 실재로부터 신뢰성으로"라는 보편적인 주관적 전환을 지시하고 있기 때문이다(한나 아렌트, 『인간의 조건』, 이진우·태정호 옮김, 한길사, 1996, 345쪽 참조). 이곳에서 데카르트는 다만 백철의 '확실성의 근거'가 어디에 놓여 있었는가를 좀더 잘 드러나게 하기 위해 소환해 왔을 뿐이다.

33) 백철, 「비애의 성사」, 『동아일보』, 1935. 12. 22~27.

34) 백철, 「批評私論: 과학적 태도와 결별하는 나의 비평 체계」, 『조선일보』, 1936. 6. 28~30.

35) 백철, 「지식계급론」, 1938. 6. 3.

이곳에서는 분명하게 서술되어 있지 않지만, 그에게도 '사실'이란 질서 및 법칙에 대립되는 개념이다.[36] 그런데 '사실' 속에서는 아무런 "적극적인 가치를 발견할 수 업기 때문"에 그것과 다른 곳에 "가치의 세기"를 설정하고자 한다는 점에서, '사실'은 부정되어야 할 것임에 틀림없다. 개념들이 엄밀하게 사용되고 있지 않지만 문맥을 통해 그가 말하고자 하는 취지를 이해하자면, '사실'은 현실의 한 층위에 불과하며 따라서 그와 다른 층위에서 '가치'를 찾을 수 있다는 것으로 보인다. 그렇다면 '가치'는 무엇에 기초하여 세워질 수 있으며, 어떻게 '사실'의 층위를 벗기고 현실로부터 "적극적인 의미"를 길어 낼 수 있는가.

그는 이와 관련하여 지식인에게 "시세(時世)를 불거(不拒)하야 현실적인 것을 일차 수리(受理)하는 정신"[37]을 요구하는데, 이렇게 현실을 받아들이라는 요구를 할 수 있는 근거로 두 가지를 제시하고 있다. 첫째는 "역사의 필연성에 대한 신뢰심"이고, 다른 하나는 "혜지(慧知)를 신빙하는 존재"로서의 지성에 대한 신뢰이다.[38] 데카르트의 도덕적 격률이 근거하고 있는 주관적 능력과 객관적 비전이라는 전제에 그대로 대응되고 있다.

그가 비록 "현실에 대하야 그것이 우연적인 때문에 존재성을 부인하고 그것이 비위에 맛지 안는 때문에 우연과의 우의(友誼)를 거절한다고 해도 현실측에서 머리를 숙이고 문학자와 타협을 청하는 일은 업다.

---

36) "바레리-가 사실의 세기라는 것은 十九세기가 질서의 세기인 데 대립해서 二十세기의 혼란을 가르친 말이다. 또는 十九세기가 과학과 법칙의 세기인 데 반하여 二十세기는 그 과학적 추상력과 법칙이 실각하고 사실이 그 우에 서는 시대라는 데서다." 백철, 「'사실'과 '신화' 뒤에 오는 이상주의의 신문학」, 『동아일보』, 1939. 1. 15.
37) 백철, 「속·지식계급론: 時世를 不拒하는 정신」, 『동아일보』, 1938. 7. 1.
38) 같은 글, 1938. 7. 2.

이쪽에서 침묵하면 이번은 사실편서 도전을 해온다"(AEA, 12. 2)고 말하면서, 인간의 주관적 이해와 모든 대상성 형식에 대해 언제나 이미 선행하고 초과하는 객체의 존재를 인정하는 것처럼 보일지라도, 그가 근본적으로 신뢰하고 있는 것은 인간의 역사와 지성이다.

금일은 사실의 세기, 사실이 이 시대의 주인공이기 때문이다. (……) 그러나 사실은 어데까지나 사실이다. 사실은 결국 정신과 직면하지 안코는 의미를 갓지 못한다. 그리고 무엇보다도 그 사실을 살리는 데는 정신의 의미를 면하지 안코는 구원되지 못하는 것이다. (AEA, 12. 2)

발레리가 정신의 위기의 필연적 귀결로서 이름 붙인 '사실의 세기'는 이곳에서 다시 한 번 정신에 의해 극복 가능한 것으로 재맥락화된다. 그것은 물론 가와카미 등에 의해 재맥락화된 개념을 받아들임으로써 가능한 것이었다. 백철은 가와카미 등이 유럽의 정신의 위기를 '유럽의 위기'로 제한함으로써 열어 놓은 언설 공간, 즉 '사실의 세기'를 구체적인 '현실'에 기초한 새로운 사상에 의해 극복 가능한 것으로 설정할 수 있게 만드는 언설 공간으로 들어갔다. 그곳에서 백철은 '사실의 세기'를 말하면서도 "정신의 자유세계"(AEA, 12. 2)를 논할 수 있었다. 그런데 그 현실이란 말할 것도 없이 제국적 주권 권력에 의해 규정된 비상사태(예외 상태)의 '동양적 현실'이었다.[39]

---

39) 백철은 이미 「지식계급론」을 쓸 시점에 "나이팅게일이 아니라 雲雀이 우는 소리에 세기의 연인이 귀를 기우리게 된 시대"라는 비유로 '동양적 현실'을 긍정하고 있다. 백철, 「지식계급론」, 1938. 6. 3.

그러나 가와카미 등에게 정치가 '현실성'을 폭력적으로 상기시킴으로써 추상적이기만 했던 사상에 '보복'을 가하는 힘, 따라서 사상을 현실에 뿌리내리게 하는 힘으로 이해되고 있는 반면에, 백철에게 정치는 피상적이고 우연적인 것, 정신과 문화에 의해 의미가 부여되어야 할 부조리한 것이다. 비록 지금 현실의 중심은 정치이고, "지식인이 몇십년 동안 사색 가운데 몰두해서도 열리지 안는 문을 정치가 일일(一日)에 그 문을"(AEA, 12. 6) 열어 주었다고 평가하고 있지만, 그에게 정치에 의해 개시된 새로운 현실을 의미로 완결시켜 주는 것은 '심원한 문화'의 힘이다.[40]

> 정치적 행위하라는[sic.] 것이 지식인의 길잡잽이라는 의미를 생각하기 전에 위선 그것이 자체로선 부조리의 행위라는 것에 그 행위가 결코 심원한 것이 아님을 생각해얄 것이다. (……)
> 중대한 것은 그 정치 행위가 남기는 우연적인 것이 계기가 되어 우리들 아페 순간적인 예지의 섬광을 던지는 사실이다. 그리하여 심원한 문화의 문제는 그 피상적이요 조리가 없는 정치적인 행위에서부터 시작되는 것이요 전개되는 것이다. (AEA, 12. 4)

백철은 "정치 그것보다 그 속에 잠재한 역사의 진실을"(AEA, 12. 6) 신뢰하는 입장에서 문화 또는 정신의 힘을 통해 정치가 개시한 '사실의

---

40) 최재서와 함께 백철에게 '문화'가 갖는 의미와 이 시기 그들의 문화 이념의 변천에 대해서는 김예림, 「'동아'라는 시뮬라크르 혹은 그 접속자들의 문화 이념」, 『상허학보』 제23집, 2008 참조.

세기'로부터 새로운 미래를 발견할 수 있다고 믿었다. 지식계급론에서도 확인할 수 있었던 역사와 지성에 대한 신뢰가 있었기에, 그는 "어떤 성질의 정치든 간에 그 현실이 역사적 소산으로서 가능한 구조의 내용을 설정하야 최대한도로 유리한 요소를 택하고 그 요소를 중심하고 주체적으로 필연적인 것을"(AEA, 12. 4) 만들어 내고자 하는 '정치적 현실주의'의 입장을 취할 수 있었다. 정치의 위력에 의해 '구체적인 일본적 현실'로 끌려들어 간 일본 지식인들의 태도와, 역사·지성에 대한 신뢰에 기초하여 피상적이고 우연적인 정치를 이용할 수 있으리라고 보는 백철의 태도는 분명히 다른 것이다. 문화가 정치에서 "혈연관계"(AEA, 12. 4)를 찾아야 한다고 말하면서도 문화의 입장에서 애써 정치를 얕잡아보려는 태도라고 할 수 있겠다. 이는 중일전쟁 이후 총동원의 현실에서 '내지'의 지식인들에 비해 식민지 조선의 지식인들이 보다 냉정하고 객관적인 태도를 취할 수 있다는 왜곡된 자신감과도 관련되어 있는 것으로 보인다.[41] 이 자신감이 왜곡된 것은, 장기 지구전화되어 가는 중일전쟁을 위해 병참 기지로 위치 지어진 식민지의 위치, 즉 전쟁에 주체적으로 참여하는 것도 전쟁을 거부하는 것도 불가능한 위치를 마치 전쟁의 현실로부터 거리를 둘 수 있는 위치인 양 이해하는 데서 나오는 것이기 때문이다.[42] 이 연장선에서 백철은 도쿄 문단으로부터 "펜부대의 명목으로 30여 명

---

41) "동경 지식인과 여기 지식인 사이에는 그만한 지방적 거리가 지고 잇는 것이다. 그것은 물론 다만 여기의 지식인이 지방적인 감정과 심리의 차이 때문에 동경인과 같은 행위에 나가지 못한다는 의미보다는 지방적으로 우리들은 비교적 냉정한 입장에서 현세에 대한 지성의 방향을 객관적으로 이해하고 잇는 때문일 것이다." AEA, 1938. 6. 7.
42) 이 왜곡된 자신감은 침략당하는 중국의 입장에 대해 전혀 고려하지 않는 태도로도 드러난다. 이 시기 일본, 중국, 조선의 비대칭적 관계 속에서 폭력과 동원과 변혁의 이질적 힘들의 충돌이 생성해 낸 언설 공간의 특성에 대해서는 이 책의 1장 참조.

의 문인들이 북지 쪽에 동원된 것에 대해 (……) 문화를 위해서는 그다지 신뢰를 두지 않는다"[43]고 말할 수 있었다. 물론 그가 비판하는 이유는 일본 펜부대의 행동이 "전장을 구경거리로 삼는 호기심"에 지나지 않는다는 데 있으며, 그와 대립되는 모델로 "전쟁 그 자체를 하나의 인생적 문제로서, 도덕적 절실함으로서 파악하고 있는" 히노 아시헤이(火野葦平)를 제시하고 있지만,[44] 식민지 조선에서도 김동인, 박영희, 임학수 등이 전선에 동원되고 있던 시점[45]에 이처럼 허위적인 거리두기를 취할 수 있었던 것은 동일한 왜곡된 심리의 작용이 있었기 때문인 것으로 보인다.

이러한 태도는, 법질서 내부와 외부에 동시에 존재하는 초법적인 제국적 주권 권력에 의해 지금까지 형식적으로 지속되어 왔던 관습의 세계[46]가 붕괴되고 그 안에서 유지해 왔던 주체성의 형식들이 결정적으로 용해되는 시기를 겪어야 했던 주체의 불안을 불안으로 경험하기보다는, 불안하고 고통스러운 처지에 놓여 있는 자신을 부정함으로써 보다 높은 위치에 있는 자신을 자랑스럽게 내보이는 아이러니적 태도라고 할 수 있겠다.[47] 그리하여 백철은 가와카미가 "'사실의 세기'는 시작된 것이다"(ZS, 74쪽)라고 말한 곳에서 "'사실의 세기'의 종료"[48]를 선언할 수 있었

---

43) 白鐵, 「時局と文化問題の行き方」, 『東洋之光』, 1939. 4, 25쪽.
44) 같은 글.
45) 김동인, 박영희, 임학수는 1939년 4월 15일부터 한 달간 '황군위문작가단'으로서 화북 장병 위문을 위해 동원되었고, 복귀 후 『전선기행』(박영희)과 『전선시집』(임학수)을 발표했다.
46) 백철이 "정치적인 지배와는 별개로서 문화는 독자적으로 커다란 지배력을 가지고 잇음"을 주장하면서 문화의 세계에 실제의 세계와 "동등의 가치와 권리"를 부여하는 '문화주의자'의 입장을 취할 수 있었던 것은 이 관습의 세계 내부에서였다고 하겠다. 백철, 「문화주의자가 초한 현대지식인간론」, 『동아일보』, 1937. 10. 16.
47) 가라타니 고진, 『유머로서의 유물론』, 이경훈 옮김, 문화과학사, 2002, 127쪽 참조.
48) 백철, 「'사실'과 '신화' 뒤에 오는 이상주의의 신문학」, 1939. 1. 18.

고, 적어도 자기 입장에서는 언제나 '문화주의자'로서 정치에 관계할 수 있었다. 생명과 정신 등 주체의 자율성의 가장 마지막 전제까지 정치의 영역으로 포섭되어 가는 총동원의 현실에서, 정치보다 우월한 영역에 문화를 설정하고 그 초월적인 곳에 주체 정립의 근거를 마련하고자 하는 백철 식의 문화주의자에게는, 실제 세계에서의 정치와의 '혈연관계'는 결코 불명예가 되지 않는다. 또한 비결정성과 불확실성이 지배하는 우연성의 세계도 초월적인 지점에서 바라보면 역사의 한 단계로서의 필연성을 가지는 것이고, 그 한 단계로서의 필연성 속에 사는 것은 문화주의자에게 결코 굴욕적인 것이 아니다. 따라서 그는 "어떤 것을 좋다고 행하다가 나중에 다시 나쁘다고 생각하는 변덕스러운 사람들의 양심을 괴롭히는 모든 후회와 자책에서 벗어날 수 있었다."[49]

5. '현실' 표상의 붕괴와 생활의 발견

'사실의 세기'의 종료를 선언하고 아이러니적으로 정치와의 혈연관계 속으로 들어간 백철과는 달리, 많은 문학인들은 '사실의 세기'에 대해 느끼는 혼란과 불안을 보다 직접적으로 드러냈다. 이 글의 초두에서 서술한 바와 같이, 이 시기 지식인들이 경험한 주체와 세계 사이의 화해 불가능성은 각별한 것이었기 때문이다.[50] 그러나 리얼리즘 전통에 깊이 닿아

---

49) 데카르트, 『방법서설, 정신지도를 위한 규칙들』, 176쪽.
50) 중일전쟁 발발 직후인 1937년 8월(13일~19일) 조선일보는 6인의 작가에게 '현대에 대한 작가의 매력'을 묻는 특집을 마련했는데, 대부분의 작가들은 당대를 부정적 또는 비극적인 시선으로 보고 있었다. 유진오에게는 "염증"을 일으키는 시대이고, 이효석은 몸도 마음도 "빈민굴 속에 살고 잇는" 듯하다고 느끼며, 박태원조차 "매혹이라 할 매혹을 느끼고는 잇지 안"다고 대답하고 있다. 반면 김남천의 경우는 "착잡한 현상과 혼란된 樣姿에도 불구하

있는 문학인들의 경우 객관 세계에 대한 부정은 그들의 입장적 일관성을 완전히 배반하는 것이기도 하기 때문에 선택 불가능한 태도였다. 따라서 주체의 붕괴와 정치적 현실의 압도라는 진퇴양난에도 불구하고, 그리고 제국 주권 권력에 의해 포섭된 정치적 공간에서 주체와 세계의 경계 자체가 불확실하게 유동하고 있음에도 불구하고, 어떤 형태로든 부정적인 세계와의 관계를 설정하지 않으면 안 되었다.

특히 리얼리즘의 이론적 정교화에 기여해 온 임화에게 이 무렵 주체/세계의 화해 불가능성은 조선 소설의 기형화를 낳은 근본적인 조건으로 이해되었다. 즉 한편으로는 세계와의 대면을 포기한 채 내성에 침잠하고 다른 한편으로는 주체적인 비전에 괄호를 친 채 세태만을 개관하는 조선 소설의 분열은, "사실에 처리에 곤혹하고 잇는 문학"의 모습일 뿐만 아니라, "놀라운 사실" 앞에서 "어찌해야 조흘지 모르는 제 자신과 꼭 같은 초상"[51]이었다. 그러나 그는 일본을 통해 재맥락화되어 온 '정신의 위기' 및 '사실의 세기' 논의에 중요한 수정을 가한다. 가와카미에게도 백철에게도 '정신의 위기'는 유럽이라는 한 지역의 위기였고, 따라서 '동양적 현실'에서 '사실의 세기'의 극복 가능성이 말해질 수 있는 언설 공간이 개시되었다는 점은 이미 말한 바와 같다. 그런데 임화는 발레리의 위기 언설을——가와카미 등과 같이 **공간화가 아니라**——**시간화함**으로써 또 다른 언설 공간을 열어 놓는다. 다시 말해 발레리의 위기 언설

고 이를 뚫코 흐르는 역사적 추진력을 간파하고 그의 본질을 예술적으로 인식할랴는 곳에"서 매혹을 느낄 수 있다고 쓰고 있다. 김남천의 입장에 대해서는 뒤에서 좀더 자세히 살펴볼 것이다.

51) 임화, 「사실의 재인식」, 『동아일보』, 1938. 8. 25. 이하 이 글에서 인용할 때는 RF라는 약자를 사용하여 본문에 직접 표기.

을 역사화하고자 한다.

> 우리는 '바레리'가 19세기에 탄생하야 19세기에 교육을 받고 전혀 교
> 양과 문화와 생활에 잇어 완전한 19세인(世人)인 것, 나이가 벌서 작고
> 한 전세기(前世紀) 작가들과 동년배라는 사실을 잊어서는 아니된다.
> '바레리'에 잇어 문제는 그에게 잇어 '토-키'가 이해하기 어려운 시끄
> 러운 예술인 것 이상으로 20세기는 알 수 없는 세계다.
> 우리는 이 사실이 전혀 20세기란 시대의 추악한 데 잇다느니보다 오히
> 려 20세기의 사실 앞에 19세기의 지성이 무력해진 증거라고 생각해야
> 하지 안흘가 한다.
> 벌서 20세기의 사실이 19세기의 지성으로 파악될 수 없음은 19세기의
> 왕자인 시민의 지배권이 20세기에 와서 근본적으로 동요되엇다는 데
> 서 증명되는 것이다. (RF, 8. 25)

복수의 지성과 사실이 있다. 그리고 그 지성들과 사실들은 서로 다
른 시간성을 보유한 채 '역사적 현재'에서 충돌하고 있다. 특히 날카롭게
충돌하는 것은 19세기적 지성과 20세기적 '사실'이다. 19세기적 지성이
개인주의, 자유주의 등으로 대표되는 부르주아 계급의 이념에 응축되어
있다고 할 때, 20세기적 '사실'은 그 이념들이 근본에 있어 허구적으로
구성된 것임을 드러내면서 나타나고 있는 현상들이다. 임화에게 20세기
적 '사실'로 파악되는 것은 일차적으로 프롤레타리아트의 대두와 사회
주의 혁명이다. 그리고 이 '사실'에 입각해 역사를 재구성하는 입장에서
새로운 "20세기의 지성"(RF, 8. 25)이 등장할 수 있었다. 그러나 이미 과
거의 것이 된 19세기적 지성은 물론 20세기의 지성마저 패배시키면서

바야흐로 새로운 20세기적 "사실의 압력이 범람"(RF, 8. 25)하고 있는 것이다. "요컨대 실제로는 두 가지 색다른 조류의 지성적인 것이 한 개의 사실 앞에 방황하고 잇는 것이다"(RF, 8. 28). 임화가 서 있는 곳에서 이 또 하나의 20세기적 사실이 전쟁 합리성에 의해 구성된 총동원의 '동양적 현실'을 뜻했음은 말할 것도 없다.

그러나 19세기적 지성과 20세기적 지성을 시간적으로 구별하고 있다고 해서, 임화가 19세기적 지성을 배제하는 방식으로 20세기적 지성을 고수하려 했던 것은 아니다. 부르주아적 지성도 프롤레타리아적 지성도 모두 패배하고 있음을 인정하고 있을 뿐만 아니라, 그 패배의 원인을 "시민적 지성이나 20세기의 새 지성이나 하자(何者)를 물론하고 지내치게 제 논리의 자율성 속에 칩거함"(RF, 8. 28)에서 찾고 있기 때문이다. 임화는 리얼리스트의 입장에서, 주관의 예단과 편견을 초과하며 진행하는 현실의 물질적 과정이 인식의 원천이 되어야 함에도 불구하고 논리적 일관성과 정합성의 틀에 사로잡혀 현실의 변화를 포착하지 못했음을 비판—자신이 지니고 있었던 낭만주의적 편향에 대한 자기비판을 포함하여—했는데, 이는 질서와 규칙으로 세워진 허구의 세계가 필연적으로 붕괴하게 되리라는 발레리의 경고와 본질적으로 맥을 같이 하는 이해라고 볼 수 있을 것이다.

그리하여 임화는 기정사실을 인정한 위에서 "사실과의 길항"을 주장하며 "우리의 정신 활동의 방향을 일체로 사실 가운대로 돌려 그 사실의 탐색 가운데서 진실한 문화의 정신을 발견"(RF, 8. 28)할 것을 권한다. 이는 분명히 백철의 아이러니적 태도와 구별되는 것이다. 백철은 생명과 정신을 모조리 정치의 영역에 포섭시키는 총동원의 세계에 말려들어 가면서도 그것에 허위적으로 거리를 둔 불변하는—문화주의적—지성

의 위치를 고수하려 했지만, 임화는 지성의 개조를 각오하면서 '사실의 세기'에 부딪치고자 한다.[52]

임화는 규범적으로 이해해 왔던 주체/세계의 경계가 붕괴되고 비결정성과 불확실성의 공간이 확장되어 가는 현실에서 그 경계를 재설정하려 시도했다고 볼 수 있을 것이다. 여기서 규범적인 주체/세계의 경계가 유지되는 상태란 양자의 화해가 가능한 상태 또는 세계에 대한 주체의 근본적인 신뢰가 흔들리지 않는 상태라고 할 수 있다. 그것은 이를테면 "현실의 발전이 결과하는 지점이 자기의 사상의 논리적 결과와 일치되리라는 예상"[53]이 의심받지 않는 상태이다. 이러한 의미에서 기존의 리얼리즘이 대상으로 간주했던 '현실'로서의 세계란 "현상으로서의 생활과 본질로서의 역사를 한까번에 통합한 추상물"(DL, 334쪽)이다. 말하자면 그 말의 현혹성에도 불구하고, '현실'로서의 세계는 언제나 이미 구성된 결과물이라는 점에서 주관성 내부의 표상이다. '사실'의 폭력적인 압도에 의해 붕괴된 것은 바로 이 '현실' 표상, 그리고 그와 같은 표상을 자기 맞은편에 세울 수 있는 능력을 소유한 주체였다. 이 상황에서 기존의 주체/세계 관계를 반성적으로 고찰하고 그 경계를 재설정하고자 하면서 임화는 '현실' 대신 '생활' 개념에 주목하게 된다.

---

52) 이러한 지성의 개조에 대한 각오야말로 그가 말하는 "시련의 정신!"(RF, 8. 28)의 내용일 것이다. 아울러 문학론의 영역에서 지성의 개조는 리얼리즘 개념 자체의 수정을 뜻한다. 이 시기 임화를 비롯한 비평가들의 리얼리즘 개념의 변모 과정을 다룬 연구로는 손정수, 「1930년대 한국 문예비평에 나타난 리얼리즘 개념의 변모 양상」, 『개념사로서의 한국근대비평사』, 역락, 2002 참조.

53) 임화, 「생활의 발견」(『태양』, 1940. 1), 『문학의 논리』, 학예사, 1940, 333쪽. 이하 이 글에서 인용할 때는 DL이라는 약자를 사용하여 본문에 직접 표기.

현상이란 현실에 있언 늘 일상성의 세계다. 일상성의 세계란 속계 우리가 어떠한 경우에도 거기서 헤어날 수 없고 어떠한 이상도 그 속에선 일개의 시련에 부닥드리지 아니할 수 없는 밥먹고, 결혼하고, 일하고, 자식 기르고 하는 생활의 세계다. (DL, 334쪽. 강조는 인용자)

일상성의 세계로서의 '생활의 세계'는 주체/세계의 경계가 모호한 영역이다. 오히려 '세계-내-주체'라고 할 수 있는 양태로 상호 침투하고 상호 구성함으로써 이루어지는 과정적인 영역이라고 할 수 있다. "고전적 의미의 소설 양식의 완성"[54]을 조선 소설의 과제로 주장하던 임화의 이상은 '사실' 앞에서 시련을 겪게 되는데, 이 시련은 단순히 이상을 남몰래 지키고 견고하게 하기 위한 것이 아니라 이상의 주관적 한계를 시험하기 위한 것이었다. 따라서 '현실'에서 '생활'로의 이행은, 어감이 주는 편견과는 정반대로 회피가 아니라 오히려 세계와 마주하는 방향으로의 이행이며, 정치가 실제로 작동하고 있는 곳에서 주체/세계의 경계의 형성과 변동을 반성적으로 고찰하는 방향으로의 이행이다. 주어진 조건을 긍정적으로 받아들이는 신세대의 '자연주의적' 경향을 문제 삼으면서, 그 자신이 비판해 왔던 세태 소설에 대해 "시정 생활이나, 혹은 자기 성찰의 근면하던 작가들도 근원적으로 날근 시대의 정신적 습속의 정리와 새 시대 현실의 향수(享受)를 위한 여러 가지 고심에 찬 준비에 급급하고 잇섯던 것"[55]으로 평가한 것은 이러한 맥락 위에서라고 하겠다.

---

54) 임화, 「최근 소설계 전망(본격소설론)」, 『조선일보』, 1938. 5. 28.
55) 임화, 「신세대론」, 『조선일보』, 1939. 7. 2.

6. 시정, 풍속 또는 '사실'의 문학화

한편 임화에 의해 '세태'와 '내성'에로의 편향을 보여 주는 작가로 비판되었던 유진오와 김남천 등은 단지 이론적으로만이 아니라 작품 창작과 병행하여 다른 입장에서 이 이행을 시도하고 있었다. 초기부터 지식인의 문제를 그 생활의 측면에서 주로 다루어 왔던 유진오는, 이 시기 기존의 문학들이 안고 있는 문제들에 이의를 제기하는 방식으로 일상성 또는 생활에 주목할 것을 주장했다. 그리고 '사실의 세기'는 이러한 주장을 강화하는 중요한 근거로서 도입되고 있다. 특히 그는 '사실의 세기'에 대응되는 문학적 대안으로 '시정(市井) 문학'을 제안하는데, 역설적이게도 이는 기존의 조선 문학이 지닌 후진성을 탈피하기 위해서이다. 유진오는 "조선의 신문학이 30년을 두고 걸어온 길 ─ 그것은 세계 문학의 계열에의 비약이라는 꼴에 비해 볼 때에는 아직도 전도요원한 것이라고 아니할 수 없다"[56]고 평가하고는, 단순히 조선적인 것을 집적해도 세계적으로 될 수는 없기 때문에 일개 지방 문학에 떨어지지 않기 위해서는 "세계적인 조류와 보조를 가치하면서 인간적, 일반적인 감정과 신경으로 조선적, 특수적인 생활을 파들어가야만"(NWC, 1. 11)한다고 주장한다.[57] 따라서 변화되는 정세를 주시하면서 조선 문학의 세계 문학화에 노력해야

---

56) 유진오, 「조선 문학에 주어진 새길」, 『동아일보』, 1939. 1. 10. 이하 이 글에서 인용할 때는 NWC라는 약자를 사용하여 본문에 직접 표기.

57) 이와 관련하여 다른 곳에서 유진오는 "정말 의미의 새로운 창조는 (……) 풍토적 이질성을 통해서 도리혀 타(他)와의 정신적 동질에까지 도달하고 다시 그곳에서 빠저나감으로써 타에서 볼 수 업는 새로운 정신적 가치를 창조하는 것"을 과제로 제시하고 있다. 유진오, 「독창의 문학으로」, 『매일신보』, 1940. 8. 2. 이 문제는 일본의 국민 문학 내에서 조선 문학이 차지하는 '지방 문학'으로서의 성격을 둘러싼 논의와 이어진다.

함에도 불구하고 기존 작가들은 예전의 세계관을 고수하려고 할 뿐 달라진 현실을 보지 못한다고 비판한다.

이에 반해, "20대 작가의 고민은 절망적이 아니고 건설적이오 병적이 아니고 건강하다. 이리해 그들의 문학은 비록 인생의 근본상을 종합적으로 탐구하는 것은 못된다 하더라도 적어도 왜곡된 방향으로 이끌어가지는 안흐며 또 유유히 **사실**에 즉해 있는 것"(NWC, 1. 12. 강조는 인용자)이라고 본다. 그는 젊은 작가들의 새로운 경향을 평가하는 과정에서 발레리를 이렇게 전유하고 있다.

> 그러면 그들에게 잇어서 특질적인 것은 무엇인가. 그것은 인간적 일반적인 눈으로 기성사실을 솔직히 받어드리고 그 사실 우에 서서 인간상을 조탁하려는 것이다.
> 기성사실을 그대로 받어드린다는 것은 대단히 어폐가 잇는 말이나 이론보다 사실이 자꾸 앞서는 현대에 잇어서는 피할 수 없는 일이다. 발레리가 현대는 '사실의 세기'라고 말한 것도 표현의 애매로부터 오는 여러 가지 해석이 잇을 수 잇다 해도 결국은 이런 의미의 말이라고 보는 것이 오를 것이다. (NWC, 1. 12)

그는 발레리의 '사실의 세기'를 "기성사실을 그대로 받어드린다"는 태도와 결합시킨다. 이 말 자체는 '사실'과의 직접적인 관계가 가능하기라도 한 듯한 연상을 불러일으키기도 하고, 주어진 세계를 수동적으로 받아들이고 긍정하는 태도로도 읽히지만, 유진오는 오히려 이 무렵 일관되게 작가적 개성으로서의 '눈', 그리고 그 '눈'으로 본 현실의 독자적인

'구성'이야말로 작품의 생명이라고 말하고 있었다.[58] 그래서 처음엔 '사실의 세기'의 새로운 경향으로 주목하기도 했던 젊은 작가들의 작품 경향을 "사실의 격류의 표면을 안일히 부침하는 것"[59]이라고 비판하기도 했던 것이다. 그렇다면 그가 '사실의 세기'를 전유하는 맥락에서 "인간적 일반적인 눈으로 기성사실을 솔직히 받어"들인다는 것은 무엇을 뜻하는가. 유진오 자신의 말을 빌리자면 그것은 아마도 "색안경을 쓰지 안코 제자신의 타고난 눈으로써 사물을 본다는 것"[60]에 가까운 것이리라.

세상에는 흔히 색안경을 쓰고 시퍼하는 이가 많다. 혹은 '정치'의 안경을 혹은 '엽기'의 안경을 혹은 '탐미'의 안경을. 그러나 그들의 눈 우에 안경이 씨어 잇는 한 그들이 본 인간생활이라는 것은 벌서 그 자연이 아니고 인위적으로 물드려진 것이다. (……)

그러나 이곳에는 한 가지 더 부처 둘 중대한 조건이 잇다. 그것은 사람의 '눈'이라는 것은 일부의 사람이 상상하듯이 만인공통 영원불변의 것이 아니라는 것이다. 도리혀 그 반대다. 눈이야말로 환경 교양 취미 역사 사회 기타 모든 조건에 의해 실로 복잡미묘하게 구성되고 제약된 것이다.[61]

색안경이란 —— 정치적인 것이든 예술적인 것이든 —— 어떤 현실에

58) 이원조·유진오 대담, 「산문정신과 레알리즘」, 『조선일보』, 1938. 1. 1; 유진오, 「작가의 '눈'과 현실 구성」, 『조선일보』, 1938. 3. 2 등 참조.
59) 유진오, 「'순수'에의 지향」, 『문장』, 1939. 5, 136쪽.
60) 유진오, 「작가의 '눈'과 현실 구성」, 『조선일보』, 1938. 3. 2.
61) 같은 글.

앞서 놓이는 관념적이고 외적인 목적이나 이데올로기로서, 그 특정한 목적에 부합하고자 할 때 현실을 왜곡시키고 마는 인위적 장치를 뜻한다. 유진오가 '사실의 세기'를 흔쾌히 인정하면서 폐기해야 할 낡은 세계관이라고 했던 것이 바로 이러한 인위적 장치에 해당될 것이다. 그러나 이 인위적 장치를 버리고 새롭게 작가가 가져야 할 개성으로서의 '눈' 역시 엄밀히 말하면 인위적인 것이다. 그 또한 이 '눈'이 소박한 직접성의 상징이 아님을 뚜렷이 의식하고 있다. 하지만 이 '눈'은 정치주의, 탐미주의 등의 관념적이고 외적인 목적에 의해 부여된 것과는 달리, 환경, 교양, 취미, 역사, 사회 등, 즉 주체/세계의 상호 작용 속에서 주체에게 육체화된 어떤 능력과 더 관계된 것으로 보인다. 그 능력이란 다름 아닌 '모럴'이다.

사회 역사적 규정 요소들이 작가의 '눈'으로 응집될 때 그것은 작가의 모럴이 된다. 이에 비한다면 정치주의, 탐미주의 등 이데올로기 내에서 얻게 된 '색안경'은 윤리적으로 무책임한 것이다. 그리하여 유진오는 관념적 이상의 입장에서 세속적 세계를 부정하는 "푸라톤적 고답보다는 차라리 소피스트적 시정성"(NWC, 1. 13)을 선택한다. 그리고 자신의 모럴을 의식하면서 '사실'이 새로운 모럴을 만들어 가는 과정을 포착하고자 했다.[62] 이러한 윤리적 입장에서 '사실'을 받아들이고자 했기 때문에 유진오는 '시정문학'의 길을 제시하면서도 '순수'를 말할 수 있었다.

---

62) 당시 발표됐던 그의 작품들에 대해 "모럴의 저하라든가 혹은 속물에의 접근" 등의 비판이 있었음에도 불구하고, 그리고 그 자신이 "고도의 모럴과 철학적인 통일로써 위대한 작품을 제작함"이 불가능한 현실이라고 고백하고 있음에도 불구하고, 시정문학의 핵심이 "시정을 편력하야 그곳에 **영원의 인간상을 발견**"(NWC, 1. 13. 강조는 인용자)하는 데 있다고 주장하는 것을 볼 때 그의 관심이 생활의 현실 속에서 형성되는 새로운 모럴을 포착하는 데 있었음을 알 수 있다.

유진오는 세계를 대상화할 수 있는 주체의 안정적 거리 확보가 불가능한 상태에서 섣불리 확실성의 기반으로 새로운 가상을 받아들이기보다는[63] 모럴화된 작가적 개성('눈')을 통해 '사실' 탐구의 길을 걷고자 했다고 할 수 있을 것이다. 그러나 그의 이러한 선택은 현실의 다양한 측면을 포착하고자 하는 작가들이 가지게 되는 극히 일반적인 리얼리즘적 태도와 별 차이를 보이지 않는다. 문학에 앞서 주어진 관념과 이데올로기는 작가들에게 언제나 적이었다. 그는 "혼돈의 세기가 요구하는 문학은 오직 사실의 문학이 잇을 뿐"(NWC, 1. 13)이라고 선언하고 있거니와, 그에게 '사실의 세기'란 실로 작가가 이데올로기적 편견에서 벗어나 다양한 문학적 제재와 고투해야 할 시대, 따라서 작가적 모럴에 다름 아닌 "문학 정신"[64]을 열정적으로 발휘하여 '사실' 속에서 참된 것을 길어올려야 할 시대에 다름 아니다. 이렇게 볼 때, 그가 '사실의 세기'를 "조선 문학의 재출발"의 시점으로 이해하고 '사실의 문학'을 통해 "세계 문학의 계열에의 약진"(NWC, 1. 13)을 기대했던 것도 이유가 없는 것은 아니었다. 그리고 이처럼 유진오가 '사실의 세기'를 기성사실을 그대로 받아들이는 태도와 결합시켜 조선 문학 재출발을 선언하는 계기로 전유할 수 있었던 근거는, '사실의 세기'를 초래한 '정신의 위기'를 비문학적 고정관념과 이데올로기의 위기로 이해했던 사정과 분리될 수 없을 것이다. 앞서 주어진 이데올로기로부터 벗어나 문학이 마주해야 할 '사실'이란

---

63) 유진오는 "사실을 사실로써" 받아들이는 태도가 소극적인 것임을 인정하지만, "각개의 분산적인 사실과 사실 사이에 통일적인 연락을 붙이고 그곳에서 어떠한 새로운 근본 원리(三木씨의 소위 '신화')를 찾아내랴"하는 시도는 통일적 원리를 찾는 것이 원칙적으로 불가능한 시대에 오히려 "유해한 독단에 빠질 뿐"이라고 경고하고 있다(NWC, 1. 12).

64) 유진오, 「'순수'에의 지향」, 136쪽.

유진오에게 있어 유일한 '현실'이었다.

한편 1930년대 중반부터 자기 고발, 모럴론, 풍속론, 관찰문학론 등 일련의 소설개조론을 전개하고 그에 입각해 작품 실험을 지속해 오던 김남천 역시 이 무렵 유진오와 유사하지만 조금은 다른 입장에서 '사실'과 대면하고자 했다.

김남천은 이미 '카프'가 해체된 이후 관념적으로 주어진 세계관을 통해 현실을 이상화했던 주관주의적 오류를 폭로하면서 '이데올로기적 주체화 과정'의 정치학에 대해 비판해 왔다. 이 비판은 구체적으로 '카프'에 속해 있던 문학인들의 소부르주아적 계급성을 폭로하는 것으로 출발했지만, 이후 주체화가 어떤 과정을 거쳐 이루어지는지를 드러내기 위해 —'개인'이라는 개념이 아닌 —유일무이한 존재자로서의 '자기'가 사회적으로 구성되는 모럴화에 주목했고, 나아가서는 "생산관계의 양식에까지 현현되는 일종의 제도(예컨대 가족 제도)를 말하는 동시에 다시 그 제도 내에서 배양된 인간의 의식인 제도의 습득감(예컨대 가족의 감정, 가족적 윤리 의식)까지를 지칭"[65]하는 '풍속'을 통해 당대의 주체화의 구조를 포착하고자 했다. 그리고 이 연장선에서 일련의 발자크 연구를 통해 주체/세계가 상호 작용하고 상호 구성하는 과정을 세계의 측면에서 드러내고자 '관찰문학론'에까지 나아간 바 있다.

비록 직접 '사실의 세기'를 전유해 오는 방식으로 '사실'의 문제를 다룬 적은 없지만, 김남천은 줄곧 리얼리즘적인 관점을 유지하며 세계와

---

65) 김남천, 「일신상 진리와 모랄」, 『조선일보』, 1938. 4. 22, 정호웅·손정수 엮음, 『김남천 전집 I』, 박이정, 2000, 359쪽. 김남천의 이 풍속 개념은 도사카 준에게서 온 것이다(戸坂潤, 『思想と風俗』, 平凡社, 2001, 20쪽 참조). 아울러 임화의 '세태'와 김남천의 '풍속'의 대비를 통해 중일전쟁기 이후의 전환기 의식을 다룬 이 책의 4장 참조.

의 관련 속에서 주체가 형성되는 과정을 포착하는 문제에 집요하게 매달렸고, 특히 중일전쟁 발발 이후 세계의 변화를 주체/세계 관계 속에서 어떻게 문제화할 것인지를 고민했다.[66] 그의 일련의 소설론적 실험은 이러한 고민의 연장선 위에 있었던 것으로 보인다. '고발' 및 '자기 고발'이라는 것도, 구체적으로는 프롤레타리아 문학에서 주체의 존립 근거 역할을 해온 이데올로기의 허구성을 폭로하는 작업이었지만, 그 방향성에 있어서는 주관적 이상이 만들어 놓은 맹목의 베일 바깥으로 나아가고자 하는 의지와 이어져 있다고 하겠다. 그것은 곧 주관적 가상 바깥에서 '사실'을 대면하고자 하는 지향성이라고 할 수 있을 것이다.[67] 따라서 김남천은 이 같은 '고발'과 '회의'로부터 비롯된 필연적 귀결로서 "'발자크적인 것'으로 표현할 수 있는 강렬한 묘사의 정신"[68]을 실천하는 '관찰문학'에로 나아가게 된 것이다.

그가 발자크에 주목하는 것은 물론 맑스·엥겔스적인 맥락에서의 '리얼리즘의 승리' 명제와 관련되어 있다. 하지만 주체/세계의 관계가 유동하는 '전환기'의 맥락에서 발자크는 비결정적이고 불확실한 세계에

---

66) "객체로서의 생활과 세계가 알게마이네 크리제[전반적 위기 —인용자]의 시대에 있어서는 여하한 것인가를 이론적으로 인식하는 것으로써 끝나는 것이 아니라 작가가 이 문제를 얼마나 절실하게 자기 자신의 것으로 하고 있는가, 그리고 이러한 가운데서의 자기 자신을 얼마나 사회 전반의 문제 속에서 해결하면서 있는가가 중요하였다." 김남천, 「도덕의 문학적 파악」(『조선일보』, 1938. 3. 9), 『김남천 전집 I』, 340쪽.

67) 1939년의 소설계를 개관하는 자리에서 김남천은 자신과 유진오의 작품을 "체험적인 것 내지는 관념적인 주관을 적당히 모랄로서 남겨 가지면서 사실의 세계로 들어가려는 경향", "내성적인 것, 주관적인 것을 들고서 사실의 내부에 내려와서 그곳에서 생활적 진실을 찾으려는 방향"으로 분류하고 있다. 김남천, 「토픽 중심으로 본 기묘년의 산문 문학」(『동아일보』, 1939. 12. 22), 『김남천 전집 I』, 563~564쪽.
아울러 이데올로기 혹은 주관적 가상으로부터 벗어난 곳에 '모랄화된 자기'가 있다는 점에서도 김남천과 유진오의 공통점이 있을 것이다.

68) 같은 글(1939. 5. 6), 『김남천 전집 I』, 492쪽.

통일적 설명을 부여하려는 일체의 주관적 가상을 거부하고자 하는 시도와 관련되어 있다.

> 몰아성(沒我性)은 끝까지 자기 과신을 경계한다. 후안무치한 자기 주관과 개인 취미를 경계한다. 관찰자의 (작자의 주관의) 관찰의 대상(현실 세계)에 대한 종속——그러나 이러한 명제 가운데서 작자의 사상이나 세계관이 몰각되었다고 생각하는 자는 우매한 이해력이다.[69]

김남천은, 발자크가 편집광적인 묘사의 정신을 통해 부르주아적 세계가 형성되어 가는 역사의 명암을 깊이 포착할 수 있었던 것처럼, '전환기'의 세계를 '자신의 대상으로' 포착하고자 하는 욕망을 좌절시키면서 그 세계 자체에 몰입할 수 있는 '몰아성'의 태도를 견지하고자 한다. 그는 '주관을 대상에 종속시키는' 리얼리즘을 통해 '전환기'의 풍속을 관찰함으로써 '전환기의 구조'를 드러내고 나아가서는 그 초월의 계기 또는 '전환기' 너머로 도래할 세계의 가능성의 계기를 내부로부터 찾고자 했던 것이다. 이곳에서 주관/대상 또는 주체/세계의 관계는 소설론의 맥락에서 설정된 것이지만, 소설론의 맥락으로 환원시킬 수 없는 문제들과 깊이 관련되어 있다. 그 스스로 소설 장르의 역사철학과 일련의 소설론적 탐구를 "소설이 전환기의 극복과 피안의 구상에 참여할 수 있는 길"[70]과 결부시키기도 했지만, 문학에서의 주체/세계의 관계 설정은 현실에서의 윤리적 판단과 분리될 수 없는 부분이기 때문이다. 김남천의 소설

---

69) 김남천, 「관찰문학소론: 발자크 연구 노트 3」(『인문평론』, 1940. 4), 『김남천 전집 I』, 598쪽.
70) 김남천, 「전환기와 작가」(『조광』, 1941. 1), 『김남천 전집 I』, 689쪽.

론을 사회적인 문맥으로 옮겨 놓는다면, 중일전쟁에 '세계사적 의의'를 부여하거나 총동원 사회를 근대 부르주아 사회 이후의 대안적 공동체의 원리로 설명하는 등의 주어진 해석 모델을 거부하고 총동원 사회 속에서 주체/세계의 관계가 변형되어 가는 과정을 직시하고자 하는 입장이라고 할 수 있을 것이다.

첫째로 이야기하여야 할 위험성은 전환기라는 것을 극히 짧은 시간으로 생각하려는 의견이다. (……) 세계를 통일할 하나의 구상이 나타나서 세계적 욕구를 만족시키는 시기까지를 생각해 본다면, 혹은 4, 5년을 가지고 종식될 줄로 믿었던 이 전환기가 한 사람의 생애 같은 것은 게눈 감추듯이 집어삼킬는지도 알 수 없다.[71]

김남천은 이른바 '신체제기'(1940. 7)에 접어든 이후의 시점에서 이 말을 하고 있다. '대동아 신질서' 건설이 슬로건으로 표방되는 한편으로, 비상사태(예외 상태)를 정상 상태로서 고착화시키는 '고도국방국가'가 새로운 질서로 강요되고 있을 때, 그는 '새로운 원리'가 조급하게 수용되는 경향을 경계한 것이다. 개인 또는 사적 영역이라는 부르주아적 자율성의 가상을 무참히 파괴하면서 모든 생명과 자원을 총체적인 동원의 장 속으로 끌어들이는 현실에서, 따라서 주체/세계의 관계가 안정적으로 상호 작용을 맺을 수 없는 현실에서, 주체와 세계의 화해 불가능성을 주체의 측에서부터 '고발'해 왔던 김남천은, 이번에는 주관을 대상에 종속시키는 방식으로 '사실'의 세계를 관찰하고 그곳에서 새롭게 형성될

---

71) 같은 글, 『김남천 전집 I』, 682~683쪽.

세계의 모습을 찾고자 한다. 새로운 원리 또는 새로운 확실성의 근거에 설 수 없었던 주체는 '사실'의 세계에서 그 원리와 근거를 발견하려고 했지만 일본의 패전으로 식민지 상태가 끝나기 전까지 그것은 결코 찾아질 수 없었다. 그에게 있어 '전환기'는 종결 불가능성을 내포하고 있었기 때문이다.[72]

7. 협력의 윤리적 공간

지금까지 발레리의 '사실의 세기'가 번역되고 재맥락화되고 전유되는 과정을 실마리 삼아 식민지 조선의 문학인들이 중일전쟁 발발 이후 총동원 시대의 불확실성과 비결정성의 상황을 어떻게 경험했고 그 안에서 주체/세계의 경계를 어떻게 재설정하고자 했는지를 주로 백철, 임화, 유진오, 김남천 등을 통해 살펴보았다. 백철, 임화, 유진오, 김남천은 각각 구별되는 어떤 유형이나 모델로서 제시된 것이 아니라, 이른바 근대 세계가 붕괴된 이후 도래하게 될 새로운 원리들이 모색되던 이 '전환기'에, 기존의 규범적인 주체성 형식이 무너지면서 주체/세계의 경계가 어떤 방향으로 움직여 가고 있었는가를 보여 주는 경향성들로서 의의를 가질 것이다.

주체/세계의 경계가 형성되는 접점은 질서/사실, 이상/실제, 의지/

---

72) 이 '종결 불가능성'은, 「길 우에서」(『문장』, 1939. 7)와 『사랑의 수족관』(『조선일보』, 1939. 8. 1~1940. 3. 3)과 『1945년 8·15』(『자유신문』, 1945. 10. 15~1946. 6. 28), 그리고 「낭비」(『인문평론』, 1940. 2~1941. 2)와 「경영」(『문장』, 1940. 10)과 「맥」(『춘추』, 1941. 2) 등 작품 하나하나로 완결되지 않는, 나아가서 작품 바깥의 세계를 향해 개방되어 있는 김남천 자신의 연작 소설 형식을 통해서도 드러난다.

조건 등의 접점과 겹쳐진다는 점에서, 무엇보다도 윤리의 문제를 환기시킨다. 세계가 주체의 바깥에 사물적으로 놓여 있는 것이 아니라면, 그리고 주체/세계의 관계가 앞서 주어진 고정불변의 일의적 틀이 아니라면, 따라서 주체의 입장과 실천에 따라 세계 자체가 재편성되고 세계의 구조 변화에 따라 질적으로 상이한 주체들이 생성·몰락하는 것이라면, 양자 사이에는 필연적으로 윤리의 문제가 발생한다. 전쟁이라는 비상사태(예외 상태)를 통해 드러난 초법적인 제국적 주권 권력이 이전까지 존재해 왔던 근대적인 주관적 가상들을 전면적으로 파괴하고 생명과 정신의 밑바닥까지 정치적 동원의 영역으로 끌어내는 시대에서는 더욱 그러하다. '카프' 해체와 중일전쟁 발발을 전후해서, 주어진 규범으로서의 '윤리'가 아니라 '윤리'에 대한 비판을 통해서만 '자기'를 정초할 수 있는 최소한의—그러나 근본적인—확실성의 근거로서 모럴이 문제가 되었던 것이 이러한 사정을 말해 준다.

윤리는 '불가능의 법칙'에 의거하여 응답하고 책임지는 행위이다. 즉 미리 준비된 법칙 또는 규칙을 통해 설명하거나 예측하는 것이 불가능한 '사건'에 봉착했음에도 불구하고 입장과 행위의 일관성에 입각해 거기에 응답해야 한다는 곤란한 상황에서 이루어지는 행위라고 하겠다. 만일 특정한 행위가 어떤 '가능의 법칙'에 따라 이루어진다면, 그것은 기술주의적인 반복은 될지언정 결코 윤리적인 행위를 구성할 수는 없을 것이다. 그렇게 이루어지는 행위는 애당초 책임의 문제를 불러일으킬 수 없기 때문이다. 법칙으로 설명되지 않으며, 상위 개념에 의해 간단히 포섭될 수 없는 문제들이 언제나 윤리성을 갖는다.

총동원의 시대는 모든 개개인들이 자기의 생명과 정신에 대해서까지 자기결정권을 가지지 못한 채 정치적인 영역에 내맡겨진 시대, 따라서 기존의 아름답고 치열했던 모든 주체의 이름들이 한낱 이름만으로 남은 시대, 지배와 자율성의 영역이 모호하게 뒤섞인 비결정성의 시대, 단순하고 사소한 선택들이 치명적인 결과를 불러일으킬 수도 있는 불확실성의 시대였다고 하겠다. 따라서 이곳에서 주체/세계의 관계를 재설정하고자 하는 모든 문학적 행위는 그 어느 때보다 윤리성을 띤다고 할 수 있다. 바로 이 지점에서 '사실의 세기'가 번역되고 재맥락화되고 전유되었던 것이다. '정신의 위기'를 이해하는 방식, '사실'을 받아들이거나 그에 응답하는 방식은 모두 이 시기 문학인들이 비결정성과 불확실성 속에서 자기를 정립할 곳을 모색하는 방식들에 대응된다고 하겠다. 이러한 모색이 이루어졌던 장에 이름을 붙일 수 있다면 '협력의 윤리적 공간'이라고 할 수 있을 것이다. 오해를 덜기 위해 덧붙이자면, 여기서 말하는 '협력'은 협력 행위 그 자체가 아니라 '국가총동원법'에 의해 전쟁 승리와 '신질서' 건설에의 협력이 '예외적으로' 요구됨으로써 식민지 인민들 모두의 생명과 정신과 행위가 끌려들어 갈 수밖에 없었던 특정한 관계성의 형식을 뜻한다. 이 관계성은 협력에의 요구를 받아들일 것인가 거부할 것인가의 선택에 선행하며 그 선택 가능성 자체를 지배하는 것이다. 이는 '사실의 세기'라는 단순한 규정이 '사실'을 받아들일 것인가 거부할 것인가의 문제에 선행하며 주체/세계 관계를 재설정하고자 하는 다양한 모색들을 규제하고 있는 것과 같다. 이렇게 볼 때 '사실의 세기'는 '협력의 윤리적 공간'의 생성을 지시하고 있다고 할 수 있을 것이다.

　지금까지 '사실'을 둘러싼 논의를 백철, 임화, 유진오, 김남천의 순서로 살펴봤는데, 그것은 무엇보다도 기존의 규범적인 주체성 형식이 무너진 이후 주체/세계의 경계가 이동해 가는 경향의 스펙트럼을 그들 각각이 보여 주고 있다고 판단할 수 있었기 때문이다. 간단히 말해서, 백철이 흔히 '사실 수리'의 입장을 대표하는 논자로 거론되었음에도 불구하고 아이러니적인 태도 속에서 정치에 관여하면서도 실은 탈정치화된 주체의 위치를 끝까지 고수할 수 있다고 믿었다면, 이상/현실의 괴리 사이에서 늘 이상의 편에 서고자 했던 임화는 '사실'의 재인식을 통해 '생활'에 주목하면서 지성의 개조를 각오하고 주관의 예단과 편견을 초과하는 세계에 대면하고자 했다. 이에 비해 유진오는 기존에 존재했던 주관적·이데올로기적 가상을 비판하며 '시정' 속으로 들어가고자 했고, 김남천은 이에서 더 나아가 철저한 '몰아성'을 견지하면서 객관 세계의 '관찰'에 몰두하고자 했다. 주체/세계의 접점을 어느 쪽에 가깝게 두고 있는가에 따라 이들을 살펴봤고, 그 논리적 순서에 따라 '자기'의 확실성의 근거는 '주체'로부터 점차 '사실'의 세계 쪽으로 이동해 갔다.

그러나 '협력의 윤리적 공간'에 다시 배치한다면, 백철·유진오와 임화·김남천이 대칭을 이루게 될 것이다. '사실의 세기' 또는 총동원의 세계가 기존의 주체/세계의 경계를 불확실성과 비결정성의 상태에 빠지게 만들었다면, 문제의 핵심은 이 불확실성과 비결정성을 어떻게 받아들이고 거기에 응답했는가 하는 데 있다. 단적으로 말해서 백철과 유진오는 '사실'의 세계를 유일한 '현실'로 받아들였다고 할 수 있다. 현실이 주체와 세계 간의 상호 작용의 지평 위에 구성되는 통일체라면, 그것은 이미 주체/세계의 관계가 어떤 형태로 설정되었을 때만 표상될 수 있는 것이다. 비록 백철의 경우에는 높은 곳에서 이 현실을 관조하는 또 다른 주관성이 상처 입지 않은 채 보존되어 있고, 이에 반해 유진오는 '사실'의 세계에 침잠할 것을 주장하면서 객체 우위의 관점을 취하는 것처럼 보이지만, '사실'의 세계에서 새로운 인간을 구성해 낼 현실을 발견하고 거기에 참여하는 방식으로 주체/세계의 관계를 이미 설정해 놓고 있다는 점에서는 백철도 유진오도 마찬가지였다.[73] 백철에게 그 현실은 '동양적 현실'이었고 유진오에게 그것은 '조선 문학의 재출발'이었다.

반면에 임화와 김남천에게 '사실의 세기'는 주체/세계의 관계가 여전히 불확실성과 비결정성의 상태에 놓여 있는 시대이다. 불확실성과 비결정성이란 주체의 입장에서 봤을 때의 규정일 텐데, 요컨대 초법적 주권 권력의 작용 속에서 주체가 어디까지 연속성을 지닐 수 있는지를 결정할 수 없는 상태라고 할 것이다. 비록 임화와 김남천은 소설론적 맥락에서는 첨예하게 대립하는 입장에 서 있었지만, 비결정성과 불확실성을 그 자체로 받아들이고자 하면서 주체의 형식을 변형시킬 방법을 찾고 있었다는 점에서는 마찬가지였다. 임화는 자신이 견지해 왔던 이상의 주관적 한계를 시험하는 '시련'을 거치고자 했고, 김남천은 헤게모니 언설 속에서 주어지고 있던 새로운 원리 —새로운 주체/세계 관계의 틀—에 대해 유보적인 태도를 취하면서 '전환기'의 구조를 관찰하고자 했다. 말하자면 이들은 '사건'에 대해 응답하는 형태로 자기 변화를 모색하고 있었다고 하겠다. 따라서 이들에게 '사실'의 세계는 아직 '현실'로 구성될 수 없었다고 말해도 좋을 것이다.

그러나 '사실'의 세계를 유일한 현실로 받아들이거나 유보하는 그 태도의 차이와는 별개로 '협력의 윤리적 공간' 자체가 갖는 성격 역시 이

---

73) 이와 관련하여, 함께 '사실' 탐구의 방향으로 나아가고 있었던 유진오와 김남천을 구별되게 하는 중요한 근거는 그들이 각자 '사실'의 세계로부터 무엇을 포착하고자 했는가 하는 데에서 찾을 수 있을 것이다. 유진오가 '사실'의 세계에서 "영원한 인간상"(NWC, 1. 13), 즉 인물을 포착하고자 했던 반면에, 김남천은 소설을 통해 '주인공=성격=사상'이 아닌 '세태=사실=생활', 즉 대상 세계를 포착하고자 했다(김남천, 「토픽 중심으로 본 기묘년의 신문 문학」, 『동아일보』, 1939. 12. 19~22, 『김남천 전집 I』, 558~564쪽 참조). 유진오의 '영원한 인간상'이라는 이상은 주체/세계의 특정한 관계가 전제되었을 때에만 성립될 수 있을 것이다.

해하지 않으면 안 될 것이다. '협력의 윤리적 공간'이 구체적인 '협력 행위' 그 자체에 선행하면서 그것을 가능하게 하는 조건이라면, 이 공간은 개개의 '협력 행위'에 고유하게 대응되는 동인(動因)으로는 설명될 수 없는 어떤 일반성을 가질 것이며, 그런 의미에서 중일전쟁 시기라는 특정한 역사적 국면에로 환원시킬 수 없는 근대적 생명정치의 구조와 관계되어 있을 것이기 때문이다.

'사실의 세기'는 질서, 규칙, 또는 형식의 힘이 갖는 허구성이 박탈된 시대, 그리고 그 형식의 힘 내에서 유지될 수 있었던 주체/세계의 관계가 비결정 상태에 빠진 시대라고 할 수 있다. 이를 총동원 시대의 문맥으로 옮겨 말한다면, 초법적 주권 권력과 일상적인 삶 사이에 형식적 자유의 영역을 개시했던 1920년대의 이른바 '문화정치'의 공간이 폐색된 시대, 정치와 삶으로부터 이론적인 거리를 둔 채 양자의 관계를 조망하고자 했던 주체의 장소가 붕괴된 시대, 그리하여 일상적인 삶 전체가 제국적 권력 앞에 맨 몸을 드러낸 시대라고 할 수 있을 것이다. 주체/세계의 경계가 비결정성·불확실성의 상태에 처함으로써 생성되는 것이 '협력의 윤리적 공간'이라면, '형식의 힘'이 박탈된 후 남는 것은 '맨 삶 그 자체'이다. 따라서 살아남는 것이 유일한 윤리적 가치가 된다. 흔히 '협력'이 생존의 논리로 설명되거나 합리화되는 이유는 이곳에 있다고 하겠다.[74] 물론 "결사(決死)의 의무"[75]가 국민화의 계기로 요구되고 있을

---

74) '협력'을 생존의 논리로 설명하는 틀에 대한 비판으로는 권명아, 「환멸과 생존: '협력'에 대한 담론의 역사」, 『식민지 이후를 사유하다: 탈식민지화와 재식민화의 경계』, 책세상, 2009 참조.

75) 田邊元, 「死生」, 『田邊元全集』 第8卷, 筑摩書房, 1964, 261쪽. 다나베 하지메는 1943년 5월 19일 교토제국대학 학도지원병을 향해 행한 이 연설에서 '죽음'을 매개로 개인들을 국가의 이념과 결합시키고 있다. 이 논리에 대한 자세한 탐구로는 사카이 나오키, 『국민주의의 포

때, 살아남는 것 자체가 윤리적 의의를 가질 수는 있을 것이다. 그러나 살아남는 것이 유일한 윤리적 가치가 되는 삶이란 실로 노예의 삶에 다름 아니다. '협력의 윤리적 공간'은 노예적인 삶을 요구한다. 맑스가 말하는 '필연의 왕국'만을 유일한 현실로 간주하는 삶, 즉 생명의 직접적인 요구—삶의 유지—만을 충실히 따르는 삶을 강요하는 것이다. 이 윤리적 공간에서 배제되는 것은 '타자에의 윤리'[76]이며, 따라서 엄밀히 말하자면 '협력'은 '행위'일 수 없다.

그리고 이러한 '협력의 윤리적 공간'은 해방 이후로도 국민국가의 주권 권력의 작용하에서 지속적으로 재생산되어 온 것으로 보인다. 아니 분단, 전쟁, 계엄으로 이어지는 항상적인 비상사태(예외 상태)하에서 '협력의 윤리적 공간'은 더욱 비가시적인 형태로 편재해 왔다고 해도 좋을 것이다. 이 공간의 본질이 특정 정치 이데올로기 또는 정치 세력에 대한 '협력'이 아니라 삶의 유지라는 생명의 직접적 요구에 종속되도록 만드는 데 있다면, 오늘날은 정치가 스스로 생명의 직접적인 요구에 근거하고 있음을 자랑스러워하는 시대이기 때문이다.

이에시스』, 이규수 옮김, 창비, 2003, 150~183쪽 참조.
76) 그리하여 '협력의 윤리적 공간'에서 윤리적 관계는 '나/너' 또는 '동일자/타자'가 아니라 '주체/세계'로 나타난다.

3장 _ '비상시'의 문/법

식민지 전시(戰時) 레짐과 문학

"…… 언어란 언제나 질서를 설명할 수 있는 것이지 결코 무질서까지를 설명할 수는 없는 것"[1]

"오늘날의 우리에게 정치가 운명으로서의 의미를 갖는 것은 …… 그가 우리를 초월한 힘을 갖고 우리의 두상(頭上)에 군림하기 때문이다."[2]

1. K기사의 책 상자

'구주대전'(歐洲大戰)과 중일전쟁 등 거대한 규모의 전쟁이 무수한 인명과 재산뿐만 아니라 기존의 문명과 문화와 가치까지 파괴하면서 전 지구적인 혼란을 야기하던 시기, 정치적 영역에서의 나치즘, 파시즘 및 일본주의의 대두가 문화적인 영역에서의 자유주의, 개인주의, 합리주의에 대한 비판으로까지 확대되던 시기, 역사철학자들이 근대적 원리의 종언을 선언하면서 '현대'의 새로운 질서의 도래를 예감하던 시기, 또한 발레리의 '사실의 세기'라는 명명이 서양의 문명사적 몰락을 드러내는 징표로서 거론되며 '동양'의 세계사적 '사실'에 눈을 돌릴 것이 요구되던 시기, 그런가 하면 '국가총동원법'(1938) 공포 이후 '외지'/'내지'의 차이(및 동일성) 위에 '전선'/'총후'의 차이(및 동일성)가 덧씌워지던 시기, 그

---

1) 정비석, 「삼대」, 『인문평론』, 1940. 2, 156쪽.
2) 서인식, 「문화시평」(1939. 10), 차승기·정종현 엮음, 『서인식 전집 2』, 역락, 2006, 111쪽.

리하여 식민지에서는 말할 것도 없이 식민 본국에서조차 전쟁하는 국가를 총력으로 익찬하는 이외의 정치적 활동 일체가 부정되었던 강요된 '탈정치화'의 시기.

식민지 조선의 문학인들은 바로 이 시기를 '전환기(전형기)'라고 이름 붙이고 있었다. 비단 문학의 영역뿐만 아니라 사회적 관계를 형성하는 여러 영역─교육, 산업, 행정 등─에 '전환기'가 유행어처럼 퍼져가고 있었다. 비록 '전환기'라는 말 자체는 한 시대에서 다른 시대로 넘어간다는 어떤 선형적인 시간 표상을 수반하지만, 실제 당대의 용례에서는 그와 정반대의 상태, 즉 단일한 시간 축 위에서의 이행이 아니라 여러 시간성들이 혼재하는 상태를 뜻하곤 했다.

> 전환기란 모든 것이 자유로 움지기기 시작하는 시대이다. 이제까지 한 번식은 비판되고 극복되어 실경(柵) 우에 내버렸던 것이 통일이 깨트려지고 결합이 푸러지는 틈을 타서 다시금 얼굴을 치겨들고 대로상(大路上)을 횡행할 수 잇는 그러한 혼효(混淆)의 시대이다.
> 사실 우리들은 요지음 아침에 헤-겔을 이야기한가 하면 저녁때엔 늬-체를 이야기하고 밤이면 다시 헤-겔을 찾는 '부동'(浮動)의 생활을 거듭하고 잇다.[3]

> 전형기란 말 그대로 커다란 위기이다. 우리의 일상생활을 지도하던 모든 상식과 도덕, 전통과 관습이 무너지는 대신 새것, 이상(異常[理想의 오식으로 보임─인용자])한 것을 창조하기 위한 모든 정열이 혼돈하게

---

3) 윤규섭, 「문화시평 2 : 문화사회학의 재등장」, 『동아일보』, 1939. 11. 19.

육박하는 시기이다. 이러한 시기에는 역사의 첨단을 걷는 역사적 인물 뿐 아니라 일상 세계를 사는 우리 범인(凡人)의 생활까지도 어느 정도의 **운명과의 도박**이 없이는 영위할 수 없다. 역사가 안정하던 시기에는 많은 국민이 그들의 생활을 전통과 관습에 내어맡길 수 있었으나 전형하는 시기는 말 그대로 '카오스'이며 심연으로 생활의 준칙을 잃기 때문이다.[4]

'모순과 대립의 변증법적 지양을 통한 역사의 발전'이라는 설명 모델이 무색하도록, '극복되었던 것', '지양되었던 것'이 다시 살아나 '극복한 것', '지양한 것'과 함께 대로 위에서, 동일한 평면에서 경쟁하고 있는 듯한 형상이 이 시기 지식인들이 가졌던 '전환기'의 표상에 가까운 듯 보인다. 근대의 정점에서 동서양의 고대와 중세가 부활하고, 르네상스 및 르네상스가 소생시켰던 고전고대가 함께 불려오고, 이성의 감옥에 수감되었던 감정이 반란을 일으키고, 과학과 법칙이 황야에 방치해 버렸던 우연성이 합리성의 성 안에 출몰하고 있다. 어느 것이 산 것이고 어느 것이 죽은 것인지 알 수 없는 이러한 상태에서 "이제까지 고정되어 잇던 일체의 사물 일체의 문화가 움지기고 변화"하여 "일상생활을 위요(圍繞)하고 잇던 모든 상식과 도덕 전통과 습관은 한결같이 붕괴의 과정을 전개"하고 있는 듯이 여겨졌다.[5]

이럴 때 삶은 '도박'이 된다. 생활의 준칙이 사라졌을 때, 판단과 행

---

4) 서인식, 「현대의 과제(2): 전형기 문화의 제상」(1939. 4), 차승기·정종현 엮음, 『서인식 전집 1』, 역락, 2006, 160쪽. 강조는 인용자.
5) 윤규섭, 「문화시평 1: 전환기의 문화 형태」, 『동아일보』, 1939. 11. 18.

위의 근거가 그 자명성을 상실했을 때, 행위와 결과 사이에서 필연적이 거나 예측 가능한 연관을 발견하지 못할 때, 삶은 운명을 건 도박장 안에 자리 잡게 된다. 어떤 것도 미리 결정되어 있지 않은 '순수한 현재'의 장소로서의 도박의 시간-공간에서는 사소한 선택이 치명적인 결과를 초래할 수 있다. 물론 '전환기'를 이렇게 시간과 공간이 뒤틀리거나 비약적으로 변형되는 '카오스'로 이해했던 것은 다름 아닌 "기존의 상식과 도덕 전통과 습관" 안에 있던 이들이다. 의식적이든 무의식적이든, 합리성과 역사의 발전을 신뢰하고 역사의 진보와 자연사적 과정을 동일성 속에 놓는 에토스에 익숙했던 이들에게 이 같은 혼란은 도대체 명석판명하게(clearly and distinctly) 인식되지 않는 사태였다.

（책! 책이 가장 K의 내면 생활을 증명할 것이다!) 나는 속으로 이렇게 생각하면서 내심에 끄리는 것을 그대로 책궤 앞으로 기어갔다.
（혹시 『킹구청년』이나 『강당』['강담'의 오식으로 보임 ─인용자]의 애독자는 아닐런가?)
그랬으면 하는 생각과, 제에발 그렇지 않아 주었으면 하는 생각이, 함께 기묘하게 설켜 도는 것 같다.
『난센스전집』이 한 권 끼였으나, 『개조』도 있고 『중앙공론』도 끼여 있었다. 그러나 그러한 책은 합쳐서 네다섯 권, 그 나머지 네다섯 권은 토목에 관한 기술적인 특수 서적, 학생 시대의 '노오트', 그러나 그밖에 근 수무 권에 가까운 책의 전부가 수학사(數學史)나 과학사(科學史), 단 한 책이기는 하나 『자연변증법』의 암파문고(岩波文庫)도 들어 있었다. 그러나 목을 굽히고 궤짝의 뒤를 살펴보니 한자리기로 두껴 놓은 책 가운데는 '아랑'[알랭(Alain), 본명은 에밀-오귀스트 샤르티에(Emile-

Auguste Chartier)]의 번역이 한 권과, '꾀에테'와 '하이네'의 시집, '보앙 카레'의 적은 책자들이 섞여 있었다. 나는 가슴 속을 설레고 도는 동계 (動悸)를 스스로 의식하면서 내가 지금 경험하고 있는 감상의 결론을 찾으려고 애써보고 있었다.[6]

죽은 벗의 동생인 K기사를 경춘선 철도 공사 현장에서 우연히 만나 별 뜻 없이 그의 숙소에 묵게 된 박영찬은 K기사의 세계를 이해하기 위해 그가 가지고 있는 책을 살핀다. K기사의 죽은 형과 함께 한때 "사회운동"(231쪽)에 물불을 가리지 않았던 박영찬에게 K기사는 이 '전환기'라는 레일 없는 기차의 "'특등석'"(233쪽)에 앉아 있는 것 같은 존재였다. '전환기'가 붕괴시키고 있는 기존 세계의 사람 박영찬에게 특등석에 앉아 있는 K기사는 "선망이 절반, 질투가 절반"의 감정을 불러일으키는 존재인 동시에, 그런 만큼 자신과 "아무런 공통된 사색도 경험하지 않으면서, 다른 개념과 범주를 가지고 세계를 해석하고, 통하지 않는 술어로 이야기"할 것 같은 이해 불가능하고 소통 불가능한 타자로서 "뜻하지 않았던 공포"를 느끼게 하는 존재이기도 하다.[7] 그리하여 그는 K기사를 통해, 그의 책을 통해, 이 '전환기'를 잘 적응해 가는 자의 규칙(rule), 나아가서 이 '전환기'의 규칙을 찾고자 한다. 그러나 그는 규칙을 찾는 데 실패하고 만다.

---

6) 김남천, 「길우에서」, 『문장』, 1939. 7, 233~234쪽. 이후 인용시 본문에 쪽수만 표기.
7) 문학사와 사상사의 맥락에서 K기사는 전시 체제기에 등장하는 새로운 기술자 주체의 표상으로서 근대 초극, 총력전 체제, 협력의 문제가 중첩되어 있는 장소를 지시해 준다. 이에 대해서는 이 책의 2부 1장; 김철, 「우울한 형/명랑한 동생: 중일전쟁기 '신세대 논쟁'의 재독」, 『상허학보』 25집, 2009 등 참조.

박영찬이 K기사에게 기대했던 이해 가능한 삶의 규칙이란 두 가지 중 하나였던 것으로 보인다. 첫째, 좁은 전문분야에는 깊은 지식을 가지더라도 그 외의 골치아픈 세상사에는 특별한 관심을 갖지 않고 『킹』(キング)이나 『고단』(講談)류의 가벼운 대중오락 잡지 수준의 교양으로 만족하며 살아가는 것, 또는 둘째, "제에발 그렇지 않아 주었으면 하는 생각"에 함축되어 있는 그 반대의 규칙, 즉 세계와 시대에 대한 특정한 입장의 연장선 위에서 신념에 따라 직업을 선택하고 살아가는 것이 그것이다. 그러나 K기사의 규칙은, 나아가서 그가 성공적으로 적응하고 있는 이 '전환기'의 규칙은 그 어느 쪽도 아니었다. K기사의 책 상자에는 대중오락 잡지는커녕, 『개조』, 『중앙공론』 등 사회비평 잡지부터 기술 관련 전공 서적과 기초 과학 서적, 심지어는 엥겔스의 저작부터 최근의 유럽 현대 철학, 고전적인 문학 작품까지 들어 있었다. 이 일관성 없어 보이는 책의 이름들과 저자들이 불규칙하게 들어 있는 K기사의 책 상자는 박영찬에게 우산과 재봉틀이 만나는 로트레아몽의 수술대와도 같은 충격을 전달한 것으로 보인다. 이 책들은 마치 독해 불가능한 밤하늘의 별들처럼 흩어져 있고, 그는 이 별들로 별자리를 그리지 못한다.[8]

이 글은 바로 이 시기, '전환기'라고도 '전시기'(戰時期)라고도 칭해졌던 이 혼란의 시기, 어떤 합리적인 계산과 예측도 무력해질 수밖에 없었던 이 시기의 조선을 '식민지 전시 레짐'으로 규정하여 그 성격과 작용

---

8) 소설의 후반부에서도 K기사는 박영찬에게 이해 불가능한 존재이다. 형 세대의 사상적 고민을 "청년다운 센티멘탈"(237쪽)로 정의하고 정리해 버린 그는, 공사 중 사고가 발생하더라도 성가신 부상자보다는 유족에게 일이백 원 주고 깨끗이 끝내 버릴 수 있는 "사망자를 희망"(237쪽)한다. 그런가하면 인부의 가족들에게 그때그때 온정와 인심을 베풀어 그들로부터 "백의 한 사람두 드문 양반"(239쪽)이라고 칭송받는 자이기도 하다.

기제를 분석하면서, 그 레짐 내에서 문학이 놓여 있던 자리를 고찰하고
자 한다.[9]

2. 탈정치의 정치

중일전쟁 발발을 전후한 '전환기'는 이렇게 기존의 상식과 관습이 붕괴
되는 아노미적 상태, 죽은 것이 되살아나고 산 것이 무력해지는 사태,
'잔여적인 것'과 '지배적인 것'과 '부상하는 것'이 무질서하게 동일 평
면에서 충돌하는 상황으로 표상되고 있었다. '사실들'이 언어의 장악력
을 초과하여 범람하는 사태 자체를 사변의 대상으로 삼는다면, 앞서 윤
규섭의 묘사처럼 기존의 질서에 의해 패배당했던 것들, 기존의 계서제
(hierarchy)에 억눌려 왔던 것들이 표면에 떠올라 다시 승부를 겨루는 모
습을 상상해 낼 수 있다. 따라서 어떤 방향성도 지배적이지 않은, 모든 방
향에서 위기와 함께 가능성을 발견할 수 있는 미결정의 사태로 그려질

---

9) 식민지 전시 체제 시기 문학과 언어의 상황을 고찰한 연구는 최근 10여 년간 일일이 열거할
수 없을 만큼 다양한 관점에서 폭넓게 이루어져 왔다. 특히 식민지/제국의 범위에서 작동하
던 생명정치의 메커니즘을 분석하며 생명정치의 분할선들 사이에서 문학과 언어가 떠맡고
있던 역할을 포착하고자 한 황호덕의 연구(『벌레와 제국』, 새물결, 2011)는 그 가장 독창적인
경지에 해당될 것이다. 그는 단지 식민지/제국 체제의 통치 패러다임을 비판적으로 드러내
고자 할 뿐만 아니라 벌레, 동물, 벌거벗은 삶의 '말이 되지 못한 목소리'를 듣고자 하기 때문
이다. 이는 아마도 이른바 '암흑기'라고 명명되는 시대에서 문학과 언어의 잠재성을 발견해
내는 가장 탁월한 방법일 것이다. 이 글 역시 황호덕의 연구에서 적지 않은 시사를 받았음을
밝혀 둔다.
하지만 동일한 시기를 다루면서 이 글은 문학의 '어두운 측면'에 주목하고자 한다. 어두운 측
면이란 단순히 문학이 식민지/제국 체제에 완전히 포섭되어 이데올로기적 장치로 전락했음
을 뜻하는 것이 아니라, 문학의 형식과 방법에 각인되어 있는 역사적 상처를 의미한다. '비상
시'의 위기하에서 문학이 형식적·방법적으로 변형되어 간 과정에 새겨진 상처, 그 상처를 벌
려 이 시기의 식민지/제국 체제가 흔들어 놓은 삶과 언어의 지형을 들여다보고자 한다.

수 있다. 그러나 과연 전쟁이 초래한 '전환기'가 이렇게 완전한 미결정의 상태에 놓여 있었다고 말할 수 있을까.

기존의 상식과 신념 체계가 붕괴되었다고는 하지만 언제나-이미 삶을 덧씌우고 있는 식민지의 정치적-의미론적 질서가 붕괴되었다기보다는 기존의 질서에 새로운 장치가 부가되었다고 하는 것이 사실에 가깝다. 따라서 이 '비상시'에 비로소 '예외 상태'로 진입하는 문턱을 넘어섰다고 할 수는 없을 것이다. 예외 상태를 "법이 스스로를 효력 정지시킴으로써 살아 있는 자들을 포섭하는 근원적 구조"[10]라고 할 수 있다면, 차라리 제국의 통치역(統治域) 내부에는 포함되어 있으나 제국의 '내지'에 대해 '이법'(異法) 지역인 '외지'로서 총독이 발한 명령(제령)으로 입법 사항을 규정하도록 해온 식민지[11] 자체가 언제나-이미 예외 상태에 처해 있었다고 하겠다. 그러므로 이 '비상시'는 오히려 식민지/제국 체제에 전선/총후 체제를 덧씌우면서, 다시 말해 '차별의 정치'에 '내선일체의 정치'를 덧씌우면서 식민지/제국 체제 전체를 관통하는 변동을 초래한 시기라고 봐야 할 것이다. 이 '변동'에서 새로운 성격을 찾을 수 있다면, 그것은 식민주의적인 지정학적 배치에 따라 식민 본국의 바깥으로 국한하고자 했던 예외 상태를 내지까지 확장하는, ―이른바 '내지연장주의'라는 표현과는 정반대로― 일종의 **식민지연장주의**의 효과에 있을 것이다. 요컨대 식민지와 식민 본국의 위상 및 관계가 흔들리면서 조성된 식민지/제국의 '단일 체제'로서의 성격은, 비유적으로 말해, 식민지의

---

10) 조르조 아감벤, 『예외 상태』, 김항 옮김, 새물결, 2009, 17쪽.
11) 浅野豊美, 『帝国日本の植民地法制 : 地域統合と帝国秩序』, 名古屋大学出版会, 2008; 이승일, 『조선총독부 법제 정책』, 역사비평사, 2008 참조.

내지화보다 내지의 식민지화라고 할 수 있는 방향성을 내포한 것이었다. 그러나 식민지와 식민 본국은 서로 관계적인 규정성 속에 놓여 있기 때문에 식민지연장주의가 내지만의 변화를 산출하는 데서 그치는 것은 아니다. 식민지연장주의는 식민 본국도 식민지도, 양자의 관계도 변화시킨 전선/총후의 정치적-의미론적 장치의 효과였기 때문이다.[12]

중일전쟁이 발발하자 식민 본국은 제국 내에 "관민협력의 거국일치" 체제를 구축하기 위해 인력, 재정, 군사로부터 정보, 교통, 물가, 건강에 이르기까지 제국 내부의 '모든 것'을 동원과 통제의 대상으로 포획할 계획을 수립하고,[13] 결국 '내지'와 식민지 전체에 걸쳐 '국가총동원법' (1938)을 적용하기에 이른다. 이후 일본이 영미에 선전포고를 하고 이른바 '대동아전쟁'으로 확전되어 가면서 무수히 많은 전시 법령, 칙령, 군령, 규칙, 결의 등이 실행되었음은 주지의 사실이다.[14] 이로부터 제국적 주권 권력은 "전시에 임해 국가 총동원상 필요할 때"라는 조건만 충족시키면 무엇이든 행할 수 있었고, "칙령이 정하는 바에 따라"[15] 어떤 법률적 폭력도 정당화될 수 있었다. 총독의 명령이 법률적인 힘을 발휘하고 있었던 식민지에서야 그리 새로울 것도 없었지만, 식민 본국에서 위헌의

---

12) 전선/총후라는 정치적-의미론적 장치와 그 효과에 대해서는 3절에서 집중적으로 다루고 있다.

13) 「非常時에 備하야 國家總動員 計劃, 內務省 具體安 作成中」, 『동아일보』, 1937. 7. 18.

14) 이 시기의 대표적인 법령을 몇 가지만 예시하면, 식민 본국에서는 '국방보안법'(1941), '치안유지법(개정)'(1941), '언론, 출판, 집회, 결사 등 임시 취체법'(1941), '전시범죄처벌의 특례에 관한 법률'(1941), '전시 민사특별법'(1942), '전시 형사특별법'(1942), '전시 긴급조치법'(1945) 등, 식민지 조선에서는 '국가총동원법'(1938), '조선인육군특별지원병령'(1938), '국경취체법'(1939), '국민징용령'(1939), '조선사상범예방구금령'(1941), '조선임시보안령'(1941), '조선청년특별연성령'(1942) 등을 들 수 있다.

15) 「國家總動員法」(法律第55號), 中野文庫(http://www.geocities.jp/nakanolib/hou/hs13-55. htm).

논란까지 불러일으키며 입법의 권한을 '명령'에 위임한 '국가총동원법'의 공포는 확실히 예외 상태의 선언에 해당하는 것이었다.[16] '천황'의 칙령이 법적 효력을 가지면서, 전황의 변화에 따라 취해지는 임시 조치들은 살아 있는 생명들을 법에 포획하는 한편으로 법으로부터 내팽개친다.

전쟁 발발을 전후한 '전환기'의 핵심은 식민지/제국 체제 전체에 적용되는 '국가총동원법'의 존재가 점차 식민지의 특수 관습과 관례를 철폐—이른바 '민족 말살'의 방향 속에서—하고 총독의 자율적 권한을 축소하면서 식민지를 '내지'의 법역에 통합하는 쪽으로 나아가는 방향성을 보여 준다는 데 있다. 그러나 당연하게도, 식민지를 '내지'의 법역에 통합시킨다는 것이 피식민지인에게까지 '시민권'을 확대한다는 것을 뜻하지는 않는다. 정반대로, 고쿠고(國語) 상용, 창씨개명, 징병제 실시 등으로 이어지는 통합의 제도화 과정에서 언제나 피식민지인의 '권리' 요구는 부정되었고, '내지'에서는 '내지'대로 새삼 생명을 건 충성 서약에 따라 '시민권'을 재분배하려는 시도가 이루어졌다. 즉 전쟁의 확대와 더불어 식민지/제국 체제의 '단일 체제'로서의 성격이 강화되었고, 전쟁 수행을 위한 총력적 통제권 아래 '모든 것'을 포섭하려 하면서 생사여탈권을 쥐고 있는 제국적 차원의 주권 권력의 존재가 보다 가시화되었던 것이다. 슈미트의 말처럼 '국제법상으로는 국내지만 국내법상으로는 외

---

16) 제국의회의 법안 심의 과정에서 '국가총동원법'의 위헌성 여부를 둘러싼 논쟁이 있었던 사실은, 이 법의 정당성을 설명하기 위해 법제국 참사관이 저술한 인쇄물에서조차 언급되고 있다(佐藤達夫, 「國家總動員法」, 『國家總動員法・經濟統制法』, 三笠書房, 1938, 21~22쪽). 요컨대 '국가총동원법'은 총동원과 관련된 기본 사항을 규정하는 데 그쳐 있고, 거의 모든 조항에 "칙령이 정하는 바에 따라"라는 어구를 삽입해 세부적인 규정은 모두 칙령에 위임하는 형태로 되어 있다. 이로써 '천황'의 명령이 말 그대로 곧 법이 될 수 있었다.

국'이라고 할 수 있는 모호한 위치[17]의 식민지가 전쟁이라는 계기를 통해 단일한 식민지/제국 체제 내부로 보다 실질적으로 포섭되어 가면서 제국적 주권 권력의 그때그때의 결정이 살아 있는 자들의 운명에 결정적인 힘으로 작용했다. 그리하여 식민지/제국 체제의 인민들은 언제 징용령이 실시되어 어느 곳에서 총동원 업무에 종사하게 될지, 어떤 이유로 원고가 삭제되거나 출판이 금지되거나 인신 구속이 이루어질지, 어떤 사소한 위반이 용서받지 못할 '죄'가 될지 알 수 없는 상황에 처해졌다.[18]

더욱이 일본이 전개하고 있던 전쟁은 '세계사적 의의'를 지니는 '도의 전쟁'이자 아시아 해방을 위한 '성전'이라는 서사 속에 자리 잡고 있었다.[19] 사실 이 같은 '정의의 전쟁' 이데올로기는 '내전'에 고유한 것이다. 도덕적 정당성을 갖는 전쟁이란 적을 '범법자'로 취급할 때에만 성립될 수 있는 것이기 때문이다. "적을 차별화하는 전쟁인 정의의 전쟁의

---

17) 이마이 히로미치, 「긴급권 국가로서의 '메이지 국가'의 법 구조」, 김창록 옮김, 『법사학연구』 27호, 2003, 146쪽 참조.

18) 아마도 예외 상태에서 사소한 행동이 치명적인 결과를 가져오는 사례의 하나로 미키 기요시의 죽음을 들 수 있을 것이다. '세계사의 철학'에 입각해 중일전쟁에 세계사적 의의를 부여하며 고노에 내각의 브레인 집단 '쇼와연구회'에 주도적으로 참여해 전시 변혁을 꾀했던 그, 나아가 일본 정부의 '동아 신질서' 구상에 이론적 근거를 제공했던 그, 당시 일본 사상계에서 니시다 기타로(西田幾太郎)를 잇는 대표적인 지성으로 주목받던 그를 (패전 이후 임에도) 위생 상태가 열악한 형무소 독방에 방치된 채 비참하게 옥사하게 만드는 데는, 가석방 중이던 지인에게 잠자리를 제공하는 행위만으로 충분했다. 이른바 특고(特高)의 검거를 피해 도주 중이던 친구를 숨겨 줬다는 이유로 미키는 감옥에서 생을 마감해야 했다.

19) '성전'의 서사는 비교적 중일전쟁 초기부터 등장한다. "이제 지나 사변의 성전에 당하야 국민정신총동원의 운동이 진행되어 일본 정신의 앙양이 주장되어 잇는데 此際에 가장 강하게 발휘치 안흐면 안 될 것은 일본 정신의 도의 실천성의 방면이다"(鹽原(학무국장), 「道義立國精神의 昂揚(續)」, 『동아일보』, 1938. 2. 13). 물론 중일전쟁 초기에는 야만무도한 중국을 타도해야 한다는 주장이 지배적이었으나, 1938년 봄 일본군이 중국의 강한 저항에 부딪치고 전쟁이 장기 지구전화하면서 중국을 동반자로 끌어들이는 '동아 신질서' 구상과 더불어 '성전'의 서사는 더욱 일반화된다.

도입은 따라서 국가 간의 전쟁을 불가피하게 인터내셔널한 내전으로 변화시키고 만다."[20] 그리하여 전쟁은 섬멸전의 형태로 전개되었고 그만큼 총동원의 강도도 강화되어 갔다. 이러한 내전적 성격을 고려할 때, 일본이 중일전쟁을 일관되게 '지나 사변'이라 명명한 논리의 배경을 이해할 수 있고, 나아가 아시아로부터 '귀축미영'(鬼畜米英)을 물리치고자 하는 '대동아전쟁'이 거의 궤멸에 이르는 지경까지 끝을 모르고 지속된 이유를 짐작할 수 있을 것이다.

또한 제국이 수행하고 있는 '도의의 전쟁'은 결코 정치적인 논쟁과 타협의 대상이 될 수 없었다는 점에서, 그리고 '도의의 전쟁'의 언설정치학 속에서 교전 상대는 정치적인 적(敵)으로서가 아니라 심판받아야 할 '역사적인 죄인'으로서 대상화되었다는 점에서 이 시기 강요되었던 '탈정치의 정치'의 성격이 드러난다.[21] 그것은 제국적 주권 권력이 공적·사적, 물질적·정신적인 모든 영역을 정치의 장으로 끌어들임으로써 정작 정치적 행위 자체는 배제하는 정치이다. 제국의 영토와 인구의 잠재력을 모조리 동원하고자 하는 총력전, 게다가 '아시아 해방'을 위한 '도의적'이고 역사적인 행위로 의미 부여된 전쟁은, 그동안 정치의 장에서 배

---

20) 山田広昭, 「內戰 : 政治的絶対」, 臼井隆一郎 編, 『カール·シュミットと現代』, 沖積舍, 2005, 185쪽. 이와 동일한 맥락은 아니지만, 김항은 중일전쟁 시기 일본에게 중국이 적조차 되지 못했다는, 적 규정의 '과소성'으로부터 근대 일본 국가의 자기 인식의 상실을 문제화하고 있다. 김항, 「'결단으로서의 내셔널리즘'과 '방법으로서의 아시아' : 근대 일본의 자연주의적 국가관 비판과 아시아」, 『대동문화연구』 65집, 2009 참조.

21) 특히 중일전쟁은 중국과 싸우면서도 실제의 적은 서양이라고 상정하는 전쟁, 중국을 침략하면서도 중국과 아시아의 해방을 목적으로 하는 전쟁이라 주장되었다. 일본이 중일전쟁을 중국으로부터 서양이라는 귀신을 쫓아내는 일종의 퇴마(exorcism) 의식, 중국의 죄를 씻어 내는 한바탕의 푸닥거리로 의미화했던 것은 이 같은 '탈정치의 정치'의 맥락과 깊이 결부되어 있었다고 하겠다.

제되어 왔던 식민지/제국의 살아 있는 생명들을 정치의 장에 포섭하게 만들었지만, 이 정치의 장은 생사여탈권을 쥐고 있는 초법적 주권 권력이 법 아닌 법의 힘을 행사하며 정치적 성격을 삭제한 곳이다. 요컨대 식민지/제국의 살아 있는 생명들은 '권리'를 둘러싼 갈등과 교섭의 형태가 아니라 주권자의 '은혜'에 대한 '보답'의 형태로서만 정치의 장에 진입할 수 있었던 것이다.

이렇듯 전쟁을 수행하는 제국적 주권 권력이 일종의 '식민지연장주의'의 효과를 발휘하는 예외 상태로서의 식민지/제국의 전시 레짐을 형성하게 했다면, 그 레짐을 지속시키기 위해서는 식민지/제국의 차이(동일성)라는 기존의 지배적 장치에 전선/총후의 차이(동일성)라는 다른 층위의 정치적-의미론적 장치가 부가되어야 했다.

3. 전선/총후라는 정치적-의미론적 장치

초법적 주권 권력이 모든 살아 있는 생명들을 '탈정치적 정치'의 장에 끌어들이고 있던 이 '비상시'는, 이 글의 서두에서도 살펴봤듯이 ─사회적, 문화적, 윤리적인 의미에서─자연과 인간 또는 개인과 공동체의 관계를 설명해 왔던 근대적 원리의 붕괴를 기정사실화하는 언설들이 유포된 시기이기도 했다. 지금까지 일종의 역사적 선험성으로 작용해 왔던 근대적 질서가 서양이라는 특정한 기원에서 분리될 수 없는 것이었음을 폭로하고, '서양의 몰락'과 함께 두려움과 기대 속에서 새로운 '사실들'을 탐색하고자 했던 것은 주로 역사철학자들이었다. 그들은 발레리의 '사실의 세기'라는 표현으로부터 상상의 원천을 제공받아 저마다 새로운 '사실들'의 대두를 때로는 흔쾌히 때로는 마지못해 인정하고 있었다.

물론 지금까지 서양과 동일시되었던 '세계'가 붕괴하고 동양에서 서양 귀신을 내쫓고 있는 일본에 의해 비로소 '세계적인 세계'가 개시되며 기존의 역사 개념으로 설명될 수 없는 새로운 사실이 등장하고 있다고 환호했던 것은 제국적 주권 권력의 측이었다. 이에 대해 '전시 변혁'의 가능성을 엿보던 식민 본국의 역사철학자들은 지금까지 보편성을 참칭해 왔던 근대적 질서의 시간적·공간적 한계를 돌이킬 수 없는 것으로 인정하면서, 질서 붕괴 이후 새롭게 출현하는 세계사적 '사실들'을 근거 지을 수 있는 새로운 원리를 모색하고자 했다. 또한 식민지의 역사철학자들은 식민 본국에서 생산·유포되고 있는 '근대 초극'적 언설들을 번역하면서 새로운 '주객일치'를 가능하게 할 원리를 당위적으로 요청하고 있었다. 예컨대 미키 기요시는 '사실들'이 범람하는 현대를, 자연과학과 법칙의 세계를 현실로 여겨왔던 근대의 추상성이 무너지고 구체성들의 파편이 대두하는 시대로 규정하고, 개개의 파편과 법칙 중간의 형태[形]로서 새로운 '신화'를 모색하고자 했다.[22] 그런가 하면 식민지의 역사철학자 서인식 역시 근대적 원리의 붕괴를 인정한 위에 "기성의 척도를 버리고 사실에 즉하여 사실 그 자체의 본질적 연관을 추적"[23]할 수 있는, "일면 시대에 살면서도 타면 시대를 초월"[24]한 지성을 요구했다. 한편 김오성은 근대 시민적 원리의 대표적 이념태인 자유주의가 자연과학에 근거하고 있다고 보고, 자연과학의 세계가 "자연의 세계와 구별되는 인위

---

22) 三木清, 河上徹太郎, 今日出海, 「廿世紀とは如何なる時代か」, 『文学界』, 1939. 1, 203쪽 참조.
23) 서인식, 「지성의 시대적 성격」, 『서인식 전집 1』, 106쪽.
24) 같은 글, 112쪽.

의 세계",[25] 즉 허구의 질서에 입각해 있음을 비판적으로 드러내며, 역사의 논리와 주체의 논리가 일치하는 새로운 질서를 요청했다.[26]

이렇듯 추상적인 역사철학적 사색 속에서 도래할 새로운 질서의 가능성들이 때로는 예측되고 때로는 요청되었지만, 이들의 눈앞에서 범람하고 있다는 '사실들', 새로운 원리가 정초되어야 한다는 '사실들'이란 도대체 무엇이었는가? 그것은 흔히 필연성으로 설명될 수 없는 우연성과 카오스, 이성에 의해 통제될 수 없는 감각(감정)과 욕망, 서양에 의해 식민화되어 왔던 동양의 현실이라고 말해졌다. 그러나 대쌍을 이루는 방식으로 여전히 근대적 개념에 의존하고 있는 것이 '사실' 그 자체일 수는 없다. 근대적 원리가 효력을 상실하면서 출현했다고 하는 '사실들', 따라서 언어화할 수 없다고 하는 '사실들'을 지시하기 위해 근대적 개념에 의지하는 역설은, '비상시' 제국적 주권 권력의 법 아닌 법의 힘 아래 놓인 식민지/제국 체제의 상황과 환유적인 관계를 형성한다. 따라서 '사실들'은 단순한 혼돈 상태를 나타내는 것이 아니라 모든 살아 있는 자들의 운명이 제국적 주권 권력의 결정에 달려 있는 '비상시'의 예측 불가능한 유동성을 가리키는 것으로 봐야 할 것이다.

"전시에 임해 국가 총동원상 필요할 때"라는 주권 권력의 판단과 결정은 궁극적으로 전선의 정황에 조응하는 것이었고, 그런 의미에서 근대적 원리의 '붕괴' 이후 대두하게 되었다는 '사실들'에 질서 아닌 질서를

---

25) 김오성, 「원리의 전환」, 『인문평론』, 1941. 2.

26) 이 시기 식민 본국 역사철학자들의 논의와 식민지 역사철학자들의 논의를 단순하게 일반화시켜 대비할 수는 없지만, 상대적으로 '내지'의 역사철학자들이 '공간성'의 계기에 더 주목한 반면, 식민지 역사철학자들은 '시간성'의 계기를 중시했다고 할 수 있다. 아마도 식민지 역사철학자들에게는 근대적인 진보적 시간에 대한 신념을 '동양'이라는 공간적·지역적 개념으로 대체하는 일이 쉽지 않았기 때문인 것으로 보인다.

부여하는 힘은 전선/총후라는 정치적-의미론적 장치를 통해 행사되었다고 할 수 있다. 이 장치는 서양의 주박(呪縛)으로부터 스스로 해방되고 있는 동양, 선악의 저편에서 꿈틀거리는 힘과 관능, 범주적 인식의 허구성을 비웃으며 입을 벌리고 있는 무(無), 변증법적 논리를 무색케 하는 '지양되지 않은 것' 등을 **전선의 사실들**[27]과 결합시키면서 총후의 삶을 통제하는 규칙을 생산해 냈다. 전선의 '사실들'은 총후의 동원과 협력을 정당화하는 원천이었을 뿐만 아니라 체제 전체의 주체 위치를 재배치하는 소실점이었고,[28] 나아가서는 언어와 행위의 세계에 언제든 개입해 들어올 수 있는 초월적인 명령이었다.

실로 타자의 존재를 적극적으로 부정하는, 그리고 역으로 타자에 의해 자신의 존재가 적극적으로 부정당하는 현장에서 병사들이 체험하는 '사실들'이란 모든 인위적인 질서의 허구성을 단번에 폭파시켜 버릴 수 있는 가장 강력한 잠재력을 가진 것일 수도 있다. 전선은 기존 질서의 경계를 뚫고 나가 새롭게 영토를 취득하는—또는 탈취당하는—현장이자 죽음과 대면하는 장소였고, 무엇보다도 전혀 예측할 수 없는 상황에서의 우연한 결정들이 그때그때 새로운 세계를 구성해 내는 유동적인 공간이었기 때문이다. 그러나 전선/총후라는 정치적-의미론적 장치

---

27) 이 글에서 '전선의 사실들'이란 문자 그대로 전장에서 벌어지고 있는 사태 그 자체만을 뜻하는 것이 아니라 전선/총후라는 정치적-의미론적 장치에 의해 산출된 결과물로서의 '사실'을 지칭한다. 식민지/제국 체제의 모든 살아 있는 존재들의 생사여탈권을 쥐고 있는 제국적 주권 권력이 개인들의 삶의 장소로부터 떨어져 있는 '전선'을 그 '결정들'의 궁극적인 준거 지점으로 삼고 있다는 점에서, 그리고 예측할 수 없는 주권 권력의 결정들이 언제나 개인들의 이해 가능한 세계의 틀을 깨뜨리고 들어온다는 점에서 그것은 '사실'과 같은 성격을 지닌다고 할 수 있기 때문이다.

28) 전선/총후의 관계가 젠더적 주체 구성의 언설에서 작동하는 방식에 대해서는 권명아, 「총후 부인, 신여성, 그리고 스파이」 참조.

에 의해 이 전선의 '사실들' 역시 '사실들' 자체로 성립할 수는 없었다. 그 '사실들'은 언제나 총후와의 관계 속에서 언어화(개념화, 표상화, 의미화) 되었고, '정의의 전쟁'의 서사를 통해 전달되었기 때문이다. 언제나 새로운 '사실들'은 전선으로부터 전해져 오고, 그 '사실들'이 총후의 '비상시'를 규율하고 동원하고 관리할 이데올로기적 원천이 되곤 한다는 점에서, '전쟁 스펙터클 사회'를 구조화하는 "현실적·상징적 핵심"[29]에 전선이 자리 잡고 있음은 틀림없다. 하지만 전선/총후의 정치적-의미론적 장치의 효과를 고려해 좀더 정확하게 표현한다면, 전선조차 하나의 생산물이라고 말할 수 있을 것이다. 전선/총후의 정치적-의미론적 장치에 의해, 그리고 전선/총후의 거리 조절을 통해 고도국방국가를 구축하고자 하는 주권 권력의 결정에 따라 전선과 총후는 서로가 서로에게 표본이 되고 희생물이 되는 무한한 도덕적 속박의 굴레 속으로 들어가게 된다.[30]

전선/총후의 정치적-의미론적 장치가 전선과 총후를 도덕적 속박 속에 사로잡는 가장 전형적인 방식은 전선을 '직접성'의 체험 영역으로 특권화하는 것이었다. 전쟁이 진행되는 내내 전선으로부터 각종 군국미

---

29) 김예림, 「전쟁 스펙터클과 전장 실감의 동력학: 중일전쟁기 제국의 대륙 통치와 생명정치 혹은 조선·조선인의 배치」, 한국-타이완 비교문화연구회, 『전쟁이라는 문턱: 총력전하 한국-타이완의 문화 구조』, 그린비, 2010, 81쪽. 김예림은 단순한 '전쟁 사회'와 구별되는, "전장의 정보·소식·장면을 후방을 향해 끊임없이 송신하고 분배하고 전시하는 사회, 이 기술을 총체적으로 활용하여 궁극적으로 전시 도덕과 규율 체계를 구축하는 사회, 그리고 이 체계 내로 모든 구성원을 복속시키고 배치하는 사회"(같은 쪽)를 '전쟁 스펙터클 사회'라는 개념으로 포착하고 있다.

30) 특히 중일전쟁기 일본 매스미디어가 전달하는 병사들의 사진에서 앵글이 변화하는 방식은 이 같은 전선/총후의 결합 관계가 강화되는 방향성을 예시해 준다. 즉 병사 개개인의 얼굴 표정을 전면에 드러내는 방식의 초기 앵글은 점차 개별적 고유성이 소거된 집단적 실루엣을 포착하는 앵글로 전이되어 갔는데, 이는 총후에 남겨진 가족들이 그 검은 실루엣에 자신의 아들과 형제를 투사해 보도록 하는 효과를 발생시켰다. 이러한 해석에 대해서는 佐藤卓己, 『『キング』の時代: 国民大衆雑誌の公共性』, 岩波書店, 2002 참조.

담이 전해져 오고, 첨단 매스미디어를 통해 판타스마고리아적인 현현이 이루어지고, '황군'의 도덕적 강고함을 과시하는 편지들이 소개된 바 있다. 특히 첨단 미디어 테크놀로지를 통해 이루어지는 전선의 재현은 총후와의 '체험의 격차'를 극대화하는 한편, 그 매개되었다는 한계로 인해 '직접성'은 결국 알 수 없는 어떤 것으로 남겨 놓는다. 요컨대 전선의 '사실들'은 생생하게 전달되는 듯하면서도 결정적인 것은 부재하는 형태로 총후에 대해 도덕적 규율의 힘을 발휘하는 것이다.

이 특권적인 '직접성'의 체험 영역을 언어로 전달하라는 명령에 따라 적지 않은 문학인들이 전선을 다녀왔다. 그러나 결과는 대부분 허망한 것이었다. 박영희의 『전선기행』(1939)이 잘 보여 주듯이, '전선 기행'에 전선은 부재하고 위문품을 전달하기 위해 보름 가까이 이동하는 고단한 과정에서 들은 미담을 떠올려보는 것이 거의 대부분이었다.[31] 그러나 내지의 작가들이라고 해서 크게 다르지는 않았다. 히노 아시헤이처럼 직접 병사로 참전하면서 기록한 드문 경우를 제외한다면 총후의 작가들이 전선의 경험을 전달하는 일은 흔히 위화감과 열등감을 동반하곤 했다.[32] '대동아전쟁'의 개전 후 전선이 남방으로까지 확대된 시기, 조선

---

31) 전선 기행물들의 재현 양상에 대해서는 한민주, 「일제 말기 전선 기행문에 나타난 재현의 정치학」, 『한국문학연구』 33집, 2007 참조. 특히 박영희의 『전선기행』에 나타나는 전선/총후의 차별적 위계와 미디어를 통한 환상의 가공에 대해서는 이승원, 「전장의 시뮬라크르: 박영희의 『전선기행』을 중심으로」, 『정신문화연구』 30권 4호, 2007; 김예림, 「전쟁 스펙터클과 전장 실감의 동력학: 중일전쟁기 제국의 대륙 통치와 생명정치 혹은 조선·조선인의 배치」 참조.

32) 박영희 자신도 '전선 기행'을 다녀온 후 오히려 기행의 한계를 더욱 크게 느낀 듯하다. 그의 기행의 목적은 '황군'의 위문과 더불어 "문학의 새로운 현실성을 파악"(박영희, 『전선기행』, 박문서관, 1939, 2쪽)하는 데 있었지만, 『전선기행』이 출판될 즈음에 발표한 한 글에서 우회적으로 그 한계를 지적하고 있다. 즉 "내지에서 문사들이 간혹 종군하는 이가 많으나, 귀국해서 발표한 것을 보면, 역시 기행문에 불과한 것"뿐이라고 폄하하고는, "실제에 악전고투

에서 징병제가 결정(1942. 5)되었지만 아직 실시(1943. 8)되지 않고 있던 시점에서 내지와 외지의 작가들이 함께 이 열등감을 토로한 바 있다.

유진오 (……) 전선에 나가신 분은 적어도 전쟁의 현실에서 취재하는 한, 자신과 기백을 가지고 쓸 수 있습니다. 거기서 일단 돌아온 분들이 지금부터 또한 어떤 현실을 어떻게 쓸 것인가, 실은 그것을 여쭙고 싶습니다. 특히 **조선에 있으면** 내지와도 멀고 전선과는 훨씬 더 멀어서, 뭔가를 말하고자 생각해도 그만 확신이 없고 기가 죽고 맙니다. (……)
우에다 열등감(ひけ目)이라면 우리도 느낍니다. 그쪽[전선—인용자]에 있을 때도 그랬지만, 돌아온 후 우리는 병사들에 대해 열등감만 느끼고 있습니다. 전선에 가지 않았을 때보다 더 한층 느낍니다.[33]

가라시마 (……) 총후의 우리가 전지의 분들과 같은 혼을 가지고 구축해 내지 않으면 안 된다고 생각합니다. (……)
마키 우리들은 전쟁을 본 적이 없고 총후에서 자신의 상상과 전기 문학(戰記文學)을 통해 일단 큰 전쟁을 생각하고 있을 뿐으로 확실히 인식할 수 없습니다만 (……)
김종한 글쎄요, 고전도 읽지 않고, 현지에도 갈 수 없었던 사람이 한 해에 두세 번 에이호(エイホ—)를 할 기회를 얻는 것만으로 일본 정신을 파악할 수 있을까요.[34]

를 경험한 사람이 아니구는, 아모도 쓸 수 없는 것"이라며 병사와 종군 작가, 또는 전선과 총후 사이의 경험론적 차이를 절대화하고 만다. 박영희, 「전쟁과 조선 문학」, 『인문평론』, 1939. 10, 41쪽.
33) 「戰爭と文学」(좌담회), 『國民文學』, 1943. 6, 138~139쪽. 강조는 인용자

'내지인' 작가 우에다 히로시(上田廣)와 이노우에 야스후미(井上康文)가 군 보도반원으로 남방에 다녀온 후 열린 이 좌담회에서 전선에 다녀온 작가도 전선을 멀게만 느끼는 식민지 작가도 모두 병사에 대해 '열등감'을 느끼고 있다. 오직 가라시마 다케시(辛島驍)만이 당위적으로 전선/총후의 동일성을 강조하며 양자의 차이가 부각되는 것을 막고자 애쓰고 있을 뿐이다. 이 열등감이야말로 전선/총후의 정치적-의미론적 장치에 의해 작동되는 도덕적 속박의 굴레를 예증해 주는 것이지만, 우에다가 느끼는 열등감과 유진오, 마키 히로시(牧洋, 이석훈), 김종한이 느끼는 열등감 또는 거리감 사이에는 무시할 수 없는 차이가 존재한다. 우에다의 열등감은 다름 아닌 병사들 앞에서 느끼는 것이다. 그것은 일차적으로 전장에서 '희생'하고 있는 병사들에 대한 죄책감의 표현이겠지만, 그 안에는 '사실들'과 언어적 질서 사이에 존재하는 극복할 수 없는 번역 불가능성 앞에서 느끼는 좌절감도 포함되어 있을 것이다. 반면에 조선의 작가들이 느끼는 열등감 또는 거리감은 자신이 '조선에 있다'는 사실과 관련된 것으로 보인다. 그리고 '사실들'과의 관계를 고려해 생각해 보면, 이 '조선에 있다'는 열등감 또는 거리감이란, 오직 매개되고 가공된, 즉 특정하게 질서가 부여된 '허구적 사실들'을 통해서만 '사실들'을 상상하는 전도된 상태에서의 불안을 내포하고 있다고 하겠다.[35] 전선/총후의 정치적-의미론적 장치는 직접성/불투명성의 차이를 도덕적인 맥락으로 전환시키며 탈정치의 정치를 작동시키고 있었다.

---

34) 같은 글, 141~142쪽. 강조는 인용자.

35) 한편 조선인 작가들이 입을 모아 전쟁의 현실에 대해 '쓸 수 없다'고 말하며 경험의 한계에 따른 열등감을 표명하는 태도에서 '쓰고 싶지 않다'는 의지를 읽어 낼 수도 있을 것이다.

전선/총후의 정치적-의미론적 장치는 이렇듯 전선의 '사실들'을, 이른바 근대적 질서의 붕괴 이후에 도래할 새로운 원리를 발견할 장소로서 특권화하고 있었다. 그러므로 다시 말하자면, 범람하는 '사실들'의 세계란 한낱 카오스 또는 미결정의 상태가 아니라, 전선으로부터 전해져오는 불투명한 '사실들'——그러나 물론 전선/총후의 정치적-의미론적 장치에 의해 가공된 산물들——이 총후의 삶을 뒤흔들어 새롭게 재편하는 세계, 제국적 주권 권력이 전선의 '사실들'에 근거해 어떤 판단과 결정을 내릴지 알 수 없는 세계, 그러므로 총후의 삶이 어떻게 운명 지어질지 예측할 수 없는 세계에 다름 아닌 것이다.

4. 허구 안으로 들어오는 '사실들'

전선/총후라는 정치적-의미론적 장치에 의해 '총후'로서 재구성되는 삶, 그리고 생사여탈권을 쥔 제국적 주권 권력의 결정에 운명이 내맡겨진 삶이란 살아 있는 개인들이 물질적·정신적으로 동원되며 강제되는 상황을 뜻하는 것만은 아니다. '사'(私)를 '공'(公)의 영역으로 남김없이 소환시켜('멸사봉공') 하나의 시야에 두려고 하는 식민지/제국의 주권 권력이 법 아닌 법의 폭력을 행사하며 개인의 삶에 언제든 개입해 운명을 뒤바꾸는 주인의 자리에 서게 되었다는 것이 중요하다. 기존의 '상식과 도덕, 전통과 관습'이 붕괴했다는 '전환기'의 진술들이 언표할 수 없었던 카오스의 원천은 여기에 있을 것이다. 기존의 관습적 경계들을 파괴하며 작용하는 초월적 주권성의 존재는 서사 문학의 문법에 그 흔적을 남기게 된다.

이미 1930년대 중반 무렵부터 유럽에서의 파시즘의 대두, 카프의

해산, 다양한 '동양론'의 유행 등과 더불어 역사에 대한 진보적 관점이 설득력을 잃어 가는 상황에 처해졌던 식민지의 문학인들은, 전선의 추이와 제국적 주권 권력의 결정에 삶과 죽음이 내맡겨진 '비상시'에 '주체 붕괴'의 고통을 호소했다. 특히 주체 붕괴의 사태에 강한 위기의식을 가졌던 것은 과거 프롤레타리아 문학 운동을 전개하며 문학을 통해 사회적·정치적 개입을 시도했던 이들이었다. 주어진——자연화된——조건과의 투쟁을 통해 자유와 해방의 영역을 증대시켜 갈 수 있는 인간의 능력과 그 실현의 필연성에 대한 신뢰에 입각해 문학 운동을 전개해 온 그들에게, 주체성이란 곧 자유와 해방의 미래로부터 현재를 비판하고 그 안에서 미래와 이어질 수 있는 유의미한 연관을 찾아내는 능력에 다름 아니었다. 물론 한때 그들은 이미 완성된 것으로서의 맑스주의적 세계관을 가지는 것과 주체성을 동일시하기도 했으나, "일즉이 이론적으로 파악되엇든 세계관이 실천의 마당에서 산새와 같이 우리를 두고 떠나간 쓰라린 경험"을 겪으며 "패배의 황야에서 (……) 정신과 육체가 승려와 같이 분열된 추한 시체로서의 자기"를 대면해야 했다.[36]

추상적으로 봉합되어 있던 주체성이 '정신과 육체의 분열'로 귀결된 후 현실로부터 새롭게 주체성을 구성하려 할 때 그들은 '비상시'에 직면하게 되었다. 전선의 '사실들'이라는 초월적 준거에 입각해 모든 특수한 경계들을 분쇄해 가는 '비상시' 제국적 주권 권력의 힘은 문학에서 사상검열 또는 정신동원을 강화해 갔지만, 그 효과는 표면적인 차원에서 그치지 않았다. 즉 '비상시'가 문학에 가져온 변동은 작가들이 주제를 선택하거나 소재를 선별할 때 받는 제약이나 강제, 또는 특정한 말하기나

---

36) 임화, 「주체의 재건과 문학의 세계」, 『동아일보』, 1937. 11. 12.

글쓰기를 '국책적으로' 강요받는 차원에 머무는 것이 아니었다. 오히려 '비상시'에 문학이 처해 있던 상황의 특징은 작품의 경계 안에까지 초법적 주권 권력의 힘이 진입해 들어와 문법을 바꾼다는 데 있을 것이다. 특히 서사 문학의 경우로 말하자면, 초법적 주권 권력의 힘이 행사된다는 것은 서사적 주체가 그 주권적 위치에서 끌어내려지는 사태와 관련되어 있다. 임화가 내성 소설/세태 소설로 분열되어 있다고 판단한 당대 조선 문학의 '비상사태'는 다름 아닌 **서사적 주권성의 상실**에 그 핵심이 있다고 하겠다.

> 외향과 내성은 본래 대립되는 방향임에도 불구하고 한 시대에 두 경향이 한가지로 발생하는 때는 그 종자들을 배태하는 어떤 기초에 단일성을 생각하지 않을 수 없는 것이다.
> 나는 이것을 작가의 내부에 있어서 '말하려는 것'과 '그릴려는 것'과의 분열에 있지 않은가 하고 생각한다.
> 더 자세히 말하자면 작가가 주장할려는 바를 표현할려면 묘사되는 세계가 그것과 부합되지 않고, 묘사되는 세계를 충실하게 살리려면, 작가의 생각이 그것과 일치할 수 없는 상태다.[37]

내성/세태의 분열을 '말하려는 것'/'그리려는 것'의 분열로 설명하고 있는 이 유명한 대목은 '비상시'의 조건에서 다시 읽을 필요가 있다. 이 분열은 "사상성의 감퇴"[38]가 초래한 결과로 말해지는데, 임화에게 서

---

37) 임화, 「세태소설론」(1938. 4), 『문학의 논리』, 346쪽.
38) 같은 글, 345쪽.

사 문학에서의 주체성의 차원을 뜻하는 '사상성'이란 단순한 주관적 세계가 아니라 "현실의 발전이 결과하는 지점이 자기의 사상의 논리적 결과와 일치되리라는 예상"[39] 속에서 규정되는 것이다. 그러므로 '사상성'의 패배란 현재에서 미래와 유의미하게 이어지는 연관을 발견하지 못하는 사태, 리얼리즘적 의미에서 서사의 윤리와 시간성을 관장하는 주권이 상실된 사태를 지시한다. 시간성 속에 의미 있는 연관을 상상하고 구성하는 주체가 무력해졌기 때문에 "현실의 어느 것이 중요하고 어느 것이 중요치 않은가——이것을 구별하는 것이 진정한 리얼리즘이다——가 일체로 배려되지 않고 소여의 현실을 (……) 단지 그 일체의 세부를 통하여 예술적으로 재현"[40]하는 데 그치고 있는 것이다.

주체성(사상성)이 이렇게 무력해진 원인은, 임화의 진술에 따르자면, 일차적으로 그동안 추상적으로 파악되어 왔던 세계관을 대체할 새로운 주체성을 현실 세계와의 투쟁 속에서 구성해 내지 못하고 있다는 데서 찾을 수 있지만, 그 진술에 드러나고 있지 않은 사정은 서사 내부에서 주권성이 유지될 수 없게 만드는 '비상시'의 조건에 있다. 전선/총후의 정치적-의미론적 장치를 작동시키며 초법적 주권 권력이 현실 (재)구성의 주도권을 장악함으로써, 현실과의 윤리적·시간적 거리를 통해 만들어질 수 있는 역동적 세계는 더 이상 서사적 주체의 몫이 되지 못한다. 비유적으로 표현하자면, 초법적 주권 권력은 서사적 주체가 '말하려는 것'과 '그리려는 것' 사이에 '전선의 사실들'을 가지고 들어와 '사실'을 말하라 하고 '사실'을 그리라 한다. 임화 자신도 고백하듯이 '비상시'의 문

---

39) 임화, 「생활의 발견」(1939. 7), 『문학의 논리』, 333쪽.
40) 임화, 「세태소설론」, 357쪽.

학인들은 "놀라운 사실 앞에 당면"해서 그 "사실의 처리에 곤혹"[41]해 하고 있었던 것이다.[42]

여기에 '비상시'의 초월적 주권성이 서사 문학의 문법에 새겨놓은 또 하나의 흔적, 어쩌면 보다 근본적인 흔적이 있다. 그것은 허구 안으로 사실을 기입하려 함으로써 언어적 구성물을 사물화한다는 것이다. 예컨대 히노 아시헤이의 『보리와 병사』(麦と兵隊, 1938)가 등장한 후 이른바 '사실의 세기'에 전형적인 문학 양식으로서 '보고 문학'이 주목되었다. 물론 당대의 문학인들은 단순한 '사실'의 나열만으로는 '문학'이 성립될 수 없음을 분명히 인식하고 있었다. 전장의 현실을 문학적으로 포착하는 행위의 의의를 강조한 백철이나 이헌구도 『보리와 병사』는 "결코 소설다운 작품이 아니"며, "전후(前後)를 통하야 어떤 발전적인 것이 내재하지 못하고 그저 사건과 사건이 연결되고 누적된 경향이 강하다"는 점을 비판한 바 있다.[43] '보고 문학'이 통일된 서사를 구성하지 못하고 묘사의

---

41) 임화, 「사실의 재인식」(1938.8), 『문학의 논리』, 125쪽.

41) 임화, 「사실의 재인식」(1938.8), 『문학의 논리』, 125쪽.
42) 서사적 주권성을 되찾기 위해 임화는 "실천적으로나 문학적으로나 사실과의 길항"(같은 글, 130쪽) 가운데 들어갈 것을 주장한다. 폭력적으로 진입해 들어오는 '전선의 사실들'을 피할 수도 없었고 피해서는 더더욱 서사적 주권성을 유지할 수 없다고 생각했기 때문인 것으로 보인다. 임화에게 '사실과의 길항'이란 직접성의 가상과 함께 닥쳐오는 '전선의 사실들'이 어떤 언어적 질서에 기초해 있는가를 밝히는 작업이었을지도 모른다. 그는 '사실'이라는 "그 사태를 기초로 하여 자기 발전의 확고한 현실적 노선을 발견"(같은 글, 130쪽)할 것을 권고하고 있기 때문이다.
김수림은 임화가 언어의 초월적 지평을 고려하고 있었다고 보고, '말하려는 것'과 '그리려는 것'의 분열을 "언어의 초월성과 언어에 토대한 주체성 간의 서로 다른 위상"의 문제로 해석한다(김수림, 「식민지 시학의 알레고리」, 고려대학교 박사논문, 2011, 90~99쪽 참조). 이 해석은 '예외 상태'에서 '언어적인 것'이 드러나는 사태를 이해하는 데 흥미로운 시사를 준다. 하지만 이렇게 해석할 경우 임화가 내성/세태의 분열을 극복할 "진실한 문화의 정신"을 "사실의 탐색 가운데서" 발견하고자 할 때(임화, 「사실의 재인식」, 130쪽), '정신'과 '사실' 사이의 거리를 설명하기 어려워지는 듯하다.
43) 백철, 「전장문학일고」, 『인문평론』, 1939. 10, 48, 49쪽. 또한 이헌구, 「전쟁과 문학」, 『문장』,

분산된 병치를 극복하지 못했다는 비판은 내성/세태의 분열을 비판하는 임화의 입장과 가까운 곳에서 행해지는 것으로 보인다. 그러나 '전선의 사실들' 앞에서 무기력해진 서사적 주체에게 서둘러 통일적 이념을 가지라고 강요하는 것은 오히려 전선/총후의 정치적-의미론적 장치를 작동시키는 초월적 주권 권력의 목소리에 더 가깝다.

현재 우리들이 당면한 과제, 혹은 개척해야 할 경지는, 전쟁의 외형뿐만이 아니다. 즉 전쟁이 갖어오는[sic.] 한 개의 이념을 잡는 것이 또한 필요하다. 새로운 역사가 가져오는 이상과 생활에 대한 통찰이다. 이것을 크게 말하면 일본 정신이며, 적게 말하면 신단계에 처한 사회의식이 그것이다.[44]

기존의 '상식과 도덕, 전통과 관습'을 붕괴시키고 예측 불가능한 '비상시'의 사태를 초래한 것이 초법적인 제국적 주권성이라면, 서사적 주체가 질서를 부여할 수 없는 이 불규칙한 유동성에 유일하게 통일성을 부여할 수 있는 것은 제국적 주권 권력이 부여한 신화적 질서일 것이다. 적잖은 지식인과 문학인들이 이 신화에 기대어 '황민화'의 정치적 장에 진입하고자 했지만, 그곳에서 재료의 선택과 선별을 결정하고 통일된 서

1939. 10 참조.

『보리와 병사』에 대한 일본 문학인과 사상가들의 평가도 유사하다. 작가이자 평론가인 곤 히데미는 히노 아시헤이에 대해 "사실을 앞에 두고 새로운 질서를 낳아야만 한다고 생각하고 있는 사람이 오히려 현대의 혼란 속에 제일 말려들어 가고 있는 것은 아닌가" 의문을 제기하고, 미키 기요시도 "사실에 질서를 부여하는 사상이 없으면, 사실을 위해 인간이 포착되는, 즉 도무지 알 수 없는 사실의 연속을 계속 반복해 가고, 점점 깊이 들어가게" 된다고 우려한다. 三木淸, 河上徹太郎, 今日出海, 「卄世紀とは如何なる時代か」, 207쪽.

44) 박영희, 「전쟁과 조선 문학」, 『인문평론』, 1939. 10, 41쪽.

사를 구성하는 유일한 주체는 초월적 주권 권력이었다.

서사적 주권성을 박탈당했지만, 초월적 주권 권력의 신화를 선택하기보다 '전선의 사실들'과의 대결을 통해 주권성을 발견하고자 했던 문학인들은 내성/세태의 분열을 겪어 감으로써만 '비상시'의 구조를 파악할 수 있다고 여겼고, 그러기 위해 서사적 주권성이 패퇴당한 상태를 '비상시'의 구조를 드러내기 위한 불가결한 조건으로 전환해 이해하고 있었다. 예컨대 임화가 강조하는 '사상성'(주체성)을 주관적 가상에 가깝다고 여기며 '비상시'의 풍속을 관찰해 그 내부에서 주체화의 구조를 발견하고자 한 김남천은, 서사적 주권성이 무너지고 있는 상황에서 오히려 방법적으로 "몰아성"의 입장을 취하며 "관찰자의(작자의 주관의) 관찰의 대상(현실 세계)에 대한 종속"이라는 태도를 견지하고자 했다.[45]

이 입장은 '비상시'의 삶, 즉 초법적 주권 권력이 전선/총후의 정치적-의미론적 장치를 작동시키며 모든 생명의 생사여탈권을 장악하고 있는 삶을 이데올로기적으로 은폐하는 신화——이를테면 '일본 정신' 등——에 기대지 않고, 그 변덕스럽고 예측 불가능한 삶의 유동성 내부로부터 '질서'를 찾고자 한다는 점에서 내재적 비판의 잠재력을 가지고 있는 듯이 보인다. 하지만 이러한 '내재성'의 입장은 서사 문학이라는 언어적 구성물에 '사실'이 들어오는 문을 열어 주게 된다. 물론 '사실'은 언어적 구성물 내부로 들어옴으로써 더 이상 '사실'로 존재할 수 없다. 그럼에도 불구하고 '관찰 대상에 대한 관찰자의 종속'이라는 태도는 언제나-이미 언어적으로 매개되어 있는 그 대상을 마치 '사실'처럼 간주하게 만든다. 이는 실로 '보고 문학'과 '내성/세태 소설'의 등장 이후, 서사적 주

---

45) 김남천, 「관찰문학소론: 발자크 연구 노트 3」, 598쪽.

권성의 상실 이후 문학에서 나타나는 특징적인 현상이라고 할 수 있다. 묘사되는 대상이 '전선의 사실'이든 심리적 사실이나 세태 풍속이든 그 묘사를 통해 무질서 속에서 질서를 발견하려 할 때 묘사된 대상은 언어 바깥의 '사실'과도 같은 위상을 부여받기 때문이다.

제국적 주권 권력의 유동적이고 예측 불가능한 결정 아래 운명이 내맡겨지는 세계에서는 필연성/우연성, 허구/사실, 질서/혼돈, 가능성/불가능성, 궁극적으로는 삶/죽음이 구별되지 않는 사태가 출현한다. 서사적 주권성의 위치를 초법적 주권성에게 빼앗긴 채 이 사태를 경험하는 문학인들에게서 찾을 수 있는 새로운 문법은——어떻게든 서사적 주권성을 고수해야 한다는 기존의 입장을 제외한다면——바로 '비상시'의 사태 내부로부터 필연성과 질서와 가능성을 발견하고자 하는 상상력에 의해 주조된다. 하지만 '사실'의 세계로부터 질서를 발견해 내고자 하는 이 언어 행위는 불가피하게 바로 그 사실과 질서 사이에는 환원 불가능한 초월적 경계가 가로놓여 있다는 것, 따라서 이 언어 행위에 의해 대상화되는 '사실'이라는 것 자체가 이미 언어 행위 내부에 들어와 있다는 것을 보지 못하게 한다. 언어 외적 사실이 언어 행위 내부로 들어오는 번역의 순간을 의식하지 않는다는 것은 '기존의 상식과 도덕, 전통과 관습'을 파괴하면서 펼쳐놓은 초월적 주권 권력의 '사실들', 곧 언제나-이미 전선/총후의 정치적-의미론적 장치에 의해 구성된 '사실들'을 언어 외적 사실로서 받아들인다는 것을 뜻한다. 그리하여 언어 행위와 글쓰기가 기술적인 영역으로 수렴되어 간다. 바로 이 '비상시'에 특히 테크놀로지의 지배가 전면화되는 사정은 이와 같은 '비상시'의 문법의 변형과 무관하지 않을 것이다.

덧붙이자면, '비상시'의 '사실들' 내부로부터 필연성과 질서를 발견하고자 하는 시도에는 '냉정과 열정'의 상이한 패턴이 존재하는 듯하다. 그 냉정한 반쪽이 바로 위에서 언급한 기술적(技術的)인 기술(記述)의 방향으로 나아간다면, 그 열정적인 반쪽은 투기적(投機的)인 비약에로 나아가는 듯하다. 김남천, 유진오 등이 전자에 해당된다면, 예컨대 정비석 같은 '신세대'가 후자에 해당된다고 할 수 있다.

정비석의 「잡어」(雜魚)는 '비상시'의 아노미 상태를 대중적 서사 속에서 포착하고자 한다.[46] 정비석은 "비상시를 빙자로 물까는 다락처럼 뻗어 올으고, 비상시를 핑계로 팁은 줄어만 들고, 비상시를 구실로 노루꼬리만 하든 월급도 깎이우고, 그리고 비상시인 까닭에 영업시간은 단축되"는,[47] 그래서 다른 누구보다도 비상시의 타격을 크게 받고 있다고 한탄하는 여급들의 일상에 어떤 돌파구를 제공하는 방식으로 '사실들'의 세계의 풍속을 보여 준다. 소설의 제목에서도 엿보이듯이, 여급들의 삶은 동물의 세계에 가깝다. 몸을 팔아 돈을 벌고, 그러다가 실수로 임신을 하고, 먹고 살기 위해 낙태를 결심하는 세계는 이미 "죄악을 초월한"(185쪽) 곳에 있다. '팔자'라는 "불가해의 세계를 가해의 세계로 산처주는 요긴한 묘책"(165쪽)을 울타리 삼아 그 안에서 "당나귀의 아가리"처럼 이를 드러내고 웃는 모습이 "우둔한 곰이거나 동물원 히마['하마'의 오식 —인용자]"(175쪽)처럼 눈에 들어오는 이는, 여학교를 조금이나마 다닌 탓인지 "쥐꼬리만한 자이식['자의식'의 오식 —인용자]"(175쪽)을 떨치지 못하는 사유리뿐이다. 그녀는 대문호를 꿈꾸며 가족과 본처를 버

---

46) 또 다른 소설 「삼대」에서는 좀더 본격적으로 이 아노미 상태를 다루고 있기도 한데, 여기서는 '비상시'를 "2+3=5가 되는 질서를 파괴하는 비상시"로 표현하며 질서 및 규칙 붕괴의 심각성을 보다 직접적으로 지시하고 있다. 정비석, 「삼대」, 『인문평론』, 1940. 2, 155쪽.

47) 정비석, 「잡어」, 『인문평론』, 1939. 12, 165쪽. 이후 인용시 본문에 쪽수만 표기.

리고 가출한 병보와 동거 생활을 하고 있지만, 일종의 '정치적 올바름'만 견지하고 있는 그의 "'성인군자'"다움은 "못나고 어리석고 초라한 것"(182쪽)으로 보이기만 한다.

그런데 어느 새벽, 낙태를 위해 외진 곳으로 떠나는 히토미를 전송하러 나간 기차역에서, 북지에서 성공한 김태웅이라는 사내가 함께 천진으로 갈 것을 청하자 사유리는 충동적으로 열차에 오른다. 그저 자동사적(自動詞的)으로 행동할 뿐 세속적인 책임이나 양심으로부터 자유로워보이는 태웅에게서 "회초리로 알몸을 획획 갈기우는 듯"한 충격을 받고 "속박과 구애의 굴레를 벗어난 달관의 세계"(189쪽)를 엿본 사유리에게, 그의 세계는 "추악조차가 꽃포기처럼 아름답게 빛나는", "인간 정신이 도달할 수 있는 최고의 세계, 극치의 세계"(190쪽)로 보인다.

정비석은 '비상시'의 예외 상태가 만들어놓은 아노미 상태, 그 무질서로부터 비약의 가능성을 발견할 수 있다고 믿었던 것으로 보인다. 그리고 그 비약은 김태웅이라는 사내가 보여 준다고 하는 어떤 지극한 세계를 향해 있다. 그가 '기존의 상식과 도덕, 전통과 관습'을 파괴하며 식민지/제국의 모든 생명 위에 군림하는 초법적인 제국적 주권성의 알레고리 형상인지, 아니면 주어진 모든 질서와 규범이 근본적으로 폭력에 기초한 허구임을 드러내며 제국적 주권성과 경쟁하는 또 다른 주권자의 모델인지는 확정적이지 않다. 하지만 '비상시'의 '사실들'을 경험해 가는 소설 내의 인물들이 어떤 역사철학적 비전에 의해 빚어진 것임에는 틀림없어 보인다. 그의 다음 소설 「삼대」에서도 유사한 구조를 찾을 수 있지만,[48] 이 시기 정비석은 기존 질서의 붕괴가 두 가지 증후를 낳은 것으

---

48) 「삼대」에서 주인공 형세에게 가족은 하나 같이 "화상들"이었는데, 한편에는 "상기껏 탕건

로 파악하고 있다. 코제브의 술어에 비유하자면, 이 두 가지 증후는 각각 역사의 종말 이후에 나타나는 동물과 스노브에 대응되는 것으로 보인다. 즉 언어와 사물 사이의 유의미한 연관과 질서가 붕괴한 후, 한쪽은 말을 잃어 버리고 다른 한쪽은 이미 효력을 잃은 사어(死語)만 뱉어 내고 있는 것이다. 사유리는 동물(여급들)과 스노브(병보)의 세계 사이에서 방황하다가 새로운 세계(태웅)에로 비약해 간다.

냉정하게 '비상시'의 '사실들'의 구조를 찾고자 하는 시도와는 상반되게, 정비석은 특정한 주권성의 모델을 향해 비약해 가려 한다. 마치 역사의 종말 이후의 역사를 창시하는 듯한 이 모델은 초법적 주권 권력과 흡사한 주권자의 모습을 하고 있다. 그러나 이 모델은 '비상시'의 식민지/제국 체제 내에서 제국적 주권 권력과 경쟁할 수는 없다. 그는 초법적 주권 권력의 예측 불가능한 결정에 내맡겨지거나 아니면 스스로 제국적 주권 권력에 동일화되는 수밖에 없다. 따라서 북지로 떠나는 그의 행보는 도망자가 아니면 식민주의자의 그것이다.

5. 문학의 '비상시'

중일전쟁 발발과 '국가총동원법' 공포 이후 제국적 주권 권력은 초법적인, 법 아닌 법의 폭력을 행사하면서 '기존의 상식과 도덕, 전통과 관습'을 붕괴시키고, 식민지/제국 체제의 모든 생명을 '비상시'의 예측 불가능

을 짓눌러쓰고 밤낮 사랑간에 도사리고 앉아서 사서삼경만 숭상하고 있는 아버지라든가, 요새로 유난스럽게 우울병이 심해 가는 한때에 투사이든 형 경세"(149쪽)가 있고 다른 한 편에는 결혼한 이래 7년 동안 "'말하는 동물'"(152쪽)로만 여겨온 "곰처럼 비굴해 보이는 안해 정숙"(149쪽)이 있다.

한 결정에 포획되게 만들었다. 이 '비상시'의 예외 상태는 역사철학자들의 개념적 세계 인식 속에서는 이해 불가능한 혼돈으로 간주되었고, 따라서 그들은 과거의 (근대적) 원리, 질서, 규범으로부터 벗어난 것처럼 보이는 '사실들'로부터 새롭게 도래할 원리와 질서의 계기를 발견하려 했다. 그러나 '비상시'의 '사실들'은 한낱 사실이 아니었다. 그것은 전선/총후라는 정치적-의미론적 장치에 의해 언제나-이미 위계화되어 가공된 '사실'이었고, 따라서 총후의 삶을 규제하고 변형시키는 위력을 가진 '사실'이었다. 기존의 내지/외지의 차이(동일성)를 조절하면서 유지되어 온 식민지/제국 체제는 전쟁이라는 '비상시'에 전선/총후의 차이(동일성)를 생산해 내는 틀을 덧씌우면서 전시 레짐으로서의 특징적인 성격을 가지게 되었다.

이 무렵 식민지 조선의 문학 장에서는 이른바 '내성/세태'로 분열되어 있는 서사 문학의 '비정상성'이 빈번히 주목되었고 그것을 극복하려는 시도들도 다양하게 이루어지고 있었다. 그러나 이 '비정상성'은 단순히 '문학 정신'이나 '세계관'의 유약함에서 비롯된 것이라기보다 더 강력한 힘, 기존의 문학 개념까지 뒤흔드는 힘에 의해 초래된 것이었다. 그것은 단순히 기존의 인식적, 윤리적, 미학적 능력으로 포착할 수 없는 새로운 '사실들'이 등장했기 때문이 아니라, 저 기존의 능력들 내부까지 침투하여 그것들을 전쟁과 고도국방국가 건설의 방향에로 동원하는 촘촘하면서도 변덕스러운 힘이 닥쳐왔기 때문이다. 요컨대, 기존의 리얼리즘 전통에서 핵심에 자리 잡았던 '역사적 현실' 개념은 필연성/우연성, 가능성/불가능성, 질서/혼돈의 차이를 구별할 수 없게 만드는 제국적 주권 권력의 결정들이 탈취해 갔고, 그럼으로써 단지 검열과 강제와 동원의 형태로서만이 아니라 서사로부터 서사적 주권성이 내쫓김을 당하는 사태가 초래되었기 때문이다. 서사적 주권성을 복원시키고자 하는 주장은 줄곧 있었지만, 이 '비상시'의 문법을 전형적으로 보여 주는 것은 바로 '비상시'의 '사실들' 내부로부터 필연성 또는 질서를 찾아내고자 하는 시도들이었다. 이러한 시도는 비록 '비상시'의 무질서한 '사실들'이 잠재적으로 내포하고 있는 구조를——당위적인 입장에서가 아니라——그 내부로부터 비판할 가능성을 담지한 것이었지만, 언제나-이미 언어적으로 매개되어 있는 '사실들'을 질서 구성의 원천으로 삼을 때, 초법적 주권 권력이 전선/총후의 정치적/의미론적 장치를 통해 산출하고 위계화한 '사실들'을 언어 외적 사실로서 받아들이게 된다. 그리하여 '비상시'의 문학은 점차 기술적(technological) 영역으로 전환되어 간다.

분명히 문학의 이 같은 존재는 낯선 것이었다. 그러나 예컨대 서사 문학이 전장의 어떤 위대한 영웅적 사건과 형상을 만들어 낸다 할지라도 기술적 영역에서 이루어지는 언어 행위는 결코 충격을 만들어 내지 못한다. 문학을 기술적 지위에 가져다 놓는 '비상시'의 문법은 정작 문학의 '비상시', 문학의 예외 상태를 배제한다. 문학의 예외 상태란 서사 형식, 장르 규범, 표현의 관례 등이 효력을 상실하고 낯설어지는 상태, 특히 표현 층위의 과잉이 문학적 미메시스를 방해하고 좌절시킴으로써 문학적 장치가 드러나게 되는 사태를 지시할 것이다. 따라서 기존의 문학적 관습 속에서 자연화되었던 해석 체제의 작위성이 스스로 폭로될 것이고, 자명한 소통을 교란하는 결과를 낳을 것이다.

그러나 식민지/제국 체제의 '비상시'는 '기존의 상식과 도덕, 전통과 관습'을 정지시키는 충격을 가했을지는 모르지만, 그 충격은 전선/총후, 내지/외지의 정치적-의미론적 기제를 작동시키며 고도국방국가의 기획을 현실화하는 방향성 속에서 발생하는 것이다. 모든 자원과 에너지가 전쟁에 동원될 수 있고 모든 살아 있는 것들이 언제든 전쟁 수행에 참여할 수 있는 고도국방국가에서, 문학의 기술적 기능은 정치적 기능과 구분될 수 없게 된다.

4장 _ '세태'인가 '풍속'인가
'전환기' 문학의 두 가지 원근법

'전환기'와 운명

1935년 5월, 10년간 지속되었던 프롤레타리아 문학 운동 조직인 카프가 공식적으로 해체됨으로써 좌파 지식인과 작가들은 일제의 식민지 총동원 체제하에 개인 신분으로 돌아갔다. 조직에 몸담고 있는 동안 내외의 다양한 논쟁을 거치면서 논리적으로 또는 심미적 표상을 통해서 계급해방운동의 실천적인 일부분을 담당하고 있다는 확신으로 자기 정체성을 구성해 왔던 작가 및 지식인들은 이제 그 조직과 매체 등 물질적 배경을 상실한 채 개인 스스로 자기를 정립해야 하는 상태에 처해졌다. 물론 개인의 신분으로 다시금 자기를 재정립한다고 해서 그것이 백지 상태에서 이루어질 리는 만무했다. 식민지/제국은 전쟁에의 국민 총동원이라는 요청하에 모든 자원을 철저하게 이용하는 체제를 구축·강화해 가고 있었는바, 사회 조직의 '전시 변혁'을 통해 일반 생활 과정에 깊숙이 개입하고 그것을 재조직하면서 개인들을 새롭게 '국민적 주체'로 육성하고 동원하려는 권력의 강력한 요청에 어떻게든 대응하지 않을 수 없었던 것이다. 총독부는 '조선사상범보호관찰령'의 시행(1936년 12월)으로 사상 검열을 내면화하게 하는 한편 '국가총동원법'을 시행(1938년 5월)하면서 '시국대응전선사상보국연맹'(時局對應全鮮思想報國聯盟, 1938년 7월)에의 참여를 종용하는 등[1] 끊임없이 이들을 국민적 주체로 호명하고 있었다. 카프 해체 후 새로운 주체를 모색하던 일부분이 이 호명에 응답했음은 잘 알려진 사실이다. 박영희, 백철 등은 이데올로기적 주체화가 어떻게 '자기'에 대한 근본적인 물음을 봉쇄하는 망각의 구조인가를 몸소 입증한 사례에 속할 것이다.

그러나 집단적 주체의 운동이 현실적으로 무산된 후 한 사람의 작가와 지식인으로 떨어져 나온 자신에게 반성적인 질문을 던지면서 다른 방식으로 주체화의 문제 자체를 고민한 이들도 존재했다. 그들에게 카프 해체 후 지극히 '불리한' 정세에서 새로운 주체와 이념을 모색해 갔던 시기는 '전환기'(또는 '전형기'), 즉 과거의 질서는 붕괴해 가지만 아직 새로운 질서는 찾아지지 않는 시대로 경험되었다. 이 글은 이렇듯 총동원 체제를 '전환기'로 경험하면서 비판적인 글쓰기를 지속하고자 했던 과거 좌파 작가 및 지식인들의 현실 대응과 모험의 일단을 살펴보고자 한다. 그중에서도 특히 여러 가지 점에서 대칭을 이루는 두 인물, 즉 임화와 김남천의 상이한 지향성을 비교함으로써 일제 말기 문학을 통한 사상적·정치적 비판이 나아갈 수 있었던 가능성과 한계를 검토해 보고자 한다.

---

1) 지승준, 「1930년대 사회주의 진영의 '전향'과 대동민우회」, 『사학연구』 55·56호, 1998, 755~756쪽 참조. 특히 사상범보호관찰령이 과거의 치안유지법과 다른 차이는 그것이 '검거'보다는 '보호'에 초점을 맞추고 있다는 것이다(홍종욱, 「중일전쟁기(1937~1941) 사회주의자들의 전향과 그 논리」, 서울대 석사논문, 2000, 18쪽 참조). 사상범들을 사회로부터 격리시키는 것이 아니라 보호·관리를 통해 사회로 포섭하는 방식을 취하고 있다는 점에서 이데올로기적으로 주체를 호명하는 제도적 장치였다고 볼 수 있겠다.

지금까지 임화와 김남천에 대한 연구는, 카프 및 프롤레타리아 문학 운동 전반에 대한 조직론적, 운동사적, 사상사적, 문예이론적 연구를 포함해 이들 각각에 대한 작가론 및 비평가론적 연구, 개별 작품 및 개념에 대한 연구 등 그 성과를 일일이 열거할 수 없을 정도로 양적·질적으로 다양한 연구들이 이루어져 왔다. 이 글의 목적과 관련하여 과거 연구 경향을 도식적으로 개괄해 본다면, 대체로 초기에는 프롤레타리아 문학론의 전개 과정 내에서 포괄적으로 고찰[2]되었고, 이후 1930년대 후반 리얼리즘론 및 소설론에 대한 보다 심화된 연구들[3] 속에서 다루어지면서 이들 각자에 대한 다양한 주제별 연구[4]로 분화되었다고 하겠다. 한편 이들에 대한 지금까지의 대부분의 연구가 '문학(사)'의 장 내에서 이루어진 데 반해, 최근 들어 (특히 김남천의 경우) 제국 식민지의 언설정치학을 통해 식민지 시기 문학사를 비판적으로 재고하고자 하는 시도의 일환으로 연구되는 경향[5]도 나타나고 있다. 지금까지의 연구가 그 무수한 양만큼이나 다양한 측면에서 많은 성과들을 산출해 왔지만, 임화와 김남천을

---

2) 김윤식, 『한국근대문예비평사 연구』, 일지사, 1976; 김윤식, 『한국근대문학사상사』, 한길사, 1984 등.

3) 최유찬, 「1930년대 한국 리얼리즘론 연구」, 연세대 박사논문, 1987(이선영 외, 『한국 근대문학 비평사 연구』, 세계, 1989); 류보선, 「1930년대 후반기 문학비평 연구」, 서울대 박사논문, 1996; 이현식, 「1930년대 후반 한국 문예비평이론 연구」, 연세대 박사논문, 1996 등.

4) 김윤식, 『임화 연구』, 문학사상사, 1989; 김외곤, 「김남천 문학에 나타난 주체 개념의 변모 과정 연구」, 서울대 박사논문, 1995; 박진영, 「임화의 신문학사론 연구」, 연세대 석사논문, 1997; 이수형, 「김남천 문학 연구」, 서울대 석사논문, 1998; 채호석, 「김남천 문학 연구」, 서울대 박사논문, 1999; 이진형, 「임화의 소설 이론 연구」, 연세대 석사논문, 2001; 곽승미, 『1930년대 후반 한국문학과 근대성』, 푸른사상, 2003 등.

5) 김철, 「'근대의 초극', '낭비', 그리고 베네치아」, 『민족문학사연구』 18집, 2001; 정종현, 「폭력의 예감과 '동양론'의 매혹」, 『한국문학평론』, 2003년 여름호; 공임순, 「자기의 서벌턴화와 코스모폴리탄이라는 이념형」, 상허학회 정례발표회 발표문, 2004. 7. 19 등.

함께 '전환기'의 맥락에서 다룬 연구는 흔치 않다.[6] 특히 임화의 경우에는 그의 문학사론, 리얼리즘론 및 소설론에 대한 이론적 접근이 주로 이루어져 왔고, 김남천의 경우에는 임화에 비해 상대적으로 '전환기'의 상황을 고려에 넣은 접근이 있었지만 그러한 고려가 그의 리얼리즘론 및 소설론을 작품과 함께 다루는 과정에서 줄곧 관철된 연구는 드물다. 말하자면 지금까지의 연구에서 임화와 김남천과 1930년대 후반의 '전환기'는 늘 어느 하나를 결여한 채로만 만났을 뿐이라고 하겠다.

그러나 이 글에서 살펴보게 될 것처럼, 1930년대 후반 임화와 김남천은 '전환기'에 대한 의식을 뚜렷하게 지니고 있었고, 바로 그러한 의식하에서 글쓰기를 실천하고 있었다. 더욱이 이론과 작품을 통한 이 시기 그들의 실천은, 카프 출신 작가·비평가가 '전환기'와 그 후를 조망하면서 품을 수 있었던 양 극단의 지향성을 대표한다고 할 수 있을 것이다. 이러한 가정이 맞다면 1930년대 후반 카프 해체 후 총동원 체제가 강화되고 개인을 '국민적 주체'로 호명하는 이데올로기적·강압적 기제들이 강력하게 작동하고 있을 때 문학적·사상적 실험과 모험을 통해 '전환기'를 겪어 나갔던 두 지향성을 조우시키는 일은, 적어도 그 시기의 역사적 한계 내에서 비판적 지성이 스스로 결정할 수 있었던 운명의 폭을 가늠하게 해줄 것이다.

이 글에서는 두 '개인'과 총동원 체제하에서의 그들의 '대응'을 다루고 있지만, 이것이 상식적인 의미에서 '억압하는 권력/저항하는 개인'이

---

6) 임화와 김남천의 '경쟁 관계'를 그들 이력의 초기부터 일제 말기까지 전반적으로 검토한 것은 김윤식, 『임화 연구』이고, 1930년대 후반 임화와 김남천의 소설 이론과 리얼리즘론을 서로 견주면서 깊이 고찰한 것으로는 최유찬, 「1930년대 한국 리얼리즘론 연구」과 채호석, 「김남천 문학 연구」이 대표적이다.

라는 틀로 고찰되지는 않을 것이다. 개인은 언제나-이미 사회적으로 구성되어 있기 때문에 편재하는 권력 바깥의 어떤 중립적인 공간에 자유롭게 존재할 수 없다. 이는 이른바 '전향'의 문제와 관련해서도 마찬가지라고 말할 수 있다. 사실 '전향'이 사상과 신념의 전환을 뜻하는 일종의 비유적인 규정이라고 할 때, 그 규정은 내부에 전환 이전과 이후라는 구별을 전제하고 있다. 그리고 이러한 전환 '이전/이후'의 상정은 해당 역사적 시기의 보다 복잡한 사상적·정치적 문제를 신념의 일관된 고수인가 변절인가 하는 개인적이고 도덕적인 책임의 차원으로 환원시키게 된다.[7] 그러나 개인의 사상적·세계관적 일관성이란 언제나 사회적 부자유와 억압 속에서 '과정적인 것'으로서 존재하는 것이며, 이 과정에서 개인은 정치적인 비전부터 심미적인 취미 판단에 이르기까지 일상적으로 '전향'하고 있다고 말하는 것이 진실에 가까울 것이다. 물론 짧은 시기에 눈에 띄는 '전향'이 대대적으로 발생했고 '전향' 후 그들의 사회적 활동이 '국책'에 협조하는 방향으로 정향되었다면, 권력의 직접적인 작용이 집약적으로 이루어졌음에 틀림없을 것이다. 그러나 그것이 단순한 탄압과 배제가 아니라 광범위한 '주체화'의 과정을 수반했다는 데에 사상적·정치적 문제가 놓여 있다. 따라서 1930년대 후반의 '전환기'가 중요한 사상적·정치적 문제를 제기하고 있다면, 그것은 경계가 뚜렷한 자율성의 영역 안에서 바깥에 존재하는 억압적 정치권력에 맞서는 존재로서가 아니라 이데올로기 내에서 주체화되는 존재로서의 개인이 어떻게 또 얼마

---

7) '전향'이라는 문제 설정이 갖는 이데올로기적 한계에 대한 비판으로는 中野敏男, 「總力戰体制と知識人 : 三木清と帝国の主体形成」, 小森陽一 外編, 『岩波講座 近代日本の文化史·7 : 總力戰下の知と制度』, 岩波書店, 2002, 175~180쪽 참조.

만큼 그 이데올로기를 직시할 수 있는가 하는 것이리라. 이런 의미에서 1930년대 후반의 '전환기'는 개인이 자기 운명을 선택하고 반성하는 시험장이었다고 해도 좋을 것이다.

2. 세계에 대한 두 가지 원근법

카프가 해체되는 데 직접적인 계기가 되었다고 말해지는 '신건설사 사건'의 공판 과정을 기자의 자격으로 방청한 김남천은 다음과 같은 의미심장한 기록을 남겼다.

> 여기에 주의할 것은 예술에 있어서의 '정치성'과 '정치주의'의 구별인바 박영희의 주장은 '정치성'의 거부로 예술과 정치를 완전히 분리하는 이론이오 이갑기나 또는 이기영 등의 '정치주의에 반대'한다는 이론은 예술의 정치성 혹은 사회성은 시인하나 정치의 도구 또는 노예되기를 거절하는 이론이다.[8]

이 기사에서 김남천은 박영희의 진술과 이갑기, 이기영 등의 진술의 차이를 분명히 하고자 한다. 이렇듯 '정치성'과 '정치주의'를 구별하는 것은 양측의 법정 진술의 차이를 사실대로 전달하기 위한 것이기도 하겠지만, 양자 중 어느 한 쪽을 구제하기 위한 것이기도 하다. 물론 그가 구제하고자 한 것은 "예술의 정치성 혹은 사회성"을 인정하는 입장일 터인데,[9] 이 입장은 반드시 계급 문학 이념의 고수를 뜻하지는 않는다 하

---

8) 김남천, 「프로예맹공판 견문기(2)」, 『조선중앙일보』, 1935. 10. 31.

더라도, 예술이 사회의 물질적 관계에 의해 규정되는 사회적 의식의 투쟁의 장이라는 사실은 긍정하는 입장이라고 볼 수 있을 것이다. 김남천은 이 기사를 작성하기 전에도 이미 세계관 우위의 비평을 거부하는 동시에 박영희식의 '정치/예술 단절'의 우경화 노선도 거부하면서 "인간적 실천이 예술로 담아지는 과정"[10]을 강조하고 있었기 때문이다.[11] 그런데 주목할 것은, 김남천이 염두에 두고 있는 포괄적인 의미에서의 예술의 정치성이 소부르주아 작가의 "계급적 국한성"[12]을 격파하는 것을 중요한 내용으로 삼고 있었다는 사실이다. 이곳에서 그는 그 당시 지리

---

9) 이 점에 대해서는, 김남천이 '정치성'과 '정치주의'를 구별한 점에 주목해 '전향'의 개념을 규정하고자 한 후지이시 다카요, 「1930년대 후반 한국 전향소설 연구」, 서울대 석사논문, 1997, 11~15쪽; 김재용, 「환상에서 환멸로: 카프 작가의 전향 문제」, 『역사비평』, 1993.8 참조.

10) 김남천, 「창작과정에 대한 감상」(『조선일보』, 1935.5.16~22), 정호웅·손정수 엮음, 『김남천 전집 I』, 박이정, 2000, 79쪽.

11) 카프 해체 후, 특히 중일전쟁 발발 후 정치적인 억압이 강화되어 가는 과정에서 문학(예술)을 정치적 목적을 수행하기 위한 수단으로 사용하고자 하는 경향은 이른바 '국책 문학'을 제외하고는 자취를 감추게 된다. 그리하여 이 시기에는 임화도 김남천도 '문학(예술)적 실천'에만 스스로를 국한시키게 된다. ("남은 것은 한가닥 작가적 실천의 길뿐이다." 임화, 「주체의 재건과 문학의 세계」, 『동아일보』, 1937.11.11~16, 『문학의 논리』, 53쪽; "대체 문학자에게 있어서의 생활적 실천이란 무엇이며 작가에게 있어서의 사회적 실천이란 무엇일 것이냐? 나는 그것을 문학적 예술적 실천이라고 말하려고 하며 또한 이것 이외에는 있을 수 없다고 단언한다." 김남천, 「자기분열의 초극」, 『조선일보』, 1938.1.26~2.2, 『김남천 전집 I』, 329쪽). 그러나 그들이 문학(예술)을 모든 비문학(예술)적인 것으로부터 분리된 자기 목적적인 영역으로 상정하고 있었던 것은 결코 아니다. 오히려 문학(예술)이 어떻게 비문학(예술)적인 것과 관계 맺으며 문학(예술)으로서 구성될 수 있는지, 그리고 문학인은 어떻게 현실 속에서 문학인으로서 구성될 수 있는지를 탐색하게 된다.

다만 '문학(예술)적 실천'을 주장하는 임화와 김남천의 진술 중 전자는 절망적인 현실 인식에서 비롯된 것("현재 우리 작가들이 생활 실천을 통하야 자기 주체를 재건한다는 사업이 불가능에 가까우리만치 절망적이라는 것"[임화, 「주체의 재건과 문학의 세계」, 53쪽])인 반면, 후자는 전반적 위기의 현실을 자기의 문제로 삼고자 하는 적극적인 태도에서 비롯된 것("작가가 이 문제를 얼마나 절실하게 자기 자신의 것으로 하고 있는가, 그리고 이러한 가운데서의 자기 자신을 얼마나 사회 전반의 문제 속에서 해결하면서 있는가가 중요하였다"[김남천, 「자기분열의 초극」, 326쪽])이라는 점을 기억해두는 것이 좋겠다.

12) 김남천, 「창작과정에 대한 감상」, 82쪽.

멸렬해져 가고 있던 창작 방법 논쟁 과정의 두 편향을 염두에 두고 있는 듯하다. 그 하나는 작가에게 유물변증법적 세계관을 강요하는 비평[13]이고, 다른 하나는 사회주의 리얼리즘을 아전인수로 해석하여 부정적인 현실을 승인하는 우경화의 흐름이다. 그에게 이 두 극단은 모두 소부르주아적 한계의 산물이다. 그리하여 김남천은 카프 또는 사회주의 혁명 조직 속에서 스스로를 주체로 구성해 왔던 과거, 그 과정에서 자신의 소부르주아적 성격을 은폐 또는 망각하게 했던 주체화의 형식, 그리고 관념적으로 주어진 세계관을 통해 현실을 이상화했던 주관주의적 오류를 반성하고자 한다. 과거의 주체화가 이데올로기적 봉합의 과정이었으며, 따라서 그 밑에서 이루어졌던 문학적 실천이 관념적·주관주의적 한계를 지니고 있었다는 사실은, 카프 해체 후 '자유인'으로 돌아간 작가들의 행로에서 부정적으로 드러난다. 카프의 이른바 "'저주할 만한 압제'로부터 해방된 작가와 비평가와 시인"은 재빨리 '문단' 속에 진입함으로써 "집단성 밑에 종속되었던" 과거에 대한 반성 자체를 봉쇄하고 있었던 것이다.[14] 과거 집단 속에서 주체였던 이들이 말 그대로 문단에 종속되고 저널리즘과 출판 자본에 포섭될 자유밖에 얻지 못한 '자유로운 개인'이 되는 모습을 지켜보면서, 김남천은 새로운 주체를 요청하기 위해서라도 기존의 주체화 과정에 대한 회의가 선행되어야 한다고 보았다. 그리하여 사회주의 변혁 운동의 한 부문인 프롤레타리아 문학 운동 내에서 정립된 주체가 "시민 계급의 서자"[15]에 불과했음을 폭로하며, 데카르트적인

---

13) 여기에는 1933년 6월 임화와 벌였던 이른바 「물」 논쟁'의 그림자가 드리워져 있다. 「물」 논쟁'에 관해서는 김윤식, 『임화 연구』 참조.

14) 김남천, 「고발의 정신과 작가」(『조선일보』, 1937. 6. 1~5), 『김남천 전집 I』, 221쪽.

15) 같은 글, 223쪽.

회의와 고발의 시선을 모든 곳에 던진다.

> 일체를 잔인하게 무자비하게 고발하는 정신, 모든 것을 끝까지 추급하
> 고 그곳에서 영위되는 가지각색의 생활을 뿌리째 파서 펼쳐 보이려는
> 정열 ─ 이것에 의하여 정체되고 퇴영한 프로 문학은 한 개의 유파로서
> 가 아니라 시민 문학의 뒤를 낳는 역사적인 존재로서 자신을 추진시킬
> 수 있을 것이다. 이 길을 예술적으로 실천하는 곳에서 문학의 사회적
> 기능도 다할 수 있을 것이다.
> (……)
> 이 정신 앞에서는 공식주의도 정치주의도 폭로되어야 한다. 영웅주의
> 도 관료주의도 고발되어야 한다. 추(醜)도, 미(美)도, 빈(貧)도, 부(富)
> 도 용서 없이 고발되어야 한다. 지식 계급도 사회주의자도 민족주의자
> 도 시민도 관리도 지주도 소작인도 그리고 그들이 싸고도는 모든 생활
> 과 갈등과 도덕과 세상관이 날카롭게 추궁되어 준엄하게 고발되어야
> 할 것이다.
> 이렇게 하는 가운데서 진지한 휴머니티와 작가가 일체로 될 수 있으며
> 그의 예술이 그것을 구현함에 이를 것이다.[16]

이와 같은 무차별적이고 보편적인 고발은 모든 경계들을 넘어서 일
체의 가상을 벗겨 버리고자 한다.[17] 이 고발에 의해 벗겨지는 것은 일차

---

16) 같은 글, 231쪽.
17) 지금까지 김남천의 고발문학론을 비판적으로 다룬 연구에서는 이러한 무차별적 고발의 선
　　언이 함축한 부정성이 늘 문제시되어 왔다. 김남천 자신이 "부정의 부정", "지양"을 언급
　　(「자기분열의 초극」, 327쪽)하고 있지만 사실상 무차별적 고발은 변증법적 지양과 동일시될

적으로 김남천 자신이 속해 있는 소부르주아 지식인들의 주관적 가상이다. 그리하여 그는 어떤 주의(主義)나 신조, 또는 양심에 의해 일관되게 통일되어 있다고 하는 주체를 고발하여 그의 분열을 적나라하게 드러내 보이고자 한다. 말하자면 이전의 주체라는 것이 자기 분열을 망각하고 은폐하게 하는 이데올로기적 봉합 위에 구성된 것임을 폭로함으로써 모든 안전한 주체의 성(城)을 붕괴시키고 '주체 안의 타자'를 발견하고자 한 것이다.[18]

　　이러한 보편적 고발은 혼란을 가져온다. 그는 주체의 붕괴와 분열을 손쉽게 '재건'할 수 없다는 것을 알고 있었으며, 따라서 혼란을 견뎌낸 정신에 의해서만 새로운 주체가 발견될 수 있다고 생각했다. 물론 혼란을 견뎌낸 정신만이 "진지한 휴머니티"와 일체가 되어 "시민 문학의 뒤를 낳는" 새로운 문학을 구성할 수 있으리라고 생각했지만, 그 새로운 주체, 새로운 문학이 어떤 모습이 되어야 할지는 알 수 없었다. 다만 이후 그의 소설론의 전개 과정을 고려하면, 그는 주관적 가상을 고발·해체하고 철저히 객관 세계 속으로 진입하는 데서 새로운 문학의 가능성을 찾고자 했던 것으로 보인다. 이미 일체의 것을 고발하는 정신은 "추상적 주관을 가지고 객관적 현실을 재단하는 것이 아니라 끝까지 객관적 현실에 작가의 주관을 종속시키라"[19]고 주장하고 있었던 것이다. 즉 주관적·

수 없다는 것이 그 이유였다. 그러나 김남천 텍스트에서 '지양' 개념이 엄밀하게 헤겔적인 의미로 사용되었는가는 물론, '지양'이 반드시 이루어졌어야 하는 것인지에 이르기까지 다시 생각해 볼 여지들은 남아 있다.

18) 주체 안의 타자는 그의 글에서 '유다적인 것'으로 표현되었다고 하겠다. 김남천, 「유다적인 것과 문학」(『조선일보』, 1937. 12. 14~18), 『김남천 전집 I』, 301~313쪽 참조. 한편 고발의 정신에 의한 실험의 결과는, 「처를 때리고」(『조선 문학』, 1937. 6), 「춤추는 남편」(『여성』, 1937. 10), 「제퇴선」(『조광』, 1937. 10), 「요지경」(『조광』, 1938. 2) 등의 작품으로 나타난다.

19) 김남천, 「창작방법의 신국면: 고발의 문학에 대한 재론」(『조선일보』, 1937. 7. 10~15), 『김남

관념적 편견을 해체(고발문학론)하고, 현실에 대한 합리적·과학적 인식을 일신상의 진리로 자기화[20](모럴론)하려 함으로써 "인정, 인륜, 도덕, 사상이 가장 감각적으로 물적으로 표현된"[21] 풍속(풍속론)을 파악하기 위해 주관은 객관 세계 속에서 자기를 상실할 만큼 현실 내부로 들어가야(관찰문학론) 하는 것이다.

이렇게 볼 때 김남천이 카프 해체 이후 '예술의 정치성'을 실천하고자 했다면, 그것은 '전환기'의 이른바 '주체 붕괴'라는 혼란을 또 다른 주체화로 서둘러 해결하기보다 혼란을 혼란으로서 견디면서 그 내부에서 부정적 실천을 행하는 것을 뜻했다고 할 것이다. 그 부정적 실천은 주로 '주체'의 측면을 향해 이루어졌기 때문에, 현실에 대한 특정한 비전이나 원근법은 제시하지 않은 채 오히려 주체를 지운 상태에서 객관 세계 내부에 들어가 이른바 '현대의 풍속'을 파악하는 길을 걷게 된다.

이에 반해 임화는 김남천과는 반대되는 방향에서, 즉 위기에 처한 주체를 강화하는 방향에서 '전환기'의 문학적 실천을 모색하고 있었다.

천 전집 I』, 242쪽.

20) 여기서 '자기화'란 '주체' 속에서 동일화될 수 없는 구체적인 단독적(singular) 존재, 즉 "이 모 '자신'과 구별되는 김모 '자신'"(김남천, 「도덕의 문학적 파악」, 『조선일보』, 1938. 3. 8~12, 『김남천 전집 I』, 348쪽)이 진리를 자신의 것으로 받아들이는 문제를 지시한다. 따라서 역사와 사회에 대한 특정한 진리 속에서 주체가 되는 데 만족하지 않고 그것이 '나'의 단독성에 대해 어떤 관계에 있는지를 묻는 태도라고 하겠다. 이런 점에서 김남천의 "소시민성에 대한 비판의 기준은 '보편적 인간'이라는 규정, 혹은 선한 인간이라는 규정 이상일 수 없다"고 본 채호석의 비판은 재고될 여지가 있다(채호석, 「김남천 문학 연구」, 51쪽 참조). 특수성과 구별되는 단독성(singularity)에 대해서는 가라타니 고진, 『탐구 2』, 권기돈 옮김, 새물결, 1998 참조.

덧붙이자면, 이곳에서 김남천이 말하는 '일신상의 진리'는 개인을 "전체의 파지자(把持者)" (신남철, 「문화창조와 교육」, 『인문평론』, 1939. 11, 5쪽)로 고양시키려는 전체주의적 교양론의 맥락과는 구별되어 이해되어야 할 것이다. 일제 말기 교양론과 전체주의적 인간관에 대해서는 김예림, 『1930년대 후반 근대인식의 틀과 미의식』, 소명출판, 2004, 71~76쪽 참조.

21) 김남천, 「세태·풍속묘사 기타」(『비판』, 1938. 5), 『김남천 전집 I』, 363쪽.

그는 김남천의 고발문학론을 주체 붕괴의 한 현상인 '관조주의'라고 비판하면서 김남천이 고발하고자 하는 부정적인 현상 배후에서 "현실 그것의 본질을 추구하는 정열"[22]을 요구한다. 그런데 그 '정열'은 과학적 세계관의 강화를 통해 유지될 수 있는 것으로 여겨진다.

> 우리는 '레알이즘'을 창작 과정 중에서 일체의 주관적 활동을 배제하려는 경화한 객관주의로부터 엄연히 구별해야 한다. 반대로 '레알이즘'이야말로 대규모로 과학적 추상과 결합하고 작가의 주관이 치연(熾然)히 활동하는 문학인 것이다.
>
> 왜 그러냐 하면 '레알이즘'은 과학과 모순하지 않고, 과학은 작가의 현실 파악을 지도 원조하고 진보적 의식의 활동은 인식되는 현실을 일층 생생한 예술로 장식하기 때문이다.
>
> 그러므로 작가가 **과학을 학습**한다는 것은 자기 재건의 길인 동시에 예술적 완성에의 유력한 보장이다.
>
> (……)
>
> 이것이 우리가 현실의 객관성 앞에 자기 해체를 완료하고 **과학적 세계관으로** 주체를 재건하는 노선이며 우리의 문학이 협애한 현재 수준에서 역사적 지평선상으로 나아가는 구체적 과정인 것이다.[23]

임화 역시 카프 해체 후 사회주의 리얼리즘을 '현실의 승인'으로 이해하면서 타협적인 길로 나아간 우파적 경향을 비판하고 위기에 처한

---

22) 임화, 「주체의 재건과 문학의 세계」, 64쪽.
23) 같은 글, 65~66쪽. 강조는 인용자.

주체의 문제를 해결하고자 하는 노력 속에서 이 글을 쓰고 있다. 그런데 김남천이 우파적 일탈과 더불어 관념적인 세계관 우월주의까지 비판한 데 반해 임화는 오히려 세계관의 강화를 통해 주체를 재건해야 한다고 주장하면서 김남천의 '고발문학론'을 위험한 객관주의로 간주하고 있다. 임화에게 "인식되는 현실"은 다름 아닌 인식의 '대상'이기 때문에 현실을 대상으로 구성하는 주체는 필수 불가결한 것이다. 그러므로 대상적 현실에 대립해 서 있어야 할 '인식하는 주체'를 무시한 채 이루어지는 모든 리얼리즘은 "포복적인 경험론, 그 우에 성장한 소박한 파행적인 '레알이즘'"[24]에 지나지 않는다. 이렇듯 현실 세계를 대상적으로 파악하고 있었기 때문에 임화는 과학적 세계관을 강화하는 방식으로 주체를 재건하는 것만이 '전환기'의 혼돈을 뚫고 나갈 문학적 실천을 가능하게 할 것이라고 보았다.[25]

물론 카프 해체 후 그가 재건하고자 한 주체는 더 이상 프롤레타리아 주체로 환원될 수 없었다. 오히려 그가 새로 정립해야 할 이상으로 제시한 것은 시민적 주체에 가깝다. 그러나 어떤 계급적 성격을 지니든, 현실의 본질을 파악하기 위해 "현실의 객관적 자태를 투시하는 육안 우에 가로 걸린 한 개의 흑안경"[26]을 벗어 버릴 수 있는 새로운 지성으로 "통일된 자기"[27]를 완성해야 한다는 점은 분명했다. 하지만 임화가 바란 통

---

24) 임화, 「사실주의의 재인식」(『동아일보』, 1937. 10. 8~14), 『문학의 논리』, 73쪽. 여기서 말하는 "파행적인 '레알이즘'"이란 구체적으로는 박영희를 비판하기 위해 사용된 표현이다.
25) 현실에 대한 임화의 '대상적 인식' 태도와 그 안에서 작동하는 낭만주의론의 전도에 대해서는 이진형, 「임화의 소설 이론 연구」, 27~28쪽 참조.
26) 임화, 「주체의 재건과 문학의 세계」, 63쪽. 이 "흑안경"의 비유는 현실을 부정적으로 보는 김남천을 비판하기 위해 사용된 것이다.
27) 임화, 「현대소설의 정신적 기축」(『조선일보』, 1938. 3. 23~27), 『문학의 논리』, 116쪽.

일된 주체의 강화도, 리얼리즘의 완성도 현실적으로 이루어질 수는 없었다. 왜냐하면 애초에 그것은 당위적으로 '요청'된 것에 지나지 않았기 때문이다.

임화는 자신이 과거 창작 방법 논쟁에서 제시했던 '낭만주의론'을 "주관주의적 일탈"이었다고 자기비판하는 자리에서도, 그것을 리얼리즘에 대립되는 '낭만주의'로서 주장한 것이 아니라 "관조주의로부터 고차적 '레알이즘'으로 발전하기 위한 일 계기"[28]로서 제안한 것이었다고 말한 바 있다. 이후 전개된 그의 리얼리즘론과 소설론을 통해 볼 때, 여기서 언급된 고차적 리얼리즘이란 역사적 발전에 대한 신념을 가지고 현실의 혼돈을 뚫고 들어가 발전의 본질적 경향을 구체적으로 인식하고 실천하는 가장 이상적인 주-객 변증법의 문학적 이상이라고 할 수 있을 것이다. 임화는 바로 이러한 문학적 이상의 위치에서 1930년대 후반의 '전환기'와 당대의 문학 작품을 바라보고 있었다. 이러한 이상의 눈으로 볼 때 부정적인 현실과 그 현실을 닮은 작품들은 언제나 비판의 대상이 된다. 당시의 소설들이 일반적으로는 "이상과 현실이 너무나 큰 거리로 떨어져 있는"[29] 사태로, 주관적으로는 **"말하려는 것과 그릴려는 것과의 분열"**[30]로, 소설 내적으로는 "성격과 환경의 결렬"[31]로 나타나는 것은 그러한 거리, 분열, 결렬, 모순이 존재하지 않거나 해결된 상태를 이상적으로 가정하고 있는 눈이 전제되어 있을 때에만 가능한 것이다. 즉 '성격과 환경의 조화'가 "소설의 원망(願望)"[32]임을 자명한 것으로 가정할 때에만

---

28) 임화, 「사실주의의 재인식」, 87쪽.
29) 임화, 「세태소설론」(『동아일보』, 1938. 4. 1~6), 『문학의 논리』, 347~348쪽.
30) 같은 글, 346쪽. 강조는 원문.
31) 임화, 「통속소설론」(『동아일보』, 1938. 11. 12~27), 『문학의 논리』, 394쪽.

그 모든 소설적 경향들이 '파행적인' 것으로 나타나고 해결되어야 할 문제로 떠오르는 것이다. 이러한 소설적 이상이 가장 분명하게 표현된 것이 그의 '본격소설론'이다.

그는 줄곧 당대의 소설이 '세태'와 '심리'의 양 편향으로 분열되어 있다고 판단하는데, 이러한 판단은 그 자신의 말대로 "우리가 항용 본격 소설이라고 부르는 고전적 의미의 소설을 기준으로"[33] 했을 때 이루어지는 것이다. 본격 소설의 핵심은 "묘사(환경의!)와 표현(자기의!)의 '하아모니!'"[34]로서 그가 19세기 서구 리얼리즘 소설에서 그 절정에 도달했다고 여기는 부르주아 시대의 대표적인 서사 형식이다. 조선의 근대 소설의 전통도 이와 같은 본격 소설의 지향 속에 놓여 있지만 "진정으로 개성이기엔 다분히 봉건적인 신문학, 또한 개성적이기보다는 지나치게 집단적인 경향 문학"에 그쳤을 뿐인데 그 이유는 "서구적 의미의 완미한 개성으로써의 인간 또는 그 기초가 되는 사회생활"[35]이 확립되어 있지 않았기 때문이다. 따라서 '완미한 개성'과 물적 토대가 마련되지 않는 한 본격 소설의 완성은 불가능한 것으로 여겨진다.

이렇게 볼 때 본격 소설의 이상은 적어도 임화 당대의 조선 현실과 문학에서는 실현 불가능한 것에 지나지 않는다. 그렇다면 임화는 왜 공허하기까지 한 이상[36]을 제시하면서 당대 소설들을 비판했는가? 사실

---

32) 임화, 「세태소설론」, 348쪽.
33) 임화, 「본격소설론」(『조선일보』, 1938. 5. 24~28), 『문학의 논리』, 367쪽.
34) 같은 글, 368쪽.
35) 같은 글, 375쪽.
36) 이 '공허함'에 대해서는 임화 자신도 잘 알고 있었다. "소위 '본격 소설'의 길을 개척함에 있다고 결론하였으나 유감인 것은 그 논리가 작가들로 하여금 창작하는 붓대에 흘러내리는 산(生) 혈액이 될 만한 것이 아니라는 것은 아모래도 부정할 수가 없다"(「사실의 재인식」, 121쪽).

그의 본격소설론은 구체적인 창작 방법과는 거리가 먼 것이었다. 오히려 그것은 임화가 품고 있었던 근대적 소설의 이상으로서, 소설 붕괴라는 20세기 서구적 현상이 아직 서구의 19세기에도 도달하지 못한 식민지 조선에 나타나는 '비정상성'을 규제하고자 하는 기능을 지닌 것이었다. 이는 단지 소설의 문제에만 그치는 것이 아니라 부르주아 민주주의적 변혁이 선행되지 않는 한 현재의 총동원 체제가 어떤 다른 비전을 제시한다 하더라도 허구에 지나지 않을 것임을 드러내고자 한 것이다. "서구적 의미의 완미한 개성으로써의 인간 또는 그 기초가 되는 사회생활이 확립되지 않는 한" 본격 소설이 불가능하다고 하면서도 본격 소설을 추구해야 할 이상으로 설정하는 정신의 눈이 초점을 맞추고 있는 것은 바로 그 불가능성이라고 하겠다. 그러나 그 정신의 눈이 서 있는 곳이 목적적인 개념의 자리였음은 분명하다.

3. 주체화의 형식과 시간성

임화는, 예의 소설의 이상에 입각하여, '성격과 환경의 조화'가 상실된 조선 소설의 위기적 증세를 '내성 소설'과 '세태 소설'의 유행에서 찾았다. 특히 '세태 소설'은 "사상성의 감퇴"[37]와 직결되어 있다는 점에서 주체 재건을 주장하는 임화의 입장에서는 더욱 우려할 만한 현상으로 여겨졌다.

임화의 본격소설론이 지닌 공허함을 비판[38]하는 김남천은 "임 씨의

---

37) 임화, 「세태소설론」, 『문학의 논리』, 314쪽.
38) 김남천, 「세태와 풍속」, 『김남천 전집 I』, 418쪽 참조.

세태 묘사의 전체적 부정에 대(代)하여, 나는 세태를 풍속에까지 높이자는 것"[39]이라고 말하면서 이 같은 풍속의 문학적 파악을 위해 관찰문학론으로 넘어간다. 그는 모럴론의 연장선상에서 "생산관계의 양식에까지 현현되는 일종의 제도(예컨대 가족 제도)를 말하는 동시에 다시 그 제도 내에서 배양된 인간의 의식인 제도의 습득감(예컨대 가족의 감정, 가족적 윤리 의식)"[40]을 뜻하는 풍속[41]의 파악으로 나아갔으며, 일종의 '주체화의 구조'[42]라고 할 수 있는 이 풍속을 포착하기 위해 다시 일련의 발자크 연구를 진행시키게 된다.

임화에 대한 김남천의 비판을, 추상적 이론을 구체적인 현상에 적용하고자 하는 비평가에 대한 작가 입장에서의 문제 제기라고 보고 양자를 대조시킬 수도 있겠지만, '전환기'의 사상적·정치적 문제와 관련하여 보다 중요한 것은 동일한 사태를 대하는 두 관점이 어떠한 지향 속에서 자기를 재구성해 갔는가 하는 것이다. 이곳에서는 임화와 김남천의 자기 구성의 지향을 그들 각각의 소설론 및 시간 의식과 관련하여 살펴보도록 하겠다.

---

39) 같은 글, 421쪽. 강조는 인용자.
40) 김남천, 「일신상 진리와 모랄」, 359쪽.
41) 김남천의 '풍속' 개념은 도사카 준에게서 온 것이다. 도사카 준은 "사상은 풍속의 형태를 취함으로써 사회에서 육체적 리얼리티를 지닐 수 있다"고 주장하면서, 풍속을 "한편으로 제도를 지칭하는 동시에 다른 한편으로 그 제도의 습득 감정을 지칭하는 것"으로서 예컨대 "가족 제도라는 습속이, 한편으로 가족이라는 제도를 지칭하는 동시에 다른 한편으로 가족적 감정이나 가족적 윤리 의식을 지칭하는 것"이라고 말하고 있어 김남천이 그의 개념을 그대로 차용해 왔음을 확인할 수 있다. 戶坂潤, 『思想と風俗』, 平凡社, 2001, 20쪽 참조.
42) 물질적 사회 기구와 제도는 물론 그 속에서 개인들이 획득한 사회적 의식까지 탐구하고자 하는 김남천의 기획은 전작 장편 소설 『대하』(인문사, 1939)에서 실험되었다. 물론 이론적 기획이 작품 생산 과정에서 철저히 관철되었다고 보기는 어렵지만, '현대의 풍속'에 대한 파악을 소설 개조의 시도와 결합시키고자 한 김남천의 실험은 이후에도 계속 진행된다.

임화는 자신의 리얼리즘론을 전개하면서 줄곧 '성격과 환경'의 유기적인 상호 관계를 강조해 왔다. 즉 단순히 세계에 대한 객관적인 묘사가 아니라 주체와 세계의 변증법적인 상호 작용이 드러날 때 리얼리티가 획득된다고 보았던 것이다.

'레알이틔'란 결코 일개 죽은 언어가 아니다. 개인과 현실과의 항쟁의 진실성! 고조된 열도 속에 만드러지는 인간적 운명의 박진성, 그것을 '레알이틔'라 부른다.

예하면 우리가 **우리와 같은 인물**을 가정하야 그 인물이 오늘의 현실 가운데 무엇을 체험하고 그 체험은 그 인물의 성격을 어떻게 개조하며 전체로서 그의 운명은 어떻게 결정되는가를 표시하는 것이 바로 우리가 주체를 문학적으로 처리하는 방법일 뿐 아니라 현실을 주체적으로 이해하는 과정이다.

웨그러냐하면 그런 작품은 우리의 생의 과정 그것의 반영이며 **주인공의 정열은 우리 자신의 정열의 재현이기 때문이다.**[43]

이렇게 이해할 때 리얼리즘의 성취란 "개인과 현실과의 항쟁"이 가장 최고도에 도달하는 것, 그리고 그 정점에서 주인공의 정열이자 "우리 자신의" 정열인 세계 변혁의 의지가 육체성을 얻으며 재현되는 것에 다름 아닐 것이다. 이곳에서 임화의 '전형론'의 일단이 드러나기도 하거니와, 주체를 강화하는 입장이 소설에서의 '성격'을 어떻게 이해하는지를 알 수 있게 하는 대목이다. 임화는 작가의 실천에의 의지가 주인공의 실

---

43) 임화, 「현대소설의 정신적 기축」, 117~118쪽. 강조는 인용자.

천 의지 속에 내면화될 것을 요구하면서 '주인공의 사상=작가의 사상'이라는 등식을 성립시키고 있다고 하겠다.[44]

임화가 이러한 관점에 서 있었기 때문에, 창작 방법 논쟁 이후로 세계관의 강조를 소부르주아적 관념성으로 비판해 온 김남천은 임화식의 소설관이 "'주인공=성격=사상'의 공식"[45]에 입각해 있다고 특징짓고는 반대로 작가의 사상을 "세태=사실=생활"에서 찾을 것을 주장한다. 즉 "소설 문학의 사상이나 모랄이란 것은 (……) 주인공으로 나타난다든가, 덕목이나 도덕률로서, 또는 설교, 교훈, 연서, 선전으로서 나타나는 것이 아니"[46]라는 것을 분명히 하고자 하는 것이다. 무엇보다도 김남천은 주인공을 작가와 동일시하는 견해를 거부하는 입장에 서 있었다.[47] 이미 자기고발론을 제창할 때부터 주인공은 오히려 작가에게 고발되는 대상이었거니와, 풍속론과 관찰문학론에 이르러 주인공은 작가로부터 훨씬 더 거리를 둔 존재가 된다. '현대의 풍속'을 그리기 위해 작가의 주관성은 철저히 현실 세계에 종속되어야 했기 때문에 이론적으로는 작가의 주관을 전달하는 인물 자체가 성립될 수 없는 것이었다.

정신의 입장에 서지 않는 성격 창조는 진정한 성격이 아니라던가, 외부

---

44) 최유찬, 「1930년대 한국 리얼리즘론 연구」, 441쪽 참조. 참고로 임화가 줄곧 주인공 중심의 소설관을 가지고 있었음은 그의 「현대소설의 주인공」(『문장』, 1939. 9)에서도 확인된다.

45) 김남천, 「토픽 중심으로 본 기묘년의 산문 문학」, 『동아일보』, 1939. 12. 19~22, 『김남천 전집 I』, 561쪽.

46) 같은 글, 563쪽.

47) 이런 관점은 그의 고발문학론 초기에서도 찾을 수 있다. 『고향』에서 안갑숙을 이상적으로 그린 이기영을 비판하면서 민나 카우츠키(Minna Kautsky)에게 보낸 엥겔스의 편지를 다음과 같이 인용한 바 있다. "그러나 어쨌든 작자가 자기가 그리고 있는 주인공에게 반하여 버리는 것은 언제 보아도 보기 흉한 일입니다." 김남천, 「지식계급 전형의 창조와 '고향' 주인공에 대한 감상」(『조선중앙일보』, 1935. 6. 28~7. 4), 『김남천 전집 I』, 90쪽. 강조는 저자.

적 입장에서 그려진 인물은 성격이 아니라던가 하는 그럴듯한 비평가의 단견은, 기실은 거대한 인간 사회의 역사적 축도를 기도하는 리얼리스트의 앞에 작디작은 자아 검토의 소품 정신, 엄연한 현실을 작자의 회색적인 취미와 주관으로 덮던가, 문학의 정신을 사회와 인간의 거대한 영역으로부터, 좀먹은 일(一)개인의 폐엽(肺葉) 속으로 끌어들이려던가 하는 현실 왜곡의 권면장(勸勉狀)에 지나지 않는 것이다. 이런 의미에서 **몰아성**은 끝까지 자기 과신을 경계한다. 후안무치한 자기 주관과 개인 취미를 경계한다. **관찰자의 (작자의 주관의) 관찰의 대상(현실 세계)에 대한 종속**──그러나 이러한 명제 가운데서 작자의 사상이나 세계관이 몰각되었다고 생각하는 자는 우매한 이해력이다.[48]

장편 소설에서 작가의 정신은 주인공 한 개인이 아니라 작품 전체를 통해서 드러나는 것임을 말하고 있는 대목이기도 하지만, 임화와의 관계에서, 그리고 '전환기'의 자기 구성과 관련하여 김남천에게 '몰아성'이 일관되게 강조되고 있다는 점을 주목할 필요가 있을 것이다.

임화는 세계와 대결할 수 있는 주체를 상정하고 있는데, 이는 본격소설이라는 그의 소설적 이상 속에서 이해되어야 할 것이다. '성격과 환경'이 조화를 이루는 이상적인 리얼리즘 소설에서는 작가의 주체성이 가장 높은 차원에서 유지될 것이기 때문이다. 이 주체를 근대적인 의미에서 **보편적 주체**라고 명명할 수 있을 것이다. 임화의 '본격 소설'이 가장 완성된 형태의 근대 부르주아 리얼리즘 소설을 모델로 하고 있거니와, 그 모델 속에서 가장 이상적인 주체는 대상을 통해 매개되어 다시 자기

---

48) 김남천, 「관찰문학소론: 발자크 연구 노트 3」, 597~598쪽. 강조는 인용자.

로 복귀한다고 하는 근대의 이성 중심적 주체와 크게 다르지 않을 것이 기 때문이다. 세계의 진리를 재현할 수 있다고 확신하는 보편적 주체는 대상 세계에 대한 보편적 지배 가능성을 함축하고 있기도 하다.[49] 반면 에 김남천은 현대의 풍속을 관찰하기 위해 관찰대상에 관찰자를 종속시 키는 길로 나아가는데, 여기서 작가는 관찰 대상 속에서 소멸되어야 하 는 과정적인 존재로 상정되어 있다. 이 존재에 이름을 붙일 수 있다면 **미 메시스적 주체**라고 할 수 있을 것이다. '관찰'이라는 어휘가 주체와 대상 사이의 냉담한 거리를 전제하는 근대의 과학적 이성을 상기시키지만, 그 어휘가 어떤 것이든 김남천이 말하고자 하는 바는 '관찰 대상에 대한 관 찰자의 종속'이다. 이렇게 대상 속에 자기를 종속시켜 주체성을 몰각하 고자 하는 자아는 미메시스적 충동에 의해 움직여진다고 말할 수 있을 것이다.[50]

이와 같은 주체화 형식의 차이는 소설의 리얼리즘에 대한 임화와 김남천의 이해의 차이 ─ 즉 주체 우위의 리얼리즘과 객체 우위의 리얼 리즘 ─ 와 결합되어 있다. 이는 다시 소설 '장르'에 대한 양자의 견해 차 이로 이어지는데, 여기에서 특히 이 모든 차이들을 생산해 낸 시간성의 차이가 드러난다.

임화가 본격소설론이라는 이상에 입각해 당대 조선 소설에서 나타

---

49) 라인하르트 코젤렉, 『지나간 미래』, 한철 옮김, 문학동네, 1998, 34쪽 참조. 임화와 같은 식민 지 지식인에게 이러한 근대 부르주아 개인의 이상이 가상에 불과했음은 물론이다.

50) 사실 관찰의 정신이 미메시스적 충동과 전혀 별개의 것은 아니다. 고대 철학에서도 '관조하 다', '바라보다'의 뜻을 지닌 테오리아(Theoria)는 존재자에 순수하게 참여하는 것을 뜻했 다. 대상을 냉정하게 대하는 이론적 태도라는 것도 실상 "한 사태에 몰두함으로써 자신의 원래의 목적을 망각할 수 있는" 능력에 다름 아니다. 한스 게오르크 가다머, 『진리와 방법 I』, 이길우 외 옮김, 문학동네, 2000, 224~225쪽 참조.

나는 소설 붕괴 현상을 비판한 것은 무엇보다도 그에 합당한 전통이 없는 곳에서 그러한 현상이 등장했다는 데 있었다.

> 춘원, 상섭, 동인, 혹은 태준 같은 이의 즉 경향 문학에 선행했다고 할 소설들도 역시 경향소설과는 딴은 즉 고전적 의미의 소설 전통을 불충분하게일망정 조선에 이식한 것이다.
> 조선 문학은 서구가 19세기에 통과한 정신적 지대(地帶)를 겨우 1920년대에 드렸었으니까……. 그런데 여기 간과치 못할 문제의 하나는 조선적 본격 소설과 경향 소설의 과도점이 과연 서구의 20세기 소설에서 보는 그러한 위기로서 표현되었는가 하는 것이다.[51]

임화는 조이스나 프루스트로 대표되는 당대 서구 소설의 장르 붕괴 현상은 그 나름의 근거를 가지고 있지만 식민지 조선은 그렇지 않다고 보는데, 그것은 서구와 식민지 조선이 상이한 시간대에 놓여 있기 때문이다. 서구와 조선은 동시대를 살고 있지만 역시 동시대를 살고 있는 것은 아니라는 것이다. 비동시대적인 시간이 동시에 공존하고 있음을 분명히 하고 있다. 그러나 그에게 이 비동시대적인 것의 동시성은 '연속되는 순서'로 표상된다. 간단히 말하자면 서구의 20세기가 되기 위해서는 우선 서구의 19세기가 되어야 한다는 것이다. 본격 소설의 이상을 추구해야 할 것으로 요구하는 임화의 논리 속에서 작동하는 시간 표상은 보편적인 하나의 진보적 시간이다. 식민지 조선은 이 하나의 시간 축 바깥에 있을 수 없기 때문에 "지역의 특수성"은 "근대 사회로서의 혹은 일반 인

---

51) 임화, 「본격소설론」, 369쪽.

류 사회의 진보 행정에서 볼 때 발전이 정체된 채 고착되어 있고 뒤떨어진 부분"으로 시간화되어 표상된다.[52]

자신의 소설론적 실험의 초기부터 '아시아적 정체성'에 대해 뚜렷하게 의식하고 있었다는 점에서 김남천은 임화와 공통된 고민을 가지고 있었다.

(가) 필자가 이곳에서 지금 찾고 있는 고발의 문학은 점차 평론하겠지마는 소셜리스틱 리얼리즘이 가지는 원리 위에 입각하여 지금의 이 땅의 특수성, 사유에 있어서는 아시아적 영퇴성(嬰退性) 위에 서서 창작적 태도를 시대적 운무의 충실한 왜곡 없는 모사 반영으로 관철시키려는 문학 정신에 불외(不外)한다.[53]

(나) 나는 조선에 있어서의 로만 발전의 전환점을 **역사적 발전의 불균형성** 위에서 파악해 보려는 하나의 단초로서 이 작은 일면적인 고찰을 기도하는 것이다. (……)
과연 조선에서의 로만 발전의 현실적 기반을 경제적 사회적인 곳에서, 그리고는 다시 그 후에 건축되는 이데올로기적 기구에서 다시 그것을 한쪽으로 돌아서는 저널리즘과의 교섭점에서 갈피갈피 찾아보아도 역시 **구라파에서와 같은 것은 발견할 수가 없었다.** (……)
현대는 시민작가의 손에 의하여 로만이 붕괴되는 시대인 것을 알고 위대한 리얼리스트는 이것을 넘어서 로만이란 장르 그 자체의 변질과 개

---

52) 임화, 「『대지』의 세계성」(『조선일보』, 1938. 11. 17~20), 『문학의 논리』, 790~791쪽.
53) 김남천, 「창작방법의 신국면」, 239쪽.

조에 노력하여야 한다.[54)]

그러나 김남천은 임화처럼 앞서 도달된 이상적 소설 모델을 상정하고 그것을 지향할 것을 요구하는 대신 부르주아 서사시를 지칭하는 '로만'의 붕괴를 현실로서 인정하고 새로운 장편 소설을 모색하는 길을 택한다. 게다가 '로만' 형식을 역사화하고 그와 다른 새로운 형식을 모색한다고 해서 그것이 '로만'을 대체할 어떤 보편적인 소설 개념을 수립하는 것에로 정향되어 있었던 것으로 보이지는 않는다. 그는 "시대적 운무"로 휩싸인 '현대의 풍속'을 포착하고자 했을 뿐이다. 따라서 동일하게 '아시아적 정체성'을 말하지만 김남천은 그것을 임화에 비해 훨씬 공간적인 개념으로 이해하고 있었던 것으로 보인다. 즉 '특수성'이라는 표현을 사용하고는 있지만, 이 때의 특수성은 보편적이고 단일한 시간 축에 포섭되어 이미 앞서간 시간들을 뒤밟아 가도록 운명지어진 상태를 뜻하기보다는 역사적 시간의 불균등한 전개를 지시하는 것으로 이해된다. 서구와는 다른 조건에 처해 있을 뿐 아니라 이미 당대 서구에서 부르주아 장편소설의 붕괴가 나타나고 있는 한, 그 장르의 완성을 위해 가기보다는 자신이 서 있는 곳에서 실험을 통해 새로운 서사 장르를 개척하고자 했던 것이다.[55)]

지금까지 살펴보았듯이 카프 해체 후 강화되는 전시 총동원 체제

---

54) 김남천, 「조선적 장편소설의 일고찰」, 『김남천 전집 I』, 277, 288쪽. 강조는 인용자.
55) 특히 비동시대적인 것의 동시성을 공간적으로 이해하는 김남천의 시간 의식은 단일한 서사를 부분적으로 단절시키면서 여러 시점을 병치하는 소설적 실험에서도 찾아볼 수 있을 것이다. 「오월」(『광업조선』, 1939. 5), 「장날」(『문장』, 1939. 6), 「항민」(『조선 문학』, 1939. 6), 「어머니」(『농업조선』, 1939. 9), 「단오」(『광업조선』, 1939. 10) 등 참조.

에서 임화와 김남천은 상이한 방향으로 '전환기'를 경험하고 있었다. 그들은 리얼리즘론과 소설론을 중심으로 문학과 사회의 관계에서 파생되는 문제들을 해결하고자 노력했지만, 그것은 단순히 이론적인 고민에 그쳤던 것이 아니라 사회 변혁 조직에서 떨어져 나온 개인이 그들을 새롭게 '국민적 주체'로 호명하며 '전시 변혁'에 동원하는 체제 속에서 자기를 재정립해야 한다는 실존적인 문제와 결부된 고민의 산물이기도 했다. 여기서 임화는 근대적 주체를 고수하는 길을 선택한 것으로 보인다. 그의 소설의 이상은 19세기 서구에서 도달했다고 하는 완미한 개성과 사회적 조건을 바탕에 둔 '본격 소설'이었고, 그 도달할 수 없는 이상을 보편적인 준거로 삼음으로써 당대 조선의 소설과 사회에 비판적인 거리를 두고자 했다. 그것이 애초에 방법론으로 제기된 것이 아니라 하나의 이상적 모델이자 기준으로 제시된 것인 만큼 개개의 작품과 작가를 비판하거나 재단하는 틀은 아니었지만, (임화 자신이 이해한) 19세기 서구의 부르주아 장편 소설을 추구해야 할 목표로 설정함으로써 당대 현실에서 이루어지고 있던 문학적 실천에 대해 규범적인 틀을 적용하는 결과를 낳았다. 더욱이 사회와 문학의 발전을 단일한 보편적 시간 축 위에서 고려함으로써 서구의 역사적 경험을 보편화하는 결과를 낳기도 했다. 총동원 체제가 더욱 강화되고 서양적 근대를 부정하면서 등장한 '동아 신질서' 구상과 다원주의적 세계상이 유력한 언설 장을 형성해 갈 때 그가 '문학사' 서술로 나아간 것은, 보편성의 이상을 고수하기 어려워진 조건 하에서 근대 문학을 지향해 온 과거의 통시적 회고를 통해 사회와 문학에 대한 근대적 이상을 보존하려는 시도였다고 하겠다.[56]

---

56) 물론 근대적인 보편적 주체를 고수하는 입장에 서 있었기 때문에 그의 문학사 기술 역시

반면 조선 사회의 특수한 조건을 그 자체로 받아들이면서 내부로부터 새로운 가능성을 찾고자 했던 김남천의 실험은 태평양전쟁이 발발할 무렵까지 지속된다. 다만 객체의 세계에 침잠하여 '현대의 풍속'을 포착하고자 하는 그의 길이 보편적 주체를 이상적으로 고수함으로써 현실로부터 거리를 두고자 했던 임화의 길보다 위험한 것이었음은 물론이다. 그러나 이 위험한 길이야말로 문학이 회피할 수 없는 길이기도 했다.

4. 포섭된 세계의 초월 (불)가능성

김남천이 일련의 발자크 연구를 통해 '몰아적 객관성'의 태도로 '현대의 풍속'을 포착하고자 했음은 이미 말해 온 바와 같다. 그러나 그가 발자크 연구를 통해 얻은 중요한 결론 중의 하나를 넛붙인다면 우선 '속물적인 것'의 구현을 들 수 있을 것이다. 그는 발자크 소설에 등장하는 악당과 편집광의 전형들을 탐구함으로써 "속물성을 비웃는 인간이 아니라, 속물 그 자체를 강렬성에서 구현하고 있는 인물을 창조하는 것이 리얼리즘의 정칙"[57]이라는 결론을 얻는다. 그가 보기에 발자크의 위대성은 "야비하고 비속한 것이라고 예술의 세계로부터 축출하였던 것을 용감히 그의 문학의 대상으로 끌어들였다는 데"[58] 있었다. 이른바 '적극적 주인공'의 형상이 불가능할 뿐만 아니라 의심스럽게 되어 버린 상황에서 그는

"보편사를 기술하고자 하는 욕망"을 강하게 보여 주고 있다. 박상준, 「임화의 문학사 연구에 나타난 이론 구성과 실제 기술의 변증법」, 『한국근대문학연구』 9호, 2004, 104쪽 참조.
57) 김남천, 「성격과 편집광의 문제 : 발자크 연구 노트 2」(『인문평론』, 1939. 12), 『김남천 전집 I』, 550쪽.
58) 김남천, 「관찰문학소론」, 595쪽.

오히려 부정적인 전형이 그 사회의 구조를 드러내 보여 줄 수 있다고 판단했던 것이다. 그러나 '속물적인 것' 또는 '부정적인 것'의 중요성을 강조했다고 해서 그가 그와 같은 인물을 주인공으로 삼아야 한다고 생각하고 있었던 것은 아니다. 앞 절에서도 살펴본 바와 같이 그는 '주인공=성격=사상' 중심이 아니라 '세태=사실=생활' 중심의 소설을 구상하고 있었기 때문이다.

전형적 성격 내지 타입이란 것을 한 사람의 피라미드의 상층으로 이해하지 말고 당해 시대가 대표하는 각층의 각 계층의 타입으로 파악할 필요가 있다고 생각한다. 지도자나 사상가나 돌격 대원만을 시대 정신의 구현자라 보지 말고 그리고 이러한 한 사람의 주인공의 운명을 통하여서만 사상을 읽으려 하지 말고 역사적 전환기가 산출하는 각층의 대표자의 개별적 성격 창조를 통하여 역사적 법칙의 폭로에 도달하는 문학의 방법을 배워야 할 것이다.[59]

발자크의 『인간 희곡』이 펼쳐 보이는 세계에서 "작품의 하나하나또는 작중 인물의 주인공이란 것도 무의미"[60]한 것처럼, 그 역시 '현대의풍속'을 포착하기 위해서는 "특정한 사상의 전성기(傳聲機)"[61]가 아닌다양한 계층의 살아 있는 전형들을, 그리고 완결된 세계가 아닌 진행되

---

59) 김남천, 「명일에 기대하는 인간 타입」(『조선일보』, 1940. 6. 11~12), 『김남천 전집 I』, 614~615쪽.
60) 같은 글, 615쪽.
61) 김남천, 「소설문학의 현상」(『조광』, 1940. 9), 『김남천 전집 I』, 635쪽. '전성기'라는 표현은 지킹겐 논쟁(Die Sickingendebatte)에서 라살레(F. G. Lassalle)가 인물들을 시대정신의 한낱전달 수단으로 만든 데 대해 비판하면서 맑스가 사용한 것이다.

는 과정을 추적해 가야 한다고 생각했다. 여기서 그의 발자크 연구의 또하나의 결과물을 확인할 수 있는데, 그것은 다름 아닌 연작 소설 형식이다. 동일한 등장인물이 다른 작품에 등장하여 연작을 형성하는 것이 김남천 소설의 특징 중 하나라는 것은 잘 알려져 있다. 「길 우에서」(『문장』, 1939. 7)에 등장한 토목 기사 'K'가 『사랑의 수족관』(『조선일보』, 1939. 8. 1~1940. 3. 3)과 『1945년 8·15』(『자유신문』, 1945. 10. 15~1946. 6. 28)의 '김광호'로 이어지고 『사랑의 수족관』의 '이경희' 역시 『1945년 8·15』에 '김광호'의 부인으로 함께 등장한다. 또한 『사랑의 수족관』에 큰 비중 없이 등장했던 '청의 양장점'의 '문난주'는 이후 『낭비』(『인문평론』, 1940. 2~1941. 2), 「맥」(『춘추』, 1941. 2)에 '이관형'과 더불어 등장하고, '최무경'은 「경영」(『문장』, 1940. 10)에서 「맥」으로 이어지며 '이관형'과 만난다. 이러한 동일 인물의 반복된 재현 역시 발자크의 『인간 희곡』을 염두에 둔 김남천의 의도를 반영하고 있다.[62] 그런데 연작 소설 형식과 관련하여 이 같은 인물 재현 방식 못지않게 중요한 것은 이들 작품 하나하나가 그 자체로 완결되어 있지 않다는 것이다. 작품이 완결되어 있지 않다는 것은 개별 작품들의 연쇄를 통해 전체 세계상을 그리도록 형식화되어 있다는 것뿐만 아니라 그 작품 각각이 작품 바깥의 세계를 향해 개방되어 있다는 것도 뜻한다. 각각의 인물들과 그 인물들이 관계 맺고 살아가는 세계는 작품 내적인 자기-참조를 통해서뿐만 아니라 작품과 작품 사이, 그리고 작품 바깥의 실제 세계에 대한 참조를 통해서 의미를 구성하도록 되어 있다.[63] 발자크 연구로부터 촉발된 이러한 시도의 성공 여

---

62) 김남천이 인물 재현 방법을 통해 발자크의 방법을 수용한 데 대한 상세한 설명은 와다 도모미, 「김남천의 취재원에 관한 일고찰」, 『관악어문연구』 제23집, 1998 참조.

부를 떠나서, 적어도 이 작품들이 '로만개조론'부터 출발하여 부르주아 근대 소설에 대한 규범적 이상과는 무관하게 '현대의 풍속'을 포착할 새로운 서사 형식을 추구했던 김남천의 실험의 연장선상에 있었음은 분명할 것이다. 그리고 이러한 실험이 이른바 '현대'[64]를 내부로부터 초월하고자 하는 지향에 의해 수행된 것도 분명할 것이다.

더 나아간다면, 이러한 소설적 실험을 앞 절에서 언급한 '비동시대적인 것의 동시성'이라는 시간 의식의 문학 형식적 발현으로 볼 수도 있을 것이다. 연쇄를 이루는 작품들에 동일한 인물들이 등장하기는 하지만 각 작품에서 초점화되는 인물은 서로 다르다. 따라서 같은 시대를 살아가는 서로 다른 개인들의 시점이 병치되어 있는 듯한 효과를 낳는다. 게다가 각 인물과 작품은 작품들의 연쇄라는 느슨한 구조, 더욱이 작품 바깥의 세계를 참조하게 만드는 개방적인 구조 속에서 비완결적으로 의미화되기 때문에, 작품 내에서 "세계에 대한 최종적인 말"[65]은 발화될 수 없다.

김남천의 이러한 소설적 실험이 '현대'를 내부로부터 초월하려는

---

63) 김남천의 소설이 지니고 있는 이러한 개방적인 특징은, 『사랑의 수족관』을 그것이 연재되던 신문 매체의 시사적 기사들과 함께 읽으면서 그 작품이 어떻게 '시류적 풍속성'을 포착하고 있는지를 분석한 최혜림, 「『사랑의 수족관』에 나타난 '일상성'의 의미 고찰」, 『민족문학사연구』 25호, 2004에서도 확인할 수 있다. 또한 김남천 소설에서 '고유명사'를 읽어 내고자 한 도모미, 「김남천의 취재원에 관한 일고찰」 참조.

64) 식민 본국으로부터 '세계사의 철학', '동아협동체론' 등 이른바 '동아 신질서' 구상의 기초 언설들이 양산될 때 나타난 특징적인 역사철학적 시대 규정이 바로 '근대/현대'의 문명사적 구분이었다. 즉 서구 중심의 보편주의적 세계사가 지배하던 시대를 '근대'라고 이름 붙여 분절시키고, 일본 중심의 '동양'을 비롯해 다중심의 문명사가 병존하며 충돌하는 새로운 시대를 '현대'라고 규정한 것이다. 이러한 성격을 갖는 '현대' 언설은 궁극적으로 일본이 주도하는 '대동아 공영권'의 자기 합리화로 귀착되었다. 이에 대해서는 차승기, 『반근대적 상상력의 임계들』, 2009 참조.

65) 미하일 바흐친, 『도스또예프스끼 시학』, 김근식 옮김, 정음사, 1988 참조.

지향을 품고 있었다면, 이와 크게 다르지 않은 이유에서 '현대'를 '전환기'로 경험하며 그것을 견디고자 하는 태도도 견지될 수 있었을 것이다. 서인식이 "짓테"(Sitte)와 "게뮤트"(Gemüt), 즉 윤리와 심정의 분리와 상극이 극에 달한 당대에 "부재 의식"[66]이 특징적으로 나타난다며 '부재 의식'을 해소한다 할지라도 그것은 "현대 에토-스에 대한 '비판'"과 "풍속 비판"의 길을 통해 모색되어야 한다고 주장했을 때, 김남천은 그 고민을 작품(『낭비』)에까지 반영하면서 그것이 쉽게 해결되기 어려우리라고 진단한다. 즉 윤리와 심정의 분리, 또는 '부재 의식'의 존재가 '전환기'의 특징적인 현상이라 할지라도 "세계를 통일할 하나의 구상이 나타나서 세계적 욕구를 만족시키"기까지는 "이 전환기가 한 사람의 생애 같은 것은 게눈 감추듯이 집어삼킬는지도 알 수 없다"[67]고 말하면서 조급하게 '새로운 원리'를 받아들이고자 하는 경향을 경계한 것이다. 또한 교토 학파의 '세계사의 철학'과 '동아협동체'론이 '동양의 통일'을 주장할 때, 서인식과 함께 동양 내부의 이질성을 말할 수 있었던 것[68]도 소설적 실험을 전개시켜 온 그의 경험과 무관하지 않을 것이다.

그러나 '전환기'를, 또는 '현대'를 내부로부터 초월하고자 하는 실험은 벽에 부딪히지 않을 수 없었다. 이는 1941년에 접어들어 전시 체제가 더욱 강화되고 '국가적' 차원에서의 인적·물적 동원이 극에 달하는 시점에 와서 "장편 소설을 개조하고 발전시키려는 생각이 (……) 고대 서사

66) 서인식, 「문학과 윤리」(『인문평론』, 1940. 10), 19쪽.
67) 김남천, 「전환기와 작가」(『조광』, 1941. 1), 『김남천 전집 I』, 682쪽.
68) 같은 글, 668쪽; 그리고 「맥」, 『춘추』, 1941. 2 참조. 사실 동양 내부의 이질성과 관련해서는 이미 1937년 11월에 미키 기요시가 "일본과 지나와의 사이에 '동양의 통일'이 민족적으로도 언어적으로도 존재하지 않는다고 하는 사실"에 대해 언급한 바 있다(三木清, 「日本の現実」, 『三木清全集 13』, 463쪽).

시와의 양식상 접근을 기도하려는 데는 충분한 이유가 있는 것"[69]이라며 그때까지 이론과 작품을 통해 일관되게 이끌어 왔던 실험을 배반하는 진술을 하기 때문만은 아니다. 또한 「등불」(『국민문학』, 1942. 3) 이후 「어떤 아침(或の朝)」(『국민문학』, 1943. 1)에 이르기까지 태평양전쟁을 수행하고 있는 일제의 국책을 수용하는 몸짓을 보이기 때문만도 아니다. 초월이 불가능했던 이유는 오히려 그의 실험이 지니고 있는 기술주의적 성격에 내재해 있었던 것으로 보인다. 이는 반드시 『사랑의 수족관』의 토목 기사 '김광호'가 미키 기요시의 '직분의 윤리'를 체화한 인물이고 김남천이 그 인물에게서 미래의 건강한 인간형을 발견했다는 것[70]을 말하는 것은 아니다. 왜냐하면 앞서도 언급한 바와 같이 이미 김남천은 자신이 만들어 낸 인물에 냉담하다는 알리바이를 마련해 놓고 있기 때문이다. 차라리 이 냉담함이 그의 기술주의와 관련될 것이다.[71] '현대의 풍속'을 포착함으로써 '전환기'를 내부로부터 초월할 길을 찾았지만, 그는 '기술(記述)하는 기술가(技術家)' 이상의 역할을 할 수 없었던 것으로 보인다. 그는 "불란서 사회가 역사가가 되고 나 자신이 그의 비서로서 근무하는 것으로 충분하였다"[72]는 발자크의 말을 인용하면서 그의 방법을 따르고자 했지만, 전체주의의 시대에 기술가는 "오로지 테크놀로지컬한 지성의 일관성에 의해 전시 동원 체제에 적극적으로 참여한"[73] 지식인

---

69) 김남천, 「소설의 장래와 인간성 문제」(『춘추』, 1941. 3), 『김남천 전집 I』, 713쪽.

70) 정종현, 「폭력의 예감과 '동양론'의 매혹」 참조.

71) 이 냉담한 기술주의는 내부에 젠더화된 위계 구조를 은폐하고 있기도 하다. 공임순, 「자기의 서벌턴화와 코스모폴리탄이라는 이념형」 참조.

72) 김남천, 「시대와 문학의 정신 : '발자크적인 것'에의 열정」(『동아일보』, 1939. 4. 29~5. 7), 『김남천 전집 I』, 495쪽.

73) 岩崎稔, 「ポイエーシス的メタ主体の慾望 : 三木清の技術哲学」, 山之内靖 外編, 『総力戦と現代化』, 188쪽.

들의 경로에서 벗어날 수 없었던 것이다. 총체적인 동원이 일상화된 현실에서 관찰자를 관찰 대상에 종속시키는 전술은, '현대의 풍속'에 대한 비판을 기술의 미메시스 아래에서 무기력하게 만들 수 있기 때문이다.

2부

지배의 테크놀로지와 장치

5장_명랑한 과학과 총체적 포섭의 꿈

전시 체제기 기술적 이성 비판

> 인간의 활동은 그 모든 방면에 있어서 기술적이다. 단지 협의에서의 기술에서만
> 이 아니라, 또한 예술에서만이 아니라, 나아가 과학에서도, 정치는 말할 것도 없
> 고 도덕에서도 기술적이다. (……) 단지 이른바 문화가 모두 기술적일 뿐만 아니
> 라 인간의 형성 그 자체가 기술적이다.
>
> — 미키 기요시, 『구상력의 논리』(1939)[1]

1. 머리말

1920년대 말의 세계 대공황 이후, 만주 사변을 일으킨 일본이 서둘러 만
주국을 세우고 이른바 '일만'의 엔(圓) 블록을 구축함으로써 자본의 위
기를 폭력적으로 해결하고자 했음은 주지의 사실이다. 그러나 이 같은
시도가 해결보다는 궁극적으로 폭력의 자기 증식을 불러왔다는 것 또한
주지의 사실이다. 여타 자본주의 국가들과의 경쟁 및 마찰이 심화되어
가는 가운데, 일본은 보다 안정적인 '세계'를 확보하기 위해 마침내 1937
년 본격적으로 중국을 침략했다. 한편으로는, 중국의 저항과 그에 따른
전쟁의 장기화라는 '위기'의 국면에 민족들 간의 협화를 이념으로 하는
일만지 블록의 '동아 신질서'를 구상하면서 일본 자본주의의 변혁을 꾀
하는 혁신 좌파들의 시도가 나타나기도 했다.[2] 하지만 '전쟁을 통한 변

---

1) 三木淸, 『三木淸全集 8』, 256쪽.
2) 중일전쟁기 중국의 저항에 봉착한 일본의 '위기' 국면에서 혁신 좌파들의 사상적 모험이 발

혁'의 기획은 쉽사리 '변혁을 위한 전쟁'의 정당화로 전환될 수 있었다. 그리하여 1939년의 제2차 세계대전 발발 이후, 내부로는 익찬 체제에 기초한 본격적인 전체주의 체제가 수립되고 외부로는 남방까지 포괄하는 '대동아 공영권' 건설을 통해 엔 블록의 지역적 확대가 기획되었지만, 전쟁의 목적으로 줄곧 외쳐졌던 '동양의 영원한 평화'는 결코 도래하지 않았다.

특히 장기적인 전쟁 수행 과정에서 이루어진 일본 내부의 체제 변혁은, '민족 협동체' 구상이 동아시아에서의 일본의 지배를 공고화하는 실천으로 귀착된 만큼이나 중일전쟁기 혁신 좌파들이 애초에 가졌던 의도를 무색하게 하는 것이었다. 자본의 지배를 정치적으로 제어하여 계급적 갈등을 해소하고 전체의 이익을 도모하고자 한 기획은 '고도국방국가'라는 전쟁 기계를 산출하게 된 것이다. 이미 1938년 4월 '국가총동원법'이 제정되어 전시 동원 체제가 구축되기 시작했고, 1940년 들어 모든 정당들이 차례차례 해산하고 군부, 관료, 우익 정치인들을 중심으로 '대정익찬회'(10월)가 발족됨으로써 7월에 수립된 제2차 고노에 내각의 이른바 '신체제'는 모든 영역에서 전체주의적 통제를 수행하게 된다. 익찬 체제를 통해 이미 불필요한 정치 활동을 배제한 '신체제'는, 경제적으로는 사적인 이윤 추구를 위해 경쟁하는 자본을 통제하여 전쟁 승리를 위한 국가의 목적에 종속시키고, 사상적으로는 공산주의·자유주의를 배격하며 천황제 전체주의를 일상적으로 교육·선전했다.

이렇듯 '전쟁 합리성'에 의해 이끌어진 일련의 일본 내 체제 변화 과정은 식민지/제국 관계에도 변화를 초래했는데, 그 변화의 지향은 단적

생·전개된 양상에 대해서는 米谷匡史, 「戰時期日本の社会思想」, 『思想』, 1997. 12 참조.

으로 말해 '외지'를—그 예외성의 표지는 결코 삭제하지 않은 채—'내지'로 실질적으로 포섭하는 데 있었다. 특히 포섭되어야 할 '외지'는 대륙 진출의 발판으로서의 조선이었다. '내지'에 '국가총동원법'이 제정된 후 곧바로 조선에도 적용되어 같은 해 6월에 '국민정신총동원 조선연맹'이 결성됨으로써 식민지 동원 체제의 기초를 마련했다.[3] 나아가서 이미 1936년 8월 미나미 총독이 부임해 오면서부터 줄곧 내세웠던 '내선일체'의 슬로건도 이후 육군특별지원병령(1938년), 제3차 조선교육령(1938년), 조선민사령(1939년), 징병제(1942년) 등 일련의 법제 확립과 더불어 사상적·제도적으로 더욱 강화되기 시작했다. 무엇보다도, 중일전쟁 이후 일본 제국의 지정학적 구상 속에서 대륙 진출을 위한 병참 기지로 설정된 조선에는, 군수 산업을 중심으로 한 중화학 공업 자본의 대량 유입이 본격화되는 한편, 산미 증식 계획과 농촌 진흥 운동 등 노동력을 동원하고 농업 생산성을 고도화하기 위한 일련의 시행책들이 마련되었다.

이 시기 일본이 채택한 식민지 동화 정책 및 개발 계획에 근본적인 목적이 있다면 그것은 더 많은 **생산성**의 동원에 다름 아닐 것이다. 생산성의 동원이란, 바꿔 말해서 단순한 인적·물적 동원의 차원을 넘어서 자연·생명·정신·노동 등에 대한 총체적 효율성의 동원이라 하겠고, 또는 양적 동원의 차원을 넘어서는 질적 동원이라 할 수 있는 것이다. 예컨대 사상범을 사회로부터 배제·고립시키는 것이 아니라 '전향'이라는 절차를 통해 사회로 포섭하는 방식,[4] '내선일체'와 '창씨개명'을 통해 식민지

---

3) '국민정신총동원 조선연맹'이 이후 '내지'에서의 '대정익찬회' 결성과 때를 맞춰 '국민총력 조선연맹'으로 개편되는 사정도 이 시기 '내지'와 '외지'의 긴밀한 연동 관계를 보여 준다.

4) 특히 중일전쟁기 이후 전향이 갖는 특징적인 양상에 대해서는 홍종욱, 「중일전쟁기 (1937~1941) 사회주의자들의 전향과 그 논리」, 서울대 석사논문, 2000. 그리고 이 시기 전쟁

인을 '국민'으로 호명하는 방식은 이 시기 지배와 동원의 특징을 예시해 준다고 하겠다. 이른바 고도국방국가라는 형태로 전체 식민지/제국의 체제가 변형되어 가는 과정은, 노동에 대한 자본의 포섭이 형식적인 것에서 실질적인 것에로 전환[5]되는 양상에, 나아가서 벌거벗은 생명의 공간이 정치 공간과 일치해 가는 과정[6]에 비유될 만한 것이다. 전쟁 합리성의 요청에 의해 기존의 유한한 대상적 세계를 절개할 뿐만 아니라 주체/객체의 경계마저 넘어 새로운 잠재성을 현실화해 내는 고도국방국가의 동원을 고도화된 기술의 동원이라고 이름 붙여도 좋을 것이다.

이 무렵 식민지/제국의 지극히 제한된 언설 장에서는 기술, 자연과학, 과학 교육 등에 대한 논의들이 눈에 띄게 출현하는데, 이는 같은 시기 식민지/제국 체제가 전시 총동원 체제 구축의 방향으로 재편되면서 기술의 동원이 이루어지는 과정과 맞물려 나타난 현상이라고 할 수 있겠다. 물론 식민지의 경우 기술을 둘러싼 논의에 있어 양적·질적으로 '내지'에 비견될 바가 되지 못할 뿐만 아니라, 그 논의의 방향도 기술의 동원 및 실천의 층위로 제한되는 경향이 뚜렷이 드러난다.[7] 하지만 이러

과 식민지/제국 체제의 질적 변화 과정에서 생산된 언설 장의 성격에 대해서는 이 책의 1장을 참조.

5) 칼 맑스, 『경제학 노트』, 김호균 옮김, 이론과실천사, 1988, 88~106쪽 참조.

6) 아감벤, 「서문」, 『호모 사케르』 참조.

7) 식민지하에서의 과학 기술 논의 및 그 실제에 대한 연구는 특히 1990년대 중반 이후 과학사를 전공하는 연구자들에 의해 상당히 진척되어 온 것으로 보인다. 그러나 여전히 역사적 사실의 정리가 큰 부분을 차지하고 있으며, 식민지 과학 기술의 실제를 '한국 근대 과학(기술)사'의 일부분으로 포섭하고자 하는 목적이 과학(기술)사 서술의 관점을 결정하는 중요한 요인으로 남아 있는 듯하다. '한국 근대 과학(기술)사'로부터 이질적인 것을 추방하기 위해 과학 기술의 점유자 및 사용자의 민족적(인종적) 귀속을 기준으로 내세우는 과학기술사의 서술 시야 속에서는 전시 총동원 체제의 기술 동원이 갖는 의미도 동원하는/되는 사람의 민족적(인종적) 귀속에 따라 결정된다. 예컨대 이 같은 '속인주의'를 식민지 시기 과학기술사 서술의 원칙으로 제시하고 있는 연구로는 김근배, 『한국 근대 과학기술인력의 출현』, 문학과지

한 차이 자체가 이 시기 식민지/제국 체제의 지정학적 배치가 지닌 기술적 의미를 보여 준다고 하겠다. 이 글은 중일전쟁 발발 이후, 특히 이른바 '신체제' 수립을 전후한 시기에 등장했던 과학 기술 논의들[8]을 실마리 삼아 제국 일본의 고도국방국가 건설 기획의 성격과 그에 따른 식민지 동원의 특성, 과학 기술의 논의 및 실천이 갖는 문화적 의미, 그리고 지식인들의 전향의 윤리와 기술의 관계를 살펴보고자 한다.

2. 명랑한 지성의 전망

백철은 중일전쟁 이후의 조선 사회와 조선인의 운명을 전망하는 소설 「전망」[9]에서, 이 시기 전향자가 만들어 낸 자기 정당화 논리의 일단을 보여 주고 있다. 서술자 '나'는 사회주의자 김형오의 죽음을 "시대 하나를 전송하는"(195쪽) 의식(儀式)으로 위치 지으며, 같은 맥락에서 '황군'(皇軍)에 의해 중국의 낡은 성들이 무너져 가는 모습을 "낡은 것이 지나가

성사, 2005 참조.
8) 이 글에서는 특별한 경우를 제외하곤 '과학', '기술', '과학 기술'이라는 서로 구별되는 개념을 같은 맥락에서 함께 사용하고자 한다. 이 시기 실제로 개념들이 엄밀한 구별 없이 혼란스럽게 사용되기도 하였거니와("당시 조선에서는 과학, 기술, 공업을 구분하지 않고 통칭해서 과학으로 인식하고 있었다" 같은 책, 250쪽), 특히 '기술'이라는 개념이 "일정한 목적을 달성하기 위한 모든 수속 모든 수단의 모든 종합 모든 체계"(윤규섭, 「현대기술론의 과제」, 『동아일보』, 1940. 7. 10)를 뜻하는 가장 넓은 의미에서 이해되었던 것 자체가 이 시기의 특징적인 모습을 보여 주기 때문이다. '과학'의 경우엔 더욱 복잡해서, 기술 개념을 자체에 내포하는가 하면 응용으로서의 기술을 배제한 순수과학(학문)을 뜻하기도 하고 '서구 문명', '맑스주의' 등의 표상으로 사용되는 등 언제나 이미 이데올로기에 오염되어 있는 개념이기 때문에, '과학'의 개념사 자체가 하나의 거대한 연구 과제에 해당된다. 이 글에서는 잠정적으로 '신체제' 시기를 전후하여 나타나는 과학, 기술, 과학 기술 논의에서 개념의 최대공약수를 찾아 전시 체제기 지배와 동원의 성격을 고찰하기 위한 실마리로 삼고자 한다.
9) 백철, 「전망」, 『인문평론』, 1940. 1. 본문에서 인용시 직접 쪽수를 표시.

고 새로운 건설이 오는"(219쪽) 광경으로 의미화하고 있다. 아시아적 정체성(停滯性)의 표상인 낡은 성이 붕괴된 이후 새로운 건설이 시작된다면, 김형오의 시대를 전송한 후 새롭게 맞이하는 것은 누구의 시대인가. 백철은 하나의 스테레오타입적인 해결책으로 형오의 사생아 영철이라는 소년을 제시하고 있다.

언제나 이상적인 타자에 맹목적으로 매료당할 때에만 자신의 존재의의를 찾을 수 있는 '나'[10]는 "형오와 앉아 있는 동안에도 혼자서 가끔지금 우리 앞에 일어난 전쟁과 동양의 미래를 생각해 보는 일이 많았지만 그때마다 형오의 얼굴을 건너다보고는 역시 이 시대에는 아무 새로운 것이 나타나지 않은 증거라고 단정해 버렸다"(233~234쪽). 즉 형오의 세계가 살아 있을 때에는 '중일전쟁의 세계사적 의의'라는 것도, 서양=근대를 초극한 동양적 세계라는 것도 '나'에겐 아직 현실이 아니었다. 하지만 형오가 죽은 후 "태양과 같이 황홀"한 소년 영철의 출현 앞에서 '나'는 생의 회복과 기쁨을 깨닫는 "신비스러운 비약"(234쪽)을 경험한다. 과거의 빛이 꺼짐으로써 비로소 새로운 빛 속에 서게 된 것이다. 그렇다면 과연 영철이 지니고 있는 "이상한 광명"(248쪽)은 어디에서 오는 것이며 그것은 무엇을 연소시켜 발광하고 있는 것인가.

그 빛은 우선 "생의 약동"(234쪽)에서 오는 것으로 보인다. 형오의 자살이 가져다 준 충격으로 한 달 여 앓아누워 있던 '나'는, 미처 회복되지 않은 자신을 부축하여 뒷산으로 이끄는 소년의 손길에서 "가슴에 뻑

---

10) "그 전에는 역시 내가 너무 김형오와 가까이 생활한 때문에 가까운 데서 오는 빛깔의 반사 때문에 내 눈은 맞은편에서 오는 다른 빛깔에 대하여 시력을 잃고 있었다. 그것이 지금 형오의 존재가 내 시야에서 물러가자 그 동시에 이번은 반대편에서 오는 광채에 내 눈이 황홀해졌다"(235쪽). 이 "반대편에서 오는 광채"의 정체가 소년 영철임은 말할 것도 없다.

차오는 감격"을 느끼고, "내 손목을 잡은 소년의 따뜻한 피의 온기"(235쪽)에서 행복과 희망을 느낀다. 건강한 소년의 약동하는 생명력은 '나'에게 그 자체 감격적인 것이며, 그 생명력을 나눠 받음으로써 '나'의 건강은 "자발적으로 회복"(236쪽)될 수 있었다.

아울러 그 빛은 소년이 가지고 있는 '새로움'의 가치에서 온다. "그 소년은 모도가 새것"(234쪽)인 것이다. 모든 것을 처음 접하는 듯이 바라보는 소년의 호기심과 열정에 가득 찬 눈은 '나'에게 "생에 대한 새로운 의미를 발견하는 생활, 보충과 창조"(236쪽)를 가질 수 있게 해준다. 형오로 상징되는 세계를 상실한 후 절망하고 있던 '나'가 "작품을 다시 계속하고 싶은 정렬"(236쪽)을 가지게 된 것도 이 새로움의 자극이 있었기 때문이다. 이렇게 볼 때 '나'가 영철과 함께 보낸 시간이 주로 뒷산이나 냇가 등 이른바 '자연적' 환경 속에서였고, 영철의 지적 호기심과 열정이 대체로 자연적 사물 또는 자연적 현상에 집중되어 있던 것도 새로움에 대한 감각과 무관하지 않다. 이 '자연적인 것'은 마치 거기로 복귀하여 세계와의 관계를 다시 처음부터 새롭게 만들어 갈 수 있는 '본래성'의 영역인 듯이 보인다.

이렇듯 약동하는 생명력과 새로움이 세계와의 '명랑한' 관계를 가능하게 하는데, 사실 이 '명랑성'이야말로 '나'가 소년 영철에게서 발견한 빛의 정체라고 할 수 있겠다. "혼자 있으면 흔히 고독하고 어두운 것을 느끼는" '나'지만, "그와 접하면 자기도 모르게 생활이 명랑"(248쪽)해진다. 소년 영철로부터 넘쳐나는 '명랑성'의 빛에 눈멂으로써 전향자 백철 또는 '나'는 비로소 형오의 세계로부터 완전히 벗어나게 된다. 아니, 오히려 이미 형오의 세계로부터 벗어난—또는 벗어나지 않을 수 없었던—자기의 새로운 존립 근거를 마련하기 위해 '명랑성'의 빛에로 눈을 돌렸다고 하는 것이 사실에 부합할 것이다.

그렇다면 이 빛은 무엇을 연소시켜 발광하고 있는가. 다시 말해 '나'
가 영철에게서 발견한 약동하는 생명력과 새로움은 세계와 어떤 관계를
맺기에 명랑할 수 있는가. 그 관계의 본질은 세계를 대하는 과학적이고
실증적인 태도에 있다. 영철은 단순히 생명력으로 충만한 소년이기 때문
에 빛나는 것은 아니다. 영철은 "수학(算術)과 리과(理科)"에 천부적인
재능을 가지고 학교에서 배운 것을 "실제의 물건을 가지고 일일히 실증
을 해가는 그 치밀한 태도"(241쪽)를 통해 '나'가 알지 못하거나 망각해
버린 세계의 잠재성을 발견해 낼 수 있기 때문에 빛나는 것이다. '나'의
경탄할 만한 영철이 가지고 있는 것은 이러한 과학과 실증의 천재이며,
영철이 가지고 있지 않은 것은 미리 주어진 이데올로기다. 김형오는 "옛
날의 낡은 타입의 영웅을 사모하면서 자라났는데 하나는 위대한 과학자
를 목표하고 나가는 것이다. 김형오는 벌써 오늘에 올 타입이 아니고 과
거를 대표한 인물이었다. 역시 이제부터는 영철군과 같은 인물이 금후의
시대를 대표한 타입이다"(251쪽).

혁명가에서 과학자로. 백철은 이데올로기적 선입견으로부터 자유
로운 과학적 태도, 주관적 편견을 배제하고 호기심과 열정만으로 세계와
대면하는 태도를 새로운 시대가 요구하는 새로운 삶의 자세로 제시하면
서 중일전쟁기 전향을 정당화하고 있다. 얼핏 과학에 대한 강조는, 특히
자연과학적 호기심에서 출발하는 과학적 태도에 대한 강조는 근대 초기
의 계몽주의적 이성을 떠올리게 한다.[11] 그러나 계몽주의적 이성에게 과

---

11) 계몽주의 시대의 철학에 미친 자연과학의 영향에 대해서는 에른스트 카시러, 『계몽주의 철
학』, 박완규 옮김, 민음사, 1995, 63~69쪽 참조.

학이 그 자체 세계관적 성격을 가진 것이라면 중일전쟁기 백철의 과학에는 그러한 성격이 삭제되어 있다. 더욱이 조선의 경우 근대 초기 과학 및 과학 기술은 '야만'에서 '문명'으로의 존재론적 전환을 가능하게 하는 힘으로서, 삶의 양식 전반의 서구적 개조와 관련된 이데올로기적으로 특권적인 개념이었다.[12] 이에 반해 백철의 과학은 과학적 세계관의 탁월성과도 문명론의 그림자와도 무관한, 일상 속에서 과학적 지식을 적용하고 검증하고 실천하는 '행위'이다. 백철에게 있어 과학적 세계관이란 오히려 "낡은 타입"과 관련된 것이다. 1920~1930년대의 맑스주의적 세계관을 떠올리는 과학성과는 달리 세계관으로서의 지위를 요구하지 않는, 그리고 서구적 근대에 압도당했던 패배의 역사를 상기시키지 않는 실용적인 과학성이다. 따라서 이 과학적 지성은 명랑하다.

그런데 주목해야 할 것은, 이 명랑성이 전쟁이 벌어지고 있는 '사실의 수리'[13]와 결합하고 있다는 점이다.

내 앞에는 아세아의 누런 흙빛의 지도가 나타나고 다시 지도는 소년의 행렬의 광경으로 덮이여 버린다. 그것은 명랑한 광경이 아닐 수 없다. 그러기에 내가 이번 전쟁에 희망을 두는 것을 생각하면 이번 사변과 직접 내가 연을 가진 것이 아니라 저 소년의 행렬을 통하여 간접으로 그것을 느낀다. 간접으로 영철군을 통하여 거기 참례하고 미래를 내다보는 것이다. (249쪽)

---

12) 길진숙, 「『독립신문』·『매일신문』에 수용된 '문명/야만' 담론의 의미 층위」, 『국어국문학』 136호, 2004 참조.
13) 중일전쟁기 '사실'을 둘러싼 논의와 그것이 갖는 윤리성에 대해서는 이 책의 2장 참조.

난징(南京) 함락을 축하하는 소학교 생도들의 깃발 행렬 가운데 영철이 있는 것을 보며 '나'는 명랑한 기분으로 새로운 미래를 전망한다. 그리고 "자기의 빛나는 일에 몰두"하고 있는 영철을 바라보면서 "동양의 찬란한 미래"(251쪽)를 꿈꾼다. 이 결합은 어떻게 가능할 수 있었는가. 과학적 태도는 어떻게 전쟁에 대한 긍정과 명랑하게 결합될 수 있었는가. 과학적 지성은 어떻게 일본이 선전하는 '동양의 미래'에 대한 희망과 결합될 수 있었는가.

3. 문화과학에서 자연과학으로

혁명가에서 과학자로의 주체상 변화를 시대 전환의 의미로 제시한 작가는 백철만이 아니다. 김남천은 「길 우에서」 및 『사랑의 수족관』의 토목기사 K=김광호를 통해, 유진오는 『화상보』[14]의 식물학자 장시영을 통해 중일전쟁 이후 이른바 전향의 시대의 풍속을 보다 객관적으로 보여 준바 있다. 요컨대 백철이 미래의 주체로서 과학자를 선택한 행위는 단지 백철 자신 또는 '나'의 전향을 정당화하고자 하는 주관적인 목적으로부터 비롯된 것만은 아니다. '현대의 풍속'을 포착하고자 한 김남천과 '시정 속에서 영원의 인간상을' 발견하고자 한 유진오는 직업인으로서의 기술자 및 과학자라는 형상을 통해—'과학적 세계관'이 아니라—'과학 기술'이 새로운 시대적 키워드로 등장하고 있는 양상을 보다 개연성 있는 세계 속에서 보여 준 바 있다.[15]

---

14) 유진오, 『화상보』(『동아일보』, 1939. 12. 8~1940. 5. 3).
15) 그러나 간과하지 말아야 할 것은, 김광호가 '현대 조선의 풍속'을 드러내고자 하는 과정에

사실 '기술자'는 이 시기의 새로운 주체상의 하나로 주목될 만하다. 중일전쟁 이후 신문지상에는 연일 계속되는 전황 보고와 함께 '기술자 부족'을 호소하는 기사들이 빈번히 등장하고 있다. 예컨대 부족한 기술자를 유치하기 위한 회사들의 경쟁이 치열해지자, 각 기술공업학교 졸업생들에 대한 특정 회사의 독점 행위를 방지하기 위해 총독부가 국가총동원법에 의거 '졸업생사용제한령'을 발령할 정도였다.[16] 사정이 이러하므로 기술자들의 몸값이 치솟게 되고,[17] 기술 전문직이 젊은이의 유망직종으로 각광을 받게 되는 것은 당연한 결과였다.[18] 물론 이렇게 기술자가 부족하게 된 데에는 중일전쟁 이후 제국 일본의 지정학적 기획 속에서 식민지 조선이 병참 기지로 위치 지어지고, 그에 따라 군수 산업과 관련된 국책 회사가 대거 조선에 진출했기 때문이다.[19] 그리고 이러한 변

서 포착된 인물인 반면, 장시영에는 지식인의 현실 대응에 대한 작가의 입장이 보다 강하게 투영되어 있다는 점이다. 『화상보』의 '자연과학'을 식민지/제국에서의 로컬리티 문제와 결부시켜 논의한 연구로는 김성연, 「방언집과 에스페란토, 그리고 '조선 생물학'」(연세대학교 국어국문학과 BK21 한국 언어·문학·문화 국제인력양성 사업단 주최, '한국 문학·문화/글쓰기 국제학술대회 : 한국 근대문학(문화)과 로컬리티' 발표문, 2007. 12. 14) 참조.

16) 「기술졸업자 태부족, 求之不得의 비명」, 『조선일보』, 1938. 11. 17. 이 기사에 따르면, 1939년에 새로이 요구되는 기술자의 수는 3,700여 명에 달하는데도 불구하고 경성고등공업학교, 경성공업학교, 진남포상공학교 등 기술학교의 졸업 예정자가 73명에 지나지 않아 총독부가 내지 졸업생의 조선 유치 운동을 벌이기까지 했다. 이러한 사정은 해가 바뀌어도 크게 바뀌지 않았다. 「기술졸업자 황금시대, 六千名 요구에 七百八十名을 배정, 기술자 획득난으로 각종 산업에 지장」, 『동아일보』, 1939. 10. 4 참조.

17) 예컨대 「선풍적 구인난, 명춘 졸업생 모두 賣約濟 격심한 쟁투전에 도리혀 비명, 기술교생 더욱 기고만장」, 『동아일보』, 1938. 11. 16; 「기술자 기고만장, 소회사의 비애, 삼고초려로도 모셔갈 수 없는 판」, 『조선일보』, 1938. 12. 24; 「기술자 만세! 대전공학졸업생 七十名 전부 취직의 健步」, 『동아일보』, 1939. 3. 8 등 참조.

18) 역시 한 신문 기사에 따르면, 일본고주파중공업 주식회사가 '종업원양성소'를 설치하고 200명을 모집하자 10,000여 명이 지원하여 50대1이라는 엄청난 경쟁률을 보여 주었다. 「수험연옥의 초특기록, 고주파양성소생 二百名 모집에 지원자 一萬餘名, 과연! 기술자만능시대」, 『조선일보』, 1939. 2. 27; 이밖에도 「학교마다 초만원, 경성공업은 六對一, 경기고여는 四對一, 역시 기술자 지망 高率」, 『동아일보』, 1939. 2. 21 등 참조.

화에 대응하여 총독부는 기술자를 대량 양성하기 위한 공업학교 확충 계획을 세우게 되고, 이는 다시 기술 직종에 대한 대중들의 지향과 그 직업의 사회적·경제적 지위를 강화하는 결과를 낳게 된다.[20]

이러한 분위기 속에서 기술자 또는 과학자들의 사회적인 발언도 눈에 띄게 나타나는데, 그 한 예로 공업학교 교수, 의사, 자연과학자와 문예평론가가 함께한 한 '과학 진흥 좌담회'[21]를 살펴보자. 이 좌담회에서 이루어진 전체적인 논의는 과학 교육을 강화하여 과학 연구와 생활의 과학화를 도모해야 한다는 주장으로 수렴될 수 있다. 이 시기 '과학 기술'에 대한 관심이 급속히 대두하고 있는 현상은 경성고등공업학교 교수인 안동혁이 "인생 전체가 자연과학이 아닌가 하는, 즉 한쪽으로 치우친 느낌도 없지 않아 있"(292쪽)다고까지 말하는 대목에서도 짐작할 수 있는데, 이와 관련하여 박치우는 이렇게 말하고 있다.

박치우: (……) 이번의 지나 사변과 또한 독일의 전승(全勝)에 자극되

---

19) 「총독부도 기술자난, 産金사무 산적정체」, 『조선일보』, 1939. 6. 3 참조.
20) 「삼천오백명 채용에 생산되는 기술자 근 七十名, 인적 자원 증산계획 착착 진보」, 『동아일보』, 1938. 12. 5; 「직업학교를 대확충, 기술자 대량양성, 명년도에 二十萬圓 예산계상」, 『조선일보』, 1939. 7. 5 등 참조. 특히 총독부의 기술자 양성 계획은 효과적인 자원 개발을 위한 광산 기술자 및 기계 기술자 양성에 중점이 두어져 있었다.
   한편, '내지'에서는 같은 해 국가총동원법에 의거 '공장기술자교육령'을 발령하여 모든 대기업에 사내 기술 훈련 시설을 의무적으로 설치하게 했다. 테사 모리스 스즈키, 『일본 기술의 변천』, 박영무 옮김, 한승, 1998, 182쪽 참조.
   중일전쟁 이후 식민지 조선에서의 총독부의 이과 교육 정책 및 과학 기술 교육 기관의 확충 과정에 대해서는 김근배, 『한국 근대 과학기술인력의 출현』, 4부 참조.
21) 「과학에의 돌진 : 교육 조선의 신코스」, 『조광』, 1940. 11. 이 좌담회의 참석자는 다음과 같다. 안동혁(경성고공 교수), 최희영(경성제대병원 위생학 교실), 문인주(경성제대병원 마쓰이[松井] 외과), 한인석(연희전문 이학 교수), 서인식, 박치우, 그리고 잡지사 측으로는 이갑섭. 본문에서의 인용은 차승기·정종현 엮음, 『서인식 전집 2』에 의한 것임. 본문에서 인용시 직접 쪽수를 표시.

어 일반의 관심은 **문화과학으로부터 자연과학에의** 흥미로 변하여 가는 것 같습니다. 이것은 자극이 있으니까 비로소 관심들을 갖게 되었다는 의미에서 좋지 않을지 모르나 동기나 목적이야 어찌 되었든 시대의 기회를 타서 자연과학 방면으로 일반의 관심이 간다는 것은 파행적인 현 사회 실정에 비추어 좋은 일입니다. (295~296쪽. 강조는 인용자)

백철이 중일전쟁 발발 이후의 이른바 '시대적 전향'의 지향성이 김형오로부터 영철에게로 나아간다고 판단한 것과 마찬가지로, 박치우는 시국의 영향하에 사고와 지식의 패턴이 문화과학에서 자연과학으로 이행하고 있음을 지시하면서 그 현상을 바람직한 것으로 평가하고 있다. 박치우뿐만 아니라 대부분의 좌담회 참석자들은 그동안 문화과학이 비정상적으로 중요시되어 온 현상을 문제시하면서 자연과학의 시대를 환대하고 있다. 안동혁은 "문화과학에의 편중은 오랜 병이 되어서 속히 고칠 방법을 생각"(294쪽)하지 않으면 안 된다고 주장하면서, 문화과학을 "위에 서서 통제하는 관습"(296쪽)과 연관시킨다. 경성제대병원 외과의인 문인주는 "근대의 청년들은 자연과학에 매력을 느끼고 거기에 대한 열정을 품고 있으나 자기네의 마음을 만족시킬 만한 기관이 없고 하니까 자연 거기에 무관심하게 되는 것"(294쪽)이라 말하면서, 대부분의 잡지들에 문학적인 기사가 주를 이루고 있는 현상에 대해 비판한다. 대체로 참석자들은 교육, 매체, 연구 기관 등의 확충을 통해 기초 과학과 응용 과학에의 연구를 활성화할 것을 입을 모아 주장한다.

이 좌담회에서는 과학을 문화과학과 자연과학으로 분리시키고 있는데, 문화과학은 자연과학을 보다 전면에 드러내기 위해 호출된 개념에 불과한 것으로 보인다. 따라서 자연과학이 순수 과학과 응용 기술 과학을 모두 아우르는 개념으로서 포괄적으로 사용되는 것과 마찬가지로 문화과학의 함의 역시 지극히 불분명하다.[22] 더욱이 문화과학이 "경제니, 법과니, 상과니 하는 부문"(안동혁의 말, 296쪽)에까지 관련된 것으로 여겨질 때 문화과학의 '문화'는 상식적인 개념의 한계를 훨씬 초과한다. 그러나 중요한 것은 '문화'와 '자연'의 각각의 과학이 함축하는 내용이 아니라 그 분리가 산출하는 효과에 있다. 요컨대 '문화과학에서 자연과학으로'라는 슬로건은 사고와 지식의 패턴이 이행하고 있는 현상을 지시하는 방식을 취하면서 동시에 이성의 '특정한 사용'을 과거화하는 언설 효과를 발휘한다. 그 효과에 따라, 한정된 대상을 관찰·분석하여 구체적인 지식을 획득하고, 그 지식을 다른 대상에 응용하여 결과를 산출하고, 산출된 결과를 통해 다시 대상을 관찰·분석하는 순환 과정을 거침으로써 그 대상에 대한 구체적이고 완선한 지(知)에 도달하고자 하는 노력 이외의 이성의 사용은 배제되거나 적어도 고려의 대상이 되지 않는다. 즉 '전체에 대한 염려'—자연과학적인 지식과 그것의 실천이 갖는 사회적 효과에 대한 생각까지 포함하는—는 구태의연한 것 이상이 되지 못하는 것이다.

그러나 오해되지 말아야 할 것은, 이른바 '문화과학에서 자연과학으로'라는 이행의 표현이 말 그대로 자연과학이 문화과학을 '대체'한다는 내용을 지시하는 것이 아니라는 사실이다. 그것은 오히려 자연과학으

---

22) 문화과학에서 자연과학으로의 전환이라는 표현이 최소한의 지시적 의미를 가지고 있다면, 문화과학의 함의는 이전 시기 존속했던 물질문명과 대비되는 정신적 가치, 또는 모든 인간적 산물들을 탐구하는 방법, 나아가서는 인간의 삶과 역사의 변혁을 헤아리는 사유 관습에까지 유추해 볼 수 있을 것이다. 1920년대 문화의 개념 및 (주로 최남선의 용어로서) 문화과학의 의미에 대해서는 김현주, 『이광수와 문화의 기획』, 태학사, 2005의 결론 부분 참조.

로 표현된 실용적이고 기술적인 이성의 사용이 문화 및 문화과학을 배제적으로 포섭한다는 보다 심각한 전환을 지시한다. 다시 말해 기술적 의미를 갖는 자연과학에 과학성의 권위를 부여함으로써 문화과학을 자연과학 외부에 붙들려 있는 결여된 과학으로 재정위하는 어떤 전도를 징후적으로 지시하는 것이다. 바야흐로 맑스주의의 용어 사전에서 '전체성에 대한 반성적 사유'와 동의어였던 (문화)과학은 이성의 기술적 사용 절차에 대한 반성으로 전도되어야 했고, 부르주아적 자유주의의 문맥에서 자기 목적적 자율성의 영역이었던 문화(과학)는 보다 상위의 기술적 연관 속에서 유기적인 일부분으로 쇄신되어야 했던 것이다.[23]

(이 좌담회의 시간 의식에 따라) 이미 과거의 것이 되었음에 틀림없는 맑스주의적 과학 개념을 고수하고자 하는 이는 서인식 정도에 불과하다.

> **서인식** 그러나 지금까지의 경험으로 미루어 보아서 하나의 폐해라고 생각할 수 있는 것은 가령 과학 하면 과학 그것만이 고조되고 **과학적 정신**이란 측면이 무시되지 않나, 즉 과학의 실천적 측면과 합리적 측면이 경시되지 않나 하는 점입니다. (293쪽. 강조는 인용자)

> 일반 사회가 생산 기술에만 치중했고 지육(知育)에는 등한해서 과학 지식의 몰각을 볼 수 있는데, 앞으로는 그렇게 과학 지식이 매몰되지 않도록 일반 과학 전체에 대한 지식을 넓히고 합리적인 사회를 형성하

---

23) 이 이행 및 전도가 전시 체제기 요구되었던 새로운 윤리의 문제와 결부되는 측면에 대해서는 5절에서 좀더 살펴보게 될 것이다.

기에 노력해야 할 것입니다. (301쪽)

　서인식은 '과학적 정신'이라는 말로 사회적 관계 전체를 합리적으로 사유할 수 있는 능력을 표현하고 있는 것으로 보인다. 즉 특정한 실험 대상에 몰두하여 그 대상의 본질을 드러내 밝히고 그로부터 쓸모 있는 것을 끄집어내는 좁은 의미에서의 과학 기술보다, 사회적 관계를 합리적으로 사고하고 변화시킬 수 있는 "전체에 대한 지식"을 요청하고 있다.[24] 그러나 이러한 의미의 '과학적 정신'은 안동혁에 의해 '(자연)과학적 방면에 노력하는 정신'으로 번역[25]되고 좌담회의 화제는 문화과학의 편중을 비판하는 데로 나아간다.

　실로 이 시기 과학자, 기술 전문가들에게 '전체에 대한 염려'는 현저하게 결핍되어 있었던 것으로 보이는데, 이는 물론 그들 개개인의 한계라기보다는 과학자 또는 기술 전문가로서의 그들의 '기술적 위치'에 의해 규정되고 기대되는 태도로부터 비롯되는 문제라 하겠다. 태평양전쟁 발발 후의 한 좌담회에서, 해방 후 노벨상 수상자 후보에까지 올라갔던 인물을 포함해 '내지'에서 인정받을 만큼 실력 있는 조선의 대표적 과학자들이 과학과 현실의 관계에 대해 발언하고 있지만, 자신들의 연구가

---

24) 서인식은 이러한 관점에서 줄곧 '과학적 정신'을 강조해 온 바 있다. 그는 "과학적 정신은 냉대받음에 불구하고 과학적 기술만은 열병에 가까운 수요를 일으키고 있"는 현상을 비판하면서 "정치의 구심적 요구에 의하여 과학의 발달이 불균등적, 파행적 상태를 계속"하고 현실을 우려하고 있다. 서인식, 「과학과 현대문화」(『동아일보』, 1939. 3), 『서인식 전집 1』, 172쪽.

25) "안동혁: 물론 그렇습니다. 과학적, 문화적 두 방면이 결합해야만 진정한 과학 문명의 달성을 바랄 수 있습니다. 그러나 이러한 결합은 우리들의 문제만이 아니라 동양 전체의 결함이라고 생각합니다. 현재에 있어서 절실히 필요성을 느끼지만 자연과학이 조선에 있어서 발달되지 못한 이유는 이 방면에 노력하는 정신이 부족하지 않은가 하는 점입니다"(293쪽).

수행되는 사회적 조건과 효과에 대한 의식은 특정한 방향에서 배타적으로 조정된다.[26] 그들에게 전쟁은 과학의 진보를 돕는 드문 기회 이상으로는 의미화되지 않는다.

> **이승기** (……) 전쟁이야말로 우리에게 과학 정진에 좋은 기회를 주었고 중대한 시련이라고 할 것입니다. (……) 어느 나라에도 떨어지지 않으려고 우리 과학 전사들은 정진하고 있습니다.
>
> **이태규** (……) 이번 세계대전으로 말미암아 과학 세계에도 외국의 것이 없어도 창작이 가능하다고 봅니다.
>
> **박재철** 아무래도 초년에는 좀 떨어질는지 모르겠으나 점점 시일이 지날수록 자부심이 생기고 외국을 의존하던 것을 파기할 뿐 아니라 한걸음 더 나아가서 세계적으로 인도해 나간다는 각오를 가지게 될 것입니다. 현실적으로 저서는 안 되겠다는 각오가 생기게 되면 창조에 나아가는 좋은 기회가 될 것입니다. 그러므로 이번 전쟁에 희망을 가지는 것입니다.[27]

전쟁에서 이기기 위해서는 각종 무기류는 물론 전쟁을 효과적으로 수행할 수 있는 다양한 군수 물자를 모자람 없이 공급하는 것이 필수적이다. 영국, 미국 등 이른바 자유주의 진영을 적으로 돌리고 싸우는 일본

---

26) 이 시기 과학(지식)과 현실의 만남은 절망적일 정도로 전쟁 합리성에 의해 제약되고 있었는데, 그 가장 극단적인 양상은 생명정치의 국면에서 드러난다. 최희영, 「단종의 우생학적 비판」, 『조광』, 1941. 9 참조.

27) 「三博士座談會: 과학세계의 전망」, 『춘추』, 1942. 5, 38~39쪽. 이 좌담회에는 이승기(교토제대 조교수, 공학박사), 이태규(교토제대 조교수, 이학박사), 박철재(교토제대 물리학교실, 이학박사)이 참석하고 있다.

의 전쟁은 초기부터 자원을 둘러싼 전쟁으로서의 성격을 강하게 가지고 있었다. 그러므로 식민지/제국 전체에 걸친 총후에서 전면적인 노동력의 동원과 생산력 증강이 추진되었음은 주지의 사실이다. 그런데 한편에서 생산력의 양적 증대가 이루어졌다면, 다른 한편에서는 부족한 자원 및 원료를 대체할 수 있는 새로운 물질의 개발이 요구되었다. 이 양 측면 모두에 과학 기술자들의 노력 동원이 이루어졌음은 물론인데, 특히 새로운 물질을 개발하는 작업은 과학의 진보와 발전을 위해 소망스러운 일로 여겨졌다.

새로운 물질을 개발해야 할 필요성은 기본적으로 새로운 현실로부터 온다. 더 이상 기존의 물질과 그 쓰임새로는 도구적 연관의 세계를 운영할 수 없을 때 새로운 물질 또는 새로운 사용 방법의 창안이 요청된다. 그런 의미에서 이 새로운 현실은 대상 인식의 변화를 가져오고, 그 변화된 인식에 기초하여 새로운 물질 및 쓰임새를 발명하고 그로써 도구적 연관의 세계를 새롭게 구축한다. 요컨대 과학 기술은 고정된 채 동일성을 유지하고 있는 것처럼 보이는 세계를 절개하여 그곳으로부터 무한한 개발과 이용의 잠재성을 발견하고 그것을 현실화시킴으로써 궁극적으로 새로운 세계를 형성한다. 그런데 이 시기 직접적으로 세계를 확장시켜가는 한편 기존 세계가 숨기고 있는 잠재성의 현실화를 촉발시키는 동력은 무엇보다도 전쟁이었다. 의외로 과학 기술은 행동의 철학과 친연성을 갖는 것으로 보인다.

참으로 지나 사변은 우리 내선인의 인식의 호리손트[Horizont, 지평─인용자]로 동아만치 크게 확대시킨 것이다. 우리의 인식을 이와 같이 확대 변화시킨 원인은 물론 일본의 대륙 행진이란 사실이 철학자의 논의를 무시하고 명확히 실현되고 있는 것이다. 종래의 관상적(觀想的) 인식론이 순수 사유로 취급한 것도 세밀하게 해석하여 본다면 의욕적, 의지적 행동적 요소가 들어있을는지 차라리 이러한 요소만이 인식을 인식으로써 가능시킨다는 주장이 이러한 현상 가운데 우리의 주위를 둘러싸고 이러나는 역사적 사실이 스스로 증명한다.[28]

근대적인 순수한 과학적 인식론에 따르면 명석판명한 인식이 배제해야 할 것은 다름 아닌 주관성이다. 주관성은 인식적 오류의 모든 원천이며, 따라서 철저한 의심의 대상이 되어야 한다. 탈근대적 인식론 또는 과학철학이 등장한 이후 주관적 관심이 배제된 순수한 인식이란 존재하지 않는다는 것이 새로운 상식으로 되었지만, 그러한 인식론적 전환은 이미 생철학적 사고에 내재해 있었다. 인식은 의지와 분리되지 않는다. 아니, 의지가 있을 때에만 인식이 인식으로서 가능하다. 그러므로 논리적으로 볼 때 의지가 인식에 앞선다. 중일전쟁이라는 일본의 의지적 행동이 제국 내부에 중국을 끌어들여 새로운 현실을 개시하자 비로소 동양에 대한 새로운 인식이 가능해진 것이다. 과학 기술의 입장에서 볼 때 이 새로운 현실은 다양한 실험의 가능성의 조건이자 새로운 발견 및 발명의 원천이며, 비약적인 과학 진보의 발판이 된다. 근대적 인식론에 대한 비판이 전쟁 합리화의 이데올로기가 되는 모습을 이곳에서 볼 수 있

28) 이건, 「과학적 인식의 신대상인 동아」, 『과학조선』, 1939. 3, 29쪽. 『과학조선』은 발명학회에 의해 1933년부터 발간된 잡지인데, '생활의 과학화와 과학의 생활화'를 표방하면서 최근의 과학 이론 및 발명품을 소개하거나 과학 상식을 전달하는 역할을 하다가 재정적인 문제 등으로 1936년 이후 장기간 휴간에 들어간다. 그러나 1939년 들어서 체제 협력적인 인사들로 재조직된 과학지식보급회에 의해 다시 간행되기 시작한다.

는데, 보다 전형적인 모습은 다른 곳에서 출현한 바 있다.

4. 테크네=포이에시스=피시스

일본의 권위 있는 지식인들이 태평양전쟁의 세계사적 의의를 발견하기 위해 서양과 일본의 근대를 총괄적으로 되돌아보는 모임을 가진 것이 저 유명한 '근대의 초극' 좌담회다.[29] 이 좌담회로부터 전쟁 시기 일본 지식인들이 가지고 있었던 탈근대적 사유의 임계점 및 지적 협력의 다양한 양상을 발견할 수 있겠지만, 이 글의 주제와 관련하여 흥미로운 것은 시모무라 도라타로(下村寅太郞)의 근대적 기술과 관련된 다음의 언급이다.

> **시모무라** 기계를 만든 정신 그 자체의 성격이 문제입니다. 이것은 새로운 정신의 성격입니다. 이 정신은 근대의 우리 속에 실제로 사실로서 살아 있기 때문에 그것을 단지 싫다고 말하는 것만으로는 문제를 피하는 것에 지나지 않습니다. 이것은 단지 혼이라든지 각오만으로는 해결되지 않는다고 생각합니다. 그러한 혼은 말하자면 고매한 정신으로, 물론 그러한 정신은 우리의 깊은 곳에 필요하지만, 그러나 근대의 초극이라는 문제에는 기계를 만든 정신과 마찬가지로 이러한 단지 고매한 정신의 초극도 문제 삼아진다고 생각합니다. (……) 근대의 모럴리스트나 종교가는 말하자면 고매한 혼의 개념에 사로잡혀 있는 것은 아닐까

---

29) '근대의 초극' 좌담회는 『文學界』, 1942년 9, 10월호에 연재되었다. 이 글에서는 河上徹太郞·竹內好 外, 『近代の超克』, 富山房, 1979을 참조. 본문에서 인용시 직접 쪽수를 표시.

요. 이 문제의 타개는 오히려 혼의 개념 그 자체의 전환에 있는 것은 아닐까요. 심신의 관계에 대한 새로운 형이상학이 필요하다고 생각합니다. 이것은 거대한 스케일의 문제로, 종래와 같이 단지 혼의 내성(內省)이나 단련이라는 개인적 주관적인 방법으로는 불가능하고 사회적 정치적 방법을 필요로 하는 것으로, 거기에는 더더욱 새로운 예지 또는 신학이 필요하다고 생각합니다. (261~262쪽)

시모무라는, 근대적인 기계 문명을 서양=근대에서 기원하고 그곳으로 모조리 환원될 수 있는 실체화된 대상으로 간주하곤 일본=정신으로 서양=기술을 초극할 수 있다고 주장하는 다른 참석자들에 이의를 제기하면서, 근대의 보편적인 전개 과정 속에서 기술과 기계를 이해하고 있다. 그러나 그의 이의 제기는 다른 참석자들에게 철저히 무시되고 더 이상 논의를 구성하지 못한다.[30] 사실 시모무라는 서양=근대=기계 문명을 타자화하고 그것을 초극하고자 하는 의지를 통해 구성되는 일본=현대=정신의 주체 그 자체가 초극되어야 할 일본적 근대의 일부임을 비판

---

30) 예컨대 가와카미 데쓰타로, 고바야시 히데오(小林秀雄), 하야시 후사오(林房雄) 등은 정신과 기계를 철저하게 가치론적으로 양분하고 있다.

"가와카미 : (……) 정신이 초극할 대상에 기계 문명은 없습니다. 정신에게 있어서 기계는 안중에 없습니다.

고바야시 : (……) 혼은 기계가 싫기 때문에. 싫기 때문에 그것을 상대로 싸우는 일은 없습니다.

가와카미 : 상대로 다루기에 부족한 것이죠.

하야시 : 기계라는 것은 하인이라고 생각합니다.

(……)

고바야시 : 기계는 정신이 만들었지만 정신은 정신입니다. (……) 기계적 정신이란 것은 없습니다"(261쪽).

"가와카미 : (……) 기계와 싸우는 자는 채플린과 돈 키호테로 충분합니다"(263쪽).

적으로 지적하고 있는 것이다. '기계를 만든 정신'을 문제 삼지 않는 이들은 정신/기계(기술)의 이분법에 입각하여 정신의 편에 섬으로써 '근대의 초극'이 가능하다고 생각한다. 그러나 기계를 단순히 객관적인 도구로, 그것도 정신이 자유자재로 부리거나 불필요할 경우 가볍게 폐기해버릴 수 있는 도구로 여기는 이 새로운 화혼양재(和魂洋才)의 주창자들은, 자신들이 도구적 연관의 세계 속에서만 존립할 수 있다는 사실을 반성하지 못한다.

이에 반해 기술을 주체-대상의 상호 구성적 관계 속에서 이해하는 입장에게 기술은 결코 중립적인 것일 수 없다. 하이데거의 말처럼 "우리가 기술을 열정적으로 긍정하건 부정하건 관계없이 우리는 어디서나 부자유스럽게 기술에 붙들려 있는 셈이다".[31] 따라서 위의 정신의 옹호자들이야말로 오히려 무방비 상태로 기계(기술)에 내맡겨져 있다고 할 수 있을 것이다. 하이데거에 따르면 기술은 "탈은폐의 한 방식"[32]이다. 본래적인 의미의 기술로서 테크네(techne)란 은폐되었던 것을 은폐되지 않은 상태로 이끌어오는데, 이렇듯 '밖으로 끌어내어 앞에 내어 놓음'(Her-vor-bringen)이라는 점에서 테크네는 포이에시스(poiesis)에 속한다. 또한 '스스로 안에서부터 솟아오름'(von-sich-her-Aufgehen), 즉 피시스(physis)는 가장 높은 의미의 포이에시스인데, 이렇게 볼 때 테크네와 포

---

31) 마르틴 하이데거, 『기술과 전향』, 이기상 옮김, 서광사, 1993, 15쪽. 『기술과 전향』은 제2차 세계대전 종전 후의 강의를 토대로 출간된 책이다. 하이데거의 직접적인 나치 협력은 1933~1934년에 이루어졌지만, 그의 철학의 정치성이 그 시기에만 국한되어 나타나는 것은 아니다. 특히 라쿠-라바르트에 따르면, '하이데거의 정치학'이 발견되는 것은 1933년이 아니라 오히려 그의 '단절' 혹은 '철회' 이후이며, 그 정치학은 다름 아닌 기술에 대한 논의에 근본을 두고 있다. Philippe Lacoue-Labarthe, *Heidegger, Art and Politics : The Fiction of the Political*, trans. Chris Turner, Oxford : Basil Blackwell, 1990, p. 53 참조.
32) 하이데거, 『기술과 전향』, 35쪽.

이에시스와 피시스는 모두 같은 영역에서 진리에 참여하고 있다.

하이데거에 따르면, 근대적인 기술 역시 하나의 탈은폐임에는 틀림없지만, 본래적인 기술로서의 테크네와는 달리 "도발적 요청"[33]으로 특징지어진다. 그것은 자연을 도발적으로 닦아세워 에너지를 내놓으라고 강요한다. 그런데 이러한 도발적 요청으로서의 근대 기술은 단순한 인간의 행위가 아니며, 오히려 인간에게까지 도발적 요청을 한다. 즉 외적 자연에 대해서만이 아니라 내적 자연에 대해서도 어떤 능력을 밖으로 끌어내어 앞에 내어놓도록 닦달한다. 그러므로 근대 기술은 인간마저 하나의 주문 요청 속에 부품화하며, 그럼으로써 탈은폐가 주문 요청에 함몰되어 버리는 위험이 발생한다. 하이데거는 "기술의 본질이 전혀 기술적인 것이 아니기에, 기술에 대한 본질적인 자각과 기술과의 결정적인 대결은, 한편으로는 기술의 본질과 가깝게 관련되어 있고 다른 편으로는 그것과 근본적으로 다른 그런 어떤 영역"[34], 즉 예술에서 일어날 수밖에 없다고 주장한다.[35]

하이데거적인 기술철학과 같은 에토스 속에서 사유하고 있다고 볼 수 있는 미키 기요시에게도 기술이란 테크네=포이에시스=피시스의 연쇄 속에서 사유되어야 할 것이었다. 즉 그는 기술을 새로운 사물과 새로운 관계를 만들어 내는 전체적인 과정으로서 이해하고 있었던 것이다. 이러한 과정 속에 있기 때문에 기술은 단순히 중립적이고 객관적인 어떤 것일 수 없었다.

---

33) 같은 책, 39쪽.
34) 같은 책, 99쪽.
35) 이 같은 하이데거적 테크네=예술론은 나치즘의 문맥에 놓일 때 "정치는 국가의 조형 예술"이라는 괴벨스의 정치=예술론과 만난다.

기술가는 객관적인 자연법칙과 주관적인 목적의 종합을 추구하는 자다. (……) 기술을 단지 수단이라고 생각할 경우, 목적은 뭔가 전적으로 주관적인 것이라고 생각되며, 이것에 대해 기술은 단지 객관적인 것이라고 생각된다. 그러나 목적은 단지 주관적인 것일 수 없다. 어떠한 기술도 단지 주관적인, 자의적인 목적을 만족시키는 것은 불가능하다. 단지 자의적인 목적은 자연의 법칙에 의해 부정될 것이다. 목적은 어떤 객관적인 것이 아니어서는 안 된다. 기술에 있어 주관적인 것은 객관화되고 객관적인 것은 주관화되는 것이다.[36]

기술은 주관적인 것을 객관화하고 객관적인 것을 주관화하는 과정이기 때문에, 기술을 통해 비로소 자연의 목적을 내재화하는 것이 가능해진다. 말하자면 기술자는 자연의 법칙과 무관하게 자율적으로 존재할 수 있는 매개체 —미키의 가정 속에서는 존재조차 불가능한 것이지만— 를 통해서는 자연에 접근할 수 없다. 끊임없이 자연의 목적을 내재화할 때 비로소 주관적인 의도가 현실화될 수 있다. 그가 주관/객관의 모든 분열을 뛰어넘어 새로운 '형'(形)을 만들어 낼 수 있는 능력으로서 주목했던 구상력이란 곧 기술에 다름 아니다. 그러므로 역설적이게도 기술의 실천은 새로운 사물을 만드는 과정인 동시에 새로운 인간을 만드는 과정이 된다.[37] "기술은 사물을 만듦으로써 인간을 만든다. 우리는 사물

---

36) 三木清,『三木清全集 7 : 技術哲學』, 217~218쪽.
37) 여기서 특기할 만한 점은, 하이데거가 상정하고 있는 본래적인 의미에서의 테크네와 근대 기술 사이의 단절이 미키에게 없다는 것이다. 따라서 근대 기술의 '위기'를 심미적으로 해결하고자 하는 구제책이 제시되지 않는 대신에, 테크네=포이에시스=피시스의 관계가 보다 현실성을 가지고 있는 듯이 논의된다. 미키의 기술이 테크네에 대해 "존재론적인 연속성"의 관계에 있다는 지적에 대해서는 岩崎稔,「三木清における「技術」「動員」「空間」」,

을 만듦으로써 자기를 만들어 가는 것이다. 기술은 인간 형성적 의의를 지니고 있다."[38] 이곳에서 테크네=포이에시스=피시스가 논리적으로 완성된다. 근대적이고 기계주의적인 기술론에 대한 비판에서 출발한 기술철학은 궁극적으로 "자기가 자기를 산출"[39]하는 자기 제작의 논리로 귀착한다.

그러나 여기서 그치지 않는다. 여기서 '자기'는 단순한 개인, 즉 자율적 존재로서 상정되는 근대적 개인과 구별된다. 기술 연관 속에서 형성되는 개인은 무엇보다도 '책임을 지는 개인'이다. 하이데거는 도구-목적의 기술 연관의 본질을 아리스토텔레스의 인과론에서부터 찾고 있는데, 그에 따르면 원인이란 그리스인들이 "다른 어떤 것에 책임을 지고 있다는 의미로서 '아이티온($\alpha\ddot{\iota}\tau\iota o\nu$)'"이라 칭한 것이며, 따라서 아리스토텔레스의 네 가지 원인이란 "책임짐의 공속적(共屬的)인 방식들"[40]이다. 도구적 연관, 또는 기술 연관은 곧 책임 연관인 것이다. 이와 같은 맥락에서 미키는 책임의 관계를 사회적으로 확정 짓는다.

> 게다가 기술은 원래 사회적인 것이며, 그 인간 형성은 사회적 인간의 형성이 아니어서는 안 된다. 기술의 발달은 집단적 노동의 조직화와 결부되며, 기술이 요구하는 것은 협력 혹은 협동의 덕이다. 협동에 의해서만 기술은 효과적일 수 있다. 그리고 이 협동은 무엇보다도 책임의 윤리를 요구하고 있다. 기술에 있어 도덕은 언제나 구체적인 도덕이 아

『批評空間』II-5, 1995, 152쪽 참조.
38) 三木清, 『三木清全集 7 : 技術哲學』, 286쪽.
39) 岩崎稔, 「三木清における「技術」「動員」「空間」」, 153쪽.
40) 하이데거, 『기술과 전향』, 23쪽.

니어서는 안 된다.[41]

기술은 단적으로 주관적인 의도나 목적에 종속되는 도구가 아니라 객관적인 목적을 내재화함으로써 새로운 주체를 형성하는 과정이며, 이때 형성된 주체는 책임의 윤리에 기초한 협동체 속에서만 존립할 수 있다. 이렇게 볼 때 기술은 사회성과 공공성을 생산해 내는 근본적인 동력이 된다. 일본의 '신체제' 구상에 큰 영향을 끼쳤던 오코우치 마사토시(大河内正敏)가 자본의 논리를 우위에 두는 기존 재벌 중심의 '자본주의 공업'을 초극하여 과학의 응용과 기술적 합리성을 조직 원리로 하는 '과학주의 공업'을 제창할 수 있었던 데에는 동일한 철학적 근거가 전제되어 있었다고 하겠다.[42] '경제 신체제' 구상의 기본 취지는 사익을 제한하고 국가 전체의 공익을 우선하는 효율적인 전체주의 경제 시스템을 구축하는 것이었다. 이렇게 국가의 공익이 최종심급이 될 때, 테크네=포이에시스=피시스의 기술 연관은 전체주의적 국가의 자기 재생산 이데올로기가 된다.

41) 三木清, 『三木清全集 7: 技術哲學』, 286쪽. 미키 기요시의 기술철학에 대한 분석을 통해 그의 협동주의와 '동아협동체'론을 비판적으로 다룬 연구로는 岩崎稔, 「三木清における「技術」「動員」「空間」」; 岩崎稔, 「ポイエーシス的メタ主体の欲望」, 山之内靖 外 編, 『総力戦と現代化』; J·ヴィクター·コシュマン, 葛西弘隆 訳, 「テクノロジーの支配/支配のテクノロジー」, 酒井直樹 外, 『岩波講座 近代日本の文化史7 総力戦下の知と制度』, 岩波書店, 2002 참조.
42) 실제로 오코우치는 이화학연구소를 운영하면서 연구소의 발명을 그대로 공업화하고 다시 그 이익을 연구 자금으로 환원하는 기업 조직을 기획하여 1928년에 이화학공업 주식회사를 설립했다. 이 기업 형태는 군수 확대를 배경으로 하여 농촌의 과잉 인구를 흡수하며 확장되어 1940년에는 회사 수 62, 공장 수 121을 헤아리는 신흥 콘체른으로 성장했다. 中村靜谷, 『技術論論爭史』(上), 靑木書店, 1975, 53쪽; 岩崎稔, 「ポイエーシス的メタ主体の欲望」, 190쪽 참조.

5. 기술적 이성의 직역봉공(職域奉公)

테크네=포이에시스=피시스의 연쇄 속에서 기술=테크네는 가장 이상적인 형태로 상상되고 있지만, 사실 근대적인 기계 기술이 이 연쇄 속에 참여한다는 것은 그리 단순한 일이 아니다. 수공업적 인간에게 있어 도구를 만들어 내는 기술이 인간 자신을 고된 노동의 하중에서 해방시키는 자유의 원천이라 할지라도, 그것이 일단 기계의 형태로 전개·자립하여 인간과 대립하는 한 기계 기술은 오히려 인간의 손에서 기술을 앗아가는 소외의 기제가 되기 때문이다. 기계 기술은 어떻게 포이에시스=피시스의 능력을 회복할 수 있을까. 하이데거-괴벨스의 기획 속에서 근대 기술의 문제가 예술=국가 예술의 영역으로 전이되었던 것과 마찬가지로, 이 시기 '내지'와 식민지 지식인들의 비전 속에서 근대 기술의 문제는 사회 구조 전환의 문제로 전치되었다. 즉 기술의 죄는 기술의 죄가 아니라 기술을 낳은 사회의 죄인 것이다.

> 기계 그 자체에 인간을 황폐케 하는 주문이 붙었을 리 없으며 물질 그 자체에 정신을 마비시킬 마약이 숨었을 리 없다. 그럼에도 불구하고 과학과 기술의 발달이 소기의 목적과는 반대의 결과를 초치하였다면 그 결함은 과학과 기술 그 자체에 있는 것이 아니고 그의 이용 기구(利用機構)에 있는 것이 아닐까?[43]

기술의 진정한 의의와 기계의 본래 기능을 충분히 발휘시키자며는 먼

---

43) 서인식, 「과학과 현대문화」, 171~172쪽.

점 그것을 자유롭게 수행하도록 될 새로운 사회의 질서를 전제하여서만 가능한 것이다.[44]

종래 기술의 폐해라고 말해지는 것은 잘 생각해 보면 기술 그 자체의 죄가 아니라 기술이 그 안에 놓여져 있는 사회 기구의 죄인 경우가 많은 것이며, 그 폐해를 제거하기 위해선 **사회 기술**에 의거하지 않으면 안 된다.[45]

현대는 주지하는 바와 같이 역사의 전형기라고 한다. 그것은 한 시대가 그의 역사적 생명을 다하게 될 제 다시 말하면 그 원리가 모든 요소를 통일하고 지휘해 오든 힘을 상실하게 될 제 그에 대신할 새로운 원리 새로운 질서를 요청하게 되는 그러한 역사적 시기를 가르친다.
따라서 이 같은 전형기적 요청은 다만 정치적 경제적 또는 사회적으로뿐만 아니라 엄밀한 의미에 잇어서 사상적 문화적으로도 요청되여마지안는 하나의 실천적 요구하고 할 수 잇다.
(······) 이 같은 전형적인 실천은 **기술을 기다려서** 비로서 수행된다. 즉 기술은 본래 실천적인 것이며 실천 없이는 생각할 수 없는 것이나 실천은 또한 기술 없이는 공허한 언변에 끝이는 것이다.[46]

근대적 기계 기술이 반문화적·반인간적 해악을 초래했다면 그 근본

44) 오종식, 「기술의 윤리」, 『동아일보』, 1940. 6. 5.
45) 三木清, 「技術と新文化」(『科学主義工業』, 1942. 1), 『三木清全集 7』, 325~326쪽. 강조는 인용자.
46) 윤규섭, 「현대기술론의 과제」, 『동아일보』, 1940. 7. 7. 강조는 인용자.

원인은 근대 사회 및 근대적인 원리에 있는 것이며, 근대를 초극하여 새로운 원리에 기초한 세계를 개시한다면 기계 기술의 폐해도 인간적 기술의 소외도 사라지게 되리라는 전망을 보이고 있다.[47] 흥미로운 것은 그 해결의 시도 역시 '기술적으로' 이루어지지 않으면 안 된다는 점이다. 다름 아닌 '신체제'가 바로 이러한 사회 구조 전환의 '기술적 시도'에 해당하며, 전쟁은 이 전환의 시급성을 일깨우면서 고도국방국가로의 개조를 촉발하는 계기가 된다. 오코우치 마사토시의 '과학주의 공업'이 구체적인 기술적 실천의 한 사례가 되겠지만, 식민지를 병참 기지로 위치 짓고 제국 일본의 국토 계획에 입각해 도시, 산업, 자원, 인력 등의 배치와 이동을 수행하고자 하는 시도야말로 사회 구조 전체의 전환을 가능하게 하는 거대한 기술적 실천일 것이다.[48] 그리하여 국토 계획으로 대표되는 사회 기술이 다양한 층위에서 폭넓게 실천될 때, 근대적 기계 기술의 해악이 해결되는 동시에 기술이 인간 공동체 내부의 유기적 요소로 되돌아가는 '기술의 유기화'가 가능하리라고 여겨졌다.[49]

---

47) 이렇게 볼 때, 이들의 지향은 그 근본에 있어서 "서구적 문명(Zivilisation)의 구성부분인 테크놀로지를 독일 문화(Kultur)의 유기적인 일부분으로 전환"하고자 한 독일의 반동적 모더니스트들의 전통을 공유하고 있다고 하겠다. Jeffrey Herf, *Reactionary modernism : Technology, culture, and politics in Weimar and the Third Reich*, Cambridge : Cambridge University Press, 1984 참조.

48) 이 시기 일본의 국토 계획은 "국토의 총력을 종합 조정하여 전체로서의 국력을 최고도로 발휘하는 데" 그 목적을 두고 있었고, 그에 따라 식민지와 남방을 포괄하는 전체적인 개발 계획을 수립하고자 했다. 구체적으로 "동아 공영권 계획은 일본 국토 계획을 낳고, 일본 국토 계획은 조선 국토 계획의 나아갈 방향을 운명 짓고, 나아가 조선 국토 계획은 각 지방계획을 그 구성 세포로 하는, 이곳에 일관된 계통적 계획이 수립될 때 비로소 초기의 목적을 달성하는 데 충분한 체제가 정비된다"(矢倉一郎, 「朝鮮国土計画論(二)」, 『朝鮮行政』, 1940. 11).

49) "기술의 유기화는 이러한 국토 계획을 비롯한 다양한 사회 기술의 일반적인 목표가 되지 않으면 안 될 것이다"(三木清, 「技術と新文化」, 326쪽).

이곳에서 기술에 의한 문화의 배제적 포섭의 의미 역시 좀더 분명해질 것이다. 예컨대 신체제기의 최재서에게 '문화주의'로 표현되는 부르주아적 자유주의의 문화 이념은 "경제에 있어서의 '영리를 위한 영리'의 무한한 추구와 마찬가지로 근대 개인주의의 일분지(一分枝)"[50]로서 인식된다. 이러한 입장에 설 때, 국가의 붕괴를 초래할 수 있는 자본주의적·개인주의적 영리 추구를 배제하면서 사회 시스템의 전반적 혁신이 요청되는 상황에 부응하여 근대적인 문화 이념을 극복하는 새로운 문화 이념의 형성이 요청되는 것은 당연할 것이다. 이 새로운 문화 이념은 요청되는 새로운 시스템과 마찬가지로 '전체의 공익을 위한 계획·관리·통제'를 그 본질로 하게 될 것이었다. 이미 개인주의적 폐해의 극복이 전제된 관리와 통제이기 때문에, 국가의 문예 통제는 월권적인 간섭이 아니라 오히려 "넘쳐나는 물을 하나의 방향으로 집중시키는 둑"으로 여겨지며, 따라서 "둑을 넘으려고 하다 머리를 부딪치는 어리석음을 범하는 대신 그 흐름에 따라서, 아니 그 흐름의 선두에 서서 노 저어 나가는 것이 문예 본래의 사명"[51]이 된다.

그리고 이러한 문학 본래의 사명을 수행하기 위해 '훈련'이 요청된다.

문학은 왜 훈련을 멸시해 왔던 것일까? 말할 것도 없이 근대 문학은 독창적인 개성을 발휘하는 것이 그 사명이고, 따라서 다양하고 무정형한 개성에 어떤 속박을 가함으로써 일정한 형(型)이나 이상에 끼워 맞추는 것은 문학의 자기 모독이자 타락이라고 생각되었던 것이다.

---

50) 최재서, 「전형기의 문화이론」, 『인문평론』, 1941. 2, 21쪽.
51) 崔載瑞, 「私の頁」, 『國民文學』, 1942. 4, 36쪽.

그렇다면 오늘날 문학 속에 훈련적 요소가 요청되는 까닭의 근저는 무엇일까? 문학의 목적 내지 사명은 개성의 표현이 아니라 좀더 특별한 것이라는 점이 어렴풋하게나마 자각되어 온 것이 그 근저가 되고 있는 것이다.[52]

'낭만적 개성'과 구별되는 '훈련된 개성'의 문학이 추구하는 이 특별한 목적이 '국민 문학'의 이념이라는 것은 다시 말할 필요도 없을 것이다. '국민 문학'은 전시 체제기 기술에 의해 배제적으로 포섭된 문화 및 문학을 대신하는 새로운 이름이라고 하겠다.

이 같은 상황에서 기술자 주체는 단순한 직업인이 아니라 새로운 세계를 개시하는 미래의 인간형이자 책임 연관으로 연결된 유기적 공동체를 위해 실천하는 윤리적 주체로서 의미화된다. 전체 생산 과정의 유기적 일부분을 담당하고 책임을 다하는 기술자 모델, 그리고 새로운 물질을 발명하거나 제한된 자원의 숨은 잠재력을 발견해 내는 과학자 모델은 전체의 공익이라는 목적에 자신의 모든 능력을 떠맡기는 개인을 재생산해 낸다.[53] 고도국방국가를 향해 식민지/제국 체제가 변형되는 과정에서 이루어진 지배와 동원이 자본의 실질적 포섭이나 벌거벗은 생명에 대한 정치의 배제적 포섭에 비유될 수 있는 이유는 바로 이곳에 있다고 하겠다.

책임 연관으로서의 기술 연관이 전면에 드러날 때 개개인은, 사회

---

52) 崔載瑞, 「訓練と文学」, 『転換期の朝鮮文學』, 人文社, 1943, 179쪽.
53) 이 시기 자유주의적 개인의 윤리를 부정하면서 등장한 '직분 윤리'에 대한 설명과 비판은 서인식, 「현대가 요망하는 신윤리」(『조선일보』, 1940. 5. 29~6. 1), 『서인식 전집 2』, 199~206쪽 참조.

전체의 거대한 생산/재생산 과정에서 각자 그 나름의 '직역'을 부여받고 그 자리를 책임 있게 지킴으로써 고유한 존재 가치를 획득할 수 있는 것으로 표상된다.[54] 개인의 영리 추구 욕망에 기초해 움직이는 '자본주의 산업'이 아닌, 국가 전체의 더 큰 이익을 위해 가장 합리적인 방법을 함께 찾아가는 '과학주의 산업'에서는 더 이상 노동력을 상품으로 팔지 않아도 된다고 말해진다. 그리하여 타기업과의 경쟁에서 살아남기 위해 고수해야 할 자본주의적인 기술비밀주의도 더 이상 필요 없게 된다.[55] '자본'보다 (기술적인) '경영'이 중심이 되는 '신체제'에서야말로 기술의 책임 연관이 은폐되지 않은 채로 드러나게 될 것이기 때문이다. 그러나 이렇게 책임 연관이 드러남으로써 노동력을 상품으로 팔지 않아도 되는 대신 노동 자체가 공동체의 요구에 내맡겨지고(징용), 나아가서는 삶과 죽음의 결정권조차 공동체의 목적에로 귀속된다(징병, 우생학의 생명정치). 요컨대 서구=근대 이후에 도래해야 한다고 말해진 새로운 원리에 기초한 세계란 생명에 대한 총체적 지배가 실현되는 세계에 다름 아니었던 것이다.

식민지의 경우 '내지'와의 거리에 의해 이러한 총체적 책임 연관과 '내맡김'의 정치에 변수가 발생할 수밖에 없었는데, 바로 이 같은 이유에

---

54) 이러한 맥락에서 국민 모두가 하나의 직역에 복무하도록 하는 '국민개로 강조운동'(國民皆勞強調運動)이 전개되기도 했다. 二神直士, 「國民皆勞の意味」, 『朝鮮行政』, 1941. 11, 38쪽 참조.

55) '내지'의 기업들이 자신들의 우수한 기술을 공개하기로 한 결정은 "재래의 영리주의적인 자유 경쟁에 의한 이윤 본위 이윤 지상의 생산 태도에 대하여 나아가서는 그와 같은 생산 태도의 개인주의적인 이데올로기에 대하여 실로 絶大한 一石을" 던진 쾌거로서 찬양된다. 채만식, 「문학과 전체주의: 우선 신체제 공부를」, 『삼천리』, 1941. 1, 255쪽. 그러나 채만식은 같은 글에서 '전등 끄고 자기'를 '신체제' 운동의 실천처럼 서술하면서 특유의 희화화를 잊지 않는다.

서 '내선일체'는 고도국방국가와 기술적 총체성을 구현하기 위해 해결해야 할 중요한 사회 기술적 문제였다고 하겠다. 서로 다른 민족의 결합과 지양을 통한 국가 건설의 기술은 내선일체, 그리고 내선일체가 요구되는 "현실을 냉정히 파악하고 또 긍정하고 이 현실 밑에서 가능한 최대의 행복을 구하려는"[56] 정치적 현실주의를 출현시키는 한편으로 그 결합 및 지양의 방식을 둘러싼 논쟁의 장을 발생시키기도 했다.[57]

홀로코스트가 나치스 독일의 기술적 이성이 도달한 극단을 보여 준다면, 내선일체론은 전시 체제기 식민지/제국 일본의 기술적 이성이 도달한 하나의 임계점으로 놓여 있다. 내선일체라는 배제적 포섭의 기술은 고도국방국가의 건설과 책임 연관의 총체성 구현을 위한 것이었지만, '일체화'라는 슬로건 자체에 이미 분리와 차별의 표지가 각인되어 있듯이, 오히려 언제든지 총체성에 균열을 초래할 수 있는 불안한 기술이기도 하다. 그러나 2차 대전에서의 일본의 패배와 조선의 해방에 의해 이 기술의 불안은 다시 봉인되었다. 해방 조선은 독립된 국민국가 만들기의 기획이, 패전국 일본은 패배와 전재(戰災)로부터의 부흥이라는 신화가 다시금 기술적 이성의 쇄신을 불러일으키는 정당성의 토대가 되었기 때문이다.

---

56) 인정식, 「시국유지 원탁회의」, 『삼천리』, 1939. 1, 38쪽.
57) 내선일체론이 발생시킨 논쟁적 언설 장의 성격에 대해서는 이 책의 1부 참조.
식민지의 지식인들에게 '내선일체'로 상징되는 이 시기 식민지/제국의 변화된 관계는, 제국의 총체적인 계획·관리·통제에 전술적으로 편승함으로써 식민지의 사회 경제 구조를 혁신할 수 있는 기회로 여겨지기도 했지만, 정책적이고 기술적인 조정을 내면화하는 결정적인 계기가 되기도 했던 것으로 보인다. 특히 이 시기 식민지 농업 재편성과 관련된 인정식의 사회공학적인 비전에 대해서는 장용경, 「일제 식민지기 인정식의 전향론: 내선일체론을 통한 식민적 관계의 형성과 농업재편성론」, 『한국사론』 49호, 2003 참조.

6장_황민화의 테크놀로지와 그 역설

식민지/제국의 생명정치와 욕망들

1. 포획되는 생명

1937년 7월 중일전쟁을 일으킨 일본은 식민지/제국을 전쟁 효율성에 입
각한 국가 총동원 체제로 개편해 갔고, 특히 1938년 5월의 쉬저우, 10월
의 우한 점령을 분기점으로 일본이 중국 민중의 거센 저항을 제압하지
못하고 전쟁이 장기전으로 접어든 이후, 병참 기지로서의 식민지에 대한
인적·물적·정신적인 동원은 더 한층 철저해졌다. 나아가 1941년 12월
하와이 침공을 시작으로 아시아에서의 전쟁이 태평양전쟁으로까지 확
대됨으로써 식민지에 대한 동원과 통제는 극에 달했다.

　그러나 전쟁과 더불어 확대되어 간 식민지 동원은 단순히 기존 식
민지/제국 권력의 억압과 폭력이 양적으로 증대되거나 정도가 심화되
는 것으로 그치지 않았다. 또한 그 현저한 폭력성에도 불구하고 권력의
작용은 무자비한 '야만성'으로 환원될 만한 성질의 것이 아니었다. 중일
전쟁 개전 이후 식민지/제국 체제의 변화를 살펴볼 때 주목해야 할 점은,
그것이 어떤 '질적 전환'의 성격을 갖고 있다는 것이다. 이른바 식민지/

제국 체제라는 것이 근본적으로 식민지와 식민 본국 사이의 거리, 차별, 불평등한 간극을 구조화함으로써 성립되는 것이라면, 이 시기 전환의 특징은 식민지/제국의 구조에 어떤 질적 변화의 징후들이 발견된다는 데 있다. 그리고 이 질적 변화의 징후는 '황민화'라는 슬로건[1]에서 그 표현을 얻는다.

역사적 상식에 의하면, 일본 제국주의는 식민지 동화 정책을 통해 조선 민족의 민족성을 말살하고자 해왔고, 전시 총동원 체제 성립을 전후해서는 지원병제 실시, 창씨개명과 일본어 사용 강요 등의 이른바 내선일체와 황민화 정책을 채택하며 식민지 동화를 더욱 강화해 간 것으로 되어 있다. 하지만 동화 정책은 각 역사적 국면 및 사안에 따라 차별화 정책에 자리를 내주기도 했으며, 특히 '대동아'의 이념을 전면에 내세운 태평양전쟁 시기에는 '부분의 상대적 자립성' 또는 '지배 내적 차이화' 전략 등과 복잡하게 뒤얽힌 형태를 취하기도 했다.[2] 나아가 식민지/제국 체제를 구성하는 다양한 영역들, 그리고 식민지 인민들에게 있었

---

1) 식민지 조선에서 '신조어'로서 '황국 신민', '황민화' 등의 표현을 만들어 낸 인물은 미나미 지로 총독부의 학무국장을 역임한 시오바라 도키사부로(塩原時三郎)인 것으로 알려져 있다(미야다 세쓰코, 『조선 민중과 '황민화' 정책』, 이형랑 옮김, 일조각, 1997, 104쪽 참조). 미야다 세쓰코(宮田節子)는 중일전쟁 개전을 전후하여 전개된 총독부의 황민화 정책에 조선인 병력 동원(징병제 실시)을 갈망하고 있던 조선군의 의지가 작용하고 있음을 흥미롭게 밝혀 주었지만, 황민화를 이전 시기 정책과 질적으로 구별되는 것으로 보기보다는 "조선 지배 정책의 기본"인 동화 정책이 강화된 형태로서 이해하고 있다(같은 책, 103쪽).
2) 예컨대 식민지 초기 일본은 조선인이 일본식 이름으로 개명하는 행위를 법적으로 금지시킴으로써 식민지/제국의 차별성을 유지하고자 했다. 미즈노 나오키, 「조선 식민지 지배와 이름의 '차이화'」 참조. 그런가 하면, 식민지 민족성의 말살이 극에 달했다는 전시 총동원 체제 시기에 문화적인 '조선적 지방색'을 초국가적인 '대동아' 속에 자리매김하려는 흐름들도 존재했다. 이화진, 『조선영화: 소리의 도입에서 친일 영화까지』, 책세상, 2005; 황호덕, 「전향과 저항의 생명정치: '국교도'의 변비, '이슬람교'의 설사」, 『벌레와 제국』, 새물결, 2011; 오태영, 「'조선' 로컬리티와 (탈)식민 상상력」, 『사이』 4호, 2008; 김려실, 「기록영화 「Tyosen」 연구」, 『상허학보』 제24집, 2008 등 참조.

던 다양한 '탈식민지'적 욕망의 지향성들에 대한 최근의 폭넓은 연구에 의해 '민족 말살'이라는 상식적인 레토릭으로 설명될 수 없는 복잡한 국면들이 드러나고 있다.[3] 이 복잡성들을 단순화시키지 않으면서 중일전쟁 개전 이후의 식민지/제국 체제의 질적 전환을 고려한다면, 무엇보다도 식민지와 식민 본국 사이의 거리가 좁혀지는 **방식**에 주목해야 할 것이다. 미리 말해두자면, 이 시기 식민지/제국 체제의 전환은 식민지의 **실질적 포섭**을 위한 전략 속에서 이루어진 것이었으며, 여기서 포섭은 무엇보다도 **생명으로서의 인간의 포섭**을 뜻했다. 지원병제 실시, 창씨개명과 일본어 사용 강요 등의 구체적인 황민화 정책들은 모두 이 과정에서 파생된 것으로 보아도 좋을 것이다.

총독부가 편찬한 『시정30년사』는 중일전쟁 개전 후 총독부의 인구 정책에 나타난 근본적인 변화를 명시적으로 기록하고 있다.

인구 문제가 모든 의미에서 국가의 중요성을 지니는 것임은 새삼스럽게 군말을 필요로 하지 않는 것이다. 그리하여 종래의 인구 문제는 그 논의의 초점이 주로 인구와 식량 사이의 불균형·실업 인구와 직업 문제 등, 이른바 인구 과잉 문제에 있었던 것도 모두가 주지하는 대로이다. 그런데 이번 지나 사변이 발발하고 그 전과(戰果)가 비정상적인 확대를 보임에 따라, 이 성전(聖戰)의 목적을 달성하기 위해 식량·철·석탄 등의 이른바 물적 자원이 극히 중요한 것은 물론이지만, 오히려 더

---

3) 윤해동, 『식민지의 회색지대』, 역사비평사, 2003; 윤대석, 「1940년을 전후한 조선의 언어상황과 문학자」, 『한국근대문학연구』, 제4권 1호, 2003; 장용경, 「'조선인'과 '국민'의 간극」, 『역사문제연구』15호, 2005; 이 책 1부 1장 등 참조.

욱 늘어날 필요가 있는 것은 이들 물적 자원을 운용하는 이른바 인적 자원이라는 것 역시 설명을 필요로 하지 않는 것이다. 게다가 최근의 정세에 있어서 종래 과잉을 운운해 왔던 인구도 부족하게 되고 장래 또한 거의 무한의 증식을 희구하는 추세를 보이게 되었다. 이리하여 오늘날 인구 문제의 중점이 **종래의 인구 과잉 문제와는 완전히 대척적인 인구 부족론**에로 이행하고, 나아가 이른바 **인구 문제의 성질은 종래와 그 면모를 매우 달리하는 데 이르렀음에 주의**해야 하는 것과 더불어 대륙 발전에의 병참 기지로서 극히 중요한 위치를 점하는 조선의 인구 상태가 현재 어떠한 상태를 보이고 있는가를 아는 것은 현하 긴급을 요하는 중요한 임무여야만 한다.[4]

전쟁 발발과 더불어 기존의 인구과잉론은 인구부족론으로 역전되었다. 1929년 세계대공황 이후 식량 부족 및 실업 사태로 인해 상대적 인구 과잉 문제가 대두되면서 산아 제한을 기본으로 하는 인구 조절 및 통제의 분위기가 지배하고 있던 상황[5]에 극명하게 대비된다. 하지만 여기서 문제는 중일전쟁 개전 후 실제로 식민지 인구가 부족했는가 여부가 아니라 '인구가 부족하다'고 간주하는 총독부의 태도와 정책의 변화이다. 인구부족론은 노동력·군사력 동원의 필요성의 표현으로 봐야 할 것이다. 그리고 이러한 필요에 따라 총독부는 1930년대 전반기까지 비체계적으로 행하고 있던 식민지 인구 조사를 보다 치밀하게 실시했다.[6]

---

4) 『施政三十年史』, 朝鮮總督府, 1940, 448~449쪽. 강조는 인용자.
5) 정석태, 「산아제한의 절규!! 의학상 사대방법」, 『삼천리』, 1930. 4; 오평숙, 「무산자식 산아제한법」, 『신계단』, 1933. 6; 조빈, 「산아제한과 무산자」, 『대중』, 1933. 6 등 참조.
6) 총독부는 1920년부터 인구 조사를 행한 바 있지만, 총독부 스스로 그 통계의 정확성과 치밀

중일전쟁 개전을 전후하여 식민지/제국 체제는 식민지 인구를 실질적으로 체제 내부에 불러들여 그 속에서 재생산되도록 하려는 지향성을 보다 분명히 했다. 식민지의 주민들은 포괄적인 식민지/제국의 생명정치(bio-politics)의 장 속에 포섭되고 그 속에서 관리·재생산되면서 새로운 주체로 갱생할 것이 요청됐다. 식민지 초기 '무단 통치'로 특징지어지는 지배 양식, 즉 폭력·억압·수탈·죽음의 영역에서 권력이 작용되던 방식은 이른바 '문화정치'기를 거치면서 점차 헤게모니 권력의 형태를 지향해 갔고, 중일전쟁기에 들어선 이후 지배의 고유한 영토는 관리·(재)생산·삶의 영역으로 옮겨지게 되었다. 비유적으로 표현하자면, "죽게 **하든가** 살게 **내버려둔다**는 낡은 권리 대신에 살게 **하든가** 죽음 속으로 **내쫓는** 권력이 들어섰다"[7]고 하겠다.

성을 크게 신뢰하지 않았다. 그러나 중일전쟁 개전 직후인 1937년 10월 27일 조선총독부령 제161호 '조선인구형태조사규칙'(朝鮮人口動態調査規則)을 마련하고 1938년에 서둘러 '조선인구동태조사'를, 그리고 1939년에는 '임시국세조사'(臨時國勢調査)를 실시했다. 박명규·서호철, 『식민지 권력과 통계』, 서울대학교출판부, 2003, 67, 119쪽 등 참조.

7) 미셸 푸코, 『성의 역사 1권: 앎의 의지』, 이규현 옮김, 나남, 1990, 148쪽. 강조는 원문. 한편 이러한 관점에서 중일전쟁 개전 이후 "조선인이 일본 인구의 외부자에서 내부자로 전환되는 순간"을 주목하고 식민지 주민들이 "생명관리권력과 통치성의 체제 속에 편입"되는 과정을 고찰한 T. 후지타니, 「殺す権利, 生かす権利: アジア·太平洋戦争下の日本人としての朝鮮人とアメリカ人としての日本人」, 倉沢愛子·杉原達·成田龍一他編, 『岩波講座 アジア·太平洋戦争3 動員·抵抗·翼賛』, 岩波書店, 2006; 그리고 이 논문의 수정판인 「죽일 권리와 살릴 권리: 2차 대전 동안 미국인으로 살았던 일본인과 일본인으로 살았던 조선인들」, 『아세아연구』 51권 2호, 2008 참조.

오해를 덜기 위해 덧붙이자면, 이곳에 푸코의 개념을 도입한다고 해서 그것이 중일전쟁 이후에야 비로소 생명정치가 출현했다고 말하기 위한 것은 아니다. 생명정치는 근대적 국가 시스템이 형성·작동하는 곳이면 어디에서나 찾아볼 수 있다. 따라서 비록 식민지라는 조건에 제약되어 있었음에도 불구하고, 근대적 생명정치는 식민지 초기부터 이미 존재했었다고 하겠다. 이 글에서는 다만 중일전쟁 개전 이후 식민지/제국 체제가 변동하면서 식민지의 영토보다 식민지의 인간, 그것도 생명으로서의 인간이 식민지/제국 체제 유지에 불가결한 기초로 (재)인식된 측면을 포착하기 위해 생명정치 개념을 사용할 뿐이다.

또한 bio-politics, bio-power의 bio는 흔히 생, 생체, 생명 등으로 번역되곤 하는데, 이 글에 식민지/제국의 생명정치는 전체 식민지 인민을 '공적'인 영역으로 끌어들여[8] 궁극적으로 그들을 '제국의 주체'로 갱생시킬 것을 목표로 했다. 이를 위해 그동안 식민지/제국에 내적으로 가로놓여 있던 차이의 지표들을 급진적으로, 그러나 전술적으로 삭제시켜야 했다. '내선'은 융화라는 미지근한 관계를 일소하고 '한몸뚱이'(一體)가 되어야 했다. 정보의 생성·교통·가공의 수단일 뿐만 아니라 공동체(community)의 존립 근거가 되는 소통 행위(communication)는 국어=일본어의 동일성 내부로 모조리 환원되어야 했다. 제국의 주체로 호명하고자 해도 언제나 이미 이질성을 환기시키는 조선식 이름 위에 내지(內地)의 이름을 겹쳐 쓰거나, 나아가서는 아예 야마토(大和)의 계보 속에 새로운 이름을 기입해야 했다.[9] 그러나 이렇게 식민지 인민들을 '제국의 주체'로 호명하는 일련의 과정을 통해, 식민지/제국 체제의 구조적 본질과 관련되어 있던 내적인 내/외의 위계질서가 흔들리게 되었다. 더욱이 식민지 인민의 '생명'의 관리와 재생산의 영역이 정치와 권력의 장소가 됨으로써 동시에 그 영역은 갈등과 투쟁의 장소가 되었다. 식민지 인민을 '황국의 신민'으로 호명함으로써 비로소 제국의 지배가 완수되는 것처럼 보이지만, 그 지배는 확대된 '황민'들의 욕구와 욕망을 견뎌 낼 때에만 유지될 수 있는 것

서는 생명(으로서의 인간)의 관리·포섭·동원의 측면을 강조할 뿐만 아니라 정치적 인격체로서의 '공민'(公民)과 구별하기 위해 '생명'으로 옮긴다.

8) 당연하게도 이는 제국과 총독부의 생명권력(bio-power)이 작동하는 '공적' 영역이 식민지 인구 전체에까지 확장되었음을 뜻하는 것이기도 하다.

9) 이를테면, 과거의 식민지 국세 조사에서는 일본의 '씨명'(氏名)과 조선의 '성명'(姓名)의 조사 항목을 따로 구분하여 조선인에 관한 정보를 '내지인'과 엄격히 구별된 위치에 기입했으나, '창씨개명' 이후인 1940년과 1944년의 국세 조사에서는 조사 사항을 '씨명'으로만 규정함으로써 이질성과 차별성이 표면에 드러나지 않도록 했다. 박명규·서호철, 『식민지 권력과 통계』, 107쪽 참조.

이었다.

2. '황민이냐 자살이냐'

'현대의 풍속'을 포착하고자 한 김남천의 소설『사랑의 수족관』[10]에서 대홍콘체른 사장 이신국의 딸 이경희는 신길정(新吉町)의 아버지 소유 토지에 탁아소를 세우고 사회 사업에 매진하고자 한다. 또한 이태준의『청춘무성』[11]에서 가족의 생계를 위해 매춘을 강요당하고 '빠-여급'으로 나설 수밖에 없었던 전문학교 학생 최득주는 과거 스승이었던 원치원의 후원을 받아 사회적 약자들을 위한 재활 시설 '재락원'(再樂園)을 설립·운영하며 '진정한 삶'을 산다. 나아가 정비석의『청춘의 윤리』[12]의 장현주는 '성애원'이라는 산원(産院) 및 탁아소의 총무 일을 수행하면서 정신적·육체적 쇄신과 더불어 '소국민' 양성의 총후보국(銃後報國)을 실천한다.[13] 그런가 하면, 최인규 감독의 영화『집 없는 천사』(家なき天使, 1941)에서 목사 방성빈은 '향린원'(香隣園)이라는 부랑아 합숙소를 설치하여 거리를 떠도는 아이들에게는 노동과 근면의 규율을 내면화시키고, 가엾은 아이들을 착취하거나 사회 사업에 냉소적이었던 어른들에게는 감화와 깨달음을 경험하게 한다. 전쟁의 시대에 사회 복지와 공익 사업의 관념 및 실천이 문화적 표상 속에 눈에 띄게 진입하고 있는 것

---

10) 김남천,『사랑의 수족관』, 인문사, 1940.
11) 이태준,『청춘무성』, 박문서관, 1940.
12) 정비석,『청춘의 윤리』, 평범사, 1943.
13) 정비석의『청춘의 윤리』에 나타나는 파시즘적 젠더 정치학에 대해서는 정종현, 「미국 헤게모니하 한국문화 재편의 젠더 정치학」,『한국문학연구』제35집, 2008, 176~180쪽 참조.

은 왜일까.

부랑자, 걸인, 불구자, 행려병자, 한센병 환자, 정신병자 등 이른바 '비정상인'들을 관리하는 사회 사업은 식민지 초기부터 총독부에 의해 수행되어 왔다. 초기에는 '사회 질서 확립'의 차원에서 이들 '비정상인'들을 다루었다. 말하자면 '정상인'들을 오염시키거나 그들을 불안하게 하는 위험 요소로서 수용소에 격리·배제하는 방식으로 관리했던 것이다. 그러나 1930년대 후반으로 오면서 사회 사업은 일종의 '국민 후생 사업'으로 전환되었는데, 이 전환의 핵심은 "인구의 특정 부분, 즉 부랑자, 불구자 등 사회적 부적합자를 배제함으로써 인구 전체를 보호하고 사회 안정을 추구"하고자 했던 이전의 사회 사업과는 달리 "인구 전체를 대상으로 하는 사업"이라는 데 있다.[14] 이러한 맥락에서, 예컨대 경성부는 '사회사업조사위원회'를 설치하고 "아동 보호 시설, 의료 시설, 경제 보호 시설, 노동 보호 시설, 기타 일반 구호 사업의 광범위에 걸쳐 정회, 방면위원의 협력을 어더 이 개년에 걸쳐 면밀한 조사"[15]를 실시하게 된다. 그

---

14) 한귀영, 「'근대적 사회사업'과 권력의 시선」, 김진균·정근식 편저, 『근대주체와 식민지 규율권력』, 문화과학사, 1997, 341쪽. 참고로 푸코는 규율권력과 생명권력을 구별하면서, 전자가 '개인의 신체'에 적용되는 데 반해 후자는 "육체로서의 인간이 아니라 종(種)으로서의 인간"을 상대한다고 말한다. 즉 생명권력은 '인구'에 관심을 가지고 있는 것이다. 그러나 생명권력이 "규율적인 권력을 배제하는 것이 아니라, 그것을 끼워넣고 통합하고 부분적으로 수정하여 자기 안에 그것을 이식해서 사용하고, 그 앞서의 규율적 기술 덕분에 거기에 효과적으로 고착되는" 기술임은 물론이다. 미셸 푸코, 『"사회를 보호해야 한다"』, 박정자 옮김, 동문선, 1998, 280~283쪽 참조.
15) 「大京城發展의 '癌', 都市의 暗黑面을 調査」, 『조선일보』, 1939. 5. 6.
참고로 '방면위원제'(方面委員制)의 경우 '공공 사업'에 관심을 갖고 있는 각 지역 유지들이 빈민들의 생활 상태를 조사하고 도움을 주는 일종의 '사회 연대' 실천 프로그램으로서 실시되었다. 방면 사업은 당국의 재정적 지원보다는 독지가들의 기부를 통해 이루어졌는데, 특히 중일전쟁 개전 이후에는 철저하게 주민들의 자금을 동원하는 방식으로 추진되었다. 정동회 사업, 교화 사업, 방면 사업 등 식민지 사회 사업에 대한 상세한 연구는 박세훈, 『식민국가와 지역공동체』, 한국학술정보, 2006 참조.

리고 1938년 '내지'의 후생성 설립에 이어서 1941년 11월 총독부에도 후생국이 설치되어 사회 복지와 국민 체력 향상을 위한 업무를 관장하게 된다.[16)]

이렇듯 중일전쟁 개전을 전후하여 총독부는 생명권력으로서의 성격을 현저하게 드러내면서 식민지 인구 전체의 효율적인 관리·조절·재생산에 주력하는 모습을 보여 준다. 식민지 권력의 성격 변화를 촉발시킨 구체적인 동인이 식민지 인민을 효율적으로 전쟁에 동원하고자 하는 식민지/제국의 현실적 목적에 있었음은 두말할 필요도 없을 것이다. 그러나 차별과 배제와 금지를 통해 작용되던 권력이 '관리자'의 얼굴을 하고 나타날 때 그 변화가 식민지/제국의 불균등한 정치적 장에 가져올 효과는 결코 기계적인 인과론으로 설명할 수 없다. 권력이 그 지역에 주거하고 있는 인구(population) 전체의 삶을 지배와 정치의 고유한 영토로 삼음으로써, 원하든 원하지 않든 주민(population)은 권력의 시선에 노출되는 공적인 장에 몸을 두게 되기 때문이다. 문제는 식민지 권력이 식

비록 총독부의 재정 지원도 거의 없었고 사업의 효과에 대해서도 회의적인 평가가 일반적이지만, 이른바 '붉은 사상'이 뿌리내리기 쉬운 사회 불만 세력의 재생산을 방지하고 빈민층을 사회 내부로 통합하게 만드는 프로그램이 제도화되었다는 점을 주목해야 할 것이다. 더욱이 부르주아의 자발적 참여를 유도한 점도 의미심장하다.

16) "비상시국에 처하야 국민체력향상이 절실히 제창되는 이때에 후생성에서는 국민체력향상의 근본대책으로서 국민체력관리법령의 실시에 의한 국민체력관리제도의 실현을 기하야 이미 지난 여름부터 이 부읍현에 뻐처 그 준비조사를 하고 잇는데 조선에서는 명년도부터 총독부의 행정기구가 개혁됨에 따라 후생국이 신설되고 현재의 경무국 안에 있는 위생과가 이 신설되는 후생국에 소속되어 국민체력향상문제를 담당하는 기관이 훨신 조직적 체계를 세우게 되는 만큼 명년도부터 조선에 잇서서도 내지에 추수하야 국민체력관리제도를 실시하기 위하야 그 준비조사에 착수하기로 되엇다"("國民體力管理制度 朝鮮서도 明年부터 實施」, 「조선일보」, 1938. 12. 22). 신문 기사에 따르면 애당초 1939년에 후생국이 설치될 예정이었던 것으로 보이나, 실제로 부서가 만들어진 것은 1941년이다(T. フジタニ, 「殺す權利, 生かす權利」, 193~194쪽 참조).

민지 주민 전체의 후생 복지 관리에 성공하여 권력에의 지지와 동의를 실제로 이끌어 낼 수 있었느냐 없었느냐에 있지 않다. 오히려 핵심은 식민지 주민의 생명이 정치적인 고려의 대상 속에 들어왔다는 점에 있으며, 그럼으로써 식민지 인민들의 욕망이 식민지/제국 통합의 방향성 속에서 조절될 수 있는 가능성의 조건을 만들었다는 데 있다.

이와 관련하여 『사랑의 수족관』의 '현대 청년' 김광호의 흥미로운 진술을 잠깐 살펴보자. 이경희의 자선 사업을 위선이나 자기도취에 근거한 듯이 여기며 못마땅해 하던 김광호는 그녀의 열의의 '진정성'을 확인한 후 자신이 자선 사업에 냉담했던 이유를 털어놓으며 이렇게 말한다.

그것이 무엇인지는 모르나 여하튼 자선 사업이나 그런 것에 대한 냉담한 태도는 형에게서 받은 유산같이 생각됩니다. 그러나 나는 경희씨가 생각하는 것처럼 악질의 허무주의자는 아닙니다. 나는 첫째 직업엔 충실할 수 있습니다. 나의 직업에 대하연 무슨 까닭인지 모르나 그렇게 깊은 회의를 품어본 적이 없는 것 같아요. 무엇 때문에 철도를 부설하는가? 나의 지식과 기술은 무엇에 씨어지고 있는가? 그런 걸 생각한 적은 있습니다. 그러나 단순하게 나는 그런 생각을 털어 버릴 수가 있었어요. '에디손'이 전기를 발명할 때 그것이 살인 기술에 이용될 걸 생각하지는 않았을 테고, 설사 그것을 알았다고 해도 전기의 발명을 중지하지는 않았을 거다,—이렇게 생각한 것입니다. 그러나 기술에서 일딴 눈을 사회로 돌리면 나는 일종의 펫시미즘(悲觀主義)에 사로잡힙니다. 나의 주위에도 많은 인부가 들끓고 있고, 그중에는 부인네나 어린 소년들도 많이 끼어 있습니다. 직접 나와 관계를 가질 때도 있습니다. 그들의 생활 문제, 아이들의 교육 문제…… 나는 어찌할 바를 모릅니다. 그

러나 자선 사업을 가치로서 인정할 만한 정신적인 원리는 그 가운데서 찾아내지 못했던 것입니다.[17]

경희는 광호의 입장이 "펫시미즘"까지는 아니더라도 "스켑티시즘"(懷疑主義)[18]에 해당된다고 규정하거니와, 이 고백을 통해, 도구적 합리성의 세계를 '자신의 세계'로 받아들이고 있는 기술자 광호에게 언뜻언뜻 나타났던 허무주의적 태도는 다름 아닌 좌절한 사회주의자 광준의 흔적, 그 유령적 존재에 기원한 것이었음을 알게 된다. 세계와의 기술적 관계 속에서 그는 결코 회의하지 않는다. 그러나 '사회적 관계'를 떠올리면 광준의 유령이 출현한다. 광호에게 사회 사업 또는 자선 사업이 갖는 한계와 위선적 성격이 역력히 보일 수 있었던 것은, 그의 시선에 사회 '전체'의 변화를 헤아리는 광준의 시야가 겹쳐져 있기 때문이다. 광호의 진술은, 목적을 철저하게 괄호치고 주어진 제작의 현장에 충실하고자 하는 기술자의 목소리와 관계의 전체성을 염려하며 행위의 근거가 되는 '원리'를 모색하려는 혁명가의 목소리로 분열되어 있다.

그러나 결국 광호는 경희의 '사업'을 긍정하기에 이른다. 자신의 냉담한 태도에도 개의치 않고 착실히 사업을 실천에 옮겨 가고 있는 경희를 보며 광호는 애정이 뒤섞인 판단에 따라 "가능한 한도 내에서 최선을 다하는 것!"[19]의 소중함을 새삼스럽게 느끼게 된다. 혁명가의 목소리는 기술자의 목소리에 의해 완전히 압도당한다. 달리 표현하자면, 광호에게

---

17) 김남천, 『사랑의 수족관』, 251~252쪽.
18) 같은 책, 252쪽.
19) 같은 책, 272쪽.

들러붙어 있던 광준이라는 유령의 자리에 경희가 들어앉게 되었다. 이른바 '사회 사업'이 '사회 변혁'을 대체한 것이다.[20] 광호는 더 이상 사회적 실천에서 어떤 '정신적 원리'를 구할 필요가 없으며, 기술적 관계와 사회적 관계 사이의 균열로 번민하지 않아도 된다. 사람들의 삶이 생명정치의 장 내부로 포섭되는 곳에서 사회적 관계는 기술적 관계로 번역될 수 있기 때문이다.

식민지 권력이 인구에 대한 통계적 파악과 사회 보장 정책 등을 통해 전체 주민의 삶을 관리하고 조절하는 생명권력으로서의 성격을 강화해 가면서, 식민지 인민들의 욕망은 그 권력이 개시해 놓은 정치적 장에 의해 크게 규정받게 되었다. 생명이 정치의 장소가 됨으로써 식민지 인민 전체가 식민지/제국의 확대된 정치적 장에 의해 포획되었으며, 그 장 바깥으로 나간다는 것은 단지 정치로부터 배제됨을 뜻할 뿐만 아니라 생명으로부터 배제됨, 즉 죽음을 의미하는 것이 되었다. 따라서 불평등, 차별, 억압, 금지가 구조화되어 있는 사회적 관계의 근본적 변혁을 위한 궁극적인 과제, 즉 식민지 권력의 전복 또는 제국주의로부터의 해방에 대한 비전은, 식민지/제국의 정치적 장 내부에서의 불평등, 차별, 억압,

---

20) 자선 사업과 관련된 에피소드를 고려할 때 『사랑의 수족관』은, '계급 초월적 연대'의 이상에 대한 총동원 시대의 패러디처럼 읽힐 수도 있을 것이다. 계급 초월적 연대라는 테마가, 자기 계급의 한계를 뛰어넘어 피지배 계급과 결합되는 방식으로 사회 변혁을 꿈꾸는 '운동'으로부터 피지배 계급의 관리를 통해 저항은 무력화하고 에너지는 체제 내부로 포섭시키는 '사업'으로 변형되었기 때문이다. 이렇게 볼 때, 앞서 예로 든 이태준, 정비석의 소설을 포함해 사회 사업의 주된 실천가들이 여성 인물이라는 점도 의미심장하다. 사회적 '대의'와 (관습화된) '모성'의 결합이 종종 내적인 차별과 반목을 효과적으로 봉합하는 기능을 수행함은 물론이지만, 특히 이들 소설에서 특징적으로 나타나는 계층 간 사회적 연대의 고리로서의 여성 인물의 역할은 생명정치의 작동에 따라 사회 분업적 배치에 변동이 발생하는 한 징후로도 보인다.

금지의 해소를 위한 기술적 해결책, 즉 식민지의 표지를 지우는 방식으로 탈식민의 욕망을 조절하는 비전에 그 자리를 내주게 되었다. 식민지/제국 권력에 의해 주어진 이 비전의 이름은 황민화였다.

> 만일 민족주의, 공산주의, 무정부주의의 이상을 추구하는 이외에 살 길을 알지 못한다면 일본 국토 내지 동양에 살아서는 안 된다. 자살하던가 아니면 반항하여 형무소에 살던가, 외국으로 도망가지 않으면 안 된다. 결국 자살이다. 참으로 일본 국가를 사랑하지 않고서, 가면을 쓰고 살고 있는 약간의 위선자가 되기보다는 자살해 주었으면 하고 생각한다. **자살을 원하지 않는다면, 일본 국가를 사랑하도록 노력하지 않으면 안 된다.**[21]

내선일체에 몸을 바치기로 결의한 조선인 지식인이 말하듯이 황민화의 현실 앞에서 선택은 두 가지뿐이다──일본 국가 안에서 살든가 자살하든가. 과장된 정직함으로 표현되고 있지만, 현영섭의 진술은 "살게 만들고(faire) 죽게 내버려 두는(laisser)"[22] 생명권력으로서의 식민지 권력이 식민지 인민들을 전체로서 포섭한다는 것이 어떤 의미인지를 분명하게 드러내 주고 있다. 삶의 영역 전체를 지배·관리·조절하고자 하는 생명권력의 정치적 장에서 권력의 바깥은 곧 삶의 바깥과 일치하게 된다.[23] 이렇듯 황민화의 비전 속에서 식민지 인민들의 생명은 식민지/제

---

21) 玄永燮, 『朝鮮人の進むべき道』, 綠旗聯盟, 1938, 117~118쪽. 장용경, 「일제 식민지기 인정식의 전향론」, 241~242쪽에서 재인용. 강조는 재인용자.

22) 푸코, 『"사회를 보호해야 한다"』, 279쪽.

23) 그러나 과연 식민지 생명권력의 안=삶, 바깥=죽음이라는 등식이 성립할 수 있는가? 역사

국의 권력이 개시한 생명정치의 울타리 안으로 **내재화**(interiorization)된다. 내재화란 식민지 인민들의 욕망이 식민지/제국 권력이 파놓은 고랑을 따라서 흘러가게 된다는 것을 의미하며, 따라서 "객관적인 식민지적 적대가 식민지적 정체성들 사이의 투쟁이 아닌 그 정체성들을 둘러싼 투쟁으로"[24] 전환된다는 것을 뜻한다.

"금일의 조선인 문제는 곧 내선일체 문제 이외에 아무것도 아니라는 것", 즉 "내선일체 이외의 일체의 노선이 한것 미망에 불과"하고 "이[내선일체의—인용자] 노선 이외에 아무 길도 남겨진 길이 없"다고 단언[25]하고 조선의 농업 재편성과 실업 인구 문제 해결, 중소 공업 발전과 의무 교육 실시 등의 미래를 기대하며 내선일체의 언설 장에 참여한 인정식, 마찬가지로 같은 장에 참여하여 "의무 교육, 의무 병역, 산업조합령의 전면적 실시, 헌법 정치의 준비 시설" 확충[26] 등을 요구한 김명식 등 전향 지식인들의 실천은 이 내재화가 진행되는 구체적인 장면을 특징적으로 보여 준다.[27] 아울러 1940년 1월 '조선영화령'이 공포되고 '영

가 증명해 주듯이 이 등식은 허구적인 것이다. '동화'와 '황민화'의 질적 차이를 설명하면서 레오 칭이 말하듯이 황민화는 "일본인으로 살기에서 기꺼이 죽을 준비가 된 일본인 되기"(Leo T. S. Ching, *Becoming "Japanese": Colonial Taiwan and the Politics of Identity Formation*, Berkeley and Los Angeles: University of California Press, 2001, p. 94)로의 전환으로 특징지어지기 때문이다. 이 문제에 대해서는 뒤에서 좀더 상세히 살펴보겠다.

24) *Ibid.*, p. 96. 이와 관련해서, 정체성 획득을 둘러싼 투쟁이라는 레오 칭의 '황민화' 개념을 받아들이면서도 '좋은 일본인 되기'가 필연적으로 '나쁜 일본인'(스파이)에 대한 공포를 수반하는 과정이었음을 논증한 권명아, 「여자 스파이단의 신화와 '좋은 일본인' 되기」, 『역사적 파시즘』 참조. 권명아는 '황민화' 이데올로기를 다루며 사회적 적대를 정체성 구성의 준거로 삼게 만드는 폭력성을 규명하고자 한 데 반해, 이 글에서는 황민화의 테크놀로지가 내포하고 있는 '내재화'의 정치학이 근본적으로 불안과 자기 붕괴의 계기를 가지고 있었음을 포착하고자 한다.

25) 인정식, 「동아의 재편성과 조선인」, 56쪽.

26) 김명식, 「대륙 진출과 조선인」, 49쪽.

27) 이들 내선일체론자들의 욕망과 그 정치적 효과에 대해서는 황호덕, 「국어와 조선어 사이,

화인등록제'가 신설되어 영화인의 역량과 자질이 "국가에 등록될 (국민의) 자격 문제로 전환"된 이후 식민지의 영화인들이 자부심을 갖고 총독부의 요구에 적극 부응하게 되는 모습에서도 동일한 내재화의 정치학을 발견할 수 있다.[28] 그러나 황민화를 수행하는 방식으로 이루어지는 사회적 보장 요구와 권리 주장들이 단적으로 말해 주듯이, 식민지의 욕망은 식민지/제국 권력이 파놓은 고랑의 턱을 넘쳐흐를 수 있는 위험한 것이기도 하다.

3. 식민지/제국의 무도술(舞蹈術)

황민화의 기술은 처음부터 생물학적 비유를 얻고 있었다. "형(形)도 심(心)도 혈(血)도 육(肉)도 모두 일체가 되지 않으면 안 된다"[29]는 미나미 총독의 내선일체론은, 비록 일부 '협화적 내선일체론자'들의 상대적 자율성론과 권리 요구를 부정하고자 하는 의도에서 발화된 것이지만, 조선인

내선어의 존재론」, 『흔들리는 언어들』, 성균관대학교동아시아학술원, 2008; 이 책 1부 1장 참조.

28) 이화진, 「'국민'처럼 연기하기 : 프로파간다의 여배우들」, 『여성문학연구』 제17집, 2007, 394쪽. 특히 "과거에 간혹 영화인 介中에 불미한 행동이 전 영화인에게 밋치여 일반 사회의 비난을 받은 일이 있으나 영화령은 이러한 개인의 生活까지를 지도하게 되었는고로 앞으로는 인격이 없는 자는 등록이 취소되여 이것이 취소되는 날은 영원히 이 즐거운 문화인 권내(文化人圈內)를 떠나게 되는 것"(안석영, 「영화배우와 감독이 되는 법」, 『삼천리』, 1941. 6, 247쪽. 이화진, 같은 글, 394쪽에서 재인용. 강조는 재인용자)이라는 안석영의 말은 생명권력이 규율권력과 결합되는 방식과 관련해 중요한 암시를 준다. '인격'이라는 모호한 도덕적 기준의 내면화를 통해 생명권력은 자체 내에 규율권력을 이식하고 통합함으로써 내재화의 정치학을 효과적으로 작동시키고 있는 것이다. 즉 '일시동인'(一視同仁) 안에 전체 식민지 인구를 포획하는 한편, 다양한 '충성'의 위계를 통해 내재화를 더욱 가속시킨다.

29) 南次郎, 「聯盟本來の使命 議論より実行へ : 窮極の目標は內鮮一体 總和親·總努力にあり」, 『總動員』 1938. 7, 57~58쪽. 강조는 원문.

과 일본인의 실제적인 결합을 지시하고 있다는 점에서 문제적이다. 식민지/제국의 생명권력은 단순히 식민지 인민을 '황국 신민'으로 호명함으로써 전쟁에의 협력을 이끌어 내는 데 그치지 않고 '내선'의 생명의 결합과 재생산을 통한 인종 혼합의 가능성을 국책적으로 열어 놓고 있었던 것이다. 이로써 이른바 '내선 결혼'이라는 문제 영역이 출현하게 되는데,[30] 내선일체론자들은 이곳에서 식민지와 식민지 모국 사이의 간극을 건너뛸 수 있는 발판을 찾고자 했다.

국책적인 '내선 결혼'은 1920년 4월 이왕세자 은(垠)과 일본 왕족 나시모토노미야(梨本宮)가의 장녀 마사코(方子)의 정략결혼으로부터 출발한다. 그 이듬해인 1921년 6월에는 '내선인통혼법안'이 총독부령 99호로 마련되어 조선인-일본인 결혼시의 복잡한 행정 절차가 간소화되었다.[31] 법안이 마련된 후 '내선 결혼'이 증대했음에는 틀림없지만, 중일전쟁 개전을 전후하여 황민화 정책이 본격적으로 추진되면서 '내선 결혼'은 더욱 확대되어 갔다. 특히 1930년대 중반 이후의 '내선 결혼'에서 눈에 띄는 것은 조선인 남성-일본인 여성 간 결혼의 증가 속도이다.

1934년에서 1937년 사이 증가된 일본인 남성-조선인 여성 쌍의 수에 비해 조선인 남성-일본인 여성의 결혼은 거의 배로 늘어났다. 이러한 경향은 이후 더욱 뚜렷해진 것으로 보인다.[32] 이렇게 조선인 남성-일

---

30) '내선 결혼' 정책에 대한 총독부의 명시적 제시는 1938년 9월 '조선총독부 시국대책조사회'
(朝鮮總督府時局對策調査會)의 자문 사항에 "내선인의 통혼을 장려할 적절한 조치를 강구
할 것"이 내선일체 강화의 방책으로 거론된 데에서 확인할 수 있다. 장용경, 「일제 말기 내
선결혼론과 조선인의 육체」, 『역사문제연구』 18호, 2007, 196~197쪽 참조.

31) 鈴木裕子, 『從軍慰安婦·內鮮結婚』, 未來社, 1992, 75쪽 참조.

32) '국민총력조선연맹'에서는 1941년 3월 21일의 '춘계황령제'(春季皇靈祭)를 기해 '내선 결
혼'을 권장하는 취지에서 1940년 1월부터 12월 사이에 결혼한 부부들에게 미나미 총독이
쓴 족자를 기념품으로 전달했는데, 이때 파악된 명단을 보면 전체 137쌍의 부부 중 조선인

<表> 내선인과 조선인의 배우 관계 및 입양 관계

	총수		내지인으로서 조선인 부인을 처로 맞은 경우	조선인으로서 내지인 부인을 처로 맞은 경우	내지인 가계로의 조선인 서양자(壻養子)	조선인 가계로의 일본인 서양자
	실수	지수(1928년을 100으로 했을 때)				
1934	1,017	193	602	365	43	7
1935	1,038	197	601	391	40	6
1936	1,121	213	625	430	47	19
1937	1,206	229	664	472	48	22

출처: 『施政三十年史』, 475쪽의 표에서 부분 인용.

본인 여성의 결합이 적극적으로 유도된 것은 무엇보다도 식민지/제국이 젊은 조선인 남성의 육체를 원했기 때문이라고 하겠다.[33] 식민지 인민들의 생명은 일차적으로 잠재적인 군사력과 노동력으로서 고려되었다. 그러나 비록 전쟁을 수행하고 있는 식민지/제국의 직접적인 이해관계가 지배하고 있었다 할지라도, 생활과 감정의 영역에서의 '내선' 결합은 그

남성-일본인 여성이 106쌍으로 절대다수를 점하고 있다. 『内鮮一體』, 1941. 4, 67~71쪽 참조.
33) 오오야 치히로, 「잡지 『내선일체』에 나타난 내선결혼의 양상 연구」, 『사이間SAI』 창간호, 2006, 290쪽 참조. 특히 '내지'에서의 '내선 결혼'의 경우, 식민지/제국의 관심이 조선인 남성의 육체, 특히 그 육체로부터 뽑아낼 수 있는 노동력에 있었음을 명백히 알 수 있다.

연말	총수	일(남)+조(여)	조(남)+일(여)	일본가로의 입부, 서양자	조선가로의 입부, 서양자
1938	811	9	556	246	
1939	887	27	615	245	
1940	1,084	16	819	249	
1941	1,258	30	946	282	
1942	1,418	130	1,028	256	

(출처: 森田芳夫, 「戦前における在日朝鮮人の人口統計」, 『朝鮮學報』 第48号, 1968, 76쪽. 최석영, 「식민지 시기 '내선결혼' 장려 문제」, 『일본학연보』 제9집, 2000, 281쪽에서 재인용.)
징용으로 동원된 조선인들이 가혹한 노동을 못 이겨 작업장을 이탈하거나 고향으로 탈출하는 것을 방지하기 위해 일본인 여성들과의 결혼이 적극 장려되었다. 그러나 이렇게 '내선 결혼'을 한 조선인 징용자들 중에 이미 결혼하여 고향에 처자식을 두고 있는 경우도 적지 않았다. 최석영, 「식민지 시기 '내선결혼' 장려 문제」, 292쪽; 아울러 안회남, 「섬」, 『신천지』, 1946. 1 참조.

직접적인 목적에로 환원될 수 없는 효과들을 낳았다.

결혼이란 공동체 자체의 재생산과 직결된 제도로서 언제나 사적 영역에 기입된 공적 영역으로 존재해 왔지만, 정책적으로 장려된 '내선 결혼'의 경우에는 그 위에 식민지/제국의 재생산과 생명의 동원이라는 정치적 목적, 인종 혼합에 대한 우생학적 우려, 그리고 인구 조절과 관리에 대한 생명권력의 배려가 덧씌워졌을 뿐만 아니라, 구조화된 차별의 세계로부터 이탈하고자 하는 식민지 인민들의 탈식민지적 욕망이 침투함으로써 그 자체로 매우 논쟁적이고 갈등적인 장이 되었다. 이 장에서 식민지/제국, 사적인 것/공적인 것, 감정/관습 등 상관적 대립항들은 상호 침투하게 되고, 한편으로는 황민화의 이념이 신체에 각인되는 과정이, 다른 한편으로는 식민지를 초월하고자 하는 강렬한 지향이 보다 인상적으로 드러난다.

이광수의 소설 『진정 마음이 만나서야말로』[34)]는 북한산에서 실족하여 부상당한 일본인 남매 히가시 다케오(東武雄)와 후미에(文江)를 조선인 남매 김충식과 석란이 구조하게 함으로써 사적인 관계 속에서 '내선'이 맺어지는 특정한 장을 만들어 내고 있다. 마치 『혈의 누』(1906)의 옥련-이노우에 관계를 역전시키기라도 하듯이 일본인의 구원자로 등장하는 충식은 경성제대에서 의학을 전공한 후 대학병원 외과에 재직하고 있는 의사-기술자이다. 진정으로 만난 적이 없기 때문에 서로 오해와 편견을 갖고 있는 '내지인'과 '조선인' 사이의 벽을 무너뜨리는 계기가 조

---

34) 『心相觸れてこそ』, 『綠旗』, 1940. 3~7. 이경훈 편역, 『진정 마음이 만나서야말로』, 평민사, 1995에 수록. 이하 인용시 본문에 직접 쪽수 표시.

선인의 '기술적 기여'에서 비롯된다는 점은 의미심장하다.[35]

　　그러나 '내선'이 진정 마음으로 만나는 일은 어떻게 가능한가. 직접적인 기술적 기여는 마음을 열 최초의 계기를 마련해 주었지만, '내선'의 남매들 사이의 사랑과 우정이 깊어 가고, 나아가 '하나의 조국' 아래 있다는 공동성(共同性)을 실감하도록 하는 데까지 그 기여가 결정적인 기능을 하는 것은 아니다. 서로의 동질성을 확인하도록 하는 것, 정확히 말해서 '내선'의 남매들을 하나의 공동성 속에 들어가도록 하는 것은, 이른바 '조국'에 대한 상투화된 애국주의적 사명감도 내선일체를 강조하는 패턴화된 동일성 언설도 아니다. 오히려 '내선'은 몸가짐과 예절이라는 감각적 형식에 참여함으로써 어떤 공동성에 진입하는 것으로 보인다.

　　다케오는 자기의 몸에 감겨 있는 것 역시 하얀 조선 옷이었다는 것을 알고 깜짝 놀랐다. 다케오는 일순간 불쾌함조차 느꼈지만, 자기들이 어떤 조선인에게 구원되어 지금 이곳에 와 있는 것일까라고 생각하자, 왠지 눈물겨워지는 것을 금할 수 없었다.

　　다케오가 이런 생각을 하는 동안 석란은 다케오의 이마에 있는 타올을 갈았다. 석란은 상체를 앞으로 내밀어 자기 옷이 다케오의 몸에 닿지 않도록 신경을 쓰면서, 양손으로 살짝 다케오의 이마 위에서 미지근

---

35) 의사-기술자 충식은 전쟁에 자원 출정하여 군의관으로 복무하게 되는데, 그곳에서 심각하게 부상을 입은 다케오—참고로 다케오는 같은 경성제대에서 법률을 전공했다—를 다시 한 번 치료한다. 나아가 간호병으로 지원해 충식과 함께 다케오를 치료하던 석란은, 시력을 잃었음에도 불구하고 선무관(宣撫官)으로서 전쟁에 복무하고자 하는 다케오의 '눈'과 '입'(중국어 통역) 역할을 자임한다. "반도인의 독특한 기술이 우리들의 개성"이라고 주장하며 일본 중심의 '대동아'에서의 조선인의 지위를 그 독자적인 '기술적' 역할에서 찾고자 한 현영섭의 말을 떠올릴 수 있는 대목이다. 현영섭, 「'내선일체'와 조선인의 개성 문제」, 『삼천리』, 1940. 3, 38쪽 참조.

해진 타올을 들어 그것을 대야물에 담그고, 되도록 물소리가 나지 않게 미리 물에 담궈두었던 타올을 짜서, 또 상체를 앞으로 굽히고 양손으로 다케오 이마 위에 얹고 조금씩 이곳저곳 눌러 타올이 잘 놓여질 수 있는 곳에 놓인 것을 확인한 뒤, 원래처럼 단정하게 앉은 자세로 돌아가는 것이었다. (14쪽)

환자를 배려하는 마음과 극도로 절제된 몸가짐이 두드러지게 나타나고 있다. 이토록 단정한 몸가짐을 취하는 석란에게는 당연하게도 "순수하고 아름다운 눈"(15쪽)과 유창한 일본어가 수반된다. 이런 석란을 보며 다케오는 "그 말투건, 예의건 무엇 하나 다른 점이 없지 않은가"(16쪽)라며 감탄 속에서 '내선'의 동질성을 느낀다. 이곳에서 특정한 형식 속에 절제된 몸짓과 아름다움과 '일본인다움'은 하나의 연속체를 형성하고 있다.

이 소설에서 '내선'의 두번째 대면은 다케오 남매의 아버지인 히가시 육군 대좌와 충식 남매의 아버지인 김영준 간의 만남으로 이루어진다. 히가시 대좌는 평소 조선인의 '애국심'을 의심하며 조선인 징병 및 지원병 제도에 대해 반대해 오던 인물이다. 그에 반해 김영준은 한일 합방 후 해외를 떠돌며 "방랑"(22쪽)하다 만주에서 검거되어 10년간 감옥 생활을 하고 가출옥한 이른바 '불령선인'(不逞鮮人)이다. 자식들 간의 인연으로 인해 결코 우호적으로 만날 수 없는 두 인물이 서로 사적으로 대면하는 드문 광경이 펼쳐진다. 여기서 히가시 대좌는 자식들이 입은 은혜에 보답하기 위해 '불령선인'조차 직접 찾아 "온돌에 이마가 닿도록 절을"(26쪽) 하며 예를 다하는 인격의 소유자이며, 김영준은 예절과 기품이 행동과 표정에 자연스럽게 드러나는 한편 히가시 대좌가 내미는 사례금을 정중히 거절할 줄 아는 인품을 소유하고 있다. 아울러 빨래를 하던 도중에 히가시 대좌를 맞이한 석란은 "어느새 앞치마를 벗고 새 치마와 저고리를 갈아"(25쪽)입고 머리를 곱게 빗은 후에야 손님을 안으로 안내하는 공손함을 보여 준다. 김영준 집에서의 인상적인 경험 후 돌아가는 히가시 대좌에게는 길에서 뛰놀고 있던 조선의 아이들이 "고향 아이들과 크게 다르지 않은 듯한 기분이 들었다"(27쪽).

세번째 '내선'의 만남은 다케오 남매와 김영준 사이에서 이루어진다. 화창한 봄날 다케오 남매가 충식 남매의 집을 방문했을 때 후미에가 인사하자 김영준은 "급히 안경을 벗고 정좌하여 답례했다. 여자에 대한 예의이다"(33쪽). 흥미롭게도 후미에는 조선 옷을 입고 있었는데, "영준에게 절한 뒤 곧 일어나, 몇 걸음 옆으로 내려가 방 구석의 석란 곁에서 양손을 소매 앞에 모으고 서 있는 것이다"(33쪽). "조선 옷을 입고 있어서, 조선식 예의를 지키는 것"(34쪽)이다. 후미에의 행동 앞에서 영준은 허물없이 웃으며, "마음을 닫은 얼음"(34쪽)도 녹기 시작한다. 그리고 이 우호적인 분위기 속에서 비로소 다케오-김영준 사이에 내선일체를 둘러싼 논의가 이루어진다.

네번째 '내선'의 만남, 즉 충식 남매가 다케오의 집을 방문하는 장면은 대폭 생략되어 있지만, "처음으로 일본의 가정이라는 것을 본 두 사람에게는 일생 잊지 못할 정도로 깊은 인상을 받았다. 그 친절함과 예의 바름이 두 사람에게는 몸에 저리게 기뻤을 뿐만 아니라, 오늘의 회식으로 인해 네 사람의 우정은 더욱더 깊이를 더했다"(55쪽). 그리고 이 우정과 사랑은 이미 정해진 소설의 플롯에 따라 '조국애'로 승화된다. 충식은 출정하는 다케오를 감격적으로 떠나보낸 후 조선신궁에 "최초의 자발적 참배"(60쪽)를 하고 부친 김영준에게 "아버지. 우리들에게도 조국을 주세요. 그것을 위해 싸울 수 있는 조국을 주세요"(61쪽)라고 울분에 차 외치며 출정의 허락을 얻어 낸다.

이 모든 만남들 속에서 개개의 인물들의 변화, 즉 일본인이 조선인을, 조선인이 일본인을 마음으로부터 이해하게 되는 변화를 촉발하는 결정적인 계기에는 언제나 '예의작법'(禮儀作法)이 놓여 있다. 지극히 삼가는 태도와 절제된 몸짓을 통해 '내선'은 어떤 공동성 속에 자발적으로 참여하게 되는데, 그 공동성이 궁극적으로 도달할 곳은 "싸울 수 있는 조국"에 다름 아니다.

이렇듯 이광수에게 몸가짐과 예절은 '내선'의 마음이 만나는 핵심적인 통로가 되는데, 미완의 장편인 『그들의 사랑』[36]에서도 몸가짐과 예절은 '내선'의 오해와 편견을 허무는 결정적인 순간과 결합되어 있다. 경성제대 의학부 예과에 재학 중이던 조선인 이원구는 2학년으로 진급하던 해 부친을 여의고 경제적으로도 곤궁에 처하게 됐는데, 동급생이었던 니시모토 다다시(西本忠一)는 "한 조선 사람 리원구의 마음을 돌려서 참된 천황의 신민을"(112쪽) 만들고자 하는 사명감에서 자신의 부친인 니시모토 의학 박사에게 이원구를 동생의 가정교사로 들일 것을 청한다. 이에 대해 니시모토 박사는 조선인의 마음을 돌리는 것은 "애초에 희망 없는 일"(113쪽)이라며 강하게 거절한다. "박사는 식모로도 조선 사람을 쓰기를 원치 아니하였고 또 박사의 부인인 기미코도"(113쪽) 그러했던 것이다. 그러나 온 가족을 설득하고자 노력하는 다다시의 모습을 보고 니시모토 박사는 마지못해 허락한다.

---

36) 이광수, 『그들의 사랑』, 『신시대』, 1941. 1~3. 이경훈 편역, 『진정 마음이 만나서야말로』. 이하에서는 인용시 본문에 직접 쪽수 표시.

그러나 문제는 이원구에게도 있었다. 그때까지만 해도 그에게 '일본 가정'은 너무도 낯설고 먼 세계였기 때문이다. 니시모토의 집에서 생활하게 된 후 처음 함께 식사를 할 때 "어떻게 할찌를 몰랐다. 다들 눈을 제게로만 향하는 것 같았다"(119쪽). 하지만 원구는 "식전에 일어나는 길로 제 방을 치우고 대문안과 제 방에서 바라보이는 뜰도 소제를 하였다. 그리고 세수같은 것은 주인집 사람들이 언제 하는지 알지 못하는 사이에 하여 버렸다. 이것은 원구가 그 아버지헌테서 받은 훈련이어서 조금도 힘들지 아니 하였다"(119쪽). 원구는 훈련받은 생활 습관을 몸에 익히고 있는데, 그것은 무엇보다 '위생'과 관련된 것이었다. 원구는 '내지인'들에게 '불결'의 흔적이 드러나지 않도록 하는 데 있어 병적인 성실함을 보인다. "양말이나 내복 같은 것을 학교에 갈 때에 싸가지고 갔다가 청량리 솔밭 속 개천에서"(119쪽) 빨았던 것이다. "제 때묻은 옷을 주인집에 내어놓기가 어려웠"던 원구는 "양복과 적삼만 내어놓고 양말같은 것은"(121쪽) 언제나 직접 제 손으로 빨았던 것이다. 그리고 이러한 청결의식과 성실한 몸가짐을 확인한 이후에야 니시모토 박사는 원구에게 마음을 열게 된다. 원구의 "몸가짐, 인사범절을 일본식으로 잘 배운 것이 이 집 식구에게 친밀한 생각을"(142쪽) 하게 했던 것이다. 원구는 원구대로 '내지인' 가정의 '질서'와 예절에 깊은 감명을 받는다. 니시모토의 가정은 "왼 가족이 언제나 위의를 갖추는 것"이었으며, "옷매무시나 앉음앉이나 문 여닫는 것이나 모두 예절을 잃는 일이 없었다"(122쪽). 이처럼 몸가짐과 예절을 통해 '내선'은 어떤 공동성에 진입하게 되는데, 이는 청결한 몸가짐과 '일본다움'이 하나의 연속체를 형성하는 세계이다. 그리고 이 세계 속에서 다다시의 동생인 미치코(道子)와 원구 사이에 애정관계가 성립될 듯한 암시가 나타난다.

이른바 '내선 결혼'(또는 '내선 연애')의 주제를 다룬 이광수의 소설에서 이토록 몸가짐과 예절이 전경화(前景化)되고 있는 데에는 그 나름의 직접적인 이유가 있기도 하다. 그것은 무엇보다도 '내선 결혼'을 가로막는 주요한 장애로서 흔히 "풍속 습관의 서로 다름"[37]이 지적되던 사정과 관련되어 있을 것이고,[38] 따라서 이질적인 풍속과 습관이 서로 조정되는 과정을 제시하고자 하는 의도도 있었을 것이다. 그러나 이광수 소설에서 몸가짐과 예절은 보다 근본적인 차원에서 황민화의 정치적 과정과 관련된 것으로 보인다. 반복된 수행(performance)을 통해 신체를 훈련시키는 사회적 형식으로서의 몸가짐과 예절은 이런저런 역사적 근거나 현실적 이해관계에 기대어 내선일체의 정당성을 내세우는 설득의 수사학보다, 식민지/제국 권력의 정책에 따라 창안된 다양한 황민화 제도들의 강제력보다 훨씬 더 정치적으로 작용하는 황민화 **실천**의 장과 관련되어 있기 때문이다.[39] 몸가짐과 예절이라는 감각적 형식은 감정을 특정한 방식으로 통어(統御)할 뿐만 아니라 사회적 위치를 차이화함으로써 위계화된 공동성을 유지시키고 나아가 신체의 테크놀로지를 통해 주체가 생산되도록 하는 실천의 형식이다. 신체의 운동을 통해 사회적 관계가 생산·재생산되는 이 형식의 메커니즘을 **무도술**(choreography)의 정

---

37) 平野進, 「內鮮一體調査機關確立の急務」, 『內鮮一體』, 1940. 12, 60쪽.
38) 현영섭 역시 "조선인의 얼굴 씻는 법, 끈 묶는 법, 보자기 싸는 법의 차이, 앉는 법의 차이조차 내선 결혼자의 생활을 불행하게 하는 실례를 나는 잘 알고 있다"고 말하고 있다. 玄永燮, 「內鮮結婚論」, 『新生朝鮮の出發』, 大阪屋號書店, 1939, 102쪽.
39) 레오 칭은 중일전쟁 개전 이전의 일본의 식민지 동화 정책과 그 이후의 황민화 정책을 질적으로 구분하며, '동화'가 기획(project)이었던 반면 '황민화'는 실천(practice)이었다고 규정한다. Ching, *Becoming "Japanese": Colonial Taiwan and the Politics of Identity Formation*, pp. 96, 104 참조.

치학[40]이라 이름 붙여도 좋을 것이다.

황민화의 이데올로기를 내용적으로 구현하는 언행 ──내선일체의 역설, 애국심의 토로, 조선어 폐지 주장, '황국 신민의 서사' 봉독, 신사 참배, 궁성 요배 등──에 비해, 개인과 개인이 만나는 때와 장소에서 지켜야 할 매너, 몸가짐, 옷차림 등의 예법은 황민화의 의미 작용 속으로 모조리 수렴될 수 없으며, 직접적인 정치적 맥락에 대해 상대적으로 자율적이라는 점에서 '간접적 행위'라고 할 수 있다. 간접적 행위는 주어진 상황과 명시적인 의미 연관을 맺고 있다기보다는 차라리 지시 작용 기능을 결여하고 있다. 예컨대 삼가는 몸짓과 상대에 대한 배려의 예법이 모조리 '황국 신민'의 도덕에로 환원될 수는 없는 것이다. 그러나 이러한 몸가짐과 예절은 주어진 상황 속에 귀속되지 않기 때문에 오히려 "주체기 현실과의 싱상적 관계를 살아가는 **이데올로기로서의 실천계의** 움직임"[41]을 보여 준다. 말하자면 사랑과 우정이 발생할 수 있는 인격적 만남과 배려의 세계 자체를 상상하게 한다. 또한 형식화·의례화된 간접적 행위는──특정 상황에 의미론적으로 긴박되어 있지 않다는 점에서──행

────────────

40) '무도술의 정치학'이라는 개념은, 18세기 일본의 특정한 언설 공간에서 정치와 고전 읽기의 관계를 분석하면서 사카이 나오키가 사용한 것이다. 그는 예(禮)와 악(樂)을 통치성의 차원에서 사유했던 오규 소라이(荻生徂徠) 등을 다루면서, 사회적 현실과 공동성의 이데올로기적 구성이라는 문제가 "신체의 운동에 관계된 제도"로 수렴되는 차원을 지시하기 위해 무도술이라는 개념을 사용한 바 있다. 酒井直樹, 『過去の声』, 川田潤ほか 訳, 以文社, 2002, 401~458쪽 참조. 이 글에서는, 황민화의 이데올로기적 지시 작용이 명시적으로 드러나는 언표·행위에 앞서 오히려 특정한 방식으로 의례화된 행위가 그 명시적 의미 작용의 가능성의 조건으로서의 상상적 관계를 생산한다는 점을 말하기 위해 무도술의 정치학이라는 개념을 차용하고자 한다. 특히 식민지/제국의 생명정치가 식민지 인민들의 생명과 욕망을 관리하고 이용하는 과정 속에서 작용하는 정치학을 포괄적으로 지시한다면, 무도술은 생명정치의 목적에로 환원되지 않는 특정한 의례와 규칙의 모방적 반복을 통해 생명정치의 의미론이 존립할 공동성을 창출하는 신체의 테크놀로지를 지시한다.

41) 같은 책, 430쪽. 강조는 원문.

위자의 외부에 존재하는 규칙에 따라 연기하는 주체를 산출하기 때문에, 필요한 기량을 갖추고 있기만 한다면 연기 훈련을 통해 누구라도 주체의 위치를 점할 수 있다. 요컨대 규칙을 수행적으로 내면화하는 주체들 사이의 호환이 가능해지며, 이를 통해 '공동성'이 획득된다.[42] 따라서 기호와 지시 대상 사이의 관계가 긴밀하게 결합된 상황에 직접적으로 귀속되지 않는 몸가짐, 예절 등의 간접적 행위가 오히려 제한된 정치적 맥락을 넘어 현실에 대한 특정한 상상적 관계와 그 관계 속에서 위치를 점할 특정한 주체를 생산하는 보다 근본적인 정치의 장소가 된다. 훈련을 통해 사회적 규율을 신체에 각인하고 감각적으로 내면화하는 무도술이야말로 황민화의 메시지를 이해 가능한 것으로 만들고 살아 있는 것으로 만드는 기술이 아닐까. '제국의 신민'이란 바로 이 무도술에 의해 획득되는 감각-심미적(aesthetic) 질서 속에서 몸가짐과 예법의 실천을 통해 제작될 수 있는 주체였다고 할 수 있지 않을까.

4. 공민의 연금술

식민지/제국의 생명권력이 전체로서의 식민지 인민을 포섭하고자 한 직접적인 목적은 전쟁과 생산에의 동원에 있었지만, 그 과정에서 작동된 생명정치의 궁극적인 목적은 식민지 인민의 욕망을 내재화하는 데 있었다. 그렇다면 무도술이란, '내선'의 사적이고 친밀한 만남을 가능한 것으로 만드는 공동성을 구성하고 그 감각-심미적 질서를 다시 신체에 각인하는 실천을 반복하게 함으로써 새로운 주체를 생성시키는, 내재화의 기

---

42) 같은 책, 430~431쪽 참조.

술적 형식이라고 할 수 있을 것이다. 황민화란 바로 이 '내재화의 무도술'을 몸에 익혀 자연화하는 과정에 다름 아닐 것이다. 이광수의 소설에서 살펴봤듯이, 훈련된 몸가짐과 예절, 그 감각적 형식을 통해 '내선'의 인격적 만남이 이루어지는 것처럼 보이지만, 잘 규율된 몸짓은 언제나 '내지인과 유사한 것'으로서만 식별될 수 있었기 때문이다.

이광수는 황민화에 있어 무도술 및 그로써 획득되는 감각-심미적 질서가 갖는 중요성에 대해 지극히 자각적이었다. 참회록의 스타일로 황민화에의 의지와 비전을 피력한 「동포에게 부침」[43]이라는 글의 결론인 '궁극적으로 도달할 곳'(窮極するところ)은 창씨개명도 징병제 실시도 아닌 '내선'의 사적인 만남이 가능한 공동성의 세계였다.

군이여. 내 집에 와 주게. 누추하고 윤택하지 않은 가정이네. 차 한 잔 드리지 못하는 일이 많을 것이네. 음식 역시 군의 입에는 맞지 않을지도 몰라. 하지만 군이여. 내 집에서 식구들과 같이 저녁밥을 먹세.

그리고 때 낀 내 이불을 덮고 내 좁은 온돌방에서 나와 베개를 나란히 하고 누워서 조용히 이야기하지 않으련가. 그리고 나도 군의 집 아름다운 안방에 청해 불러주게. 그리고 서툰 내 예절작법을 친절하게 고쳐주게. 군 집의 순수, 온화, 친절하고 부드러운 분위기에 나를 담궈주게. 그것뿐이네. 결국 그것뿐이라네. 군과 내가 지금부터 약 사반세기 동안 성심성의 노력해야 할 것은 필경 그것뿐이라네.[44]

---

43) 李光洙, 「同胞に寄す」(『京城日報』, 1940. 10. 1~9), 이경훈 편역, 『춘원 이광수 친일 문학 전집 Ⅱ』, 평민사, 1995에 수록.
44) 같은 책, 137쪽.

이곳에서도 '내선' 사이에는 분명한 위계가 존재하고 있다. 그러나 그 위계에도 불구하고 '내선'은 동일한 공간을 함께 나누며 소통할 수 있는 가능성을 내포한다. 함께 먹고 자고 이야기를 나누는 장면을 상상하기 위해 전제되어야 할 공동성 속에서 민족적 차별은 가시화될 수 없다. 더욱이 창씨개명, 일본어 사용 등을 통해 조선인의 민족적 표지마저 지워져 가고 있다면, 존재하는 것은 오직 "예절작법"의 차이뿐이다. 이광수는 조선인에게 주어져 있는 본질주의적 차별의 지표를 지우고 그것을 예절작법의 '숙련성의 위계'로 전환하고자 한 것으로 보인다. 그리고 식민지/제국의 무도술을 통해 예절작법의 차이마저 극복할 때 황민화는 완성될 것이었다.

이렇게 차별이 차이로 대체됨으로써 내지인과 조선인 사이에는 어떤 본질주의적인 구별도 성립할 수 없으며, 또 성립해서도 안 된다. 이 전제 위에서 비로소 '내선 결혼'의 가능성이 출현할 수 있었고, 역으로 '내선 결혼'은 차별 없는 관계의 현실성을 입증하는 근거가 됐다. 김용제가 '내선 결혼'을 "내선일체의 완전체"[45]라고 표현하고 현영섭이 "내선일체는 내선 결혼이 가능하지 않다면 완성될 수 있는 것이 아니"[46]라고 단언한 데에는, 바로 이 같은 무차별적 황민화에의 욕망이 작용하고 있었던 것으로 보인다.[47]

---

45) 金龍濟, 「內鮮結婚我觀」, 『內鮮一體』, 1940. 1, 60쪽.

46) 玄永燮, 「內鮮結婚論」, 『新生朝鮮の出發』, 96쪽.

47) 특히 이 시기 대중적 매체들을 통해 활발히 이루어졌던 '내선 결혼' 논의들에서도 이러한 욕망을 읽어 낼 수 있는데, 내선일체 이데올로기를 대중적으로 선전하는 기관의 하나인 '내선일체실천사'(사장 박남규=오토모 사네오미[大朝実臣])의 '내선결혼'론과 '내선 결혼' 후원 사업 등에 대해서는 오오야 치히로, 「잡지 『내선일체』에 나타난 내선 결혼의 양상 연구」 참조.

특히 조선인의 '일본인화'를 위해 기여할 것을 필생의 과제로 삼고 있었던 현영섭에게 '내선 결혼'은 황민화의 형식으로 여겨졌다.

내선일체를 단지 정신적으로만 추구하고 형식에 있어서는 이를 추구하지 않는 사람이 있는 듯한데, 나는 생활적으로, 예술적으로 이를 추구해야 한다고 생각한다. 그를 위해서는 물심일여의 정신으로 나아가지 않으면 안 된다. 조선인이 일본인으로 되기 위한 폼(フォルム, 형식)을 부여하지 않으면 안 된다.[48]

내선일체의 필연성과 '이념'을 강조하는 것만으로는 식민지/제국 통합의 모호성을 말끔히 해소시켜 줄 수 없었다. 일본어 사용과 창씨개명을 통해 내지인과 닮은꼴이 될 수는 있을지언정 식민지 내에 닮은꼴들이 양산되는 것 자체가 '내선일체'일 수는 없었다.[49] '일체'가 되기 위해서는 상호 침투의 과정을 거쳐야만 하는데, 식민지/제국 사이의 빗금에는 여전히 모호한 거리가 존재하고 있었기 때문이다. 현영섭에게 '내선 결혼'은 이 불투명한 내선일체에 부여되어야 할 하나의 투명한 형식이었다. 이야말로 '형도 심도 혈도 육도' 일체가 될 수 있는 첩경이었다.

하지만 대체 "조선인이 일본인으로" 된다는 것은 무엇을 뜻하는가. 현영섭의 '내선결혼'론뿐 아니라 내선일체라는 논쟁적 장의 존재 방식

---

48) 玄永燮, 「內鮮結婚論」, 94쪽.
49) 현영섭은 대표적인 조선어 폐지론자이기도 했지만, 일본어라는 단일 언어 사용이 식민지/제국의 통합을 보장해 주지 않는다는 것도 잘 알고 있었다. 그는, 스페인은 정치적으로 하나의 국가 형태를 취하고 있어도 4개의 언어가 혼란스럽게 사용되고 있고, 반대로 영국과 미국은 동일한 언어를 사용하지만 종종 서로 반목하고 있다는 예를 들어 "언어란 절대적인 것은 아닌 것"이라고 분명히 말하고 있다. 같은 글, 94쪽.

을 이해하기 위해서도, 이 '일본인'이 갖는 함의를 따져 볼 필요가 있다.

이 시기 '일본(인)'이라는 말은 의사 소통 상황에 따라 중의적으로 사용되었는데, 이런 사용법에는 '제국 일본' 내에서 식민지(인)가 차지하는 법적·정치적 지위가 반영되어 있었다. 우선 지리적 경계인 동시에 법적·정치적 경계로서 '일본'은 이중적인 의미를 가진다. '내지'와 동일시될 때 일본은 일본 열도, 그중에서도 주로 본토를 지칭하지만, '제국'과 동일시될 때 일본은 조선, 타이완 등의 식민지에까지 확장된다. 예컨대 중일전쟁기 일본이 이른바 '동아 신질서' 구상을 제시하면서 '일만지' 통일을 외쳤을 때, 식민지는 '일'이라는 기표 밑에 완전히 종속되어 있었다. 이렇게 볼 때 '일본'은 제국 내부에서는 분화를, 제국 바깥에서는 통합을 나타내는 기표였다고 하겠다.

또한 인종적·민족적 경계인 동시에 법적·정치적 경계로서의 '일본인' 역시 이에 상응한 중의적 의미를 갖는다. '내지인'과 동일시될 때 일본인은 오랫동안 일본 본토에 거주하며 일본어를 사용해 왔다고 가정되는 특정한―단일하다기보다는 혼종적인―민족을 지칭하며, 종종 야마토 민족이라는 이름으로 불리기도 했다. 그러나 문제는 '일본 제국'의 신민과 동일시될 때의 일본인인데, 한편으로 '일본 제국'의 영토에 주거하고 있는 모든 인민들은 '일본인'으로 취급되어야 함과 동시에 다른 한편으로 '일본인인 일본인'과 '조선인인 일본인'(또는 '타이완인인 일본인')은 내적으로 구별되어야 했다. 초대 조선 총독이었던 데라우치 마사타케(寺内正毅)는 조선인의 국적을 어떻게 처리해야 할 것인지에 대해 도쿄제대 교수이자 후에 경성제대 총장을 역임하게 되는 법학자 야마다 사부로(山田三良)에게 자문을 구했는데, 그는 이렇게 회답했다.

종래 한국 신민인 자는 병합에 의해 당연히 일본 국적을 취득하기는 하지만, 이 때문에 한국인이 완전히 일본인과 동일하게 되지는 않으며, **오직 외국에 대해 일본 국적을 취득함**에 지나지 않는다는 것을 주의하지 않으면 안 됩니다. 어쨌든 내국에 있어서의 일본인과 한국에 있어서의 일본인(한국인인 일본인과 일본인인 일본인) 사이에 공법상 어떠한 차별을 두어야 할 것인가는 국법상의 문제가 됩니다.[50]

'일본'과 마찬가지로 '일본인'의 경계 역시 제국 내부에서는 분화를 제국 바깥에서는 통합을 나타내는 지표였다. 합방을 전후한 시기 조선인이 "오직 외국에 대해" 일본인일 수 있었던 것은, 무엇보다도 간도 지방의 조선인들을 빌미로 중국의 이권에 개입하고자 하는 정치적·경제적 목적과 일본의 조선 지배에 저항하는 '불령선인'으로서의 조선인을 취체하려는 의도가 있었기 때문이다.[51] 제국 내부에서는 호적법과 전적(轉籍) 금지 등을 통해 조선인에 대한 구별과 차별의 지표들을 지속적으로 남겨두면서, 제국을 외부로 팽창하고자 할 때는 언제나 조선인을 일본인으로 간주했다. 말하자면 국적으로는 일본인에 포섭하면서 호적으로는 일본인으로부터 배제했던 것이다.

---

50) 山田三良, 「併合後ニ於ケル韓国人ノ国籍問題」(1909. 7. 15), 小熊英二, 『日本人の境界』, 新曜社, 1998, 155쪽에서 재인용. 강조는 재인용자. 물론 야마다의 견해가 이후 총독부의 정책으로 모조리 수용되지는 않았지만, 기본적인 틀에 있어서는 동일한 것이었다.
51) 예컨대 러일전쟁에 승리하고 조선과 '을사보호조약'을 체결한 직후 이미 일본은 조선인을 보호한다는 명목하에 간도 지역에 군사를 파견한 바 있는데, '외국에 대해' 조선인을 일본인으로 간주한다는 것은 이렇듯 일본의 국가적 이해와 결부될 때뿐이었다. 1909년 청과 '간도협약'을 맺어 청의 영토 내에서의 철도 부설권을 얻는 대신 간도 지역에서의 조선의 (즉 일본의) 영토권과 치외법권을 포기한 데에서도 잘 드러나듯이, 일정한 이익을 얻으면 조선인은 언제든 일본인 바깥으로 내던져질 수 있었다. 같은 책, 156~158쪽 참조.

이렇게 볼 때 '일본인이 된다'는 것은 국적상의 일본인에 머물지 않고 호적상의 일본인에까지 나아간다는 것을 뜻한다. 즉 제국의 변두리에서 이해(利害) 문제가 발생할 때만 일본 내부로 회수되는 존재, 역설적이게도 제국의 안전을 위해 처벌·금지·배제할 필요가 있을 때에만 권력 내부로 장악되는 존재로서의 '외지인'에서, 공적인 영역에 당당하게 이름을 기입하고 긍정적인(positive) 방식으로 정치의 장에 몸을 둘 수 있는 '공민'이 된다는 것을 뜻한다. 때마침 식민지/제국 권력이 생명권력으로서의 성격을 뚜렷이 해가면서 식민지 인민들을 주체로 호명하고 있고, 일련의 황민화 정책은 조선인에게 덧씌워져 있던 내적 차별의 표지들을 희미하게 해주고 있으므로, 남은 것은 '일본인인 일본인'과 '조선인인 일본인'을 하나의 '일본인'으로 만드는 실천뿐이었다. 그리고 그것은 가능한 일로 여겨졌다. 총독마저도 '내선'이 하나되는 길에 매진하고 있지 않은가.

'내선 결혼'이 상징적으로 표상하듯이 일본인인 일본인과 조선인인 일본인이 결합함으로써, 즉 **민족**으로서의 조선인-일본인이 결합함으로써 공민으로서의 일본인이 산출될 수 있으리라 기대되었다. 서로 다른 인종·종족·민족을 섞음으로써 공민을 산출하는 기술, 즉 자연적 제약에 묶여 있는 존재들을 서로 용해시켜 인공적 질서 내부의 새로운 주체로 빚어 내는 기술을 **공민의 연금술**이라고 이름 붙일 수 있을 것이다. 공민의 연금술이 연금술인 이유는 자연적 존재들의 융합과 공민적 주체의 탄생 사이에 어떤 비약이 존재하기 때문이다. 따라서 이 연금술의 성패를 좌우하는 것은 자연적·종족적 본래성이 아니라 환경이다.

조선인 가운데, 대학을 나온 자 가운데, 특히 공부한 자의 얼굴은 일본인을 닮아가고 있는 것이다. 일찍이 상해를 떠돌고 있을 때 서양인의 은행 회사에 근무하고 있는 지나인 청년들의 용모가 서양인과 닮은 것을 보고 놀라움을 맛본 적이 있지만, 환경에 의해 사람의 모습은 바뀌는 것이다. 특히 지리적 영향은 큰 것이다. 조선인은 영원한 조선인, 내지인은 영원한 내지인이라고 생각하는 것은 우스꽝스런 관념론이다.[52]

현영섭은 스스로도 급진주의자라고 말하고 있듯이[53] 그 나름의 '합리적' 사고를 극단에까지 끌고 가는데, 이 시선 아래에서 일체의 것은 그 어떤 신비한 고유성의 의장도 걸칠 수 없다. 그의 눈 아래에서는 조선인은 물론 중국인도, 나아가서는 일본인까지도 자신의 존재론적 위치를 배타적으로 점유하지 못한다. 그것들은 언제나 뒤섞일 수 있고 또 자기 자신이길 그칠 수 있다. 문명의 진화론에 의해 인종은 언제든 탈자연화될 수 있는 것이다. "인종에는 불변의 유전소질이 있다는 듯이 설명하지만 그것도 거짓"[54]에 불과하다고 보는 현영섭에게는 내선일체 역시 문명의 진화론이 전개해 가는 한 과정에 다름 아니다. 진화론의 위계에 의해 '조선인이 일본인으로' 되는 것은 당연하지만, 되고자 하는 일본인 역시 일본인인 동시에 일본인 그 이상의 것이다.[55] 인종적·민족적 정체성을 고정된 것으로 간주하는 견해를 관념론이라 일축하는 위의 인용문 뒤에는 인류 역사에 존재했던 위대한 혼혈인들의 명단이 이어진다.

---

52) 玄永燮, 「內鮮結婚論」, 98쪽.
53) "나의 본질은 래디컬리즘이라는 것을 자각하고 있다." 玄永燮, 「日本民族の優秀性」, 108쪽.
54) 玄永燮, 「內鮮結婚論」, 97쪽.
55) 따라서 현영섭에게 내선일체는 "세계일체의 서곡"(같은 글, 101쪽)에 해당된다.

공민의 연금술을 통해 식민지 민족으로부터 제국의 공민으로 비약하고자 한 현영섭류의 '철저일체론'은 역사적인 관점에서 볼 때 하나의 넌센스에 불과하지만, 중일전쟁 개전 이후 총독부 권력이 생명권력으로서의 성격을 띠게 되고 내선일체·황민화 정책이 식민지/제국의 지정학에 급격한 변동을 초래함에 따라 생성되었던 독특한 정치적 공간이 어느 지점에서 임계에 도달하는지를 드러나게 해준다. 즉 식민지/제국 권력은 식민지 인민들의 에너지를 동원하기 위해 그들의 욕망에 출구를 마련하고 그것을 충성의 길로 이끌어 가고자 했지만, 이를 통해 개시된 '충성의 정치'는 또한 철저히 제약되어야 했던 것이다.

> 일반으로 말하는 병역의 의무라는 것은 국민의 지고지대(至高至大)의 의무인 것은 말할 것도 없지만 이 의무의 관념을 곧 소위 태서류(泰西流)의 권리 의무의 사상으로써 해석하는 것은 불가한 것이다. (……) 종래 걸핏하면 일부 인사(人士)의 제창하여 온 것과 같이 먼저 국민으로서의 의무를 다하야써 권리를 구할 것이라 하야 이에 병역 문제를 관련시키려고 함과 같은 것은 다만 황군(皇軍)의 본질을 유린하고 우(又) 금회(今回)의 육군특별지원병령 제정의 취지를 몰각하는 것뿐 아니라 진(進)하야 국방의 임(任)에 당(當)하려고 하는 반도 청년 동포의 숭고한 정신 순결한 심정을 해독(害毒)하는 바 실로 크다고 하지 안흐면 안 된다.[56]

후일 미나미에 이어 조선 총독이 되는 조선군 사령관 고이소 구니

---

56) 「物心兩面으로 盡力: 小磯 朝鮮軍司令官談」, 『동아일보』, 1938. 2. 23.

아키(小磯国昭)는, 육군특별지원병령이 공포되는 이날 조선인의 권리 주장을 서둘러 입막음하고자 한다. '충성의 정치'가 행해지는 곳에서는 언제든 대상(代償)의 요구가 비집고 들어올 수 있기 때문이다. 하지만 조선인의 권리 주장을 봉쇄하고자 한 고이소의 포석이 무색할 정도로 내선일체론자들은 "먼저 우리는 국민으로서의 임무를 다하여야 할 것이다. 임무를 다한 후에 권리를 요구하자!"[57]고 공공연하게 주장하곤 했다. 그리고 그 후로도 '내선'의 완전한 평등과 일치를 지향하는 제도적 개혁의 요구들이 이어졌다.[58]

총독부는 전시 동원을 위해 식민지 인민들을 공적인 영역으로 끌어들이고 '내선' 통합의 메시지를 퍼뜨렸지만, 식민지 인민들이 공적인 영역에 얼굴을 드러내는 것도 '내선'이 통합되는 것도 실은 두려워했다.[59] 흔히 이 시기 식민지/제국 권력의 지배 정책이 '민족 말살'에 있었다고 역사적으로 평가하곤 하지만, 과감하게 말해서, '민족 말살'은 제국의 지배층의 입장에서도 바람직하지 못한 것이었다.[60] 식민지/제국 권력은 전

---

57) 인정식, 「我等의 정치적 노선」, 『삼천리』, 1938. 11, 59쪽.

58) 예컨대 '내선일체'를 주장하는 조선인들이 "즉시 종래의 차이가 있던 점들을 철폐"할 것을 주장하기도 했으며(近藤儀一, 「內鮮一體」, 『總動員』, 1939. 12, 10쪽), 지원병제 실시에 대한 대가로 '참정권'을 주장하는 목소리가 터져 나오기도 했다(蒲勳, 「志願兵制度와 半島人에 希望함」, 『삼천리』, 1940. 6, 75쪽).

59) 국책적으로 장려되었던 '내선 결혼'에 대해 정작 총독부조차 모호한 태도로 일관하며 그다지 열의를 보이지 않았다. 이 점에 대해서는 장용경, 「일제 말기 내선결혼론과 조선인의 육체」 참조.

60) 식민지/제국의 빗금은 총독부/제국 정부에서 재연되기도 했다. 미나미 총독의 내선일체 정책에 대해 내지의 정부와 지배 이데올로그 내에서 강한 비판과 회의가 제기되며, 총독부와 제국 정부 사이에 미묘한 갈등 관계가 존재했던 것이다. 예컨대 창씨개명 실시에 대해서는 조선인으로부터뿐만 아니라 내지의 일본 지도층으로부터도 강한 비판이 있었다(미즈노 나오키, 『창씨개명』, 정선태 옮김, 산처럼, 2008 참조). 자유주의적 입장의 평론가로서 아시아·태평양전쟁 시기의 전시 체제에 대해 비판적이었던 기요사와 기요시(清沢洌)도 창씨개명에 대해서는 "조선인을 일본 이름으로 바꾸게 하고, 일본인의 신용(?)을 僭用시키니—총독

쟁 상황에 식민지/제국 체제 바깥으로 이탈하여 체제를 위태롭게 할 수 있는 탈식민지적 욕망들을 내재화의 길로 이끎으로써 생명의 동원과 체제의 재생산을 함께 도모하고자 했지만, 내재화의 방식은 식민지/제국 체제가 감당할 수 없을 만큼의 과도한 친밀성을 파생시킬 수 있었다. 그리고 이 과도한 친밀성은 바깥으로 이탈하려는 지향성 못지않게 식민지/제국 체제를 불안하게 흔드는 요인이 되었다.

5. 생명정치와 죽음정치의 동일성 : 맺음말에 대신하여

식민지/제국 체제는 식민지와 제국 사이의 존재론적 거리를 일정하게 유지할 때에만 성립할 수 있다. 그러나 중일전쟁 개전 후 대두된 식민지 인구 장악과 동원의 필요성은 식민지/제국 체제의 구조적 본질과 관련되어 있던 차별의 지표들을 전술적으로 삭제하게 만들었고, 그것이 역설적이게도 식민지와 제국 사이의 거리 조절을 위태롭게 만들었다. 더욱이 인구(주민)를 장악하는 과정에서 총독부 권력은 생명권력으로서의 성격을 분명히 하게 되었고 식민지 인민들의 욕망은 식민지/제국의 생명정치의 장 속으로 내재화되어 갔는데, 이 같은 내재화가 진행되면서 황민화의 실천과 탈식민지의 기획이 구별하기 어렵게 뒤섞이며 연속되는 특수한 정치적 장이 형성되었다. 그 정치적 장에서 직접적인 정치적 언행

부의 악, 차마 말로 할 수 없는 지경"이라며 강하게 비판했다. 清沢洌, 『暗黒日記』, 1944. 5. 29. 小熊英二, 『民主と愛国』, 新曜社, 2002, 854쪽에서 재인용.
또한 경성제대 교수를 역임했던 아베 요시시게(安部能成)는 와쓰지 데쓰로(和辻哲郎) 등과 함께 참석한 해군 주최의 사상 간담회에서 일본인과 조선인의 혼혈을 방지할 것을 역설했다. 土井章 監修, 『昭和社会経済史料集成 16』, 巌南堂, 1991. 小熊英二, 『民主と愛国』, 197쪽에서 재인용.

보다 더욱 근원적인 차원에서 황민화를 현실화하는 기술로서의 무도술이 식민지/제국의 공동성 또는 공동 운명을 수행적으로 내면화해 갈 수 있었다. 또한 바로 이 장에서 '가능한 것'으로 간주된 '내선'의 만남을 식민지의 존재론적 비약의 계기로 삼으려는 몽상이 출현할 수도 있었다.

이렇듯 식민지의 생명과 욕망의 내재화는 제국에의 자발적 충성을 이끌어 내는 효과도 가져왔지만, 그것은 또한 위험한 것이기도 했다. 역설적이게도 황민화의 완성은 식민지의 소멸을, 따라서 제국의 붕괴를 불안 속에 암시하는 것이기도 했기 때문이다.[61] 결국 식민지/제국 체제 내부로부터 모순이 격화되기 전에 일본이 연합군에게 패함으로써 제국은 해체되었고 내선일체 및 황민화 실험의 성패는 영원히 미지수로 남게 되었지만, 사실상 그 실험 자체에 이미 불가능성이 내포되어 있었다고 하겠다. 이 불가능성을 구성하는 동일화/차이화, 포섭/배제의 갈등과 역설은 패전 후 일본 사회 내부에 남겨진 수많은 '재일'(在日)들의 운명에서 다시 점화되고 있는 듯하다.

'살게 만들고 죽게 내버려 두는' 식민지/제국의 생명권력은 식민지 인민의 생명을 생명정치의 장 속으로 내재화함으로써 권력의 시선이 머무는 곳을 유일한 삶의 영역으로 간주하게 만들었다. 그리고 전시=비상사태라는 조건 위에 이렇듯 권력이 작용하는 영역과 삶의 영역이 겹쳐

---

61) 보다 엄밀한 입증이 이루어져야 하겠지만, 대체로 식민지/제국에서 생명정치가 작동되기 시작하면서부터 '식민지화/탈식민지화', '전체화/개별화' 등의 운동이 규범적인 의미론적 장을 이탈해 역설 및 이율배반의 영역과 뒤섞이게 된 것으로 보인다. 조선인의 민족적 정체성을 삭제하려는 정치적 행위가 특정한 방향으로—예컨대 '내선'의 구별이 불가능한 방향으로—유도될 때 식민지/제국 체제의 존재가 위태로워질 수 있었던 반면, 조선인의 민족적 정체성을 분명히 하려는 정치적 행위는 특정한 방식으로—예컨대 지방성(locality)으로—제한될 때 오히려 식민지/제국 체제의 안정성을 뒷받침해 줄 수 있었다.

짐으로써 생명정치는 필연적으로 예외 상태의 상태화(常態化)를 초래한다. 생명으로서의 인간이 생명정치 내부로 포획되어 "원래 법질서의 주변부에 위치해 있던 벌거벗은 생명의 공간이 서서히 정치 공간과 일치"[62]하게 되고, '법'과 '사실'이 구별 불가능하게 됨으로써 주권 권력에 의해 모든 것이 가능해지고 모든 것이 금지된다.

'생명권력의 안=삶'이라는 이 가상을 현실로서 받아들인 현영섭이 말했듯이, "조선인은 일본을 떠나서는 하루도 생활할 수 없다. 일본에 살고 일본인으로 죽을 뿐이다".[63] 그러나 이 말에서도 드러나듯이 삶의 장악은 동시에 죽음의 장악이기도 하다. 생명정치는 죽음정치(necropolitics)[64]이기도 한 것이다.[65] 그러나 이 죽음정치가 포섭하는 죽

---

62) 아감벤, 『호모 사케르』, 46쪽.

63) 玄永燮, 「內鮮一體完成への道」, 『新生朝鮮の出發』, 92쪽. 강조는 인용자.

64) Achille Mbembe, "Necropolitics", Public Culture 15(1), 2003 참조. 아실 음벰베는 푸코의 생명정치라는 개념이 현대 세계, 특히 9·11 이후의 세계에서 삶이 죽음의 정치에 종속되는 양상을 설명하는 데 불충분하다고 주장하며, 대량 인명살상과 죽음의 세계를 만들어 내는 정치, 수많은 인구를 산 죽음(living dead)으로 만드는 정치를 지시하기 위해 죽음정치라는 개념을 사용하고 있다. 당연히 아시아·태평양전쟁 시기의 동아시아 상황과 현대 세계의 정치적 상황 사이에는 환원 불가능한 지점들이 존재하므로 음벰베의 개념을 이 글에 직접 대입할 수는 없다. 다만 생명정치의 뒷면에 존재하는 죽음정치를 지칭하기 위해 그 용어만을 차용해 왔다.

65) '죽음정치'의 개념과 관련해서는, 단지 황민화 정책이나 헤게모니 언설의 문제만이 아니라 근대적 주체화 과정 속에서 생명정치와 죽음의 정치가 동시에 작용하는 원리를 심층적으로 분석한 권명아, 「음란함과 죽음의 정치」, 『음란과 혁명』, 책세상, 2013 참조. 아감벤과 캐럴 페이트먼(Carole Pateman)의 발상을 참고함으로써 이른바 근대적 주체화의 과정에 주권적 폭력의 기계가 내포되어 있음을 보여 주는데, 여기서 주권자는 '인간/비인간', '국민/비국민', '시민적 덕성/풍기문란'의 구별 기준을 결정하고 비인간-비국민-풍기문란을 절멸하는 '죽음의 정치'를 집행한다. 그런데 여기서 '죽음의 정치'라는 개념은 "죽음의 생산, 절멸을 통해서만 자기 갱신이 가능한"(52쪽) 국민화(황민화)의 프로젝트와 관련되어 있다. 즉 사회적 적대를 부단히 재생산하고 그 적대의 한 측면을 절멸시킴으로써 공포에 기반한 주체화가 수행되는 과정과 관련되어 있는 것이다.
이에 반해 이 글에서는 '죽음정치necropolitics'라는 말로 '생명권력의 바깥=죽음'과 구별되는, 오히려 생명권력과 겹쳐지는 영역에서 작동하는 정치를 지칭하고자 한다. 부연하자

음은 '생명권력의 바깥=죽음', 즉 내던져진 죽음과는 구별되는 것으로서 오히려 '삶을 완수하는 죽음', '조직화된 죽음'이라고 해야 할 것이다. 따라서 생명정치/죽음정치는 죽음으로부터 공포를 비워 내고 그 자리에 어떤 충만성을 채움으로써, 또는 충만성을 통해 공포를 삭제함으로써 죽음을 관리한다고 해야 할 것이다. 단적으로 말해 공포는 '영광'에 의해 대체되었다. 내지의 젊은이에게는 "신성(神性)의 실현"[66]이, 조선의 젊은이에게는 "삼천만 조선 동포의 명예"[67]가 부여되었다.

현영섭의 진술을 군이 오독하자면, 삶은 '일본'에 죽음은 '일본인'에 할당되어 있다. 황민으로서의 삶은 일본 제국의 광대한 영토에 편재하지만, 그 삶이 완수되는 것은 일본인이라는 자격을 얻을 때뿐이다. 그리고 식민지/제국의 생명권력은 그 자격과 죽음의 교환을 제안한다. 이곳에서 생명정치와 탈식민지의 욕망이 서로 만나는 궁극적인 지점이 드러나는데, 그것은 다름 아닌 '일본인으로 죽기'이다.

면, '죽음정치'는 생명정치가 수행하는 삶의 관리가 궁극적으로 죽음의 관리와 더 이상 구별되지 않는 지점을 말하기 위해 사용하는 개념이다. 따라서 죽음정치에 의해 '관리되는 죽음'은 공포를 환기하기보다 오히려 공포를 '영광'으로 대체하는 데서 그 힘을 발휘한다고 하겠다.

66) 田邊元, 「死生」(1943), 『田邊元全集 8』, 筑摩書房, 1964, 260쪽.
67) 이광수, 「학병에게 감사」, 『매일신보』, 1943. 12. 10. 이경훈 편역, 『춘원 이광수 친일문학전집 II』, 416쪽.

7장_문학이라는 장치

식민지/제국 체제와 일제 말기 문학 장의 성격

1. 장치란 무엇인가

근대 문학이 근대적 삶의 형식과 분리 불가능한 특정한 규칙·관습·제도의 산물이라는 사실은 이제 하나의 상식이 되었다. 이러한 관점에서 문학적 글쓰기를 어떤 신비적 영역—저자, 실재, 이념 등—에 특권적으로 연결시키는 독법들은 비판받아 왔고, 그것을 대신한 자리에는 문학적 행위 그 자체를 가능하게 하는 조건으로서의 제도에 대한 관심이 들어오게 되었다. 여기서 제도란 누적된 행위들이 파생시킨 대응의 산물이라기보다는 오히려 특정 행위들이 누적될 수 있도록 기록·분류·관리하는 보관소(archives), 나아가서 그 행위들의 재생산과 변이를 촉발·허용·제어하는 배양소로서의 성격을 갖는 것이었다고 할 수 있다. 그러나 근대 문학은 단지 '제도'라는 보관소 또는 배양소 내부에 배치될 뿐만 아니라, 그 자체 언어(국어 또는 민족어), 미디어, 이데올로기 등과 상호 작용하는 주체 형성의 장으로서 근대적 제도화의 실천 영역에 놓이기도 한다. 즉 근대 문학은 제도적 조건을 전제할 때에만 성립될 수 있는 존재이면서 동시에 제도를 실현하는 기술적 장치이기도 하다.

하지만 근대 문학을 제도적 측면에서 이해한다고 할 때, 또는 근대 문학을 하나의 장치로 파악한다고 할 때, 그 범위와 위상은 어떻게 설정되어야 하는가? 넓은 의미의 근대적 제도에 의해 포섭되기도 하고 그 자체 근대적 제도의 하나이기도 한 근대 문학을 어떤 단위로서 이해해야 하는가? 또한 제도로서의 근대 문학은 언제나-이미 권력이 각인되어 있는 제도의 수행과 재생산이라는 방향성에로 회귀할 수밖에 없는가? 즉 언제나 특정한 물질적·이데올로기적 조건에 묶여 있어야 하는 것으로 운명 짓지 않고서는 근대 문학의 제도성을 설명할 수 없는 것인가? 그러므로 근대 문학의 발생 및 전개의 가능성의 조건으로서의 여러 제도적 차원을 기술적으로(descriptively) 또는 비판적으로 제시하거나, 그와 별개의 영역에서 예외적인 개인들의 '탁월한 정신'을 이상적으로(ideally) 구축하는 방식 이외에는 남아 있지 않은 것인가?

근대 문학의 제도성 또는 장치성을 근본적으로 재검토하기 위해서는 제도 또는 장치의 개념 자체를 재설정할 필요가 있다. 이 글에서는 '장치'(dispositif)라는 개념을 자신의 역사적·언설적 연구의 키워드로 삼고자 했던 푸코에서 출발하여 장치의 성격과 작동 방식을 포괄적으로 검토하고자 한다. 그리고 장치 개념의 연장선 위에서 식민지/제국 체제를 파악하고 그곳에서 식민지 조선의 문학 장의 특이성을 해명할 실마리를 찾아보고자 한다.

푸코는 장치라는 개념을 통해 "담론, 제도, 건축상의 정비, 법규에 대한 결정, 법, 행정상의 조치, 과학적 언표, 철학적·도덕적·박애적 명제를 포함하는 확연히 이질적인 집합", 특히 "이 요소들 사이에서 세워지는 네트워크"를 지시하고자 했다.[1] 그것은 늘 구체적인 전략적 기능을 갖고 있으며 권력관계 속에 기입되는 것으로 여겨진다. 요컨대 특정한 권력의 작용 속에서 살아 있는 개인들을 어떤 방향으로 보게/보지 못하게, 생각하게/생각하지 못하게, 움직이게/움직이지 못하게, 말하게/말하지 못하게 하는 모든 요소들의 활동을 장치라는 개념으로 포착하고자 했다.

이는 역사적 선험성(historical a priori)의 작용을 지시하기 위해 사용한 그의 '실정성'(positivity)[2] 개념에서 발전해 나온 것인데, 최근 아감벤은 푸코의 개념으로부터 사유의 발전 가능성(Entwicklungsfähigkeit)을 이끌어 내 장치를 보다 '일반화'시키고자 한 바 있다. 그는 "생명체들의 몸짓, 행동, 의견, 담론을 포획, 지도, 규정, 차단, 주조, 제어, 보장하는 능력을 지닌 모든 것"을 장치라고 부르면서 "감옥, 정신병원, 판옵티콘, 학교, 고해, 공장, 규율, 법적 조치 등과 같이 권력과 명백히 접속되어 있는 것들뿐만 아니라 펜, 글쓰기, 문학, 철학, 농업, 담배, 항해[인터넷서핑], 컴퓨터, 휴대전화 등도, 그리고 (……) 언어 자체도" 장치로 이해하고자 한다.[3] 아감벤은 권력관계의 규율화·내면화라는 차원에서 강조되어 온 장치를 외견상 상대적으로 자율적이거나 중립적인 영역에 속한다고 간주되는 요소에까지 '확장'하고 있는 것으로 보인다. 이렇게 '확장'함으로써 무엇이 보이게 되는가? 그리고 이러한 '확장'은 다만 영역의 양적인 확대에 그치는 것인가?

---

1) 미셸 푸코, 「육체의 고백」, 콜린 고든 엮음, 『권력과 지식: 미셸 푸코와의 대담』, 홍성민 옮김, 나남, 1991, 235쪽.
2) 미셸 푸코, 『지식의 고고학』, 이정우 옮김, 민음사, 1992, 184쪽 참조.
3) 조르조 아감벤, 『장치란 무엇인가?/장치학을 위한 서론』, 양창렬 옮김, 난장, 2010, 33쪽.

권력이 직접적으로, 또한 '긍정적'인 방식으로 작용하는 영역에서 장치에 대한 물음은 개인의 신체와 내면의 어디까지 권력의 의지와 의도가 관철되고 있는가를 묻는 형태로 제기된다. 즉 미시적인 차원에서 이루어지는 권력 작용을 그 규율적 측면에서 문제 삼으며 근대적 개인들이 어떻게 스스로 복종하는 주체로 (재)생산되는가에 초점을 맞춘 분석이 중심을 이루게 된다.[4] 그러므로 이런 방식으로 장치에 접근해 갈 경우 결과적으로 '규율권력의 성공담'을 서술하게 되거나, 그 실패에 주목한다 하더라도 주어의 자리에는 여전히 권력이 놓이게 될 것이다. 즉 권력이 직접 작용하는 영역만으로 국한시켜 정의할 경우 장치는 언제나 규율과 통제의 메커니즘으로, 그것도 개인의 신체에 긍정적인 방식으로 (positively) 기입되는 메커니즘으로 환원되고 만다. 따라서 언제나 이 반대편에서 장치 바깥으로 '일탈'하는 존재와 '일상'을 특권화시킬 가능성도 증대하게 된다.

이에 반해 장치의 '일반화'는 장치의 요소를 양적으로 늘리거나 그 작동 범위를 확대시키는 것과는 다른 차원을 개시한다. 컴퓨터에서 언어까지 모든 것이 장치라고 했을 때, 그것은 단지 규율권력의 무한한 편재를 뜻하기보다는 살아 있는 개개의 존재들이 사회를 구성하면서 포획되는 다층적이고 불균등한 '조건'을 가리킨다. 즉 거칠게 말해서 살아 있는 생명체들이 '인간'으로 구성되는 과정에 존재하는 모든 조건을 지시한다. 그러므로 이곳에서 장치는 단지 규율적·통제적 기능으로 국한되지 않고, 보다 광범위한 잠재성을 내포한 것으로 바뀌게 된다. 요컨대 '동물

---

4) 이 관점에서 이루어진 연구 성과로는 김진균·정근식 편저, 『근대 주체와 식민지 규율 권력』, 문화과학사, 1997이 대표적이다.

적 삶'/'인간적 삶'이라는 삶의 질적인 차별 구조를 내재화함으로써 '그 이상의 삶'을 지향하게 만드는 동력으로서 작용한다. 그런 점에서 모든 장치는 살아 있는 생명체들을 특정한 방식으로 포획하는 장치인 동시에 "행복에 대한 인간적인, 너무도 인간적인 욕망"[5]이 자라나는 장소이기도 하다. '그 이상의 삶'에 대한 동경을 촉발시키는 한 모든 장치에는 유토피아적 계기가 내재한다. 따라서 장치는 권력이 개인의 신체와 내면에까지 미시적으로 작용하는 통로이기도 하지만 '인간적인' 자유와 해방의 가능성의 조건을 이루기도 한다. 그러나 문제는 이 인간적인 욕망이 '분리된 영역'에서 포획되고 주체화된다는 데 있다. 즉 장치는 '그 이상의 삶'을 지향하게 만들 뿐만 아니라 그 지향의 힘과 표현을 장치 내부 또는 그 효과로 회수한다. 장치의 본질은 '분리'에 있다.

이렇듯 자유와 해방의 가능성에 특정한 형식을 부여하면서 삶을 포획하는 모든 것을 장치라고 본다면, 존재자들은 크게 두 부류로 양분될 수 있다. "그 분할의 한쪽에는 생명체들(혹은 실체들)이 있고, 다른 한쪽에는 그들을 끊임없이 포획하는 장치들이 있다."[6] 모든 생명체들은 장치에 포획되지 않고서는 인간적 세계에 진입할 수 없으며, 아울러 '생명체 그 자체'라는 것도 장치에 포획된 후에야 발견될 수 있는 것이라고 말할 수 있을 것이다. 그리하여 달리 표현하자면 장치는 "대도가 무너짐으로써 인의가 나타난다(大道廢有仁義)"[7]고 할 때의 '인의' 또는 인류의 세계를 구성하는 메커니즘이라고 할 수 있다. 이 '인의'의 세계에 들어설

---

5) 아감벤, 『장치란 무엇인가?/장치학을 위한 서론』, 38쪽.
6) 같은 책, 33쪽.
7) 노자, 『도덕경』, 오강남 풀이, 현암사, 1995, 87쪽.

때 인간은 '주체'가 된다.

　이렇게 볼 때 장치는 살아 있는 개인들이 '인간'이 되기 위해 포획되지 않을 수 없는 다층적이고 불균등한 '조건'을 지칭하는 동시에 그 조건 위에서 구성되는 다양한 주체화의 '형식'을 뜻한다. 그러므로 단지 규율적 차원이 문제가 아니라, 그리고 단지 권력이 긍정적인 방식으로 작용하는 양상이 문제가 아니라, 오히려 욕망을 주조·제어·보장하는 위계 구조 내에 모든 존재자들을 끌어들임으로써, 아직 인간이 아니거나 더 이상 인간이 아닌 존재들이 어떻게 배제적으로 포섭되는지를 시야에 두면서 주체 형성의 과정을 비판적으로 드러낼 수 있을 것이다.

2. 식민지/제국 체제

'인간의 조건'이자 '주체화의 형식'으로서의 장치 개념은 식민지의 역사적 특이성(singularity)을 설명하는 데도 유용할 것으로 보인다. 식민지는 식민 본국의 폭력 아래 제국에 포섭됨으로써, 제국 내의 불균등하고 비대칭적인 관계 속에서 규정됨으로써 식민지일 수 있는데, 이 관계의 존재론적·법적·정치적 위상은 인간화·주체화의 조건과 형식에 의해 구체적으로 설정될 수 있을 것이기 때문이다.

　식민지가 제국에 사로잡혀 있을 때에만 식민지일 수 있다는 사실에 대해서는 두말할 필요도 없다. 그러나 이 **사로잡혀 있음**을 단순한 지배/피지배 관계로 설명할 수는 없다. 지배하는 측과 지배당하는 측이라는 대립 도식은 양측이 서로 실체적으로 대치하고 있는 듯한 가상을 강화할 수 있기 때문이다. 단적으로 식민지는 제국에 사로잡힘으로써 비로소 **생성되는** 대상이다. 그러므로 식민지는 제국에 의해 선규정된 조건을 그 성립의 기초로 한다. 실체로서 존재하는 '조선 반도'와 '조선인'은 제국에 의해 법적·경제적·정치적·군사적으로 포섭되는 한에서 식민지와 피식민자가 된다. 따라서 식민지의 역사적 특이성을 해명하기 위해 우선 초점을 맞춰야 할 것은 '조선 반도'와 '조선인'이 아니라 제국의 법적·정치적·군사적 권력에 의해 포획되고 대상화된 식민지와 피식민자이며, 저 사로잡음/사로잡힘의 테크놀로지이다.

제국에 의한 식민지의 포획과 대상화는 물론 지배/피지배 관계를 재생산하는 차별과 억압과 폭력을 수반하지만, 이러한 표현들로 환원되지 않는 관계의 구조를 내재화하고 있다. 이는 식민지를 제국의 내부——정확히 말하자면 내부의 외부로서의 '외지'——에 장악하는 방식을 통해 식민지와 제국이 함께 연루되는 구조라고 할 수 있다. 이 '함께 연루되어 있음'이 가장 가시적인 형태로 드러난 것은, 중일전쟁 발발 이후 아시아·태평양전쟁에 이르는 시기 식민지의 인적·물적 동원이 제국에게 필수 불가결한 것으로 요청되었을 때이다. '내선일체'에서 법적·정치적 '내지연장주의'의 요구에 이르기까지, 이 시기 제국은 자기 보존을 위해 일종의 자기 탈구축을 수행해야 하는 지점에까지 도달했던 것이다.[8] 이 탈구축이 해방적 방향으로 수행되기는커녕 식민지까지 끌어넣은 자멸적 폐쇄성으로 귀착했음은 물론이다. 여기서 주목하고자 하는 '함께

---

8) 여기서 탈구축이란, 제국이 그 내적 경계를 재조정함으로써 식민지/제국 관계에 어떤 전환을 초래했음을 뜻한다. 식민지의 인적·물적 자원의 흐름을 '내지'로 돌리기 위해 다양한 법적·행정적 개조가 시도되었고, 그 과정에서 내지 정부와 식민지 총독부 사이에 마찰이 생기기도 했다. 이 전환은 식민지(외지)를 내지화하는 방향이었고, 뒤집어 말하자면 제국의 내적 경계를 확장하는 방향이었다(이승일, 『조선총독부 법제 정책』, 역사비평사, 2008 참조). 따라서 이 책의 3장에서도 언급했듯이 일제 말기의 내지연장주의는 '식민지연장주의'라고도 말할 수 있는 양상을 보인다.

연루되어 있음' 역시 식민지의 '공범성'을 두드러지게 하는 것이라기보다는 오히려 제국의 차별과 억압과 폭력이 식민지 내부에까지 구조화되어 있음을 지시하는 표현으로 읽혀야 할 것이다.

이렇듯 차별이 구조화된 연루를 지시하기 위해 '식민지/제국 체제'라는 개념을 사용하고자 한다. 이를 통해 식민지와 제국 사이의 상호의존성과 존재론적 차이, 그리고 이러한 관계를 (재)생산하는 장치들의 네트워크를 지시하고자 한다. 다만 '식민지/제국'이라는 표기 역시 빗금을 사이에 두고 식민지와 제국이 양편에 배치되어 있기 때문에 일대일의 '실체적 대립'이 이루어지고 있는 듯한 가상을 완전히 불식시키지는 못하고 있다. 그러나 잊지 말아야 할 것은, 식민지와 제국이 상호 연루된 차별적 구조 속에 함께 들어가 서로 다른 존재론적·법적·정치적 지위를 차지하는 것은 제국의 식민지 포섭이 발생하는 순간부터라는 점이다. 따라서 식민지는 언제나 제국에 의해 앞서 규정된 관계를 매개로 해서만 제국과 대면하게 된다. 어떤 의미에서는 제국이 식민지를 장악함으로써 제국 자신도 식민지도 비로소 창출된다고 할 수 있으며, 그런 점에서 식민지와 제국의 구별 자체도 제국의 것이다.

식민지는 제국주의가 주권을 박탈해 감으로써 형성된 것이지만 또한 그 박탈된 상태가 지속될 때에만 식민지일 수 있다. 이 지속을 가능하게 하는 조건은 식민지/제국을 하나의 지속적인 체제로서 성립시키는 일련의 장치들의 네트워크이다. 이 장치들의 네트워크로 이루어지는 실정성 위에서 비로소 '식민지/제국 체제'는 존속할 수 있다. 그렇다면 식민지와 제국의 '함께 연루되어 있음'이 가장 뚜렷하게 드러났던 전시 체제 시기, 즉 식민지/제국 체제의 체제로서의 성격을 가장 극명하게 구현하고 있던 시기, 식민지/제국 권력의 통치를 가능하게 하기 위해 식민지의 삶들을 포획하고 그에 특정한 형식을 부여했던 대표적인 장치들에는 무엇이 있었는가? 다름 아닌 '치안', '고쿠고', '이름'(창씨개명), '전쟁'(징병 및 징용) 등 식민지 인민들의 '황민화'를 둘러싸고 그 안과 바깥에서 작동하고 있던 장치들이 그에 해당될 것이다. 식민지의 삶들을 실질적으로 포섭하고 그 욕망들을 주조·제어·보장하는 조건이자 형식으로서 이 같은 장치들이 구성한 식민지/제국 체제의 실정성은 다음과 같은 특이성을 지니고 있었다고 하겠다.

첫째, **통제적 합리화**. 전시 통제 체제는 중일전쟁 발발 이후 1938년 4월에 공포(식민지에서는 5월에 시행)된 '국가총동원법'과 더불어 본격적으로 개시되었지만, 사실 최초의 총력전이었던 제1차 세계대전 이후 '항상적 전시 체제'를 구축하고자 하는 구상은 지속적으로 있어 왔다.[9] 특히 1929년의 세계대공황 이후부터 경제 분야를 중심으로 이미 통제 및 계획의 프로그램이 시도된 바 있었다. 그 자체 일본의 경제 불황 타개를 위한 폭력적 해결 과정의 부산물인 만주국에서 1933년 3월 자본을 국가 통제 아래 두는 '만주국 경제건설 요강'이 관동군과 만철에 의해 마련되었던 것이다.[10] 이처럼 국가가 주도하는 일종의 산업 합리화 프로그램을 비롯해 고도국방국가 건설을 목표로 식민지/제국 전체를 효율적으로 통

---

9) 일본에서는 이미 1918년 4월에 '군수공업동원법'(軍需工業動員法)이 제정되고, 5월에 그 업무를 담당하는 군수원(軍需院)이 설치된 바 있다. 비록 실제로 군수공업법이 발동된 일은 없었고, 군수원도 내각 통계국으로 합병되어 국세원(國勢院)으로 명칭을 바꾼 후 결국 1922년에 폐지되었지만, 언제 있을지 모를 전쟁에 대비해 국가 전체를 효율적인 통제하에 두어야 한다는 요구는 군부를 중심으로 부단히 있어 왔다. 久保享,「東アジアの総動員体制」, 和田春樹 他編,『東アジア近現代通史6 アジア太平洋戦争と「大東亜共栄圏」』, 岩波書店, 2011, 49쪽.
10) 같은 글, 63~64쪽 참조. 1938년 일본 내지와 외지에 공포된 '국가총동원법'은 점령지에서의 선도적인 실험이 본국에 역수입된 결과이다.

제·관리하는 시스템이 구축되기 시작했다. 식민지 조선이 제국의 이른 바 '병참 기지'로서 배치된 것은 이러한 통제적 합리화의 시선 아래에서 이다. 통제적 합리화는 식민지/제국의 삶을 결정적으로 계산 가능성의 영역으로 포획했다.[11]

둘째, **욕망의 내재화.** 전시 체제에서 극적으로 드러나는 식민지/제 국 체제의 미시 정치학은, 그 내부의 삶과 욕망을 식민지/제국이 열어(= 닫아) 놓은 생명정치의 울타리 안으로 내재화하는 데 그 특징이 있다. 식 민지/제국의 생명권력은 이 울타리 바깥을 죽음과 동일시하게 만들면 서 욕망의 흐름을 식민지/제국 체제 내부로 흡수하고자 했다. 이른바 황 민화 정책이라고 불릴 수 있는 일련의 조치들이 이러한 내재화를 추동 시키는 계기로서 기능했다고 할 수 있다. 식민지/제국의 인민들에게 오 로지 '황민(일본인)'이 되는 길만이 허락되었다는 점에서, 욕망의 경제는 그 길의 목적지 ── '일본인으로 죽기'만이 남아 있다는 점에서 영원히 도 달할 수 없는 목적지 ──에 의해 언제나-이미 제한되는 방식으로 작동했 다.[12] 황민화로의 욕망의 내재화는 욕망을 실현 가능성의 영역으로 포획 하는 효과를 낳았다.[13]

---

11) 여기서 계산 가능성의 영역에 포섭되었다는 사실이 그 계산의 결과가 '정확했다'는 것과 동 일한 사태를 지시하는 것이 아님은 물론이다.

12) 욕망의 내재화로서의 황민화를 정체성 정치학의 관점에서 분석한 것으로 Ching, *Becoming "Japanese": Colonial Taiwan and the Politics of Identity Formation*; 생명 정치의 관점에서 분석한 것으로 이 책의 6장 참조.

13) 욕망이 '실현 가능성'의 영역에 포획된다는 것은, 욕망이 욕구의 차원, 즉 결핍-만족의 회로 속으로 축소·변형된다는 것을 뜻한다. 욕망과 욕구의 구별에 대해서는 Alexandre Kojève, *Introduction to the reading of Hegel: Lectures on the Phenomenology of Spirit*, Ithaca, N.Y.: Cornell University Press, 1980; 아즈마 히로키, 『(동물화하는) 포스트 모던』, 이은미 옮김, 문학동네, 2007 참조.

셋째, 가시성의 절대화. 식민지/제국은 비가시적인 영역을 남겨 놓지 않으려는, 아니 비가시적인 영역의 존재를 인정하지 않으려는 절대적인 가시성의 체제라고 할 수 있다. 요컨대 식민지의 삶과 영토와 역사를 기입하고 분류·배치한 문서고 바깥의 세계는 존재하지 않으며, 식민지/제국의 표상의 세계 바깥도 존재하지 않는 듯이 간주되는 체제이다. 나아가 비가시적인 것도 가시성의 영역으로 완전히 옮겨질 수 있는 듯이 여겨졌다고 말해도 좋을 것이다. 1941년에 개정된 치안유지법은 예방 구금 제도를 채택하여 특정한 '위법적' 행위가 벌어지기 전에 "죄를 범할 우려가 현저"하다는 판단만으로 인신을 구속할 수 있게 함으로써, 아직 가시화되지 않은 행위마저 가시성의 영역으로 포섭하고자 했다. 이와 같은 가시성의 절대화 경향은 '멸사봉공'의 슬로건에서 특징적으로 드러나듯이 권력과 법의 시선 바깥에 놓일 수 있는 부분을 모조리 '공적인 장'으로 끌어들일 것을 목표로 한다.[14] 물론 여기서 '공적인 장'이란 공공적 의사소통과 정치적 활동이 전개되는 곳이 아니라 권력이 일망감시(一望監視)의 꿈을 실현시킬 수 있으리라 기대하는 장이다. 모든 것을 가시화하고자 하는 권력, 아니 가시적인 것만이 존재한다고 간주하는 권력은 단지 사적인 것이 공적인 가시성의 영역에 완전히 흡수될 수 있으리라고 여길 뿐만 아니라, 조선의 존재는 내지와의 공식적 동일화 언설 속으로 완전히 용해될 수 있고('내선일체'), 조선어의 세계는 '고쿠고'

---

14) 예컨대 '전조선전향자대회'(1938. 7)가 특징적으로 보여 주듯이, 국체(國體)를 위협하는 사상법들은 단지 사회로부터 격리시키고 침묵시켜야 할 존재가 아니라 '전향'이라는 입사식(入社式)을 거쳐 공적인 장에서 말하게 해야 할 존재로 전환되고 전시되었다. 또 다른 예로, 이광수의 「加川校長」(『國民文學』, 1943. 10)에서 가가와 교장은 학교에서도 가정에서도 결코 '교장'으로서의 위치를 벗어나지 않으며 '직역봉공'을 체현하고 있다. 이에 대한 상세한 논의는 이 책의 8장 292쪽 이하 참조.

로 완전히 번역될 수 있으며('고쿠고 상용'), 신체와 사물만이 아니라 정신까지도 징발될 수 있다('국민정신총동원')고 간주한다. 절대적 가시성이 이렇듯 모든 것을 가시화하고 가시화될 수 있는 것의 존재 가치만을 인정함으로써 그 반대편, 즉 부재하는 비가시적 영역에는 무수한 죽음의 자리가 마련된다. 삶은 권력의 시선 아래로 포섭되고 그 시선 바깥의 영역은 죽게 방치되는 생명정치가 작동되는 것이다. 이렇듯 가시성의 절대화는 식민지/제국의 삶 전체를 표상 가능성의 영역에서 포획하려는 기획이었다.

식민지/제국 체제의 장치들과 그 네트워크의 효과가 통제적 합리화, 욕망의 내재화, 가시성의 절대화라는 특이성으로 나타날 수 있다고 한다면, 이 속에서 구성되는 주체성이란 무엇이었는가? 주체성이 장치들과 생명체들(실체들) 사이의 길항의 산물이라고 한다면, 식민지/제국 체제의 통치성의 임계를 드러내 주는 주체성 형식이란 무엇이었는가? 이를 확인하기 위한 우회로의 하나로서 이곳에서는 '문학'이라는 장치를 검토하고자 한다.

3. 장치로서의 문학, 또는 전달 가능성

문학, 특히 근대 문학은 자본, 기술 등의 물질적 토대는 물론 내면을 지닌 개인, 언문일치와 민족어 등의 존재를 그 실정성의 조건으로 하여 성립되었으며, 동시에 이 조건들이 구체적으로 작동하거나 실현되도록 하는 실천 영역으로서 존재해 왔다. 이 위에서 광범한 의미에서의 문학적 실천이 행해질 수 있는 다양한 제도들, 요컨대 언론·출판 등의 미디어, 검열, 장르적 관습, 등단 제도와 문단, 현상 문예 및 문학상, 월평 또는 합평회, 문학 교육 또는 창작 교육, 강연 또는 낭독·낭송 등의 제도들이 문학을 특정하게 '의미를 갖는 실천'으로 구성하는 역할을 해왔음은 물론이다.[15] 이렇듯 '의미를 갖는 실천'을 구성하는 모든 측면들이 문학이라는 장치의 구성 요소라고 할 수 있다. 요컨대 문학을 둘러싼, 문학을 매개로 한 언설, 작가·작품·독자·비평가가 성립될 수 있는 제도적 조건, 저작권·출판권 등과 관련된 여러 법적 규정, 문학이 제시할 수 있다고 여겨지는 다양한 명제·이념·표상 등이 결합되어 만들어 내는 특정한 네트워크가 문학이라는 특정한 '의미를 갖는' 쓰기/읽기/말하기/듣기 영역의 언설적·비언설적 울타리를 형성한다.

하지만 앞서 서술한 일반화된 개념으로서의 '장치'를 고려할 때, 즉 장치와 생명체들(실체들)로 크게 양분되는 존재자의 조건을 고려할 때, 장치로서의 문학이 '문학 장'을 구성하는 구체적인 제도들로 환원될 수만은 없다. 더욱이 문학 장 구성의 제도들로 장치를 이해할 때, 장치는 문학이라는 실천 행위가 담기는 그릇 또는 흘러가는 통로로 축소되고 이 조건과 과정 전체가 수행하는 장치로서의 기능에 대한 물음을 차단할 수 있다. 즉 문학 성립의 조건을 물으면서 정작 문학이 성립시키는 것에 대해서는 묻지 못하고, 문학이 놓여 있는 피제약 상태에 주목하면서 정

---

15) 그동안 미디어, 검열, 장르 등과 관련된 문학 제도에 대해서는 치밀하고 구체적인 실증적 연구들이 일일이 거론할 수 없을 만큼 축적되어 왔다. 단행본으로 발표된 대표적인 성과들만 들자면, 김현주, 『한국 근대산문의 계보학』, 소명출판, 2004; 한기형 외, 『근대어·근대매체·근대문학』, 성균관대학교동아시아학술원, 2006; 김영민, 『한국의 근대신문과 근대소설 1·2』, 소명출판, 2006, 2008; 박헌호 외, 『작가의 탄생과 근대문학의 재생산 제도』, 소명출판, 2008; 최수일, 『『개벽』 연구』, 소명출판, 2008; 박현수·최수일 엮음, 『한국 근대문학 재생산 제도 자료집 1·2』, 성균관대학교대동문화연구원, 2008; 동국대학교 문화학술원 한국문학연구소, 『식민지시기 검열과 한국문화』, 동국대학교출판부, 2010; 검열연구회, 『식민지 검열, 제도, 텍스트, 실천』, 소명출판, 2011 등을 참조할 수 있다.

작 문학이 제약하는 실천에 대해서는 눈감을 수 있다는 것이다.

이와 달리 문학을, 저 제도들을 모두 포괄하면서 더 근본적으로 모든 존재자의 삶을 포획하는 조건과 관련되어 있는 장치로서 이해한다면, 문학의 장치로서의 성격은 글쓰기, 독서, 그리고 문학의 생산-유통-소비의 전체 과정을 통해 인식과 감각의 잠재력(potential)을 변형시키고 결정화(結晶化)하며, 살아 있는 생명체들(실체들)에 특정한 주체성형식을 부여하는 데서 찾을 수 있을 것이다. 특히 근대 문학이라는 장치는 그것과 길항하는 삶들을 포획하여 단적으로 "반성적(내면적) 주체"와 "상상적 연대의 주체"=국민적 주체를 구성한다고 말할 수 있다.[16] 요컨대 근대 문학이라는 장치는 그 고유의 테크놀로지들(고백, 언문일치, 묵독, 원근법 등)을 통해 내면을 구성하고 성찰하게 하는 동시에 동정(compassion)의 세계를 상상하고 참여하게 하는 경로를 개시한 것이다.[17]

존재자들의 세계가 장치와 삶들로 크게 양분되어 있고 양자 사이의

---

16) 가라타니 고진, 『근대문학의 종언』, 조영일 옮김, 도서출판 비, 2006; 김홍중, 『마음의 사회학』, 문학동네, 2009, 124, 132쪽. 물론 이 두 주체는 근대 문학이라는 장치가 살아 있는 생명체들을 포획하는 지배적인 경로에 해당된다. 따라서 모든 '문학적 주체'가 이 두 주체로 수렴되는 것은 아니다. 문학이라는 장치가 포획하면서 부여하는 특정한 주체성의 형식이 두 경로로 나타나는 것이며, 장치 내부에서 장치와 충돌하고 장치를 초과하는 '사건'은 이 두 주체의 붕괴 또는 변형을 가져올 수 있다. 이에 대해서는 이 절의 뒷부분에서 다시 언급하도록 하겠다.

17) 여기서 작동하는 테크놀로지들과 제도들의 네트워크는 근대 문학이라는 장치를 구성하는 요소들이라고 할 수 있을 것이며, '문학 장'이란 이 장치의 효과에 다름 아닐 것이다. 그리고 오해의 여지를 줄이기 위해 덧붙이자면, 근대 문학이라는 장치에 포획됨으로써 반성적 주체와 국민적 주체가 형성되었다 하더라도, 근대의 대표적인 이 두 주체가 문학 장치뿐만 아니라 함께 근대적 세계를 구성하는 여타의 장치들(신문, 기차, 우편 등) 그리고 식민지/제국 체제의 특이성과 연관된 장치들의 네트워크 및 그 복합적 실천들과 결합되고 상호 작용하면서 구성된 것임은 물론이다.

길항 관계 속에서 주체가 구성된다면, 그 주체에는 살아 있는 개인들의 '행복에 대한 인간적인 욕망'과 더불어, 그 욕망이 분리된 영역에서 포획됨으로써 발생한 상처가 각인되어 있을 것이다. 반성적 주체와 상상적 연대의 주체는 각각 유토피아적 계기와 분리된 영역에서의 포획이라는 계기를 동시에 함축하고 있다. 우선 반성적 주체에는 타율적으로 결정된 삶으로부터 떨어져 나와 본래적이고 고유한(proper) 자기를 소유(property)하고자 하는 꿈이 투영되어 있고, 또한 그 꿈을 사회의 다른 영역에까지 확대 재생산하게 하는 동력이 내재되어 있다. 그러나 내면을 가진 반성적 주체는 자기 이중화의 방식으로 일종의 탈주체화 운동을 반복하게 만들고, 궁극적으로 세계와의 실천적인 연결 지점을 찾지 못한 채 장치 속에서 공전(空轉)하게 만든다. 그런가 하면, 상상적 연대의 주체에는 자기 한계를 무한히 초월하여 경계 없이 인간적인 유대를 형성하고자 하는 이상적 공동체의 꿈이 투영되어 있다. 달리 표현하자면 여기서 발견되는 것은 모든 곳에서 고향을 만나고자 하는 낭만적 코즈모폴리턴의 꿈이라고도 할 수 있을 것이다. 그러나 상상적 연대의 주체가 꾸는 낭만적 꿈은 문학이라는 장치가 구성 요소로서 거느리고 있는 제도들에 의해 민족, 국민/국가, 제국 등의 실정화된 공동체의 울타리에 부딪혀 멈추고 만다.

이처럼 근대 문학은 단지 좁은 의미에서 허구적 글쓰기의 특이한 경험을 가능하게 하는 형식과 장을 개시했을 뿐만 아니라, 또한 근대 문학 자신의 확대 재생산을 위한 다양한 장치들을 설립하고 제도화했을 뿐만 아니라, 살아 있는 존재들(실체들)을 그들과의 갈등적인 관계 속에서 포획하여 새로운 근대적 주체를 산출한 하나의 장치였다. 살아 있는 존재들을 '인간'으로 포획하고 주체화함으로써 '그 이상의 삶'을 지향하게 하는 것이 장치라면, 그리고 장치와 살아 있는 존재들 사이의 길항에서 주체화 형식이 결정된다면, 문학이 장치로서 존재하고 작용할 수 있게 하는 근본적인 힘은 어디에서 오는가? 다시 말해 문학이 단순한 규율과 지배의 도구가 아니라 '인간적인 욕망'을 발동시키고 끌어들이는 장치로서 힘을 발휘할 수 있는 근본적인 잠재력은 무엇인가?

문학 그 자체가 장치로서 작동할 수 있게 하는 힘은 다름 아닌 '전달 가능성'(Mitteilbarkeit)에서 온다고 할 수 있을 것이다. 표면적으로 볼 때 전달 가능성이란 우선 동일한 언어 질서 위에서 생활 및 사상 경험과 감정, 표현의 내용이 누군가에게 전달될 수 있음을 뜻한다. 하지만 단지 이 같은 내용적 전달에 국한되지 않는, 구체적이고 개별적인 내용의 전달 그 자체가 가능하도록 보장, 배려, 차단, 제어하는 것이야말로 전달 가능성이라고 해야 할 것이다. 전달 가능성이란 문학 성립을 위한 물질적·제도적·이데올로기적 조건을 포함하면서도 그것을 초과하는 근본적인 소통 가능성의 체제를 뜻한다. 다시 말해 전달 가능성은 구체적이고 개별적인 표현 내용의 전달을 가능하게 하지만, 그 전달되는 것 속에서는 표면에 떠오르지 않는 문학적 언술 행위의 가능성의 조건에 다름 아니다.[18] 바로 이 전달 가능성이 문학이라는 장치가 장치로서 효력을 발휘할 수 있도록 동력을 제공하고 장치에 '인간적인 욕망'이 투사될 수 있는 차원

---

18) 전달 가능성이라는 개념은 벤야민의 언어철학을 참조한 것이다. "정신적 내용을 전달하는 것이면 모두 언어"라고 간주하는 벤야민은 정신적 본질이 "언어 속에서" 전달되는 것이지 "언어를 통해" 전달되는 것이 아니라는 사실을 강조한다. 그런데 정신적 본질은 그것이 전달 가능한 한에서 언어적 본질과 동일하다. 따라서 언어는 "전달 가능성 일반을 전달한다." (발터 벤야민, 『언어 일반과 인간의 언어에 대하여/번역자의 과제 외』, 최성만 옮김, 도서출판 길, 2008, 71~79쪽. 강조는 원문.) 이처럼 전달 가능성에 의해 정의되는 언어 개념을 문학에 원용한다면, 전달 가능성은 문학적 언술 행위의 근본적인 가능성의 조건이라고 할 수 있을 것이다.

을 개시하지만, 동시에 장치가 욕망들을 포획하는 구체적인 현장성은 전달 가능성에 현실적인 제약을 가하게 된다. 예컨대 상상적 연대의 주체=국민적 주체가 전달 가능성의 역사적·영토적·언어적·인종적 제한과 관련되어 있다면, 내면을 가진 반성적 주체는 자기 분열(부정)의 간극 사이에서 전달 가능성을 현실화한다고 할 수 있다.

특히 근대 문학은 이 전달 가능성을 특정한 범위로 조정·제어하고 그 한계를 자연화시키는데, 그 범위 또는 한계는 기본적으로 민족·민족어의 울타리와 일치한다. 그러나 이 경계 역시 단지 제약인 것만이 아니라 역설적으로 '인간적인 욕망'을 실현시키기 위한 전제이기도 하다. 즉 특정한 언어 공동체 내부에서 표현, 인식, 소통을 향한 욕망을 촉발하고 실현시키는 필수적인 조건이기도 한 것이다. 하지만 다시 한 번, 장치로서의 문학은 이 욕망을 '분리된 영역'에서 실현시킨다. 살아 있는 개인들은 특정한 쓰기/읽기/말하기/듣기 체제 속에 들어가 그 체제의 '충량한 신민'이 됨으로써 비로소 '인간'이 될 수 있는 것이다.

그러나 문학(그리고 예술)은 언제나 비문학적인 것(비예술적인 것)과의 관계를 통해서만 성립된다는 사실, 나아가 그러한 외부성이 의식될 때 오히려 새로운 문학적 성취가 이루어져 왔다는 사실에서 알 수 있듯이, 대안 장치(counter-dispositif)로 기능 전환될 수 있는 능력을 보유하고 있기도 하다. 즉 특정하게 관습화된 쓰기/읽기/말하기/듣기 체제를 파괴하고자 하는 시도들, 예컨대 아방가르드적인 실험들은 '분리'를 다시 통합과 '사용'에로 되돌리고자 하는 세속화=신성모독(profanation)의 실천,[19] 또는 그 분리의 작위성(作爲性)을 일깨우고 예술의 규칙을 다

---

19) 조르조 아감벤, 『세속화 예찬』, 김상운 옮김, 난장, 2010 참조.

른 방식으로 수립하고자 한 시도였다고 할 수 있다.[20] 문학이라는 장치를 작동시키는 근본적인 잠재력은 전달 가능성이지만, 이 전달 가능성이 어떤 분리와 포획에 의해 이루어진다는 것을 드러내는 실천 속에서 '전달 불가능성의 전달'이 하나의 사건으로 등장할 수 있다. 요컨대 전달 가능성의 임계 지점에서 살아 있는 생명체들의 잠재성이 발견됨으로써 반성적 주체와 상상적 연대의 주체가 특정한 분리와 포획의 산물임을 일깨우게 하는 사건이 발생할 수 있는 것이다. 이 같은 사건이 문학이라는 장치와 이 장치에 의해 조성되는 문학 장을 위태롭게 하지만, 전달 가능성이라는 잠재력이 소진되지 않는 한 문학이라는 장치는 위기 속에서 그 위기를 통해 부단히 (재)형성되어 간다. 포획과 세속화=신성모독의 변증법 속에서 문학은 장치로서의 성격을 부단히 갱신해 가며 다양한 주체들을 생산해 내는 것이다.

한편 세속화=신성모독의 실천 또는 예술의 규칙을 파괴하고 재수립하는 실천이 문학의 장치성을 전경화(前景化)하면서 그 안에서 작동했던 주체화의 형식을 가시화할 수 있다면, 이질적인 지반 위에서 형성되어 그 작동 범위와 테크놀로지의 수준이 불균등한 장치들 간의 충돌이 이와 유사한 효과를 발생시킬 수 있다. 전자가 장치에 의해 포획되는 생명체들이 장치와 충돌하고 길항하는 과정에서 발생하는 사건이라면, 후자는 불균등한 장치들 사이의 충돌, 따라서 장치들 간의 위계화나 종속화가 수반되는 충돌 과정에서 발생하는 사건이라고 할 수 있을 것이

---

20) 물론 아방가르드적인 통합/재분리의 실천은 언제든 다시 실정성의 세계로 들어가 그 자체가 또 다른 통합/재분리의 대상이 될 수 있다.

다.[21] 그러나 여기서 주의해야 할 것은, 문학의 장치성이 표면화된다는 현상에서는 유사할지라도, 그 효과의 측면에서 양자는 크게 구별된다는 점이다. 예술적 규칙의 파괴/재수립이라는 실천이 관습화된 세계를 절개하고 세계의 새로운 층위를 개시하는 효과를 갖는다면, 불균등한 장치들 사이의 충돌은 대립 또는 갈등하는 장치들 내부에서 기존의 규칙들을 고수하려는 지향을 촉발시킬 수 있기 때문이다. 이렇게 볼 때, 여기서 '사건'이라는 표현을 사용하고는 있지만, 장치들 '사이의' 충돌에서 발생하는 사건은 엄밀한 의미에서 '사건성'을 가질 수 없다. 이 충돌이 장치의 작위성에 대한 근본적인 회의를 초래하기보다는 다른 상위의 장치복합체로 장치의 작위성을 봉합하거나, 반대로 종속적 위치에 놓인 장치가 이데올로기적으로 채색되면서 장치성이 은폐 또는 자연화될 수 있기 때문이다. 게다가 종속적인 위치에 놓이는 장치 내부에서의 '보수화' 또는 자기 보존의 경향이 단순한 '퇴행'과 동일할 수 없다는 점도 고려되어야 할 것이다.

근대 문학이라는 장치의 규범성을 회의하고 그 작위성을 드러내는 효과를 아방가르드적 실천에서 찾을 수 있다면, 불균등한 장치 사이의 충돌을 통해 기존의 장치의 경계가 부각되는 현상은 바로 식민지/제국 문학 장의 변동에서 찾을 수 있을 것이다. 통제적 합리화, 욕망의 내재화, 가시성의 절대화가 식민지/제국 체제의 실정성을 강화해 가는 가운데, 한편으로는 다른 영역에 자리 잡고 있는 장치들에 의해 문학 장치가 폭

---

21) 그러나 불균등한 장치들 사이의 충돌에서 발생하는 사건이라 할지라도 그것이 어떤 장치 복합체를 형성하고 역시 살아 있는 생명체들을 주체화하는 메커니즘으로 작동한다는 점에서 포획되는 생명체들과의 길항 관계는 상존한다.

력적으로 포섭되면서, 또 다른 한편으로는 '식민지 문학'이 '제국 문학'에 통합되면서 식민지/제국 문학 장에 변동이 발생한다.

4. 일제 말기 문학 장과 기술자-작가/번역가-작가

앞서도 언급한 바와 같이 중일전쟁 발발 이후의 전시 체제기는 식민지와 제국의 '함께 연루되어 있음'이 가장 가시적으로 드러난 시기, 즉 식민지/제국 체제의 '체제'로서의 성격이 극명하게 드러난 시기였다. 이 시기에 문학이라는 장치 역시 근대 문학의 일반적 테크놀로지들로 구성된 자율적 존재일 수 없다는 사실이 명백해지기도 했다.[22] 한편으로는 치안, '고쿠고', 이름, 전쟁 등 식민지/제국 체제를 공고히 하는 장치들이 문학을 폭력적으로 포섭하면서, 다른 한편으로는 '제국 문학'이 '식민지 문학'을 그 내부로 통합하면서 문학이라는 장치의 작동 방식에 변화가 초래된 것이다. 식민지 조선의 문학인들에게 이 변화는 '조선 문학의 위기'로 이해되었는데, 그 본질적인 내용은 조선 **문학**의 위기인 동시에 **조선** 문학의 위기였다.

우선 중일전쟁 발발 이후 총동원 체제의 고도화와 함께 강조된 '시국' 인식은 문학이라는 쓰기/읽기/말하기/듣기 체제를 긴급한 국책적 요구 속에 새롭게 배치시켰다. 식민지/제국이 수행하는 전쟁은 서양=근

---

22) 물론 식민지적 조건에서 근본적으로 부르주아 민주주의의 가상과 직결되어 있는 자율적 문학의 신화는 설득력을 얻기 힘들었을 뿐더러, 이념의 차원에서만 보더라도 이미 1920년대 중반 프롤레타리아 문학의 등장을 전후해 철저하게 반박된 바 있다. 하지만 그 신화가 '근대 문학의 이념' 속에 잔존해 오기도 했음은 부인할 수 없는데, 전시 총동원 체제는 이 이념을 유지하는 것조차 어렵게 만들었다.

대가 유지해 온 질서를 파괴하며 닥쳐오는 '사실의 세기'의 징후로 평가되었고, 히노 아시헤이의 『보리와 병사』(1938)로 대표되는 종군·보고 문학 이후 주체를 무력하게 만들며 압도해 오는 '사실'을 그 자체로 포착하는 글쓰기가 작가들에게 권장되었다. 각종 전선 기행과 보고 문학 등에서 '시정'(유진오)과 '풍속'(김남천)의 묘사에 이르기까지 넓은 의미에서의 '사실의 세기'의 문학들은 이른바 '시국'이 문학이라는 장치에 개입하여 그 기능을 전환시키는 과정 속에서 출현할 수 있었다. 주체를 압도하는 현실의 위력 앞에서 근대 문학의 서사적 주체가 붕괴되고 '내성'과 '세태'로 분열되는 양상이 출현했다는 진단[23]은 반성적 주체와 함께 그 상대항으로서의 상상적 연대의 주체를 생산해 냈던 근대 문학의 장치가 기능부전에 빠졌다는 판단의 다른 표현이라고 봐도 좋을 것이다. 작품 전체에서 주권을 행사하는 서사적 주체는 밀려나고 (내적·외적) '사실'에 직면하는 관찰자의 눈이 그 자리를 대체하기 시작했다. 뿐만 아니라 작가들은 직접적으로 각종 시국 강연회 등에 동원되어 자신의 '정치적 양심'을 대중 앞에 고백하는 방식으로 시국의 스피커 역할을 수행하기도 했다. 전쟁이라는 장치에 의해 포섭됨으로써 문학은 하나의 기술적(technological) 영역으로 이행해 가게 되었다. 이렇게 변형된 문학적 장치에 의해 산출된 주체를 **기술자-작가**라고 부를 수 있을 것이다.

그런가 하면 조선 문학은 '외지 문학'의 자리를 할당받으며 제국 문학 내부로 통합되어 갔다. 주지하다시피 근대 초기부터 '조선 문학'의 규칙들이 형성되어 왔다. 이데올로기적 측면에서는 계몽성, 정치성, 심미성이 서로 교체하거나 길항하거나 뒤섞이는 양상을 보였지만, 그 모든

---

23) 임화, 「세태소설론」, 『동아일보』, 1938. 4. 2 참조.

것들이 조선 문학이라는 장에서 이루어져 왔다. 혁명의 국제적 연대를 표명하거나 보편적인 미의 세계를 지향할 때조차 그 발화의 범위와 소통의 경계는 조선 문학의 울타리를 형성하는 조건 — 문단, 미디어, 검열, 인쇄·출판·유통 자본 등 — 위에서 결정되었다.[24] 그리고 이 조건의 구심점 역할을 수행했던 것은 무엇보다도 '조선어'라는 장치였다. 반성적 주체도 상상적 연대의 주체도 전달 가능성이 조선어 내부로 수렴되는 한에서 수행력을 가질 수 있었다. 그런데 바로 이러한 하부 장치와 조건들이 뒤흔들리면서 조선 문학이 위기에 봉착하게 된 것이다. '고쿠고'(또는 "동아어"[25]), 내지 문단, 내지 출판 자본 등을 거느린 이른바 '대동아 문학'[26]이라는 장치에 의해 '외지 문학'으로 배치되면서 조선 문학의 전달 가능성은 식민지/제국 체제 전체로 확장되고 변형되었다. 총독부와 내지 정부의 당국자들이 직접·간접으로 조선 문학에 개입하는 한편 조선 문학인들에게는 '고쿠고'로 창작할 것이 요구되었고, 내지 문학인 '선

---

24) 당연히 '조선 문학'이 순수하게 독자적인 자기 재생산 구조를 갖추고 있었던 것은 아니다. 예컨대 직접적인 경제적 자본뿐만 아니라 다양한 문화자본이 식민 본국으로부터 식민지에 '유입'되는 일은 식민지/제국 체제 내에서는 거의 일상에 해당되기 때문이다. 그러나 동일한 문화자본이라 하더라도 식민지와 식민 본국 사이의 법적·정치적·제도적 조건의 차이에 의해 그 유통 방식이나 효과에 편차가 발생하는 것은 필연적이다. 이와 관련해서, 식민지와 식민 본국 사이의 검열 기준의 불균등성에 주목해 식민지 문학의 '표현의 한계' 문제를 새롭게 사고하고자 한 한기형, 「법역」과 '문역」, 『민족문학사연구』 44호, 2010 참조.
25) '동아어'라는 표현은 1942년 제1회 대동아문학자대회에서 한 만주 대표 문학인에 의해 사용된 것이다. 尾崎秀樹, 『近代文学の傷痕』, 岩波書店, 1991, 16쪽.
26) 이곳에서 '대동아 문학'이라는 개념은 1942년부터 3년간 매년 1회씩 개최된 문화적·이데올로기적 익찬 사업으로서의 '대동아문학자대회'를 염두에 둔 것이기는 하지만 그 맥락으로만 제한되지는 않는다. 좁게는 1941년 '대동아전쟁' 발발을 전후한 대동아 공영권, 넓게는 1937년 중일전쟁 발발 이후의 동아 신질서 제창에서 시작된 일본의 동아시아 광역 질서 구상과 연동하여 식민지 및 점령 지역을 경제적·정치적·문화적으로 '일시동인'의 지평에 포획하고자 하는 기획 속에서 문학 장을 통합해 가는 경향을 지칭하기 위해 '대동아 문학'이라는 용어를 사용하고자 한다.

배들'이 조선 문학인들에게 '충고'하기 위해 현해탄을 건너오는 통로가 넓어졌으며, 장혁주, 김소운, 김사량 등 외지와 내지를 오가며 다리 역할을 하는 작가들이 새로운 문학적 주체로 등장하게 되었다. 같은 식민지의 위치에 놓여 있으면서도 각각의 표상 세계에 거의 진입하는 일 없었던 조선 문학과 타이완 문학도 '고쿠고'와 내지 문단을 매개함으로써 비로소 서로 만나게 되었다.[27] 이러한 문학적 장치의 변형 과정에서 산출된 주체를 **번역가-작가**라고 부를 수 있을 것이다.

근대 문학이 그 고유의 테크놀로지를 통해 내면을 간직한 본래적 자기의 가상과 초월적 유대의 가상을 형성할 수 있었다면, 식민지/제국 체제의 문학적 장치는 통제적 합리화, 욕망의 내재화, 가시성의 절대화라는 형식에 규제되면서 다른 방식의 초월의 가상을 만들어 냈던 것으로 보인다. 기술자-작가에는 눈앞의 사태에 가장 깊숙이 침잠하고자 하는 꿈이, 번역가-작가에는 복수의 세계—특히 식민지/제국의 비대칭적인 세계—를 넘나들며 소통할 수 있는 자유에의 이상이 투영되어 있다. 그러나 이 꿈과 이상 역시 분리된 영역에 포획된다. 그리하여 사태에의 침잠이라는 기술자-작가의 꿈은 부분에의 함몰이라는 실재를 은폐할 때에만 꿀 수 있으며, 번역가-작가가 희구하는 자유는 뿌리 뽑힌 상태 또는 귀속 불가능성의 다른 이름이기도 하다.

기술자-작가와 번역가-작가는 각각 근대 문학이라는 장치에 의해 구성된 반성적(내면적) 주체와 상상적 연대의 주체=국민적 주체가 식민지/제국 체제 문학 장의 특이성 속에서 **극단적으로** 재구성된 결과라고

---

27) 이와 관련하여 김사량과 룽잉쭝(龍瑛宗) 사이의 관계를 '루쉰(魯迅)적인 것' 안에서 포착하고자 한 황호덕, 「제국 일본과 번역 (없는) 정치」, 『벌레와 제국』을 참조할 수 있다.

할 수 있다. 하지만 식민지와 식민 본국의 불균등한 장치들 간의 충돌은 단지 이러한 주체의 재구성을 산출했을 뿐만 아니라, 근대 문학으로서의 '조선 문학'의 규칙을 위기 속에 가시화되도록 만들고 그 장치성을 자각하게 하는 계기가 되기도 했다. 요컨대 기술자-작가의 경우 식민지/제국 체제의 정치적·문화적 동원 및 전쟁이라는 장치의 폭력적인 개입에 의해 파생된 존재이지만, 따라서 철저하게 한낱 '도구'로 축소된 존재이지만, 이 존재 자체가 근대 문학이라는 장치의 구성 요소들—즉 저자, 작품 등의 개념들—의 유한성을 부정적인 방식으로 드러내기도 한다. 또한 번역가-작가는 조선 문학과 내지 문학 사이에서 '동물/인간' 또는 '한낱 삶(bare life)/그 이상의 삶'의 경계가 흔들리고 재조정되는 현장을 제시한다. 바꿔 말하자면, 문학이라는 장치가 특정한 경계에 의해 역사적으로 영토화되어 있다는 사실, 그 영토성이 결코 자연적이거나 자명한 것이 아니라는 사실, 그리하여 그 영토에의 진입이 어떤 근본적인 '분리'를 전제한다는 사실, 전달 가능성이 언제든 전달 불가능성으로 전환될 수 있다는 사실을 드러낼 수 있는 것이다.

그러나 문학이라는 장치가 '분리'를 전제로 한다는 사실이, 분리를 다시 통합과 '사용'에로 되돌리고자 하는—그 장치와 길항하는 생명들의 잠재력으로부터 비롯되는—실천을 통해서가 아니라, 이렇게 병렬적인 관계에 있거나 근본적으로 불균등한 위계 관계에 있는 다른 장치로부터의 충격에 의해 드러나는 경우, 그것은 결코 세계의 새로운 차원을 개시하는 방식으로 규칙을 수립하지는 못한다. 그 이유는 반드시 식민지/제국의 총동원 체제가 문학과 작가(시인)를 도구로 전락시키고 식민지의 문학을 제국 문학 내부로 편입시켰다는, 변동의 폭력성 때문만은 아니다. 그와 달리, 저자가 '기술자'와 '번역가'로 전환되는 과정이 기존의 장치를 초과하는 삶의 욕망에 의해 추동된 것이 아니라, '동양의 해방'과 '고도국방국가' 건설이라는 정치적 목적에 따라 문학을 더 한층 엄격하게 분리된 영역으로 이동시킨 데 따른 것이기 때문이다. 나아가서—앞서 말한 바와 같이—상이한 장치들 사이의 충돌은 종속적인 위치에 놓이는 장치 내부에서 그 규칙을 더욱 고수하고자 하는 지향을 촉발하기 때문이다. 그리고 결정적으로, 그 다른 장치들의 외적 규정력이 사라지거나 약해지면, 부정적인 방식으로 자각되었던 '분리'는 곧바로 다시 자명성으로 대체될 수 있다. 식민지 상태로부터 벗어난 이후 '민족-문학'의 규칙들은 더욱 강력한 자명성의 신화로 등장했던 것이다.

5. '국민/문학' 이후

근대에 접어든 이후 문학이라는 장치는 다양하고 복합적인 테크놀로지와 결합되어 표현, 인식, 소통의 욕망을 분리된 영역에서 특정한 방식으로 형식화해 왔다. 이 형식화는 반성적 주체와 국민적 주체라는 근대의 지배적 주체성의 형성 메커니즘에 다름 아니었다. 그리고 이 주체성은 이른바 산문화되고 파편화된 세계에서 총체성—또는 존재의 유의미한 연관—을 발견하고자 하는 욕망을 촉발하고 작동시키는 역사적 형식으로 기능해 왔다. 여기서 '총체성'이란 물론 근대 문학이 획득해야 하고 또 획득할 수 있다고 기대되는 어떤 실체적인 세계 상태가 아니라, 오히려 반성적·국민적 주체와 더불어 그 자체 근대 문학이라는 장치의 효과에 지나지 않는다. 따라서 이들 효과를 낳고 그것에 현실성을 부여해 온 문학이라는 장치가 위기에 처해질 때, 근대적 주체도 총체성의 이념도 퇴색되지 않을 수 없었다. 그러나 일제 말기 식민지/제국 체제의 변동은 근대적 주체성의 형식과 이념이 생성될 수 있는 장치를 해체하여 새로운 '현실'을 발견하게 했다기보다는, 오히려 장치가 만들어 내는 '분리'를 더욱 고도화하는 방식으로 근대적 주체성에 상처를 입혔다. 문학이라는 장치를 이른바 '대동아전쟁'의 목적 및 '대동아 공영권'의 이상에 종속시킴으로써, 장치와 살아 있는 생명체들 사이의 길항 속에서 생성되는 주체성 형식은 더욱 제한적인 것으로 되었다. 따라서 역설적이게도 포획 불가능한 영역들은 더욱 넓어져 갔고 이것이 식민지/제국 체제 붕괴의 계기로 이어졌을 테지만, 실제에 있어서는 대량 인명 살상 무기에 의한 일본의 패전으로 체제 붕괴가 현실화된 것처럼 보인다.

그러나 국민국가를 단위로 하는 냉전 체제로의 이행을 과연 식민지/제국 체제의 붕괴라고 말할 수 있을까. 식민지/제국 체제가 낳은 문제 상황이 극복되거나 해결되었다기보다 '단절'된 채 국민국가의 냉전적 구성이 이루어짐으로써 상처받았던 근대적 주체성은 새로운 자명성의 토양을 발견할 수 있었다. 물론 이 주체성이 과거의 그것과 동일한 내용으로 채워질 수는 없었지만, '분단'이라는 결핍은 오히려 장치로서의 근대 문학이 더욱 위력을 발휘하게 하는 조건을 이루는 것이었다.

그런데 오늘날 이 근대 문학이라는 장치가 결정적으로 한계에 봉착했다는 진단이 또다시 등장하고 있다. 이른바 '근대 문학의 종언'이라는 선언과 함께 한때 논쟁을 불러일으키기까지 했던 이 현상은 아마도 더 근본적인 차원에서 "'진정성'이라는 보다 심층적인 시대정신"[28]의 소멸과 관련되어 있을 것이다. 그러나 그것이 어떤 이념적·정신적 쇠락의 징후를 나타낸다 할지라도, 체제의 변화를 수반하는 이 '시대'란 동시에 기

---

28) 김홍중, 『마음의 사회학』, 132쪽.

존 체제가 분리시키고 무화시키고자 했던 '살아 있는 존재들'의 '저항'[29] 에 의해 초래되는 것이기도 하다. 아니, 오히려 살아 있는 존재들의 저항 이야말로 '시대정신의 소멸'의 진정한 원인이라고 할 수 있을 것이다. 왜 냐하면 이 생명체들의 저항은 근대적인 문학이라는 장치가 분리시키고 무화시키려고 했던 '동물적인 것'의 영역이 사라지기는커녕 오히려 번 성할 수밖에 없는 조건을 전제로 하기 때문이다. '동물적인 것'의 번성은 장치에 의한 주체화를 무수히 분화된 영역에까지 확장시켜 거의 탈주체 화를 초래한다. 이 같은 번성이 분리된 곳에서 조성·촉진·제어되었던 욕 망의 형식을 어떤 다른 방식으로 '공통성'에로 전환시킬 수 있을지, 그리 고 그 전환이 어떤 또 다른 주체화의 형식을 구성할지는 아직 결정되어 있지 않지만, 여기서 새롭게 구성될 장치가 세계에 대한 희생 없는 열림 을 가능하게 하기 위해서는 전환 과정에서 출현하는 '전달 불가능성의 전달'이라는 사건성을 보존할 수 있어야 할 것이다.

---

29) 여기서 말하는 '저항'이란 특정한 목적성이 전제된 인간적 실천 활동을 뜻하는 것이 아니 라, 오히려 '살아 있는 존재들'의 포획 불가능성을 의미한다. 즉 '인간'의 조건으로서의 장 치는 생명체들에 주체화의 형식을 부여하지만, 근본적으로 분리를 낳는 그 형식은 언제나 완전한 포획에 실패할 수밖에 없다.

3부

트라우마에 대해 말하기

8장_ 식민지 트라우마의 현재성

1. 기억을 통한 청산

2010년 7월 12일로 친일반민족행위자 재산조사위원회가 4년여의 활동을 마감했다. 이미 2009년 11월 친일반민족행위 진상규명위원회, 12월 군의문사 진상규명위원회, 그리고 2010년 6월 진실과화해를위한 과거사정리위원회가 해체되었으므로 이제 노무현 정부 시기 출범한 대표적인 과거사 청산 위원회 중 남아 있는 것은 일제강점하강제동원피해 진상규명위원회[이하 강제동원 진상규명위]뿐이다. 사실 이 위원회들이 출범할 때부터 국가가 주도하는 과거사 청산 활동과 관련해 다양한 문제 제기와 논의가 이루어진 바 있다. 게다가 어떤 면에서는 '역사 바로 세우기'가 참여정부의 이념적 정당성과 관련된 실천이었기 때문에, 과거사 청산의 문제는 종종 정치적인 갈등의 장 한가운데로 휩쓸려 들어가곤 했다.[1] 이명박 정부가 들어선 이후 위원회들이 활동 연장 없이 차례차례

---

1) 특히 친일반민족행위자 재산조사위원회는 친일부역자들의 행위를 국가의 이름으로 단죄할

해체되어 가는 모습에서 비단 위원회라는 '기구'의 정치적 기능뿐만 아니라 '과거사'의 정치성이 새삼스럽게 문제로 떠오르는 듯하다.

특히 강제동원 진상규명위만이 남겨졌다는 사실이 징후적으로 보이기까지 하는데, 그것은 이 위원회가 조직적인 폭력을 행사한 주체 일본과 그 폭력에 의해 피해를 입은 조선인 사이의 관계를 문제 삼는 데 반해, 그밖의 4개 위원회는 모두 가해자와 피해자가 한국(조선) 내부에 지역적·인적으로 연결되어 있기 때문이다. 즉 강제동원 진상규명위의 경우, 해방과 국가 건립 이후 일본/한국(조선) 사이의 '국민국가'적 경계를 재확인하는 친숙한 인식 틀 위에서 활동이 이루어진 데 반해, 그밖의 4개 위원회는—비록 그 활동이 국민국가의 이념을 '목적'으로 내포하고 있다 하더라도—오늘날의 한국 사회를 '적대(敵對)의 역사'에 대면시키는 효과를 낳거나 수반했던 것이다. 그중에서도 '친일 문제' 관련 위원회의 활동은 단지 식민지 잔재의 청산을 통해 역사를 '바로잡고' 국민국가로서의 정당성을 제고하려는 목적에 국한된 실천만이 아니라, 필연적으로 식민지를 기억하게 하는, 즉 오늘날의 '대한민국' 및 그 주권적 성격을 알지 못하는 삶의 형식을 지금-여기의 삶의 형식과 충돌시키는 실천을 파생시킨다는 점에서 보다 근본적인 차원에서 기억의 정치성을 숙고하게 만든다.

요컨대 식민지 잔재 청산의 과제와 관련된 위원회는 오늘날의 한국 사회가 식민지와 연결되어 있는 끈을 끊어 내는 행위를 통해, 한편으로는 '민족에게 부끄럽지 않은 대한민국'을 새롭게 창시하고자 하면서 역

뿐만 아니라 그들의 재산을 몰수하여 국가로 귀속시키고자 함으로써 너욱 첨예한 갈등과 정치적 문제를 야기시켰다.

으로 오늘날의 한국 사회가 식민지와 얼마나 연속성을 갖고 있는지를 드러내 준다. 즉 한편으로는 청산하면서 다른 한편으로는 기억한다. 아니, 기억함으로써 청산한다고 말하는 것이 보다 사실에 부합한 표현일 것이다. 식민지 지배 질서에 적극적으로 편승하고 그 폭력에 동참함으로써 부와 권력을 증식시켜 간 존재들을 불러냄으로써, 식민지 상태에서 벗어나 '독립 국가'를 건설했음에도 불구하고 식민지 기원의 부와 권력이 새로운 기득권의 토대로 작용해 온 역사를 청산하고자 한다. 이 실천은 필연적으로 특정한 집단적 정체성을 해체/보존하는 행위라고 할 수 있으며, 이렇게 볼 때 기억함으로써 청산해야 할 식민지는 트라우마처럼 부정과 증언, 망각과 기억의 변증법 속에서 그 집단적 정체성을 파괴하면서 파괴의 작용을 통해 그 형성에 참여하고 있다고 말할 수 있을 것이다.

드러나면 동일성이 파괴되는 것, 그럼에도 불구하고 자기 안에서 다른 것으로 대체하거나 환원할 수 없는 그것을 트라우마, 또는 외재성의 흔적이라고 한다면, 식민지야말로 한국 근대 역사에, 특히 근대 '한국사'에 트라우마로 머물러 있다고 말할 수 있다. 물론 사건으로서 가장 강렬하고 심각한 상처를 남긴 것은 두말할 필요도 없이 한국전쟁이다. 근대가 시작된 이후 최초로 한반도에 거주하는 인간들이 한반도를 전장으로 삼아 서로에게 총을 겨누고 살육을 행한 한국전쟁은 이른바 '분단 체제'를 결정적으로 확립하고 작동시킨 가장 직접적인 계기로 자리 잡고 있다. 그러나 한국전쟁의 경험은 식민지의 상처를 일소하거나 완전히 매장해 버리기보다는 오히려 식민지의 트라우마를 굴절된 방식으로 고착시키고 있다. 예컨대 하나의 스테레오타입은 식민지의 자리에 한국전쟁을, 반일에 반공을 대입하면서 '과거사의 진상 규명'에 반발하는 태도에서 찾을 수 있다. 말하자면 더 뚜렷하고 두려운 적이 눈앞에 있음에도 불구하고 '과거'의 적대를 소환하여 분열을 획책하는 행위는 바로 저 눈앞의 적과 내통하는 행위라는 것이다. 이러한 태도가 '내부의 진정한 통합'에 대한 지향에서 비롯된 것이 아님은 말할 것도 없다. 오히려 그러한 태도는 현재의 어떤 공식적 상태를 실재와 동일시하고 말해지지 않은 것을 말할 수 없는 것 또는 말해서는 안 되는 것으로 회피하고자 하는 그 자체 트라우마적 증후의 하나에 속할 것이다.

2. 식민지 트라우마의 세 가지 증후

식민지 트라우마라고 말했지만 이는 어디까지나 비유적인 표현일 뿐이다. 식민지 경험은 적어도 한 세대 정도 지속되었을 뿐만 아니라 구체적인 경험의 질과 강도 역시 너무나 이질적인 것이었기 때문에 그 상처와 효과를 일률적으로 명명하는 것은 무리이다. 그럼에도 불구하고 식민지라는 근본적으로 폭력과 차별에 기초한 체제는 피식민지인들에게 어떤 억압의 흔적을 남겼으리라 상정할 수 있고 그것을 역사–심리학적인 관점에서 일종의 만성적 트라우마에 비유해 볼 수 있을 것이다. 식민지 경험이 남긴 상처와 효과를 조금 더 구체적으로 대상화하기 위해 편의적으로 나누어 보자면 식민지 트라우마는 서로 다른 세 층위에서 차별적으로 관찰될 수 있다.

첫째, 피해자의 층위. 여기에는 무엇보다도 일본군 위안부, 강제 징용·징집을 당한 이들, 정치적인 이유로 체포·구금·고문 등 탄압을 받은 이들 등이 속할 것이다. 좁은 의미의 트라우마는 이들의 경우에서 전형적으로 나타나는데, 이들은 '생존자'가 갖는 일반적인 증후들을 공통적으로 드러낸다. 예컨대 1991년 김학순 할머니가 일본군 위안부 피해를 증언하고 제국주의의 조직적 폭력을 고발하기 전까지 일본군 위안부 경험은 수치와 치욕과 공포 속에서 침묵되고 부인되던 우연적인 상처에 지나지 않았다. 현재까지도 이들은 치유를 향한 지난한 과정 속에 놓여 있다.

둘째, 가해자의 층위. 가해자는 피해 당사자와 같은 트라우마의 증후를 가지고 있지 않지만 트라우마를 발생시킨 작용인으로서 이 상처에 참여하고 있다. 여기에는 당연히 일본 제국주의의 지배와 통치에 참여한 자들(일본인이든 조선인이든)이 속한다. 이들은 어쩌면 트라우마를 고통으로 감각하지 못할 수 있다. 마루야마 마사오(丸山眞男)가 일본의 패전 직후 분석했듯이 일본식 전체주의의 폭력성이 '억압의 이양'[2]으로 특징지어질 수 있다면, 가해자의 입장에 선 자들은 그 역의 방향인 '책임의 이양'을 통해 자기 앞의 타자의 존재를 지우고 폭력의 구조 속에서 얻게 된 자기 안의 상처 역시 은폐하거나 대체해 버릴 수 있기 때문이다. 이들은 식민지를 말하지 않거나 어떤 형태로든 합리화함으로써 타자의 고통스런 얼굴을 대면하는 불쾌를 배제하고자 한다.[3] 그러나 그렇기 때문에

---

2) 마루야마 마사오는 철저한 상명하달식의 강압적 위계 구조가 일본 제국주의의 권력의 작동 방식이었다고 분석한다. 즉 상급자로부터 하급자에게 이양되는 억압의 연쇄가 국가권력이 움직이는 회로였다는 것이다. 따라서 어떤 폭력 행위도 상급자의 강압적 명령 때문에 행할 수밖에 없었던 것이 되고, 구체적인 행위자가 책임으로부터 도피할 수 있는 논리가 만들어진다. 마루야마 마사오, 「초국가주의의 논리와 심리」, 『현대정치의 사상과 행동』, 한길사, 1997, 61쪽 참조.

3) 일본의 경우 패전 후 평화와 민주주의의 분위기 속에서 '전쟁책임'론이 비교적 왕성하게 논의되었던 데 반해 '식민지책임'론은 거의 대두되지 않았다는 점이 이 사실을 방증해 준다. 즉 책임을 '전쟁'이라는 부인할 수 없는 폭력 행위에로 국한시킴으로써 제도적·일상적으로 지속·반복되었던 폭력 행위는 '통치'의 이름 아래 포섭되어 버린다. 최근에야 연구자들을 중심으로 식민지책임론이 거론되고 있다. 中野敏男, 「日本の戰後思想を読み直す」, 『前夜』,

트라우마의 증후를 뒤틀린 방식으로 더 잘 드러내 주기도 한다. 한편 일본의 식민지 지배와 통치에 참여한 조선인들의 경우 그들의 '책임의 윤리'는 흔히 '생존의 논리'와 쉽사리 결합될 수 있기 때문에 '참여'에의 자각은 희박하다.

마지막으로 역사적 단위로서의 '식민지 조선'의 층위. 이는 한반도에 거주한 자들이 놓여 있던 공통의 상태를 대상화하기 위해 상정될 수 있는 단위로서, 일국사의 시점에서 이른바 '국가 부재' 상태가 불러일으키는 수치와 원한 등 복합적인 억압 감정과 연결된다. 이는 식민지를 경험하지 않은 1945년 이후의 모든 세대들에게 간접화된 형태로 남아 있는 상처로서, 종종 자신의 윗세대 또는 일반명사로서의 일본·일본인에 대한 분노의 감정으로 표출되곤 한다. 그러나 식민지적 과거에 대한 상상과 연결된 분노의 감정 차원이 아니라 사회의 물질적이고 구조적인 차원, 이데올로기적 차원에서 복잡하게 트라우마적 증후를 찾을 수 있는데, 이 글에서 문제 삼고자 하는 넓은 의미에서의 식민지 트라우마는 이 층위와 연결되어 있다. 이 층위를 문제 삼는 일은 기억의 정치학을 재사유하는 작업과 이어질 것이다.

'식민지'가 기억될 때 우리에게 가장 익숙한 방식은 피해자들의 감각을 그 기억 속에 내면화하는 것이다. 이 같은 내면화의 가장 전형적인

2004. 永原陽子 編, 『植民地責任論』, 靑木書店, 2009 등 참조.
사실 그동안 식민지 책임을 분명히 하지 않은 일본 정부의 태도도 식민지 트라우마를 극복하지 못하게 하는 중요한 요인으로 작용하고 있어서, 특정한 계기가 주어질 때마다 반복적으로 등장하는 이른바 '반일 감정'이 역설적으로 트라우마의 현재성을 지시해 준다. 식민지 트라우마와 대면하기 위해서는 단지 일본의 무책임을 비판하는 데서 더 나아가 식민지/제국주의를 겪은 동아시아에서 '국민국가'가 갖는 문제성을 사유하는 데까지 나아가야 할 것이다.

사례는 피해자들의 신체를 민족의 신체로 전치(轉置)하는 데에서 찾을 수 있다. 맨몸으로 저항하다 피흘리며 죽어 간 신체들, 또는 빼앗기고 훼손당한 신체들은 민족의 순결화와 신성화에 기여하거나 민족의 자기 연민을 촉발하는 전형적인 표상이자 상징이다. 식민지 역사에 대한 이른바 '수탈론'적 관점이란 이러한 표상이나 상징이 역사적 상상력과 만날 때 성립된다고 해도 크게 틀리지 않을 것이다. 식민지가 되기 이전부터 그 이후까지 동일성을 지니고 있는 어떤 집합적 신체가 특정 시기 외부의 타자에 의해 침탈당하고 훼손당해 왔다는 서사는 개별 피해자의 환원 불가능한 트라우마를 공동체 전체의 트라우마로 직접 확대·전이시키면서 '피해자' 또는 '수난자'의 역사를 산출한다.

그러나 당연하게도 피해자들의 감각과 공동체적·역사적 기억 사이에는 간극이 존재한다. 개별자들의 대체 불가능한 트라우마를 전체의 트라우마로 만들고 그것에 이름을 부여하는 행위는 하나의 지배적인 '기억 장치'의 효과라고 할 수 있다. 공감과 연민의 정치가 작동시키는 이 장치를 통해 개별 피해 당사자의 상처는 민족의 상처로 확장된다. 그러나 동시에 개별 피해 당사자의 기억이 공식적 기억에 탈취당함으로써 환원 불가능하고 언어화할 수 없는 트라우마가 쉽사리 특정한 언어의 세계로 번역되고, 구체적인 사건을 각인하고 있는 상처 입은 신체가 거꾸로 추상적인 민족적 신체를 대변·표상하는 사례로 제시되는 전도가 발생한다. 더욱이 문제는 이 역사적 기억이 상기시키는 '조선' 속에 가해자도 포함되어 있다는 데 있다. 상당히 오랜 시간 동안 '대한민국'의 공식적인 역사는 이 가해자를 예외적인 것으로 간주하고 건너뛰거나 말하기를 꺼려 왔다. 거기에는 분명히 정치적인 이유도 작용해 왔는데, 바로 이 존재를 대면하고자 하는 것이 과거사 위원회들의 '역사 바로 세우기'

실천이었다.

그렇다면 이 세 층위에서 식민지 트라우마는 각각 어떻게 현상하는가.

피해자와 가해자는 당사자 또는 관계자로서 직접적으로 트라우마 증후군과 관련된다. 즉 그들은 과거의 트라우마적 사건과 단절하거나 그것에 고착하는 방식으로 트라우마의 증후를 드러낸다.[4] 전형적인 사례로 피해자인 일본군 위안부 할머니들과 가해자인 일본 정부 사이의 대립을 들 수 있다. 수치와 치욕 속에서 침묵과 부인을 강요당해 왔던 사건, 그러나 그렇기 때문에 더욱 존재 전체를 지배하는 트라우마의 고통에로 반복적으로 되돌아가도록 만들었던 사건을 대면할 때 피해자와 가해자의 대립에서 일반적으로 나타나는 현상들을 이곳에서 목격할 수 있었다. 피해자들은 먼 침묵의 우회로(단절)를 거친 후 상처의 언어화를 통해 가해자와 동일한 지평에 섬으로써 트라우마를 치유하고자 했지만, 가해자는 사건 자체를 부인하거나 합리화하거나 피해자에게 책임을 떠넘김으로써 그 지평에서 벗어나려 했다. 가해자가 사건을 부인하면 할수록 피해자는 단절과 고착 사이를 벗어나기 힘들어진다.

그런가 하면 '식민지 조선'의 트라우마적 증후 역시 일반적인 트라우마적 증후와 마찬가지로 단절과 고착이라는 모순적인 반응으로 구별해 볼 수 있다.

첫째, 식민지와의 단절. 이는 비유적으로 말해서 1945년 8월 15일을 '광복'으로 의미화하는 언술의 정치와 관련되어 있다. 한국사의 규범에

---

4) 주디스 허먼, 『트라우마』, 최현정 옮김, 플래닛, 2007. 트라우마에 대한 권위 있는 해설서이자 정치적·성적 폭력에 대한 비판서이기도 한 이 책에서 허먼은 트라우마의 대표적인 증후로 '단절'(disconnection)과 '속박'(captivity)을 들고 있다.

서 '식민지 조선'은 하나의 예외적인 일탈에 해당된다. 먼 고대로부터 이어져 내려온 민족의 역사에서 식민지는 일본이라는 외부로부터의 폭력적이고 일방적인 침략 행위가 없었다면 존재하지 않았을 우연적 산물이다. 물론 식민지의 존재 자체를 부정할 수는 없지만, 해방과 함께 치욕스러운 식민지 상태는 끝장났고 더 이상 어두운 과거를 돌아볼 필요가 없다는 입장이다. 아마도 '대한민국'이 세워진 이후 국가적 입장에서 행해진 식민지 처리 방식의 대부분이 이에 해당될 것이다. 따라서 해방 직후 이루어졌던 반민특위 활동이 저지당하는 과정에서 보이듯이, 식민지 이후의 세계에 식민지를 불러들여오는 것은 불필요하게 여겨졌고, 식민지를 상기시키는 흔적들은 하루빨리 지워 버릴수록 좋은 것이었다. '왜색 근절' 캠페인을 벌이고 조선총독부 건물을 철거하고 광화문을 복원하고 육조 거리를 재현하는 행정적 처리 방식들은 구조선과 오늘날의 '대한민국' 사이에서 식민지를 배제하고자 하는 기억의 정치학에 의해 실행되고 있는 것이라고 보아도 좋을 것이다. 이렇듯 트라우마를 외면하는 행위가 동일한 것의 반복을 초래할 수 있다는 것은 말할 필요도 없을 것이다.

둘째, 식민지에의 고착. 이는 '단절'의 태도의 극단적 반대편에 자리 잡고 있는 트라우마적 증후의 하나로서 상처가 결과한 어떤 결핍 상태를 운명처럼 수용하는 태도라고 할 수 있을 것이다. 이 태도는 역설적으로 그 이면에 역사 발전의 어떤 규범적인 상태를 상정하고 있다. 속화된 형태로는 '식민지 콤플렉스'라고 부를 수 있는 다양한 자기 비하와 자학적인 태도에서 나타나지만, 보다 굴절되고 방어적인 형태로는 합리화된 언어와 결합되어 나타난다. 예컨대 한국 근대사에 부르주아 민주주의 혁명이 존재하지 않았다는 사실로 한국 사회의 이러저러한 문제들—단적으로 말하자면 시민 사회의 무력함 또는 공공성의 취약함 등—을 설명하는 도식들이 이에 해당될 수 있을 것이다.[5] 국가 상실을 '아버지의 부재'가 발생시키는 심리적 효과들과 연결시키고 그에 따라 구체적이고 개별적인 행위의 세계를 설명하려고 할 때 이러한 결정론적 태도를 취하기 쉽다. 아버지의 부재를 '결핍'으로—그렇다면 역으로 아버지의 현전은 '충만'으로—일반화할 수 있는지도 생각해 봐야 할 문제이거니와, 그 '결핍'이 이후의 과정들에 결정적인 작용을 가한다는 설명은 폭력적인 재단이 될 수 있다.

이와 달리 식민지와 대면함으로써 트라우마를 극복하고자 하는 시도가 있다. 식민지의 역사와 경험을 회피하거나 망각하지도, 또는 그것에 과도하게 집착하거나 결정론적 권위를 부여하지도 않으면서 그 자체에 대면하고자 하는 태도이다. 이는 앞의 두 태도와 달리 불행하거나 어두운 과거를 극복하고 트라우마를 치유하는 가장 합리적인 방법이라고

---

5) 최근 학계에서 유행했던 '근대의 식민지적 형성'에 대한 연구들을 이런 의미에서의 고착과 유사한 양상으로서 비판한 의미 있는 글로는 김흥규, 「한국 근대문학 연구와 식민주의」, 『창작과 비평』, 2010년 봄호 참조. 김흥규는 이 글에서 김철, 황종연의 연구를 검토하며 한국 근대의 식민지적 기원을 비판적으로 밝히고자 해온 연구들이 "식민-피식민의 폐쇄회로 속에서 식민주의를 특권화하는 결과를 초래"(310~311쪽)했음을 드러내고자 했다. 그의 주장이 품고 있는 취지는 충분히 납득할 만한 것이지만, 이른바 "번역된 근대"와 '식민지 근대성'을 비판하는 그의 입장이 전자의 연구가 극복하고자 했던—그리고 그 역시도 한계를 인정했던—'내재적 발전론'에서 얼마나 더 나아간 것인지는 아직 의심스럽다. 리디아 리우(Lydia H. Liu)의 '주인 언어'와 '손님 언어'의 관계를 염두에 두면서 쓰보우치 쇼요(坪內逍遙)의 사례를 들 때, 즉 『소설신수』를 "일본 문학 유산과 서구적 노블·예술 관념 사이에서 빚어진 긴장과 타협의 산물"로 설명할 때(316~318쪽 참조), 그는 마치 '서양적 근대'와 '비서양적(조선적 또는 일본적) 전통'이라는 두 항이 대결하고 있는 듯한 구도를 상정하고 있는 것으로 보인다(이는 조금 다른 맥락에서 "문화 A와 문화 B의 만남"이라는 표현으로 나타나기도 한다.) 근대 초기에 조선적 또는 일본적 전통이라는 것을 단일한 항목으로 설정할 수 있는지도 의문이지만, 그것이 단일한 항목으로 대결의 구도 속에 들어가게 된 것이 '서양적 근대'의 출현에 따른 것임을 생각할 때 두 항이 형식적으로 대등하게 충돌하는 듯한 설명 모델은 재고되어야 할 것이다.

판단된다. 아마도 진상규명위원회들의 과거사 청산 작업은 이 태도를 견지하려 노력했으리라 여겨진다. 사실 이는 트라우마를 극복하기 위해 가장 권장할 만한 태도 또는 방법일 것이다. 대면을 통한 트라우마의 극복은, 트라우마적 사건을 자신의 삶에 대한 하나의 이야기(story) 속에 엮어 넣어 이야기함(narration)으로써 단절이나 고착 없이 과거를 무력화시키는 실천과 연결된다.[6]

그러나 트라우마적 사건이 이야기 속에, 기억 속에 자리 잡고 여타의 '정상적인' 관계들과 공통의 지평에 놓일 수 있게 된다 하더라도 그 고통과 분노가 완전히 사라지지는 않는다. 다만 트라우마적 사건을 그 당시의 정서적 상태까지 포함해서 무덤덤하게 이야기할 수 있을 뿐이다. 특히 역사적 트라우마의 경우, 트라우마적 사건이 이 무덤덤한 이야기 안에 무리 없이 들어갈 수 있다고 하더라도, 그리하여 '과거를 청산'할 수 있다고 하더라도 무엇보다 '해방 이후' 식민지를 부정하거나 망각하면서 지탱되어 왔던 현실은 청산될 수 없다. 그러므로 식민지를 극복하는 일은 '청산'이 아니라 현실과의 '싸움'의 형태를 취해야 할 것이다.

3. 강요된 '탈정치'의 식민지적 유산

식민지를 극복한다고 할 때 과연 극복해야 할 식민지의 '고유성'이란 무

---

6) 허먼은 트라우마를 이야기하는 행위 ─ 자네(Pierre Janet)는 이 행위를 일반 기억과 동일시했는데 ─ 가 "트라우마적 기억(traumatic memory)을 전환시켜 이를 삶의 이야기에 통합"(허먼, 『트라우마』, 292쪽. 번역본에서는 '외상 기억'으로 옮기고 있지만 이 글에서의 용어법에 따라 '트라우마적 기억'으로 수정했다 ─ 인용자)시킴으로써 결정적인 '회복'의 효과를 발생시킨다고 본다. 요컨대 트라우마를 제거하는 것이 아니라 그것을 '통합'하는 것이 심리 치료의 목적이다.

엇인가? 그것은 존재하는가? 더욱이 해방 후 60여 년이 지난 시점에서 실증적으로 확인할 수 있는 식민지의 '고유성'이란 있는가? 오늘날 식민지와 그 트라우마를 생각한다는 것은 무엇을 뜻하는가? 그리고 그것을 어떻게 생각해야 할 것인가?

아마도 식민지와 그 트라우마를 극복하는 일은 '친일파'와 '반민족 행위'를 실증적으로 규정하고 해방 직후 완수하지 못한 '처단'을 수행하는 일로 환원될 수는 없을 것이다. 일본에 대한 대중적인 반응과 태도를 일반화하거나 비판하는 일은 더욱 아닐 것이다. 오히려 근대적인 삶의 형식과 복잡하게 뒤얽혀 있는 식민지 경험을 오늘날의 정치적인 삶의 문제와 연결시켜 생각하는 것이 보다 생산적이지 않을까.

아렌트-푸코-아감벤이 상기시키고 있듯이 아리스토텔레스의 '정치적 동물로서의 인간'은 동물이면서 '부가적으로' 정치적이다. 한낱 생명으로서의 조에(zoe)와 가치 있는 삶으로서의 비오스(bios)의 차이는 삶-행위의 두 차별적 영역인 오이코스(oikos[가정])와 폴리스(polis[국가])에 각각 대응된다. 그런데 근대는 서양 정치학의 전통에 속하는 이러한 분리를 무화시켰다. 즉 근대의 결정적인 전환점을 이루는 사건은 "조에를 폴리스의 영역에 도입하는 것, 즉 벌거벗은 생명 자체를 정치화시키는 것"[7]에 있다. 따라서 근대는 한낱 생명이 정치적으로 문제가 되는 시대이며, 권력의 메커니즘 또는 계산은 생명정치의 장 위에서 작동하게 되었다.

여기서 근대적 주권 권력과 생명정치의 문제를 가져온 것은 우리의 정치적 삶의 근대적 변화 과정에 식민지 경험이 어떤 작용을 가했는지

---

7) 아감벤, 『호모 사케르』, 38쪽.

를 생각해 보기 위해서이다. 오이코스와 폴리스는, 우리에게 익숙한 어휘로 바꿔 보자면—각각 전통이 상이하므로 정확하게 대응될 수는 없지만—각각 사(私)와 공(公)에 해당될 것이다. 그리고 식민지는 이 사/공의 분할/통합에 어떤 중요한 변수 역할을 했다고 생각된다.

식민지 경험은 아무래도 전시 체제기, 그중에서도 전쟁과 함께 식민지/제국 체제가 변동하던 시기에 집약되어 있다고 볼 수 있을 것이다. 태평양전쟁 발발을 전후하여 고도국방국가 건설을 목표로 사회 체제를 개조하고자 한 이른바 '신체제기'(1940~1945)는 어떤 의미에서 '정치주의'의 시대였다고 할 수 있다. 총력전을 성공적으로 수행할 수 있는 고도국방국가는 어떤 '사'의 영역도 남겨 놓지 않고 모조리 '공'—국가와 동일시되는—의 영역으로 포섭할 때에만 달성될 수 있다고 여겨졌다. 문학·예술이나 경제 활동은 물론 취미, 오락, 연애(결혼), 가정생활 등 모든 일상적이고 사적인 영역까지도 국가의 목적에 비추어 조정되고 관리되어야 했다. 이러한 통제 사회의 경험은 위로부터의 정치적인 결정에 의해 '전체'의 문제를 일거에 해결한다는 사고와 실천에 익숙해지게 만들었다.

예컨대 신체제기에 쓰어진 이광수의 일본어 소설 「가가와 교장」[8]의 주인공 가가와의 형상을 보자. 그는 '좋은 일본인'을 키워 내기 위해 일부러 궁벽한 산골의 신설 학교 교장으로 부임해 와 헌신적으로 노력하는 인물이다. 문제는 그가 "무지한 민중에게 황국 정신과 문화를 심어 주는 것"(346쪽)을 임무로 삼고 있는 인물이라는 점이 아니라 엄격한 '도

---

8) 香山光郎, 「加川校長」, 『国民文学』, 1943. 10. 이 글에서는 이광수의 친일 소설을 번역하고 묶어 놓은 이경훈 편역, 『진정 마음이 만나서야말로』, 평민사, 1995 참조.

덕적 원칙'을 추구하는 인물이라는 데 있다. 그는 요령과 지름길을 모르며 자신이 옳다고 믿는 정신적·도덕적 원칙, 국가=공적 모럴과 겹쳐지는 원칙을 준수한다. 더욱이 이 도덕적 원칙은 삶의 다양한 영역들을 동일한 수준에서 관철하는 것이어야 한다. 요컨대 그에게 교육 사업은 국가 사업과 동일하고 국방과 동일하다. 흥미로운 것은 여기에 가정도 포함된다는 점이다. 그는 식모가 필요하다는 부인과 딸의 요구에 자신의 전선 체험을 맞세움으로써 그 요구를 좌절시킨다. 그에게 국가, 전쟁, 교육, 가정은 모두 하나의 평면 위에 놓여 있다. 자신과 부인의 '직역'(職域)을 분명히 하는 그는 학교에서도 가정에서도 교장이다. 그에게 공적인 영역과 사적인 영역의 차이란 존재하지 않는다. 가가와 교장은 총력전 시대의 이상적 인물형이다. 여기서 사적인 영역의 포섭이 갖는 본질적인 특징은 단순히 국가적·공적 목적에 사적인 욕구를 복속시킨다는 데 있다기보다 영역의 구별 자체를 무화시키는 데 있다. 이렇게 볼 때 범정치주의의 이면에서 탈정치주의가 증식할 수 있다.[9]

위로부터의 정치적인 결정에 의해 '전체'의 문제를 해결하고자 하는 사고와 실천은 현대의 '시스템 사회'와 닮아 있다. 가가와 교장이 말하는 '직역봉공'의 세계는, 테크놀로지와 미디어에 의해 복잡하게 매개되어 있으면서 전체의 목적을 사고하지 못하게 하는 시스템 사회와 닮아 있다.[10] 우리의 경우 박정희 독재와 동원 정치의 원천을 신체제기의 식민지 경험에서 찾을 수도 있을 것이다. 물론 그것을 '실증'하는 것은

---

9) 예컨대 1940년 신체제기로 접어들면서 일본은 모든 정당 활동을 금지시키고 '정치'를 '익찬'으로 전환시키고자 했다.

10) 일본 학계에서는 1990년대 후반부터 전후 일본의 시스템 사회의 원천을 전전의 총력전 사회에서 찾는 연구 흐름이 존재해 왔다. 山之內靖 外, 『總力戰と現代化』 등 참조.

어려운 문제이기도 하고 별개의 문제이기도 하지만, 적어도 박정희 정치의 경험이 '공'에 의한 '사'의 통합을 특정한 방식으로 익숙하게 한 것임에는 틀림없을 것이다. 그런데 범정치주의의 이면에 탈정치주의가 존재한다는 것은, 범정치주의의 사회가 지극히 현실주의적이고 숙명론적인 사고 패턴을 낳는다는 것과 관련되어 있다. 그리하여 오이코노미아(oikonomia), 즉 삶의 경제적인 관리와 운영이 무한 증식한다. 정치가 만들어 놓은 장을 숙명처럼 받아들일 때 입신출세와 자기 보존이 유일한 삶의 목적이 되고, 그 장에서 생존하고자 하는 동물적 삶이 일반화된다. 상투적인 정치 불신과 탈정치적 태도가 지닌 정치주의적 속성이 여기서 드러난다.

사실 이 측면, 즉 오이코노미아의 무한 증식은 지구화와 테크놀로지가 조건이 된 오늘날의 삶에 일반적으로 나타나는 것이기 때문에 식민지 트라우마의 발현 양상이라고만 규정할 수는 없을 것이다. 그러나 이러한 양상은 식민지 경험과 분리할 수 없게 이어져 있다. 요컨대 식민지 경험, 즉 국가 부재의 상태에서 다른 민족의 통치하에서 동원된 경험은 정치적 동원의 폭력성과 억압성을 언제나 상기시킬 수 있다. 식민지에서 국가 주도의 동원은 언제나 일방적인 것이었기 때문에 식민지 조선에서는 '내선일체' 또는 '일본인이 되는 길'을 선택함으로써 차별로부터 탈출하고자 했던 시도들이 출현하기까지 했다. 이러한 시도들이 있을 수 있었던 것은 식민지가 언제나 정치로부터 소외되는 형태로만 정치에 포섭되는 조건, 그러므로 국가에 대한 불신과 국가에 대한 열망을 동시에 품게 하는 조건 위에 있었기 때문이다. 물론 그 시도들이 불가능한 것이었음은 이미 역사가 입증해 준 바 있다. 문제는 이 역사의 교훈을 오늘날의 상황에 비추어 보는 것이다. 그렇게 볼 때 현실적인 정치가 근본적인 소외에 기초해 있음을 식민지에서의 정치의 형태가 극적으로 증명해 주고 있지는 않은가. 그렇다면 이른바 '국민국가'의 가상과 국가주의적 정치주의, 그리고 이를 지탱해 주는 세계 체제의 차별 구조를 비판하는 것이 식민지 트라우마를 극복하는 유력한 방법이 될 수 있지 않을까.

4. 트라우마를 견디며 현재와 싸우기

앞서 식민지와 대면하는 실천이 식민지 트라우마를 극복하는 가장 합리적인 방법이라고 진술한 바 있다. 하지만 이 대면의 결과가 단지 어떤 단일한 정체성의 역사를 훼손시키거나 불명예스럽게 만드는 과거를 다시 그 단일한 역사에 통합시키는 것으로 끝나서는 안 될 것이다. 오히려 대면이란 트라우마를 다시 불러오는 행위, 즉 과거의 삶의 형식과 현재의 삶의 형식을 대면시킴으로써 그 안과 밖에 존재하는 외부성과 이율배반을 상기시키는 행위와 연결되어야 할 것이다.

트라우마가 단절과 속박이라는 양립 불가능해 보이는 것의 양립으로 나타나듯이, 해방 후 한국 사회는 식민지와의 단절과 고착 사이에서 불안한 진동을 해왔다고 할 수 있다. 이 불안한 진동 운동이 발생하게 된 가장 결정적인 계기는 해방 후의 과거사 처리 및 미래 기획과 관련되어 있을 것이다.

연합국의 승리에 의해 주어진 '해방' 이후 '독립된 근대적 국민국가'를 건설해야 한다는 역사적 과제는 필연적으로 식민지 유제 및 봉건 잔재의 철폐와 민주주의 혁명을 동시적인 과제로 내포하고 있었다. 독립 국가의 건설은 백지 위에서 이루어질 수 있는 것이 아니었다. 더욱이 주어진 '해방'이 지금까지의 역사적 부채를 일거에 청산할 리도 만무했다. 그리하여 많은 당대인들은 식민지 경험이 생생하게 살아 있던 그 시절 식민지 과거의 문제와 독립 국가 미래의 문제를 하나의 지평에서 사고하고자 했다. 수십 년간의 식민지 상태가 극복해야 할 봉건 잔재를 유지시켜 왔고, 더욱이 일본의 식민주의가 차별과 불평등을 제도화시켜 왔기 때문에, 민주주의적인 변혁과 과거 극복과 새로운 독립 국가 건설은 결코 별개의 과제가 아니었다. 그러나 실제로 벌어진 일은 우리도 익히 알고 있듯이 과거 극복보다 형식적인 독립 국가—그것도 분단된 형태로—건설을 서둘러 수행한 것이었다. 그리하여 식민지 과거의 극복과 독립 국가 미래의 건설이라는 과제는 서로 분리되어 버리고 말았다. 요컨대 동시성 속에서 사고되어야 할 것을 식민지/독립 국가의 공간적 분할로 대체한 채 어느 한쪽에서 다른 한쪽으로 건너뜀으로써 마치 문제가 사라진 듯이 처리해 버린 것이 '대한민국'의 출발이었다. 이렇게 탄생한 '대한민국'의 역사를 돌이켜 볼 때, 식민지 트라우마를 극복하거나 적어도 그 고통—주권 상실의 고통—을 차단해 준다고 상정된 방어벽이 오히려 방어해야 하는 것으로 뒤바뀌어 온 과정이었다고 말할 수 있을 것이다. 이러한 전도를 사유하는 일 없이 식민지 트라우마를 '극복'할 수 있을까.

식민지 트라우마는 이 '대한민국'의 역사에 치유되지 못한 채 다만 봉합되어 버린 상처로 남아 있지만, 그 아물지 않은 상처가 오늘날의 안정적인 듯이 보이는 관계들에 대한 근본적인 물음을 가져온다는 점에서 그것에 올바르게 대면하는 것이 긴요하다. 이는 다양한 정치적 기억상실에 맞서 싸우는 행위이며 동시에 '현재'의 한계를 멜랑콜리적 방법으로 일깨우는 실천이다. 방법으로서의 멜랑콜리(우울)란 과거의 상처를 향해 개방된 상태를 유지함으로써 그 과거성과 타자성을 현재에 합체시켜 중화시켜 버리지 않는 태도를 뜻한다. 과거에 대한 트라우마적인 고착이 과거 속에 현재를 중화시켜 버리는 결과를 낳는다면, 방법으로서의 멜랑콜리는 과거와 현재의 환원 불가능성을 보존하면서 끊임없이 과거와, 그 상처와 대면하는 행위라고 할 수 있을 것이다.

국가가 주도하는 과거사 청산은 불가피하게 식민지 트라우마를 하나의 이야기 속에 통합시킴으로써 극복하는 방법을 취하게 된다. 이는 애도 작업(Trauerarbeit)처럼 고통을 건전한 방식으로 처리하는 실천이다. 즉 트라우마적인 과거를 불러들여 단죄와 위로라는 제의적인 절차를 거침으로써 '바로 세워진 역사'를 전개해 가고자 하는 목적에 따른 실천으로서, 요컨대 국민국가의 역사를 '정상화=정당화'하는 방향을 벗어날 수 없다. 물론 개인의 차원에서 트라우마의 극복은 이와 같은 방식으로 이루어질 때, 즉 자신의 정체성을 배반하거나 파괴하는 상처를 자기 안에 건강하게 품을 때 달성될 수 있으며, 이는 정상적인 사회적 관계 회복의 조건이 될 것이다. 그러나 개인의 경우에서조차 이러한 애도 작업은 과거를 종결된 것으로 만듦으로써 현재의 삶의 '정상성'을 정당화하는 논리와 이어질 수 있다. 하물며 국민국가의 차원에서 과거의 상처를 극복하고 현재를 긍정한다는 것이 어떤 의미를 갖겠는가.

이와 달리 비애극(Trauerspiel)[11]처럼 비종결적인 반복을 통해 결코 과거를 봉합하는 일 없이 트라우마적 과거의 파국적인 활력을 유지하는 방법적 멜랑콜리야말로 현재의 한계와 치유될 수 없는 상처의 원천을 깨닫게 할 수 있을 것이다. 앞서 오이코노미아의 증식을 언급했지만,

---

11) '비애극'이 취하는 멜랑콜리의 방법에 대해서는 발터 벤야민, 『독일 비애극의 원천』, 조만영 옮김, 새물결, 2008 참조.

IMF 위기 이후, 특히 이명박 정부가 들어선 이후의 속물화 경향[12]이 과연 식민지 시기의 '친일 행위' 또는 '협력'과 무관한 것일까. 자녀에게 조기 영어 교육을 시키고 스펙을 쌓고 자산을 증식시키는 활동이 식민지 시기 '일본인 되기'와 아무 상관 없는 행위일까. 오늘날 뿌리 뽑힌 채 떠돌아다녀야 하는 존재들은 식민지 시기 이주·이산을 강요당했던 이들과 무관한 삶을 영위하고 있는 것일까. '징용'과 '일본군 위안부'는 식민지 시기에만, 조선인에게만 사용될 수 있는 이름인가.

물론 오늘날의 세계와 식민지/제국주의 시대의 세계는 결코 동일하지 않다. 그리고 당연하게도 트라우마적 과거를 대면하는 행위는 결코 현재와 과거의 동일성을 찾는 행위가 아니다. 문제는 식민지를 극복하는 실천이 '청산'이 아니라 현실과의 '싸움'의 형태를 취할 수 있도록 식민지 트라우마를 지금-여기를 바라보는 시각으로 주체화하는 데 있을 것이다. 그러므로 우리는 트라우마 극복에 대한 합목적적 실천보다 트라우마를 견디는 법을 터득해야 할 것이다. 식민지 트라우마를 견딘다는 것은 외부성을 외부성으로 인식하는 것이며, 과거와 현재의 비종결적 관계를 사유하는 것이다. 우리 눈앞의 현실은 추상적으로 식민지와 동일한 것이 아니라 구체적·물질적으로 식민지 및 식민주의와 연결되어 있다. 식민지를 망각하는 정치적 기억상실은 말할 것도 없고 식민지에서 현재와의 동일성만을 보려는 태도도 추상적일 수밖에 없다. 그 외부성을 사유하고 이를 역사적 타자성 인식의 계기로 삼을 때 트라우마는 우리에게 새로운 인식적·실천적 차원을 개시해 줄 수 있을 것이다.

---

12) 이에 대해서는 김홍중, 「스노비즘과 윤리」, 『마음의 사회학』 참조.

9장_폭력의 기억은 어떻게 이야기되는가
역사의 상처를 말하는 방식에 대하여

> 대지가 사멸된 도시를 매장하는 매체인 것과 마찬가지로, 언어는 과거의 경험을 매장하는 매체이다. 자기 자신의 매장된 과거에 접근하고자 하는 자는 굴을 파는 인간처럼 움직이지 않으면 안 된다. 이것이야말로 진정한 기억(Erinnerung)의 주조와 태도를 부여해 주는 것이다. 동일한 것으로 반복해서 다시 돌아가는 것을 두려워해서는 안 된다. 흙을 흩뿌리는 것처럼, 그것을 흩뿌리는 것을 두려워해서는 안 된다. 땅을 갈아엎는 것처럼 그것을 갈아엎는 것을 두려워해서는 안 된다.
>
> – 발터 벤야민, 「베를린 연대기」

1. 투쟁하는 기억들

최근 1년여 동안 이른바 '과거사' 문제가 공적 언설 장에서 중요한 쟁점으로 떠오르더니, 이윽고 '독도 문제'를 통해 외교적인 마찰과 신경전을 촉발시킬 만큼 심각한 문제로 비화했다. 이 '과거사'를 둘러싼 국가 간 논쟁과 갈등은 당연하게도 국경 언저리에서 끊임없이 생산되고 있다. 또한 국가를 대표하는 이들 간의 공식적인 통로를 통해서만이 아니라 각종 매체에 의해 대중적으로 확산되면서, 이 논쟁과 갈등은 모든 국민의 내면에 국경을 선명하게 세울 것을 요구하고 있다. 나아가서 이 논쟁과 갈등은, 고대로부터 현대에 이르기까지의 '한민족' 역사에 대한 '침략 행위'에 대응하는 성격을 지니고 있다는 점에서, 모든 국민의 내면에 민족사의 경계를 뚜렷이 할 것을 요구하고 있다. 특히 '독도 문제'를 둘러싼 일본과의 마찰은, 난징 학살과 일본군 위안부 등 중일전쟁과 태평양전쟁 시기의 전쟁 범죄 자체를 부인하고 '자학 사관'의 극복을 주장하는 일본의 '새로운 역사교과서를 만드는 모임' 및 우파 국가주의자들의 '망언'과 결합되면서 강렬한 '반일 감정'을 대중적으로 촉발시키고 있다.

물론 국가의 경계가 현실적으로 존재하고 각각의 국가가 스스로의 역사적 적법성을 주장하지 않으면 안 되는 근대적 제도의 틀 내에서 이러한 '국경 분쟁' 및 '역사 분쟁'은 언제라도 발생할 수 있다. 그러나 21세기에 들어서면서 세계적으로 확산되고 있는 신보수주의와 우경화의 흐름, 특히 2001년 9·11사태와 미국의 이라크 침공 이후 더욱 뚜렷해진 강대국들의 자국중심주의는 이러한 논쟁과 갈등을 더욱 부채질해 왔다. 최근 한·중·일의 '국경 분쟁' 및 '역사 분쟁' 역시 세계 정치의 상황과 무관하지 않은 것으로 보인다. 바로 그러한 점에서도, 최근의 논쟁과 갈등은 더더욱 국경의 담을 높이 세우고 '일국사'를 자연화하고자 하는 이들에게 이롭게 흘러가고 있다.

그러나 이들 논쟁과 갈등이 현실적으로 어느 편의 승리로 끝나든지, 그 과정에서 망각되거나 놓쳐지는 것이 '일국사' 속에서 억압되거나 침묵되어야 했던 내적인 균열들일 것임에는 틀림없다. 외부로부터 위협해들어오는 적에 맞서야 한다고 외쳐질 때마다, 적의 표상만큼이나 단일한 내부를 상상하고 그 상상체를 의심스럽게 만드는 모든 불순한 것들을 제거해 온 것은 지금까지의 모든 국민국가의 역사가 부정적인 방식으로 입증해 주는 바이다.

국민국가의 공식적인 역사가 국경 안과 밖에서 현재의 정당성과 필연성을 입증하고자 할 때마다 의도적으로 망각되는 것은 무엇보다도 그 국민국가가 인위적이고 폭력적인 일련의 과정을 통해 구성된 산물이라는 '사실성'이다. 이른바 '자유주의 사관'을 내세우는 일본의 우파 역사학자들이 의도적으로 망각하고 있는 것은 일본이라는 국가가 아시아의 타자들을 제국주의적으로 침탈하고 억압하고 살육했다는 '사실', 그리고 제국의 팽창과 전쟁 수행을 위한 총력전 체제를 구축하여 '국민'들의 희생과 죽음을 동원했다는 '사실'이다. 또한 한국의 공식적인 역사에서 의도적으로 망각되고 있는 것은, '대한민국'이라는 정체(政體)가 이데올로기적인 타자들을 폭력적으로 배제함으로써 구축될 수 있었다는 '사실',[1] 그리고 '민족 수난사'의 이야기 뒤에 강렬한 배타성과 인종적·이념적 헤테로포비아가 존재한다는 '사실'이다. 그러나 과연 이 '사실'들이 있었음을 말하기만 하면, 또는 '있었던 것'으로서 드러내기만 하면 우리는 역사의 억압으로부터 해방될 수 있는 것인가. 아니 도대체 이 '사실'들은 '사실'로서 드러날 수 있기나 한 것인가. 우리가 '사실'들을 '알게' 된다면 역사의 폭력으로부터 벗어날 수 있는가. 문제는 우리가 그 '사실'들을 '알고 있음'에도 불구하고 특정한 망각과 기억이 반복된다는 데 있는 것이 아닐까.

2. '무당=작가'와 죽은 자들의 말

공식적인 역사에 의해 강요된 망각 또는 강요된 기억을 거슬러 역사의 상처와 폭력의 흔적들을 구출해 내는 일은 작가들의 몫으로 남겨져 있는 듯이 보인다. 이야기를 만들어 내고자 하는 욕망의 근원에 '다른 세

---

1) '여순 반란 사건'을 계기로 하여 이데올로기적 타자들을 폭력적으로 배제하고 '민족'의 표상체를 참칭하면서 헤게모니를 획득해 온 '대한민국'의 재현정치학에 대해서는 임종명의 「여순'반란' 재현을 통한 대한민국의 형상화」(『역사비평』 64, 2003 가을호), 「여순 사건의 재현과 폭력」(『한국근현대사연구』 32, 2005), 「여순 사건의 재현과 공간」(『한국사학보』 9, 2005) 등 일련의 연구 참조.

계'에 대한 동경이 작용하고 있다면, 마조흐적 작가든 사드적 작가든, 여성주의자-작가든 제국주의자-작가든, 역사를 상대화하고 역사의 그림자를 조명할 가능성에 언제나 개방되어 있다고 할 것이다. 특히 리얼리즘 전통이 강한 한국의 소설가들이 식민지, 분단, 전쟁, 독재로 점철된 근현대사의 문제들을 즐겨 다루어 왔고, 그 과정에서 공식 역사가 지워 버렸으나 여전히 '현재'의 문제로 작용하고 있는 폭력의 흔적들을 드러내는 데 주력해 왔음은 두말할 필요도 없을 것이다. 이러한 전통은 주로 식민지와 전쟁, 그리고 이데올로기적 대립과 반공 독재 정권의 폭압이라는 한국 근현대사의 어두운 골짜기를 몸소 걸어온 중견 작가들에 의해 형성되어 왔다.

해방 직후의 혼란과 전쟁에서 살아 남은 유년기의 원체험 위에 분단 국가에서의 폭력의 경험이 덧씌워지고, 그럼으로써 유년기의 원체험에 다시금 의미가 부여되는 경험의 내면화 과정을 통해, 이들 작가들은 자연스럽게 역사적 문제에 남다른 관심을 갖게 된 것으로 보인다. 더욱이 김원일로 대표되는 '월북한 아버지의 후예들'은 개인사 속에 역사의 상처를 깊이 각인시킨 채로 폭력의 기억들을 되짚어 왔다. 김원일은 연작 장편 소설 『푸른 혼』(이룸, 2005)을 발표하여 박정희 군사 독재에 의해 자행된 국가적 살해 행위였던 '인혁당 사건'을 복원하고 억울하게 죽은 자들을 위로하고자 했다. 그 동안 주로 가족사의 비극을 통해 분단 문제를 소설적으로 탐구해 온 김원일은 그 연장선 위에서 역시 분단이 낳은 폭력의 역사, 또는 분단의 역사가 낳은 폭력을 증거하고 있다. 그러나 과거를 재현하는 방식에 있어서 이전의 소설과는 일정한 차이를 보여 준다. 이 차이와 함께 소설이 역사의 상처를 다루는 방식을 살피기 위해 황석영의 『손님』(창작과비평사, 2001)을 통해 우회해 갈 필요가 있다고 생각한다.

『손님』은 한국전쟁 중 황해도 신천에서 벌어졌던 민간인 학살 사건, 북한의 공식 역사에 미국의 비인도적인 전쟁 범죄로 기록되어 있는 한 사건을 다루고 있고, 『푸른 혼』은 '인혁당재건위원회'라는 반국가 단체를 구성하고 국가 전복을 꾀했다는 죄로 8명을 사형한 사건, 여전히 '대한민국'의 공식 역사에서 국가의 폭력으로 인정되지 않고 있는 사건을 다루고 있다. 하지만 두 작품은 역사에 의해 '왜곡'되었거나 역사에 의해 배제되고 있는 폭력의 기억을 상기하여 타자와 공유하고자 한다는 점에서 공통점을 갖는다. 더욱이 그 폭력의 기억을 상기하고 재현하는 방법에 있어서도 일정한 유사성을 보여 준다.

『손님』은 기독교와 맑스주의에 '손님=마마'라는 이중적 의미의 이름을 부여하고 그 '손님=마마'에 들려 서로 죽고 죽이는 비극 속에 휘말렸던 이들을 한바탕의 굿으로 화해시키고자 하는데, 이 과정에서 1인칭과 3인칭, 삶과 죽음, 현재와 과거를 넘나드는 서술이 이루어진다. 『푸른 혼』은 연작에 따라 1인칭과 3인칭의 화자들에 의해 서술됨으로써 사건을 안과 밖에서 함께 조명하는 효과를 주기도 하고, 죽은 자들이 서로 이야기하는 비현실적 시간·공간을 직접 서술하기도 한다. 두 소설 모두에서 인칭을 전환해 가며 서술이 이루어지고, 산 자들의 세계와 죽은 자들의 세계가 함께 제시되고 있다는 점은 특이하다. 이러한 특징은 두 소설이 실제적인 폭력과 역사의 폭력에 의해 반복해서 희생당하고 있는 타자들의 원한에 찬 말을 들어 주고 그들의 목소리를 그대로 전달함으로써 개인의 상처와 역사의 상처를 함께 치유하고자 하는 목적을 지니고 있는 데서 비롯되는 것으로 보인다. 이렇게 폭력에 내맡겨진 자들과 폭력의 트라우마를 안고 살아가는 자들의 대변자 역할을 하고자 하는 작가를 '무당=작가'라고 불러도 좋을 것이다.

'무당=작가'는 이미 죽어 원천적으로 말할 수 없게 되어 버린 자들, 과거의 기억이 떠오를 때마다 극심한 고통과 공포가 수반되어 의미 있는 말을 구성할 수 없는 자들, 이를테면 ('역사적 세계'라고도 할 수 있는) '의미의 세계'에 진입할 수 없는 모든 '유령들'의 입이 되어 그들의 원한과 분노와 욕망을 대신 표출한다.

열어 둔 창문으로 소슬바람이 불어 들어오더니 방문이 덜컹대면서 열렸다. 요섭은 어렴풋이 잠에서 깨어났다.

일루 좀 나와 보라.

예에…… 누구요?

요섭은 눈을 가늘게 뜨고 어둠속을 올려다보았고 열린 문 사이로 허옇게 떠 있는 희미한 자취가 보이는 듯했다. 그는 어둠속을 더듬으며 문쪽으로 다가섰다. 불꺼진 거실에서 누군가 기다리고 있는 것 같은 느낌을 받았다. 그가 방에서 나왔을 때 거실에는 희부연 헛것들이 울레줄레 서 있는 게 보였다. 그를 불러내고 문 옆에서 기다리고 있던 것은 역시 요한 형의 헛것이었다. 그것이 중얼거렸다.

이게 아마 마지막 자리가 될 게다. 우리가 모두 한자리에 모였다.

(……)

살아 있는 요섭과 외삼촌은 거실의 위쪽에 앉고 요한 형과 순남이 아저씨의 헛것은 그들의 맞은편 아래쪽에 앉았는데 다른 마을 사람들의 헛것들은 벽가에 서 있던 자리에서 스르르 미끄러져 내려 자리를 잡았다. 그들은 남녀만 어렴풋하게 분간될 뿐이고 누가 누군지 확실하게 알아볼 수는 없었다.[2]

고향방문단의 일원으로 황해도의 고향을 찾은 류요섭 목사와 그곳에서 만난 외삼촌 안성만 앞에 죽은 자들이 찾아와 신천에서의 살육이 행해졌던 과거의 그날을 재현하며 이야기를 나누게 되는 대목이다. 현실과 비현실을 분간할 수 없는 모호한 시간·공간에서 그 사건의 중심과 주변에 있었던 주요 관련자들이 서로 자신들이 행한 일들을 풀어 놓는다. 때로는 3인칭의 서술자에 의해, 때로는 죽은 자들의 입을 통해 그날의 '진실'이 증언된다. 죽은 자들과 접신한 '무당=작가'는 인격을 넘나들고 시간·공간을 뛰어넘으면서 역사에 의해 의미가 고착되었던 과거의 진실을 드러내는 것으로 보인다. 그리고 '황해도 진지노귀굿' 12마당의 형식을 빌려 진행된 '무당=작가'의 굿판은 죽은 자들의 분노와 원한과 욕망을 모두 씻어 내고 그들을 저승으로 돌려보냄으로써 완료된다.

자자, 이젠 돼서. 그만들 가자우.
순남이 아저씨의 헛것이 말했고 일랑이도 그 옆을 따른다.
그래, 가자우.
다른 남녀 헛것들도 벽에서 스르르 일어나 바람에 너울대는 헝겊처럼 어둠 속으로 사라지기 시작했다. 아득하게 먼곳에서 누군가의 목소리가 들려왔다.
서루 죽이구 죽언 것덜 세상 떠나문 다 모이게 돼 이서.
요한이 아우에게 말했다.
이제야 고향땅에 와서 원 풀고 한 풀고 동무들두 만나고 낯설고 어두운

---

2) 황석영, 『손님』, 창작과비평사, 2001, 193~194쪽. 이하에서 작품을 인용할 때는 본문에 쪽수만 표기.

데 떠돌지 않게 되었다. 간다, 잘들 있으라. (250쪽)

결국 죽은 자들은 새벽과 함께 사라진다. 그러나 과연 그들은 화해하고 떠났는가. '무당=작가'는 한편으로는 죽은 자들의 닫힌 입을 열어주고 그들의 고통의 언어를 대신 발화해 주지만, 다른 한편으로는 산 자들의 세계에 출몰하는 그들을 달래어 안전한 저승으로 돌려보내는 역할을 한다. 공식적인 역사에 의해 냉전과 분단의 현실을 합리화하는 증거로서 고착되었던 그들, 그리하여 이데올로기의 폭력에 의해 죽임당하고 분단을 고착화하는 역사에 의해 또다시 죽임을 당한 원혼들은 '무당=작가'의 입을 통해 말해지고 '무당=작가'의 손에 이끌려 저승으로 인도된다. 이렇게 안전한 저승에로 인도된 죽은 자들은 더 이상 산 자에게 두려운 존재가 될 수 없다. '무당=작가'의 입을 통해 과거의 진실이 알려지게 되고 냉전과 분단의 비극으로서 드러나게 되면 '사실'은 해명된 것일까. 그리고 '무당=작가'를 통해 죽은 자들은 한 맺힌 말들을 모두 털어놓고 저승으로 들어갈 수 있을까. "갈 사람덜언 가구 이제 산 사람덜언 새루 살아야디"(251쪽)라는 안성만의 말이 "과거의 냉전적 적대감에서 벗어나 화해를 말함과 동시에 사물을 이전의 굳어진 틀에서 벗어나 새롭게 보아야 할 필요성을 말하는 것"[3]이라 할지라도 이러한 진술에 힘입어 우리는 과연 '벗어나'고 '새롭게 볼' 수 있을까. 오히려 죽은 원혼들을 달래는 의식을 통해 우리는 "냉전적 적대감에서" 벗어나기보다 죽은 자들에 대한 책임과 부담에서 벗어나는 것은 아닐까. 우리가 감춰졌던 진실

---

3) 김재용, 「냉전적 분단구조 해체의 소설적 탐구: 황석영의 『손님』」, 『실천문학』, 2001년 가을호, 326쪽.

이 드러났다고 생각할 때, 그리고 죽은 자들의 목소리를 들었다고 생각할 때, 죽은 자들은 더 이상 낯선 두려움의 대상이 될 수 없는 것이다. 죽기 전의 류요한이 자신이 죽였던 이들의 모습을 언뜻언뜻 봤을 때 했던 말을 오히려 '무당=작가'에게 되돌려 주어야 할 것이다: "그때의 그 얼굴이 꺼진 텔레비전의 검은 화면에 비쳤다. 나는 그래도 별로 소름이 끼치거나 무섭지는 않았다. 얼굴을 알아볼 상대는 그리 두렵지 않았기 때문이다"(18쪽). 두렵지 않은 타자는 더 이상 폭력의 기억을 불러일으키지 못하고 영원히 과거 속에 봉인된다.

3. 죽은 자를 두려워하라

김원일의 『푸른 혼』은 1975년 4월 9일, '인혁당 사건'으로 사형당한 8명의 억울한 죽음을 다루고 있다. 전체 6편으로 이어져 있는 연작은, 그 사건에 연루되어 죽임을 당한 8명의 자서전 또는 평전 형식의 5편과 한 사형수의 부인이 사형 집행 이후 '남겨진 자'의 삶을 서술하는 1편으로 구성되어 있다. '인혁당 사건'은 폭력과 동원에 기반을 둔 박정희 군사 독재 정권이 정치적으로 위기에 처할 때마다 터뜨리곤 했던 각종 조직 사건들 중 가장 잔혹하고 파괴적인 결과를 낳은 사건으로 알려져 있다. 작가는 이들의 억울한 죽음과 군사 독재 정권의 폭력성을 부각시키기 위해 이들 개개인의 삶을 조감한다.

이들 중 연장자 몇몇은 1974년 '민청학련'의 배후 조직으로 다시 조작된 '인혁당재건위 사건'에 연루되어 1975년 4월 교수형으로 생을 마감하기 전에 이미 4·19 직후 혁신계 정당과 교원노조 등에서 정치 활동을 하였다가 5·16으로 박정희 군사 정부가 들어선 후 체포되어 고문당하고 투옥된 바 있으며, 1964년 6·3 한일회담 반대 운동의 배후 조직으로 조작된 '인민혁명당 사건'(이른바 '1차 인혁당 사건')에도 연루된 바 있었다. 기본적으로 보장되어야 할 절차적 합리성도 무시당한 채 오로지 국가 권력의 정치적 목적에 의해 파괴당한 이들은 '무당=작가'의 입을 통해 자신들의 유린당한 삶을 이야기한다. 「팔공산」의 1인칭 서술자인 송영진은 유년 시절부터 교수형당하기까지의 일생을 담담하게 이야기하는데, 특이한 것은 그가 이미 죽은 이후의 시점에서 서술하고 있다는 데에 있다.

> 내 육신은 그렇게 억울 절통하게 죽어 유골 상자에 담겨 와 한 줌 뼛가루로 묻혔을망정 내 혼은 육신으로부터 빠져 나와 나를 키운 설움과 한의 성채(城砦) 팔공산으로 돌아왔다. 팔공산이야말로 해방 전후부터 여태껏 죄 없는 무수한 넋을 품에 안았으되 침묵 속에 장엄하게 버텨선 넉넉한 산이 아니던가. (……) 육신은 제명껏 못 산 대신 내 혼은 늘 푸르게 살아 한 마리 꿀벌로 환생하여 오늘도 꽃을 쫓아 팔공산 산자락을 떠돌고 있다.[4]

사실 「팔공산」의 이야기를 서술해 온 자는 이미 죽은 송영진, 아니 생전에 자신이 양봉업을 하면서 키웠던 꿀벌로 환생한 송영진이었던 것이다. 그리고 당연하게도 죽은 자의 말을 옮기고 있는 것은 '무당=작가'이다.

「팔공산」이 죽은 영혼을 불러와 스스로 말하게 하는 방식으로 이루

---

4) 김원일, 『푸른 혼』, 90쪽. 이하에서 작품을 인용할 때는 본문에 쪽수만 표기.

어져 있다면, 3인칭으로 서술된 「두 동무」, 「여의남 평전」, 「청맹과니」는 함께 사형당한 그 밖의 인물들의 삶을 평전 형식으로 구성하고 있다. 그런데 이 연작들은 이들의 이력을 전달하는 한편, 이른바 '인혁당 사건'이라는 것이 어떻게 조작되었는지를 입증하여 그 조직 사건의 실체를 드러내는 역할도 하고 있다. 이 연작들에서는 1960년대에서 1970년대 전반기까지의 '대한민국'의 현대사가 연대기 형식으로 압축되어 전달되기도 하고, '인혁당 사건'을 조작하고자 했던 국가 권력의 정치적 의도에 대한 분석이 제공되기도 한다. 이 연작들이 모두 8명의 인물들이 교수형을 당했던 1975년 4월 9일 새벽에 끝나고 있는 데 반해, 「투명한 푸른 얼굴」은 항소가 기각되고 사형이 확정된 4월 8일부터 다음 날 새벽 사형이 집행된 직후까지를 다루고 있다. 도운종의 심리와 회상에 초점을 맞추면서 시작된 이 작품은 사형이 처해지는 과정과 그것을 지켜보는 도운종 자신의 불안과 공포를 세세하게 묘사하고 있다. 앞까지의 연작들이 자료와 역사적 사건들에 기초하여 이들의 삶을 구성한 것이라면, 이 작품은 사형이 집행되는 현장과 사형을 당하는 이의 심리 그 자체에 초점을 맞추고 있다.

집행조 교도관 둘이 재빠르게 도씨의 팔을 양쪽에 끼고 나무의자로 이끌었다. 이제 도씨는 도살당할 한 마리 짐승 꼴로 의자에 꼿꼿이 앉혀졌다. 창백한 얼굴이 가려지기 전 사형수의 마지막 모습은 눈이 반쯤 감긴 채 눈꺼풀이 경련을 일으켰고, 팔걸이 얹혀진 두 손이 연방 떨어댔고, 여전히 가쁜 숨을 헐떡이고 있었다. 교도관 하나가 사형수 머리에 신주머니 같은 흰 두건을 씌웠다. (……) 도운종은 무슨 말이든 마지막으로 한마디해야겠다고 생각했으나 할 말이 떠오르지 않았고 가쁜 숨을 내쉬는 데도 숨이 막힌 듯 가슴이 풍선처럼 부풀어 오름을 느꼈다. 평화적인 남북통일 만세! 도씨가 속으로 부르짖었다. 타자기가 자동으로 글자를 찍어 나가듯 머릿속에 문장이 이어졌다. 이 나라 내일은 개인의 자유 향유권과 시장경제 정책을 근간으로 하되 외국 자본의 종속이 아닌 자립경제를 지향해야 하며, 농업과 공업 분야 생산 담당자의 임금과 권리가 보장되어야 한다. 계급 착취 없는 사회정의 실천, 국민 복지를 달성하는 국가로 이 나라를 새롭게 건설하자······. 4·19 후 창당된 민민청의 실천 목표요, 자신의 신념이기도 한 주장이었다. (319~320쪽)

피고인들도 없이 열린 항소심에서 항소 기각과 사형 선고를 재확인한 뒤 채 24시간도 되지 않아 집행된 사형이었다. 도운종을 비롯해 이들이 사형장 안에서 느꼈을 공포를 전달하기 위해 지금까지와는 사뭇 다른 템포로 사형장의 내부 구조와 기구들, 교도관들의 모습, 사형수의 심리를 세세하게 묘사한 뒤 사형이 집행되는 순간을 서술하는 장면이다. 서술자는 국가 권력에 의해 자행되는 부당한 살인 행위임에도 불구하고 더 이상 저항할 수 없는 상태에서 공포와 체념을 오고가는 사형수의 심리를 추적해 간다. 그런데 주목할 것은 죽음에 직면한 순간 사형수의 머릿속에 펼쳐지는 문장들을 서술자가 제시해 준다는 점이다.

문제는 실제로 '인혁당 사건'으로 인해 죽임을 당한 이들이 사형장에서 '나라와 민족의 미래'에 대한 비전을 제시했느냐 하지 않았느냐의 여부에 있지 않다. 그들이 과거에 지니고 있었던 정치적 비전, 그리고 정치적 실천 활동 속에서 표명했던 변혁의 기획 등을 통해 그들의 신념을 짐작하기란 충분히 가능할 것이다. 그리고 폭력이 직접적으로 가해지는,

어떤 말도 발화될 수 없는 순간 이들의 발화되지 못한 말에 언어를 부여함으로써 '무당=작가'는 '인혁당 사건'의 폭력성을 상기시키고 그 희생자들의 명예를 회복하려 했는지도 모른다. 그러나 이렇듯 폭력이 가해지는 순간에 그들의 신념을 재확인함으로써 그들의 죽음에 의미를 부여하는 방식은 오히려 '인혁당 사건'이 우리에게 상기시켜야 할 폭력성의 '잉여'를 차단하게 된다. 죽음에 직면하여 도운종은 말을 할 수 없었다. 폭력의 한가운데에서 언어란 무기력할 뿐이다. '무당=작가'가 도운종의 머릿속에서 찾아낸 언어들은 "우리가 이미 말을 통해서 알고 있는 부분"[5]뿐인 것은 아닐까. 그리고 이렇게 최종적인 말로 의미가 부여됨으로써 이들의 죽음은 역사의 한 부분에 자리매김되는 동시에 더 이상 우리에게 폭력의 기억을 불러일으키지 못하는 안전한 존재들이 되는 것은 아닐까.

더욱이 「투명한 푸른 얼굴」은 죽은 도운종의 영혼이 다시 살아나, 함께 사형당하고 영혼이 된 동료들과 더불어 타락한 국가 권력에 의해 자행된 폭력의 부당함을 토로하고 천국에 들어가는 장면이 이어진다. 이 혼들은 '무당=작가'의 입을 통해 그 동안 가슴속에 담아 두었던 말들을 쏟아 놓고는, 빛이 되어 우주 공간으로 날아갔다가 '신인간'으로 다시 육신을 얻어 '최후의 심판'도 면제된 채 무릉도원에 들어가게 되는 것이다. 환상적이고 비현실적인 시간·공간에서 이들은 사육신의 후손으로 명명되기도 하면서 순결한 영혼의 보상을 받게 된다.

마지막 연작은 이들의 죽음 이후 '남겨진 자'의 이야기를 하시완의

---

5) 오카 마리, 『기억·서사』, 김병구 옮김, 소명출판, 2004, 56쪽. 이 책에서 오카 마리는 전쟁과 학살 등 폭력에 의한 무의미하고 부조리한 죽음을 어떻게 재현할 수 있는가의 문제를 제기하면서, 재현 불가능한 '사건성'의 재현 가능성을 탐색하고 있다.

아내의 목소리로 전하는 「임을 위한 진혼곡」이다. '인혁당 사건'은 김지하 시인이 『동아일보』에 연재한 옥중 수기 「고행 … 1974」(1975년 2월 25~27일)에서 언급되기 전까지는 수감자들의 가족들과 그들을 돕는 몇몇 종교인들을 제외하고는 권력에 의해 조작되었을 가능성조차 제대로 알려지지 못한 사건이었다. 따라서 피해자 가족은 죽임을 당한 당사자들에 못지않게 강렬한 폭력에 내맡겨져 있을 수밖에 없었다. 더욱이 '반공'이 국시인 남한 사회에서 공산주의자의 가족으로 살아가야 했던 그들에게 폭력 경험은 일순간에 그치지 않았으리라는 것을 어렵지 않게 짐작할 수 있다. 그러나 이 남겨진 자의 이야기는 '인혁당 사건'이라는 역사의 상처를 오히려 역사 속에 다시 넣어 버림으로써 치유하고자 한다.

> 29년이 흐른 오늘에 와서 돌이켜보건대, 당신과 생각을 함께했던 분들은 요즘 말하는 개혁적 진보주의자요, 평화통일을 주장한 자주국방 옹호자요, 분배의 평등을 주장한 복지형 사회주의자에 해당되겠지요. 21세기 전환기 시대를 맞아 보수와 진보, 우파와 좌파, 자주파와 동맹파가 갈등을 빚고 있긴 하지만 각자 제 목소리를 내는 자체가 이 나라에도 이제는 그만큼 사상과 표현의 자유가 보장되어 있다는 증거 아니겠어요. (395쪽)

하시완의 아내는 2004년 4월의 시점에서 과거 자신의 남편과 그의 동료들의 신념과 행위를 **설명한다.** '인혁당 사건'의 피해자들을 위와 같이 '분류'할 수 있을 만큼 오늘날 상대적으로 '사상과 표현의 자유'가 보장되어 있음에는 틀림없을 것이다. 그러나 문제는 남겨진 자에 의해서 명명되고 분류된 죽은 자는 더 이상 남겨진 자들에게 폭력의 기억을 현재화할 수 있는 힘을 갖지 못하게 된다는 데 있다. 명명과 분류를 통해 남겨진 자는 죽은 자를 확실하게 장례 지낸다. 역사라는 진보의 강물 속으로.

'인혁당 사건'은 지나갔다. 그 사건에서 죽임을 당한 자들도 죽음의 의식을 집행한 자들의 시대도 지나갔다. 그러나 과연 지나갔는가.

4. 반복 불가능한 시간과 도래하는 과거

과거는 지나갔다. 우리는 과거를 다시 살 수는 없는 것이다. 과거에 가졌던 기쁨과 슬픔, 희열과 고통의 모든 경험은 그것이 함께 결합되어 있던 시간과 더불어 소멸되었다. 그러나 역설적이게도 그것은 소멸되었기 때문에 그대로 머물러 있다. 죽은 자들에 대해서도 마찬가지로 말할 수 있을 것이다. 키르케고르의 말처럼 "죽은 자는 더할 바 없이 무력"하지만 역설적이게도 강한 힘을 가지고 있다. 바로 "변하지 않는다는 것이 그의 힘이다".[6] 그들은 폭력에 내맡겨져 공포 속에서 죽임을 당한 모습, 벤야민이 '히포크라테스의 얼굴'(facies hippocratica)이라고 지칭했던 모습을 그대로 간직한 채 변하지 않는 것이다. 오직 "상실된 대상의 어찌할 수 없는 타자성이 합체의 과정을 통해 중화되어 버리지 않고 보존되어 있는 경우에만"[7] 우리는 과거를 진정으로 경험할 수 있을 것이다.

---

6) Søren Kierkegaard, "Wie wir in Liebe Verstorbener gedenken", Theodor W. Adorno, "On Kierkegaard's Doctrine of Love", ed. and intro. Harold Bloom, *Søren Kierkegaard*, New York : Chelsea House Publishers, 1989, p. 33에서 재인용.

7) Martin Jay, "Walter Benjamin, Remembrance and the First World War", *Benjamin Studies 1 : Perception and Experience in Modernity*, New York : Rodopi B. V., 2002, p. 199.

따라서 남겨진 자들의 애도 행위 뒤에도, 역사적인 의미 부여 뒤에도, 명예회복과 복권 뒤에도 죽은 자들은 그대로 머물러 있다. 오히려 남겨진 자들의 이러한 행위는 불변하는 과거를 살아 있는 자들의 의도에 따라 변형시키고 죽은 자들의 두려운 얼굴을 친숙한 모습으로 분칠하는 결과를 낳는다. 말하자면 폭력적 '사건'의 한가운데에서 죽은 자들의 고통을 상징적으로 치유함으로써 남겨진 자들의 트라우마의 충격을 완화시키는 것이다. 그리하여 이와 같은 방식으로 기억하는 행위란 구성원으로부터 떨어져 나간 것(dismembered)을 구성원으로 다시 불러오는 행위(re-membering)[8]에 지나지 않는다. 이러한 기억 행위는 과거와 죽은 자의 타자성을 망각하는 의식(儀式)이다.

황석영과 김원일의 소설에서 과거의 폭력적 '사건'은 '정당한' 의미를 부여받고, 그 '사건' 가운데에서 죽임을 당한 자들은 원혼이기를 그친 채 평화로운 저세상에 안착한다. 독자는 그 원혼들이 더 이상 이승에 출몰하지 않으리라 기대할 수 있을 것이다. '무당=작가'는 죽은 자들을 대신해 그들의 말을 현재의 이 세계로 가져오지만, 그 말은 '무당=작가'의 언어로 번역될 수 있는 것에 국한된다. 더욱이 '무당=작가'는 죽은 자들의 세계를 맘껏 넘나들면서 산 자와 죽은 자가 만날 수 있는 통로를 독점하고 있기 때문에 그가 제대로 번역을 하고 있는지 독자는 알 길이 없다. 다만 '무당=작가'가 이끄는 기억=애도 행위에 참여하여 폭력적 '사건'과 그 '희생자들'을 알고 이해할 수 있을 뿐이다. 그리하여 함께 과거의 타자성을 지워 버리게 된다. 우리는 알고 이해함으로써 트라우마와 충격으로부터 해방되는 것이다. 『푸른 혼』의 마지막 연작 「임을 위한 진혼곡」에

---

8) *Ibid.*, p. 190.

서 하시완의 아내가 그렇게 하듯이, 우리는 과거의 그들에게 현재의 이름을 부여해 줌으로써 그들을 역사화하게 된다.

한국전쟁 중에 있었던 신천 사건도, 유신 정권 시대에 있었던 '인혁당 사건'도, 그 폭력성이 말하는 것은——권력과 이데올로기가 만들어 내는 모든 폭력의 공통성은 차치하더라도——국민국가의 역사가 끊임없이 비-민족과 비-국민을 생산하고 폭력을 재생산해 왔다는 것이 아닐까. 그러면서도 이렇게 생산된 내적인 균열은 '일국사' 또는 '민족사' 속에서 억압되고 침묵되어야 했다는 것이 아닐까. 그 사실을 전하기 위해서라도, 과거 폭력의 기억을 역사 속에서 치유하기보다는 역사의 상처를 벌어진 채로 직시하도록 해야 하지 않을까. 따라서 기억하는 자의 의도대로 기억되거나 언어로 옮겨질 수 없는 과거의 타자성, 즉 도래하는 기억의 전율 속에서 직면할 타자성을 보존하기 위해 그 "'사건'의 말할 수 없음 자체를 증언"[9]해야 하지 않을까. 과거와 죽은 자의 타자성이 망각된다면, 폭력과 죽음은 영원히 되풀이될 것이기 때문이다.

역설적이지만, 폭력의 '사실성'을 증언하기 위해서는, 재현할 수 없는 그 '사실성'에로 반복해서 다시 돌아가는 것을 두려워해서는 안 될 것이다. 그리하여 폭력적 '사건'과 죽은 자들에 대한 책임을 잊지 않도록 하기 위해서는, 그 '사실'의 재현 불가능성을 언제나 지시하지 않으면 안 될 것이다. '우상 금지'의 명령이 지켜지지 않는 한, 폭력과 죽음의 과거를 전달하는 모든 이야기는 그 도래하는 기억의 전율을 통해 접근할 수 있는 '사실'에의 입구를 막아 버리고 말 것이다. 그러므로 재현할 수 없다는 것을 재현하려고 해야 할 것이다. 이 고단한 과정은 어쩌면 아도

---

9) 오카 마리, 『기억·서사』, 149쪽.

르노가 말하는 인식의 유토피아를 닮았을지도 모른다. "비개념적인 것을 개념들로 동일화하지 않으면서도 개념들을 통해 비개념적인 것을 여는"[10] 인식의 유토피아를.

10) Theodor W. Adorno, *Negative Dialektik*, Frankfurt am Mein : Suhrkamp Verlag, 1975, S. 21.

10장_폐허의 사상[1]

'세계 전쟁'과 식민지 조선, 혹은 '부재 의식'에 대하여

1. 매개된 경험과 참여 불가능성

불 한번 번쩍, 흰 연기 풀썩!

젊은 용사의 온 미래, 온 현재, 온 과거는,

다만 이 순간이러라.

한없는 붉은 피는 사방으로 솟으며,

흩어진 살점은, 삼사 분이 지난 이때야 비로소

최후의 두려움을 맛보는 듯,

---

[1] 이 글은 제1차 세계대전 100주년을 기해 기획된 특집 논문으로 『문학과 사회』, 2014년 여름 호에 게재된 글이다. 이 글에서는, 미디어에 의해 매개된 형태로만 세계 전쟁의 시대를 겪으며 그 효과를 수용해야 했던 식민지 조선의 지식인들의 이율배반적 상황이 그들의 '개조' 기획에 남긴 각인을 고찰한다. 그들이 가질 수밖에 없었던 '부재 의식'은 부정되거나 극복되어야만 했던 것일까. 오히려 세계사의 변두리에서 세계사적 변화를 겪으며 형성되는 '부재의식'이야말로 현존하는 질서를 비판적으로 심문할 수 있는 장소는 아닐까. 뻔뻔할 정도로 '정상성'의 외부를 삭제하려는 체제가 어떤 '비정상적인' 침몰을 낳는지를 보면서, 식민지에서의 세계대전 '경험'을 다시 음미해 본다.

호드들······ 떤다![2]

1914년 7월부터 개시되어 유럽과 아시아의 일부까지 확대되어 간 제1차 세계대전, 그 전장의 참혹함은 당시 식민 본국에 유학 중이던 피식민지 청년에 의해 이렇게 묘사된다. 마치 죽음과 파괴의 현장을 직접 목격하고 살아 돌아온 종군 작가의 기록처럼 보이기까지 한다. 그러나 당연하게도 아시아 동쪽 끝에서 제국의 영토를 넓혀 가던 일본의 본토에서 전장 경험은 불가능했다. 비록 1914년 8월 영일 동맹에 기초해 독일에 선전 포고하고 참전한 일본이었지만, 그 후 독일 제국 동양 함대의 근거지였던 중국의 칭다오(靑島)와 독일의 식민지였던 남양 제도를 공격하고 점령하기도 했지만, 그리고 전쟁 기간 전체를 통해 400여 명의 일본인 전사자를 낳았지만, 일본 본토에서, 그것도 피식민지인 조선인이 전장을 경험할 수는 없었다. 그럼에도 불구하고 어떻게 이러한 '직접성의 가상'을 만들어 낼 수 있었을까? 요컨대 전선 체험(Fronterlebnis)의 영광과 비참도 '참호 공동체'도 알 리 없는 식민지 청년들이 '세계 전쟁'을 직접적으로 감각하는 듯이 상상하게 만든 힘은 무엇이었는가? 뒤에서 살펴보겠지만, 이 같은 상상력이 작동하기 위해서는 "유럽 땅 백인 청년과 조선의 식민지 청년인 필자 사이 생명체로서의 동일성"[3]을 확인할 수 있는 세계상이 앞서 형성되어 있어야 했다. 하지만 이 세계상이 형성되기 위해서도 그보다 먼저 미디어를 통해 전쟁의 '실상'을 보고 들어야 했다.

---

2) KY생, 「희생」, 『학지광』 3호, 1914. 12, 38쪽.
3) 권보드래, 「영혼, 생명, 우주: 1910년대, 제1차 세계대전의 충격과 '죽음'의 극복」, 『개념과 소통』 7호, 2011, 13쪽.

우리는 이따금 이따금 역사상에 기재된 대사건 혹 대전란을 소상(溯想)하면서 그와 같은 대사건과 시대를 함께 했더라면 하는 마음이 불무(不無)하노라. 그러나 우리도 남부럽지 아니하게 독특의 **경험**을 할 줄을 누가 측지(測知)하였으리오. 금차(今次)의 대란(大亂)은 참으로 이십 세기의 인(人)이 아니면 **경험**하지 못할 큰일이로다.[4]

역사적 의미를 갖는 거대한 사건으로서의 제1차 세계대전을 '남부럽지 않게 경험'하고 있는 이 20세기의 저자는 "근일(近日)에 신문에 보(報)하는 바"[5]로부터 정보를 얻고 있다. 신문, 잡지 등 미디어를 통해 전해져 오는 정보와 이미지[6]는 색다른 '경험'의 감각을 형성하고 있었다. 그때그때의 전황과 함께 전달되는 이미지와 정보는 전장의 공기를 숨 쉬고 있지 않음에도 불구하고 지구 저편의 '현재'를 동시대적으로 감각하게 하는 새로운 경험을 창안한다. 그러나 그 경험은 당연히 매개되고 종합된 것이었을 뿐만 아니라, '현재'의 세계에 살고 있음을 감각하게 하는 동시에 그 세계를 구경꾼처럼 바라보게 하는 스펙터클적 경험의 요소를 내포한 것이었다. 특정한 방향으로 제한되고 해석된 시야를 통해 전달된 정보와 이미지는, 전쟁의 원인을 둘러싼 숱한 뒷이야기들, 전쟁의 귀추와 국제 정치 질서의 변동에 관련된 다양한 언설들, 문명의 몰락과 첨단

---

4) T. C. 생, 「잠항정의 세력」, 『학지광』 3호, 1914. 12, 33쪽. 강조는 인용자.
5) 같은 글, 33쪽.
6) 1895년 일본 최초의 종합 잡지 『다이요』(太陽)를 발행한 하쿠분칸(博文館)은 제1차 세계대전 초기부터 사진과 현지 기사 등을 게재한 『구주전쟁실기』(歐州戰爭實記)라는 잡지를 월 2회씩 간행하고 있었다. 하쿠분칸은 일찍이 청일전쟁과 러일전쟁 시기에도 각각 『일청전쟁실기』(日淸戰爭實記)와 『일로전쟁실기』(日露戰爭實記)라는 잡지를 발빠르게 간행하고 사진 이미지와 특파원의 현지 보고 등을 게재함으로써 미디어를 통한 전쟁 스펙터클 생산 기술을 축적한 바 있다.

〈그림 1〉돌격, 또는 수평적 시선(文部省普通学務局編, 『歐洲戰爭寫眞帖』, 文部省, 1916)

테크놀로지의 현시가 교차하는 경이(驚異)의 서사들과 함께 특이한 '전환기'의 '경험' 조건을 형성했다.

눈을 들어 한번 구주열강을 바라보라. 포성이 동지(動地)하고 연기가 창천(漲天)하며 칼끝에서 불이 나고 눈 안에서 피가 나니 이것이 진실로 지옥이오 이것이 참으로 악마로다. 무섭기도 하고 떨리기도 하나 그러나 우리 남자가 한번 이 세상에 나서 칼을 들고 쟁투의 영웅이 되며 탄알 받고 자기의 의지를 실현함이 역시 남아의 일대 쾌사(快事)가 아닐런가?[7]

역시 포성이 지축을 울리고 포연이 자욱하며 선혈이 낭자한 지옥

7) 장덕수, 「신춘을 영(迎)하여」, 『학지광』 4호, 1915. 2, 1쪽.

같은 전장을 상상하고 있지만, 이곳에서는 '남아의 쾌사'가 죽음의 공포를 압도한다. 물론 저자인 장덕수는 죽음조차 초월하는 "자기의 의지"를 강조함으로써 조선의 청년들에게 '강자'(强者)가 될 것을 요청하기 위해 제1차 세계대전의 전장을 끌어들이고 있다. 따라서 실제 병사의 전투 행위는 이곳에서는 '의지의 실현'으로서만 의미를 갖는다.[8] 하지만 이렇게 제1차 세계대전의 전선을 끌어들임으로써 오히려 죽음과 의지가 충돌하는 가장 극적인 현장으로서의 전장에 참여하고 있지 않은 조선의 현실이 부각된다. "남아의 일대 쾌사"는 눈을 들어 바라봐야 할 저편에서 빛나는 범형(範型)처럼 전개되고 있는 것이다. 요컨대 "구주천지의 진포뇌탄(震砲雷彈)은 은은한 애성(哀聲)이 수십만 리를 통하야 아(我)의 몽(夢)을 경(驚)케"[9] 하고 있다. 세계 전쟁은 동시대에 일어나고 있는 역사적 사건으로 '경험'되고 있지만, 조선인은 그 사건의 현장에 부재하며 '수십만 리' 밖에서 들려오는 소리가 꿈을 깨울 때까지 잠들어 있다. 여전히 조선인은 "적막하며 고통(苦痛)하며 고독하며 함정(陷靜)"[10]하기 때문이다.

매개된 '현재'의 스펙터클한 경험과 참여 불가능성 사이, 미디어를 통해 감각되는 '동시성'과 고립감 사이의 간극에 독특한 **부재 의식**이 자리 잡는다. 이 부재 의식은 식민지 상태에서 근대적 변화를 겪어 가는 조선의 지식인들, 특히 "**도쿄**는 우리의 공상의 천국이요, 서울은 사실의 유

---

8) 실제로 전쟁 초기 영국에서는 이 세계 전쟁을 '전쟁에 반대하는 전쟁'으로 의미화한 바 있고, 많은 참전국에서 평화와 정의의 세계를 위해 싸우는 영웅적 행위를 예찬하는 수사들이 만연하곤 했다. 권보드래, 「영혼, 생명, 우주」, 10쪽 참조.
9) 김철수, 「신충돌과 신타파」, 『학지광』 5호, 1915. 5, 34쪽.
10) 같은 곳.

리(羑里)"[11]라고 여기는 유학생들에게 더욱 뚜렷한 흔적을 남기고 있었던 것으로 보인다. 역설적으로 들릴 수도 있지만, 부재 의식이란 분리·차단·고립의 상태에서는 떠오를 수 없고, 오히려 분리·차단·고립의 상태를 무너뜨리는 전체화·단일화의 힘이 존재할 때 지각될 수 있는 것이다. 요컨대 '공상'으로서의 도쿄와 '사실'로서의 서울이 동일한 지평에 놓일 때, '세계 전쟁'의 전장과 적막한 조선이 동일한 '현재' 속에서 발견될 때에야말로 '부재 의식'은 떠오른다.

이렇게 미디어를 통해 실시간에 가깝게 '경험'된 '최초의 세계 전쟁'은 근대 물질문명의 명암을 적나라하고도 충격적인 방식으로 드러내며 세계의 '세계성'을 자각하게 하고 '동시대성'의 감각을 형성하게 만든 사건이었지만, 또한 바로 그 세계의 어디에도 '우리'의 자리가 없다는 절박한 깨달음을 불러일으킨 사태이기도 했다. 여기에서 비롯된 뒤틀린 시간-공간 감각은 '전후' 식민지 조선의 지식인들의 사유와 실천에 무시할 수 없는 변수로 작용했다.

2. '세계성'의 세계

'세계 전쟁'은 미디어를 통해 현시됨으로써 현실적인 것(the actual)이 되었다고 할 수 있다. 세계 전쟁을 다름 아닌 '이' 전쟁으로 '경험'할 수 있게 한 것은 미디어의 스펙터클 효과였다. 전쟁이 스펙터클 생산의 중요한 원천이 된 지는 오래지만, 특히 제1차 세계대전은 "이미지 공급이 군

---

11) KS생, 「저급의 생존욕: 타작 마당에서, C군에게」, 『학지광』 4호, 1915. 2, 34쪽.

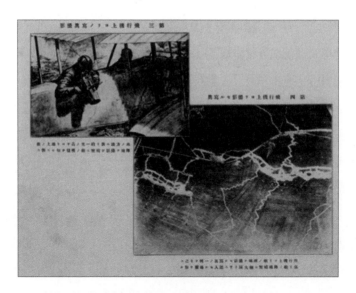

〈그림 2〉 공중으로부터의 조망, 또는 폭격의 시선
(臨時軍事調査委員編,『歐洲戰爭寫眞帖』, 川流堂小林又七, 1917)

수품 공급의 등가물이 될 진정한 '군사적 지각의 병참술'의 발단"[12]을 개
시한 전쟁이었다. '참호 공동체'라는 특별한 경험의 조직을 만들어 낸 이
전쟁의 현장은 사실 '전장의 부재'라고 할 수도 있을 법한 집합적 고립
상태가 그 시간의 많은 부분을 채우고 있었다. 몇 달간, 심지어는 몇 년간
위장한 채로 참호에 틀어박혀 기약 없는 교착 상태를 견뎌야 했던 수백
만의 병사들은 전쟁 기간 중 어쩌면 자기 자신과 더 많이 싸워야 했는지
도 모른다.[13] 이것이 바로 '참호 공동체'라는, 불안에 의해 잠식된 폐쇄적
이고 배타적이고 파괴적인 자기 연민의 연대를 낳았다는 사실을 기억할

---

12) 폴 비릴리오,『전쟁과 영화: 지각의 병참학』, 권혜원 옮김, 한나래, 2004, 19쪽.
13) 비릴리오,『전쟁과 영화』, 54쪽.

때, 전쟁의 모든 영광과 비참은 오히려 미디어가 만들어 낸 스펙터클 속에서 비로소 생산될 수 있었다고 할 수 있다. 요컨대 미디어에 의해 '매개'되었다는 것은 역설적이게도 더 '생생한 것'이 되었음을 뜻한다. 죽어가는 병사에 대한 동정의 마음도 '몰락'의 불길한 흥분도 이 '생생함'이 있을 때 자라날 수 있었다. "**통일의 도구**"로서의 스펙터클[14]은 분리된 영역에 마치 전체를 조망하는 듯한 특권적인 관람석을 제공하면서 전쟁에 대한 '생생한' 관계를 구성한다.

물론 '세계 전쟁'이 첨단 병기, 파괴된 도시, 병사들, 전투의 상상도(想像圖)만으로 구성된 것은 아니다. 전쟁의 결과가 전 세계에 초래할 정치적 파장과 그 역사적 의의에 대한 다양한 해석들과 더불어 종합적인 '지식'으로 전달된 것이기도 했다. 더욱이 식민 본국인 일본이 참전하고 있는 상황에서 전쟁에 대한 정보와 지식은 직접적인 통제와 검열의 수준에서뿐만 아니라 지각의 양식화 방식에 이르기까지 언제나―이미 오염된 것이었다. 예컨대 미국은 물론 일본과 타이가 참여했고 중국과 동남아시아 일부까지 전쟁에 휘말렸음에도 불구하고 이 '세계 전쟁'은 '구주대전'(歐州大戰)으로 명명되었다. 유럽이 전쟁터가 되었다는 것, 그리고 근대 문명의 발원지에서 그 퇴행의 증거가 '생생하게' 전달되고 있었다는 것. 이것이 근대 문명의 붕괴라는 파국의 형상을 떠오르게 만들었다. 특히 전쟁 말기로 가면서 애초에 부여되었던 거창한 의미들은 점차 그 빛을 잃어 갔고, 수많은 죽음과 파괴가 역사의 쓰레기 더미처럼

---

14) 기 드보르, 『스펙타클의 사회』, 이경숙 옮김, 현실문화연구, 1996, 10쪽(강조는 원문). 따라서 제1차 세계대전은 유럽인에게도 미디어에 의한 분리와 통합의 매개적 경험이었다. 그러나 여기서는 '식민지(인)'라는 위치와의 관계 속에서 '세계 전쟁'과 그 효과를 검토할 것이다.

쌓여 가고 있었다. 따라서 "이번 구주대전란은 현대 문명의 어떤 결함을 폭로한 것인즉 이 전란이 끝남에 따라 현대 문명에는 대혼란 대개혁이 생길 것"[15]임을 어렵지 않게 예측할 수 있었다.

유럽을 죽음과 파괴로 인도한 폭격은 그 동쪽 수만 리 바깥에 유럽 자신이 세웠던 '문명의 존재론적 위계'라는 탑 역시 무너지게 만들었다. 조선에서 1900년대의 사회적 상상을 지배해 왔던 사회진화론과 문명론적 위계는 제1차 세계대전을 거치면서 점차 설득력을 잃게 되었다.[16] 따라서 그동안 근대, 과학, 문명, 기독교 등과 하나의 신체를 구성하고 있던 '서양', 즉 '서양=근대=문명'이라는 정치-의미론적 결합체는 해체되어 갔다. 유럽의 역사적 경험과 분리 불가능하게 일체화되어 있던 '근대'와 '문명', 그동안 '서양'이 거느리고 있던 특권적인 개념과 가치들은 그 결합체로부터 떨어져 나와 추상적인 이념으로 독립해 갔고, 반대로 '서양'은 지리적 무게를 가지며 땅으로 내려오게 되었다.

그들이 다른 점에 대하여는 우리보다 지식이 많지만 특이 이 점에 대하여만은 우리보다 무식한 소치일까. 다른 데는 다 총명하나 이 점에 대하여만은 우리보다 암매(暗昧)한 까닭일까. 또는 기만인(幾萬人) 서양 예수교도는 우리 조선 신자만큼 신앙심이 부족하여 그럴까. 제군(諸

---

15) 이광수, 「우리의 이상」, 『학지광』 14호, 1917. 12, 5쪽.
16) 제1차 세계대전의 충격과 함께 인류, 세계, 생명, 우주 등이 발견됨으로써 이루어진 1910년대의 인식론적 전환을 구체적으로 묘사한 글로 권보드래, 「영혼, 생명, 우주」; 권보드래, 「진화론의 갱생, 인류의 탄생」, 『대동문화연구』 66집, 2009 참조. 이 글들에서 권보드래는 제1차 세계대전 결과 문명론의 위계가 붕괴됨으로써 무한한 시공간이 개시되었고, '국가주의'를 넘어선 개인-세계의 접속 가능성이 출현했다고 평가한다. 기본적으로 동의하면서도, 이 글에서는 그 무한성 및 세계성의 '경험'과 참여 불가능성 사이의 간극에 보다 주목하고자 한다.

君)아 사(思)하라. 혹은 금일도 아직 평화 상태를 영구히 유지할 만큼
은 문명이 진보하지 못한 까닭일까.[17]

식민지 조선인 청년이 서양인의 지식, 총명, 신앙심, 문명을 의심하
며 던지는 이 물음은 세계상 전환의 의미심장한 장면을 보여 준다. 근대,
과학, 기독교, 문명은 이곳에서 더 이상 서양의 독점물이 아니다. 서양이
그 가치들을 체현하고 있는가를 의심스럽게 물을 수 있다는 것은, 그 가
치들이 이미 추상적이고 일반적인 것, '모두의 것'이 되었음을 뜻한다.
서양의 문명조차 아직 '진보'하지 못한 것으로 여겨질 수 있는 것은 문명
이 역사적 규정성들로부터 분리되어 추상적 이념이 되었음을 보여 준다.
문명론적 위계의 붕괴가 "개체를 무한한 시·공간 속에 풀어놓았다"[18]는
판단은 이러한 전환의 의미를 함축하는 것이리라.

지구상의 국가나 지역이 특정한 가치론적 위계에 따라 분할되는 것
이 아니라, 가치의 추상화를 통해 세계의 단일성이 드러날 때 비로소 세
계는 '하나의' 세계가 된다. '세계성의 세계'라고 부를 수 있는 이 세계상
은 세계가 다양한 미디어에 의해 시간-공간적으로 축소되고 가까워짐
으로써만이 아니라 구체적이고 역사적인 것과 추상적이고 이념적인 것
이 분리됨으로써 떠오를 수 있다. 제1차 세계대전은 직접적인 전쟁 자체
보다도 미디어를 통해 세계를 집약시켰고, 또한 서양=근대=문명의 단일
한 신체를 파괴하여 비로소 '세계성의 세계'를 열었다고 할 수 있다. 이
후의 모든 사상적·정치적 모험은 이 세계에서 펼쳐지게 된다.

---

17) 서춘, 「구주전란에 대한 삼대 의문」, 『학지광』 14호, 1917. 12, 16쪽.
18) 권보드래, 「영혼, 생명, 우주」, 22쪽.

3. 개조의 시대로

서양=근대=문명의 단일한 신체가 해체된 '세계성의 세계'에서 문명의 이념은 우선 물질문명으로부터 정신문명을 구출하는 분할의 의식으로 나타난다. 근대의 정점에서 죽음과 파괴를 전시하고 끝난 이 세계 전쟁은 "침략적 제국주의로 인도적 민주주의를 배척하고 무장적 외교, 자본적 산업 군대식 교육을 찬미"해 온 "물질문명의 대결함"[19]으로 평가되었다. 반자본주의적·반물질문명적 가치 전환과 함께 '물질문명'의 반대편에서 생명, 정신, 문화에 대한 새로운 인식이 자라났다. 막대한 인명 살상과 문명 파괴로 귀결된 세계 전쟁에 이어 러시아 혁명과 사회주의의 실험이 가져온 지각 변동, '다이쇼(大正) 데모크라시'의 영향하에 일본 지식계를 풍미한 문화주의적 세계관 등이 '다른' 세계의 가능성의 지평을 확산시키면서 '세계성의 세계'를 더욱 현실적인 것으로 만들어 갔다. '전후'는 바야흐로 세계적인 '개조'의 시대를 개시했다.[20]

그러나 앞서 제1차 세계대전을 '경험'하면서도 참여 불가능성 또는 고립감을 느껴야 했던 조선인들은 어떻게 이 개조의 기획을 자신의 것으로 만들 수 있었는가. 또 이들의 부재 의식은 개조를 향한 실천에 어떤

---

19) 김명식, 「대세와 개조」, 『동아일보』, 1920. 4. 2.
20) 1910년대 말에서 1920년대 초에 걸쳐 광범위하게 전개된 '개조'의 언설 및 신사상의 수용과 관련해서는 권보드래의 앞의 글들을 포함해 류시현, 「식민지 시기 러셀의 『사회개조의 원리』의 번역과 수용」, 『한국사학보』 22집, 2006. 2; 허수, 「1920년대 초 『개벽』 주도층의 근대사상 소개양상」, 『역사와 현실』 67집, 2008; 허수, 「러셀 사상의 수용과 『개벽』의 사회개조론 형성」, 『역사문제연구』 21호, 2009; 허수, 「제1차 세계대전 종전 후 개조론의 확산과 한국 지식인」, 『한국근현대사연구』 50호, 2009; 손유경, 「『개벽』의 신칸트주의 수용 양상」, 『프로문학의 감성구조』, 소명출판, 2012; 오문석, 「1차대전 이후 개조론의 문학사적 의미」, 『인문학연구』 46집, 2013; 이철호, 『영혼의 계보』, 창비, 2013 등 참조.

변수로 작용했는가. '가능한' 세계의 지평에서, 새로운 질서를 상상하는 사상들이 횡행하는 가운데에서, '참여 불가능' 또는 부재 의식이란 도대체 무엇이었는가.

스펙터클은 기존의 경험 방식에 친숙해 있던 지각을 뚫고 들어와 먼 곳의 '현장'을 눈앞에 전시했다. 강대국들의 충돌과 근대 문명의 가공할 파괴력은 문명사적 전환을 예기했고, 러시아에서의 혁명은 폐허로부터 솟아나는 새로운 시대의 전조처럼 나타났다. 하지만 식민지 조선은 이 극단적이면서도 역동적인 '행위'의 세계와는 단절된 곳에 있었다. 엄밀히 말해서 행위의 세계가 만들어 내는 영광도 비참도 '남의 것'이었다. 서양=근대=문명의 단일한 신체가 해체되고 미래가 무한하게 열릴수록, '세계성의 세계'가 '현실적'(actual)으로 될수록, 식민지라는 '사실'은 세계의 '현실'에 부재한 것으로 여겨졌다. 세계의 근본적인 '단일성'이 드러나고 그곳에서 '너'와 '나' 사이의 동등성을 발견하게 됐지만, 스스로 '나'를 구성하지 못하는 식민지의 자리는 그 세계에 없었다. 제1차 세계대전과 함께 세계성·동시성을 '경험'하면서도 참여 불가능성에 절망할 수밖에 없었던 것은, 식민지 자체가 결코 존재와 가능성을 통일한 '나'를 구성할 수 없었기 때문이다. 이로부터 형성된 부재 의식은 '전후' 조선에서 모색된 '개조'의 성격에 짙은 그림자를 드리운다.

우선 세계의 '현실'과 식민지의 '사실' 사이의 간극에서 부재 의식이 발원하는 만큼, 그 부재 의식을 극복하기 위해, 또는 존재와 가능성을 '나' 속에서 통일시키기 위해 비약하고자 하는 시도가 출현했다. 이 비약은 민족의 이름으로 '인정 투쟁'에 진입하는 데서 통로를 찾았다. 윌슨의 '민족 자결의 원칙'이 '전후' 세계의 구성 원리라는, 또는 구성 원리가 되어야만 한다는 기대와 확신하에 이루어진 모든 실천이 이러한 비약의 시도에 해당될 것이다. 진술적(constative)·수행적(performative) 기능이 하나로 통합된 독립 선언들, 즉 이미 "조선의 독립국임"과 "조선인의 자주민임"을 지시하는 동시에 '독립'과 '자주'를 실현하기 위해 행동할 것을 맹세하는 언설들은 바로 이 '현실'과 '사실' 사이의 간극에서 발화되었다고 해도 좋을 것이다.

물론 윌슨의 14개조 선언도, 이른바 '민족 자결의 원칙'도, 제1차 세계대전에서 승리한 연합국을 중심으로 국제 질서를 재편성하기 위한 명분에 불과했다.[21] 그리고 이 원칙에 근거해 민족 독립을 선언한 조선의 지식인들도 그 실상을 모르지 않았다. 그럼에도 불구하고 '선언'이 발화되었다는 사실은 제1차 세계대전 후의 '세계성의 세계'에서 '앎'이라는 것이 어떤 성격을 가질 수 있었던가를 암시해 준다. 예컨대 윤치호는 파리 강화 회의에서 조선 문제가 거론조차 되지 않으리라는 것을 '정확하게 알고' 있었고, 따라서 민족 자결주의를 낙관하는 것은 국제 정세를 '제대로 알지 못하는' 소치라고 비판한 바 있다. 반면 기미독립선언의 33인 중 한 사람인 최린은 민족 자결의 '취지'는 세계적으로 적용'되어야 하는 것'으로 이해했기에 선언에 참여했고 독립을 제창했다고 진술했다.[22] 한 사람은 '정확한 지식'에 기초해 판단하고 있고, 한 사람은 '뜻'에 기초해 행동에 옮기고 있다. 단적으로 한 사람은 맞았고 한 사람은 틀렸다고 할 수 있다. 하지만 바꿔 말하자면, 한 사람은 언어와 개념을 그것이 발원한 장소로 환원시키고 있고, 한 사람은 그 언어와 개념을 탈영토화

---

21) 전상숙, 「제1차 세계대전 이후 국제질서의 재편과 민족 지도자들의 대외인식」, 『한국정치외교사논총』 26권 1호, 2004, 320~322쪽 참조.
22) 송지예, 「'민족자결'의 수용과 2·8 독립운동」, 『동양정치사상사』 11권 1호, 2012, 199쪽 참조.

된 것으로 받아들이고 있다. '세계성의 세계'가 세계의 '현실'과 식민지의 '사실' 사이의 간극을 더욱 두드러지게 만들었다면(윤치호), 그럴수록 새롭게 구성되고 있는 세계의 '현실'의 이념을 나누어 가짐으로써 자기 결정권을 갖는 민족들의 관계 속으로 비약(최린)할 수 있으리라 꿈꾼 것이 독립 선언을 기획한 정신의 상황이 아니었을까.[23]

그러나 이러한 '비약'의 시도는 부재 의식을 극복한 '민족적 주체'를 형성하는 계기가 되었을지는 모르지만, '세계성의 세계'에서 근본적으로 새로운 주체와 질서의 가능성을 물을 통로는 서둘러 닫아 버리는 결과를 낳은 것으로 보인다. 요컨대 제1차 세계대전, 서양=근대=문명의 붕괴, '세계성의 세계'의 출현 앞에서, 지금까지 세계를 지배하고 파괴해온 자본주의, 제국주의, 식민주의 등을 근본적으로 부정하는 새로운 질서를 모색하기보다 서둘러 주체를 확립함으로써 '정의'로 포장된 주권적 분할의 세계에 참여하고자 했던 것이다. 식민지라는 상황이 이러한 진행에 현실적인 동력을 부여해 주었음에는 틀림없지만, 서양=근대=문명의 붕괴를 '서양의 몰락'으로 제한시킴으로써 자기의 새로운 구성에 대한 물음을 비껴가기 쉬운 것도 사실이다.

서양인의 두뇌는 과거 5세기간의 과로에 피비(疲憊)하여 동서 문화 융합의 대사명은 차라리 우리 동양인의 손에 있을지도 모릅니다. (……) 나는 아세아 민족 중에 누가 그 사명을 받기에 가장 적당할는지는 차치하고 조선 민족도 이 기회를 타서 한번 세계 문화사상에 일대 활약을 시(試)해야 할 것이요, 만일 이번 기회만 놓치면 조선 민족은 영원히 조선 민족으로서의 존재의 의의를 찾지 못하고 말 것이니, 이 기회야말로 조선 민족에게 천재불우(千載不遇)의 호(好)기회요 아울러 사생흥체

(死生興替)가 달린 위기라 합니다.[24]

　　그 자신 '독립 선언'의 집필자이기도 한 이광수에게 제1차 세계대전과 서양=근대=문명의 '붕괴'는 '대체'와 '기회'로 이해된다. 즉 서양을 동양으로 대체할 기회이며, 동양 안에 자리한 조선이 세계의 현실에 부상할 기회인 것이다. 이 '대체'와 '기회'의 사고 회로 속에서라면, 조선이 다름 아닌 바로 그 근대 문명 안에서 식민지가 되었음을 깨닫기란 쉽지 않다. '구주대전'이라는 표상 공간에서 '조선'은 "반만년 역사의 권위"[25]를 간직한 동일성으로 수렴되고, 한계에 봉착한 것은 '저들', 즉 '구주대전'의 당사자들로 국한된다. 인류 전체가 봉착한 문제들의 해결에 "조선인도 정성으로 노력하면 이러한 문제를 해결하는 권리와 영광을 얻을 것"[26]이라는 생각은 물론 '세계성의 세계'를 전제로 할 때 떠오를 수 있는 것이지만, 외부 세계의 변화에서 '기회'를 노리는 시선은 엄밀히 말해 세계의 근본적인 단일성 위에 서 있다고 보기 어렵다.[27] 이러한 '대체'와

---

23) 물론 이러한 '비약'의 계기는 독립 선언서를 기초하고 만세 운동을 기획한 이들의 경우에 국한된 것이리라. 1919년 3월 1일부터 수개월에 걸쳐 전국적으로 확산된 만세 운동의 다양한 참여자들은 이러한 논리로 설명할 수 없다. '폭발'이라고 할 수 있을 정도의 대대적인 민중의 진출은 '민족자결'로 환원할 수 없는 무수한 잠재력을 가진 것이었기 때문이다. 오히려 다양한 민중의 진출은 10여 년간 축적되어 온 차별·폭력·수탈에 대한 '분노'가 무수한 잠재력을 가진 채 다방향적으로 표출된 결과라고 봐야 할 것이다. 따라서 '만세'는 그동안 침묵을 강요당했던 무지한 자들, 대표 없는 자들, 몫 없는 자들이 스스로 발화한 '말'이었고, 그런 의미에서 "신(神)의 성(聲)"(「창간사」, 『개벽』 1920. 6, 2쪽)이었다. 3·1운동에 대해서는 '선언'의 주체들에 대해서와는 전혀 다른 방식의 접근이 필요하다. 이와 관련해서는 천정환, 「소문·방문·신문·격문」, 『한국문학연구』 36집, 2009 참조.
24) 이광수, 「우리의 이상」, 5~6쪽. 강조는 인용자.
25) 「기미독립선언문」에서도 사용되는 표현.
26) 이광수, 앞의 글, 4쪽.
27) 「민족개조론」(1922)에서의 이광수의 민족적 자기비판이 이상주의적·도덕적 개념을 전제로 이루어졌다는 점도 이와 무관하지 않은 것으로 보인다.

'기회'의 사고는 어쩌면 그것이 종말을 확언하고 있는 서양=근대=문명의 질서를 오히려 뒤에서 연명시키고 있는지도 모를 일이다. 이른바 '실력 양성'의 기획이란 '권리와 영광'을 미래로 지연시키며 기존의 지배적 가치를 윤리화하는 것에 다름 아니었다.

세계의 '현실'과 식민지의 '사실' 사이의 간극에서 발원하는 부재 의식을 극복하고자 하는 또 하나의 '개조' 기획은 문화주의의 형태로 나타났다.

앞서 제1차 세계대전과 함께 사회진화론적 세계상이 설득력을 잃게 되었음을 언급했지만, 세계가 여전히 '강자'의 것임에는 변함이 없었다. 서양=근대=문명의 신체가 해체되었지만, '세계성의 세계'는 새로운 약육강식의 전쟁터로 여겨졌다. 그러나 '강함'의 성격이 달라졌다. 힘은 기존의 관습과 규범과 질서를 파괴하고 새로운 가치를 수립하는 문화적인 것에 그 원천을 두게 된다.[28] '민족적 주체'를 통해 세계의 '현실'에 참여하고자 한 앞의 시도와는 달리, 이 '개조' 기획은 단 하나의 '세계성의 세계'에서 보편성의 계기를 발견하고 정신적·문화적인 도약을 꿈꾼다. 물론 3·1 운동의 현실적 실패라는 변수도 강하게 작용했지만, 세계에 대한 근본적인 상을 개조하는 일종의 '문화혁명'을 통해 '전후'의 새로운 질서를 모색하고자 했다는 데 이 기획의 특징이 있다. 『개벽』의 사회 개조와 인격 개조, 『창조』, 『폐허』 등 동인지 문학의 예술 개조 등이 이 기획의 연장선에 해당될 것이다. 낭만주의, 예술적 자율성, 인도주의, 생명 사상 등의 미적·윤리적 입장을 강화해 간 이 흐름은, 근대 내부에서 자

---

28) 진화론적 세계관에서조차 '문화적 가치'가 힘의 원천으로서 강조된다. 김준연, 「다윈의 도태론과 사회적 진화」, 『학지광』 18호, 1919. 1, 18~20쪽 참조.

라 나왔지만 근대 물질문명을 부정하거나 극복하고자 한 '다른 근대'의 목소리들을 열광적으로 참조했다. 니체, 베르그송에서 러셀에 이르기까지 근대, 자본주의, 물질문명과 화합하지 못하는 사상을 가까이 하고, '다이쇼 데모크라시'의 공기 속에서 숙성된 신칸트주의적인 문화주의적 세계관을 끌어들이면서 이들은 새로운 보편성의 세계 속에서 부재 의식을 극복하고자 했다.

강자의 곁에 약자가 있지만 둘 다 권리의 조화를 얻고자, 부자의 곁에 빈자가 있지만 둘 다 경제의 평균을 얻고자, 우자(優者) 곁에 열자(劣者)가 있지만 둘 다 가치의 권형(權衡)을 얻고자. 사자의 노는 곳에 소양(小羊)도 놀고 맹취(猛鷲)가 나는 곳에 소작(小雀)도 나래를 펼 시대가 돌아오도다.[29]

이는 물론 현재 존재하는 세계를 지시하는 진술이 아니라 '개조'에 의해 '도래할 세계'를 예감하는 진술이다. 그러나 단순한 이상(理想)이 아니라 제1차 세계대전 종전 후의 '세계성의 세계'에 대한 인식을 내포하고 있는 것이기도 하다. 서로 대립하는 존재자들이 어떤 하나로 통합되거나 지양되지 않는, 즉 차이가 소거되지 않고 공존하는 세계야말로 세계의 근본적으로 단일한 지평을 발견할 때 인식할 수 있는 것이다. 이곳에서 비로소 개별적인 것들의 고유한 존재 가치를 부정하지 않는 보편적 세계를 사회 개조의 지향으로 삼을 수 있고, 동시에 고유한 개별성의 자기표현이 갖는 의의를 심각하게 인식할 수 있다. 아마도 이 세계야

---

29) 「세계를 알라」, 『개벽』 1920. 6, 7쪽.

말로 부재 의식의 경험 없이 자기 존재를 그 자체로 긍정할 수 있는 장소일 것이다.

지역과 역사와 문명의 차이들 저편에서 인간, 영혼, 생명, 아름다움의 이념들이 별처럼 빛나는 보편성의 밤하늘은 거대한 문명론적 위계의 탑이 무너졌을 때 보이기 시작한다. 그 별들은 서로 다른 자리에 뿌리박혀 있는 자들에게 공평하게 빛을 나눠 주고, 온갖 방향에서의 시선에 접근을 허락한다. 이 하늘 아래에서는 "우리가 지금껏 가지고 오던 모든 전통과 제도와 도덕과 문명에 의심"[30]을 품게 되고, "나는 코스모폴리탄(Cosmopolitan)이다"[31]라는 고백을 선언처럼 내놓는다.

> 절유(竊惟)컨대 금일까지의 오인(吾人)은 많이 사람으로 살지 못하였도다. 단도직입적으로 언(言)하면 우리는 남(男)으로 살았고 여(女)로는 살았으나, 주인으로 살았고 노예로는 살았으나, 군신(君臣)으로 살았고 부자(父子)로는 살았으나, 대인(大人)으로 살았고 소아(小兒)로는 살았으나, 성현으로 살았고 범인(凡人)으로는 살았으나, 부자(富者)로 살았고 빈자(貧者)로는 살았으나, 영(靈)으로 살았고 육(肉)으로는 살았으나, 강자(强者)로 살았고 약자(弱者)로는 살았으나, 사람으로—완전한 사람으로—는 살지 못하였도다.[32]

'인간 그 자체'를 발견하기 위해서는 삶을 가로질러 왔던 근대적·전

---

30) 김항복, 「이것이 인생이다」, 『학지광』 21호, 1921. 1, 51쪽.
31) 추강, 「생각나는 대로」, 같은 책, 58쪽.
32) 「오인(吾人)의 신기원을 선언하노라」, 『개벽』 1920. 8, 5쪽. 강조는 인용자.

근대적 의미에서의 모든 권력적, 제도적, 관습적, 생물학적 분할들을 걷어 내야 했다. 그 아래에서 목도하는 것은 근원적인 '생명'의 차원이다. 모든 분할을 가로질러 존재하는 원래부터 하나인 '생명'으로서의 인간이란, 지역, 역사, 문명의 경계를 가로질러 존재하는 원래부터 하나인 '세계'에 대응하는 것이라고 볼 수 있다. 근원적 생명이란 동물적 삶 또는 생물학적 운동을 뜻하는 것이 아니라 오히려 삶의 가능성의 조건으로서의 무한한 에너지를 의미했다. 뒤집어 말하자면, 모든 권력적, 제도적, 관습적 분할 자체가 가능한 것도 이 무한한 에너지로서의 생명의 작용이 있기 때문이며, 따라서 생명은 문화적이고 인위적인 일체의 활동의 원천으로 여겨졌다. 1920년대 초 문학에서 미적 세계관 또는 예술의 자율성에 대한 신념이 강력히 등장한 배경을 이곳에서 확인할 수도 있다. 예술이 문화적 활동의 가장 탁월한 경지인 이유는 그것이 "자신을 무한하고 전일적인 생명 속으로 확대시키는 비결"[33]이었기 때문이다.

　인간과 생명의 보편성이 전제될 때 '나' 또는 '자아'에 대한 각별한 자각이 뒤따를 수 있다. 일체의 실정화된 분할들 밑에서 근원적 생명과 내통하고 있는 '나'를 발견하고 그것을 표현하는 일은 기존 질서에 대한 급진적인 부정의 실천으로 환호받았다. 이 과정에서 "아버지의 나도 아니오 형님의 나도 아니오 또한 그대의 나도 아니라. 나는 절대의 나이오 처음부터 끝까지 나 한낱의 나"[34]라는 '주아주의'(主我主義)의 선언들이 이어졌다. 생명의 근원적 차원과 접속하고자 하는 정신의 도약과 관련해

33) 황종연, 「낭만적 주체성의 소설」, 『탕아를 위한 비평』, 문학동네, 2012, 420쪽.
34) 외돗, 「'나'라는 것을 살리기 위하여」, 『개벽』 1920. 7, 99쪽; 또한 변영로, 「주아적 생활」, 『학지광』 20호, 1920. 7도 참조.

서는 '자아'의 절대성을 표방하는 낭만적 문학이 그 담당자의 자리를 맡아 왔거니와, 이 문학은 정신, 인격, 도덕의 개조를 통해 새로운 윤리적 질서를 모색하고자 했던 문화주의적 '개조'의 기획과 만난다.[35]

이 문화주의적 '개조'의 기획은 제1차 세계대전이 남겨 놓은 폐허 위에 세계를 '다시 세우기'(re-construction) 위한 시도들 중의 하나였다. 식민지에서 그것은 '세계 전쟁'의 경험 속에서 발견한 부재 의식을 극복하고 '자기를 다시 세우기' 위한 작업이기도 했다. 특히 식민지에 '관리된' 언어-미디어-법의 장(場)을 개시한 일제의 '문화 정치'와 더불어, 문화주의적 '개조'의 기획은 '정체성 세우기'의 방향으로 나아간 것으로 보인다. 1920년대 중반으로 접어들면서, 무수한 '나'들이 나누어 가지고 있다고 여겨졌던 '생명'과 '정신'의 신성함은 종교적, 민족적, 계급적 방향에서 상이한 실정화 또는 세속화의 과정을 거쳐[36] 서로 다른 이념적 분할선들을 만들게 된다. 그 이후 또 다른 전쟁이 '전환기'를 다시 불러올 때까지, 상당 기간 동안 이 이념적 분할선들을 경계로 갈등하는 정체성의 개념들이 세워져 갔다. 그리고 이 정체성의 개념들은 '세계성의 세계'를 다시 뒤덮는 새로운 신성성(神聖性)의 장막이 되어 갔다.

4. '현재'를 찾아서

제1차 세계대전이 일어나던 해 봄에 멕시코에서 태어난 시인 옥타비오

---

35) 오문석, 「1차대전 이후 개조론의 문학사적 의미」, 316쪽 참조.
36) 예컨대 프롤레타리아 문학 형성기의 '생활' 개념이 '생명'으로부터 변형·정착되는 과정에 대해서 이철호, 『영혼의 계보』, 288~313쪽 참조.

파스(Octavio Paz)는, 여섯 살 무렵 한 미국 잡지를 통해 시가행진을 하는 군인들의 사진을 본 경험을 이렇게 쓰고 있다.

> 그곳은 아마도 뉴욕이었던 것 같은데 그 사진의 제목은 '전장에서 돌아오다'였습니다. 그 짧은 글은 마치 지구의 종말이나 최후의 심판이 왔다는 비보를 접했을 때처럼 저를 전율케 했습니다. 막연하나마 당시 저는, 그 얼마 전에 어딘가에서 전쟁이 끝났으며 병사들이 승리를 기념하는 축하 행진을 한다는 것을 알고 있었습니다. 그런데 제게 그 전쟁은 '지금 여기'가 아니라 다른 시간에 속한 것으로 보였습니다. 그 사진은 저를 꿈에서 깨어나게 했고 저는 글자 그대로 현재로부터 쫓겨나는 듯한 감정을 느꼈습니다.[37]

제1차 세계대전에서 승리한 병사들의 행진 모습, 그리고 그 사진에 붙어 있는 '전장에서 돌아오다'라는 현재형의 캡션을 보고 읽으면서 여섯 살의 파스는 병사들의 군복에서 전장의 흙먼지를, 그들의 의기양양한 눈빛에서 죽음의 잔영을 찾고 있었을지도 모른다. 혹은 거대한 대열을 이룬 '행진'에서 이미 구축된 어떤 단단한 질서를 감지했을지도 모르겠다. 어쨌든 그를 직감적으로 전율하게 한 것은, 병사들의 행진처럼 그 작고 어린 존재를 압도하며 어딘가에서 어딘가로 흘러가는 역사적 시간이었다고 해도 좋을 것이다. 그 도도하게 흘러가는 역사적 시간에 어린 파스를 위한 자리는 있을 리 만무하나, 그럼에도 불구하고 그 시간은 그의 눈앞에 강렬한 이미지로 현전하고 있다. 이때 파스가 전율하며 느낀 "현

---

37) 옥타비오 파스, 『현재를 찾아서』, 김홍근 편역, 범양사출판부, 1992, 28쪽.

재로부터 쫓겨나는 듯한 감정"이야말로 '부재 의식'의 정서적 반응이라고 할 수 있다.

파스는 자신의 시 작업이 바로 이 '현재', 추방당한 시간으로서의 '현재'를 다시 찾으려는 시도였다고 설명한다. 모더니티에 대한 그의 탐구가 이러한 부재 의식의 감각과 분리될 수 없는 것이라면, 그것은 그가 바로 저 추방의 느낌을 줄곧 대면해 왔음을 말해 준다. "저 너머의 시간, 타인들의 시간"[38]을 자신의 시간으로 착각하지 않으면서, 또한 반대로 추방당한 곳에서 자기 연민의 시간에 몰두하지 않으면서, 오히려 저 추방과 분리의 경험을 대면하고 근대 세계의 비밀을 낯선 새로움의 빛 아래 두기 위해서는 부재 의식을 견디는 자세가 필요할 것이다.

식민지 조선에서 또는 식민 본국 일본의 땅에서 '세계 전쟁'을 경험하며 이 부재 의식을 끝까지 견디고자 한 입장을 찾기는 쉽지 않다. 식민지라는 근대 세계의 그림자는, 세계 재분할 과정의 기회를 포착하거나 문화적 정체성을 확립함으로써, '전후'의 태양 아래에서 존재의 긍정을 향해 나아갈 만한 개연성을 갖고 있었기 때문이다. 그럼으로써 어떤 형태로든 부재 의식을 극복할 수 있었을지는 모르지만, 그 과정에서 애당초 그러한 극복 충동을 발생시켰던 부재 의식 자각의 계기는 차츰 희미해져갔다.

아마도 1920년대 초반의 염상섭은 바로 이 '현재'로부터 추방당한 경험, 또는 세계의 '현실'과 조선의 '사실' 사이의 간극 사이에서 떠오르는 부재 의식을 그 자체로 견지하고자 한 드문 경우에 해당될 것이다. 그는 근대와 전근대를 막론하고 기존 세계를 틀 지어 온 모든 실정성들을

---

38) 같은 책, 29쪽.

철저히 부정하는 극단적 회의의 태도를 취하면서, 그야말로 '폐허'에서 출발하는 새로운 역사의 첫 페이지를 '세계성의 세계'에 처음 발을 내딛는 '나'로부터 쓰고자 한다. 그는 "'해방'을 전제로 하지 않는 개조, '해방'을 의미치 않는 개조, 부분적·비세계적 개조는 쓸데없다"[39]고 단언한다. 즉 개조는 해방이어야 하고, 해방은 **전면적**이어야 했다. "일체의 권위로부터 완전히, 조금도 양보치 않고" 해방하는 것이 아니라면 개조는 의미 없는 것이었다.[40] 이러한 전면적 해방의 본뜻은 '자기 해방'에 있다. 즉 "노예적 모든 관습으로부터, 기성적 모든 관념으로부터 적라(赤裸)의 개인에!"[41] 이 모토는 단순한 개인주의의 선언이 아니다. 앞서 자아의 절대성을 표방한 낭만적 문학의 생명관에 대해 언급했지만, 염상섭의 이 태도는 근원적 차원의 생명에서 출발해 '자기 세우기'의 '개조'로 나아가는 노선과는 구별되는 것으로 보인다. 오히려 염상섭에게 '나', '자아', '개인'은 세계가 진정한 '세계성'으로 존재하고 있는가, 삶이 진정한 '생명의 요청'에 따라 개진되고 있는가를 심문하는 근본적인 회의의 동력이었다. 따라서 이 심문은 "자기 자신에 대한 선전포고"[42]이기도 하다.

7천만의 신령한 생명이, 탄산포연(彈霰砲烟)에 싸인 참호 중에서, 운명에 던진 육척단신을 간단없이 전율케 하는 심장의 고성(鼓聲)에 귀를 기울일 제, 그 누가 회의의 심연에 빠지지 않으며, 그 누가 사람의 본연

39) 염상섭, 「이중해방」(1920. 4), 한기형·이혜령 엮음, 『염상섭 문장 전집 I』, 소명출판, 2013, 73쪽.
40) 같은 글, 74쪽. 그에게 해방이 전제되지 않는 '개조'란, 아도르노가 '세계사'에 대해 비판적으로 묘사한 것처럼 '투석기에서 핵폭탄으로의 진보'와 다를 바 없는 것이었다. 같은 글, 73쪽 참조.
41) 염상섭, 「자기 학대에서 자기 해방에」(1920. 4), 『염상섭 문장 전집 I』, 82쪽.
42) 같은 글, 79쪽.

성(本然性)에 돌아가지 않으리오. 아, 이 회의의 심연, 이 진순(眞純)한 적라의 본연성이야말로 해방을 절규할 용기의 효모(酵母)인 민주 사상의 심각한 자각에 인도하고, 현상의 모든 불합리를 타파할 기개와 권리를 부여한 것이외다.[43]

염상섭은 '구주대전'의 표상 공간을 넘어서 제1차 세계대전의 충격을 "회의"와 "해방"의 계기로 받아들이고 있다. 이 시기의 니힐리즘이 "의지와 자유의 선양"을 내포하고 있었듯이,[44] 뿌리 깊은 회의는 오히려 근본적 해방을 향한 의지를 작동시킨다. "회의의 심연"이 오히려 "기개와 권리"를 부여해 준다. 그의 회의가 해방과 연결될 수 있는 이유는, '타인들의 시간'과 그 시간의 리듬이 만드는 분할을 자기의 것인 양 받아들이기를 거부하기 때문이고, 또한 역사적인 '현재'로부터 추방당한 바로 그 '부재'의 장소가 오히려 저 '현재'의 작위성을 폭로하고 스스로의 '현재'를 개시할 수 있는 자리이기 때문이다. 이 '현재'란, '나'를 포함해 모든 방향으로, '이것이 진정으로 삶에 합당한가'를 물을 때 시작되는 시간일 것이다.

비록 염상섭 자신이 해방을 향한 물음을 끝까지 견지했다고 말할 수는 없겠지만, '세계 전쟁'의 '경험'과 부재 의식 속에서 기존 질서에 대

---

43) 염상섭, 「노동운동의 경향과 노동의 진의」(1920. 4), 『염상섭 문장 전집 I』, 109쪽.
44) 황종연, 「과학과 반항」, 『사이間SAI』 15집, 2013, 92~93쪽 참조. 이 논문에서 황종연은 염상섭의 『사랑과 죄』를 분석하며 염상섭의 아나키즘적 개인주의의 성격을 재평가하고 있다. 초기 염상섭의 아나키즘과의 연관성은 최근 연구들에서 특별히 주목되고 있다. 한기형, 「초기 염상섭의 아나키즘 수용과 탈식민적 태도」, 『한민족어문학』 43호, 2003; 이종호, 「염상섭의 자리, 프로문학 밖, 대항제국주의 안」, 『상허학보』 38집, 2013; 권철호, 「『만세전』과 초기 염상섭의 아나키즘적 정치미학」, 『민족문학사연구』 52집, 2013 등 참조.

한 근본적 회의와 전면적 해방의 '현재'를 모색하고자 했던 계기는 지금의 우리에게도 새삼스러운 물음을 던져 주는 듯하다. 거대한 여객선이 수백 명을 가둔 채 가라앉는 모습을 생방송으로 목격한 우리 모두에게, 그리하여 이례적인 무력감과 부끄러움, 그리고 기존의 가치와 관습과 규칙들에 깊은 회의를 품게 한 사태 앞에, 과연 지금의 회의가 반복되는 '비세계적인 개조'로 귀결되지 않게 할 만큼 근본적인지를 묻는 듯하다. '이것이 진정으로 삶에 합당한가'.

11장_멜랑콜리와 타자성
식민지 말기 문학 연구의 한 반성

1. 폐허의 응시

1990년대 후반 이후 식민지 시기 문학과 문화, 특히 그 말기에 해당되는 전시 체제기(1938~1945)의 문학·문화에 대한 연구가 급속히 팽창했던 현상, 그리고 약 20년 가까이 지나면서 그 '붐'이 일종의 동어반복의 울타리 안을 피곤하게 맴돌다 가라앉고 있는 현상에 대해 여러 가지 설명이 가능할 것이다. 최근 여러 차례에 걸쳐 식민지 시기 문학 연구의 문제점에 대해 '성찰'하고 그 돌파구에 대한 '모색'을 반복해 온 바도 있다. 그 원인 탐색과 진단을 다시 반복하는 것을 피하기 위해, 이 자리에서는 그 동안의 식민지 문학 연구, 특히 '친일(협력)', '전향', '일본어 창작', '동원' 등 '한국 근대 문학사'의 스캔들이 집약되어 있다고 할 수 있는 전시 체제기 문학 연구의 '붐'을 지속시켰던 '주관적 충동'에 대해 반성적으로 생각해 보고자 한다. 왜 전시 체제기 연구를 지속해 왔는가? '한국 근대 문학사'의 '암흑기'를 밝히기 위해서였던가? 또는 '암흑기'라는 규정을 비판함으로써 '한국 근대 문학사'를 해체하기 위해서였던가? '암흑기'

를 밝히거나 '한국 근대 문학사'를 해체함으로써 무엇을 얻고자 했는가? '근대=제국=식민지'에 의해 총체적으로 포섭되어 있음을 확인하기 위해서였던가? 또는 총체적인 포섭의 근본적인 불가능성을 확인하기 위해서였던가? 전시 체제기의 문헌들을 뒤지면서 정작 무엇을 보고자 했던가?

'생산적인' 논의를 위해서는 기존의 연구사를 비판적으로 검토하고 그에 기초해 기존 연구가 결여하고 있는 측면을 드러내거나 편향된 방향을 재조정하는 것이 적합할 것이다. 그러나 식민지 말기 문학 연구가 어떤 형태로든 '한계'에 도달한 것으로 보이는 시점에서는, '무엇을 할 것인가'를 물으며 기존의 문제계(the problematic) 내에서 보수 공사를 하기보다 잠시 멈춰 서서 '왜 하는가'를 물을 필요가 있다고 생각된다. '왜 하는가'라는 물음은 우리를 '시작'의 순간으로 돌아가게 만든다. '시작'의 순간이란 연대기적 의미에서의 연구의 첫 출발 시점을 뜻하기도 하지만, 무엇보다도 연구 '대상'과의 '대면'의 순간을 의미한다. 우리를, 나를 식민지 전시 체제기로 눈 돌리게 하고, 조선어와 일본어가 뒤섞인 세계, 어두운가 하면 밝고 극단적으로 위계화되어 있는가 하면 매끈하게 정지(整地)된 이 전쟁의 시대로 들어가게 만드는 힘은 무엇인가?

이 글은 식민지 시기의 문학, 특히 전시 체제기 식민지의 문학과 삶을 '줄곧' 연구해 온 당사자의 한 사람으로서, 연구를 지속하게 하는 주관적 동력을 반성적으로 사고하고자 하는 시도에 지나지 않는다. 따라서 주관적인 술회를 전적으로 배제할 수 없다. 그러나 이곳에서 반성적으로 검토할 주관적·심리적 기제는, 식민지 시기 및 전시 체제기를 연구하는 모든 이들이 연구에 임하는 과정에서 크건 작건 공유하고 있지 않을까 한다. 굳이 식민지를, 굳이 전시 체제기를 들여다보고자 할 때엔 어떤 투사(投射)가 이루어지고 있기 때문이다.

우선 '시작'의 순간을 연대기적으로 설정한다면, 아무래도 '근대성'에 대한 근본적인 비판들이 횡행하던 1990년대의 어느 시점들을 떠올리지 않을 수 없다.[1]

처음에 '몰락'이 있었다. 현실 사회주의가 차례차례 도미노처럼 몰락해 갔고, 그와 더불어 '맑스주의' 및 이른바 '거대 서사'가 붕괴해 갔다. 단지 '현실' 사회주의 진영이 자본주의 진영에 의해 패배당한 것이었다면 결코 '몰락'은 발생하지 않았을 것이다. 아니 오히려 '계급적 분노'가 이념의 순수성과 불멸성을 더욱 단단하게 감쌌을지도 모른다. 문제는 자본주의는 물론 사회주의조차 '근대'의 울타리를 조금도 벗어나지 못했다는 것이었고, 생산력의 발전, 계급 투쟁, 혁명이 근대의 폭력성을 해소하기는커녕 더욱 극단화시켰다는 '자각'에 있었다. 단적으로 말해서 사회주의적 미래가 '바깥'이 아니라는 불길한 자각이 빠르게 현실화되어 갔다. 따라서 '몰락'은 현실 사회주의의 몰락일 뿐만 아니라 '미래'의 몰락이었다. 때마침 한국 사회에서는 87년 이후 형식적 민주주의가 제도화되어 가고 사회 변혁 운동이 합법성의 공간으로 흡수되어 가면서, 역설적이게도 미래를 찬탈당했다는 느낌이 이 몰락의 정조를 더욱 짙게 했다. 요컨대 몰락은 '내부로의 몰락'이었다고 할 수 있다. 시간적으로도 공간적으로도 '바깥'이 사라졌다는 암담함이 다양한 '포스트' 언설을 흡수하게 만들었다. 무너진 거대 서사를 미처 애도할 틈도 없이 거대 서사의 억압성을 고발하고 그 죽음을 찬양하며 등장한 다양한 탈근대주의 언설은 슬픔을 기쁨으로 바꿀 것을 권했다.

---

[1] 물론 이 연대기적 '시작'은 복수의 '촉발점'들로 이루어져 있고, 따라서 근대성 비판 이후 지금까지의 식민지 문학 연구의 역사를 관통해 지배하는 '정신' 따위의 탄생 지점은 아니다.

아울러 '소통 매체'의 포괄적인 변화와 그에 따른 '문화적 지구화'의 경험은 단순히 다양한 문화의 범람이라는 말로 요약할 수 없는, '세계 경험의 전환'이라고 할 만한 지각 변동을 초래했다. 불과 몇 년 전만해도 금지되고 차단되었던 문헌들, 그래서 비밀스런 재산처럼 은밀하게 탐닉했던 문헌들이 누구에게나 접근을 허락하며 공공연하게 대로를 활보하고 있었다. 그 이름들과 문자들을 뒤덮고 있던 아우라의 베일과 함께 신비로운 마력도 퇴색되었다. 오렌지족과 '환상', '엽기' 문화가 공존하고, 문화에 있어서 고급/저급, 토착/수입의 가치론적 위계가 총체적으로 뒤흔들렸다. 요컨대 문화적·이념적 국경이 무너지는 와중에 전혀 다른 계열의 차이화와 위계화가 생성했다. '소통 매체'의 변화와 문화적 지구화는 보다 근본적인 의미에서 새로운 조건을 만들어 냈는데, 그것은 소통과 정보의 증식이 세계의 불투명성의 증대와 직결된다는 것이었다. "먼 것은 가까워지고 가까운 것은 멀어지는" 뒤틀린 시간-공간에서 안/밖, 실재/환상은 점점 더 식별하기 어려운 것이 되어 갔다. 이러한 경계의 소멸은 그 경계 안에서 성장해 경계 바깥으로 나가려 했던 이들에게 허탈한 상실감을 초래했다. 경계의 가상성이 드러났을 뿐만 아니라 그 가상조차 스스로 무너뜨리기 전에 소멸해 버렸다는 감각은 '내부로의 몰락'을 더욱 불안한 것으로 만들었다. 그 불안은 요컨대 '경계 없는 내부'에 붙들려 있다는 그것이었다. 아마도 이 무렵 본격화된 '지구화' (globalization)란 이런 불안을 수반한 것이었으리라. 이른바 'IMF사태' 역시, 그것이 개개인이 국가 또는 국경의 '보호' 없이 직접 전 세계와 경쟁하는 세계상을 형성했다는 점에서 이 불안을 극대화시켰고, 우리는 그때, 불안 속에서, 언뜻 실재(the real)를 목격했는지도 모른다.

이 '경계 없는 내부'에 붙들려 있다는 강박적 불안이 동력을 제공한 좌충우돌은 역사 속에서 열쇠를 찾고자 하는 방향으로 나타났다. '한국의 근대성'에 대한 비판적 연구가 진행된 것이다. 문학, 역사, 사회학 등의 영역에서 한국 '근대'의 성격을 해명하고자 하는 다양한 연구는 줄곧 있어 왔지만, 특히 이 무렵의 연구를 결정적으로 특징 짓는 새로움이란 근대의 보편성을 부정하고 보편주의적으로 강요된 근대의 폭력을 고발하는 데 있었다.[2] 요컨대 한국의 근대가 보편적인 근대 모델에 '미달'하거나 필수적인 구성 요소를 '결여'하고 있다는 입장도 배척되었고, 한국이 우여곡절 끝에 올라탄 근대의 기관차가 이성의 유토피아를 향해 달리고 있다는 환상도 부정되었다. 그 대신 울려퍼진 것은 한국에서 진행된 근대화=식민화가 얼마나 폭력적인 것이었는가를 고발하는 목소리였다.

이때 특히 '경계 없는 내부'에 붙들려 있다는 불안한 의식은, 그 강박적 상태에 걸맞게 기존의 이데올로기적 구획선들을 지우고 모든 것을 '내적인' 과정 속으로 환원시키는 작업을 수행했다. 예컨대 파시즘은 근대의 일탈이나 예외가 아니라 그 자체 근대의 산물이라는 것, 식민지는 근대적 문명이 남긴 오점이 아니라 그 자체 근대 내부에서 근대적 문명을 지탱해 준 기둥이었다는 것 등이 그것이다. 이렇게 '내부화'하는 작업의 귀결은 결국 '자기'의 문제로 귀착할 수밖에 없었다. 근대의 가상을 해체하는 일은 그 안에서 양육된 '개인'들의 '자율성'의 가상을 해체하는

---

2) 90년대 후반 역사학계와 경제사학계에서 이루어진 '식민지수탈론'과 '식민지근대화론' 사이의 논쟁 및 그 추이를 하나의 징후로 간주할 수도 있을 것이다. 경제사학계 일부에서 식민지 역사에 대한 지배적 해석에 문제를 제기하는 방식으로 이루어진 이 논쟁은, '몰락'과 '세계 경험의 전환' 이후 역사수정주의가 등장하는 맥락과 닿아 있을 뿐만 아니라, 근대라는 역사 발전 모델을 규범적인 전제로 상정하는 역사 서술의 한계를 드러내는 지점이기도 했다. '식민지 근대성' 논의는 '수탈론'과 '근대화론'이 함께 전제하고 있는 근대 모델을 상대화시키면서 이 논쟁 장을 피해 갔다.

일과 동일한 것이었고, 궁극적으로 연구자 자신이 그 '내부화' 하는 힘으로부터 자유로울 수 없었기 때문이다. 그리하여 '우리 안의 파시즘'[3]을 폭로하는 방식으로 자기 의식과 신체에 새겨진 근대의 추한 흔적들을 떼어 내려는 몸짓이 이어졌고, 국문학자가 국문학을 국사학자가 국사학을 부정하기도 했다.[4]

식민지 시기, 특히 전시 체제기의 문학·문화에 대한 연구 '붐'은 연대기적 의미에서는 아마도 이 언저리에서 '시작'되었던 것으로 보인다. 아마도 전시 체제기 문학·문화로 눈을 돌리고 그곳을 줄곧 응시한 이들에게는 '경계 없는 내부로의 몰락'을 견디기 힘들어 하는 감각이 작용하고 있었던 것은 아닐까. 역사의 발전과 진보라는 이상이 사라졌을 때, '외부'를 향한 고투가 덧없어졌을 때, 그동안 말과 사물의 관계를 안정적으로 붙들어 매어 놓았던 역사의 응집력이 해체되었을 때, '폐허'가 된 과거를 고독하게 응시하는 자의 심리적 기제를 멜랑콜리라고 할 수 있지 않을까. 이 응시의 태도를 "비극적 구원은 사라졌고, 남은 것은 무의미한 연극에 불과한 이 세계의 덧없는 현존"[5] 앞에 서 있는 자의 그것이라고 할 수 있지 않을까.

2. 우울한 잔치, 소멸하는 매개자

프로이트는 「애도와 멜랑콜리」(1917)에서 '정상적인' 애도와 '비정상적

---

3) 임지현 외, 『우리 안의 파시즘』, 삼인, 2000. 물론 이곳에서 '우리'는 '자기'의 문제를 회피하는 방식의 주체화 전략이기도 하다. 하지만 '시칠리아인의 역리(逆理)'를 반복하지 않는 한, '우리'에 대한 물음은 궁극적으로 '자기'에게 도달하지 않을 수 없을 것이다.

인' 멜랑콜리를 구별하고자 시도한 바 있다. 그가 관찰한 바에 따르면 멜랑콜리는 다음과 같은 특징을 보인다.

> 우울증의 특징은 심각할 정도로 고통스러운 낙심, 외부 세계에 대한 관심의 중단, 사랑할 수 있는 능력의 상실, 모든 행동의 억제, 그리고 자신을 비난하고 자신에게 욕설을 퍼부을 정도로 자기 비하감을 느끼면서 급기야는 자신을 누가 처벌해 주었으면 하는 징벌에 대한 망상적 기대를 갖는 것 등으로 나타난다.[6]

이 특징들은 거의 대부분 '정상적인' 애도와 중복되는 것들이지만, 프로이트는 멜랑콜리를 애도와 구별시키는 단 하나의 예외로 "자애심의 추락"[7]을 든다. 요컨대 애도는 욕망의 대상을 상실했기 때문에 발생하는 것이지만 멜랑콜리는 "자아와 관련된 상실감"[8] 때문에 고통스러워 한다는 것이다. 프로이트의 해석에 따르면, 대상에게 일어나는 사태와 자아에게 발생하는 사태가 구별되지 못한다는 데 멜랑콜리의 본질이 있다. 즉 "나르시시즘에 바탕을 둔 대상과의 동일시"[9]로 인해 대상에 대한 애착이 자기에 대한 애착으로, 대상에 대한 비난이 자기에 대한 비난으로 나타난다는 것이다.

---

4) 김철, 『국문학을 넘어서』, 국학자료원, 2000; 임지현·윤해동 외, 『국사의 신화를 넘어서』, 휴머니스트, 2004.

5) 김홍중, 「멜랑콜리와 모더니티」, 『마음의 사회학』, 221~222쪽.

6) 지그문트 프로이트, 「슬픔과 우울증」, 『프로이트전집 13 : 무의식에 관하여』, 윤희기 옮김, 열린책들, 1997, 249쪽.

7) 같은 쪽.

8) 같은 글, 254쪽.

9) 같은 글, 257쪽.

프로이트가 이렇게 질병으로서 멜랑콜리를 다룬 데 반해,[10] 오히려 멜랑콜리로부터 예술과 철학의 창조적 계기를 발견하려는 해석 전통도 강력하게 존재하며,[11] 나아가서는 멜랑콜리적 심정이 근대인의 무의식적 세계감을 특징짓는 근본 정조로 일반화되기도 한다.[12] 이곳에서 멜랑콜리에 대한 다양한 해석과 입장을 정리할 수 없으므로, 이렇게 다양한 해석들을 가능하게 하는 멜랑콜리의 양가성에 대해서만 분명히 해두도록 하겠다.

프로이트에게 멜랑콜리가 퇴행적 증상이자 나르시시즘적 동일시의 이상 증세인 이유는, 그것이 일종의 '거짓 상실'이기 때문이다. 즉 대상의 상실로 인해 우울 상태에 빠진 것 같은 몸짓을 취하지만, 실제로 발생한 것은 대상의 상실이 아니라——현실적인 상실/소유 여부와 상관없이——대상에 대한 근원적인 소유 불가능성 때문에 절망하는 자아의 자기 연민적 좌절감인 것이다. 그러므로 멜랑콜리는 "사랑 대상의 상실에 대한 퇴행적인 반응이 아니라 오히려 손에 넣을 수 없는 대상을 마치 상실한 것처럼 상상하는 능력"[13]에 가깝다. 대상과 자아 사이에서 만들어지는 이 소유/상실의 상상의 변증법이 아마도 애증의 복합 감정, 냉소주

---

10) 프로이트적 해석의 계보에는 탈식민주의 언설에서 특권화되는 멜랑콜리를 비판적으로 다룬 지젝도 포함시킬 수 있을 것이다. 슬라보예 지젝, 「우울증과 행동」, 『전체주의가 어쨌다구?』, 한보희 옮김, 새물결, 2008 참조.
11) 이 해석 전통의 시초에는 아리스토텔레스의 저작으로 알려진 『문제들』이 놓여 있다. 이 저작은 "철학, 정치, 문학, 예술 분야에서 탁월한 업적을 남긴 사람들은 모두 멜랑콜리자들"이라고 서술하고 있다. 벤야민의 『독일 비애극의 원천』도 이 전통의 연장선에 놓일 수 있다. 김동훈, 「세계의 몰락과 영웅적 멜랑콜리」, 『도시인문학연구』 2권 1호, 2010 참조.
12) 김홍중, 『마음의 사회학』 참조.
13) Giorgio Agamben, *Stanzas : Word and Phantasm in Western Culture*, Minneapolis and London : University of Minnesota Press, 1993, p. 20.

의, 권태 등의 '증상'을 낳을 것이다.

그러나 우울한 자에게도 할 말은 있다. 만일 멜랑콜리가 근원적인 소유 불가능성으로 인해 고통스러워하는 것이라면, 그것은 욕망하는 주체와 대상 사이의 '건너갈 수 없는' 간극을 상기시켜 주면서 역설적으로 '객체'의 현존을 가능하게 하는 것이기도 하다. 요컨대 현실적인 상실/소유와 상관없이, 아니 대상을 소유하고 있다 하더라도, 절대적으로 '소유할 수 없음'을 상기시켜 준다. 멜랑콜리의 주체는 "그 대상을 욕망하게끔 만들었던 원인이 철회되어 효력을 상실했기 때문에 그것에 대한 욕망을 상실해 버린 주체"[14]이기 때문이다. 따라서 대상은 욕망 관계에 의해 묶여 있던 끈에서 풀려나 "욕망이 제거된 대상 그 자체의 현존"[15]으로 돌아간다. 바꿔 말하면, 언설의 질서에 의해 말에 사로잡혀 있던 사물들이 그 말의 주술에서 놓여나 무질서하게 흩어져 있는 실재 상태를 엿볼 수 있게 한다는 것이다. 벤야민이 자명한 것으로 여겨졌던 의미 있는 질서가 붕괴되고 말과 사물이 제멋대로 흩어져 버린 세계를 집요하게 탐구하는 "영웅적 멜랑콜리"[16]를 구제하고자 한 이유는 아마도 여기 있을 것이다.

다시 '경계 없는 내부로의 몰락'으로 불안해하면서 식민지 전시 체제기에 집착하는 의식으로 돌아와 보자.

이 의식에게 식민지 전시 체제기는 우선 '반복성'에 의해 발견되었다고 할 수 있다. '발전'과 '진보'의 역사가 무의미해지면서 과거와 공시적으로 만나는 감각에 의해 이 '반복성'이 눈앞에 떠올랐다고 해도 좋

---

14) 지젝, 『전체주의가 어쨌다구?』, 228쪽.
15) 같은 쪽.
16) 벤야민, 『독일 비애극의 원천』, 194쪽.

을 것이다. 중일전쟁 발발, 유럽에서의 파시즘·나치즘의 대두 및 세계대전 발발 등이 세계 질서의 재편을 예감하게 하면서 기존의 문화와 가치들을 파괴하던 시기, 보편적인 '진리 가치'를 보유하고 있다고 여겨졌던 근대적 이념들이 역사적으로 특정화·상대화되던 시기, 유일무이한 역사 발전의 경로가 의심되고 비서구에서 상이한 시간들의 자립성이 주장되던 시기, 결정적으로 기존의 문명·문화의 세계를 유지해 왔던 '질서'가 한낱 허구였음이 폭로됨으로써 '사실'들이 무질서하게 흩어져 버린 것처럼 여겨지던 시기. 이 '전형기'의 모습은 여러모로 90년대 이후의 세계 경험과 닮아 있지만,[17] 무엇보다도 반복되는 동일성으로 떠오른 것은 '세계의 세계성'이 드러나는 장면이었을 것이다. 그것은 한편으로는 세계를 이렇게 저렇게 분할해 왔던 구획선들의 허구성 —또는 인위성—이 드러나게 되었음을 의미하며, 다른 한편으로는 그 구획선들을 지우거나 횡단하면서 전 지구적인 차원에서 연결되는 새로운 동시성의 분할선들이 형성되었음을 뜻한다.

1) 원천으로서의 '근대=식민지'

이러한 '반복성'에 대한 감각에서 출발해, 멜랑콜리의 시선은 자신이 상실한 것으로 여기는 '어떤 것' —자신이 애착하는 것인 동시에 자신이 증오하는 것—을 찾기 위해 전시 체제기의 '폐허'를 줄곧 응시한다. 그

---

17) 다만 전시 체제기에서처럼 90년대에 '전형기' 또는 '전환기'라는 시대 명칭이 부여되지는 않았다. 이는 아마도 자유주의, 전체주의, 사회주의가 서로 '세계적인 원리'를 제공하기 위해 경쟁하던 전시 체제기의 국면과, 아예 '세계적인 원리' 자체가 포기됨으로써 인종주의, 민족주의, 종교적 근본주의가 난립하게 된 90년대 이후의 국면의 무시할 수 없는 차이에서 기인하는 것이 아닐까 여겨진다.

'어떤 것'이란 자명해 보이는 질서나 법칙의 '구성적 성격'이 드러남으로써 낯설어지는 순간에 붙들려 있는 것, 아니면 '근대=식민지'로부터 벗어날 수 있는 '내재적인' 가능성 또는 틈이라고 해도 좋을 것이다. 근대, 파시즘, 식민지가 이미 동일한 '내부'에서 뒤섞여 있는 이상, 그것들로부터 벗어날 수 있는 길은 그것들이 가장 극단적으로 응집되어 있는 더미에서가 아니라면 찾아질 수 없다고 여겨졌다. 친일, 전향, 동원, 일본어로 얼룩진 장소, 동시에 근대적인 가치와 규범들이 상대화되고 심문되던 장소, '한국 근대 문학사'에서 짙은 어둠 속에 봉인해 버렸던 장소야말로 '한국 근대 문학사'를 해체하고 말과 사물을 새롭게 연결시킬 '시작'점이 되어야 했다. 더욱이 그 장소야말로 '한국 근대 문학사'를 알지 못하는 지점에 있지 않았던가. 그런 의미에서 전시 체제기는 '근대=식민지'의 원점, 그 비밀을 알기 위해서도 그로부터 벗어나기 위해서도 부단히 회귀해야 할 원점으로 간주되었다고 할 수 있다. 이러한 의식에게 이른바 '과거사 청산'은 자기중심적인 애도에 지나지 않는 것이었고, 오히려 이 원천(Ursprung)으로서의 '근대=식민지'에 트라우마적으로 붙들려 있을 것을 스스로에게 요구했다.

'근대=식민지'에 대한 멜랑콜리적 '집착'은 '낯선 나라'로서의 과거, 또는 '파국'으로서의 원천에로 종결될 수 없는 회귀를 반복함으로써 '몰락'의 경험을 망각하지 않으려는 몸짓이었다고 할 수 있다. 이 '집착'의 관계에서 주도권을 쥐고 있는 것은 '과거'이며 '원천'이었다. 멜랑콜리적 주체는 대상에 침잠하는 태도로, '근대=식민지'의 극단의 지점이자 붕괴의 현장, 그 폐허를 응시하는 눈만 남기고 자신을 소멸시키고자 할 뿐이었다. 결국 이러한 멜랑콜리적 '집착'을 통해 '한국 근대 문학사'에서 배제되었던 잡종적인 언어들을 발견할 수 있었고, 식민지와 식민 본국을 가로질러 형성되었던 문화적·사상적 연쇄 고리를 파악할 수 있었으며, 근대와 식민지와 파시즘이 뒤섞인 곳에서 그것들의 불가능성을 확인할 수 있었다. 이 같은 발견과 파악과 확인이 기존의 내셔널한 의미론의 한계 지점에서 '폐허'와 대면하려 함으로써 가능했음은 틀림없어 보인다.

그러나 멜랑콜리적 태도는 '근대=식민지'로 부단히 회귀하면서, 특히 전시 체제기로 반복해 돌아감으로써 역사적·시간적으로 존재했던 한 극단적인 지점을 **"절대적인 것으로 승격"**[18]시킨 것은 아닐까. 즉 '파국'으로서의 원천으로 강박적인 회귀를 반복하면서, 정작 '역사적인 것'을 '불변적인 것'으로 박제화하고 있었던 것은 아닐까. 그로 인해 뜻하지 않은 '식민지 결정론'의 폐쇄 회로를 만들고 만 것은 아닌가. 더욱이 이 멜랑콜리적 '집착'이란 과연 저 '폐허', 즉 말과 사물의 안정된 관계가 무너지고 파편화된 무질서 자체에 매달리는 것이었는가. 오히려 증상으로서의 멜랑콜리와 마찬가지로 "상실한 대상에 대한 집착이 아니라 대상을 상실하는 최초의 몸짓 자체에 대한 집착"[19]이었던 것은 아닌가? 역사의 '폐허'를 '절대적인 사물'처럼 대하며 그 압도적인 대상 속으로 소멸되고자 하는 태도란, 실제로는 자기 부정의 포즈만으로 윤리적 우위를 확보한 자의 자기 연민적 전횡은 아니었는가.

2) 텍스트의 제국

'근대=식민지'에 멜랑콜리적으로 '집착'하는 자에게 과거가 '절대적인 사물'처럼 나타난다는 것은, 그 과거를 연구자의 현재와 연결시켜 주는

---

18) 지젝, 『전체주의가 어쨌다구?』, 222쪽. 강조는 원문.
19) 같은 책, 223쪽.

의미 있는 서사가 붕괴했음을 뜻한다. 과거가 더 이상 현재의 전사(前史)로 묶여 있지 않음으로써, 의미 있는 서사의 주술에서 벗어난 과거의 삶이 마치 자립한 사물처럼 떠오르게 된다. '폐허'처럼 흩어져 버린 말과 사물은 의미를 구성하는 내적 연관을 상실한 채 파편처럼 놓여 있다. 멜랑콜리적 시선에게, 이 사물화된 파편들은 자유로운 재구성을 위한 재료처럼 보인다. 내셔널한 서사만 붕괴된 것이 아니라 그를 지탱해 왔던 학문적·문화적 규범들도 권위를 상실함으로써, 과거의 삶과 문화를 가르고 분류하고 명명했던 도구들은 실효성을 상실한 것처럼 보였다. 그리하여 낱낱의 '사물'들은 해부되고 가공될 수 있는 텍스트로서 동등하게 다뤄진다.

그동안 학문적 규범에서 자명하게 여겨져 온 저자, 장르, 문법의 환원 불가능성은 무시되거나 괄호 속에 넣어지고, 이질적이라고 여겨졌던 텍스트들을 횡단적으로 독해하며 '근대=식민지'의 삶과 문화를 다양한 방향에서 절개하고자 했다. '문학'의 특권적 경계가 의심된 것은 물론, 신문 기사, 일기, 만화, 시, 소설, 영화, 평론 등이 같은 도마 위에서 요리되었다. 아카이브를 폭파하고 자연화된 실정성들(positivities)을 해체하는 지식의 고고학이야말로 멜랑콜리적 심정에 걸맞는 독서법이었다. 그럼으로써 근대적 실정성들의 제도적 기원을 폭로하고, 분리된 영역에서 신성성을 재생산해 왔던 진실 체제가 언설 구성체의 효과에 지나지 않음을 드러낼 수 있었다. 특히 언어, 문학, 매체의 장이 총체적으로 뒤흔들리고 사적인 것/공적인 것, 안/밖의 상상적 경계들이 무너지고 있던 전시 체제기의 텍스트들은, 사회적·문화적 분할선들의 정치적 성격을 폭로하기에도, 텍스트의 '불온성'과 '균열'을 발견하기에도 적절한 것들이었다.

그러나 이 텍스트의 제국은 텍스트의 바깥을 삭제함으로써만 유지될 수 있었던 것은 아닐까. 각각의 텍스트를 장르 관습 또는 양식적 규범과 무관하게 파편처럼 흩어진 재료로 동등하게 다룸으로써 텍스트를 유사-사물의 지위에 놓은 것은 아닌가. 그래서 역설적이게도 그 '관습'과 '규범'의 울타리를 과대평가하고 있었던 것은 아닌가. 여기에서는 실제와 가상 사이의 일종의 역설적인 순환론이 작동하고 있는 듯하다. 예컨대 근대 민족이 다양한 이데올로기적 장치에 의해 구성된 '상상의 공동체'라고 비판할 때 연구자는 그 가상의 산물과 구별되는 어떤 실제적인 것을 염두에 두고 있는 듯하다. 그러나 모든 실제적인 것은 언설 구성체이며 권력 메커니즘의 효과에 불과하다고 폭로할 때 연구자는 가상의 편에 서는 듯하다.[20] 이 순환론에서 살아남는 것은 유사-사물이 된 텍스트이고 사라지는 것은 실재(the real)일 것이다.[21]

3) 권태로운 냉담함

증상으로서의 멜랑콜리가 소유할 수 없는 대상을 마치 스스로가 상실한 것처럼 상상하는 일종의 '적극적 좌절'의 양태라고 할 수 있다면, 저 모든 '집착'은 자기 안에서의 부정/긍정의 연속적 전환이 엔진처럼 작동함으로써 동력을 제공받는지도 모른다. '경계 없는 내부로의 몰락'이라는

---

20) 실제적인 것과 가상 사이의 순환론에 대한 발상은 같은 책, 253~254쪽 참조.
21) 전시 체제기의 텍스트 해석과 관련해 한 가지를 덧붙이자면, 텍스트의 제국이 상이한 장르, 양식, 매체 등의 울타리를 무너뜨릴 뿐만 아니라 동일 저자의 텍스트 중 노골적으로 목적성을 드러내는 것(이른바 '협력' 텍스트)과 그렇지 않은 것 사이의 모호한 거리도 무화시킬 수 있다는 점을 들 수 있다. 각 텍스트들의 제도적 틀의 붕괴가 텍스트를 유사-사물처럼 취급하게 할 수 있듯이, 동일 저자의 텍스트들 간의 모호한 정치적 거리의 소멸은 모든 텍스트를 '협력'의 방향으로 재구성할 위험을 내포하고 있다.

사태가 자율성의 가상도, 미래 선취적 '전망'도 공허한 것으로 만들어 버렸을 때, 그리하여 말과 사물을 다시금 의미 있는 연관으로 묶을 어떤 끈도 발견되지 않았을 때, 멜랑콜리에 빠진 자는 과거의 '폐허'를 고독하게 응시하고자 했다. 상실되었다고 여겨지는 대상—이른바 '거대 서사'이기도 하고 그것을 대체할 새로운 의미 연관이기도 한—에 대한 증오와 애착의 양가감정이 이 고독한 응시의 눈빛을 흔들리게 했으리라. 이 양가감정은 동시에 자신을 향한 것이기도 했다. 그것은 표면적으로는 과거의 신념 속에서 충만성을 경험한 자신에 대해 갖는 이중 감정일 테지만, 어쩌면 실제로 그토록 신념과 일체화되었던가를 스스로 의심스러워하는 자신을 향한 것이기도 할 것이다. 그리고 이 의심스러운 사태는 상실되었다고 여겨지는 대상을 향해 다시 감정의 분출구를 돌림으로써 봉합될 것이다. 이 감정의 전환이 격렬할수록 피로감은 배가된다.

더욱이 멜랑콜리는 대상 상실이 아니라 '자아와 관련된 상실감', 달리 표현하자면 대상에게서 욕망의 원인이 소멸되어 자아로부터 대상 자체에 대한 욕망이 발생하지 않는 사태에 가깝다는 점에서, 역설적으로 대상에 대한 '무관심성'의 계기를 내포하고 있다.

자기에 대한 부정적 태도와 대상에 대한 '무관심성'은 일종의 냉담한 객관성의 가상을 만들어 낼 수 있다.

멜랑콜리적 태도가 '폐허'처럼 흩어진 말과 사물들로 텍스트의 제국을 구축할 수 있음을 앞서 언급했지만, 이 텍스트의 제국에서 우선적으로 이루어지는 일종의 '엔클로저 운동'은 우상 파괴라고 할 수 있을 것이다. 기존의 의미 있는 서사가 만들어 낸 가치론적 위계를 해체하는 일이야말로 텍스트들의 다양한 경계를 횡단하기 위해 선행되어야 할 정지 작업이기 때문이다. 문학사가 (재)생산해 온 규범과 가치의 체계가 무력해지면서 이미 '정전'의 권위는 실추되고 있었지만, '정전'의 해체 작업은 그것을 존립시켰던 문학사의 허구성을 결정적으로 폭로하는 행위였다.[22] '정전'의 지위 하락은 여성, 아동, 주변 텍스트 등 문학사의 타자들의 부상과 함께 진행되고 있었던 것으로 보인다.

그러나 거칠게 말해서 '거대 서사'의 붕괴를 목격하고 그 죽음을 최종적으로 확인하고 싶어 하는 멜랑콜리의 양가감정에는 냉담한 객관성이 자리 잡고 있기도 하다. 이는 상실처럼 여겨지는 '몰락' 이후 주위 세계로부터 물러나 과거의 '폐허'에 몰두하는 멜랑콜리의 자기 고립적 특성과 관련된 것이리라. 기존의 가치론적 위계가 무너져 내린 '폐허'의 파편들 반대편에는 그것들을 동등한 층위에 놓고 바라보는 멜랑콜리적 응시의 냉담한 눈이 있다. '정전'의 권위는 이 냉담한 눈앞에서 빛을 잃는다. 하지만 그렇기 때문에 파편들을 그러모아 건져낸 타자의 형상도 동일한 눈앞에 놓이는 것은 아닐까. 어쩌면 '폐허' 속에서 타자를 발견한 것은 적극적인 탐색의 결과가 아니라 '실추'와 '해체'와 '파괴'라는 부정적 행위의 부산물인 것은 아닐까. 그래서 오히려 그들을—'회색 지대'라기보다—모든 소가 검게 보이는 밤에 방치해 두는 것은 아닐까.

'경계 없는 내부로의 몰락'이라는 사태로 인해 기존의 의미 있는 세계를 상실했을 때, 근대적 세계가 한계 지점을 드러냈던 과거의 특정 시기로 눈을 돌린 멜랑콜리적 주체는 그 '폐허' 속에서 세계 재구성의 단서

---

22) 물론 모든 권위적 대상과의 대결이 내포하는 역설이 '정전' 해체 작업에서도 이루어지곤 한다. 주로 문학사 속에서 신성화된 '정전'이 얼마나 '역사적으로 오염된' 것인지를 드러내는 일은 역설적으로 그 '정전'의 풍부한 잠재성을 입증하는 결과를 낳기도 하기 때문이다.

를 찾으려 했다. 모호한 상실감과 자기 부정의 복합 감정을 가진 멜랑콜리적 주체의 불안은 세계를 낯설게 바라보게 만들고 지금껏 그 속에서 살았던 그 주체 자신을 비판적으로 돌아보게 한다. 그래서 역설적으로 그는 '시선의 자유'를 누리게 된다. 멜랑콜리적 주체는 이 시선의 자유를 통해 낯설어진 세계를 자기 내부의 것으로 바라보고 있었던 것은 아닐까. 의미를 상실하고 파편화된 세계조차 여전히 언어의 세계로 이해하고 있었던 것은 아닐까. 그래서 '폐허'의 파편들을 파편들 자체로 대하기보다 이미 언어로 포획되어 있는 유사-사물로 다루면서 자기 내부에서 세계의 재구성을 시도했던 것은 아닐까. 어쩌면 멜랑콜리적 주체는 기존의 규칙과 질서가 무력해진 사태에 직면해 안정적인 주체-타자 관계를 재구축하려는 자기 연민적인 남성 연구자의 모습과 닮아 있는지도 모르겠다. 그 모습만 있는 것은 아니겠지만, '원천'으로서의 과거에 반복적으로 회귀하는 과정에서 그 낯섦과 파국의 징후들이 차이, 혼종성, 균열 등의 탈식민주의적 '개념들'로 환원되는 경향은 있는 듯하다. 반복되는 친숙한 개념들이 말과 사물 사이의 심연을 메우고, 정작 그 심연을 드러나게 했던 매개자, 즉 '위기'의 순간을 소멸시키는 듯하다.

앞서 연대기적 의미에서의 '시작'과 구별되는, 대상과 대면하는 '시작'의 순간으로 돌아갈 필요성에 대해 언급한 바 있는데, 전시 체제기 연구가 그저 지나가는 유행이 아니라면, 그리고 멜랑콜리적 태도가 그저 폐기되어야 할 '오류'만이 아니라면, 멜랑콜리적 태도를 발생시킨 역사적 맥락으로 환원될 수 없는, 멜랑콜리적 태도로 대상을 대면하는 순간의 '시작'을 다시 상기해야 하지 않을까.

3. 산문적 세계의 '언어화'

멜랑콜리적 태도를 발생시키는 결정적인 계기로서 불안과 위기가 작용하고 있다면, '거짓 상실'로 고통스러워하는 '증상으로서의 멜랑콜리'조차도 위기를 '자기 위기'로 경험하고 있다는 점에서 단순한 거짓으로 환원될 수는 없을 것이다. 위기는 '자기 위기'일 때만 세계를 새롭게 여는 힘을 가질 수 있기 때문이다. 그런 점에서 앞 절에서 개념화한 '텍스트의 제국'과 '권태로운 냉담함'은 위기를 주체 (재)강화의 계기로 치환시키는 조작과 관련되어 있는 것으로 보인다.

문제는 자기 위기로서의 위기, 말과 사물 사이의 심연 앞에서 쉽사리 언어를 고르지 못하는 머뭇거림, 멜랑콜리적 태도로 '폐허' 앞에 섰을 때의 당혹스러운 순간을 망각하지 않아야 한다는 데 있다. 이 순간에 붙들려 있을 때에만 과거로부터 잠재성을 발견할 수 있을 것이다. 이를테면 식민지에서 '잠재성'을 구출한다는 것은 '아직 아닌'(noch nicht) 근대의 맹아를 발견하는 것이 아님은 물론 '더 이상 아닌'(nicht mehr) 역사의 '하수구'를 퍼올리는 것도 아닌, '현재성'(presentness)을 포착한다는 것을 뜻한다. 현재성이란 바로 '사실'(삶)과 '언어'(법)가 만나는 순간, 즉 '매개자'가 살아 있는 순간을 뜻한다. 이 순간이 '위기'인 것은 '사실'도 '언어'도 아직 자명한 연결 끈 없이, 각각 자립성을 완전히 상실하지 않은 채 만나고 있기 때문이다.

'현재성'은 기존의 쓰기/읽기/말하기/듣기 체제가 급격히 재배치될 때 나타나기도 하고 상이한 쓰기/읽기/말하기/듣기 체제가 서로 충돌할 때 나타나기도 한다. 전시 체제기에 이 같은 재배치와 충돌이 발생하고 있었고, 따라서 멜랑콜리적 시선은 이곳에서 '현재성'을 찾고 있었다. 그곳은 '문학'이 특정한 경계에 의해 역사적으로 영토화되어 있다는 사실, 그 영토의 언어에 진입하는 과정에서 어떤 근본적인 '분리'가 발생한다는 사실, 그리고 전달 가능성이 언제든 전달 불가능성으로 전환될 수 있다는 사실이 드러나는 장소였다.[23] 단적으로 말해 그곳은 그동안 객관적으로 존재하는 자명한 실체인 듯이 불러 온 '현실'이 "차라리 정신적인 것"[24]이었음이 밝혀진 장소였다.

물론 전시 체제기에서 이 '현재성'은 "이번 전쟁은 우리들이 즉시적인 전환을 단행할 것을 경고함과 동시에, 그 전환의 목표도 명시하고 있다는 사실을 이해할 수 있을 것"[25]이라고 생각하는 자에게서보다는, "전환기가 한 사람의 생애 같은 것은 게눈 감추듯이 집어삼킬는지도 알 수 없다"[26]고 생각하는 자, 전환의 방향을 "전환기가 가지고 있는 모든 감정과 생활과 성격"[27]의 관찰에서 찾으려는 자에게서 더 잘 엿볼 수도 있을 것이다. 또한 식민지/제국 체제의 언어 통합이 강화되어 가는 현실이 "우리들을 앞서 진행하고 있음을 인정"[28]하면서 번역어를 고르고 있던 자에게서도 엿볼 수 있을 것이다.

그러나 '현재성'이란 어떤 특권적인 대상 속에서 발굴되는 것이라기보다는 연구자 자신이 '위기 상태'에서 대상을 대면할 때 포착될 수 있는 것이 아닐까. 멜랑콜리적 태도가 일말의 통찰을 가능하게 해줄 수 있

---

23) 이 책의 7장 참조.
24) 임화, 「생활의 발견」(1939.7), 『문학의 논리』.
25) 崔載瑞, 「文學精神の轉換」(1941.4), 『轉換期の朝鮮文學』, 人文社, 1943, 21쪽.
26) 김남천, 「전환기와 작가」(1941.1), 『김남천 전집 I』, 682쪽.
27) 같은 글, 689쪽.
28) 김사량, 「조선문화통신」(1940.9), 김재용·곽형덕 편역, 『김사량, 작품과 연구 2』, 역락, 2009, 341쪽.

다면, 그 통찰이란 '폐허'에서 '객체'의 현존을 감지하며 그 불가능한 경험을 언어로 옮기려는 순간에 발생할 수 있는 것이 아닐까.

'시작'의 순간으로 돌아간다는 것은—'몰락' 이후 식민지 전시 체제기 연구가 출발했던 시작으로 돌아간다는 것이 아니라—흩어진 말과 사물들에 대면하는 순간, 산문적인 세계가 언어화되는 순간으로 돌아간다는 것에 다름 아닐 것이다. '몰락' 이후 멜랑콜리에 빠진 자가 전시 체제기로 눈을 돌렸을 때, 그 과거로의 '전향'을 수행하게 만든 근본 동력에는 의식적이든 무의식적이든 이 순간에서 '상실'된 것을 찾으려는 열망이 작용했으리라. 그러나 멜랑콜리적인 집착의 폐쇄 회로는 대상을 자기 내부, 언어 내부의 대상으로 만들어, 이 대면의 유일무이한 순간들에 특권화된 개념들 몇 개를 적용하는 것으로 만족하게 만들기도 했다. 이 경향을 '증상으로서의 멜랑콜리'라고 할 수 있다면, 저 불가능한 경험에 집요하게 매달리는 태도를 (벤야민의 표현으로) '영웅적 멜랑콜리'라고 해도 좋을 것이다. 따라서 이 '영웅적 멜랑콜리'가 응시할 '폐허'는 반드시 '전시 체제기'일 필요는 없을 것이다.

참고문헌

가라타니 고진, 『근대문학의 종언』, 조영일 옮김, 도서출판 비, 2006.

_____, 『유머로서의 유물론』, 이경훈 옮김, 문화과학사, 2002.

_____, 『탐구 2』, 권기돈 옮김, 새물결, 1998.

검열연구회, 『식민지 검열, 제도, 텍스트, 실천』, 소명출판, 2011.

공임순, 「자기의 서벌턴화와 코스모폴리탄이라는 이념형」, 상허학회 정례발표회 발
    표문, 2004. 7. 19.

곽승미, 『1930년대 후반 한국문학과 근대성』, 푸른사상, 2003.

권명아, 『음란과 혁명』, 책세상, 2013.

_____, 『역사적 파시즘』, 책세상, 2005.

_____, 『식민지 이후를 사유하다: 탈식민지화와 재식민화의 경계』, 책세상, 2009.

권보드래, 「영혼, 생명, 우주: 1910년대, 제1차 세계대전의 충격과 '죽음'의 극복」,
    『개념과 소통』 7호, 2011.

_____, 「진화론의 갱생, 인류의 탄생」, 『대동문화연구』 66집, 2009.

권철호, 「『만세전』과 초기 염상섭의 아나키즘적 정치미학」, 『민족문학사연구』 52집,
    2013.

기 드보르, 『스펙타클의 사회』, 이경숙 옮김, 현실문화연구, 1996.

길진숙, 「『독립신문』·『매일신문』에 수용된 '문명/야만' 담론의 의미 층위」, 『국어
    국문학』 136호, 2004.

김근배, 『한국 근대 과학기술인력의 출현』, 문학과지성사, 2005.

김남천, 「경영」, 『문장』, 1940. 10.

_____, 「관찰문학소론: 발자크 연구 노트 3」,.

_____, 「길 우에서」, 『문장』, 1939. 7.

_____, 「낭비」, 『인문평론』, 1940. 2~1941. 2.

_____, 「단오」, 『광업조선』, 1939. 10.

_____, 「맥」, 『춘추』, 1941. 2.

_____, 「어머니」, 『농업조선』, 1939. 9,

_____, 「오월」, 『광업조선』, 1939. 5,

_____, 「요지경」, 『조광』, 1938. 2.

_____, 「장날」, 『문장』, 1939. 6.

_____, 「제퇴선」, 『조광』, 1937. 10.

_____, 「처를 때리고」, 『조선 문학』, 1937. 6.

_____, 「춤추는 남편」, 『여성』, 1937. 10.

_____, 「프로예맹공판 견문기(2)」, 『조선중앙일보』, 1935. 10. 31.

_____, 「항민」(『조선 문학』, 1939. 6),

_____, 『1945년 8·15』, 『자유신문』, 1945. 10. 15~1946. 6. 28.

_____, 『김남천 전집 I』, 박이정, 2000.

_____, 『대하』, 인문사, 1939.

_____, 『사랑의 수족관』, 인문사, 1940.

김동훈, 「세계의 몰락과 영웅적 멜랑콜리」, 『도시인문학연구』 2권 1호, 2010.

김려실, 「기록영화 「Tyosen」 연구」, 『상허학보』 제24집, 2008.

金龍濟, 「內鮮結婚我觀」, 『內鮮一體』, 1940. 1.

김명식, 「대세와 개조」, 『동아일보』 1920. 4. 2.

김사량, 「조선문화통신」(1940. 9), 김재용·곽형덕 편역, 『김사량, 작품과 연구 2』, 역
락, 2009.

김성연, 「방언집과 에스페란토, 그리고 '조선 생물학'」(연세대학교 국어국문학과 BK21 한
국 언어·문학·문화 국제인력양성 사업단 주최, '한국 문학·문화/글쓰기 국제학술대회: 한국 근
대문학(문화)과 로칼리티' 발표문, 2007. 12. 14).

김수림, 「식민지 시학의 알레고리」, 고려대학교 박사논문, 2011.

김영민, 『한국의 근대신문과 근대소설』(1·2), 소명출판, 2006, 2008.

김영희, 「국민정신총동원 운동의 전개 형태와 그 침투」, 『한국근현대사연구』 22호, 2002.

김예림, 「'동아'라는 시뮬라크르 혹은 그 접속자들의 문화 이념」, 『상허학보』 제23 집, 2008.

_____, 「전쟁 스펙터클과 전장 실감의 동력학 : 중일전쟁기 제국의 대륙 통치와 생명정치 혹은 조선·조선인의 배치」, 한국-타이완 비교문화연구회, 『전쟁이라는 문턱 : 총력전하 한국-타이완의 문화 구조』, 그린비, 2010.

_____, 『1930년대 후반 근대인식의 틀과 미의식』, 소명출판, 2004.

김오성, 「원리의 전환」, 『인문평론』, 1941. 2.

김외곤, 「김남천 문학에 나타난 주체 개념의 변모 과정 연구」, 서울대 박사논문, 1995.

김원일, 『푸른 혼』, 강, 2011(초판 2005).

김윤식, 『임화 연구』, 문학사상사, 1989.

_____, 『한국근대문예비평사 연구』, 일지사, 1976.

_____, 『한국근대문학사상사』, 한길사, 1984.

김재용, 「냉전적 분단구조 해체의 소설적 탐구 : 황석영의 『손님』」, 『실천문학』, 2001 년 가을호.

_____, 「환상에서 환멸로 : 카프 작가의 전향 문제」, 『역사비평』, 1993. 8.

김준연, 「다윈의 도태론과 사회적 진화」, 『학지광』 18호, 1919. 1.

김진균·정근식 편저, 『근대 주체와 식민지 규율 권력』, 문화과학사, 1997.

김철, 「'근대의 초극', '낭비', 그리고 베네치아」, 『민족문학사연구』 18집, 2001.

_____, 「우울한 형/명랑한 동생 : 중일전쟁기 '신세대 논쟁'의 재독」, 『상허학보』 25 집, 2009.

_____, 『국문학을 넘어서』, 국학자료원, 2000.

김철수, 「신충돌과 신타파」, 『학지광』 5호, 1915. 5.

김항, 「'결단으로서의 내셔널리즘'과 '방법으로서의 아시아' : 근대 일본의 자연주의적 국가관 비판과 아시아」, 『대동문화연구』 65집, 2009.

김항복, 「이것이 인생이다」, 『학지광』 21호, 1921. 1.

김현주, 『이광수와 문화의 기획』, 태학사, 2005.

_____, 『한국 근대산문의 계보학』, 소명출판, 2004.

김홍중, 『마음의 사회학』, 문학동네, 2009.

김홍규, 「한국 근대문학 연구와 식민주의」, 『창작과 비평』, 2010년 봄호.

나쓰메 소세키, 『그 후』, 윤상인 옮김, 민음사, 2003.

노자, 『도덕경』, 오강남 풀이, 현암사, 1995.

동국대학교 문화학술원 한국문학연구소, 『식민지시기 검열과 한국문화』, 동국대학
　　교출판부, 2010.

라인하르트 코젤렉, 『지나간 미래』, 한철 옮김, 문학동네, 1998.

류보선, 「1930년대 후반기 문학비평 연구」, 서울대 박사논문, 1996.

_____, 『한국 근대문학의 정치적 (무)의식』, 소명출판, 2005.

류시현, 「식민지 시기 러셀의 『사회개조의 원리』의 번역과 수용」, 『한국사학보』 22
　　집, 2006. 2.

르네 데카르트, 『방법서설, 정신지도를 위한 규칙들』, 이현복 옮김, 문예출판사,
　　1997.

李光洙, 「同胞に寄す」(『京城日報』, 1940. 10. 1~9), 이경훈 편역, 『춘원 이광수 친일 문
　　학 전집 Ⅱ』, 평민사, 1995.

마루야마 마사오, 「초국가주의의 논리와 심리」, 『현대정치의 사상과 행동』, 한길사,
　　1997.

마르틴 하이데거, 『기술과 전향』, 이기상 옮김, 서광사, 1993.

미셸 푸코, 「육체의 고백」, 콜린 고든 엮음, 『권력과 지식 : 미셸 푸코와의 대담』, 홍성
　　민 옮김, 나남, 1991.

_____, 『"사회를 보호해야 한다"』, 박정자 옮김, 동문선, 1998.

_____, 『성의 역사 1권 : 앎의 의지』, 이규현 옮김, 나남, 1990.

_____, 『지식의 고고학』, 이정우 옮김, 민음사, 1992.

미야다 세쓰코, 『조선 민중과 '황민화' 정책』, 이형랑 옮김, 일조각, 1997.

미즈노 나오키, 「조선 식민지 지배와 이름의 차이화」, 『사회와 역사』 59호, 2001.

_____, 『창씨개명』, 정선태 옮김, 산처럼, 2008.

미하일 바흐친, 『도스또예프스끼 시학』, 김근식 옮김, 정음사, 1988.

박명규·서호철, 『식민지 권력과 통계』, 서울대학교출판부, 2003.

박상준, 「임화의 문학사 연구에 나타난 이론 구성과 실제 기술의 변증법」, 『한국근
대문학연구』 9호, 2004.

박세훈, 『식민국가와 지역공동체』, 한국학술정보, 2006.

박영희, 「전쟁과 조선 문학」, 『인문평론』, 1939. 10.

_____, 『전선기행』, 박문서관, 1939.

박진영, 「임화의 신문학사론 연구」, 연세대 석사논문, 1997.

박치우, 「동아협동체론의 일성찰」, 『인문평론』, 1940. 7.

박헌호 외, 『작가의 탄생과 근대문학의 재생산 제도』, 소명출판, 2008.

박현수·최수일 엮음, 『한국 근대문학 재생산 제도 자료집 1·2』, 성균관대학교대동
문화연구원, 2008.

발터 벤야민, 『독일 비애극의 원천』, 조만영 옮김, 새물결, 2008.

_____, 『언어 일반과 인간의 언어에 대하여/번역자의 과제 외』, 최성만 옮김, 도서
출판 길, 2008.

백철, 「'사실'과 '신화' 뒤에 오는 이상주의의 신문학」, 『동아일보』, 1939. 1. 15.

_____, 「문화주의자가 초한 현대지식인간론」, 『동아일보』, 1937. 10. 16.

_____, 「비애의 성사」, 『동아일보』, 1935. 12. 22~27.

_____, 「批評私論 : 과학적 태도와 결별하는 나의 비평 체계」, 『조선일보』, 1936. 6.
28~30.

_____, 「속·지식계급론 : 時世를 不拒하는 정신」, 『동아일보』, 1938. 7. 1.

_____, 「시대적 우연의 수리 : 사실에 대한 정신의 태도」, 『조선일보』, 1938. 12. 2~7.

_____, 「전망」, 『인문평론』, 1940. 1.

_____, 「전장문학일고」, 『인문평론』, 1939. 10.

_____, 「지식계급론」, 『조선일보』, 1938. 6. 3.

변영로, 「주아적 생활」, 『학지광』 20호, 1920. 7.

사카이 나오키, 『국민주의의 포이에시스』, 이규수 옮김, 창비, 2003.

서인식, 『서인식 전집』(1, 2), 차승기·정종현 엮음, 역락, 2006.

서춘, 「구주전란에 대한 삼대 의문」, 『학지광』 14호, 1917. 12.

손유경, 「『개벽』의 신칸트주의 수용 양상」, 『프로문학의 감성구조』, 소명출판, 2012.

손정수, 「1930년대 한국 문예비평에 나타난 리얼리즘 개념의 변모 양상」, 『개념사
　　　로서의 한국근대비평사』, 역락, 2002.

송지예, 「'민족자결'의 수용과 2·8 독립운동」, 『동양정치사상사』 11권 1호, 2012.

슬라보예 지젝, 「우울증과 행동」, 『전체주의가 어쨌다구?』, 한보희 옮김, 새물결,
　　　2008.

_____, 『그들은 자기가 하는 일을 알지 못하나이다』, 박정수 옮김, 인간사랑, 2004.

신남철, 「문화창조와 교육」, 『인문평론』, 1939. 11.

_____, 「知者를 부르는 喇叭」, 『조선일보』, 1938. 7. 7.

아즈마 히로키, 『(동물화하는) 포스트 모던』, 이은미 옮김, 문학동네, 2007.

안석영, 「영화배우와 감독이 되는 법」, 『삼천리』, 1941. 6.

안회남, 「섬」, 『신천지』, 1946. 1.

에른스트 카시러, 『계몽주의 철학』, 박완규 옮김, 민음사, 1995.

염상섭, 「노동운동의 경향과 노동의 진의」(1920.4), 『염상섭 문장 전집 I』.

_____, 「이중해방」(1920. 4), 한기형·이혜령 엮음, 『염상섭 문장 전집 I』, 소명출판,
　　　2013.

_____, 「자기 학대에서 자기 해방에」(1920.4), 『염상섭 문장 전집 I』.

鹽原(학무국장), 「道義立國精神의 昻揚(續)」, 『동아일보』, 1938. 2. 13.

오문석, 「1차대전 이후 개조론의 문학사적 의미」, 『인문학연구』 46집, 2013.

오오야 치히로, 「잡지 『내선일체』에 나타난 내선결혼의 양상 연구」, 『사이間SAI』 창
　　　간호, 2006.

오종식, 「기술의 윤리」, 『동아일보』, 1940. 6. 5.

오카 마리, 『기억·서사』, 김병구 옮김, 소명출판, 2004.

오태영, 「'조선' 로컬리티와 (탈)식민 상상력」, 『사이』 4호, 2008.

오평숙, 「무산자식 산아제한법」, 『신계단』, 1933. 6.

옥타비오 파스, 『현재를 찾아서』, 김홍근 편역, 범양사출판부, 1992.

와다 도모미, 「김남천의 취재원에 관한 일고찰」, 『관악어문연구』 제23집, 1998.

왕징웨이, 「중일전쟁과 아시아주의」(『中國與東亞』, 『中華日報』, 1939. 7. 10), 최원식 · 백영서 엮음, 『동아시아인의 '동양' 인식 : 19~20세기』, 문학과지성사, 1997.

외돗, 「'나'라는 것을 살리기 위하여」, 『개벽』 1920. 7.

요네타니 마사후미, 『아시아/일본』, 조은미 옮김, 그린비, 2010.

유진오, 「'순수'에의 지향」, 『문장』, 1939. 5.

_____, 「독창의 문학으로」, 『매일신보』, 1940. 8. 2.

_____, 「작가의 '눈'과 현실 구성」, 『조선일보』, 1938. 3. 2.

_____, 「조선 문학에 주어진 새길」, 『동아일보』, 1939. 1. 10.

_____, 『화상보』(『동아일보』, 1939. 12. 8~1940. 5. 3).

윤규섭, 「문화시평 1 : 전환기의 문화 형태」, 『동아일보』, 1939. 11. 18.

_____, 「문화시평 2 : 문화사회학의 재등장」, 『동아일보』, 1939. 11. 19.

_____, 「현대기술론의 과제」, 『동아일보』, 1940. 7. 7, 10.

윤대석, 「1940년을 전후한 조선의 언어상황과 문학자」, 『한국근대문학연구』 4권 1호, 2003.

윤해동, 『식민지의 회색지대』, 역사비평사, 2003.

이건, 「과학적 인식의 신대상인 동아」, 『과학조선』, 1939. 3.

이광수, 「加川校長」(『國民文學』, 1943. 10).

_____, 「우리의 이상」, 『학지광』 14호, 1917. 12.

_____, 「학병에게 감사」(『매일신보』, 1943. 12. 10), 이경훈 편역, 『춘원 이광수 친일문학전집 II』.

_____, 『그들의 사랑』(『신시대』, 1941. 1~3), 이경훈 편역, 『진정 마음이 만나서야말로』.

_____, 『心相觸れてこそ』(『綠旗』, 1940. 3~7), 이경훈 편역, 『진정 마음이 만나서야말로』, 평민사, 1995.

이마이 히로미치, 「긴급권 국가로서의 '메이지 국가'의 법 구조」, 김창록 옮김, 『법사학연구』 27호, 2003.

이석원, 「식민지-제국 사상사 다시 쓰기의 새로움과 한계」, 『역사비평』 2011년 겨울호.

이수형, 「김남천 문학 연구」, 서울대 석사논문, 1998.

이승기, 이태규, 박철재, 「三博士座談會 : 과학세계의 전망」, 『춘추』, 1942. 5.

이승원, 「전장의 시뮬라크르 : 박영희의 『전선기행』을 중심으로」, 『정신문화연구』 30
　　　권 4호, 2007.

이승일, 『조선총독부 법제 정책』, 역사비평사, 2008.

이원조 · 유진오 대담, 「산문정신과 레알리즘」, 『조선일보』, 1938. 1. 1.

이종호, 「염상섭의 자리, 프로문학 밖, 대항제국주의 안」, 『상허학보』 38집, 2013.

이진형, 「임화의 소설 이론 연구」, 연세대 석사논문, 2001.

이철호, 『영혼의 계보』, 창비, 2013.

이태준, 『청춘무성』, 박문서관, 1940.

이헌구, 「전쟁과 문학」, 『문장』, 1939. 10.

이현식, 「1930년대 후반 한국 문예비평이론 연구」, 연세대 박사논문, 1996.

_____, 『일제 파시즘 체제하의 한국 근대 문학비평』, 소명출판, 2006.

이화진, 「'국민'처럼 연기하기 : 프로파간다의 여배우들」, 『여성문학연구』 17집,
　　　2007.

_____, 『조선영화 : 소리의 도입에서 친일 영화까지』, 책세상, 2005.

인정식, 「동아의 재편성과 조선인」, 『삼천리』, 1939. 1.

_____, 「시국유지 원탁회의」, 『삼천리』, 1939. 1.

_____, 「我等의 정치적 노선」, 『삼천리』, 1938. 11.

임종명, 「여순 사건의 재현과 공간」, 『한국사학보』 9, 2005.

_____, 「여순 사건의 재현과 폭력」, 『한국근현대사연구』 32, 2005.

_____, 「여순'반란' 재현을 통한 대한민국의 형상화」, 『역사비평』 64, 2003 가을호.

임지현 외, 『우리 안의 파시즘』, 삼인, 2000.

임지현 · 윤해동 외, 『국사의 신화를 넘어서』, 휴머니스트, 2004.

임화, 『문학의 논리』, 학예사, 1940.

_____, 「신세대론」, 『조선일보』, 1939. 7. 2.

_____, 「최근 소설계 전망(본격소설론)」, 『조선일보』, 1938. 5. 28.

_____,「최근 조선소설계 전망(본격소설론)」,『조선일보』, 1938. 5. 27.

_____,「현대소설의 주인공」,『문장』, 1939. 9.

자크 데리다,『다른 곳』, 김다은 · 이혜지 옮김, 동문선, 1997.

장덕수,「신춘을 영(迎)하여」,『학지광』 4호, 1915. 2.

장용경,「'조선인'과 '국민'의 간극」,『역사문제연구』 15호, 2005. 12.

_____,「일제 말기 내선결혼론과 조선인의 육체」,『역사문제연구』 18호, 2007.

_____,「일제 식민지기 인정식의 전향론: 내선일체론을 통한 식민적 관계의 형성
　　과 농업재편성론」,『한국사론』 49호, 2003.

전상숙,「제1차 세계대전 이후 국제질서의 재편과 민족 지도자들의 대외인식」,『한
　　국정치외교사논총』 26권 1호, 2004.

정비석,「삼대」,『인문평론』, 1940. 2.

_____,「잡어」,『인문평론』, 1939. 12.

_____,『청춘의 윤리』, 평범사, 1943.

정석태,「산아제한의 절규!! 의학상 사대방법」,『삼천리』, 1930. 4.

정종현,「미국 헤게모니하 한국문화 재편의 젠더 정치학」,『한국문학연구』 제35집,
　　2008.

_____,「폭력의 예감과 '동양론'의 매혹」,『한국문학평론』, 2003년 여름호.

蒲勳,「志願兵制度와 半島人에 希望함」,『삼천리』, 1940. 6.

조르조 아감벤,『세속화 예찬』, 김상운 옮김, 난장, 2010.

_____,『예외 상태』, 김항 옮김, 새물결, 2009.

_____,『장치란 무엇인가?/장치학을 위한 서론』, 양창렬 옮김, 난장, 2010.

_____,『호모 사케르』, 박진우 옮김, 새물결, 2008.

조빈,「산아제한과 무산자」,『대중』, 1933. 6.

주디스 허먼,『트라우마』, 최현정 옮김, 플래닛, 2007.

지그문트 프로이트,「슬픔과 우울증」,『프로이트전집 13: 무의식에 관하여』, 윤희기
　　옮김, 열린책들, 1997.

지승준,「1930년대 사회주의 진영의 '전향'과 대동민우회」,『사학연구』 55 · 56호,
　　1998.

차승기, 「'근대의 위기'와 시간-공간 정치학」, 『한국근대문학연구』 8호, 2003.

_____, 『반근대적 상상력의 임계들』, 푸른역사, 2009.

채만식, 「문학과 전체주의 : 우선 신체제 공부를」, 『삼천리』, 1941. 1.

채호석, 「김남천 문학 연구」, 서울대 박사논문, 1999.

천정환, 「소문 · 방문 · 신문 · 격문」, 『한국문학연구』 36집, 2009.최석영, 「식민지 시기 '내선결혼' 장려 문제」, 『일본학연보』 제9집, 2000.

최수일, 『『개벽』 연구』, 소명출판, 2008.

최유리, 「일제 말기(1938~45년) '내선일체'론과 전시 동원 체제」, 이화여대 박사논문, 1995.

최유찬, 「1930년대 한국 리얼리즘론 연구」, 연세대 박사논문, 1987(이선영 외, 『한국 근대문학비평사 연구』, 세계, 1989).

최재서, 「사실의 세기와 지식인」, 『조선일보』, 1937. 7. 2.

_____, 「전형기의 문화이론」, 『인문평론』, 1941. 2.

최혜림, 「'사랑의 수족관'에 나타난 '일상성'의 의미 고찰」, 『민족문학사연구』 25호, 2004.

최희영, 「단종의 우생학적 비판」, 『조광』, 1941. 9.

추강, 「생각나는 대로」, 『학지광』 21호, 1921. 1.

칼 맑스, 『경제학 노트』, 김호균 옮김, 이론과실천사, 1988.

KS생, 「저급의 생존욕 : 타작 마당에서, C군에게」, 『학지광』 4호, 1915. 2.

KY생, 「희생」, 『학지광』 3호, 1914. 12.

테사 모리스 스즈키, 『일본 기술의 변천』, 박영무 옮김, 한승, 1998.

테오도르 아도르노, 막스 호르크하이머, 『계몽의 변증법』, 김유동 옮김, 문학과지성사, 2001.폴 발레리, 『발레리 산문선』, 박은수 옮김, 인폴리오, 1997.

T. C. 생, 「잠항정의 세력」, 『학지광』 3호, 1914. 12.

폴 비릴리오, 『전쟁과 영화 : 지각의 병참학』, 권혜원 옮김, 한나래, 2004.

하정일, 『분단 자본주의 시대의 민족문학사론』, 소명출판, 2002.

하종문, 「군국주의 일본의 전시동원」, 『역사비평』 62호, 2003.

한귀영, 「'근대적 사회사업'과 권력의 시선」, 김진균 · 정근식 편저, 『근대주체와 식민지 규율권력』, 문화과학사, 1997.

한기형 외,『근대어·근대매체·근대문학』, 성균관대학교동아시아학술원, 2006.

한기형,「'법역'과 '문역'」,『민족문학사연구』44호, 2010.

_____,「초기 염상섭의 아나키즘 수용과 탈식민적 태도」,『한민족어문학』43호, 2003.

한나 아렌트,『인간의 조건』, 이진우·태정호 옮김, 한길사, 1996.

한민주,「일제 말기 전선 기행문에 나타난 재현의 정치학」,『한국문학연구』33집, 2007.

한스 게오르크 가다머,『진리와 방법 I』, 이길우 외 옮김, 문학동네, 2000.

함동주,「미키 키요시의 동아협동체론과 민족 문제」,『인문과학』30호, 성균관대학 교 인문과학연구소, 2000.

허수,「1920년대 초『개벽』주도층의 근대사상 소개양상」,『역사와 현실』67집, 2008.

_____,「러셀 사상의 수용과『개벽』의 사회개조론 형성」,『역사문제연구』21호, 2009.

_____,「제1차 세계대전 종전 후 개조론의 확산과 한국 지식인」,『한국근현대사연 구』50호, 2009.

현영섭,「'내선일체'와 조선인의 개성 문제」,『삼천리』, 1940. 3.

홍종욱,「중일전쟁기(1937~1941) 사회주의자들의 전향과 그 논리」, 서울대 석사논문, 2000.

_____,「중일전쟁기(1937~1941) 조선사회주의자들의 전향과 그 논리」,『한국사론』 44호, 2000.

황석영,『손님』, 창작과비평사, 2001.

황종연,「과학과 반항」,『사이間SAI』15집.

_____,「낭만적 주체성의 소설」,『탕아를 위한 비평』, 문학동네, 2012.

황호덕,「국어와 조선어 사이, 내선어의 존재론」,『흔들리는 언어들』, 성균관대학교 동아시아학술원, 2008.

_____,「전향과 저항의 생명정치: '국교도'의 변비, '이슬람교'의 설사」,『벌레와 제

국』, 새물결, 2011.

_____, 『벌레와 제국』, 새물결, 2011.

후지이시 다카요, 「1930년대 후반 한국 전향소설 연구」, 서울대 석사논문, 1997.

「과학에의 돌진 : 교육 조선의 신코스」, 『조광』, 1940. 11.

「國民體力管理制度 朝鮮서도 明年부터 實施」, 『조선일보』, 1938. 12. 22.

「기술자 기고만장, 소회사의 비애, 삼고초려로도 모셔갈 수 없는 판」, 『조선일보』, 1938. 12. 24.

「기술자 만세! 대전공학졸업생 七十名 전부 취직의 健步」, 『동아일보』, 1939. 3. 8.

「기술졸업자 태부족, 求之不得의 비명」, 『조선일보』, 1938. 11. 17.

「기술졸업자 황금시대, 六千名 요구에 七百八十名을 배정, 기술자 획득난으로 각종 산업에 지장」, 『동아일보』, 1939. 10. 4.

「大京城發展의 '癌', 都市의 暗黑面을 調査」, 『조선일보』, 1939. 5. 6.

「物心兩面으로 盡力 : 小磯 朝鮮軍司令官談」, 『동아일보』, 1938. 2. 23.

「非常時에 備하야 國家總動員 計劃, 內務省 具體安 作成中」, 『동아일보』, 1937. 7. 18.

「삼천오백명 채용에 생산되는 기술자 근 七十名, 인적 자원 증산계획 착착 진보」, 『동아일보』, 1938. 12. 5.

「선풍적 구인난, 명춘 졸업생 모두 賣約濟 격심한 쟁투전에 도리혀 비명, 기술교생 더욱 기고만장」, 『동아일보』, 1938. 11. 16.

「세계를 알라」, 『개벽』 1920. 6.

「수험연옥의 초특기록, 고주파양성소생 二百名 모집에 지원자 一萬餘名, 과연! 기술자만능시대상」, 『조선일보』, 1939. 2. 27.

「시국유지 원탁회의」, 『삼천리』, 1939. 1.

「오인(吾人)의 신기원을 선언하노라」, 『개벽』 1920. 8.

「직업학교를 대확충, 기술자 대량양성, 명년도에 二十萬圓 예산계상」, 『조선일보』, 1939. 7. 5.

「창간사」, 『개벽』 1920. 6.

「총독부도 기술자난, 産金사무 산적정체」, 『조선일보』, 1939. 6. 3.

「학교마다 초만원, 경성공업은 六對一, 경기고여는 四對一, 역시 기술자 지망 高率」, 『동아일보』, 1939. 2. 21.

『內鮮一體』, 1941. 4.

『施政三十年史』, 朝鮮總督府, 1940.

「戰爭と文学」(좌담회), 『國民文學』, 1943. 6.

필자 불명, 「求理知喝」, 『인문평론』, 1940. 2.

白鐵, 「時局と文化問題の行き方」, 『東洋之光』, 1939. 4.

ポール·ヴァレリー, 「『ペルシャ人の手紙』序」, 新村猛 訳, 『ヴァレリー全集』第8卷, 筑摩書房, 1967.

_____, 「詩の必要」, 佐藤正彰 訳, 『ヴァレリー全集』第6卷, 筑摩書房, 1967.

久保享, 「東アジアの総動員体制」, 和田春樹 他編, 『東アジア近現代通史6 アジア太平洋戦争と「大東亜共栄圏」』, 岩波書店, 2011.

近藤金刀一 編, 『太平洋戦下の朝鮮及び台湾』, 1961.

近藤儀一, 「內鮮一體」, 『總動員』, 1939. 12.

南次郎, 「聯盟本来の使命 議論より実行へ: 窮極の目標は内鮮一体 総和親・総努力にあり」, 『總動員』 1938. 7.

鈴木裕子, 『從軍慰安婦·內鮮結婚』, 未來社, 1992.

米谷匡史, 「「世界史の哲学」の帰結」, 『現代思想』, 1995. 1.

_____, 「三木清の「世界史の哲学」」, 『批評空間』 II-19, 1998.

_____, 「植民地/帝国の「世界史の哲学」」, 『日本思想史學』 37호, ペリカン社, 2005.

_____, 「戦時期日本の社会思想」, 『思想』, 1997. 12.

米谷匡史編, 『尾崎秀実時評集』, 平凡社, 2004.

尾崎秀樹, 『近代文学の傷痕』, 岩波書店, 1991.

尾崎秀実, 米谷匡史編, 『尾崎秀実時評集』, 平凡社, 2004.

_____, 「国民再組織問題の現実性」(『帝国大学新聞』, 1940. 6. 10), 『尾崎秀実著作集 5』, 勁草書房, 1979.

山里秀雄, 「精動運動への希望」, 『総動員』, 1940. 5.

山本鎭雄, 「尾崎秀実の東亜協同体論と「国民再組織」論」, 『日本女子大學紀要』 13호, 2003.

山田広昭, 「内戦: 政治的絶対」, 臼井隆一郎 編, 『カール・シュミットと現代』, 沖積舎, 2005.

山田三良, 「併合後ニ於ケル韓国人ノ国籍問題」(1909. 7. 15), 小熊英二, 『日本人の境界』, 新曜社, 1998.

山之内靖 外, 『総力戦と現代化』, 柏書房, 1995.

三木清, 「支那事変の世界史的意義」, 『批評空間』 II-19, 1998.

_____, 『三木清全集』(全19券), 岩波書店, 1967~1968.

三木清, 河上徹太郎, 今日出海, 「廿世紀とは如何なる時代か」, 『文学界』, 1939. 1.

森田芳夫, 「戦前における在日朝鮮人の人口統計」, 『朝鮮學報』 第48号, 1968.

矢倉一郎, 「朝鮮国土計画論(二)」, 『朝鮮行政』, 1940. 11.

岩崎稔 外, 『継続する植民地主義』, 青弓社, 2005.

岩崎稔, 「ポイエーシス的メタ主体の欲望」, 山之内靖 他編, 『総力戦と現代化』, 柏書房, 1995.

_____, 「三木清における「技術」「動員」「空間」」, 『批評空間』 II-5, 1995.

二神直士, 「國民皆勞の意味」, 『朝鮮行政』, 1941. 11.

田邊元, 「死生」(1943), 『田邊元全集 8』, 筑摩書房, 1964.

趙寛子, 「徐寅植の歴史哲学」, 『思想』 957호, 2004. 1.

_____, 「植民地帝国日本と「東亜協同体」」, 『朝鮮史研究会論文集』 41호, 2003.

佐藤達夫, 「國家總動員法」, 佐藤達夫・峯村光郎, 『國家總動員法・經濟統制法』, 三笠書房, 1938.

佐藤卓己, 『『キング』の時代: 国民大衆雑誌の公共性』, 岩波書店, 2002.

酒井三郎, 『昭和研究会: ある知識人集団の軌跡』, ティビーエス・ブリタニカ, 1979.

酒井直樹, 『過去の声』, 川田潤ほか 訳, 以文社, 2002.

酒井哲哉, 「「東亜協同体論」から「近代化論」へ」, 日本政治学会 編, 『日本外交に

おけるアジア主義』, 岩波書店, 1998.

中野敏男, 「日本の戦後思想を読み直す」, 『前夜』, 2004. 永原陽子 編, 『植民地責任論』, 青木書店, 2009.

_____, 「総力戦体制と知識人 : 三木清と帝国の主体形成」, 小森陽一 外編, 『岩波講座 近代日本の文化史・7 : 総力戦下の知と制度』, 岩波書店, 2002.

中村静谷, 『技術論論争史』(上), 青木書店, 1975.

浅野豊美, 「国際秩序と帝国秩序をめぐる日本帝国再編の構造」, 浅野豊美・松田利彦, 『植民地帝國日本の法的展開』, 信山社, 2004.

_____, 『帝国日本の植民地法制 : 地域統合と帝国秩序』, 名古屋大学出版会, 2008.

浅田彰・柄谷行人・久野収, 「特別インタヴュー 京都学派と三〇年代の思想」, 『批評空間』II-4, 1995.

清沢洌, 『暗黑日記』, 1944. 5. 29. 小熊英二, 『民主と愛国』, 新曜社, 2002.

J・ヴィクター・コシュマン, 葛西弘隆 訳, 「テクノロジーの支配/支配のテクノロジー」, 酒井直樹 外, 『岩波講座 近代日本の文化史7 総力戦下の知と制度』, 岩波書店, 2002.

崔載瑞, 「文學精神の轉換」(1941.4), 『轉換期の朝鮮文學』, 人文社, 1943.

_____, 「私の頁」, 『國民文學』, 1942. 4.

_____, 「徴兵制實施と知識階級」, 『朝鮮』, 1942. 7.

_____, 「徴兵制實施の文化的意義」, 『國民文學』, 1942년 5・6월 합병호.

_____, 「訓練と文学」, 『転換期の朝鮮文学』, 人文社, 1943.

崔真碩, 「朴致祐における暴力の予感」, 『現代思想』, 2003. 3.

土井章 監修, 『昭和社会経済史料集成 16』, 巖南堂, 1991.

T・フジタニ, 「殺す権利, 生かす権利 : アジア・太平洋戦争下の日本人としての朝鮮人とアメリカ人としての日本人」, 倉沢愛子・杉原達・成田龍一他編, 『岩波講座 アジア・太平洋戦争3 動員・抵抗・翼賛』, 岩波書店, 2006(「죽일 권리와 살릴 권리 : 2차 대전 동안 미국인으로 살았던 일본인과 일본인으로 살았던 조선인들」, 『아세아연구』 51권 2호, 2008).

平野進,「内鮮一體調査機關確立の急務」,『内鮮一體』, 1940. 12.

河上徹太郎,「事実の世紀」,『事実の世紀』, 創元社, 1939.

河上徹太郎・竹内好 外,『近代の超克』, 富山房, 1979.

河田明久,「戦う兵士/護る兵士：銃後の自意識の図像学」, テッサ・モーリス-スズキ 他,『岩波講座 アジア・太平洋戦争3 動員・抵抗・翼賛』, 岩波書店, 2006.

玄永燮,『新生朝鮮の出發』, 大阪屋號書店, 1939.

_____,『朝鮮人の進むべき道』, 綠旗聯盟, 1938.

戸邉秀明,「資料解題 日中戦争期・朝鮮知識人の東亜協同体論」, Quadrante, 6 호, 2004.

戸坂潤,『思想と風俗』, 平凡社, 2001.

洪宗郁,「一九三〇年代における植民地朝鮮人の思想的模索」,『朝鮮史研究會論文集』42호, 2004.

_____,『戦時期朝鮮の転向者たち』, 有志舍, 2011.

横光利一,「覺書：「事実の世紀」について」(『文學界』, 1939. 9),『定本 横光利一全集』, 第十三卷, 河出書房新社, 1982.

「国家総動員法」, 中野文庫(http://www.geocities.jp/nakanolib/hou/hs13-55.htm).

「廿世紀とは如何なる時代か」,『文學界』, 1939. 1.

Adorno, Theodor W., *Negative Dialektik*, Frankfurt am Mein : Suhrkamp Verlag, 1975.

Adorno, Theodor W. et. al., *The Positivist Dispute in German Sociology*, London : Heinemann, 1976.

Agamben, Giorgio, *Stanzas : Word and Phantasm in Western Culture*, Minneapolis and London : University of Minnesota Press, 1993.

Ching, Leo T. S., *Becoming "Japanese" : Colonial Taiwan and the Politics of Identity Formation*, Berkeley and Los Angeles : University of California Press, 2001.

Herf, Jeffrey, *Reactionary modernism : Technology, culture, and politics in Weimar and the Third Reich*, Cambridge : Cambridge University Press, 1984.

Jay, Martin, "Walter Benjamin, Remembrance and the First World War", *Benjamin Studies 1 : Perception and Experience in Modernity*, New York : Rodopi B. V., 2002.

Kierkegaard, Søren, "Wie wir in Liebe Verstorbener gedenken", Theodor W. Adorno, "On Kierkegaard's Doctrine of Love", ed. and intro. Harold Bloom, *Søren Kierkegaard*, New York : Chelsea House Publishers, 1989.

Kojève, Alexandre, *Introduction to the Reading of Hegel : Lectures on the Phenomenology of Spirit*, Ithaca, N.Y. : Cornell University Press, 1980.

Koselleck, Reinhart, *Futures Past : On the Semantics of Historical Time*, trans. Keith Tribe, Cambridge, Mass. : MIT Press, 1985.

Lacoue-Labarthe, Philippe, *Heidegger, Art and Politics : The Fiction of the Political*, trans. Chris Turner, Oxford : Basil Blackwell, 1990.

Mbembe, Achille, "Necropolitics", *Public Culture* 15(1), 2003.

초출 일람

1부 식민지/제국의 말과 사물

1. 추상과 과잉 : 중일전쟁기 식민지/제국의 사상 연쇄와 담론정치학
→ 같은 제목, 『상허학보』 21집, 2007.
2. 불확실성 시대의 윤리 : '사실의 세기'와 협력의 윤리적 공간
→ 「'사실의 세기', 우연성, 협력의 윤리」, 『민족문학사연구』 38집, 2008.
3. '비상시'의 문/법 : 식민지 전시 레짐과 문학
→ 같은 제목, 『사이/間/SAI』 12집, 2012.
4. '세태'인가 '풍속'인가 : '전환기' 문학의 두 가지 원근법
→ 「임화와 김남천, 또는 '세태'와 '풍속'의 거리 : 1930년대 후반 '전환기'의 문학적 대응들」, 『현대문학의 연구』 25집, 2005.

2부 지배의 테크놀로지와 장치

1. 명랑한 과학과 총체적 포섭의 꿈 : 전시 체제기 기술적 이성 비판
→ 「전시 체제기 기술적 이성 비판」, 『상허학보』 23집, 2008.
2. 황민화의 테크놀로지와 그 역설 : 식민지/제국의 생명정치와 욕망들
→ 「흔들리는 제국, 탈식민의 문화정치학 : 황민화의 테크놀로지와 그 역설」, 『동방학지』 146호, 2009.
3. 문학이라는 장치 : 식민지/제국 체제와 일제 말기 문학 장의 성격
→ 같은 제목, 『현대문학의 연구』 44집, 2011.

3부 트라우마에 대해 말하기

1. 식민지 트라우마의 현재성
→ 「식민지 트라우마의 현재성」, 『황해문화』, 2010년 겨울호.
2. 폭력의 기억은 어떻게 이야기되는가 : 역사의 상처를 말하는 방식에 대하여
→ 같은 제목, 『문학동네』, 2005년 여름호.
3. 폐허의 사상 : '세계 전쟁'과 식민지 조선, 혹은 '부재 의식'에 대하여
→ 같은 제목, 『문학과 사회』, 2014년 여름호.
4. 멜랑콜리와 타자성 : 식민지 말기 문학 연구의 한 반성
→ 미발표 원고.